Füße im Feuer

Das Buch

Jeanne Auclaire ist freiheitsliebend, unabhängig und die Mutter eines unehelichen Kindes. Damit ist sie in dem kleinen Fischerort St. Pée im äußersten Südwesten Frankreichs mehr als verdächtig. So verdächtig, dass der Parlamentsrat de Lancre, Parvenue und Möchtegernschriftsteller, sie verhaften lässt, als er 1609 als oberster Hexenrichter dort Einzug hält. De Lancre ist ein Mann mit Charme, Bildung und ohne Gnade. Er braucht keine Folter, um die angeklagten Frauen zum Geständnis zu bewegen. Doch gerade in seiner Lust am Bösen und seiner Verführbarkeit durch die Geschichten, die zu erzählen er die Frauen zwingt, sieht Jeanne Auclaire ihre Chance. An ihrer Seite Martin Lallemand, ein junger Arzt deutscher Abstammung, ein Zweifler, der dennoch de Lancre mit seinem medizinischen Wissen dient und sich dadurch tief auf Seiten der Täter in die Verfolgung verstrickt. Es ist ein langer Weg, bis Lallemand öffentlich zu bekennen vermag: Es gibt keine Hexen – und dadurch die Welt für einen Moment zum Stillstand bringt.
Füße im Feuer ist ein Roman über das Böse im Kostüm des 17. Jahrhunderts. Seine Abgründe. Seine Verführungsmacht. Ein Hexenroman der anderen Art, voll anrührender und erschreckender Momente – und von faszinierender Gegenwärtigkeit.

Die Autorin

Sibylle Knauss, Jahrgang 1944, studierte Germanistik, Anglistik und Theologie und ist seit 1992 Professorin für Text und Dramaturgie an der Filmakademie Baden-Württemberg. Bisher erschienen von ihr u. a. die Romane *Ach Elise* (1981), *Charlotte Corday* (1988), *Die Missionarin* (1997) und zuletzt der Bestseller *Evas Cousine* (2000). Sibylle Knauss ist Mitglied des P.E.N. und lebt in Remseck bei Stuttgart.

In unserem Hause sind von Sibylle Knauss bereits erschienen:

Evas Cousine
Das Herrenzimmer
Die Nacht mit Paul

Sibylle Knauss

Füße im Feuer

Roman

List Taschenbuch

Besuchen Sie uns im Internet:
www.list-taschenbuch.de

Umwelthinweis:
Dieses Buch wurde auf chlor- und säurefreiem Papier gedruckt.

Ungekürzte Ausgabe im List Taschenbuch
List ist ein Verlag der Ullstein Buchverlage GmbH, Berlin.
1. Auflage Februar 2005

Umschlagkonzept: HildenDesign, München – Stefan Hilden
Umschlaggestaltung: Hauptmann und Kampa Werbeagentur, München – Zürich,
unter Verwendung eines Gemäldes von Reni
Satz: Franzis print & media GmbH, München
Druck und Bindearbeiten: Clausen & Bosse, Leck
Printed in Germany
ISBN 3-548-60502-8

Für meine Söhne Ferdinand und Philipp

Etwas geschah mit ihr. Sie bewegte sich himmelwärts. Zunächst noch in ihrem Leib, stieg sie plötzlich aufwärts, verließ ihre Beine, verharrte noch einmal kurz in ihren Eingeweiden, empfand den Aufruhr des Schreckens und der Qual, der in ihnen war, ein letztes Aufbäumen und Zucken und sich Zusammenziehen, dann verließ sie auch sie, kam zu ihrem Zwerchfell, das hart wie Glas war und zersprang, als sie es durchstieß, kämpfte sich durch die Lungen, die rauchgefüllt waren, streifte ihr armes Herz, das noch immer schlug, stieg durch die Kehle, an den Stimmbändern entlang, die bis zum Zerreißen gespannt waren in dem Schreien, das jetzt abebbte, während sie in ihrem Kopf ankam, in ihren Augen einen Moment lang wohnen blieb, versuchte, die Lider zu heben, was ihr, in dichten Rauch gehüllt, nicht mehr möglich war, so dass sie weiterstieg, über sich hinaus. Die Hitze trug sie empor. In ihrem Auftrieb gelangte sie höher hinauf, als ihr recht war. Weit unter sich sah sie die Flammen, die jetzt hoch aufschossen und die Gestalt am Pfahl von allen Seiten umloderten. Noch war sie nicht ganz geschieden vom Irrsinn der Schmerzen, noch zuckte sie von der Kraft, mit der sie an ihren Ketten gerissen hatte, um sich zu befreien. Doch nahm sie jetzt mit Erstaunen wahr, dass sie gerettet war, entkommen aus dem Leib, der dort unten verbrannt wurde.

So war es doch die Wahrheit, dass sie eine Hexe war. Zwischen

Stolz und Verblüffung erkannte sie, dass es stimmte, was man immer von ihr gesagt hatte. Der Herr der Lüfte hatte sie doch entführt.

Aber da war niemand. Nichts als das Prasseln der Flammen, die Hitze, die ihr nichts mehr ausmachte.

Sie tauchte durch sie hinab, bis sie sich beinah wieder mit dem Körper vereinigte, der sich in der Glut regte und, so weit es die Ketten zuließen, hin und her taumelte. Denn ihre Tränen, ihr Blut, alles, was flüssig in ihm war, siedeten und verkochten jetzt, so dass er nicht anders als eine Suppe auf dem Feuer in heftiger Bewegung war. Den Zuschauern schien es, als lebe sie immer noch, ja, als habe ein neues unheimliches Leben von ihr Besitz ergriffen. Da sie jetzt von Flammen umlodert wurde und der Rauch sich weit über ihrem Kopf erst verdichtete, konnten sie sie genau sehen. Und was sie sahen, war die Hölle. Sie zweifelten nicht daran. Genau so hatten sie es sich immer vorgestellt. Die Sünderin. Die Flammen. Ihr Zucken in der Glut.

Und sie konnte ihre Gesichter sehen. Jeden Einzelnen von ihnen erkannte sie auf einmal. Seine Furcht. Sein Entsetzen. Sie hatten keine Geheimnisse mehr vor ihr. Es gab keine Verstellung, keine Lüge mehr. Überrascht bemerkte sie, dass ihr alles kund war, alles offenbar. Und sie wunderte sich. Die erste Erfahrung, die sie nach dem Leben machte, war eine große Verwunderung.

So war das also, dachte sie …

Und von der neuen Freiheit Gebrauch machend, die ihr gegeben war, blieb sie noch etwas, ließ sich mal hier-, mal dorthin ziehen, wunderte sich von neuem, diesmal, wie mühelos die Zeit verging, wie sie in ihr vorauseilen und verweilen, mal dieser, mal jener Spur folgen und zugleich im Vergangenen wie im Gegenwärtigen sein konnte.

Das ist wahrhaftig die Ewigkeit, dachte sie.

Sie erkannte nicht nur, was geschehen war, das ganze Geflecht von Begebenheiten und Gründen, die zu Begebenheiten geführt hatten, aus denen wiederum Gründe für Begebenheiten geworden waren, sie konnte auch in die Herzen der Personen sehen, solcher, die sie kannte und die sie nicht kannte. Sie nistete sich darin ein, ohne in ihnen gefangen zu sein, wie man es im Leben in sich selber ist. Sie fand sogleich hinaus, tauchte in ein anderes Bewusstsein ein, erkannte die vielfachen Verflechtungen zwischen einem Bewusstsein und einem anderen und wiederum anderen, so dass die ganze Geschichte, die auch ihre gewesen war, plötzlich aufschien wie ein Diamant, in dem sich das Licht auf vielfache Weise bricht, Farben erzeugt, ein Funkeln wie das eines neuen Sterns am Nachthimmel.

Und mit einem Bedauern, das noch ein Rest aus ihrem Leben war, ein Rest, den sie sogleich mit der neuen Leichtigkeit, die ihr gegeben war, abstreifte, dachte sie kurz daran, dass sie es nun niemandem mehr erzählen, mit niemandem die Verwunderung über das teilen konnte, was sie sah. Es war ein Bedauern, das auch die Lebenden manchmal befällt, wenn sie den Toten gern noch den Rest der Geschichte erzählt hätten.

Und manchmal tun sie es. Wider alle Vernunft erzählen sie ihnen, wie es weiterging. Und indem sie es erzählen, wissen sie erst, was sie erlebt haben. Es kommt ihnen neu vor, überraschend, als wenn sie gar nicht dabei gewesen wären. Fast ist es, als ob die Toten in die Rede der Lebenden einfielen, als ob sie ihnen diktierten, was sie erzählen. Und langsam, ganz langsam, lernen sie auf diese Stimmen in sich zu hören. Sie sind ganz leise, der Nachhall einer Erinnerung, die schon vergessen war.

Sie entfernte sich, stieg hoch auf, sah das Land tief unter sich liegen, die Gipfel der Berge, schroff gezackt, fast weiß im Licht der Vormittagssonne, die Hügel des Vorgebirges, die sich sanft und grün wellten, zwischen ihnen die Dörfer, die beiden gleißenden Bänder der Flüsse, die sich ins Meer ergossen, die Hafenstädte rechts und links beider Flussmündungen und den Ozean, weit, aber nicht mehr unendlich für sie, die jetzt eine ganz andere Unendlichkeit kannte. Sie glitt wie eine Möwe über die Flut.

Am 9 November 1609 wurde in der Nähe von St. Pée, im äußersten Südwesten Frankreichs, eine Frau verbrannt. Es war die letzte von 57 Männern und Frauen, die dort seit Anfang August in den Flammen der Scheiterhaufen umgekommen waren. Man verbrannte sie zumeist lebendig, ließ das Feuer so lange brennen, bis die Körper und die Pfähle, an die man sie kettete, zu Asche geworden waren, die am nächsten Tag in den Fluss Nivelle gestreut wurde, der sie bei St. Jean de Luz in den Atlantik spülte. Eine barbarische, langwierige, groteske Form der Feuer- und Seebestattung, die jedes Mal unter großer, ja überwältigender Beteiligung der lokalen Öffentlichkeit stattfand und die Menschen seltsam erleichtert und zutiefst erschöpft entließ. Nichts strengt so an, wie Zeuge eines Sterbens zu sein. Keine Arbeit, kein Vergnügen, kein sportlicher Wettbewerb kommt dem gleich.

Viele, die zugegen waren, hatten die Verurteilte gekannt. Sie waren Nachbarn gewesen, Kindheitsfreunde, Verwandte. Sie hatten mit ihr Erinnerungen geteilt, das geheime Wissen um die Vorkommnisse, die den dichten Teppich des Beziehungsgeflechtes in den Dörfern bilden und nur den Ansässigen bekannt sind. Sie hatten mit ihr Geschäfte gemacht, Ansichten getauscht, die Feste des Kirchenjahres begangen. Sie teilten nicht die Erfahrung mit ihr, die sie jetzt machte. Die überließen sie ihr allein.

Sie wussten noch nicht, dass dies die letzte Verbrennung im Labourd sein sollte, schlossen aber aus den ungewöhnlichen Umständen, unter denen sie geschah, dass etwas im Begriff sein musste, sich zu ändern. Sie waren auf einmal nicht mehr sicher, wer Verfolger und wer Verfolgter war, gelobten heimlich, jeder für sich, ab sofort ein neues Leben zu beginnen, wussten selbst nicht, woran genau sie dabei dachten, und ahnten auch nicht, dass es bereits als entschieden galt: Es war vorbei. Das Gericht war schon aufgelöst. Das Parlament in Bordeaux würde zustimmen. Politische Veränderungen kündigen sich, bevor sie sich ereignen, in den Herzen der Menschen an. Sie fühlen einen Moment, bevor es eintritt, dass nichts so bleibt, wie es ist.

In dieser Nacht trieb Regen vom Meer herein. Sein gleichmäßiges Rauschen begleitete sie in den Schlaf, Traumbilder erzeugend, die einander ähnlich waren. Fluten, in denen jeder Einzelne von ihnen umzukommen fürchtete. Geisterschiffe, seltsame Inseln, auf die man sich zu retten versuchte.

Ihr Schlaf war tief in dieser Nacht. Sie hatten den Tod gesehen. Der Tod hatte zurückgestarrt.

Eines Tages würde man sich fragen, wie es begonnen hatte. Wie es möglich gewesen war. Wer die Schuld trug. Man würde nach etwas suchen, etwas ganz Bestimmtem, ohne das dies alles nicht hätte geschehen können. Etwas Unbegreiflichem. Etwas, das ihr Vorstellungsvermögen so weit überstieg, wie das Böse, das geschehen war, ihr Schuldgefühl überstieg. Ihr Schuldgefühl war ein Bestandteil des Bewusstseins, dass sie überlebt hatten. Es war wie das Frösteln in einem geheizten Raum. Nichts Dramatisches. Nichts, wovon man viel Aufhebens macht. Aber unangenehm. Und die ganze Zeit da.

Eines Tages würde man »damals« sagen. Sie wussten das schon. Es lag ein gewisser Trost darin, zu denken, dass man einmal »damals« sagen würde. Es war ein bisschen beschämend, so früh daran zu denken, aber sie brauchten den Trost, und darum begannen sie flüsternd von den »Ereignissen« zu sprechen, als läge lange zurück, was sie erlebt hatten.

Die »Ereignisse«, sagten sie. So war es möglich, von ihnen wie von einem schweren Wetter zu sprechen. Einer Pest. Einer Teuerung. Von etwas, das über sie gekommen und weitergezogen war, das sie geängstigt, versehrt, aber nicht ganz besiegt hatte. Nicht die, die übrig geblieben waren.

Es war vorbei. Das war die Botschaft, die sie sich mit dem Wort zuflüsterten. Es war geschehen. Es war zu Ende. Es war abgetan. Es, das waren die »Ereignisse«. Sie hatten sich überstürzt und waren zu ihrem Abschluss gelangt. Es hatte eine Zeit davor gegeben, und es würde eine Zeit danach geben, die soeben verstohlen begann und ihre Zeit sein würde, die Zeit der Davongekommenen. Keine heroische Zeit. Kein Epos, keine Annalen, die von ihr künden. Keine Namen, deren Klang die Nachwelt aufhorchen lässt. Nur dies geflüsterte, wie wispernder Nachtwind aufkommende Wort »Ereignisse«, das von Ohr zu Ohr geistert und die Botschaft enthält, dass es vorüber ist.

Es gibt Erinnerungen, die die Menschen verbinden, und es gibt solche, die sie voneinander scheiden. Was zwischen Juli und November in jenem Jahr geschah, gehörte für die, die sich später daran erinnerten, zu der zweiten Art. Sie sprachen lange Zeit nicht davon. Ja es schien überhaupt, als kenne man einander kaum. Alte Freunde, Verwandte, Nachbarn rückten voneinander ab. Man berief sich darauf, dass man genug mit sich selber zu tun hatte. Man hörte auf, einander zu besuchen. Nach dem Kirchgang ging man rasch auseinander. Zeit wurde knapp. Man war beschäftigt. Arbeit war hoch angesehen. Scheunen wurden errichtet, Balken gestrichen, Wände geweißt. Die Abende wurden kurz. Man ging früh zu Bett. Musik kam aus der Mode. Gesungen wurde nur noch in der Kirche. Selbst der Klatsch kam zum Erliegen. Wenn zwei oder drei Frauen zusammen waren, schlugen sie nur die Augen zum Himmel auf, seufzten tief und klagten über die Arbeit, die niemals ein Ende nahm. Nichts war mehr wie zuvor.

Viele gingen auch fort, in die Neue Welt. Und andere kamen wieder, die geflohen waren. Sie hatten sich im Gebirge versteckt gehalten, bis es vorbei war. Männer und Frauen, ganze Familien, hatten in den Höhlen Zuflucht gesucht, von wilden Ziegen und den Diebstählen gelebt, die sie bei Nacht in den Dörfern erbeuteten. Ein paar Tage, nachdem es vorbei war, kamen sie zurück. Sie fragten nicht, stellten niemanden zur Rede, wenn ihre Häuser im Dorf ausgeraubt worden waren. Sie bezogen sie, als wäre nie etwas gewesen, zimmerten sich neue Betten, schafften neue Töpfe an und lebten ebenso für sich wie alle anderen. Und wenn jemals die Rede auf die Zeit kam, die sie im Gebirge verbracht hatten, dann behaupteten sie, nur für kurze Zeit weg gewesen zu sein, nur, um die Ziegen zu weiden oder die Herde ins Tal hinabzuholen. Es schien keine Verbindung zwischen ihrer Abwesenheit und den »Ereignissen« zu bestehen. Auch sie blieben mit ihren Erinnerungen für sich.

Und mit der Zeit gewöhnte man sich daran. Die Dinge waren geschehen, aber man wusste nicht viel davon. Was bedeuten schon vier Monate im Leben eines Menschen? Je mehr Zeit vergeht, desto unbedeutender werden sie. Ein Sommer. Ein Frühherbst. Eine Jahreszeit im Übergang. Bald sprach man von den Toten, als habe sie ein Unglück dahingerafft. Ein entsetzlicher Zufall. Eine Tragödie, so bedauerlich wie schicksalhaft. Weißt du, sagte man, als Anne-Marie Dibasson noch lebte? Sie buk ein Maisbrot, wie man es seither nicht mehr bekommt. Es ist ein Jammer, dass sie so früh von uns gehen musste. Und wenn die verwaisten Kinder, die man unter den Familien verteilt hatte, ihren Verwandten zur Last fielen, beklagte man den Tod ihrer Eltern nicht anders, als seien sie einem Fieber zum Opfer gefallen.

Sie vergaßen auch die Nächte in den Höhlen von Sare. Wilde, unbeschreibliche Nächte voller Mondschein und kühner Verzückungen. Sie vergaßen den Fremden, der sich dort einen Sommer lang versteckt gehalten und mit dem alles begonnen hatte. Den Pilger. Einer von denen, die über das Gebirge zu den Wallfahrtsorten nach Spanien zogen und manchmal in den Höhlen übernachteten. Einer, der seine eigenen Wallfahrten abhielt. Kommt her zu mir alle, die ihr euch vergnügen wollt. Das war die Botschaft, die er für sie gehabt hatte. Und sie waren in den klaren Nächten des Sommers dort hinaufgezogen. Er machte die Frauen verrückt. Die Frauen und die Männer auch. Sie hatten Wein mitgebracht und Lämmer, die sie dort schlachteten. Ihre Feuer waren weit ins Land hinein sichtbar gewesen, und immer mehr waren zu ihm gekommen. Und er hatte ihnen gezeigt, dass das wahre Vergnügen ein äußerstes Vergnügen ist, eine Verzückung, ein Rausch. Dass man dazu Kühnheit und Phantasie und den Rauch eines Krautes braucht, von dem er Unmengen bei sich zu haben schien, so als züchte er es im Innern des Berges, wohin er sich bei Tag zurückzog. Er blieb unsichtbar, um in den Nächten Hof zu halten auf dem Berg. Und er verkaufte ihnen das Kraut und zeigte ihnen, wie man den Rauch tief in sich hineinzieht und so lange wie möglich in sich behält, damit er wirken kann. Und sie fühlten in sich den Mut zum Äußersten und sahen, dass die Dinge, zu denen er sie anhielt, merkwürdig leicht zu begehen waren, und dass sie sich dadurch befreit fühlten, so frei, wie sie niemals gewesen waren, und es war diese Freiheit, deren Geschmack sie am nächsten Tag immer noch spürten, und am Abend zogen sie wieder auf den Berg.

Sie vergaßen es. Viele von denen, die dabei gewesen waren, lebten nicht mehr. Und die, die es überlebt hatten, erwähnten es niemals mehr. Es war wie ein Traum, den sie vor langer Zeit geträumt hatten.

Erst nach Jahren begann es, dass sie sich wieder erinnerten. Aber da war niemand, der ihnen zuhörte, wenn sie davon erzählen wollten. Jeder winkte ab, als habe man dergleichen schon oft erlebt und als lohne es nicht, seine Zeit damit zu verschwenden, darauf zurückzukommen. Und plötzlich kamen sie sich merkwürdig alt und allein vor. Es schien ihnen jetzt, dass die entsetzliche Zeit die beste Zeit in ihrem Leben gewesen war. Sie erinnerten sich an sie wie an ein Fest, von dem sie gegen Morgen ernüchtert heimgekehrt waren, nicht sicher, was im Schutz der Nacht geschehen war und wie weit sie selber darin verwickelt waren.

Und noch später gerieten die Ereignisse ganz in Vergessenheit. Man ließ sie ruhen, wie man die Toten ruhen lässt. Irgendwann kommt die Zeit, da niemand mehr von ihnen weiß. Nur eine Höhle in den Bergen trägt noch den Namen Grotte des Sorcières, Hexenhöhle. Als habe sich dort in unvordenklichen Zeiten ein Märchen zugetragen. Dinge, von denen man weiß, dass sie nie wirklich geschehen sein können. Das Gedächtnis gräbt sich Höhlen und verbirgt darin, was es nicht mehr wissen will. Aber manchmal, nach ein paar hundert Jahren, steigt das Vergessene wieder ans Tageslicht und ist so schrecklich und schön und jung und grausam, wie es immer war. Und wieder werden Feste gefeiert. Der Rausch, die Unbedenklichkeit kehren zurück. Der Tanz. Die Verzückung. Der ganze Wahnsinn der Nächte, wenn die Vernunft schlafen gegangen ist und sich in den Falten der Dunkelheit etwas regt, das sich dort verborgen gehalten hat.

Und plötzlich ist auch das Buch da. Vergessen. Verramscht. Uralte speckige Seiten, vergilbt, in den Regalen der Antiquariate übersehen, auf dem Boden der Kisten mit Unverkäuflichem. Plötzlich, aus den virtuellen Labyrinthen des Internet, taucht es auf: die Geschichte der Ereignisse, die sich damals in der Gegend von Bayonne zugetragen haben. Einer hat es notiert. Einer hat es kurz, nachdem es geschehen war, aufgeschrieben, bewahrt, mit seinen eigenen Gedanken kommentiert. Einer, der dabei war, wollte nicht, dass es vergessen wird.

*

1609 WAR EIN GUTES WEINJAHR. Der Sommer war heiß und trocken gewesen. Die Trauben waren nicht groß, aber von einer Süße, wie sie in hundert Jahren nicht oft erreicht wird. Die Weinhändler in Bordeaux hoben die Preise auf ein Niveau an, das den Alteingesessenen schwindelerregend und unseriös erschien. Aber die Teuerung war allgemein. Und was ist dagegen zu sagen, wenn man von ihr profitiert? Nichts, als dass es an die Flüchtigkeit der Dinge gemahnt, ihre Unbeständigkeit. An die Taschenspielertricks, mit denen der Teufel seit jeher die Finanzwirtschaft durcheinander bringt. Es könnte alles so einfach sein. So gut. So berechenbar. Aber der Teufel steckt überall. Wandelt die Süße der Traube in Geldwert um. Nichts ist, was es scheint. Keine Verlässlichkeit. Nirgends. Stattdessen Geldverfall. Teuerung. Lockerung der Sitten. Lüge. Und ein Gefühl im Innern, ein spürbarer Sog, der von einem Zentrum des Nichts ausgeht, einem Hohlraum, einer Leere, um die ein Ring von Empfindung liegt, der sich wie ein Schlund verengt und zusammenzieht. Angst? Vielleicht. Ein tieferes Unbehagen. Ihm zu entkommen ist jede Anstrengung wert.

An einem nebligen Novembervormittag näherte sich ein Mann mit seinem Pferd dem Ufer der Garonne in Höhe der Porte Cailhau, um sich übersetzen zu lassen. Er besaß einen Weinberg am anderen Ufer, und da er erst kürzlich nach längerer Abwesenheit zurückgekehrt war, hatte er den Wunsch, ihn zu inspizieren. Die Lese war vorbei. Das Weinlaub war schon rot und begann sich zu lichten. In zwei Monaten würde man mit dem Beschneiden der Reben beginnen. Es drängte ihn nichts außer dem Bedürfnis, das eigene Land unter den Hufen der Stute zu spüren, die im Laufe des Sommers ein wenig zu schwer geworden war, da sie niemand ausreichend bewegt hatte.

Über dem Fluss war der Nebel so dicht und grau, dass der Mann die Fährschiffer auf ihren Booten vom Kai aus nicht sehen konnte. Er rief ein paar Mal mit wachsendem Ärger und dem Gefühl, sich zum Narren zu machen – denn er war daran gewöhnt, dass man ihm gehorchte –, als plötzlich direkt vor ihm ein Fährmann auftauchte und bereits sein Pferd am Halfter auf die Planken führte, was ihn erneut ärgerte, da noch kein Preis ausgehandelt war. Doch dann besänftigte ihn, dass der Preis für die Fähre in den vier Monaten seiner Abwesenheit nicht gestiegen war, und als sie vom Ufer abstießen, bemerkte er, dass der Nebel sich lichtete, zuerst weiß, dann goldfarben wurde und, als sie in die Mitte des Flusses kamen, ganz aufriss, so dass die tiefroten Reben am anderen Ufer, die sanften Linien der Hügel, die von Nuss- und Apfelbäumen umstandenen Weinberghäuschen und darüber der blaue Herbsthimmel sich dem Blick so unvermittelt und herrlich darboten, als habe Gott sein Schöpfungswunder noch einmal für ihn vollbracht, und der Mann sah, wie das Licht von den glänzenden Flanken seines Pferdes floss, wie es seine Gestalt Muskel für Muskel nachzeichnete, und für einen Moment schloss er die Augen. Er war begabt mit dem Blick, der die Schönheit sieht.

Am Ufer warf er dem Fährmann ein paar Münzen zu, führte sein Pferd an Land und saß mit dem Gefühl auf, dass dies ein Tag des Neuanfangs sein würde. Ein Tag wichtiger Entschlüsse. Ein Tag der inneren Reinigung von Bedenken, von Zweifeln, Unsicherheit, von allem, was dieses leichte ringförmige Ziehen in ihm verursachte. Ein Tag, in dessen Nacht er schlafen würde, wie er schon lange nicht mehr geschlafen hatte, tief, ohne Unterbrechungen, die sich oft bis gegen Morgen ausdehnten, angefüllt mit fieberhaften Überlegungen, die um die eine Frage kreisten: War er gut genug? Gab es Fehler, die er gemacht hatte? Würde das Parlament ihn wieder aussenden? Und wohin? Er streckte sich im Sattel. Dehnte seine Brust. Spannte die Schenkel. Er fühlte die Kraft, die er noch besaß.

Er ritt einen leichten Trab, wartete auf den Moment, in dem er mit der Stute verschmolz, seine und ihre Bewegungen von einem Willen – seinem – gelenkt. Dann fiel er in Galopp, jagte ein, zwei Meilen flussaufwärts, wendete, jagte wieder zurück. Zwei ältere Frauen, die Körbe auf dem Rücken trugen, drängten sich zwischen die Reben, als er heransprengte. Kurz konnte er in den ihm zugewandten Gesichtern den Ausdruck von Ergebenheit und Blödigkeit sehen, mit dem das Volk zu den Herren aufblickt, wenn sie zu Pferde sind. Manche Weingutsbesitzer erlaubten den Leuten, in ihren Weinbergen Nachlese zu halten. Es war so viel wie nichts, was sie noch fanden. Die Vögel waren immer schon da gewesen. Er konnte sich nicht erinnern, dergleichen angeordnet zu haben. Er dachte, es sei gut, dass er nach dem Rechten sah, und lenkte sein Pferd jetzt hügelauf.

Möwen zogen von Norden her, von der Gironde, herein. Über ihm standen Schwalben in der blauen Luft, die von einem leichten Trestergeruch erfüllt war, in dem für ihn das ganze Aroma des Herbstes lag. Es war vollkommen windstill. Der Mann keuchte. Auch die Stute schnaubte und war schweißnass. Sie waren beide nicht mehr jung. Beide gelangten sie schneller an die Grenzen ihrer Leistungsfähigkeit als früher. Beide mussten sich einander wieder anpassen und taten es, indem sie ein wenig langsamer wurden, als sie es gewöhnt waren.

Alte, sagte der Mann und tätschelte dem Pferd den Hals.

So, als Reiter, sah er jünger aus, als er war. Er hielt sich gut im Sattel, wie jemand, der unsicher ist, ob er nicht doch beobachtet wird. Vermutlich war er eitel. Er hatte den Hut beim Ritt in den Nacken geschoben und setzte ihn jetzt wieder korrekt auf, indem er ihn mit beiden Händen zurechtrückte. Es war ein breitkrempiger Hut mit prächtigen Federn, die ihm an einer Seite über die Schulter herabhingen. Darunter sein Haar halblang, ergraut, aber noch immer gelockt und dicht. Er brauchte keine Perücke.

Er war sechsundfünfzig, im selben Jahr wie Heinrich IV. geboren, was ihm stets als eine Art schicksalhaftes Versprechen der eigenen Bedeutung bewusst war und ihn dazu verleitete, daran zu glauben, dass er dem Monarchen ähnlich sah. Ja, es hatte dies einen erheblichen Anteil an seiner Meinung von sich selbst, obwohl es ihm vor Jahren und nur einmal gesagt worden war und durchaus ungewiss, ob da jemand gesprochen hatte, der den Monarchen jemals anders als von weitem gesehen hatte, hoch zu Pferd, von einer Vielzahl von Begleitern umringt, von denen jeder der König hätte sein können und in deren Mitte manchmal der König wie jeder Monarch mit Absicht und einem gewissen Mutwillen verschwand, so dass die Menschen, die ihn von ferne sehen wollten und mit den Augen nach ihm suchten, fragten: Ist es der? Oder der? Und blinzelten: Ich sehe ihn nicht mehr! Und riefen: Das ist er! Das muss er sein! Ist er nicht herrlich?

Der Mann selbst hatte ihn nie gesehen, obwohl die Mission, von der er kürzlich zurückgekehrt war, vom König befohlen worden war und die Vollmachten, über die er verfügte, das königliche Siegel und die allerhöchste Unterschrift trugen. Er hatte das Pergament in einem Beutel aus Saffianleder mit sich geführt. Es war ihm teurer als seine Barschaft, teurer als sein Siegelring, in den ein um einen Anker gewundenes L eingraviert war für de Lancre, was ihn als einen Abkömmling der *noblesse de robe* der Küstenstriche auswies.

Sein Großvater hatte noch Rosteguy geheißen, den peinlichen Nachhall seiner baskischen Herkunft im Namen mit sich führend. Aber als einer der ersten Weingutsbesitzer im Bordelais, die ihre Weine nach Übersee ausführten – der Handel mit England war ihnen seit Karl VII. untersagt – und dazu eine kleine Flotte von eigenen Handelsschiffen unterhielten, die mit Weinfässern an Bord in die Neue Welt starteten und, wenn sie nicht ein Sturm versenkte, mit wertvollen Hölzern und Lederhäuten zurückkamen, konnte Rosteguy es sich leisten, für seinen Sohn Étienne zunächst die Stellung eines Rats-Notars zu kaufen, dann die eines Sécretaire du Roi, was keineswegs eine Tätigkeit bei Hof einschloss, sondern lediglich die formale Voraussetzung für den Erwerb eines Adelstitels bedeutete, eines bescheidenen Titels, eines Titels, für den man aus einer Liste von Namen auswählte, die allesamt auf die ohne Zweifel bestehende Nähe zum konkreten Broterwerb hinwiesen. Da Monsieur Rosteguy seinen Reichtum mit Schiffen gemacht hatte, entschied er sich für den Anker als Symbol des Glücks, das seine Nachkommen hatten, weil sie seine Nachkommen waren. So war Pierre de Lancre ein Parvenü der dritten Generation.

Sein Vater hatte ihm noch eingeschärft, dass man den Sattel nicht abnimmt und unter dem Arm hält, wenn man ein Haus betritt. Wie allen Parvenüs bereitete es ihm Mühe, die Ängste zu beherrschen, die noch aus der überwundenen Stufe seiner sozialen Existenz stammten. Die Angst, sich zu blamieren. Die Angst, wieder arm zu sein. Die Angst, dass man ihm seinen Sattel stehlen könnte, der teuer gewesen war.

Wie in allen rasch hochgekommenen Familien hielt man viel von Bildung und Wissenschaft. Von Anfang an hatte er gewusst, es kam darauf an, dass er von seiner Intelligenz Gebrauch machte. Von Anfang an hatte er Angst gehabt, nicht zu genügen. Er war der einzige Sohn, der einzige männliche Enkel, den der alte Rosteguy hatte. Die Familie hatte sonst nur Töchter hervorgebracht, in seiner Generation zwei ältere Schwestern, die nicht unvorteilhaft verheiratet worden waren. Er war kostbar. Er war wichtig. Er war der, auf den es ankam. Ein Begünstigter.

Man hatte seine Erziehung den Jesuiten anvertraut, und die jesuitischen Väter fanden in ihm, wonach sie suchten: Jungen, die nach Anerkennung hungerten, nach Bestätigung für den Hochmut, mit dem sie von ihren Familien ausgestattet worden waren. Und sie hatten ein ausgeklügeltes System entwickelt, diesen Hochmut gleichzeitig zu fördern und zu brechen, indem sie die jungen Seelen letztlich über sich selbst im Unklaren ließen und sich so ihren Einfluss auf sie bewahrten. Die zentrale Unsicherheit, die de Lancre ein Leben lang umtrieb und in der Frage bestand: Bin ich gut genug?, wurde ihm hier eingepflanzt.

Vor allem gelang es den Jesuiten, ihm jede Lust am religiösen Experiment auszutreiben. Ohnehin eher dazu neigend, sich ans Bewährte zu halten, blieb er für immer gegen die calvinistische Häresie gefeit, die ihren Anhängern unter der Regierung Heinrichs II. wie auch der seiner Nachfolger von Zeit zu Zeit ein gewisses Maß an Todesbereitschaft abforderte. Wer das nicht besaß, war besser beraten, katholisch zu bleiben, und so war die alte Religion für de Lancre, ohne dass er jemals vom Hauch eines

Zweifels gestreift worden wäre, seine Religion. Die Jesuiten bestärkten ihn sehr darin, indem sie ihm die Höllenstrafen, die auf die Protestanten warteten, derart lebhaft vor Augen riefen, dass er sich nicht weiter wunderte, als er erfuhr, dass einiges davon anlässlich der Hochzeit Heinrichs von Navarra mit der Valois-Prinzessin Marguerite in Paris in der Nacht des heiligen Bartholomäus schon im Diesseits vollzogen worden war, und darin das Wirken der himmlischen Vergeltungsmacht erkannte.

Als Schüler war er eher Durchschnitt. Oft fiel es ihm schwer, sich zu konzentrieren. Seine Gedanken irrten zu schmutzigen Dingen ab. Er besaß darin eine auch für die erfahrensten Beichtväter erstaunliche Phantasie.

Woher hast du das?, fragten sie. Wie bist du darauf gekommen?

Ich denke es mir aus, sagte er.

Und tust du dergleichen? Hast du es schon getan?

Ich möchte es so gerne, sagte er leise.

Und sie befahlen ihm Wassergüsse, Gebete und die Versenkung in Christi Wundmale, wozu er sich mit Eifer bereit fand.

Andererseits bewerteten sie solche Dinge nicht übermäßig hoch. Ihre Schüler waren jung, brünstig, in Anfechtung. De Lancre war nicht der Einzige. Die jesuitischen Väter gingen davon aus, dass die gärende Unruhe in ihm, die sie als Ehrgeiz auslegten, geeignet war, ihn in Richtung auf das von seiner Familie Gewünschte zu lenken: eine mittlere politische Karriere. Ein bisschen Einfluss. Viel Wichtigkeit. Ein ausreichendes Maß an Ansehen, an Respektabilität.

Das Studium der Rechte schien dafür der richtige Weg.

Er hatte in Prag und Turin studiert. Als er mit vierundzwanzig nach Bordeaux zurückkam, war er Docteur en Droit, sprach Italienisch fließend und ein wenig Deutsch, das er in den Kaschemmen der Prager Vorstadt gelernt hatte, während er mit seinesgleichen auf Latein oder Französisch verkehrt hatte, ein Huren- und Zuhälterdeutsch, das er für die Sprache Wiens und Habsburgs hielt und das seinen französischen Hochmut bestätigte.

Deutsch, pflegte er zu sagen, das ist eine Sprache für Landsknechte und Biertrinker.

Sexuell war er längst initiiert. Seine Vorliebe für ausgefallene Arrangements behielt er bei. Sie verstärkte sich im Laufe der Jahre noch. Die Huren, die er aufsuchte, fanden ihn charmant. Er stellte Ansprüche, machte ihnen Komplimente, fragte sie nach eigenen Vorlieben aus, wollte wissen, was sie selber empfanden, ließ sich genau beschreiben, wie es sich anfühlte, wenn er in sie eindrang.

Die Frauen lachten. Noch niemand hatte sie das gefragt. Es gefiel ihnen. Aber je freimütiger sie Auskunft gaben und sich auf sein Spiel einließen, desto unersättlicher wurde er, und desto wütender bezichtigte er sie zu lügen und sich über ihn lustig zu machen. Und er gab nicht eher Ruhe, bis sie weinten und ihn baten aufzuhören.

Ich habe alles gesagt, schluchzten sie. Mehr weiß ich nicht.

Hexe, sagte er. Lügnerin. Wie fühlt sich das an? Na? Wie fühlt sich *das* an?

Es tut weh, riefen sie.

Manchmal, würde er später schreiben, *verleiht Satan den Frauen die Fähigkeit, uns in solch schmutzige und abscheuliche Affairen zu verstricken, dass es noch schlimmer erscheint als das, wozu Satan uns höchstselbst verleitet. Denn er lässt uns Frauen treffen, die uns derartig gefallen, uns vergiften und die Sinne berücken, dass wir nicht einfach verliebt sind wie normale Männer, sondern wie gefräßige wilde Tiere, die vom Aas angezogen werden.*

Zurück in Bordeaux, sah er sich mit widersprüchlichen Erwartungen konfrontiert. Es war seine Mutter, die, einer Familie von Ratsherren entstammend, seine politische Karriere im Auge hatte und ein öffentliches Amt für ihren Sohn anstrebte, der unruhig, redegewandt und ambitiös wie sie selber war, während sein Vater eher von ihm erwartete, dass er sich in die Geschäfte der Familie einarbeitete, die Weinproduktion, den Handel mit Übersee. Er hielt es für geboten, dass der Sohn auf einem der beiden eigenen Schiffe nach Kanada mitfuhr, um die dortigen Handelsbeziehungen zu festigen. Aber nichts interessierte de Lancre weniger als das, eine Unternehmung, die ihn für mehr als ein Jahr von den Schauplätzen des Lebens entfernt hätte, das er anstrebte. So verbündete er sich mit seiner Mutter, die ohnehin zu sehr um ihren einzigen Sohn fürchtete, um ihn dem Ozean anzuvertrauen. Er wurde in die Ratskreise eingeführt, verkehrte in den wichtigen Familien, bei den de Mons, den Chassagnes, den Matignons, und wartete, dass eine Stelle im Parlament, dem Gericht von Bordeaux, vakant und zum Kauf angeboten werden würde, selbstverständlich warteten noch andere Familien für ihre Söhne auf diese Chance.

Bis es so weit sein würde, widmete er sich maßvoll dem Weinhandel, unterhielt heimliche Liebschaften und machte sich Notizen für ein zukünftiges Werk, mit dem er die Welt des Geistes in Erstaunen setzen wollte. Denn sein brennendster Ehrgeiz galt der Schriftstellerei. Auf diesem Gebiet glaubte er wahrlich zu Großem berufen zu sein. Hier sah er seine Zukunft. Alles andere war nur Vorbereitung und der Weg dorthin. Und hier ging es auch um die eine bange Frage, die in ihm nicht zum Schweigen zu bringen war: Bin ich gut genug? Durfte er es wagen, seine Feder mit der eines Boguet, eines Bodin zu messen? Er war noch jung. Aber er fühlte zu deutlich, dass er zu Besonderem berufen war. Irgendetwas würde die Nachwelt über ihn wissen, das er noch nicht wusste. Mit irgendetwas würde er sich auszeichnen. Er fühlte es.

Dann, im ersten Jahr nach seiner Rückkehr, 1577, ergab sich eine Gelegenheit, und er nutzte sie. Zwar war es noch nicht die Gelegenheit, sich Weltruhm zu verschaffen, doch zumindest in Bordeaux wurde er berühmt:

Anlässlich des Besuches der Königinmutter Katharina de Medici mit ihrer Tochter Marguerite, der Königin von Navarra, wurde ihm die Ehre zuteil, den jungen Pietro de Medici zu betreuen, dem Neffen Katharinas, der sich mit den Damen entschieden langweilte. Er sprach kein Französisch, und de Lancre durfte für sechs Wochen sein Dolmetscher, ständiger Begleiter und Hofmeister sein. Bei allen Festen, Empfängen, Jagdausflügen war er dabei. Gemeinsam mit dem Herrn von Sansac, dem Bürgermeister von Bordeaux, der zur Zerstreuung der Damen abgeordnet war, gehörte er zum Tableau der Macht, zu der Gruppe, auf die die Blicke aller gerichtet waren. Er besaß das Ohr des jungen Medici, in das er unablässig auf Italienisch flüsterte, arrangierte für ihn Tanzvergnügen, begriff bald, worauf sich das Interesse des jungen Florentiners wirklich richtete, führte ihn in die weniger hoffähigen Etablissements ein, wo man à la Française tanzte, die Damen nah zu sich heranziehend, so dass man ihre Brüste fühlen konnte, die mit jedem Atemstoß anschwollen und herandrängten. Er zeigte ihm, wie man die Damen anfasste, um sie bei der Volte hochzustemmen, wie tief die Hand dabei hinabfahren durfte.

Der junge Pietro fasste so viel Vertrauen zu ihm, dass er ihn bat, ein Stelldichein für ihn zu arrangieren, ohne dass seine Tante etwas davon erführe, und es gelang de Lancre, ein Arrangement mit zwei Damen zu treffen, entzückenden kleinen Baskinnen, bei denen sie sich als Italiener auf der Durchreise ausgaben. Unter dem Vorwand, dass er für die Sicherheit des Gastes verantwortlich sei und ihn keinen Moment aus den Augen lassen dürfe, bestand de Lancre darauf, dass sie sich gemeinsam mit den Mädchen zurückzogen. Insgeheim hatte er gehofft, dass die Gemeinschaftlichkeit dieses Abstechers in Schmutz und Verworfenheit sie in einer Art Blutsbrüderschaft einen würde. Er hatte im Dunkel des Raums ein heimliches Vergnügen darin gefunden, dass er seinen Liebesakt mit dem des Medici in Einklang zu bringen versuchte, so dass sein Höhepunkt mit dem des anderen zusammenfloss, eine verstiegene, geheime Vereinigung, die er wie einen Triumph genoss, musste dann aber erfahren, dass jeder Versuch seinerseits, auf das gemeinsam Erlebte anzuspielen, ins Leere zielte und von dem jungen Fürsten mit vollendeter Indifferenz beantwortet wurde. Lediglich bat ihn dieser um die Noten zu einem Lautenstück à la Française, die er bei seiner Rückreise nach Italien mitnehmen wollte, um einen so hübschen Tanz auch dort modisch zu machen.

De Lancre, der diese seine erste und von ihm als intim empfundene Berührung mit den Mächtigen seiner Zeit für einen Anfang hielt, einen Weg, auf dem er weiterzuschreiten entschlossen war, um seinem Leben die Wendung ins Große, ins Erhabene, in die Berühmtheit zu geben, wartete bis zum Tod Pietro de Medicis siebenundzwanzig Jahre später darauf, dass dieser sich an ihn erinnerte, ihn eines Tages zu sich berief, ihn für alle Zeit in dem Amt bestätigte, das in seinem Leben das höchste gewesen war: Mentor des Fürsten, sein Hofmeister, Interpret und Arrangeur der Zeremonien, auch der geheimsten. Umsonst. Die königliche Reisegesellschaft reiste ab, und er blieb in Bordeaux zurück.

Er wurde Parlamentsrat, kam mehrmals bei der alle zwei Jahre stattfindenden Bürgermeisterwahl in Betracht, ohne dass er eine Mehrheit der Stimmen auf sich vereinigen konnte, rettete sich nach diesen Kränkungen jedes Mal in die Schriftstellerei, die immer schon für diejenigen, deren Ehrgeiz unerfüllt blieb, ein beliebter Nebenschauplatz gewesen ist, und widmete sich in den Mußestunden, die ihm seine Tätigkeit bei Gericht und die Führung der Geschäfte ließen, die nach und nach aus den Händen seines Vaters in seine Hände übergegangen waren, der Arbeit an einem Werk, das allerdings der Vollendung, wie es bei Schriftstellern dieser Art häufig der Fall ist, nur langsam entgegenreifte und dem er den Titel »Abhandlung über die Unbeständigkeit der Dinge« geben wollte. Ein Buch, in dem er darzulegen beabsichtigte, dass nicht auf die weltlichen Dinge, sondern auf Gott allein Verlass sei.

Vielleicht lag es an dem geringen Widerspruch, den diese These hervorzurufen geeignet war, dass er nicht recht damit vom Fleck kam. Er fühlte, dass ihm etwas mangelte, um das große

Werk, dessen Keimen er unbezweifelbar empfand, ans Licht zu bringen. Etwas, das nichts mit ihm und seiner Fähigkeit als Autor zu tun hatte. Denn die besaß er. Er erkannte es an der Lust, mit der er schrieb. Daran, wie seine Feder über das Papier tanzte, so dass er mit dem Denken und Formulieren kaum hinterherkam und sein Geist, mitgerissen, bald den Boden unter sich verlor und flog. Er flog, und Widersprüche, Ungereimtheiten blieben unter ihm zurück. Sie lösten sich im Feuerwerk seiner Rhetorik auf, wurden im Dahinströmen seiner Sätze mitgeführt und darin letztlich unkenntlich, erschienen im Licht seiner schönen Metaphern plötzlich als das, was sie waren: unwesentlich.

Nein, was ihm mangelte, war etwas anderes. Es handelte sich um einen Mangel, der nicht in ihm, sondern außerhalb zu suchen war. In seinem Gegenstand. Er brauchte etwas Ungeheuerliches. Etwas, das seine Leser in Erstaunen zu setzen geeignet war. Etwas, das ihr Vorstellungsvermögen so weit überstieg, dass ihnen beim Lesen Hören und Sehen verging. Er wollte verblüffen. Ein Autor, der Erfolg zu haben beabsichtigt, muss sich als Sachverständiger fürs Unerhörte einführen. Davon war de Lancre überzeugt.

Aber was konnte dieses Unerhörte sein, von dem er künden wollte? Es musste etwas sein, über das gewöhnlich nicht geredet wird, obwohl sich jeder brennend dafür interessiert.

Dennoch, obwohl sie beiden Kriterien gerecht wurden, schieden seine sexuellen Interessen als Thema aus. Das war bedauerlich. Denn nach wie vor gehörte den Studien auf diesem Gebiet sein lebhaftestes Interesse, und er war sich sicher, dass es hier noch viel zu entdecken gab. Ja, hier verbarg sich der Kern seiner Neugierde an der Welt, die er mit allen sensiblen, geistig aktiven Menschen teilte, den Unruhigen und Hungrigen, die nach Erkenntnis und Macht und Ruhm und Geld streben. Sein Forschergeist sah sich am lebhaftesten gefordert, wo es um die geheimen Leidenschaften der Menschen ging, die seltsamen, zumeist verbotenen Wege, die sie zu ihrer Befriedigung beschreiten. Denn er war von einem tiefen und grundsätzlichen Misstrauen erfüllt, dass man ihm etwas vorenthielt. Hinter allem, was ihm begegnete, der sichtbaren Seite der Dinge, vermutete er Abgründe von Betrug, von Laster und Schändlichkeit. Hier ahnte er auch die Thematik im Maßstab der Ungeheuerlichkeit, nach der er für sein Werk suchte.

Er sollte sie erst viele Jahre später finden. Vorläufig beschied er sich mit dem Thema der Unbeständigkeit der Erscheinungen und des daraus abzuleitenden Gotteslobs. Zugegebenermaßen war das alles etwas spröde und wenig anschaulich, doch wies es vieles auf, was mit dem Gegenstand zusammenhing, dem er sich später widmen sollte. Denn um was sonst ging es, wenn nicht um das Wirken des Teufels in der Welt, die Fallstricke des Bösen, die heimliche Macht derjenigen, die uns verderben wollen? Wie ja gewöhnlich alle Bücher eines Autors letztlich derselben Thematik gewidmet sind, Bruchstücke einer Konfession. Pierre de Lancre war seit langem auf seinem Weg.

Mit fünfunddreißig hatte er geheiratet, Jehanne de Mons, eine Großnichte von Michel de Montaigne. Eine Verwandtschaft, die ihm nicht weiter bemerkenswert erschien. Er hielt den Autor der »Essais« für unbedeutend und unergiebig, die ausnahmslos unter Verzicht aufs Spektakuläre um die eigene Existenz kreisten, als gebe es nichts Unerhörteres als das eigene Ich. Seine Gedanken. Seine Verzweiflungen. Seinen Stolz. Die Rätsel, die es in sich selbst entdeckt. De Lancre konnte nichts Unglaubliches darin finden und begriff den Erfolg dieser Schriften nicht, die er weit zu übertreffen gedachte, was ihm allerdings mit seinem ersten Buch nicht gelang, weshalb er ihm drei Jahre später eine überarbeitete und erweiterte Fassung folgen ließ, die ihm zwar eine gewisse Anerkennung in juristischen und theologischen Fachkreisen zuteil werden ließ, jedoch nicht den Ruhm einbrachte, nach dem es ihn tief im Herzen verlangte.

Dennoch schwieg die innere Stimme nicht, die ihm das Unerhörte verhieß. Unerhörtes Glück. Unerhörte Bedeutung. Unerhörten Erfolg. Nur dauerte alles ziemlich lange bei ihm. So war es auch mit den Kindern, die Jehanne de Mons ihm schuldete.

Sie gefiel ihm. Es traf sich gut, dass sie sich mit ihm vermählte. Nicht nur, weil sie alles hatte, was er auch hatte, Häuser und Ländereien und Dienstboten und Pferde und Silber und die Umgangsformen der Klasse, zu der sie zählten, sondern auch, weil sie ihn in sich verliebt machte. Sie war nicht hübsch. Ihre Lippen waren zu schmal, ihr Kinn zu breit. Doch sie besaß etwas Schnippisches, das vielleicht aus nichts weiter herrührte als der Arroganz ihrer Abstammung aus älterem Adel, als der seine es war, aber ihn reizte, sie sich gefügig zu machen, und in der ersten Zeit seiner Ehe konzentrierte er sich fast ganz auf sie und schlief beinah jede Nacht mit ihr. Trotzdem wollte sie nicht schwanger werden, und es dauerte sechs Jahre, bis sie eine Tochter gebar, und noch einmal sechs Jahre, dass er einen Sohn von ihr verlangte, indem er in wachsenden Intervallen an ihre Schlafzimmertür klopfte:

Öffnen Sie mir, Madame!

Schließlich sagte sie eines Nachts mit tränenerstickter Stimme hinter der geschlossenen Tür:

Es hat keinen Zweck. Merken Sie das nicht, Monsieur?

So hatte er nur eine Tochter. Elisabeth. Ein blasses Kind mit schmalen Lippen und breitem Kinn, das für seinen Geschmack immer etwas zu ernst war. Manchmal fiel ihm ein, dass man es nie genau wusste, ob man der Vater war. Kein Mann auf der Welt konnte es genau wissen, auch der König nicht. Er am allerwenigsten. De Lancre hatte damals, auf dem Zenit seiner Laufbahn, die königlichen Damen beobachtet. Warum sollten sie sich Vergnügungen versagen? Hatte nicht die Reine Margot von Navarra ihm damals durchaus Blicke zugeschickt? Und? Wenn er gewollt hätte?

Die Unbeständigkeit der Dinge. Die Unbeständigkeit der Frauen. Konnte ein Mann sich jemals ganz sicher sein? Manchmal sah de Lancre seine Tochter an, begegnete dem Blick ihrer hellblauen Augen, die sie sogleich niederschlug, vermochte nicht zu erkennen, ob Halsstarrigkeit oder Schüchternheit die Ursache dafür war, und fand keine Anzeichen, dass sie ihn liebte, wie es ihm schien, dass eine Tochter ihren Vater lieben soll. Er suchte bei ihr nach Ähnlichkeiten mit sich, fand aber nur, dass sie ein nahezu vollkommenes Ebenbild ihrer Mutter war. Die Erkenntnis machte ihn ratlos.

Freust du dich nicht, mein Kind? Hatte er sie bei seiner Rückkehr vor zwei Tagen gefragt.

Sie war jetzt fünfzehn. Erschrocken sah er, dass während seiner Abwesenheit ihr Busen gewachsen war. Sie sah schuldbewusst und verlegen auf die neue Wölbung an sich herab.

Er griff nach ihrem Kinn und hob ihr Gesicht an. Ihm schien, er habe ein Recht dazu.

Antworte deinem Vater, sagte seine Frau, die neben die Tochter getreten war.

Oui, Monsieur mon papa, sagte die Tochter.

Sie freut sich, sagte seine Frau.

Durfte er sie umarmen? Schickte es sich, jetzt, da sie eine Jungfrau war? Unter den spöttischen Blicken seiner Frau verlor sich sein Gefühl für das der Situation Angemessene. Plötzlich empfand er, dass er dort, wo er herkam, heimischer gewesen war. Er war heimisch in seiner Machtfülle gewesen, heimisch in der Dringlichkeit und Wichtigkeit seiner Aufgabe, heimisch in der Furcht und Dienstbarkeit derjenigen, die ihn umgaben. Er suchte jetzt nach ähnlichen Signalen, nur um etwas Vertrautes um sich zu haben.

Weißt du, woher ich komme? Fragte er streng, noch immer das Kinn seiner Tochter in der Hand haltend.

Oui, Monsieur mon papa, sagte sie.

Nun, so sag es mir, befahl er.

Sie haben den Teufel ausgetrieben, Monsieur mon papa.

Richtig. Und weißt du, wie ich das gemacht habe?

Sie haben gebrannt, flüsterte sie.

Ihre Augen waren geschlossen, ihr Gesicht bleich. Ihre Wimpern zitterten.

Lauter! Sagte er.

Sie ließen Hexen verbrennen.

Und plötzlich mit weit aufgerissenen Augen: Sie schreien ... Sie wollen nicht sterben ... Der Teufel will sie im Feuer tanzen sehen ...

Er ließ ihr Kinn los und wandte sich an seine Frau:

Wer hat ihr so etwas erzählt? Wie kommt sie auf solche Dinge?

Sie hat Phantasie, antwortete seine Frau. Das hat sie von Ihnen. Wissen Sie das nicht?

Und da war wieder der hochmütige Ausdruck, den er einst an ihr geliebt hatte.

Ich will mit Ihnen allein sprechen, sagte er zu ihr. Geh, sagte er zu der Tochter.

Mit dem Tonfall, in dem er kurze Befehle erteilte, fand er wieder zu der gewohnten Fassung zurück.

Die Tochter knickste und verließ den Raum.

Wenn es so ist, sagte er ohne Umschweife, muss man sich nach einem Bräutigam für sie umsehen.

Der Vorschlag war nicht sehr originell. De Lancre wusste das. Aber es war das Einzige, was ihm unter den gegebenen Umständen einfiel und in Anbetracht des Wirkzusammenhangs Busen – Jungfräulichkeit – Phantasie einfach zwingend erschien. Jeder Vater an seiner Stelle hätte denselben Schluss gezogen. Ein Ehemann würde alle möglichen Unwägbarkeiten außer Kraft setzen. Der Vorschlag schien ihm in hohem Maße von der Vernunft diktiert. Und er war sehr überrascht, als er seine Frau in einem Tonfall, in dem Angst, Unterwürfigkeit und ein gewisses Erinnern an vergangene Intimität mitschwangen, sagen hörte:

Lassen Sie sie mir noch etwas, Pierre!

Madame –

Er sah sie an, suchte nach Anzeichen des spöttischen Lächelns, das ihre Bemerkungen sonst begleitete. Aber er fand keine und stellte überrascht fest, dass ihr Hochmut im Laufe der Jahre gebrochen worden war. Wann war das geschehen? Er hatte es nicht bemerkt. Und was war schuld daran? Sie war erst sechsunddreißig, zwanzig Jahre jünger als er. Ihm fiel ein, dass er sie im selben Alter geheiratet hatte, in dem sich jetzt seine Tochter befand.

Es hat noch Zeit, sagte sie. Sie ist noch jung. Ich möchte sie noch bei mir behalten. Verstehen Sie?

Und mit einem Blick, der durch die geschlossenen Flügeltüren zur Terrasse schweifte, unbestimmt, ein Terrain ausmessend, das nicht den herbstlichen Garten meinte, sondern darüber hinausging und sich im Weiten verlor, sagte sie, wie träumend: Ich habe nichts außer ihr.

Es kam ihm exaltiert und irgendwie maßlos vor. Gleichzeitig war er verärgert. Er fühlte sich wie damals vor ihrer Zimmertür. Ausgeschlossen. Gekränkt. Abgewiesen, wo man ihn von Rechts wegen willkommen heißen sollte. War dies sein Haus? Seine Familie? Sein Eigen? Das Heim, in das ein Mann nach langer Abwesenheit im Kampf, in der Bewährung, zurückkehrte, um endlich bei sich zu sein? Um zu ruhen? Um sich an der Zuneigung derer zu erfreuen, für die er alles auf sich genommen hat? Ihm schien, dass es nicht recht war. Nicht so, wie es sein sollte.

Madame, sagte er. Ich bitte Sie.

Es war nur zu offensichtlich, dass dies der Moment gewesen wäre, ihr den Arm zu reichen und sie in den Garten hinauszuführen, um der Konversation eine mehr persönliche Wendung zu geben, zumindest jedoch ihre Hände in den schwarzen, an den Fingerspitzen durchbrochenen Seidenhandschuhen zu ergreifen und möglicherweise an die Lippen zu führen, um dabei etwas Versöhnliches zu murmeln, doch er fühlte sich beim besten Willen nicht in der Stimmung dazu. Auch er sah hinaus. Weiße Rosen am Teich. Tiefroter wilder Wein an den Mauern. Selbst sein Garten schien ihm merkwürdig fremd und eher ihr als ihm zu gehören.

Hier wird sich manches ändern, sagte er und wies zum Garten hin. Ich habe Pläne.

So, sagte sie.

Er wusste, dass er sie nie wieder anrühren würde. Er wunderte sich über die Eindeutigkeit dieses Wissens. Es hatte nichts damit zu tun, dass sie älter geworden war. Es war die sexuelle Anziehungskraft ihres Hochmuts, die ihr abhanden gekommen war. Er liebte Frauen, die ihn ein wenig verachteten. Nicht zu viel, nur ein wenig. Und es ihm zu spüren gaben. Nicht sehr, nur etwas. Und nie ungestraft.

Was unsere Tochter anbelangt, sagte er, sollten wir uns nicht von sentimentalen Erwägungen bestimmen lassen. Schließlich geht es um das Glück unseres einzigen Kindes.

Aber sie hatte schon hinter seinem Rücken das Zimmer verlassen.

Er versuchte sich auf die Veränderungen im Garten zu konzentrieren. Er würde den Teich zuschütten und dort ein Rondell mit Spalieren anlegen lassen, in dessen Mitte man eine griechische Säule aufstellen könnte, an der Kletterrosen – oder vielleicht Glyzinien? – emporrankten. Er würde die Wege nicht mehr rechtwinklig, sondern in einem Rund um dieses Rondell herumführen, konzentrische Kreise, die man in allen vier Himmelsrichtungen durch Querwege verband. Er hatte solche Gartenanlagen in Italien gesehen. Alles musste neu, alles ganz anders bepflanzt werden. Er sah ein einziges Graben und Erdeverschieben vor sich, bis ein ganz und gar anderes Terrain entstand. Ein wütendes Blühen in diesem kreisförmigen Garten malte er sich aus. Vielleicht würde er auch eine Grabkapelle für sich und seine Frau erbauen lassen. Oder eine Grotte, in der eine fromme Statue aufgestellt würde, je nach Jahreszeit mit Gaben der Natur geschmückt, die ihr zu Ehren dargebracht würden, so dass man zu privaten Andachten einzuladen in der Lage war, was seinem Stand entsprach und seinen weiteren Plänen förderlich sein würde.

Er sah ein, dass kein Anlass zu trüben Gedanken, seine Zukunft betreffend, bestand. Alles war vorteilhaft. Alles war zu seiner Zufriedenheit verlaufen. Wenn auch das Ende seiner Mission im Labourd nicht in der vorhergesehenen Weise und etwas plötzlich zustande gekommen war und seine Abreise eher einer Flucht geglichen hatte. Doch wer wusste das schon in Bordeaux? Er hatte erfolgreich gearbeitet. Niemand würde das bestreiten können.

Und als er zwei Tage später am Morgen über die Garonne setzte, um seine Weinberge zu inspizieren, befand er sich in der gehobenen Stimmung eines Mannes, der Pläne hat und über die Mittel verfügt, sie zu verwirklichen.

Er hatte den vergangenen Tag mit der Abfassung von Notizen verbracht, die er seinem Bericht an das Parlament von Bordeaux zu Grunde legen wollte. Obwohl er vom König direkt beauftragt und durch ihn mit Vollmachten ausgestattet war, schuldete er dem Präsidenten des Parlaments als Oberstem Richter der Region Rechenschaft, und dieser würde, eine höchstrichterliche Bewertung von de Lancres Leistung hinzufügend, einen eigenen Bericht für die königliche Kanzlei anfertigen.

War ich gut genug? Die Frage, die in ihm so viel Beunruhigung und Bangigkeit auslöste, die Quälgeister seiner Seele in ihren Schlupfwinkeln aufstörte, für dieses Mal erfüllte sie ihn mit dem Vorgefühl von Anerkennung und Belobigung. Vielleicht würde er bei den nächsten Wahlen zum Bürgermeisteramt doch bestehen? Oder gar in den Staatsrat berufen werden?

Er ließ seinen Blick über die schnurgeraden Reihen der Rebstöcke schweifen, die ihm seit vielen Jahren Frucht getragen hatten. Der Primeur war kraftvoll, spritzig, voller Verheißung in diesem Jahr. Er ließ etwas von der samtigen Fülle des Jahrgangs erkennen. Alles kam darauf an, zu gegebener Zeit Ernte zu halten, die Frucht einzufahren. Und plötzlich wusste de Lancre, was er tun würde. Die Idee war in ihm gereift, und jetzt brach die

Zeit ihrer Verwirklichung an. Alles lag klar, in der Sonne des blassblauen Herbsttags vor ihm: Er würde wieder ein Buch schreiben.

Er sah den Titel vor sich: *Über die Dämonen und bösen Geister.*

Nein. *Über die Unbeständigkeit der Dämonen und bösen Geister.*

Nein. *Eine Abhandlung über die Unbeständigkeit der bösen Geister und Dämonen.*

War das deutlich genug? Sprach daraus seine Absicht einer vorbehaltlosen Enthüllung all dessen, was er über die Hexerei in Erfahrung gebracht hatte?

Leise, die Lippen bewegend, setzte er hinzu: »Alles, was Sie schon immer über Hexerei wissen wollten, aber nicht zu fragen wagten.« Dann besann er sich. Nein. So ging das nicht.

Eine vollständige Behandlung aller Fragen, die Hexen und Hexerei betreffend.

Das war es. Er streckte sich im Sattel, fühlte die Kraft des Pferdes an den Schenkeln und gab ihm leicht die Sporen. Der weiche Grund schmatzte unter den Hufen. Er ritt zwischen den Rebstöcken hindurch. Ein guter Titel muss lang sein, dachte er. Und er muss Enthüllungen in Aussicht stellen. Ein guter Titel war schon das halbe Buch.

Im Reiten erfasste ihn ein Rausch. Die Einfälle überstürzten sich, während er den Hang hinabgaloppierte, die Beine von Reben gestreift, den Kopf frei erhoben, über die Garonne auf die Silhouette der Stadt am anderen Ufer blickend. Er fühlte sich frei, seinen Geist in die Sphäre der Unabhängigkeit entrückt, die ein Autor so nötig braucht wie die Luft zum Atmen, wenn aus einem Buch etwas werden soll. Mit dem Gefühl eines Triumphs, dem ein Hauch von Dankbarkeit gegen den Schöpfer dieses klaren Herbsttags beigemischt war, sagte er sich, dass er alles besaß, was sein Buch zu einem Erfolg machen würde.

Er besaß einen Stoff, und dieser Stoff war unglaublich. Er war in höchstem Maße unerhört und ungeheuerlich. Es war der Stoff, nach dem er immer auf der Suche gewesen war. Das, wofür sich jeder Mensch interessierte und worüber niemand Genaueres wusste. Die Hexerei. Ein schmutziges Geheimnis. Ein theologischer Gegenstand. Jedem gleich nah, und doch das Fremde und Befremdende an sich. Eine öffentliche, ja eine politische Angelegenheit und eine private Abirrung zugleich. Jeder Schriftsteller hätte ihn um diesen Stoff beneiden müssen.

Und er besaß ihn auf zweierlei Weise. Empirisch. Er kannte sich aus. Vier Monate lang hatte er Hexen aufgespürt und Verhöre durchgeführt. Er war im Besitz sämtlicher Mitschriften. Von den Angeklagten beglaubigter Protokolle. Urteilen. Prozessakten. Er würde sie dem Parlament übergeben müssen, jedoch würde man ihm die weitere Einsicht ermöglichen. Es gab Aussagen darin, die nur flüsternd gemacht worden waren oder schreiend oder indem man sich ihm zu Füßen warf. Manche hatte er den Frauen durch Schmeicheleien entlockt. Manche durch Lügen und falsche Versprechungen, was keineswegs gegen die Prozessvorschriften verstieß. Manche hatten sie ihm zitternd vor Verachtung entgegengeschleudert. Er konnte in den Protokollen lesen, was niemand außer ihm je darin lesen würde. Er war streng genommen der Einzige, der diese Texte zu lesen verstand, wie sie gelesen werden wollten.

Und gleichzeitig kannte er sich theoretisch in der Materie aus. Er war Jurist, hatte sich mit den Grundlagen der Theologie und Philosophie befasst. Er hatte Jean Bodin gelesen, *De daemonomania magorum*, Nicolas Rémy, *Daemonolatria*, Martin Delrio, *Disquisitionum magicarum* und Henri Boguet, *Discours de Sorciers*. Er hatte all diese Bücher mit Anmerkungen versehen und hinsichtlich ihrer sowohl juristischen als auch theologischen Aussagen analysiert und miteinander verglichen. Er war ein Spezialist, durch wissenschaftliche Studien und Lebenserfahrung auf seinen Stoff vorbereitet. Es konnte nicht besser sein.

Außerdem war er, und dies bedingte das Glücksgefühl, das er empfand, als er sein Pferd zur Anlegestelle der Fähre zurücklenkte, ein Schriftsteller. Er liebte es zu schreiben, war sich seiner stilistischen Begabung bewusst, die die Leser seines ersten Buches gerühmt hatten. Er fühlte, schreibend, dass er über die Mittel der Sprache gebot, einen Sachverhalt nicht nur darzustellen, ihn zu gliedern, ihn widerspruchsfrei in einen Zusammenhang zu fügen, sondern auch seine Leser für sich einzunehmen, sie gleichsam an der Hand durch das Labyrinth der Gedanken und Vorstellungen zu führen, sie zu bewegen, wenn er bewegt war, sie zu ängstigen, wo er sich ängstigte, und sie sich zu heimlichen Komplizen zu machen, die sich gern von ihm auf kleine verbotene Seitenwege locken ließen, wo er sie mit überraschenden Einblicken belohnte. Am liebsten hätte er nichts anderes getan, als zu schreiben. Allein das Geräusch der gut angespitzten Feder auf dem Papier entzückte ihn, dieses gleichmäßige Kratzen, das dann und wann von einem zarten Quietschen begleitet wurde. Er hatte nur einen Stoff gebraucht, und hier war er.

Sehen Sie, sagte der Fährmann, der weisungsgemäß auf ihn gewartet hatte. Nicht weit von ihnen erhob sich ein Fischreiher mit einem sich windenden Aal im Schnabel in die Luft. Vielleicht war es auch eine Wasserschlange, die er aus den seichten Gewässern am Ufer der Garonne gezogen hatte. Der Reiher stieg mit der sich windenden Beute unerbittlich auf, während die Schlange sich um sein Gefieder zu schlingen schien. Es sah wie ein Kampf auf Leben und Tod aus. Jeden Moment mussten sie zusammen abstürzen. Dann, plötzlich, fielen zwei Schlangen ins Wasser. Es war nicht ganz klar, ob dies ein Sieg war und für wen. Der Fährmann lachte.

Er hat sie in der Mitte durchgebissen, sagte er.

De Lancre lachte auch. Es passte zu seiner Stimmung, dass es so ausgegangen war. Stehend, seine Stute am Zügel haltend, glitt er auf das städtische Ufer zu. Morgen werde ich beginnen, dachte er. In seinem Kopf formten sich die ersten Umrisse seines Werkes. Sechs Bücher wie bei Delrio. Systematisch aufgebaut. Ein Tableau. Ein logisches Gebäude, in dem die Erscheinungsformen des Bösen in der Welt geordnet darzustellen wären. Klar. Distinkt. Exakt. Wissenschaftlich also.

Auf der anderen Seite ganz und gar anschaulich. Mehr als das. Sinnlich. Konkret. Mit allen schmutzigen Einzelheiten, die er kannte, weil er sie erfahren hatte. Die Namen. Die Stimmen. Aussehen und Alter der Frauen. Ihre Bekenntnisse. Hexen zum Anfassen …

Er rief sich zurück in die Gegenwart. Die Fähre näherte sich der Anlegestelle. Ihm kam es vor, als betrete er Neuland, als er ans Ufer trat. Er wusste nicht, dass man ihn eines Tages verachten, verabscheuen, für dumm, pervers und rückständig erklären würde. Er war ein Mann, der einen wichtigen Entschluss gefasst hatte und in dem Hochgefühl, das solchen Entschlüssen zu folgen pflegt, nach Hause ging. Er war auf seinem Weg, auf dem er sich Ansehen und Achtung zu verschaffen trachtete.

Und er sollte Erfolg damit haben.

*

Der Bischof von Bayonne war erst kürzlich von einer Kur in den heißen Quellen von Cambo-les-Bains zurückgekehrt und schon wieder quälte ihn sein Rheuma. Es ist, sagte er zu seinem Sekretär, als habe man ein Gift in den Knochen. Wie etwas Böses, Feindseliges, das sich dort eingenistet hat. Wie ein Teufel, der einen von innen quält.

Der Sekretär sah ihn erschrocken an.

Nein, sagte der Bischof. Unsere Heimsuchungen kommen zumeist von Gott. Er will uns prüfen.

So ist es, sagte der Sekretär.

Dieses Klima, sagte der Bischof, bringt mich noch um.

Seit Ende November hatte das nasskalte Wetter der Wintermonate eingesetzt. Der Wind kam aus Westen und trieb die niedrigen Wolken vom Atlantik in die Adour-Mündung. Der Bischof verließ seine Gemächer im Palais nur noch zum Hochamt in der

Cathédrale Ste-Marie. Er hatte Anweisung gegeben, die Kamine stündlich nachzulegen, und trotzdem wurde ihm nicht warm. Die Kälte wohnte in ihm, in seinen Knochen. Er konnte so nah ans Feuer gehen, wie er wollte. Es nützte nichts. Es hatte nur einen trockenen Husten zur Folge.

Der Sekretär raschelte mit den Akten auf seinem Schreibtisch. Der Bischof wusste, dass dies absichtlich geschah, und es ärgerte ihn. Es passte zu der verschlagenen Ergebenheit des Sekretärs. Er wollte den Bischof daran erinnern, dass es Arbeit gab, ohne die Umgangsformen zu verletzen, die die Hierarchie vorschrieb.

Dem Bischof hätte eine geringfügige Verletzung der Regeln gut getan. Er sehnte sich nach Gesprächen von gleich zu gleich. Nach Entgegnungen. Scherzen. Respektlosigkeit. Frechen kleinen Entgleisungen. Und da niemand um ihn war, der diesem Bedürfnis entgegenkam, erlaubte sich der Bischof dann und wann selber dergleichen, ein plötzliches Aus-der-Rolle-Fallen, ein Wort, kurz hingeworfen, das niemand von ihm erwartete und von dem jeder sogleich annahm, dass er es falsch verstanden hatte – Pardon, Eminenz? –, kurze rhetorische Fragen, die bei den Zuschauern nichts als Verwirrung erzeugten. Und da der Bischof einsam war, da er andere Menschen nicht um sich, sondern nur unter sich hatte, wirkte sein Verhalten wie eisige Ironie, kalter Zynismus, vernichtend für die, die es traf.

Ich weiß, was Sie mir sagen wollen, sagte der Bischof.

Der Sekretär sah ihn sprachlos an. Ihm war seine Absicht nicht bewusst gewesen.

Dem Bischof war dieser Mensch unsympathisch, ausgerechnet dieser. Mit keinem anderen verbrachte er so viel Zeit, teilte er so häufig einen Raum. Ist er mein Nächster?, fragte sich der Bischof. In letzter Zeit stellte er sich oft solche Fragen. Sie kamen ihm einfach so in den Sinn. Nicht gerade verboten, aber auch nicht erlaubt. Erlaubt ist, das zu denken, was auch geredet wird, dachte der Bischof. Kurz empfand er die Verachtung, die ihn dabei durchzuckte, wie ein kleines unerlaubtes Vergnügen, das er sich heimlich gönnte.

Er war Anfang sechzig, klein, mit weißem, ehemals weißblondem Haar. Ohne Soutane hätte er eher wie ein Kapitän als wie ein Bischof ausgesehen. Kräftig gekerbte Gesichtszüge. Neben den Mundwinkeln verliefen zwei senkrechte Vertiefungen, die sich einst beim Lachen in Grübchen verwandelt hatten. Aber der Bischof lachte nicht mehr. Es war ein harter, hochmütiger, bitterer Zug, der ihn jetzt zeichnete.

Seine Stellung an der Spitze einer Hierarchie hatte ihn mit einer manchmal quälenden Hellsichtigkeit begabt, was die verborgenen Gedanken und Absichten, die unsauberen kleinen Geheimnisse der Menschen, ihrem Selbstbetrug, betraf, die ihm auf den untergeordneten Stufen der Amtspyramide begegneten. Der Bischof erkannte darin, dass er von Gott für diese Stellung ausersehen war, eine Art Segen, verstand aber auch, dass er dadurch von allen anderen Menschen geschieden, also einsam war. Das war der Fluch, der dem Segen anhaftete. Seine Buße für den Hochmut, den sein Amt zwingend mit sich brachte, ja geradezu von ihm zu fordern schien. Denn wie sollte er, umgeben von falscher Demut, anders als herrisch sein? Musste er die ihm entgegengebrachte Devotheit nicht im Nachhinein rechtfertigen, indem er streng, undurchschaubar, kurz angebunden und unwirsch war?

Warum haben Sie diesen Brief noch nicht geöffnet?

Er ließ den Sekretär seine Post vorsortieren. Es gab nicht vieles darunter, was wirklich interessant für ihn war. Vor allem wollte er keine Bittbriefe mehr sehen. Bitten um Audienzen, bei denen man ihm wiederum Bitten vortrüge, die weitere Bitten nach sich zögen. Man wusste nie, was sich am Ende herausstellte. Es deprimierte ihn, im Kern von so viel Ehrgeiz, Gier und Unverschämtheit eine Not zu erkennen, die unabwendbar war, weder durch ihn, noch überhaupt. Wie viel Bedürftigkeit. Wie viele vergebliche Träume. Wie viel vergeblicher Glaube daran, dass man sein Glück zwingen kann.

Und zu glauben, dass er es war, der helfen konnte! Sie baten ihn um Geld, um seine Vermittlung in Heiratsangelegenheiten und Erbschaftsstreitigkeiten, um Geschäftsempfehlungen, um einiges mehr, das er sich nicht immer ganz anhörte. Sein Überdruss war eine Reaktion auf das Vertrauen, das sie in ihn, in seine Macht setzten. Dabei war seine Diözese die kleinste im Königreich. Und es gab, der Bischof wusste das, nicht wenige, die sie für abschaffenswert hielten. In der Tat, würde man sie der Diözese von Dax einverleiben, so entstünde daraus kein größeres Bistum, als es die meisten in Frankreich waren. Der Bischof, der die Begrenztheit seiner Macht kannte, empfand das unbegrenzte Vertrauen, das ihm entgegengebracht wurde, keineswegs als schmeichelhaft, sondern als obsolet.

Der Sekretär wusste das. Darum sortierte er die Bittbriefe für den Bischof vor, und er tat dies mit dem Instinkt des Subalternen, einer vorauseilenden Dienstbarkeit, zur Zufriedenheit des Bischofs.

Dies ist ein Brief des Parlaments von Bordeaux, sagte er. Er trägt den Vermerk »Persönlich«. Ich fühle mich nicht befugt –

Geben Sie her, sagte der Bischof.

Er erbrach das Siegel, las und fühlte sein Herz schlagen, laut und fordernd wie die Schläge eines gefürchteten Besuchers vor dem Tor. Er setzte sich, versuchte sich zu beruhigen, indem er sich sagte: Dies betrifft mich nicht. Aber sein Herz schlug weiter. Er machte sich durch dunkle Gänge seines Innern auf den Weg und öffnete das verschlossene Tor. Die Nachricht, die er einließ, betraf ihn. Sie betraf ihn mehr als irgendjemand, auch der Absender des Briefes, ahnen konnte. Es war die Nachricht, auf die er gewartet, die er befürchtet, vor der er mehr als vor allem anderen Angst gehabt hatte.

Hast du mich gefunden?, dachte er. Und den Nachhall eines Wortes der Heiligen Schrift in sich vernehmend, setzte er hinzu: Hast du mich gefunden, mein Feind? Er merkte nicht, dass er mit Gott sprach. Die Worte stellten sich ein wie die Gedanken, die unerlaubten, unbotmäßigen, die ihm sonst so willkommen waren, seine einzige Quelle heimlicher Vergnügungen. Aber dies war kein Spaß. Der Bischof wusste, dass es diesmal ernst war. Er war an das Ende der Unverbindlichkeit gelangt, mit der er seinen Dienst versah. Das Ende intellektueller Taschenspielereien, mit denen er sich theologischer Probleme angenommen hatte. Das Ende der Zeit, in der er geglaubt hatte, dass man einen Beruf wie seinen ausübt, indem man tut, was von einem erwartet wird, und sich dabei denkt, was man denken will.

Es hätte das Ende einer Heimlichkeit im Leben des Bischofs bedeuten können, wenn sie nicht schon beendet gewesen wäre, nämlich durch den Tod der Herrin von Marsacq, von dem er durch einen Brief ihres Notars unterrichtet worden war, einen Brief, der wie dieser sein Herz zum Klopfen gebracht hatte, während er begriff, dass er von nun an allein sein würde. Wie sollte er, ein Bischof, über sechzig Jahre alt, noch einmal ein Verhältnis wie dieses anknüpfen, das aus einer Zeit von vor dreißig Jahren herrührte und zwei Ehen der Gräfin sowie all ihre Schwangerschaften und Geburten überdauert hatte. Er vermutete, dass zwei davon möglicherweise auf ihn zurückgingen. Doch er würde nie darüber Bescheid wissen. Denn eine kluge Frau, die die Ehe bricht, versäumt nicht, sie sogleich im Anschluss daran zu vollziehen. Er wusste das. Er war Beichtvater gewesen, nicht nur ihrer, auch der anderer Frauen.

Er war ihr treu gewesen all die Jahre. Die Beschränkungen, die ihm das Zölibat auferlegte, die Diskretion, die es zu wahren galt, die Seltenheit des Zusammenseins, all das schien ihm eher den Reiz ihrer Verbindung zu erhöhen. Auch dass er sündigte, etwas Verbotenes und in Anbetracht seines geistlichen Standes Verworfenes tat, indem er sie körperlich liebte, vertiefte sein Gefühl für sie, trug dazu bei, dass auch die Seele beteiligt war, nackt, sich vermischte mit ihrem nackten Leib, ihrer nackten Seele, die er im Innern ihres Körpers zittern fühlte, denn auch sie empfand die Sünde, die sie gemeinsam mit ihm beging, die Verworfenheit ihres Tuns entzückte sie, er spürte das. Aus diesem Grund war er in den langen Phasen ihres Getrenntseins von Eifersucht völlig frei. Mochte sie mit den Männern, die sie heiratete, zusammen sein. Es war schließlich ihr Beruf, verheiratet zu sein, wie sein Beruf der des Bischofs war. Er konnte sagen, dass er glücklich mit ihr gewesen war. Kein Gezänk, keine Gewöhnung, nicht einmal, dass sie beide älter wurden, störte dieses Glück.

Doch seit er ihren Verlust im vergangenen Sommer erlitten hatte, empfand er nicht nur die Trauer um sie, sondern eine Art Bitterkeit. Er war der Mann, der ein Recht auf sie gehabt hatte. Er wollte um sie klagen, an ihrem Grab stehen, ihr Witwer sein. Er konnte sich nicht damit abfinden, dass ihm dies versagt sein sollte. Am wenigsten konnte er sich mit dem Gedanken abfinden, dass er nie mehr eine Frau umarmen sollte. Das trieb ihn zur Verzweiflung. Jetzt erst schien er zu begreifen, was das Zölibat von ihm forderte. Als heimlicher Geliebter hatte er es umgehen können und sich mit heimlichem Glück zu trösten gewusst. Aber für einen heimlichen Witwer gab es keinen Trost.

Er war wie jeden Sommer nach Cambo-les-Bains gefahren, wie immer unter dem Vorwand seines Rheumas, das allerdings von Jahr zu Jahr schlimmer geworden war und die Bäder, die ihm Erleichterung brachten, erforderlich machte. Es war ihr allsommerlicher Treffpunkt gewesen, seit vielen Jahren schon der einzige. Er hatte sie mehrmals unter den Damen auf der Promenade zu entdecken gemeint. Im Gegenlicht hatte er ihre Silhouette so lange beschworen, wie die Täuschung möglich war, sich dann jedoch streng verboten, weiterhin solch ungesunden Träumen nachzuhängen.

Vom Beckenrand aus hatte er den Badenden zugesehen, wie es in den Bädern üblich war. Die Frauen, die er in der Quelle baden sah, trugen, wie es Vorschrift war – er selber hatte sich dafür eingesetzt –, schmale Hemden, die ihre Körper, zumal wenn sie nass waren, mehr zur Schau stellten als bedeckt hielten. Ihre Brüste zeichneten sich darunter überdeutlich ab. Aber für die jungen Männer galten keine Bekleidungsvorschriften. Sie zeigten sich nackt im Bad, tafelten mit den Frauen im Wassser am Beckenrand, wobei sie sich unter den Augen der Zuschauenden Freiheiten erlaubten, die bis an die Grenze der Kopulation toleriert wurden, spielte sich doch ein Teil der Vorgänge, der eigentliche Teil, unter Wasser ab, vor allzu gierigen Blicken zusätzlich geschützt durch die Holztheken, die zum Abstellen der Gläser und Weinkaraffen und der Schalen mit Früchten und Erfrischungen dienten, die man beim Kurpersonal bestellen konnte. Das Dargebotene war von hohem, unüberbietbarem Reiz für die Zuschauer. Man sah alles und sah doch nichts.

Unter den jungen Männern, schmalhüftig, muskulös, hatte der Bischof, selbst incognito, nichts verloren. Er ging. Er ließ sich das Wasser in einem Zuber richten, den er allein, ein Tuch um die Hüften, das er am Wannenrand fallen ließ, bestieg. Eine alte Frau, etwas jünger als er selber, bediente ihn, brachte Wein, hielt das Tuch bereit, wenn er aus dem Wasser stieg, schlug es um seine Lenden. Er war beinah so weit gewesen, dass er überlegte, ob er sie um gewisse Gefälligkeiten bitten sollte. Sie hätte sie ihm nicht verweigern können, schien ihm auch bereit und nur auf einen Wink von ihm zu warten. Aber etwas hielt ihn zurück. Er wollte sich nicht demütigen, nicht vor dieser, auch vor keiner anderen Frau.

Ihm blieb nichts. Mit der Liebe seines Lebens war auch das Leben der Liebe für ihn vorbei, erloschen, tot, und nur er selber, ein alter, rheumatischer Mann, noch immer begehrlich, noch immer sehnsüchtig, war übrig und hüllte sich schamhaft in sein Bischofsgewand.

Warum war er nach Cambo-les-Bains gefahren? War es wirklich die Trauer, die Sehnsucht, der Schmerz in seinen Gliedern, für den er Linderung gesucht hatte? Hatte es in diesem Jahr nicht Gründe gegeben, in Bayonne zu bleiben? Gründe, die mit dem Tod der Gräfin nichts zu tun hatten? Waren es nicht vielmehr diese Gründe gewesen, die den Bischof veranlasst hatten, die Reise ins Bad trotzdem anzutreten, die Reise in die Vergangenheit, an einen Ort der vagabundierenden Sehnsucht, eines Verlangens, das für immer unerfüllbar sein sollte, des Verlangens, ein anderer zu sein, als er war? Ein Mann, von dem die Bürde seines Alters, seines Amtes und der Verantwortung, die sein Amt ihm auflud, genommen war? Denn in einem Moment der Hellsichtigkeit erkannte der Bischof, den Brief des Parlaments von Bordeaux in der Hand, dass er vor etwas geflohen war, das ihn jetzt einholte. Und er wusste, dass es diesmal keine Flucht, keinen Ausweg geben würde.

Es dämmerte bereits. Ein Diener kam mit einem Korb voller Scheite herein und legte Holz im Kamin nach. Auf dem Schreibtisch wurden Kerzen entzündet. Es war die Stunde, in der das Feuer sein unruhig flackerndes Licht zu werfen beginnt. Tanzende Schatten an den Wänden. Langsam sich verdichtendes Dunkel in den Ecken und Nischen des Raums.

Es klopfte an der Tür.

Der Sekretär stand auf, öffnete und wandte sich zum Bischof: Der Arzt ist da, sagte er.

Ein Diener leuchtete dem Bischof durch mehrere Säle in den Behandlungsraum. Auch hier hatte man nachgelegt, und die Flammen im Kamin bildeten bis auf zwei Kerzen rechts und links am Kopfende der Liege, die mitten im Raum stand, die einzige Lichtquelle.

Aus dem Dunkel löste sich die Gestalt des Arztes, der gewartet hatte.

Maître, sagte der Bischof. Die ironische Anrede war Teil des Codes, der ihren Umgang miteinander regelte. Sie ließ darauf schließen, dass es ein häufiger, um nicht zu sagen vertrauter Umgang war.

Eminenz, sagte der Arzt und verbeugte sich leicht, während der Bischof hinter einem Wandschirm verschwand, um sich zu entkleiden. In der vom Feuer eher vertieften als erleuchteten Düsternis des Raums wirkte die Nacktheit des Bischofs wie eine zusätzliche Lichtquelle, als er an die Liege vortrat und sich auf den Bauch legte. Maître, sagte er seufzend, gut, dass Sie da sind. Ich brauche Sie.

Der Arzt goss etwas Öl aus einem Krug auf seine Handflächen und rieb den Rücken des Bischofs ein.

Er war ein jüngerer Mann, nicht älter als dreißig, kräftig, untersetzt, mit blondem, im Nacken zu einem Zopf gedrehtem Haar. Er hieß Martin Lallemand, eigentlich Pfeiffer, was sich in Frankreich als unaussprechbar erwiesen hatte, weshalb er sich schon seit langem Martin Lallemand nannte, ein Name, mit dem er seine deutsche Herkunft zugleich enthüllte und verschleierte.

Eminenz haben eine tastbare Verhärtung der Nackenmuskeln. Hier.

Der Arzt übte in leicht vibrierendem Kreisen Druck auf eine Stelle nahe der Wirbelsäule aus.

Ja, sagte der Bischof in einem Tonfall, der gleichzeitig dankbar und bittend klang. Ja!

Und hier, sagte der Arzt. Und hier.

Der Bischof stöhnte.

Der Arzt nahm einen der metallenen Schröpfköpfe, die er auf einem Beitisch aufgereiht hatte, hielt ihn über die Kerzenflamme und setzte ihn kurz unterhalb der Schulter des Bischofs auf.

Was tun Sie da? Sagte der Bischof.

Ich schröpfe Sie.

Muss das sein?

Wir werden sehen.

Der Arzt nahm nach kurzem Warten den Schröpfkopf ab, der sich mit einem satten Seufzen, einem Laut, löste, der bei beiden, Patient wie Arzt, eine kleine, uneingestandene Befriedigung erzeugte. Der Arzt nahm die Kerze, sah in ihrem Licht, dass eine kreisrunde violette Verfärbung entstanden war, und sagte: Das habe ich mir gedacht.

Was meinen Sie?, fragte der Bischof.

Wir müssen nass schröpfen, sagte der Arzt.

Sie meinen blutig? Warum?

Dem Bischof grauste vor der Prozedur. Der Arzt würde seinen Rücken mit lauter kleinen Lanzettenstichen öffnen, wo er die Schröpfköpfe aufsetzte, die sich infolge des Unterdrucks, der durch die Flamme in ihnen entstand, an ihm festsaugen und das Blut aus den Wunden herausziehen würden, das verdorbene Blut, das ihn krank machte und seine Schmerzen verursachte.

Sie haben zu viel Energie, Eminenz, erklärte der Arzt. Man könnte auch sagen: Zorn. Wut. Hass. Enttäuschung. Alles, was Sie nicht fühlen und niemals fühlen werden, weil Sie ein frommer Mann und ein Mann von Rang sind. Es ist trotzdem da. Es staut sich in Ihrem Körper. Diese schmerzhaften Verhärtungen sind voller Blut, das nicht abfließen kann. Wo die Natur Schmerz erzeugt, da hat sie schädliche Stoffe angesammelt und will sie ausleiten, wie ein berühmter Vertreter unseres Berufs, Paracelsus, sagt. Ist die Natur nicht imstande, diesen Vorsatz selbst auszuführen, muss der Arzt eine Öffnung direkt an der erkrankten Stelle schaffen, um so Schmerz und Krankheit rasch zu heilen.

Der Bischof wusste, dass der Arzt ihn mit seinem Reden nur ablenken wollte. Er sah, als er leicht den Kopf wandte, dass er sich mit dem Schnepper näherte, und gleich darauf presste sich wieder ein Schröpfkopf auf seine Haut. Er fühlte eine Wärme, einen Druck, der seltsam wohltätig war und alle seine Beschwerden überlagerte und in sich aufnahm, zum Abklingen brachte, und der, je öfter er sich auf seinem Rücken wiederholte, ihn umso gebieterischer zum Stillhalten zwang und wie eine feuchtwarme Decke unter sich begrub. Er spürte die kleinen Schnitte kaum, die ihm mit dem Schnepper beigebracht wurden und aus denen sogleich sein Blut in die kleinen Glocken austrat, die sich auf die Haut pressten.

Der Arzt arbeitete hochkonzentriert am Körper des Bischofs. Dann trat er zurück, um sein Werk zu begutachten. Der Bischof lag wie ein seltsames Tier unter einem metallisch glänzenden Schuppenkleid, einem Panzer, da.

Regenböen schlugen an die Fenster, vor denen man die Läden geschlossen hatte. Der Wind heulte im Hauptkamin des Palais, an den der Raum grenzte. Aber das Feuer, weiß durchgeglüht, summte und sang den immer gleichen feinen und hohen Ton, während der Arzt sich jetzt neben der Liege des Bischofs niederließ, seinen Rücken sorgfältig beobachtend. Der Bischof fühlte eine große Mattigkeit. Gleichzeitig war er hellwach und die Verzweiflung, die ihn beim Erhalt der Nachricht befallen hatte, umso fühlbarer. Es schien ihm unaufschiebbar, sich mit dem Arzt darüber zu besprechen.

Sie sind zurück, sagte er. Man hat sie ergriffen. Sie werden hierher gebracht.

Wer?, fragte der Arzt. Dann schien er zu begreifen.

Die Hexenpriester?, fragte er.

Sie sollten sie so nicht nennen, sagte der Bischof.

Alle nennen sie so. Sie sind durch das Hexengericht verurteilt worden, sagte der Arzt.

Trotzdem, sagte der Bischof. Noch sind sie alle drei Diener der Kirche.

Sicher, sagte der Arzt. Aber nur solange Sie, Eminenz, sie noch nicht degradiert haben. Danach wird man sie dem weltlichen Arm übergeben und als Hexer verbrennen. Warum sind sie auch nicht in Spanien geblieben? Sie waren dort sicher! Man sagt, dass ihnen der Teufel ihr Gefängnis geöffnet hat, damit sie kurz vor der Verbrennung entkommen und jenseits der Grenze Zuflucht finden konnten.

Und glauben Sie solchen Unsinn, Lallemand?

Ich glaube, dass sie sich besser hätten in Acht nehmen sollen. Das glaube ich. Wo immer der Teufel sie versteckt hat, sie hätten in ihrem Versteck bleiben müssen.

Warum bleiben wir nicht alle da, wo wir hingehören?, sagte der Bischof. Sie zum Beispiel. Was tun Sie hier? Wenn ich an Ihrer Stelle wäre, würde ich zurück nach Deutschland gehen. Damit wären Sie aus allem raus. Hier wird es wieder beginnen.

Nicht beginnen, sagte der Arzt. Es wird weitergehen. Erlauben Sie mir, Eminenz, daran zu erinnern, dass die drei Priester rechtskräftig verurteilt sind. Man muss sie nur noch verbrennen. Das dürfte rasch gehen. Vorausgesetzt, dass Sie, Eminenz, ihnen die Priesterwürde aberkennen. Es wird so wie bei den anderen Priestern sein, die Euer Eminenz Stellvertreter, der Generalvikar, verbrennen ließ, als Sie im Bad weilten. Ein feierlicher Akt in der Kathedrale, und sie sind aus der Obhut der Kirche entlassen. Ihr Amt schützt sie nicht mehr vor dem Vollzug weltlicher Strafen. Dann geht es schnell. Das Gerüst vor der Kathedrale, das Holz, die Tribünen waren schon aufgebaut, als der Akt stattfand. Aber Eminenz wissen das sicher und haben Ihr Einverständnis dazu erteilt.

Nein, sagte der Bischof. Während meiner Abwesenheit hat der Generalvikar Vollmachten.

So, sagte der Arzt.

Verstehen Sie, sagte der Bischof. Es ist ein Amt … Er verstummte.

Ich verstehe, sagte der Arzt. Würden Eminenz jetzt bitte die Seitenlage einnehmen?

Er löste vorsichtig einen der Schröpfköpfe, fing das auslaufende Blut in einer Aderlassschale auf. Er sah, dass die Blutung zum Stillstand gekommen war, und pflückte die Köpfe jetzt einen nach dem anderen wie reife Früchte ab.

Waren Sie bei den Verhören gegen die Priester dabei, Maître? Der Bischof hatte den Blick in die dunkleren Zonen des Raumes gerichtet.

Ja, sagte der Arzt. Er arbeitete ruhig weiter.

Und?, fragte der Bischof. Es wäre mir wichtig zu hören, wie Ihr persönlicher Eindruck war. Halten Sie die Männer für schuldig? Was sagen Sie, Lallemand?

Eminenz, sagte der Arzt und hielt erschrocken inne. Blut troff auf das Laken, auf dem der Bischof lag. Ich bin nur Arzt, ich bin kein Jurist, kein Theologe. Ich habe, wie Eminenz wissen, nicht einmal eine Hochschule besucht, sondern mein Handwerk von anderen Ärzten erlernt, bei denen ich in die Lehre gegangen bin. Ich möchte mir da kein Urteil anmaßen. Es gab ein Gericht, Verhöre, Verhandlungen, Urteilsbegründungen. Ich war nur bei den Verhören zugegen. Man zieht uns hinzu, um die körperlichen Inspektionen durchzuführen. Wir stechen. Eminenz wissen das.

Also, sagte der Bischof, da wissen Sie doch Bescheid.

Der Arzt schwieg. Er tränkte ein Tuch mit Kräuteressenzen und tupfte vorsichtig die bläulich umrandeten Wunden auf dem Rücken des Bischofs ab. Er wusste, dass sie sich bald schließen würden. Die Verletzung war unerheblich und heilte schnell. Der Bischof zuckte manchmal zusammen und sog Luft durch die Zähne ein.

Sprechen Sie!, sagte er, Ihre persönliche Meinung! Sie haben eine. Ich weiß es. Es ist mir egal, ob Sie studiert haben. Sie stechen, sagen Sie. Sie suchen mittels Nadeln, die Sie ins Fleisch stechen, nach einem Teufelsmal, einer Stelle, die ohne Empfindung ist. Unter uns, ich wünschte manchmal, ich hätte solche. Zum Beispiel jetzt.

Der Arzt deckte den Rücken des Bischofs mit Kompressen ab und begann seinen Brustkorb mit einer Binde zu umwickeln.

Ob ich die Priester für schuldig halte? Eminenz stellen mir da eine schwierige Frage. Das Gericht hat sie für schuldig erkannt. Eminenz kennen die Aktenlage vermutlich besser als ich. Das sind keine Heiligen. Sicher nicht. Jedermann weiß es. Sie schließen die Kirchen ab und nehmen ihre Küsterinnen ins Bett. Sie führen sie aus. Sie verstecken nichts. Sie tanzen. Sie fechten. Sie gehen zur Jagd. Sie tragen sogar den Säbel im Gewand wie jeder Mann im Labourd und zeigen dadurch, dass sie nicht weniger weltlich gesonnen als andere Männer sind. Verzeihen Sie, Eminenz, wenn ich diese Dinge freimütig anspreche.

Ich weiß Bescheid, Lallemand. Ob sie schuldig sind? Männer von geistlichem Stand, die sich nicht einmal an die heilige Vorschrift des Zölibats halten, sind gewiss nicht unschuldig.

Sicher nicht.

Aber ob man sie darum verbrennen muss? Allerdings scheint es erwiesen, dass sie bei den Höhlen waren.

Den Höhlen?

Den Höhlen von Sare, wo die Hexensabbate stattfanden. Alle drei sollen dort dem Teufel Messen gelesen haben. Verunreinigte Hostien. Verkehrte Liturgie. Anbetung des Teufels. Obszöne Handlungen. Es ist widerlich.

Aber ist es auch wahr?

Das Gericht beruft sich auf mehrere Zeugen, wie es das immer tut.

So wird man nichts für sie tun können.

Der Arzt bandagierte den Bischof wie eine Mumie, dicht und stramm.

Was tun Sie da?, fragte der Bischof. Wollen Sie mich töten? So kriege ich keine Luft.

Verzeihen Sie, sagte der Arzt. Er lockerte die Binde.

Sind Sie wütend?, fragte der Bischof.

Ja, sagte der Arzt. Auf Ihre drei Priester. Es ist rücksichtslos, sagte er. Über alle Maßen rücksichtslos, das eigene Unglück auf das Gewissen anderer zu laden. War es nötig, so früh zurückzukehren? Konnten sie nicht einmal ein oder zwei Jahre fortbleiben? War das zu viel verlangt? Genügt es nicht, dass ihnen einmal die Flucht gelungen ist, als sie bereits verurteilt waren? Glauben sie denn, dass sich wieder jemand finden wird, der ihnen heimlich die Tür auflässt, damit sie entwischen, bevor sie verbrannt werden? Denken sie nicht an Eurer Eminenz Gewissen, auf das ihr Schicksal jetzt fallen muss? Ja, ich bin wütend. Verzeihen Sie, Eminenz. Sie können sich anziehen.

Der Bischof setzte sich mit einem Ächzen auf.

Und die Nadeln?, sagte er nachdenklich. Waren Sie erfolgreich damit?

Wie meinen Sie das, Eminenz?

Ich meine, fanden Sie wirklich etwas heraus damit?

O ja. Es gab durchaus Stellen, die ganz und gar unempfindlich waren.

Und Sie glauben, dass solche Unempfindlichkeit auf eine Berührung teuflischer Art zurückgeführt werden muss?

Nun, sagte der Arzt, das ist eine Frage der Auslegung. Ich führte nur die Untersuchungen durch und gab die Resultate an das Gericht weiter. Es war nicht meine Sache, Schlüsse daraus zu ziehen.

Aber Sie haben doch sicher Schlüsse gezogen, Lallemand. Das tun wir immer. Wir können gar nicht anders, solange wir Menschen sind.

Sicher, sagte der Arzt.

Also?

Der Arzt bückte sich nach dem Verschluss einer Flasche, der auf den Boden gefallen war. Das Blut schoss ihm in den Kopf. Er schwitzte. Er fand plötzlich, dass der Raum überheizt war.

Es kommt auf den einzelnen Fall an, sagte er, sich aufrichtend.

Das ist sehr unbefriedigend, sagte der Bischof.

Er hüllte sich wieder in Hochmut und Unnahbarkeit.

Der Arzt fühlte, dass er ungnädig entlassen war. Er fühlte die Erniedrigung für sich, die darin lag. Die Gleichheit von Mann zu Mann war nur ein Spiel, das der Bischof wie eine Schachpartie abbrach, wenn es ihm passte.

Eminenz, flüsterte er. Wenn Eminenz dabei gewesen wären, wüssten Sie, was ich meine.

Aber der Bischof war schon hinter dem Wandschirm verschwunden und kleidete sich an.

Der Arzt Martin Lallemand hatte vor wenigen Wochen geheiratet. Die körperliche Liebe, Nacht für Nacht ausgeübt, berauschte ihn. Sie sang in seinem Blut. Die Tage erschienen ihm lang, voller ziehender Sehnsucht, und die Nächte kurz. Sein neues Glück bestand in einer Heimkehr zu sich selbst. Früher war er ausgeschwärmt, um das Glück, die flüchtige Erfüllung, die er dafür nahm, zu erjagen. Jetzt wartete es auf ihn. Er erkannte, er genoss es, er staunte jeden Tag von neuem darüber. Lallemand hatte die Tochter des Arztes Rostan geheiratet, als dessen Assistent er arbeitete. Das Muster war alt, bewährt, verbreitet: Er sicherte sich dadurch die Nachfolge. Irgendwann würde er die Praxis seines Schwiegervaters übernehmen und den Alten, dessen Frau schon vor Jahren gestorben war, aus den Einkünften des ärztlichen Geschäfts mit ernähren. Ein Handel, der den Interessen aller Beteiligten dienlich war. Das war die sichtbare Oberfläche seines Glücks. Darunter verbarg sich das andere. Verwirrend. Schwer zu verstehen, auch für ihn. Er liebte sie.

Die Liebe braucht an ihrem Anfang ein wenig Täuschung, um zu entstehen. Irrtum, Verwirrung, Dämmerlicht begünstigen sie. Lallemand fand seine Liebe buchstäblich im Dunkeln. Als er zum ersten Mal Rostans Tochter begegnete, geschah es, dass ein Windstoß das Licht ausblies, das sie trug, während sie ihm die Haustür öffnete. Es war ein Winterabend im Jahr zuvor. Ein plötzlich erlöschendes Licht hat für einen Augenblick denselben Effekt wie ein Blitzstrahl. Lallemand nahm das Gesicht vor sich wie eine flüchtige Erscheinung wahr, bevor er den dunklen Flur betrat, von den Röcken des Mädchens gestreift wie von einer Geisterhand.

Willkommen bei uns zu Hause, sagte es, und er trat ein wie in eine andere Welt.

Als er später mit Rostan zu Tisch saß, war es das Mädchen, das sie bediente. Es schien ihm unhöflich, ihr mit den Augen zu folgen. Sie glitt immer rasch in die Dunkelheit, die sich außerhalb des Lichtkreises der Kerzen, die in der Mitte des Tisches standen, verdichtete. Sie verschwand in diese Dunkelheit, in der er sie, geblendet vom Licht der Kerzen, nicht ausmachen konnte. Er hörte das Rascheln der Röcke, die Schritte auf den Dielen, die Geräusche, die aus der benachbarten Küche herüberdrangen. Er hörte nur halb konzentriert den Ausführungen ihres Vaters zu, die die Bedingungen betrafen, zu denen er ihn einstellen wollte. Lallemand ging auf alles ein.

An diesem ersten Abend bemerkte er nichts. Wenngleich es

ihm später schien, als habe Sylvie sich regelrecht vor ihm versteckt, das Licht absichtlich gemieden. Als habe er durchaus gesehen, dass etwas mit dem Schatten nicht stimmte, der die lichtabgewandte Seite ihres Gesichtes verdunkelte, von dem sie ihn nur das Profil ahnen ließ, bevor sie sich wieder ins Dunkel zurückzog. Ein fein gezeichnetes Profil. Eine Silhouette, die ihn die Schönheit ahnen ließ, die er vermutete und von der er annahm, dass dies nur ihr Anfang war.

Erst, als er sie bei Tageslicht wiedersah, erkannte er, dass Rostans Tochter von einem Mal gezeichnet war. Es zog sich vom rechten unteren Lid über die Hälfte ihrer Wange bis zum Nasensattel hin. Es war leicht erhaben und manchmal, wenn sie sich erregte, tief schwarz, manchmal dunkelbraun. Sie war mit diesem Mal zur Welt gekommen. Niemand zweifelte daran, dass sie das Opfer eines Zaubers war, der sie im Mutterleib getroffen hatte. Sie war unschuldig. Trotzdem blieb ein Rest von Gefährdung, ein Rest von Verdacht, dass der Teufel auf diese Art sein Besitzrecht an ihr bekundete.

Sie entkräftete ihn durch Sanftmut. Sie hatte nie frech sein dürfen, nie schnippisch, nie aufreizend. Seit sie das erste Mal als kleines Mädchen »Hexenkind« genannt worden war, wusste sie, dass sie vorsichtiger als andere sein musste. Als sie heranwuchs, erfuhr sie, dass sie hässlich war. Sie brachte es zunächst nicht mit der dunklen Seite ihres Gesichts in Verbindung. Sie glaubte von sich, dass sie nicht gut genug sei, nicht so fleißig und freundlich und willfährig, wie es verlangt wurde. Sie merkte, dass sie nicht alle Menschen gleich lieb hatte, und fand es nur allzu gerecht, dass man sie tadelte. Sie gab sich Mühe, aber es half nichts. Jemand sagte zu ihr: Sieh in den Spiegel. Und das tat sie. Es fiel ihr nichts Besonderes auf. Links war sie hell und rechts dunkel. Es schien ihr richtig so. Es war ihr immer erschienen, als könne das gar nicht anders sein. Jetzt erst wurde ihr bewusst, dass es bei anderen nicht so war. Sie rief sich mehrere vertraute Gesichter vor Augen. Sie waren weiß und glatt. Sie wendete den Kopf. Auch ihr Gesicht war weiß und glatt, jedoch nur auf einer Seite. Sie sah sich von der anderen an, und da war ihre Hässlichkeit. Sie begriff, dass alles Gutsein, alle Sanftmut, aller Fleiß und alle Freundlichkeit vergebens sein würden. Sie würde nie etwas anderes als gut und fleißig und hässlich sein. Und da bemerkte sie, dass außer Sanftmut und Güte noch etwas anderes in ihr war: ein glühender Zorn, ein entschlossenes Aufbegehren. Die färbten ihre dunkle Seite tiefschwarz und ihre helle rot, und sie erschrak sehr über sich. Sie wusste, dass hässliche Mädchen kein Anrecht auf Glück haben. Ja, nicht einmal ein Anrecht auf ein eigenes Unglück. Kein Mann würde sie für sich wollen. Sie würde keine Kinder haben. Sie würde bei ihrem Vater leben und alt werden. All das sah sie voraus. Sie hätte sich in dieser Lage gern mit ihrer Mutter besprochen. Ihr Zorn war so groß, dass er sich gegen die Unbekannte richtete, die sie so geboren und zurückgelassen hatte. Sie wollte wissen, ob sie wie sie gewesen war. War es möglich, dass ihr Vater … War es möglich, dass ein Mann …? Sie zog Erkundigungen ein und erfuhr, dass ihre Mutter »schön wie der Tag« gewesen sei. Das machte alles zunichte, was sie noch für sich erhofft hatte.

Als Martin Lallemand sie traf, lebte sie seit langem das Leben, das sie für sich vorausgesehen hatte. Sie versorgte den Haushalt ihres Vaters. Sie war ein Glücksfall für den alten Mann, so wie sie war. Hässliche Töchter bleiben ihren Vätern erhalten auf Lebenszeit. Der Alte mochte sie nicht entbehren. Er hatte sie gern um sich. Manchmal dachte er sogar verwundert: Wie klug sie ist. Leider war diese Klugheit verschwendet, da sie mit Weiblichkeit einherging. Doch machte er auch Gebrauch davon, indem er die Tochter in seiner Praxis assistieren ließ. Sie stellte sich geschickt an, und es gab Fälle, deren Diagnostik er mit ihr erörterte. Nur manchmal, besonders bei Frauen, die guter Hoffnung waren, schickte er sie hinaus, wissend, dass werdende Mütter zu Recht den Anblick Missgebildeter fürchten, weil die Missbildung sich dadurch auf ihre Leibesfrucht übertragen kann. Doch war es glücklicherweise noch nie geschehen, dass Kinder mit schwarzen Gesichtern geboren wurden, nachdem ihre Mütter Sylvie angeschaut hatten. Der Alte wusste: Er würde nichts für seine Tochter tun können, wenn das geschah.

Es war nicht zuletzt diese Angst, die ihn bewog, sich nach einem Gehilfen für seine Praxis umzusehen, einem jungen Arzt, der ihn entlasten sollte und dem er seine Patienten nach und nach ganz zu überlassen beabsichtigte. Er war alt. Er lebte gern. Er wollte es noch ein paar Jahre bequem und gut haben.

Was Lallemand bei Tageslicht sah, war noch etwas anderes: Sie war kein Mädchen mehr. Sie war einunddreißig, längst über das Alter hinaus, in dem Mädchen heiraten, sogar etwas älter als er. Er wunderte sich darüber, dass niemand die Schönheit in ihrer Hässlichkeit bemerkt hatte. Er beglückwünschte sich, dass es ihm vorbehalten war. Wie wunderbar war es gefügt. Sie hatte auf ihn gewartet, verzweifelt die Schönheit in sich gehütet, gehofft, dass jemand kommen würde, um sie zu befreien. Sie hatte die Jahre gefühlt, wie sie dahingingen. Sie hatte gewusst, dass es eilte. Dass es bald sein musste, sollte es noch geschehen. Sie war geduldig gewesen. Tapfer. Verzweifelt. Allein. Und hier war er.

Er sah, wie sie bemüht war, ihre dunkle Seite von ihm abzuwenden. Er sah, dass es nicht der Versuch war, ihn zu täuschen, sondern der, ihm den Anblick zu ersparen. Das rührte ihn. Er verstand sogleich, dass es ein Fluch war, der sie verunstaltet hatte. Etwas wie ein Bann. Ein Zauber. Eine Hexerei. Jeder Zauber vermag auch dies: zu bezaubern, selbst wenn er entstellend ist. Er entstellt oder bezaubert, je nachdem. Lallemand empfand nur die Bezauberung. Er musste sich bezwingen, um nicht dauernd hinzusehen.

Lallemand war ein Mann, dem die Frauen es leicht machten. Er wusste nicht, warum. Er war eher schüchtern. Er glaubte nicht an sich selber. Aber er glaubte an den Beruf, den er ausübte. Frauen mögen den Arzt. Sie schätzen in ihm den Fachmann für den eigenen Körper. Ihn suchen sie. Den, der sie kennt. Ein wenig besser als sie selbst. Sie wollen, dass er das Rätsel für sie löst, das sie sich selber sind. Seine Diagnosen brachte er eher fragend vor. Könnte es so sein?

Ja!, sagten die Frauen. Ja, so ist es mit mir.

Und dieses Ja war ein Ja zu ihm. Es war ein Ja zu dem Mann, der er für sie sein könnte.

Er war es manchmal gewesen. Er war es eher verwundert gewesen als überzeugt. Eher sich in Besitz nehmen lassend als in Besitz nehmend. Eher überrascht als überraschend. Und immer bald sich von ihnen zurückziehend. Die meisten seiner Affären waren Affären mit verheirateten Frauen. Sie schienen die Liebe, die sie bei ihm suchten, als Teil der Behandlung zu verstehen, die sie von ihm erwarteten. Und in der Tat war es häufig so, dass sie sehr rasch gesund wurden, wenn er mit ihnen schlief. Er selber begann es als eine Art Behandlungsmethode zu sehen, eine heimliche Therapie. Eine Art Rezept, das er auf Verlangen ausstellte. Eine Droge, so wirkungsvoll wie grundsätzlich verboten. Verstehen Sie mich nicht falsch, Madame ... Oh, ich verstehe Sie. Ich verstehe Sie gut ... Als er Sylvie Rostan traf, wusste er, dass der Fall anders lag. Er war komplizierter. Unendlich viel mehr stand dabei auf dem Spiel. Aber auch hier war der Arzt in ihm gefordert. Der Retter, der er gerne war. Er sah ihre Verletzbarkeit, das Unrecht, das ihr so sichtbar angetan worden war. Er sah ihre Gefährdung. Er sah, wie leicht man sie mit diesem Mal auf der Wange der Hexerei bezichtigen konnte. Er wusste, dass sie ein Engel sein musste, wenn sie bis jetzt unbeschadet geblieben war. Er begriff, wie viel Tapferkeit und wie viel Klugheit sie gebraucht hatte, um ein Engel zu werden. Ein Engel mit einem Teufelsmal. Es bezauberte ihn, und es rührte ihn. Er war ein Experte in Teufelsmalsachen. Solange er sie beschützte, würde sie sicher sein. Doch diesmal ging es auch um seine eigene Rettung. Er fühlte es. Er fühlte es an der Rührung, die ihn bei der Entdeckung ihrer Hässlichkeit ergriff. Es geschah auf den zweiten Blick. Mit dem ersten hatte er ihre Schönheit gesehen. Es war eine nächtliche Schönheit. Eine Schönheit, die aus dem Dunkel kam.

Die Dunkelheit blieb ihr Element. Sie hatten im November geheiratet. Die dunkle Jahreszeit schien ihnen wie eine einzige Nacht, in der sie sich liebten und liebten, nur durch kurze Dämmerungen unterbrochen, die sie nervös, wie im Traum, voller Ungeduld durchlebten.

Die Liebe war dunkel in jener Zeit, die Betten eng, hinter Vorhängen verborgen, die wie Weiden im Wind manchmal bebten und wisperten. Sie schliefen in dem Raum, in dem sie bei Tag die Mahlzeiten einnahmen, Lallemand und der Maître Rostan am Tisch sitzend, während Sylvie stehen blieb, um sie zu bedienen. Komm, sagte er, setz dich doch. Aber sie setzte sich erst zu ihm, wenn der Alte aufstand und in die Küche ging, wo er seinen Wein trank und der Köchin beim Töpfewaschen zusah. Er trank auf die Liebe, das Leben, das zu schnell dahinging, den Kompromiss … sein Verhältnis mit der Köchin war alt, durch Gewohnheit besiegelt. Es schien der Tochter natürlich wie ein Katarrh im Herbst.

Sylvie saß mit dem Rücken zum Kaminfeuer. Immer saß sie so, ihr Gesicht im Schatten, die Augen groß und schwarz, tief wie das Dunkel in den Ecken des Raums. Wenn Lallemand sich neben sie setzte, gewahrte er langsam die Umrisse des Ehebetts, den hellen Vorhang, an der Seite gerafft, die Schwärze dahinter lockend, geheimnisvoll. Komm, sagte er. Es war ein Schiff, das vom Ufer ablegte, wenn er den Vorhang schloss. Weit hinaus trieben sie. Weit weg von den Gestaden der Welt, die sie umgab.

Im Bett war sie schön. Selbst im Dunkeln bot sie ihm nur die schöne Seite ihres Gesichtes dar. Sonst hielt sie mit nichts zurück. Sie hatte sich lange genug verstellen müssen. Sie war eine Liebesbegabung, biegsam und ausdauernd. Sie erahnte, was er wünschte. Sie erahnte es einen Moment, bevor der Wunsch aufkam. Ihr Gang, ihre Anmut, die Schönheit ihrer Bewegungen sprachen von dieser Begabung. Sie täuschten nicht. Nur ihr Gesicht täuschte.

Sie hatten ein Kind gezeugt. Er fürchtete sich davor, dass der böse Zauber bis zu ihm wirksam war. Wenn der Zauber ihr Gesicht verunstaltete, konnte er nicht auch das Kind verunstalten, das in ihr wuchs? Auf den Jahrmärkten, wo er während seiner Lehrjahre als Gehilfe wandernder Medici praktiziert hatte, konnte man Föten sehen, die verhext waren. Sie schwammen in Spiritus, von bläulich brennenden Kerzen illuminiert, die hinter den Gefäßen angebracht waren und deren Flackern sie zu heimlichem Leben zu erwecken schien, dem Leben der Verdammten, die weder von dieser noch von einer zukünftigen Welt sind, bizarre Bewohner eines bläulichen Zwischenreichs, eingeschlossen in ein Element, das weder Wasser noch Luft ist, zweiköpfige Wesen, augenlos, mit krakenhaften Ärmchen, die in einer Art Saugnäpfe statt Händen endeten. Das Produkt unheiliger, unnennbarer Paarungen. Er verbot sich, daran zu denken. Er wusste, es gab keinen Schutz vor bösen Flüchen, Verwünschungen, Hexerei. Grundsätzlich konnte es jeden und überall treffen. Es war in der Luft. Im Wasser. Im Brot, das man aß. In der Milch, die man trank. Es genügte ein Atem, der einen streifte, ein paar gemurmelte Worte, ein Händedruck, eine zufällige Rempelei. Das Böse war allgegenwärtig wie der Staub in der Luft. Ein feiner Dunst. Ungemein schwer auszumachen und trotzdem da. Es steckte an wie eine Krankheit, wenn man mit ihren Trägern zusammenkam. Meistens war es geruchsfrei bis auf einen ganz leichten Schwefeldunst hier und da. Man wünschte, es gäbe sich zu erkennen. Ein Zischen. Ein Poltern. Fratzen oder Irrlichter. Aber nichts. Es schlich sich leise und unbemerkt ein. Eine Bettlerin stand vor der Tür, und ehe man sich's versah, spuckte sie auf die Schwelle. Das wusch kein Wasser ab. Kurz darauf mehren sich die Raupen im Garten. Die Magd erkrankt. Der Brunnen versandet. Der Hausherr fällt auf der Treppe und bricht sich den Fußknöchel. Der feine Dunst des Fluchs dringt durch jedes Schlüsselloch, breitet sich aus wie ein Gerücht. Wie eine Gemeinheit. Wie üble Nachrede. Wie etwas, dem kein Mann wehren kann, auch der stärkste nicht.

Martin Lallemand war keineswegs besonders ängstlich. Er war zur See gefahren. Er hatte Stürme erlebt, das Stoßen und Ächzen der Schiffsplanken unter sich gespürt. Er hatte Masten splittern sehen, Wellen wie Berge, die entfesselte See. Er war darin nicht umgekommen. Er durfte sich für mutig halten. Er hatte Walrösser gesehen, die nicht weniger gewaltig und entsetzlich waren als das Meer, aus dem sie wie unheilvolle Inseln emporstiegen, gespickt mit den Harpunen ihrer Jäger, die sie mit der besonderen Mischung aus heilloser Furcht und Jagdgier an Bord zogen, wie sie Walfänger im Augenblick ihres Triumphes befällt. Er hatte ihre Wunden behandelt, die Glieder geschient, die sie sich beim Walfang brachen, den Wahnsinn erlebt, der immer wieder Einzelne von ihnen befiel und jeder ärztlichen Behandlung widerstand. Er kannte die Delirien, in denen sie versuchten, sich über Bord zu stürzen, die Lästerungen, die sie ausstießen, die monströsen Untaten, deren sie sich im Wahn bezichtigten. Er war ein Mann, den sein Beruf zur Unerschrockenheit verpflichtete. Aber vor der Hexerei hatte auch er Angst. Wer zweifelt an der Gefahr? An unserer Verletzbarkeit? Wer zweifelt am Unglück, das uns jederzeit treffen kann? An der Endlichkeit des Glücks, das nur unter tausend Vorbehalten genossen wird? Wer zweifelt daran, dass das Wesen des Glücks die Heimtücke ist, mit der es uns verlassen wird, wenn nicht heute, dann morgen und irgendwann ganz gewiss? Ist es vernünftig zu zweifeln, dass Krankheit, Verarmung, Elend und schließlich der Tod es auf uns abgesehen haben? Ist es nicht vernünftig, sich gegen ihre Agenten zur Wehr zu setzen? Sie zu fürchten? Sie zu verfolgen, wo man ihrer habhaft wird? Und was sind Hexen anderes als die Agenten unserer Verderbnis? Erbarmungslos wie sie? Voller Niedertracht und Heimtücke? Verbietet sich nicht die Sorglosigkeit? Ja, ist sie nicht geradezu ein Frevel, wo es um Hexen geht?

Martin Lallemand hört das Gelächter nicht, das ihm aus späteren Jahrhunderten entgegenschallt. Doch er hat feine Ohren für das Wispern des Bösen, das ihn umgibt. Heimliche Flüche.

Verwünschungen. Böse Blicke. Frechheiten, wie sie sich nur die erlauben, denen nichts heilig ist. Hier kommt die Kirche ins Spiel. Sie verspricht Schutz vor der unkontrollierten Macht der Hexen. Sie verspricht Kontrolle. Aber sie ist uneinig. Erst würde ein Krieg, ein fürchterlicher, das Zentrum Europas verwüsten, bevor darüber entschieden war, mit welcher Vollmacht und welcher Zunge die Kirche spricht. Martin Lallemand würde diesen Krieg noch erleben, wenn auch sein Ende nicht. Er war Katholik. Das war einfach. Es war das Richtige. Es war das Richtige, auch weil es der alte Glaube war. Eine gewisse Selbstverständlichkeit haftete dem alten Glauben an. Kein Aufwand. Keine Entscheidung. Kein innerer Kampf. Kein Gewissen, das mit sich rang. Als Arzt wusste Lallemand, wie abträglich solches Ringen der Gesundheit sein kann. Das Gewissen war ein empfindliches Organ. Man durfte ihm wie dem Magen nicht zu schwere Kost verabreichen. Das alte katholische Christsein erschien ihm zuträglicher. Vielleicht war es auch die Gewöhnung, die ihn das so sehen ließ. Religion hat schon immer viel mit Gewöhnung zu tun gehabt. Mit lieb gewonnenen Wiederholungen. Mit Routine. Mit der Ersparnis von Anstrengung.

Lallemand ersparte sich gern allzu große Anstrengung. Und zwar aus einer durchaus sympathischen Gelassenheit. Sein Leben als Arzt am Tage und als Ehemann bei Nacht forderte ihn ganz und genügte ihm. Er leistete sich keine großen Überzeugungen. Er war kein Bekenner, kein Eiferer. Er schätzte es, dass die Macht zu deuten in den Händen der Geistlichkeit lag. Er teilte voll und ganz die alte Überzeugung, dass die heiligen Schriften nicht jedermann zugänglich sein sollten. Sie waren zu kostbar, zu weit hinaus über gewöhnliche Fassungskraft. Wie hätten gewöhnliche Menschen, zu denen er auch sich selber zählte, sie richtig verstehen sollen? Ihm genügte es, dass er verstand, Gelenke zu richten und Brüche zu schienen. Er war einer, dessen Trachten sich auf das Machbare richtete. Von dem, was er nicht verstand, wollte er, wenn möglich, verschont bleiben. Dogmatik. Zauberei.

Hexenprozesse. Er hatte das Zeug dazu, einer von uns zu sein. Nüchtern. Pragmatisch. Religiös unterkühlt. Das eigene Glück eher im Diesseits vermutend als in der zukünftigen Welt.

Vielleicht war Martin Lallemand tatsächlich ein Fremder in seiner Zeit. Verirrt in sein siebzehntes Jahrhundert, das nicht wirklich das seine war. Manchmal, besonders, wenn er beim Bischof gewesen war, streifte ihn eine Ahnung von dieser Fremdheit. Er fühlte sich bereit, an allem zu zweifeln, was ihm sonst Gewissheit war. Die Sakramente. Die Höllenpein. Die Auferstehung des Fleisches. Der Zweifel in ihm, einmal entstanden, wuchs. Er dehnte sich wie die Lungen beim Einatmen frischer Luft, machte ihn leicht und froh. Zweifelnd fühlte er ein Glück, das bis an die Grenze des Erträglichen ging. Schließlich zweifelte er auch an Gott – und in diesem Moment erkannte er, dass der Zweifel in ihm ein Werk des Teufels war. Er erkannte es auch an dem Glücksgefühl, das ihn begleitete, der Leichtigkeit, der Freiheit, die er gespürt hatte wie eine Brise von Meeresluft. Es war eine Versuchung, ein Werk des Teufels an ihm.

Martin Lallemand, wie alle in seinem Jahrhundert, erkannte den Teufel, wenn er zu ihm kam. Er erkannte ihn daran, dass er ihm ein Glück jenseits des Heils versprach, das die allein selig machende Kirche in Aussicht stellt. Er rief sich zur Ordnung. Er kehrte zu seinen Gewissheiten zurück wie ein Kind, das sich beim Spielen ein wenig verlaufen hat und nun nach Hause kommt. Das war auch eine Art Glück. Eine kleine Wärme. Eine Vertrautheit. Er war bei sich, dort, wo man hingehört. Aber ihm blieb etwas von dem großen Atem, den er gespürt hatte. Etwas von der großen Seligkeit des Zweifelns, des kurzen Höhenflugs, mit dem man alle Gewissheit unter sich lässt. Das war es, was der Teufel speziell für ihn ins Werk setzte. Lallemand wusste es. Der Teufel ist ein Psychologe von großer Einfühlungskraft. Seine Versuchungen sind maßgefertigt. Diese war es für Lallemand.

Manchmal, sagte er einmal zu Sylvie, als die Liebe getan war und alles möglich schien, manchmal denke ich wie der erste Mensch.

Es war ein Deutungsversuch der Fremdheit, die er empfand.

Sie verstand nicht, wovon er sprach. Doch sie verstand, dass gefährlich war, was er gesagt hatte. Sie hörte die Bedrohung heraus, die darin für sie lag.

Hör auf damit, sagte sie.

An diesem Abend im Dezember 1609, als er den Bischof verließ, war der Versucher wieder nah bei ihm. Er nutzte seine kleine Gesprächsniederlage aus. Der Bischof war enttäuscht von ihm. Das wurmte Lallemand. Er war nicht ehrlich gewesen. Nicht auf dem Niveau, auf dem seine Konversation mit dem Bischof sonst stattfand. Der Bischof hatte seine Einschätzung gewollt: War das Hexenstechen sinnvoll? Fand man tatsächlich etwas damit heraus? Lallemand wusste, dass er einer Antwort ausgewichen war. Der Bischof hatte ihm deutlich gezeigt, dass er nicht an konventionellen Ansichten interessiert war. Er hatte ihn in Ungnade entlassen. Lallemand fühlte die kleinen Stiche eines Tadels, der ihn zu Recht traf. Er fühlte etwas, das schlimmer als Schmerz ist und schlimmer als Traurigkeit: Er fühlte sich unterlegen.

Er trat auf die Straße hinaus. Der Regen hatte aufgehört. Die Wolken rissen stellenweise auf und gaben den Blick auf die Sterne frei. Der Wind kam vom Meer. Der Arzt trug eine Laterne, die man im Bischofspalais für ihn entzündet hatte. Um diese Zeit war niemand mehr unterwegs. Die Boote, die längs der Bootsstege an den Kanälen vertäut waren, dümpelten vor sich hin. Dann und wann fuhr ein Windstoß von der Adour-Mündung herauf und ließ die Planken knarren. Martin Lallemand setzte sein Gespräch mit dem Bischof fort. Er konnte nicht anders. Es ging ihm, wie es jedem geht, der die richtige Antwort auf eine Frage schuldig geblieben ist. Er muss sie nachliefern. Jetzt, zu spät, kennt er sie. Jetzt weiß er deutlich, was hätte gesagt werden müssen. Martin Lallemand bewegte die Lippen. Ja, er sprach hörbar vor sich hin. Der Wind nahm seine Worte, verwehte sie. Es war gut, dass der Wind wehte und dass die Boote an ihren Vertäuungen zerrten, dass sie sich knarrend und knirschend an den Pollern rieben. Selbst wenn sich jemand hinter den Schuppen verbarg, die in gewissen Abständen die Kanäle säumten, er hätte nicht hören können, was Lallemand zu sich selber sprach. Verwehte Worte. Worte, von der Zerknirschung eingegeben, die er empfand. Dann, sich dem Laster des Zweifelns überlassend, fühlte er, wie es ihn aus der Unterlegenheit erhob, wie es ihn leicht und frei machte, zu denken, was verboten war, wie es seine Lungen dehnte, die Luft vom Meer in sie einströmen ließ, und er sagte laut zu sich:

Nein, wir fanden nichts heraus, was auf eine Berührung durch den Teufel schließen lässt. Das Stechen, Eminenz, ist – Hier verstummte er.

Unsinn, soufflierte der Teufel ihm.

Unsinn, sagte Lallemand.

Der Wind nahm das Wort mit sich.

HEXENJAGD I

Ich glaube, dass der Teufel sie mit seinen Malen zeichnet, um ihnen seine Macht zu beweisen, indem er ihnen zeigt, dass er sie unempfindlich machen kann. Lust und Schmerz lässt er sie empfinden, wie es ihm beliebt. Er will sie davon überzeugen, dass er der Herr all ihrer Freuden und Leiden ist.

PIERRE DE LANCRE

DER RAUM LIEGT UNTER DEM ERDBODEN. Er liegt im Keller. Was hier geschieht, braucht die Dunkelheit. Manche Dinge können nur geschehen, wenn kein Tageslicht dabei ist. Es brennen zwei Fackeln, die in Haltern an der Wand stecken. Fackeln erhellen nicht, sie verbreiten Düsternis. Nur vor dem Schreiber steht eine einzelne Kerze auf dem Tisch. Der Schreiber sieht fast niemals auf. Seine Feder kratzt.

Name?

Sie klingt heiser.

Lauter.

Der Schreiber schreibt.

Wie alt bist du?

Sechsundvierzig.

Du weißt, warum du hier bist? Sagt der Parlamentsrat. Er sagt es hinreichend freundlich. Seine Stimme lässt erkennen, dass seine Freundlichkeit ihn Kraft kostet. Er sagt es zum soundsovielten Mal an diesem Tag. Die Luft im Keller ist verbraucht und schlecht. Sie macht schläfrig.

Nein. Ja. Ich weiß nicht.

Du weißt nicht! Sagt der Parlamentsrat. Er erklärt es ihr.

Aber – sagt sie, das stimmt doch alles nicht.

Die Männer am Tisch – der Parlamentsrat, zwei Beisitzer, der Schreiber – atmen tief durch. Sie denken an das Ende des Tages im Keller. Sie sehnen es herbei. Sie tun eine Arbeit, die sie erschöpft und die ihnen Mühe macht. Eine Arbeit, deren Ende sie noch nicht absehen können. Eine Reihe von immer gleichen Tagen im Keller des Schlosses von St. Pée liegt vor ihnen. Und die Arbeit wird nicht weniger. Sie wächst stattdessen ins Unermessliche. Die Verbohrtheit der Angeklagten scheint ihnen das eigentliche Problem. Deren Weigerung, ihre Schuld von Anfang an einzusehen. Eine Zumutung. Es könnte so einfach sein. Außerdem ist es langweilig, immer dasselbe.

Ich bin unschuldig.

Die Männer versuchen manchmal an etwas anderes zu denken. Frauen. Geschäftliches.

Der Arzt sitzt auf einem Stuhl in der Ecke. Dort wird er von den Angeklagten übersehen. Das macht seinen Auftritt wirkungsvoller. Er greift nur ein, wenn de Lancre ihn dazu auffordert. Er weiß, dass ihm die Angeklagten vertrauen. Patienten haben ihm immer vertraut. Es ist eine Gabe von Gott, denkt er. Er braucht nur »Zieh dich aus« zu sagen, und sie ziehen sich aus. Nur die wirklichen Hexen weigern sich manchmal. Der? Sagen sie. Was will der hier?

Ich bin Arzt, sagt er dann.

Und selbst bei ihnen bewirkt das etwas.

Lallemand, sagt de Lancre. Wir brauchen Sie jetzt.

Ich bin hier, weil wir deine Unschuld beweisen wollen, sagt er zu der Frau, als er auf sie zugeht.

Ihr? Sagt sie. Meine Unschuld? Was wisst Ihr schon davon?

Leg deine Kleider ab!

Alles? Fragt sie.

Alles.

Warum?

Weil die Unschuld sich nicht verbergen muss, sagt er.

Und die anderen hier?

Kümmere dich nicht um sie, sagt er. Ich bin bei dir. Es wird so sein, als wenn nur du und ich allein hier wären.

Tut Ihr mir weh?

Ja, sagt er. Ein wenig. Aber vertrau mir, es ist nicht der Rede wert.

Was tut Ihr da?

Sieh nicht hin. Das ist besser für dich. Ich verbinde dir jetzt mit diesem Tuch die Augen, damit du nicht hinsehen musst.

Wer rührt mich an?

Nur ich. Ich verspreche es. Niemand außer mir wird dich anrühren.

Herr, noch eins, bevor Ihr beginnt.

Ja?

Es war alles gelogen, was ich bisher bekannt habe. Alles.

Ja? … Spürst du das?

Ein wenig.

Und dies?

Ach, das ist kaum der Rede wert.

Aber dies. Das musst du doch spüren.

Sicher. Wenn Ihr es sagt, dann spüre ich es auch.

Du hast da ein Mal.

Ein Mal? Welches meint Ihr? Ich habe mehrere davon. Dies an der Schulter. Ach das. Das habe ich schon, seit ich ein Kind war. Wir nannten es Teufelsdreck. Herr! Herr, was tut Ihr da!

Jetzt erst beginnt er.

Er hält die Nadel zwischen zwei Fingern der rechten Hand, justiert mit dem Daumen, setzt sie an, übt mit dem Daumen einen leichten Druck aus. Die Nadel ist etwa zehn Zentimeter lang. Aber er führt sie nie tiefer als nötig ein. Wie tief ist das? Bei Dicken führt er sie tiefer als bei Dünnen ein. Überhaupt fühlen die Dicken schwächer. Er berücksichtigt das. Wenn er Widerstand spürt, auf dem Knochen ist, zieht er sie gleich heraus.

Das Schreien bringt ihn nicht aus der Ruhe. Er weiß, dass man es nicht beachten darf. Er hat zersplitterte Knochen zusammengefügt, den Star gestochen, Füße amputiert, die brandig geworden waren. Er weiß auch, dass die Ruhe, mit der er es tut, eine geliehene Ruhe ist. Ein begrenzter Vorrat. Wenn sie verbraucht ist, wird auch er anfangen zu schreien. Er weiß, dass das nicht passieren darf. Es wird nicht passieren.

Er kennt den Geruch der Angst. Er ist bei allen gleich. Ein schrecklicher, scharfer, ein wehrhafter Geruch. Die letzte Waffe, die ein misshandelter Körper einsetzt, um den Angreifer, auch den Arzt, zu vertreiben. Er weiß, dass er ihm standhalten muss. Er weiß auch, dass es der Geruch der Niederlage ist, der Geruch seiner eigenen Überlegenheit.

Er fühlt die Kontraktion des Muskels an der Stelle, an der er einsticht. Den Widerstand, schon nicht mehr von einem Bewusstsein ausgehend, nur noch lebendiges Fleisch, das zuckt und sich verhärtet, während er tiefer stößt. Er zieht die Nadel heraus, sieht das Blut, das sich wie ein kleiner roter Nadelknopf über dem Einstich gesammelt hat, wischt es ab, präpariert die Nadel neu, indem er sie mit einem in Branntwein getränkten Tuch abreibt.

Fahren wir fort, sagt er.

Der Einstich. Das Zucken. Das Schreien. Auch er schwitzt. Aber es ist der Schweiß konzentrierter Arbeit, kein Angstschweiß. Trotzdem wird am Abend etwas davon in seinen Kleidern sein.

Du kannst dich wieder anziehen, sagt er. Nimm die Binde ab.

Nun? Fragt der Parlamentsrat.

Er schweigt. Er weiß, dass sein Schweigen ihm Autorität verleiht. Es gibt ein Maß für die Dauer seines Schweigens. Darüber hinaus wird es ihm als Unsicherheit ausgelegt werden.

Dann gibt er seine Mutmaßungen zu Protokoll.

Doktor, ruft die Frau. Da war doch nichts? Es war doch alles so, wie es sein sollte? Sagt doch! Ihr habt es mir versprochen.

Patienten. Es ist nicht anders als bei den Konsultationen. Dasselbe Vertrauen. Derselbe Glaube an seine ärztliche Kompetenz. Auch sie ist eine Patientin. Auch sie glaubt wie alle, dass er ihr ihre Gesundheit schuldig ist. Ihre Normalität und sogar ihre Unschuld. Sie fordert all das von ihm ein. Sie macht ihn dafür haftbar, wie alle Patienten es mit ihren Ärzten tun.

Sie sieht ihn an, demütig, erwartungsvoll, und wartet darauf, dass er ihr die Schmerzen deutet, die sie empfunden hat. (Ist es schlimm? Werde ich sterben?)

Meine Liebe, sagt er. Dies ist ein Gericht und keine Heilanstalt. Nicht ich kann darüber befinden, ob du unschuldig bist. Ich bin nicht dein Richter. Ich bin nur der Arzt.

Ihr habt gelogen, ruft sie. Auch Ihr! Alle lügen hier!

Und er kann den Teufel in ihren Augen sehen. Die Kraft des Zorns und des Hasses, die er verleiht. Und er fürchtet sich vor ihm, und er spürt, wie er ihn einschüchtern und unsicher machen will. Wie er ihn zweifeln lässt. Wie er dafür sorgt, dass er sich vor ihr und sich selber und dem Gericht lächerlich vorkommt.

An ein oder zwei Stellen, sagt er, habe ich Unempfindlichkeit festgestellt.

Anaestesia. Es ist nur ein Indiz. Er weiß, dass es für den Prozessausgang nicht entscheidend ist. Es muss durch weitere Indizien bestätigt werden. Schlechter Leumund. Erwiesene Liederlichkeit. Wiederholte Teilnahme am Sabbat, soweit sie durch mehrere Zeugen behauptet worden ist. Freches Mundwerk oder auch hartnäckiges Schweigen, wie es nur durch Mitwirkung des Teufels erklärbar ist, der seinen Leuten den Mund verschließt. Nachgewiesener Schadenszauber. All das kann nur einen Anfangsverdacht begründen. Untersuchungen, Verhöre, Zeugenbefragungen schließen sich an, bevor ein Urteilsspruch möglich ist.

Die Angeklagte hat sich angezogen. Sie weint. Sie wird von den Wachen, die vor der Tür warten und auf Zuruf de Lancres hereinkommen, abgeführt. Er weiß nicht, wohin sie sie bringen. Er vermutet es.

Die Nächste, sagt der Parlamentsrat. Das Ganze hat viel von einer Sprechstunde. Schließlich hat eine Sprechstunde auch viel von einem Gerichtstermin, denkt der Arzt. Die Anamnese. Die Untersuchung. Die Auswertung der Ergebnisse. Die Diagnose, ein Urteil auf Leben und Tod. Aber keine Therapie. Keine Heilung.

Oder doch? Sind die Frauen, die sie zum Tod verurteilen, selbst die Krankheit, wie der Parlamentsrat meint? Vollzieht sich die Heilung an der Gemeinschaft, indem die befallenen Glieder ausgemerzt und verbrannt werden, auf dass die gesunden, die übrig bleiben, eine neue, gesunde Gemeinschaft bilden können, vom Bösen befreit, von der Ansteckungsgefahr, die von ihm ausgeht? Wenn dich dein rechtes Auge zur Sünde verführt, so reiß es aus und wirf es von dir. Denn es ist besser für dich, dass eins deiner Glieder verloren geht und nicht dein ganzer Leib in die Hölle geworfen wird. Muss man es so sehen? Muss eine Art Operation durchgeführt werden? Schmerzhaft? Gewalttätig, wie Operationen immer sind? Der Arzt kann dieser Argumentation de Lancres im Grundsatz folgen. Aber er denkt nicht gern grundsätzlich. Das Prinzip interessiert ihn nicht. Er ist am Einzelfall interessiert. Er ist Praktiker. Er ist ein Wundarzt, kein studierter Medicus. Philosophie gehört nicht zu seinem Fachgebiet. Sie schüchtert ihn ein. Der Parlamentsrat schüchtert ihn ein. Seine Beredtheit. Seine Bildung. Sein gewandtes Auftreten. Seine Eleganz. Der Arzt fühlt sich unterlegen in seiner Gegenwart. Wie eine medizinische Hilfskraft. Ein Handlanger. Das ist der Grund, warum er die Verhöre hasst.

Aber es ist auch der Grund, warum er nicht seinen Abschied nimmt. Dies ist ein Auftrag, durchaus ehrenvoll für einen jungen Arzt aus Bayonne, der zudem Ausländer ist. Dem der Ruf unbestimmbarer Herkunft für immer anhaftet. Ein Hergelaufener. Einer, der Glieder einrenken kann, Zähne ziehen, Knochen richten, aber nicht genau sagen kann, woher er kommt. Der es selber nicht richtig weiß.

Seine Mutter hatte ihn auf eine Wallfahrt mitgenommen. Wie alt war er damals? Zehn? Vielleicht jünger? Aber sie waren nie in Santiago de Compostella angekommen. In einem Dorf, das Eaux-Bonnes hieß, wurde sie krank. Kein »Gutes Wasser« half ihr mehr. Eine Bäuerin nahm sie auf und pflegte sie, während die Pilgergruppe weiterzog. Und was machen wir jetzt mit dem?, fragte die Bäuerin, als seine Mutter gestorben war. Der Arzt, den sie zu ihr geholt hatten, nahm das Geld, das sie bei sich hatte, und ihn mit. So ist er Arzt geworden. Ein Gehilfe. Ein Handlanger. Ein eifriger Schüler verschiedener Ärzte, bei denen er ein bisschen Latein gelernt und die Lehrbücher studiert hat. Den Galen. Den Paracelsus. Er hat nichts außer sich selbst und seinem Eifer. Und die Erinnerung an Köln, seine Heimatstadt. Aber er weiß nicht einmal genau, ob das dunkle alte Haus am Fluss sein Elternhaus war. Gehörte es seinem Vater? Doch wer war sein Vater? Er kann sich an keinen Vater erinnern. Manchmal ist ihm, als sei seine Mutter nur eine Art Dienstmagd in dem dunklen Haus am Fluss gewesen. Als Kind hatte er geglaubt, dass er nach Köln zurückkehren würde, um zu erfahren, wer er ist und woher er kommt. Jetzt ist er in einem Alter, in dem die Kindheit nicht interessiert. Sie ist ein fernes Rätsel, das er eines Tages lösen wird. Er zweifelt nicht daran. Irgendwann wird er nach Deutschland zurückkehren. Irgendwann. Nicht jetzt. Jetzt ist er hier. Er muss seine Arbeit tun.

Er präpariert seine Nadeln. Er sucht die Haut, die vor ihm entblößt ist, nach Malen hab. Er sticht zu.

Er hat selbst solche Male auf der Haut. Aber bei ihm sind es Muttermale. Man nennt sie so. Er hat von seiner Mutter nichts geerbt als sich selbst, einschließlich der Male, die ihm nichts über die eigene Herkunft verraten. So wenig wie das Gesicht, das er im Spiegel sieht, ein rundes Gesicht, graue Augen, Lippen, die breit, aber nicht gewölbt sind. Wenn er küsst, ist es ihr äußerer Rand, der zuerst berührt. Es ist wie ein Nippen, dem die vollständige Berührung, die Verschmelzung, folgt wie ein tiefer Schluck. Die Frauen mögen das. Er weiß es. Frauen mögen ihn überhaupt. Er selber kann nicht anders als sich zu mögen, wenn er in den Spiegel sieht.

Er hört das Schreien. Er konzentriert sich aufs Neue. Er braucht nicht hinzusehen, um zu wissen, dass die Männer am Tisch sich auch konzentrieren. Er und die Frau, die er untersucht, sind das Zentrum gespannter Aufmerksamkeit im Raum. Ihre Haut, schneeweiß, die roten Perlen darauf, die austreten und sich dann und wann in ein Rinnsal verwandeln, das er sogleich abwischt. Es ist still und laut zugleich. Laut ist das Schreien der Frau und still die Aufmerksamkeit der Männer. Als das Schreien aufhört, scheint auch die Frau dem Schweigen der Männer zu lauschen.

Was meint Ihr?, fragt de Lancre.

Ich finde nichts, sagt der Arzt.

Seht genauer, stecht tiefer. Seid gründlich, Lallemand, sagt de Lancre. Denkt an Eure Verantwortung. Ihr seid noch jung, doch man hat Euch mit einem wichtigen Amt betraut.

Er denkt an seine Verantwortung. Seine Verantwortung unterscheidet ihn von dieser jungen Frau. Sie hat keine Verantwortung. Sie hat Angst.

Und er sagt zu ihr: Hab keine Angst.

Und sie flüstert: Seid Ihr bald fertig?

Was sagt sie? Ruft der Schreiber des Protokolls.

Ihr sollt nicht mit ihr sprechen, sagt der Parlamentsrat. Das tue ich allein.

Und Lallemand denkt einen Moment lang, dass er gleichaltrig mit ihr ist. Alle übrigen Anwesenden sind viel älter als er und sie, nicht nur de Lancre, auch die Beisitzer, der Schreiber und die Gerichtsdiener vor der Tür. Wir gehören zu den Jungen, denkt er. Sie ist fünfundzwanzig, nur wenig jünger als ich. Ihnen gehört ein viel größeres Stück des Lebens, der Zukunft, der Welt. Doch bricht der Gedanke weit vor dieser Stelle ab. Ein »wir«, das sie und ihn einschließt, ist undenkbar. Auch für sie.

Gnädiger Herr, flüstert sie, habt Erbarmen, es ist genug.

Ich bin fertig, sagt er, zu den Männern am Tisch gewandt.

Du kannst dich wieder anziehen, sagt er zu ihr.

Und zu welchem Ergebnis seid Ihr gekommen?, fragt de Lancre.

Nichts, sagt er. Ich finde nichts.

Der Parlamentsrat ist unzufrieden mit ihm. Er hat seinen Erwartungen nicht entsprochen.

Schon wieder nichts, sagt er. Wenn es nach Euch ginge, wäre der Teufel im Labourd ein Unschuldsknabe. Was meint Ihr?

Er soll etwas sagen. Was meint er? Die Wahrheit ist, dass er keine Meinung dazu hat. Er schwitzt. Er sagt: Der Teufel wirkt in ihnen auf mannigfache Art.

Auch fleischlich?, fragt der Parlamentsrat.

Gewiss, sagt er, froh, dass er eine klare Antwort auf die Frage weiß.

So solltet Ihr doch im Stande sein, davon die Spuren im Fleische aufzufinden, Ihr als Arzt, sagt er.

Gewiss, sagt er beschämt.

Geht also, lasst uns allein, damit wir fortfahren können. Es gibt noch andere Mittel, unser Ziel zu erreichen.

Er packt seine Sachen ein, die Nadeln, die Lanzetten, die Fläschchen mit Wundtinktur. Er verstaut sie in den dafür vorgesehenen Fächern seiner Arzttasche. Er klappt sie zu wie nach einem beliebigen Hausbesuch und wendet sich zur Tür.

Er hört die Angeklagte rufen: Der Arzt! Der Arzt soll bleiben! Warum geht Ihr, Herr? Bleibt doch! Solange Ihr da seid, fürchte ich mich nicht so sehr.

Und er geht, die Worte im Ohr, hinaus. Aus dem dunklen Turm tritt er wie durch eine Wand in Hitze und Helligkeit. Der Sommer lastet schwer auf dem Land. Es ist Mitte August und früher

Nachmittag. Er besteigt den Wagen, der über Ascain nach St. Jean de Luz fährt. Außer ihm sitzt ein Mann seines Alters darin, den er nicht kennt.

Er trägt die Tracht der Reisenden, einen weiten Umhang, der mit einer Spange nur auf einer Schulter zusammengehalten wird, einen schwarzen Hut, dessen Krempe vorn aufgeschlagen ist, weiße Strümpfe, Schuhe, die, schmal, elegant, keinerlei Spuren von Straßenstaub aufweisen. Der Arzt sucht nach den Insignien der Jakobspilger, dem Stock, der Muschel am Hut, und findet nichts. Ist es einer von den wandernden Baumeistern, die sich die Besitzer der Schlösser kommen lassen, wenn sie erweitern, umbauen, renovieren wollen? Er sieht die Hände, von blütenweißen Volants umschlossen. Schlanke, gepflegte Hände, die Nägel manikürt. Er sieht, dass dies kein Baumeister ist. Ist es ein Advokat? Doch die Advokaten aus der Gegend kennt der Arzt.

Der Fremde scheint an keinem Gespräch interessiert. Das kommt ihm entgegen. Auch er reist lieber schweigend. Er schließt die Augen. Er wünscht sich, auf der Stelle einschlafen zu können. Doch seine Müdigkeit ist nur eine Art äußerer Lähmung. Im Innern ist er hellwach und aufgeregt, als läge die Arbeit des Tages nicht hinter ihm, sondern warte noch auf ihn.

Er trifft auf den Blick seines Mitreisenden, als er die Augen öffnet. Der Blick ruht auf ihm, als habe er das schon lange getan, und wird nicht abgewandt. Das zwingt ihn, seinerseits den Blick zu senken. Er schließt wieder die Augen. War da etwas Spöttisches in den Augen, die ihn betrachteten? Etwas Wissendes? Etwas, das verrät, dass er für den Betrachter kein Unbekannter ist, wie dieser für ihn? Doch ist er das? Hat er ihn nicht schon einmal gesehen? Er ist sich nicht sicher. Er fühlt, wie ihm seine Lider den Dienst versagen wollen. Sie zittern. Sie werden sich öffnen, auch wenn er es ihnen nicht befiehlt. Sie verraten ihn.

Er schaut den Fremden an. Der erwidert sein Lächeln.

Es ist ein schöner Mann. Schwarz gelockt. Ein Mann, der die

Frauen betört und die Männer ebenso. Vielleicht ein Musicus? Einer von denen, die von Dorf zu Dorf ziehen und mit ihren Liedern das Volk um den Verstand singen, jedes Mal ein Desaster zurücklassend, unerwünschte Verbindungen, entzweite Paare, vollzogene Fehltritte, unerfüllbare Lieben, Sehnsüchte, die nur schwer wieder zum Einschlafen zu bringen sind? Aber der Arzt sieht kein Instrument.

Kennen wir uns?

Er weiß eigentlich nicht, warum er ein Gespräch mit diesem Mann beginnt, dem er bis zur Ankunft in Ascain nicht mehr ausweichen kann.

Sicher, sagt er. Man begegnet sich hier und dort.

Obwohl er froh ist, dass der Fremde nicht konkreter wird, wächst sein Unbehagen. Er weiß offenbar, wer ich bin, denkt er, ohne mich über sich aufzuklären. Das ist unverschämt. Doch sein Ärger ist nicht frei von der Empfindung seiner eigenen Unterlegenheit. Am liebsten würde er aussteigen und zu Fuß weitergehen. Aber ihm ist, als sei er schon vom Sitzen erschöpft und schweratmig genug. Der Luft im Wagen ist ein Geruch beigemischt, den er nicht definieren kann. Ist es die Ausdünstung der ledernen Sitze? Ist es ein Parfüm, das sein Gegenüber trägt? Ist es eher Stallgeruch, zurückgeblieben von den Schuhen anderer Reisender? Ja, von allem etwas. Obwohl ein Fenster geöffnet ist, um den Fahrtwind hereinzulassen, wird der Geruch eher intensiver, als dass er sich verflüchtigte. Plötzlich fällt ihm ein, woher er ihn kennt: De Lancre trägt dieses Parfüm. An ihm hat er es zuerst bemerkt. Ob dieses Parfüm für Männer gerade in Mode ist? Er findet es schwer erträglich. Wolken davon nebeln ihn ein.

Sie waren bei den Verhören, sagt sein Mitreisender.

Es ist eine Feststellung, keine Frage.

Woher wissen Sie?

Die Leute reden, sagt der Fremde, auch wenn man sie nicht fragt.

Ich nicht, sagt er.

Seien Sie nicht albern, sagt der Fremde. Alle sagen alles, wenn man sie genug quält. Vor allem die Frauen.

Das glaube ich nicht.

Aber Sie wissen es, sagt der Mann.

Sein Wunsch auszusteigen wird jetzt drängender. Er hat das Gefühl, im falschen Wagen zu sitzen. Als führe er ihn immer weiter von seinem Ziel fort. Aber wie soll er ihn unter den Augen dieses Mitreisenden anhalten? Er fürchtet die Peinlichkeit, der er sich aussetzen würde, mehr als alles andere. Diese Furcht lähmt ihn. Er fühlt sich wie jemand, den ein Morgentraum umfängt, während er längst aufstehen soll.

Kurz vor Ascain bleibt der Wagen plötzlich stehen. Ein paar Schweine suhlen sich im Straßenstaub. Es sind die bräunlichen, nackten, halb wilden Schweine der Pyrenäen. Der Fahrer knallt mit der Peitsche, aber sie lassen sich jetzt erst recht nieder, zwei Sauen mit ihren heranwachsenden Ferkeln, die teils um sie herum spielen, teils an ihren Zitzen hängen und sich auch durch wiederholtes Peitschenknallen nicht verscheuchen lassen. Als der Arzt aussteigt, wird er sofort von feuchten Rüsseln umringt, die ihn mit obszöner Aufdringlichkeit berühren, ihn bedrängen, schmatzend, schnorchelnd, an ihm herumstupsen, seine Witterung in sich aufnehmen und, wie er zu spät bemerkt, voller Gier sind: Sie wollen nichts von ihm erbetteln, sondern durchaus ihn selbst, sein Fleisch, seine Därme, seine zarte Menschenhaut. Auch zwei Eber sind jetzt aus dem Gebüsch am Ufer der Nivelle herbeigekommen. Sie drängen die Ferkel weg, nähern sich. Was hat bewirkt, dass sich die Waage in ihnen diesmal zum Wilden neigt? Der Hunger? Eine bestimmte Witterung? Die Erinnerung daran, dass dies einmal eine Quelle von Nahrung für sie gewesen ist: ein lebendiger Mensch? Er hat keine Zeit, nach Erklärungen dafür zu suchen. Er sieht ihre Augen, hellbewimpert, klein, auf sich gerichtet. Er sieht das Interesse darin, dessen Gegenstand er ist, ein lebhaftes Interesse, maßnehmend, von der Bereitschaft kündend, eine gute Idee unverweilt in die Tat umzusetzen. Er fürchtet nicht um sein Leben. Er weiß, dass in den lächerlichen Komponenten der Situation etwas steckt, das ihn retten wird. Dann sieht er plötzlich, wie sie sich wegducken. Es ist, als hätte ein Schlag sie getroffen. Aber ein Schlag mit der Peitsche hätte auch ihn treffen müssen. Sie ziehen die Köpfe ein. Die Borsten in ihren Nacken stellen sich wie ein Kamm auf. Sie knurren. Sie verdrehen ihre Schweinsäuglein, bis man nur noch das Weiße darin sehen kann. Dann, wie auf einen Befehl, drehen sie sich um, Eber, Ferkel und Sauen, und stürzen den Hang zur Nivelle hinunter, als sei eine Horde unreiner Geister in sie gefahren.

Hinter sich ahnt er für einen Moment seinen Reisebegleiter. Aber als er sich umdreht, ist er nicht mehr da.

Er sieht die Schweine ins Wasser eintauchen, als wollten sie sich vor Scham ertränken, weiß aber, dass der Fluss um diese Jahreszeit so wenig Wasser führt, dass man fast an jeder Stelle trockenen Fußes hinüberkommt.

Verdammte Viecher, sagt der Fahrer, der nicht einmal vom Kutschbock heruntergestiegen ist, um ihm zu Hilfe zu kommen. Wollen wir weiterfahren?

Wo ist der Herr?

Wer?

Der mit mir im Wagen saß.

Herr, da war niemand außer Euch.

Einer mit einem Umhang und schwarzem Haar.

Ihr habt geträumt. So einer ist in Ibarron ausgestiegen. Steigt ein, Herr.

Nein. Ich möchte zu Fuß gehen.

Wie Ihr wollt. Aber der Preis muss ganz bezahlt werden.

Er sieht dem Wagen nach, wie er sich Richtung Ascain entfernt. Er sieht den Staub, der ihn einhüllt. Bald sieht es aus, als wandle nur noch diese Wolke, langsam wie ein Gott, über die Landstraße.

Er nimmt seine Tasche auf, die der Fahrer neben ihn gestellt hat, und geht zum Fluss hinunter. Er wäscht sich das Gesicht in dem schmalen Rinnsal, das von ihm geblieben ist. Er sieht die Schweine am Ufer liegen. Er weiß, ein Steinwurf, ein Kiesel würde sie vertreiben. Doch sie interessieren sich nicht für ihn. Dem Lauf der Nivelle folgend, gelangt er nach St. Pée zurück.

Er sieht den Wagen de Lancres im Hof des Schlosses stehen. Der Parlamentsrat ist noch da. Er logiert im Schloss. Er ist ein Gast des Schlossherren, des Herrn von Urtubie, der das komfortablere Schloss bei Urrugne nahe der Bucht von St. Jean de Luz – vor allem im Sommer – als Wohnsitz bevorzugt. Der Herr der Prozesse genießt Gastrecht bei den Grundbesitzern im Labourd, die ihn schließlich mittels einer Petition an das Parlament in Bordeaux ins Land gerufen haben. Man wird mit dem Volk ohne Hilfe nicht fertig. Es ist zu frech. Zu unbotmäßig. Schwierig zu beherrschen. Verhext. – Sein Bezwinger wohnt mit den Bezwungenen unter einem Dach.

Das Schloss von St. Pée besteht aus einem mächtigen quadratischen Turm und einem lang gestreckten zweigeschossigen Flügel. Der Flügel verkörpert den feudalen, den zeitgenössischen Geist der Anlage, der Turm den wehrhaften, archaischen. Er beherbergt das Gericht, die Hexen, den Richter, die Wachen, die Angst, die Erniedrigung. Im Erdgeschoss befinden sich die Stuben der Wachen und der für die Dauer der Untersuchungen improvisierte Verhandlungsraum. Darüber sind die Gefängnisse. Und ganz oben, ganz hell und luftig, mit Blick auf die umliegenden Wiesen, das Land, einen Meierhof und die Dächer des Dorfs auf der anderen Seite, zwei Stockwerke, die der Parlamentsrat bewohnt, auch er bewacht, doch anders als die Gefangenen, beschützt von vier Berittenen, die ihm das Parlament von Bordeaux bewilligt hat und die ihn schon seit Beginn der Mission begleiten, Vertrauensleute, die ihn niemals aus dem Blick lassen. Zwei haben immer Dienst, während die anderen beiden die Annehmlichkeiten des Lebens einer kleinen, wenn auch sehr kleinen Besatzungsmacht genießen, freie Bewirtung, wo immer sie einkehren, sowie gewissermaßen freundliche Behandlung von

Seiten der Mädchen, die ihnen gefallen mögen. Mehr verlangen sie nicht.

Der Arzt tritt an den Wachen vorbei ins Schloss. Sie kennen ihn. Er wendet sich zur Treppe ins Kellergeschoss. Dort sind die Räume, wo die Befragungen stattfinden. Es ist kühl hier. Aus der Hitze des Sommernachmittags kommend, befällt ihn sofort ein Frösteln. Er tastet sich die Stufen hinab, weil ihm eine Fackel fehlt. Sonst betritt er den Keller immer gemeinsam mit der Delegation, der geleuchtet wird.

Er folgt den Stimmen, die er hört. Hinter einer Tür sieht er Licht. Doch als er eben eintreten will, öffnet sie sich. Das Licht einer Fackel fällt auf ihn. Es blendet ihn. Er begreift, dass er wie ein heimlicher Lauscher vor der Tür dasteht.

Verzeihung, sagt er.

Es ist das falsche Wort.

Zwei Wärter führen zwischen sich die junge Frau, die er als Letzte untersucht hat. Sie wehrt sich. Sie weint. Sie stemmt sich mit den Füßen in den Boden. Es nützt ihr nichts. Sie zerren sie auf den Gang hinaus. Er drückt sich an die Wand.

Helft mir doch, sagt sie, als sie ihn sieht. Ich muss nach Hause! Sie wollen mich nicht nach Hause gehen lassen! Erklärt ihnen doch, dass ich nach Hause muss!

Komm! Sagen die Wärter, fast bittend. Mach keine Umstände!

Das ist nur eine Zeugin, sagt er.

Vor einiger Zeit hat de Lancre angeordnet, dass auch die Zeugen körperlich untersucht werden nach einem Hexenmal. Dadurch hat sich die Zahl der Anklagen, die Zahl der Verfahren, der Aufwand, der für jedes einzelne Verfahren betrieben werden muss, vervielfältigt. Es ist eine Belastung entstanden, die alle an ihre Grenzen führt. Dass de Lancre dies auf sich nimmt, dass er es den anderen Mitgliedern der Kommission zumutet, hat nur einen Grund: Er nimmt wirklich ernst, was er hier tut. Er hat eine Aufgabe übernommen, und er will sie zur eigenen und zur

Zufriedenheit anderer erledigen. Er will der Beste sein. Darum und nur darum geht es ihm.

Das ist doch nur eine Zeugin, wiederholt der Arzt.

Aber die Wärter sind nicht verpflichtet, auf ihn zu hören. Als Arzt ist er kein Mitglied des Tribunals, dem sie unterstehen.

Wartet! Wartet! Ruft er, als sie sie weiter zur Treppe hinschleppen.

Was ist los?, hört er de Lancre fragen.

Der Arzt ist wieder da, antwortet man.

Was will er?, sagt de Lancre.

Es klingt nervös, verärgert. Er spricht wie ein Mann, der nach einem schweren Tag nicht durch weitere Probleme aufgehalten werden will.

Was will Lallemand? Er weiß, dass er einen Grund für seine Rückkehr braucht. Etwas Harmloses, Einsehbares, doch zugleich hinreichend Gewichtiges. Er betritt den Raum, fieberhaft überlegend. Er fühlt sich wie ein Schauspieler, der auf die Bühne muss, obwohl er seinen Text vergessen hat.

Er tritt zu dem Tisch, an dem de Lancre mit den beiden Beisitzern sitzt. De Lancre diktiert dem Protokollanten etwas in die Feder.

Was wollen Sie?, fragt er gereizt. Wir arbeiten noch.

Monsieur, sagt der Arzt, die Frau, die Ihr eben abführen ließet –

Jeanne Auclaire.

Ich fand nichts bei ihr.

Und?, sagt de Lancre scharf. Die Unschuldsvermutung gilt nur, solange kein neues Verdachtsmoment auftritt.

Tat es das denn?

Monsieur Lallemand, sagt de Lancre, kümmern Sie sich nicht um den Prozessverlauf. Das ist unsere Angelegenheit. Ihre Aufgabe ist es, die Untersuchungen durchzuführen. Sie teilen uns Ihre Ergebnisse mit, und wir ziehen unsere Schlüsse daraus. So schreibt es die Verfahrensordnung vor. Würden Sie uns bitte entschuldigen? Wir sind in einer Beratung begriffen.

Von weitem hört er Jeanne Auclaire schreien. Nach Hause! Ich muss nach Hause!

Er sieht de Lancre an, dass es tatsächlich zu viel für ihn ist. Die Arbeit strengt ihn an. Diese spezielle Arbeit. Die Größe des Projekts. Die Widerstände, die er, will er es jemals erfolgreich zu Ende bringen, überwinden muss. Die schwierige Materie, mit der er es dabei täglich zu tun bekommt: menschliche Leidenschaften. Menschliche Schwächen. Die menschliche Tendenz zur Unwahrheit, an der jeder Ermittler scheitert, wenn er nicht zu äußersten Mitteln greift. Die tägliche Erfahrung menschlicher Niedertracht. Der Hass, der ihm entgegenschlägt. Ein verdeckter, kriecherischer Hass, den er gleichwohl erkennt, auch wenn er sich als Ergebenheit tarnt. Die Klagen. Die Flüche, die sich, wie er wohl weiß, gegen ihn richten. Er nimmt viel auf sich. Es scheint manchmal über seine Kräfte zu gehen.

Kümmern Sie sich um die Person!, herrscht er den Arzt an. Bringen Sie sie zum Schweigen! Ihr Ärzte habt doch Mittel dafür, denke ich. Geben Sie ihr etwas, dass sie sich beruhigt! Oder binden Sie ihr den Mund zu! Los, Lallemand, tun Sie etwas! Man wird ja verrückt hier!

Kurz darauf lässt der Arzt sich den Raum im ersten Stock des Turmes aufschließen, in den sie Jeanne Auclaire gebracht haben. Es ist jetzt ganz still darin. Es ist ein kleiner Raum, eine Art Ausnüchterungszelle, in die sie die Neuen bringen. Die, die noch toben und schreien und nicht begreifen, was mit ihnen geschieht. Die dicken schweigenden Wände, zwischen denen sie sich plötzlich allein finden, sollen ihnen Antwort geben, wenn sie sich fragen, wohin sie geraten sind und woher ihnen jetzt Hilfe kommt.

Die Frau liegt auf dem Strohsack, der neben einem Eimer für ihre Notdurft die einzige Ausstattung des Raumes ist. Ein Fenster, hoch und sehr klein, ist die einzige Lichtquelle.

Ich habe nach Euch gerufen, sagt sie, aber Ihr kamt nicht.

Ihre Stimme ist heiser vom Schreien. Sie flüstert mehr, als sie spricht.

Haben sie dir wehgetan?, sagt er.

Nein, antwortet sie. Ihr habt mir wehgetan.

Ich wollte ihnen zeigen, dass du unschuldig bist.

Dann sagt es ihnen doch.

Sie hält die Augen geschlossen, während sie mit ihm spricht. Schwarze, schweißnasse Locken kleben auf ihrer Stirn.

Kommt Ihr, um mich hier rauszuholen?, sagt sie.

Nein, sagt er, das kann ich nicht.

Aber ich muss hier raus, sagt sie. Ihre Glieder zucken. Sie richtet sich auf, starrt ihn an. Die Wildheit ihres Widerstands kehrt zurück. Ihm wird bewusst, dass sie versuchen könnte, zu entwischen, ihn zu überwältigen. Er weiß nicht, ob die Tür hinter ihm abgeschlossen worden ist.

Du wirst bald wieder zu Hause sein, sagt er, um sie zu beruhigen. Morgen vielleicht schon. Manchmal geht es ganz schnell, lügt er.

Morgen! Ruft sie. Morgen!

Sie sagt ihm, dass sie ein Kind hat, ein kleines Mädchen. Es ist fünf Jahre alt.

Du bist verheiratet?, fragt er.

Nein, sagt sie, nein.

Das Kind ist bei den Kindern ihrer Dienstherrin, einer Bäuerin in Sare. Es ist immer dort, solange sie arbeitet. Aber es kann nicht dort bleiben. Um die Zeit des Angelus muss sie es abholen. Es wartet vor der Tür. Immer wenn es die Glocke hört, wartet es auf sie. Es ist schon so verständig. Kinder, die viel allein sind, weil ihre Mütter arbeiten müssen, begreifen schnell. Es hat noch niemals lange warten müssen. Sie war immer da.

Bis zum Angelus ist es noch eine halbe Stunde.

Und wenn ich ein Pferd nehmen würde und nach Sare reiten? Dann käme ich fast noch rechtzeitig, sagt der Arzt.

Er sagt es, wie man ein Mittel anwendet, um Blut zu stillen oder Schmerzen zu lindern. Eilig. Ohne Überlegung.

Würdet Ihr das tun, Herr?

Er verspricht es ihr. Er sagt, dass sie in diesem Fall auch etwas für ihn tun müsse, nämlich den Trank trinken, den er ihr mitgebracht habe.

Was für einen Trank?

Baldrian, sagt er. Es wird dich beruhigen. Du wirst schlafen können.

Wie kann ich schlafen, Herr? Hier! Ich fürchte mich so.

Trink, sagt er. Wenn du schläfst, schläft die Angst auch.

Sie nimmt ihm das Fläschchen aus der Hand und trinkt es leer.

Kommt Ihr wieder?, fragt sie.

Er verspricht es ihr. Sie beschreibt ihm, wo er das Mädchen abholen und wo er es bei ihrer Mutter abgeben soll. Dann legt sie sich zurück und schließt die Augen, ernst und gesammelt, erfüllt von bösen Ahnungen wie ein sehr krankes Kind.

Als er das Pferd besteigt, denkt er für einen Moment daran, den Weg nach St. Jean de Luz zu nehmen, wo er für die Dauer der Prozesse Unterkunft bezogen hat. Er sieht das Gesicht des Fremden in der Kutsche vor sich. Den Hohn, der aus seinem Blick sprach. Er fühlt sich seitdem von diesem Hohn verfolgt. Ob er nach St. Jean de Luz oder nach Sare reitet, ein Narr ist er auf jeden Fall. Beides ist töricht. Das Vorhaben, sich um ein Kind zu kümmern, das ihn nichts angeht. Die Furcht, dabei angetroffen zu werden, wie er es tut.

Von jetzt an wird alles falsch sein. Er hat sich eingemischt. Es ist gefährlich, sich einzumischen. Es ist besser, einfach seine Arbeit zu verrichten und nach Hause zu reiten und sich auszuruhen. Das weiß er. Trotzdem bestimmt dieses Wissen nicht sein Handeln, sondern etwas anderes. Dies andere ist kein Wissen, es ist etwas, das in den Dingen selber zu liegen scheint, die mit einer Folgerichtigkeit ablaufen, der er nichts hinzufügen kann. Hat er dies getan, muss er auch das tun. Das ist alles, was er begreift. Es ist, als würde er Befehle ausführen, deren Urheber er nicht kennt.

Er reitet gegen die Sonne, als er nach Sare reitet. Der Hals des Pferdes schimmert nass. Die Spätnachmittagsluft ist voller Goldstaub. Sie riecht nach Stroh, nach Gedroschenem. Nach Dung, der auf den Steinen am Weg trocknet. Nach seinem eigenen Schweiß. Er lässt sich in die Trance des immer gleichen Bewegungsablaufs beim Reiten hineingleiten, einen Zustand, der vom Wachsein ebenso weit wie vom Schlaf entfernt ist. Einen Schlaf eigener Art. Ein überwaches Dabeisein, in dem die Welt gleichwohl im Traum versinkt. Er wundert sich, dass die Schönheit dieses Tages so unversehrt, so gewaltig ist.

Er findet das Kind, weinend, an dem bezeichneten Hoftor vor, ein Mädchen mit den schwarzen Locken seiner Mutter, das vor ihm zurückweicht, als wäre er der Leibhaftige.

Bist du der Mann, der mich holen kommt?

Ja, mein Kind, sagt er und hebt es auf sein Pferd.

Oder bist du mein Vater?

Nein, sagt er, der bin ich nicht. Wer ist dein Vater?

Die Frage ist heraus, bevor er sich bedenkt.

Er kommt auf einem Pferd, sagt es, und holt mich. Genau wie du. Wenn ich groß bin. Jetzt bin ich noch zu klein.

Er bringt das Kind zu seiner Großmutter. Er sagt ihr, dass ihre Tochter in St. Pée aufgehalten worden sei. Da die Kommission sie am nächsten Tag noch einmal als Zeugin verhören wolle, habe man sie dabehalten. Sie werde gewiss morgen wieder zu Hause sein.

Wenn Ihr meint, sagt die Mutter. Ich hatte schon Angst, dass ihr etwas zugestoßen sein könnte. Man hört so viel, wisst Ihr. Es sind böse Zeiten für eine junge Frau, die niemanden hat, der sie beschützen kann. Niemanden außer mir. Und was kann ich schon tun? Ich nehme ihr das Kind ab, wenn es nötig ist. Aber man hat doch genug Arbeit für sich selbst. Sehen sie diese Wirtschaft. Mir hilft niemand, seit mein Mann auf See ertrunken ist. Heirate einen Seemann, sag ich zu meiner Tochter. Dann bist du allein, ob er lebt oder stirbt. Hier geht's den meisten so, wissen Sie? Hier müssen wir Frauen sehen, wie wir zurechtkommen. Die Kinder gehören uns, die Wirtschaft, die Sorgen. All das haben wir zu eigen.

Man wird mit der Zeit auch selbst eigener. Mir sollte noch einer kommen und hineinreden. Es kommt ja auch niemand mehr. Aber ein junges Blut wie meine Tochter. Das wird zu früh eigen. Wissen Sie, das beugt sich nicht mehr. Die weiß genau, was sie will. Da soll einer versuchen, ihr Vorschriften zu machen. Die lacht ihn einfach aus. Die jungen Frauen heutzutage, die leben, wie sie wollen. Manchmal sage ich zu ihr: So findest du doch niemanden, der dich heiratet. Und sie lacht. Mutter, sagt sie, warum sollte ich heiraten? Ich habe ein Kind. Ich lebe. Wozu brauche ich einen Ehemann? Und wissen Sie, was ich ihr darauf entgegne? Ehemänner kommen und gehen, sage ich. Aber etwas von ihnen bleibt. Und was ist das, sagt sie. Und ich: Der Respekt. Wenn du einem Mann gehörst, hat man denselben Respekt vor dir wie vor ihm. Selbst wenn er auf hoher See ist, behandelt man dich, als könne er jederzeit auftauchen und für jedes Haar, das man dir gekrümmt hat, Rache nehmen. Ach Mutter, sagt sie. Ich gehöre allein mir selbst, und den Respekt, den verschaffe ich mir. Ich weiß, wie sie ist. Die verschafft sich Respekt. Ich weiß, dass sie die Kommissare auslacht, die sie verhören. Die macht sich einen Spaß draus, sie an der Nase herumzuführen. Hoffentlich hat sie's nicht zu bunt getrieben. Sie hat doch die Herren Räte nicht ärgerlich gemacht? Sie ist eigentlich ein gutes Kind. Etwas frech. Etwas vorlaut. Das war sie immer. Aber im Herzen gut. Und so offen. Die sagt Ihnen alles, was sie denkt. Heimlichkeiten? Bei der? Keine. Dazu ist sie viel zu stolz. Wenn das eine Hexe wäre, die würde am helllichten Tag auf der Straße den Besen reiten. Die kennt kein Verstellen. Morgen sagt Ihr? Morgen ist sie zurück? Ich bin doch froh, dass Ihr Euch ein wenig um sie kümmert, ohne Beschützer, wie sie ist. Am Ende brauchen wir Frauen doch jemanden. Aber wer hört auf mich? Komm, Kind, wir gehen hinein. Morgen ist die Mutter wieder zurück. Habt vielen Dank, Herr.

In der Tür bleibt sie noch einmal stehen und dreht sich zu ihm um.

Ihr versteht, Herr, ich würde Euch gern zum Abendbrot einladen. Aber ich muss meine Tugend in Acht nehmen.

Meine Tugend. Ein Wort, das merkwürdig fremd und unpassend bei ihr klang.

Jetzt erst recht, setzt sie hinzu.

Ich verstehe, sagt er.

Im Wegreiten kommt es ihm lächerlich vor. Die Frau ist mindestens fünfzig. Sie hätte leicht seine Mutter sein können. Trotzdem fühlt er sich ein wenig abgewiesen. Er ist hungrig. Er wäre gern ihr Gast gewesen. Ein Abendbrot hat er sich verdient, findet er. Ja, je länger er reitet, desto hungriger fühlt er sich. Desto ärgerlicher ist er, dass sie ihn nicht einmal ins Haus gebeten hat. Sie ist eine schöne Frau, wenn man das von einer Frau in ihrem Alter sagen kann. Ihr schwarzes Haar von weißen Strähnen durchzogen, widerspenstig, kraus. Ein gutes Gesicht, dessen Konturen das Alter eher noch plastischer erscheinen lässt. Zum ersten Mal sieht er darin nicht das, was vergeht, sondern was in der Vergänglichkeit der Schönheit einer Frau Bestand haben kann. Etwas Unverwüstliches. Etwas, das verwandt ist mit ihrer Güte, ihrer unbeirrbaren Klugheit, der Verlässlichkeit ihrer Neigungen. Allein für ihre Tugend würde er keinen Pfifferling geben. Er ist alt genug, um zu wissen, dass die Frauen, die tugendhaft sind, nicht gütig, und die, die gütig sind, nicht tugendhaft sein müssen.

Er würde das gern mit de Lancre besprechen. Er ertappt sich manchmal dabei, dass er seine Gedanken an de Lancre adressiert. Gedanken über Frauen. Gedanken über das Böse, das in ihnen zu wohnen scheint. Gedanken über das Glück, das sie einem Mann schenken. Er würde de Lancre gern etwas klar machen, weiß aber nicht genau, was. Er weiß, dass de Lancre vielmehr ihm etwas klar machen würde, sollte ein solches Gespräch je zwischen ihnen stattfinden. Er kennt dessen Meinung über Frauen wie die Auclaire. Da ist zu wenig Vorsicht in ihren Äußerungen. Da ist zu viel Freimut und Unbeugsamkeit und Stolz. In ihren Augen, da sitzt zu viel altes Gelächter. Die Fältchen, die sie umgeben, verraten zu viel davon.

Auf halber Strecke hält er sein Pferd an. Er wendet es, reitet zurück. Es ist nicht ganz klar, wie weit der Hunger, der ihn beherrscht, teil an seiner Entscheidung hat.

Er klopft an der Tür. Als die Frau ihm aufmacht, sieht er sofort, dass auch sie Angst bekommen hat. Sie fasst nach seinem Ärmel, zieht ihn herein und schließt rasch die Tür. Er befindet sich in einem dunklen Gang, an dessen Ende die Küche liegt, in die er ihr folgt. Wortlos stellt sie einen Teller Suppe vor ihn hin, den er gierig auslöffelt. Das Kind sieht ihm mit großen Augen zu. Er spricht mit vollem Mund, beißt vom Brot ab, während er ihr die Wahrheit sagt.

Müssen wir weg?, fragt sie.

Auf jeden Fall, sagt er.

Wann?, fragt sie.

Morgen, sagt er. Vor Sonnenaufgang. Sie kommen früh.

Wenn jemand Ihr Pferd sieht, sagt sie.

Das Pferd, sagt er, gehört mir nicht. Ich habe es mir ausgeliehen.

Trotzdem, sagt sie. Sie müssen gehen. Hat Sie jemand gesehen, als Sie gekommen sind?

Ich hoffe nicht, sagt er.

Ich habe Sie gewarnt, sagt sie. Wissen Sie noch?

Kommst du wieder?, fragt ihn das Mädchen.

Nein, sagt er.

Mein Vater kommt auch nicht wieder, sagt sie.

Hör mal, sagt er, einer plötzlichen Eingebung folgend, und beugt sich zu ihr nieder. Ich bin doch dein Vater. Weißt du das nicht?

Was machen Sie mit dem Kind da? Cathérine Auclaire schaut ihn verständnislos an. Warum sagen Sie das?

Sie muss doch etwas zu erzählen haben, wenn sie gefragt wird, wer hier gewesen ist, antwortet er.

Sie hat jetzt andere Sorgen.

Sagen Sie meiner Tochter, wohin wir gegangen sind?

Sie nennt einen Ort in den Bergen, jenseits der Grenze. Sie haben Verwandte dort.

Dann kann sie uns holen, wenn sie wieder frei ist.

Ja, sagt er. Ich sage es ihr.

Der Abend ist blau, durch den er zurückreitet. Zarter Dunst liegt über den Bergen, verschleiert den Horizont. Zum ersten Mal liegt ein Hauch von Kühle in der Luft, von zukünftigem Herbst. Von ferne sieht man in den Bergen da und dort Feuer brennen. Es ist, als hielte jemand dort oben kleine Spiegel ins letzte Sonnenlicht, das noch die Gipfel trifft. Das geheimnisvolle Leben der Nächte in den Bergen beginnt. Etwas regt sich in den schwärzlichen, schattigen Falten der Bergwände, das dort bei Tage schläft. Hirtenjungen schwärzen sich die Gesichter und ziehen den Wolfspelz an. Ihnen zucken die Pfoten. Sie blecken die Fangzähne und knurren, noch probeweise, dann plötzlich unbeherrschbar und wild. Ein leises Wispern und Kichern kündigt die Hexen an, die ihren Zug aus den Tälern hinauf begonnen haben. O Fürst der Nacht. Anbetungswürdiger. Wer kann dir widerstehen?

Der Arzt fühlt, während er durch den sinkenden Abend reitet, dass hier etwas nicht geheuer ist. Eine ziehende Sehnsucht ergreift ihn, bei etwas mitzutun, ohne dass er genau sagen könnte, wonach er sich sehnt. Doch er weiß jetzt, dass die Feuer, die er sieht, von den Geflohenen sind, die sich in den Bergen aufhalten, um dem Gericht de Lancres zu entgehen, für das er arbeitet. Die Hexennächte, die dort gefeiert werden, sind Nächte der Angst vor ihm und seinesgleichen. Nichts anderes. Er treibt sein Pferd an.

*

Es ist ein Zauber um den ersten Satz eines Buches. De Lancre berauschte sich daran. Er konnte ihn auswendig. Er hätte gern in einem klassischen antiken Versmaß geschrieben. In Alexandrinern oder Distichen. Doch schien ihm das seinem Gegenstand letztlich doch unangemessen zu sein. So begnügte er sich und schrieb:

Das Ende all seiner Hoffnungen, das Verderben des Menschen, sein vollkommener Ruin, seine Verdammnis ist das vorrangige Ziel und die einzige Absicht der bösen Geister. Sie haben nichts anderes als unsere Verderbnis im Sinn. Sie kennen kein anderes Vergnügen außer dem, uns fallen zu sehen. Wenn sie sich erheben, dann nur um uns zu stürzen. Und alle Qualen, die sie ersinnen (so schmerzhaft, so grässlich, wie es ihnen möglich ist), sind nur für uns erdacht.

Ein starker Anfang. Er trug ihn ein Stück weit durch den Beginn seiner dämonologischen Abhandlung. Er liebte seinen Gegenstand. Er liebte ihn und verabscheute ihn zugleich. Von dieser Art ist der Stoff für ein gutes Buch.

Er beschwor die Schlange als Bild und Verkörperung des Bösen. Der Gegenstand faszinierte ihn. Er hasste Schlangen. Er träumte von ihnen. Er konnte nicht durch hohes Gras gehen, ohne dass er an sie dachte. Er verstand nicht, wie Gott sie hatte erschaffen können. Er flocht seine Füße um die Beine seines Schreibtischstuhls, während er schrieb.

Er erinnerte sich an den Aufstieg zu den Höhlen von Sare, die schwarzen Vipern, die von den Felsen rechts und links des Pfades glitten, wenn die Gruppe, bestehend aus ihm und den Zeugen, einem Dolmetscher und zwei ortskundigen Führern, sich näherte. Er hatte einen von ihnen gebeten, vorauszugehen. Er selbst ging nicht gern voraus, wenn das Gelände unübersichtlich war. Ein Ortstermin. Der Weg zum Tanzplatz des Teufels war von Schlangen gesäumt. Er wunderte sich nicht. Die Gegend war verdorben, verseucht, von Verkörperungen des Bösen besiedelt wie ein faules Stück Fleisch von Maden. Etwas sich Windendem. Etwas Ekel Verursachendem. Etwas, das abstoßend und zugleich interessant ist. Man möchte den Blick nicht davon abwenden. Widerlich.

Dann kamen sie zu den Höhlen. Es war heller Nachmittag. Heiß. Er schwitzte. Er hätte sich gern ein Stück weit von den anderen niedergesetzt, um sich auszuruhen. Aber er fürchtete auch hier die Schlangen, ihre lauernde Gegenwart. Er hätte jeden Stein erst umdrehen müssen, bevor er sich darauf setzte. Aber das verriet Angst. Allein die Möglichkeit, was sich darunter alles verbergen könnte, alarmierte ihn. Schlangen sind im Modus der Möglichkeit anwesend. Es setzte seinen Nerven zu.

Als sie in die Schlucht abstiegen, umfing sie Kühle und Feuchtigkeit. Das Geräusch des Wassers, das tief unter ihnen floss, drang mit einem Mal an ihr Ohr. Moos wuchs an den Wänden. Der von Farnen gesäumte Pfad war steil und schlüpfrig. De Lancre glitt aus und hielt sich seitlich an einer Luftwurzel fest. Der Schreck brauchte eine Sekunde, bis er vom Zentrum bis an die Peripherie seines Selbst gelangt war, Fingerspitzen, Schädeldecke, Fußsohlen. Eine Welle, die sich an den äußeren Grenzen seines Körpers brach und zurückflutete. Er durfte nicht straucheln. Nicht in Gegenwart der anderen. Der Zeuginnen. Der Männer, die seine Untergebenen waren. Er durfte sich nicht lächerlich machen. Das war das Verbot, das für ihn galt. Nicht nur hier, an jedem Ort. Es enthielt die ganze Schwere seiner Aufgabe. Er war allein. Und er war in Feindesland. Tag und Nacht. Es machte ihm schwer zu schaffen. Er war da, um das Böse aufzuspüren, es zu bekämpfen und auszumerzen. Er war da, um zu siegen, wie jeder, der einen gerechten Krieg führt. Er war Kundschafter, Feldherr und Soldat in einem. Es überstieg manchmal seine Kräfte. Denn sein Feind war schlau. Er war verschlagen und listig. Und er war überall. Er verbarg sich in der Schönheit junger anmutiger Frauen, im wissenden Spott der älteren, im fremden Blick der jungen Hirten, die wie ertappt zu ihm aufsahen, nur zum Schein unterwürfig, und sich stets dümmer gaben, als sie waren. Er verbarg sich in der Anmaßung der Priester, ihrer Doppelzüngigkeit. Ja, er verbarg sich durch sie sogar an den Altären, in den Sakristeien, der falschen Kargheit der Pfarrhäuser, hinter den Türen der angrenzenden Schlafzimmer, die immer einen Spalt weit offen standen und aus denen da und dort ein leises Kichern, das Tappen nackter Fußsohlen, der vorbeihuschende Schein eines weißen Körpers zu dringen schienen. Er verbarg sich in den Bauernstuben, den Gesindewohnungen, hinter den Mauern der Adelssitze. Er war manchmal ganz in der Nähe, spürbar in einem Hauch, einem Huschen und Lachen, das nicht zu deuten war. Dann wieder weiter weg. Irgendwo. Nicht zu greifen. Sich scheinbar zurückziehend wie ein Feind, der den Angreifer immer tiefer ins Unwegsame lockt.

Der Teufel war zu Hause im Labourd. Dort wie nirgendwo auf der Welt. Er fand dort alles, was ihm zustatten kam. Er liebte dieses Land. Ein Land voller Höhlen und Schlupfwinkel, wie geschaffen zum Sündigen. Aus irgendeinem Grund erregte de Lancre sich bei dem Gedanken an Höhlen, die sich im Berg auftun. Er konnte nicht an sie denken, ohne sich vorzustellen, was dort geschehen mochte. Verbotenes. Schmutziges. Es waren Orte der inneren Topographie seiner sexuellen Phantasien.

Ja, der Teufel hatte auch auf ihn gelauert, wahrscheinlich mehr als auf irgendjemand anderen. Sie kannten einander gut, er und der Teufel. Sie umkreisten sich, er den Teufel und der Teufel ihn. Sie ließen einander nicht aus den Augen. Sie waren Gegner im Labourd. Aber wie alle wahren Gegner verfolgten sie sich mit einem allzu persönlichen Interesse. Sie zollten einander Achtung. Sie respektierten sich. Sie wussten viel voneinander und trachteten danach, alles voneinander zu wissen. Sie wussten, es kam darauf an, dem anderen ebenbürtig zu sein. Und wenn es etwas gab, auch jetzt noch, das de Lancre an der Seele fraß, dann war es das Wissen darum, dass er seinem Gegner letzten Endes unterlegen war. Sieger schreiben keine Bücher. Sie lassen die eigene Geschichte von anderen erzählen. Sieger sind stumm. Nur die Niederlage macht beredt. Nur der Verlierer erklärt, warum er verloren hat. Warum er verlieren musste. Der Sieg erklärt sich selbst.

Das Buch des Teufels bleibt ungeschrieben. Dies ist die Chance des Schriftstellers. Seine Version ist die gültige. Sie besitzt das Vorrecht, gelesen zu werden, noch nach Jahrhunderten. Der Teufel schweigt dazu. Dann und wann glaubt man ihn ganz leise auflachen zu hören. Man dreht sich um. Da ist niemand.

Nur manchmal, ohne dass der Schriftsteller es merkt, diktiert er ihm lautlos etwas in die Feder, zum Beispiel wenn er die Frauen im Labourd beschreibt:

... mit ihrem wundervollen Haar, das sie so herrlich zu tragen wissen, dass ein Sonnenstrahl sie so sieghaft aufscheinen lässt wie eine Wolke am Himmel, so dass man Iris erstehen zu sehen meint und der Faszination ihrer Augen erliegt, so gefährlich in der Liebe wie in der Zauberei ...

Dann kommt der Schriftsteller, immer noch wie in Trance, auf seinen Gegenstand zurück. *Ihre Frisur,* schreibt er, *scheint ihre heimlichen Wünsche zu symbolisieren.* Und er schildert ohne Scheu ihre Haartracht als überaus *indécent,* eine Art Knoten, länglich, vom Kopf abstehend, steil, der ihn an das beherrschende Körpermerkmal des Gottes Priapus erinnert, vornehmlich von den im Land zahlreichen Witwen getragen, die dadurch ihren Wunsch nach dem ausdrücken, was ihnen fehlt ... Der Teufel lachte leise, als er sah, was de Lancre da schrieb. Das hatte bisher nicht einmal er selber so gesehen.

Ansonsten langweilte ihn der Text. Politik!, dachte er angewidert. Immer glauben sie vom Teufel, dass er mit Vorliebe bei Minderheiten zu Hause sei. Bei den Fremden, den anderen. Im äußersten Winkel Frankreichs, dem Dreiländereck zwischen Frankreich, Navarra und Spanien zum Beispiel. Dem Volk mit der fremdartigen seltsamen Sprache, die nicht einmal er zu lernen vermochte. Dabei liebte er die Metropolen. Paris. Mailand. Venedig. Wien. Er war gern dort, wo etwas los war. Wofür hielten sie ihn denn? Allerdings mochte er von Zeit zu Zeit auch die Abgeschiedenheit. Er mochte die Basken. Ihre Lust zu feiern. Er mochte die Wildheit der Tänze, zu denen er sie anstachelte. Er liebte die Frauen, ihre Verführbarkeit. Ihre schnippische Frechheit. Ihre erotische Abenteuerlust, während die Männer auf See waren. Er gesellte sich gerne zu ihnen, wenn sie sich gegen Abend auf den Friedhöfen trafen, auf den Steinen saßen, schwatzten, ihr glänzendes Haar kämmten. Kommt ihr mit?, fragte er.

Und sie kamen mit.

Seemannsfrauen. Unbeständig und launenhaft wie das Meer. Voller Überraschungen.

La mer est un chemin sans chemin, schrieb de Lancre. Das Wasser war das Element der Unbeständigkeit. Unergründlich. Tief. Voller lauernder Tücke. Er konnte nicht schwimmen. Das war ein Bauernspaß. Bauernjungen sprangen von Brücken in die Flüsse hinab, jauchzten, tauchten wieder auf, gebärdeten sich wie junge Hunde im Wasser. Der Junge, der er gewesen war, hatte von weitem zugesehen und sich gefragt, ob er das wohl auch könne. Niemand erwartete es von ihm. Zudem war er wasserscheu. Insgeheim hielt er das Schwimmen für eine Art Teufelskunst. Denn war der Körper nicht schwer? Musste er nicht sinken, wenn es mit rechten Dingen zuging? Er sah die Leute von Anglet und Bidart, die Männer, die Mädchen, wie sie eine Kette am Strand bildeten, als wollten sie sich dem Gott Neptun darbieten und sich den mächtigen Wellen entgegenwarfen, von denen sie, statt verschlungen zu werden, um niemals wieder aufzutauchen, emporgetragen wurden, auf ihrem Kamm reitend, sieghaft über den sich türmenden Wassermassen, die sie, von ihnen gezähmt, sanft und willfährig am Strand wieder absetzten. Es erschien ihm wie ein Wunder, doch von der Art, wie es nur die teuflischen Mächte vollbringen können.

Die Leute im Labourd waren mit dem Wasser im Bunde. Es ernährte sie, Fischer und Seeleute, die sie waren. Fisch und Hirse, davon lebten sie. Das Land war karg, so gut wie unfruchtbar. Es schien ihnen nicht der Mühe wert. Als Ackerbauern waren sie unbrauchbar. Faul. Es fehlte ihnen die Beständigkeit, die der Beruf des Ackerbauern verlangt. Die Scholle bedeutete ihnen nichts. Lieber ließen sie ihre Herden auf den kümmerlichen Bergmatten weiden. Auch Hirten sind faul, sehen zu, wie das Vieh sich selber durchbringt. Selbst ihre Schweine hielten sie wie Herdenvieh, ließen sie verwildern und griffen sich dann und wann eins, um es zu schlachten, wenn ihnen der Sinn danach stand.

So lebten sie, ohne Bindung. Ohne Verantwortung. Vaterlandslos die Männer, treulos die Frauen. Denn wie sollte es anders sein? Wenn die Oberhäupter der Familien heimkamen, war es zumeist Winter, die Zeit der Untätigkeit auf dem Land. Sie saßen in ihren Häusern, schliefen mit den Frauen, tranken bis zur Besinnungslosigkeit. Ihre Kinder sahen sie mit Fremdheit und Misstrauen an, forschten in den kleinen Gesichtern nach Ähnlichkeit mit sich. Sie rechneten. Wann waren sie zu Hause gewesen? Wann abgereist? Ihre Rechnung ging auf, und sie ging nicht auf. Sie rechneten von vorn, tranken, bis ihre Berechnungen so schwankten wie sie selbst, und behandelten die Kinder für alle Fälle so lieblos, wie sie es vielleicht verdient hatten. Ihre Frauen, die immer nur Frauen auf Zeit waren, liebten auch nur auf Zeit, und sie brachten die Kinder ihrem wahren Vater dar, demjenigen, dem sie auf Dauer ergeben waren, dem Teufel. So wuchs ein Geschlecht der Hexen und Hexer im Labourd heran. Wild. Unberechenbar. Unregierbar für die Herren im Land, die auf ihren Adelssitzen wie auf Inseln guter französischer Lebensart saßen und ihre Kinder von Kaplanen, die sie sich aus Paris verschrieben, à la Française erziehen ließen.

In dieses Land hatte der König ihn entsandt. Auf diesem schwankenden Boden musste de Lancre Festigkeit beweisen. Hier, wo der Feind allgegenwärtig war, wo er sich hinter tausend Masken verbarg, in tausenderlei Gestalt auf ihn lauerte, sollte er seiner Herr werden. Es war die schwerste Aufgabe seines Lebens. Die härteste Bewährungsprobe, der er je ausgesetzt gewesen war. Er hatte all seinen Mut, seine Stärke, seine Geistesgegenwart gebraucht, um sie zu bestehen. Er hatte tapfer sein müssen. Es gab keine Schwäche, die ihm verziehen wurde.

Ich bin nicht allein, hatte er sich gesagt. Hinter mir steht das Parlament von Bordeaux. Und hinter diesem steht der französische König, der mich ausgesandt hat. Und hinter diesem steht Gott. Ein unübersehbar großes Kontingent himmlischer Heerscharen war für ihn.

Trotzdem kam es darauf an, dass er nicht strauchelte. Vor allem nicht auf dem Weg, der in eines der Zentren der feindlichen Macht führte, den Platz der nächtlichen Orgien, wo der König der Finsternis Hof hielt, den Platz der Hexensabbate.

Man hatte ihm versichert, dass es bei Tag ungefährlich sei, dort hinzugehen. Er zweifelte nicht daran. Jedes Kind wusste, dass der Teufel nur bei Nacht herkam. Trotzdem hatte er gegen den Wunsch gekämpft, umzukehren.

Während er darüber schrieb, fühlte er wieder die alte Angst in sich aufsteigen. Und mit der Angst kam die Erinnerung, die scharf und überraschend lebendig in ihm war.

Vor ihm öffnete sich der Blick in die Grotte. Vom anderen, etwas tiefer gelegenen Ausgang her fiel Licht ein und tauchte die Wände in einen warmen Goldschimmer. Ein mächtiges Gewölbe, so hoch, so weit, wie es von Menschenhand niemals erbaut werden konnte. Wider Willen dachte er: Schön, das ist wunderschön. Dann gewahrte er den Abgrund, dem er sich ahnungslos genähert hatte, eine Bruchkante, die den Boden der Grotte von einem Ende zum anderen durchzog, fast zwanzig Meter tief senkrecht zum Bett des Baches hin abfallend, der hier ein Stück weit unter dem Berg hindurchfloss und an dem unteren Ausgang als harmloser Wald- und Wiesenbach hervortrat. Wie konnten sie hier tanzen? Am Abgrund? Bei Dunkelheit? Im flackernden Licht der Feuerstellen, die in gewissen Abständen auszumachen waren? Wer bewahrte sie davor, in den Abgrund zu stürzen? Wer bewahrte ihn davor? Er fühlte etwas wie den Drang, zu nahe heranzugehen, wie man ihn in Träumen fühlt. Schwindel erfasste ihn. Er bekämpfte den Wunsch, sich niederzusetzen, wo er stand. Doch der harte Boden schien unter ihm wegzudrehen, zu tanzen wie ein Floß auf den heimlichen Strömen, die unter ihm durchflossen. De Lancre trat zurück, lehnte sich mit dem Rücken an den roten Fels.

Die Zeuginnen hielten sich am Eingang, schüchtern wie Besucher einer Kathedrale, die vom Land kommen und ein solches Bauwerk noch niemals gesehen haben, umringt von den Männern, deren Aufgabe nicht genau definiert war. Er war sich dessen bewusst. Sollten sie die Frauen bewachen? Durften sie sie aus den Augen lassen? Er hatte sie mit Absicht im Unklaren gelassen. Sicher, sie waren Zeuginnen. Insofern mussten sie nicht eigens bewacht werden. Doch es war ebenso eindeutig, dass sie nicht freiwillig hier waren und dass sie bei der geringsten Weigerung, zu tun, was man von ihnen erwartete, unter Anklage gestellt werden konnten.

Bitte, rief de Lancre.

Bitte, bitte, schallte es vielfach von den Wänden der Grotte zurück.

Sie näherten sich vorsichtig.

Ich muss leise sprechen, dachte er.

Aber dem Echo entkam er nicht.

Ist es hier?, fragte er.

Hier, antwortete das Echo.

Sein Feind verhöhnte ihn.

Schildern Sie mir eine solche Nacht, sagte er.

Nacht, klang es zurück, *eine solche Nacht.*

Die beiden Zeuginnen sprachen Baskisch. Ein Stimmengewirr, unverständlich und fremd, hallte durch den Raum. Seltsame Laute, kehlig, guttural, dazu die Stimme des Dolmetschers, der fast simultan übersetzte.

De Lancre merkte plötzlich, dass sich das Licht veränderte. Dunkelheit kroch auf ihn zu. Die Sonne verschwand mit beklemmender Schnelligkeit hinter den Felswänden, die den gegenüberliegenden Ausgang begrenzten. Für kurze Zeit entstand eine Aureole, die Öffnung nach draußen umglänzt wie das Tor in eine schönere Welt. Dann war auch das vorbei. Das warme Licht erlosch und mit ihm die Schönheit, die dem Ort eigen war, seine Domähnlichkeit. Es war, als habe jemand die Kerzen am Altar ausgeblasen und nun, im Dunkel, könne man ein anderes, heimliches Leben spüren, das Flüstern der Heiligen über den Seitenaltären, das Rasseln der Gebeine in den Sarkophagen, die sich zu ihrer Auferstehung bereit machen, die leichten Luftwirbel vorbeischwebender Engel, den lautlosen Flügelschlag von Fledermäusen. Die Grotte des Sorcières schien auf einmal voll düsterer Geheimnisse. Schatten verdichteten sich. Die Nischen in den Wänden taten sich zu Seitenkavernen auf, verborgenen Schlupfwinkeln, Verstecken für all das, was das Tageslicht zu scheuen hat. De Lancre drückte sich noch fester an die Wand, suchte mit seinen Händen Halt.

Er lauschte den Stimmen, die wie eine Litanei auf ihn eindrangen, ohne dass er einen Sinn auszumachen vermochte. Dann entstand eine Pause. Er fühlte, dass er eine Frage stellen sollte. Aber sein Kopf war ganz leer von Fragen. Plötzlich hörte er einen Schrei und merkte, dass er es selber war, der geschrieen hatte. Er machte ein paar Schritte von der Wand weg, vor ihm die Bruchkante, die man nicht mehr sehen konnte. Er rieb seine Hände heftig am Mantel ab. Er hatte etwas berührt, das kalt und glitschig gewesen war und lebendig. Er sah an sich hinab. Er sah jetzt mit Augen, die sich an das Dunkel gewöhnt hatten. Etwas war da. Etwas kroch um ihn. Etwas war jetzt überall auf dem Boden, schwärzlich, rund, sich bewegend. Was ist das?, rief er.

Kröten, sagte einer der Führer. Sie kommen vom Bach herauf. Die ganze Grotte ist voller Kröten.

Die Hexen lieben sie, sagte der andere. Sie essen sie. Sie kochen Suppen aus Krötenfleisch und aus Schlangen und solchem fiesen Zeug.

Ist das wahr?, schrie de Lancre. Sein Fluchtimpuls war jetzt außer Kontrolle. Er versuchte, zum Ausgang zu gelangen und gleichzeitig, auf keins der Tiere zu treten. Er hob die Beine. Sie sprangen. Sie hätten an ihm hochspringen können. Seine Körpermitte war nicht sicher vor ihnen. Ist das wahr? Ist das wahr?, rief er, außer sich vor Ekel. Unter einem Fuß fühlte er etwas

Weiches, das mit einem zischenden Geräusch zerbarst. Nie wieder, nie wieder würde er zu den Höhlen von Sare zurückkehren.

Und er würde nichts davon in dem Buch erwähnen, das er schrieb. Nicht seine Angst, nicht seinen Ekel. Das Unwohlsein, mit dem er den plötzlichen Abbruch des Ortstermins in den Höhlen von Sare begründet hatte. Kein Wort darüber.

Er warf einen Blick auf den Fußboden seines Arbeitszimmers und lehnte sich zurück. Er fühlte die Verzweiflung dessen, der ein Buch zu schreiben begonnen hat. Er zählte die Blätter, die er beschrieben hatte. Zwölf. Er kam nicht vom Fleck. Mutlosigkeit befiel ihn. Würde irgendwer lesen, was er da schrieb? Gab es nicht genug Bücher über Hexerei? *De l'Inconstance des Démons.* Hatte er nicht schon alles gesagt, was zu sagen war? War er nicht schon am Ende seines Lateins angelangt? Dieses Bauernpack, mit dem er sich vier Monate lang befasst hatte. Seine albernen Lügen. Seine Gerüche. Seine schlechten Manieren. Seine verschlagene Boshaftigkeit. Seine Schamlosigkeit. Seine ordinäre Ausdrucksweise. Seine Todesangst. Das Treiben bei den Hinrichtungen. Das Geschrei. Das Gedränge. Die Trommeln. Die Verwünschungen, die ihm entgegenschlugen. Die Demutsbezeugungen. Die Dolche, die hinter den Gürteln der Männer steckten. Hände, die nach den Griffen fuhren wie von ungefähr. Wie man sich andern Ortes das Haar aus der Stirn streicht. Das Jaulen der Hunde und der Verbrennenden. Wie sollte er aus alldem ein Buch machen, mit dem er sich an gebildete Leser zu wenden beabsichtigte? Er verzweifelte an der Größe seines Vorhabens. An dem Anspruch, den er an sich stellte. Wo war sein Enthusiasmus geblieben? Das Hochgefühl des Anfangs? Die schöne Selbstüberhebung, die jedem Werk vorausgeht, damit es entstehen kann?

Er hatte Mühe, sich zu konzentrieren, nahm jeden Vorwand als Anlass, vom Schreibtisch aufzustehen. Wie jeder Autor wusste er, dass immer etwas dem Schreiben entgegensteht, Familiäres, Geschäftliches, Dinge, die ohne Zweifel dringend zu erledigen sind.

Sein tägliches Leben nahm die Form einer Verhinderung zu schreiben an. Seine Tochter erkrankte. Seine Frau klagte mehr Aufmerksamkeit für sich ein. Dienstboten mussten entlassen, neue Dienstboten eingestellt werden. Ein Lieferant ging bankrott. Rückstände mussten mit aller gebotenen Härte eingetrieben werden. Der Einbruch in einem Kontor erforderte Maßnahmen. Parlamentssitzungen fanden statt. Korrespondenzen waren zu erledigen.

Wenn es ihm endlich gelang, Zeit für sein Werk zu erübrigen, hatte er Mühe, sich darauf zu konzentrieren. Begierde suchte ihn heim, vorzugsweise, wenn er zu schreiben versuchte.

Er erwog, sich seiner Frau zu nähern. Er verwarf diesen Gedanken. Doch nicht nur aus Unlust, die ihn bei der Vorstellung befiel, sich auf seine Rechte als Gemahl pochend vor ihrer Tür einzufinden, wie einst damit rechnend, dass sie ihm verschlossen blieb. Es war eher so, dass er in seiner Phantasie jeden Weg, jeden anderen außer dem zu ihr, beschritt, um sein Verlangen zu stillen, und so kam er mit sich selbst überein, dass er es seinem Werk schulde, zur Wiederherstellung seiner Konzentrationsfähigkeit eine der Frauen aufzusuchen, deren Häuser stadtauswärts am Fluss lagen, stille kleine Privathäuser, von Gärten gesäumt, wie sie die Ausgehaltenen – solange sie auf dem Zenit ihrer sexuellen Macht stehen – manchmal von den Gutsbesitzern der Umgegend erhalten und die – wenn sie geschickt sind – für alle Zeit auf ihren Namen überschrieben werden. Sie führen darin fortan ein halb ehrbares Leben. Arrangements mit ihnen sind möglich. Es gibt auch Töchter und Nichten. Junge Frauen vom Land, die nach einem Sündenfall, einer missglückten Verbindung, nach einem dieser unglücklichen kleinen Zwischenfälle, die das Leben einer Frau für immer aus der Bahn werfen können, bei ihnen Schutz suchen, fürsorglich von ihnen bewacht und nur unter den zuträglichsten Bedingungen und unter Einhaltung größtmöglicher Diskretion Männern überlassen werden, die den Preis dafür kennen und aus Standesgründen und berechtigter Sorge um ihre Gesundheit nicht in den Hurenhäusern der Stadt verkehren mögen.

De Lancre zog Erkundigungen ein, erhielt eine Adresse und machte sich eines Nachmittags, ohne zu zögern, auf den Weg.

Es war ein trüber Nachmittag im Januar 1610. Es dunkelte bereits, als er die Kutsche bestieg.

Die Kutscher sind es, die die Herren am besten kennen. Ihr Leben. Ihre Gewohnheiten. Die Wege, die sie nehmen, und ihre Abwege. Die Straßen, die sie lieber bei Dunkelheit befahren. Sie kennen sie. Kutscher wissen mehr als Kammerdiener. Sie verstehen etwas von Pferden und von ihren Herren. Beide vertrauen ihnen, müssen ihnen vertrauen. Kutscher sind die Gedächtnisse der Wagen, die sie fahren. Sie schweigen. Das Schweigen ist ihre eigentliche Aufgabe. Anspannen und einen Wagen steuern kann jeder Stallbursche. Ein Kutscher ist seinem Herrn so nah, wie es das Gewissen ist.

Warten Sie hier, sagte de Lancre. Nein, sagte er. Fahren Sie zurück in die Stadt und kommen Sie in zwei Stunden wieder, um mich abzuholen.

Er wollte nicht, dass sein Wagen in dieser Straße gesehen wurde. Er trat in einen Vorgarten, zog die Glocke. Im selben Moment öffnete sich die Haustür, ein Mann trat heraus, drückte den Hut auf und drängte an ihm vorbei ins Freie, so dass de Lancre zur Seite treten musste.

Verzeihung, sagte der Mann.

Für einen Moment fiel das Licht auf ihn, das das Hausmädchen trug, während es ihn zur Tür begleitete, und es war de Lancre, als kenne er den Mann.

Es war ein junger Mann, jünger, als es die Kundschaft solcher Häuser für gewöhnlich ist. Er trug einen schwarzen Umhang, der mit einer Spange auf einer Schulter zusammengehalten war. Sein ganzer Aufzug, sein Hut, die Krempe vorn aufgeschlagen, erinnerten an einen Pilger. Auch trug er den Stab, den Pilger tragen, einen langen, geschwungenen Stab, und entfernte sich, auf ihn gestützt, mit großen Schritten, nach vorn gebeugt, gegen den Wind kämpfend, der von der Straße her plötzlich aufkam und sein Gewand bauschte und wie schwarze Flügel hinter ihm herwehen ließ. Rasch, wie eine Erscheinung, verschwand er in der sich verdichtenden Dunkelheit. Sie nahm ihn auf. Sie verschlang ihn, als wäre er nie da gewesen.

Wer war das?, fragte de Lancre.

Ein Herr, antwortete das Hausmädchen. Zu uns kommen viele Herren.

Er ärgerte sich. Er zahlte. Er wollte von niemandem getroffen werden, wenn er hierher kam. Hatte ihn nicht der andere für einen Moment auch seinerseits angesehen, als sei er ihm nicht unbekannt? War nicht etwas wie Spott in seinem Blick gewesen? Etwas, das zu sagen schien: Sieh an. Sehen wir uns hier wieder? Aber sosehr auch de Lancre sich zu erinnern versuchte, wo er diesen Mann getroffen hatte, er erinnerte sich nicht.

Er legte den Mantel ab, ließ sich in einen Salon führen, wo er von der Dame des Hauses erwartet wurde, einer Blonden von unbestimmbarem Alter, deren Parfüm ihm zuwider war. Er war sich sogleich sicher, dass es nicht sie war, die er wollte.

Nehmen Sie Platz, sagte die Blonde.

Madame, sagte er ohne Umschweife – er war nicht gewillt, seine Zeit mit nutzloser Konversation zu vergeuden –, ich würde gern die Bekanntschaft einer Ihrer jungen Schutzbefohlenen machen.

Aber ja, sagte sie, gern, griff nach einem Glöckchen und klingelte.

Sollte er sie vielleicht fragen, wer der Fremde war?

Doch da trat schon das Mädchen durch eine Tapetentür, schwarzlockig, zierlich. Ein Kind, dachte er entsetzt. Sie hatte falsch verstanden. Er wollte kein Kind.

Wie alt bist du?, fragte er barsch.

Siebzehn, sagte die Blonde. Eine entfernte Nichte. Sie kommt frisch vom Land.

Komm her, sagte de Lancre zu der Kleinen. Stell dich ans Feuer. Ich mag es nicht, wenn du lügst. Und jetzt sieh mich an! Wie alt bist du wirklich?

Er griff nach ihrem Handgelenk, fühlte überrascht, dass es sehnig und kräftig war.

Siebzehn, sagte sie.

Im Schein des Feuers sah er ihr Gesicht und erkannte sie. Er ließ ihre Hand los, als wenn er sich plötzlich verbrannt hätte.

Sie ist etwas schüchtern, sagte die Blonde. Die Mädchen vom Land sind alle etwas schüchtern. Das muss man verstehen. Aber das gibt sich, wenn Sie mit ihr alleine sind. Sie kann ganz reizend sein.

Bist du ihre Nichte?, fragte er.

Nein, sagte sie, bin ich nicht. Aber sie kümmert sich um mich.

Sie sah ihn an, und er konnte das Funkeln der Frechheit in ihren Augen sehen. Das Begehren, das ihn hergeführt hatte, schoss in ihm auf. Er liebte freche Frauen. Er hatte sie schon immer mehr geliebt als die Schmachtenden, die ihn mit ihren Gefühlen belästigten.

Was tust du hier?, fragte er leise.

Was tut Ihr hier?, fragte sie ebenso leise zurück.

Ihre Unverschämtheit entzückte ihn. Es schien, als hätte sie ihn schon lange erwartet. Als sei es an der Zeit, dass er zu ihr gekommen war. Und auch ihm schien es an der Zeit. Endlich. Endlich.

Gefällt sie Ihnen nicht?, fragte die Kupplerin, die nicht verstanden hatte, was gesagt worden war.

Doch, sagte de Lancre. Doch.

Zeig Monsieur dein Zimmer, sagte die Kupplerin.

De Lancre folgte dem Mädchen die Treppe hinauf. Er war jetzt so voller sexueller Erwartung, dass alles andere unwichtig geworden war. Bilder jagten sich in seinem Kopf. Satzfetzen. Er hätte nicht mehr sagen können, ob es klug war, was er tat. Aber es war eine Fügung, so viel schien ihm sicher, dass er das Mädchen hier wieder traf. Es gab so vieles, was er sie fragen wollte. So vieles, worauf sie die Antwort kannte. Dinge, die er erfahren, doch nie ganz begriffen hatte. Dunkle Geheimnisse, die er ihr nach und nach entlocken würde. Er hatte Zeit mit ihr.

An der Tür ließ sie ihn zuerst vorgehen, dann drängte sie an ihm vorbei, streifte ihn, ließ sich jedoch nicht von ihm festhalten. Sie hob ihre Röcke hoch, setzte einen Fuß auf den Stuhl und begann, ihren Stiefel aufzuknöpfen. Dabei ließ sie ihn nicht aus dem Blick. Er begriff, dass sie es war, die Regie führte. Das entzückte ihn. Er blieb, den Kopf an den Türrahmen gelehnt, stehen und sah ihr mit halb geschlossenen Lidern zu, bis sie im Mieder vor ihm stand, ein Bein auf der Stuhlkante, von dessen Knie die Röcke herabglitten, und langsam die letzten Bänder löste, während ihr Fleisch im zuckenden Licht des Kaminfeuers zu blenden begann wie nacktes Fleisch immer blendet, den Betrachter wehrlos macht.

Sie sah ihn triumphierend an, als sei ihr die Überraschung, die sie wohl vorbereitet hatte, geglückt.

Sie war kein Kind. Ihre Brüste waren voll entwickelt, ihre Hüften rund. Sie war sehr zierlich, wie junge Zigeunerinnen es häufig sind. Kleine Frauen. Weibliche Kobolde. Biegsam. Zart. Zierlich in ihrer Erscheinung. Und kraftvoll, drahtig, wenn man sie berührt. Es sind Seiltänzerinnen. Frauen, die auf den Händen gehen und Rad schlagen können. Virtuosinnen im Bett. Irrwische. De Lancre kannte nichts, was ihn mehr reizte als diese Frauen. Ihre sexuelle Vielseitigkeit. Ihre Schamlosigkeit. Ihre Frechheit. Ihre sexuelle Durchhaltekraft. Die aufreizende Macht, die jedes Wort von ihnen für ihn besaß. Ihre Gefährlichkeit. Warum hatte er das nicht früher an ihr bemerkt?

Wie nennst du dich?, fragte er.

Marguerite, sagte sie.

Murgui, sagte er. Ich nenne dich Murgui.

Das ist Marguerite auf Baskisch.

Ich weiß, sagte er.

Aber das Baskische mögen die Leute hier in Bordeaux nicht. Ich schon.

Ihr?, sagte sie. Das ist seltsam.

Wieso? Ich mag doch dich, Murgui, sagte er.

Das weiß ich, sagte sie. Das wusste ich immer schon.

Es sah ihr nicht ähnlich, ihm beim Auskleiden zu helfen. Er tat es selbst.

So?, sagte er. Da wusstest du mehr als ich.

Er zog sich bei Frauen zunächst nie ganz aus. Seine Vermutung war, dass seine Nacktheit sie nicht im selben Maße reizte, wie ihn ihre Nacktheit reizte. Die Frauen, die er darüber befragt hatte, gaben ihm Recht darin.

Ich weiß noch vieles, was Ihr nicht wisst, sagte sie.

Wirklich? Er stand jetzt dicht vor ihr, ohne sie zu berühren, sein erigiertes Glied in den weiten Falten seines Hemdes verborgen. Wirklich? Dann verrat es mir.

Nur wenn ich will, sagte sie.

Und jetzt dreh dich um, Murgiu, sagte er. Jetzt tust du, was ich will.

Solange es mir gefällt, lachte sie.

Auch danach noch, sagte er.

Als er mit ihr fertig war, schlief er tief ein vor Erschöpfung. Stimmen im Haus weckten ihn. Er war allein und brauchte lange, um sich zu besinnen, wo er war. Das Feuer war niedergebrannt, und er musste sich bei fast völliger Dunkelheit anziehen. Es klopfte an der Tür.

Herr, rief das Hausmädchen, Euer Wagen ist da. Man will Euch abholen.

Es war korrekt, dass der Kutscher nach ihm gefragt hatte. Er war auch sein Leibwächter, und wenn er sich derart verspätete, gehörte es zu den Pflichten des Kutschers, nachzusehen, ob ihm nichts passiert war.

Als er die Treppe herunterkam, stand die Kupplerin in der Tür ihres Salons.

Das Kind ist schon zur Ruhe gegangen. Sie sind spät.

Er entlohnte sie entsprechend und vereinbarte einen nächsten Besuch.

Meine Nichte und ich, wir werden uns freuen, sagte sie, Sie wiederzusehen. Man lebt ja sonst so zurückgezogen.

Schon gut, sagte er. Übrigens, wer war der Herr, mit dem ich heute Nachmittag an Ihrer Haustür zusammentraf? Mir war, als würde ich ihn kennen.

Welcher Herr?

Nun der, der vor mir da war, sagte er.

Herr, ich weiß nicht, wen Sie meinen. Da war niemand.

Widerwillig griff er in die Tasche. Er konnte nicht mehr zurück. Er legt eine Münze in ihre Hand.

Was glauben Sie von mir, sagte sie empört und wollte ihm die Münze zurückgeben. Glauben Sie wirklich, dass wir am Tag mehrmals empfangen? Glauben Sie das? Was denken Sie nur von uns? Niemand. Niemand war vor Ihnen da.

Ein junger Mann, sagte er. Ein schwarz gekleideter junger Mann.

Er bereute, dass er die Frage gestellt hatte, doch jetzt war es zu spät.

In einem Umhang, wie ihn die Pilger tragen.

Monsieur, sagte sie, wir sind keine Pilgerherberge, wie Sie wohl wissen.

Verzeihen Sie, sagte er und ging zur Tür, wo der Kutscher auf ihn wartete.

Fahren wir, sagte er.

Schriftsteller leben, solange sie an einem Werk arbeiten, in einer Welt des Wahns. Es ist eine Art Beziehungswahn. Alles, was sie erleben, alles, was sie erfahren, scheint auf besondere Weise mit ihrem Gegenstand in Beziehung zu stehen. Und wo das nicht der Fall ist, interessiert es sie nicht. Sie nehmen es gar nicht wahr. Daraus entsteht die Geschlossenheit ihres Wahnsystems. Sie treffen Menschen, die denen in ihrem Buch gleichen, ja, die sie wiedererkennen. Es ist, als seien sie aus dem Reich ihrer Phantasie in das Reich der wirklichen Dinge eingedrungen, als verdrängten sie die dort Lebenden und machten sich an ihrer Stelle breit. Schriftsteller, die an einem Werk arbeiten, schlagen ein Buch auf und finden auf der ersten Seite, die sie lesen, ein Wort, einen Satz, den Gedanken, der wie ein Schlüssel ist, der ihnen neue Räume in dem Gebäude eröffnet, das sie selbst errichten. Nicht sie finden den Satz, er findet sie. Er hat sich von Anbeginn an dieser Stelle versteckt und auf sie gewartet, nur auf sie. Sie zweifeln nicht daran. Sie hören eine Geschichte und entdecken darin die Wendung, die sie für ihr Buch brauchen. Die Geschichte ist dumm, alltäglich, herzlich uninteressant, und doch will es ihnen erscheinen, als stecke darin eine Botschaft, heimlich überbracht und an sie adressiert. Es ist eine Art positiver Paranoia, in der sie leben. De Lancre wusste darum. Er kannte diesen Zustand noch aus der Zeit, als er an seinem ersten Buch gearbeitet hatte, das 1607 bei L'Angelier in Paris erschienen war. Darum wunderte er sich auch nicht darüber, dass es ihm jetzt geschah: die richtige Begegnung am richtigen Ort und zur richtigen Zeit. Eine Fügung.

Das Mädchen Murgui war eine bekannte Hexenfinderin im Labourd. Man hatte sie ihm empfohlen, weil er mit dem Arzt, der das Stechen durchführte, nicht mehr zufrieden gewesen war. Der Arzt war zu vorsichtig. Zu langsam. Zu bedenklich. Er fand zu selten, wonach er suchte, das Hexenmal. Das wichtigste Indiz, auf das sich die Anklagen gründeten.

Dagegen Murgui. Sie brauchte nicht einmal die Nadeln, obwohl sie durchaus mit ihnen umzugehen verstand. Mindestens so geschickt wie der Arzt und weniger umständlich. Sie hatte den Blick. Sie sah es den Menschen an, ob sie mit dem Teufel im Bunde waren oder nicht. Es war eine Gabe. Zigeunerinnen haben oft solche Gaben. Die Gabe, die Zukunft zu sehen oder das Verborgene. Das Heimliche. All die Dinge, die unsichtbar sind und doch geschehen.

Die ist es, sagte sie.

Die hat es.

Und es war, wie sie sagte. Er ließ den Arzt die Probe machen, und der Arzt fand, dass sie Recht gehabt hatte. Freilich fand er es auch häufig nicht, und man brauchte ihn schließlich nur noch, weil es die Angeklagten zu beruhigen schien, wenn er anwesend war. Törichte Frauen, die von einem Arzt erwarten, was eine junge Zigeunerin besser kann: eine Diagnose zu stellen, die mehr als eine vage Vermutung ist.

Sie konnte es. Die Zeugen und Angeklagten fürchteten sich vor ihr, weil sie es ihnen auf den Kopf zusagte:

Du buhlst mit dem Teufel. Lüg das Gericht nicht an. Sag ihnen, dass es so ist. Sonst sag ich es ihnen.

Sie war unbestechlich. Man erkannte es daran, dass sie grausam war.

Die Angeklagten weinten. Sie flehten sie an:

Sag ihnen, dass es nicht wahr ist, Murgui!

Aber sie blieb dabei. Sie wusste es. Sie wusste noch viel mehr, als sie preisgab. Er spürte das. Sie war beim Sabbat gewesen, ein- oder zweimal, wie sie bekannte. Sie wusste, wie es dort zuging und wer dort anzutreffen war, hatte sich jedoch davon abgewandt, als sie, wie sie sagte, den Hochmut der Hexen sah, die sich noch etwas darauf zugute hielten, dass sie beim Teufel gern gesehen waren.

Sie war verlässlich. Er hatte ihr vertraut. Sie war eine große Hilfe für ihn gewesen, als ihm die Arbeit über den Kopf zu wachsen begann. Kein Wunder, dass sie sich verhasst gemacht hatte. So wie er. Wenn man tut, was er und sie getan haben, nämlich das Böse beim Namen nennen, ihm den Kampf ansagen, dann macht man sich verhasst. Es wunderte ihn nicht, dass sie nach dem Ende der Prozesse nicht geblieben war. Er verstand, dass sie für einige Zeit bei der Kupplerin Unterschlupf suchte.

Er fragte sich, ob er sie schon damals begehrt hatte, und fand keine klare Antwort darauf. Was er erlebt hatte, schien ihm wie ein Erwachen aus einem tiefen Traum. Seine Beziehungen zu Frauen hatten schon öfter so begonnen. Als das plötzliche Ende anfänglicher Gleichgültigkeit, die er sich im Nachhinein nicht mehr zu erklären wusste. Vielleicht war er zu sehr von seiner Aufgabe in Anspruch genommen gewesen. Vielleicht hatte er sie auch als zu jung für sich angesehen. Sie war zu jung. Aber wie jeder alte Mann, der ein sexuelles Abenteuer mit der Jugend hat, fühlte er, dass die Jahre nicht zählten.

Jetzt, im tiefen Frieden gehabter Lust, in der Entspanntheit, die ihm der Schlaf danach geschenkt hatte, schien ihm alles wie von höherer Hand arrangiert. Er brauchte das Mädchen, und es war da. Er brauchte es für das Buch, an dem er arbeitete. Und darin lag das eigentlich Wunderbare dieser Begegnung. Das Mädchen Murgui war der Schlüssel. Sie würde ihm die letzten Geheimnisse offenbaren, die er noch nicht gelöst hatte. Sie kannte sie. Sie würde ihm die Fragen beantworten, die ihn bedrängten, während er schrieb. Sie würde ihn inspirieren und ihn zugleich führen und anleiten. Mit anderen Worten: Sie würde seine Muse sein. Seine – er suchte nach dem Namen – Beatrice. Allerdings nicht so keusch. Eher das Gegenteil. Schließlich ging es ja auch nicht darum, den Himmel zu erkunden. Nicht das Jenseits, sondern die Hexenwelt, die, davon war de Lancre überzeugt, durch und durch diesseitig war. Seine Beatrice hatte aus Fleisch und Blut zu sein, wie auch er selber aus Fleisch und Blut war.

Er lächelte, lehnte sich im Polster zurück. Er konnte es kaum erwarten, nach Hause zu kommen und an seinem Buch zu arbeiten, obwohl der Abend schon fortgeschritten war. Dies war der Inspirationsschub, den er gebraucht hatte.

Er schrieb die ganze Nacht. *Sagae, Strigae, Lamiae, Laricae, Fatidicae, Furiae, Harpiae,* schrieb er im Morgengrauen. Die Aufzählung berauschte ihn. *Fate, Nymphe, Sibylle, Bianche, Donne, Buone,* setzte er hinzu, seine klassische Bildung und sein Italienisch zur Geltung bringend. Die Bezeichnungen für Frauen, die Hexen waren, schillerten bunt durch die Kulturen und Jahrhunderte. Brauchte es mehr, zu beweisen, dass Frauen für das Laster der Hexerei anfälliger als Männer waren? All die großen Gelehrten, Plutarch, Strabo, Augustin, waren darin mit ihm einig, dass Frauen von Begehrlichkeit getrieben sind, dass sie darin zum Äußersten tendieren. Hochmut. Untreue. Ehrgeiz. Verschwendungssucht, schrieb er. In all dem übertreffen sie die Männer. Er zitierte nicht wörtlich. Er flocht nur die Namen der Autoritäten in seinen Text ein. Sie gefielen ihm. Augustin. Plutarch. Strabo. *Bestimmte Philosophen,* schrieb er, *kamen überein, die Frau zwischen dem Mann und dem wilden Tier einzuordnen.* Das genügte. Allzu viel Gelehrsamkeit, dachte er, schreckt nur die Leser ab. Er selber war kein Bücherwurm. Kein Studierstubenmensch. Alles, was er an Bildung besaß, musste ihm dienstbar sein. Er gebrauchte es. Nicht er diente der Wissenschaft. Die Wissenschaft diente ihm. Auch trieb ihn nicht das bohrende Interesse, das Wissenschaftler ausmacht. Ja, er hielt es für fehlgeleiteten Ehrgeiz, wenn er es bei anderen antraf. Ihn trieb etwas anderes.

Sagae, Strigae, Lamiae … klang es in ihm nach. Die Namen stimmten ihn zärtlich. *Furiae, Harpiae …* Er rechnete bis zu seinem nächsten Besuch bei den Frauen am Fluss.

Kennst du den Herrn de Lancre, fragte die Kupplerin. Mir war, als wenn du erschrocken wärst, als du in den Salon kamst.

Nein, sagte das Mädchen.

Und?, fragte die Frau. Wie ist er?

Er ist, wie sie alle sind, sagte das Mädchen.

Du weißt, dass ich da bin, sagte die Kupplerin. Immer. Der alte Charles ist auch da. Du musst nur rufen, wenn du uns brauchst.

Ist schon gut, sagte das Mädchen.

Wie nennt er dich?, fragte die Kupplerin.

Wer?

De Lancre.

Ist doch gleich.

Nein, sagte die Frau, sag es mir.

Aus den Namen, die die Männer den Mädchen gaben, erfuhr sie viel.

Murgui, sagte das Mädchen.

Murgui. Was bedeutet das?, sagte die Kupplerin.

Marguerite, sagte das Mädchen.

Aber du heißt doch gar nicht Marguerite.

Ich heiße, wie die Männer wollen, dass ich heiße.

Du bist gut, sagte die Kupplerin.

Sie meinte es aufrichtig.

Ich hatte andere Mädchen, die nicht so gut waren wie du, sagte sie. Aber ich will diesen jungen Mann nicht mehr im Haus haben, der manchmal zu dir kommt und den du deinen Cousin nennst. Er gefällt mir nicht. Was sollen unsere Besucher denken, wenn sie ihn sehen?

Er ist mein Freund, sagte das Mädchen. Er bringt mir Nachrichten von zu Hause.

Dein Freund? Was soll das heißen? Du glaubst doch nicht, dass er dich heiratet? Solche Männer heiraten nicht, mein Kind. Und erst recht nicht Mädchen wie dich.

Ich will ihn gar nicht heiraten, sagte das Mädchen.

Es stand auf und begann, den Tisch abzuräumen. Sie hatten ein Déjeuner zu sich genommen, die einzige Mahlzeit des Tages, bei der es Gelegenheit gab, ein Gespräch zu führen. Das erste Frühstück nahmen sie beide im Bett ein, und beim Diner war meist ein Gast anwesend.

Lass das, sagte die Frau. Wie oft soll ich dir noch sagen, dass dafür das Hausmädchen da ist. Du sollst dich schonen. Setz dich wieder zu mir.

Seit das Mädchen bei ihr war, hatte sie Angst um es. Bei jeder Zugluft, jedem Regentropfen fürchtete sie, dass sie ihm schaden könnten. Am liebsten war ihr, wenn es das Haus gar nicht verließ. Und das tat es selten. Nur um Putz einzukaufen. Und um den »Cousin« zu treffen, wie die Frau argwöhnte. Sie hatte Angst um es, wie man Angst um ein edles, wertvolles Pferd hat, das man besitzt. Vielleicht war auch mehr im Spiel. Liebe wäre zu viel. Aber Mütterlichkeit. Es war die Mütterlichkeit einer Frau, die die Kinder, die sie empfing, nicht bekommen hatte. Eine Mütterlichkeit, die ihre Objekte gleichzeitig feilbot und eifersüchtig für sich hütete. Sie war wie eine Sammlerin kostbarer Stücke, mit denen sie sich schmückte, bevor sie sie verkaufte, voller Verachtung das Geld entgegennehmend, das sie erhielt. Es war nie genug.

Erzähl mir mehr von dir, sagte sie. Der Bootsmann, der dich zu mir gebracht hat, sagt, dass er dein Onkel sei.

Ich habe viele Onkel, sagte das Mädchen. Unsere Familie ist weit verzweigt.

Fahrende Leute?, fragte die Kupplerin.

Ja, sagte das Mädchen. Seefahrer. Landfahrer. Sie sind gern unterwegs.

Und du?, fragte die Kupplerin.

Sie war auf der Hut.

Wenn ich nicht bleiben kann, gehe ich auch, sagte das Mädchen.

Bei mir kannst du bleiben, sagte die Kupplerin.

Ja, sagte das Mädchen.

Und deine Mutter?, sagte die Kupplerin. Du sprichst nie von deiner Mutter.

Es kostete sie Überwindung, die Frage zu stellen. Mütter sind tot, dachte sie. Alle Mütter aller Mädchen sind tot, wenn sie zu mir kommen. Es war ein hässlicher, nadelspitzer Gedanke.

Meine Mutter lebt nicht mehr, sagte das Mädchen.

Du lügst, sagte die Kupplerin scharf. Ich wette, sie steht hier irgendwann vor der Tür und macht mir Ärger.

Nein, sagte das Mädchen. Sie ist wirklich tot.

Und du bist nicht von zu Hause fortgerannt wie die meisten, die zu mir gekommen sind? Sag mir die Wahrheit, Kind. Es ist doch keine Schande, auszureißen. So fing es bei mir auch einmal an. Und soll ich dir etwas sagen? Heute bin ich froh, dass es so gekommen ist. Siehst du, ich habe ein Haus. Ich bin frei. Ich habe das Leben, das ich mir immer gewünscht habe. Hätte ich einen Ehemann, ginge es mir dann etwa besser? Einen, der mich kommandieren und mir das Geld abzählen könnte? Schlimmer, der mir das Geld zu anderen tragen würde? Da bin ich lieber die andere Frau.

Sie lachte.

Die Frau, zu der sie das Geld tragen. Du verstehst.

Sie war in eins der Gespräche geraten, wie sie sie häufig für sich selber hielt, wenn sie allein im Salon am Feuer saß, während das Mädchen in seinem Zimmer Besuch empfing. Sie unterbrach sich.

Mir kannst du alles erzählen, sagte sie. Du hast doch Vertrauen zu mir? Weißt du nicht, dass ich die Einzige bin, die sich um dich kümmert? Mädchen, die von zu Hause weggerannt sind, haben keine Familie mehr. Davon kann ich ein Lied singen. Für dich gibt niemand mehr einen Pfifferling. Außer mir. Ich bin die einzige Freundin, die du hast. Wenn du willst, erhöhe ich dein Nadelgeld. Aber die Bedingung ist, dass du mir Vertrauen schenkst, mein Kind. Sag mir die Wahrheit. Verschweig mir nichts. Sag mir, was du über Monsieur de Lancre weißt. Ich habe genau gesehen, dass du ihn kennst.

De Lancre, sagte das Mädchen. Bei uns im Labourd weiß jeder, wer Monsieur de Lancre ist. Der Parlamentsrat. Der Blutsrat, sagen sie. Sogar die Priester fürchten ihn. Aber ich nicht. Ich habe keine Angst vor ihm.

Das ist gut, sagte die Kupplerin. Ich bin ja auch bei dir.

Es klopfte an der Tür. Der Cousin trat ein. Hinter ihm tauchte das Hausmädchen auf und bedeutete durch Zeichen, dass sie ihn nicht habe aufhalten können.

Die Kupplerin erhob sich, als könne sie sich zwischen ihn und ihren Schützling stellen.

Wir haben Sie nicht erwartet, sagte sie.

Sie hat mich erwartet, sagte der Cousin, der seinen schwarzen Umhang trug und den Hut aufbehalten hatte.

Ja, sagte das Mädchen. Wir wollen spazieren gehen.

Schon wieder?, rief die Kupplerin.

Ich brauche Luft, sagte das Mädchen. Hier ist es so stickig.

Wirklich, sagte der Cousin. Sie müssen mal lüften. Richtig unangenehm hier drin. Kommst du?

Das Mädchen stand auf und drängte sich an der Kupplerin vorbei, die vergebens die Arme in die Hüften stemmte und nach Worten rang.

Aber denk an deinen Mittagsschlaf, rief sie hinter ihm her

Schlaf doch mit dir selber, sagte das Mädchen, gerade so laut, dass die Kupplerin etwas hatte, worüber sie nachdenken konnte: Was hatte das Mädchen gesagt? Sie würde es um- und umwenden und zum Schluss glauben, dass sie sich verhört hatte.

Ich sage nichts. Ich habe es doch versprochen, sagte das Mädchen, als sie am Fluss entlanggingen. Ich sage nichts.

Dir würden sie ohnehin nicht glauben, sagte der junge Mann.

Er hat Recht, dachte sie. Er hat immer Recht.

Gehen wir fort?, fragte sie. Wann? Gehen wir heute?

Du musst mich nicht so drängen, sagte er.

Du hast es versprochen.

Ja. Und habe ich schon mal etwas nicht gehalten, was ich versprochen hab?

Nein, sagte sie. Ich weiß, dass du mich holen wirst.

Und dann wird alles wie früher sein, dachte sie.

Wohin werden wir gehen?, fragte sie. Werden wir zurückgehen?

Ach was, sagte er. Man geht nie zurück. Mit mir lernst du die Welt kennen. Paris. Wien. Prag. Was weiß ich? Für uns gibt es keine Grenzen.

Wenn es nur nicht so lange dauert, sagte sie.

Verdammt noch mal, sagte er, das Leben liegt doch noch vor uns. Vertraust du mir etwa nicht?

Doch, sagte sie. Wenn die Männer mich anfassen, denke ich nur an dich.

Brav, sagte er. Aber denk vor allem an unsere Abmachung. Ich habe dich gerettet –

Und dafür gehöre ich dir mit Haut und Haar.

Und?

Mit allem, was mir gehört.

Wie viel ist es?

Sie hat mein Nadelgeld erhöht.

Nicht schlecht. Und nun erzähl mir. Hat der Blutsrat dich wiedererkannt?

Natürlich.

Und? Hat es ihm nichts ausgemacht?

Warum soll es ihm was ausmachen?

Umso besser. Glaubst du, dass er wiederkommt?

Ganz bestimmt.

Der denkt, dass er sich alles erlauben kann. Aber er hat Feinde. In Bayonne. In Bordeaux. Sogar in Paris. Er ist einfach zu ehrgeizig. Solche Leute haben immer Feinde. Außerdem hat er sich mit den Pfaffen angelegt. Die Bischöfe mögen es nicht, wenn ihnen jemand ins Handwerk pfuscht. Vergiss es, Kind. Das ist Politik. Aber behalt ihn im Auge und sag es mir, wenn dir etwas auffällt an ihm.

Warum?, fragte das Mädchen. Willst du ihn umbringen?

Im Gegenteil. Er gefällt mir. Vielleicht kannst du mich mal mit ihm bekannt machen.

Übrigens, sagte das Mädchen, de Lancre schreibt ein Buch.

Worüber?

Über die Ereignisse, sagte sie.

Der junge Mann lachte. Es war ein kurzes, hartes Lachen.

Der?, sagte er. Der? Da sollte man lieber uns fragen. Was, mein Schatz? Über diese Sache wissen wir einiges mehr. Da würde der Parlamentsrat sich wundern, was wir wissen.

Küss mich, sagte das Mädchen.

Was?

Küss mich. Ich halte es nicht mehr aus.

Du bist ein richtig heißer kleiner Braten, sagte er.

Ich bin nur bei dir so. Ich schwöre es, sagte das Mädchen. Für dich tue ich alles.

Dann lass mich jetzt in Ruhe, sagte er.

Das Mädchen wickelte sich fester in seinen Schal ein. Es zitterte. Das Schilf am Ufer klirrte im eisigen Wind. Ein Schwan, der seinen Schnabel ins Gefieder gesteckt hatte, fuhr plötzlich auf, als ein Stein ihn traf, den der Mann nach ihm geworfen hatte. Er flatterte ein Stück weit über die Wasserfläche und ließ sich von der Strömung davontreiben.

Lässt du mir ein bisschen von dem Zeug da, bevor du gehst?, fragte das Mädchen. Dann stehe ich es leichter durch.

Sicher, sagte der Mann. Aber sei sparsam damit. Und iss was. Du wirst sonst zu dünn. Die ganz dünnen Mädchen mögen die Männer nicht. Weißt du das?

Mich mögen sie, sagte das Mädchen.

Kann sein, sagte er. Hexen mögen sie immer.

Wie meinst du das?, fragte das Mädchen.

Tu doch nicht so, sagte er. Du bist verdorben bis auf deine zarten Knochen.

Nein, sagte das Mädchen. Das bin ich nicht.

Doch, sagte er. Das ist es, was die Männer an dir mögen. Das weißt du doch. Es ist ein Witz. Wenn de Lancre ein einziges Mal eine echte Hexe vor sich hat, dann riecht er den Braten nicht. Er ist so unbegabt!

Bring ihn um, sagte das Mädchen. Von mir aus bring ihn um!

Ach, mein Schatz, ich tue ja alles, was du willst, sagte der Mann. Aber jetzt lass mich damit in Ruhe! Ich habe heute nicht viel Zeit.

Wohin gehst du?, fragte sie. Ich weiß nie, wohin du gehst, wenn du mich verlässt.

Verdammt, sagte er. Ich bin es, der hier die Fragen stellt. Richtig?

Du kommst und gehst, sagte das Mädchen.

So ist es, sagte er. Das macht mich interessant.

Damals, bei unseren Festen, sagte sie nachdenklich. Man sah dich nie kommen. Du warst auf einmal da.

Die Erinnerung stimmte sie versöhnlich. Die meisten Frauen waren verrückt nach ihm gewesen.

Habt ihr gesehen?, sagten sie. Es war, als wenn er auf einmal aus dem Boden stieg. Plötzlich stand er vor uns …

Ja. Er verbringt seine Tage tief im Innern des Berges und kommt nur bei Nacht herauf. Er ist nicht so wie wir …

Nicht so wie die Männer, die wir kennen …

Er weiß so viel von uns …

So viel Heimliches …

So vieles, das man niemandem anvertrauen könnte …

Außer ihm …

Und er weiß es schon …

Jede von ihnen glaubte, dass er sie erwählt hatte. Aber sie, sie wusste es. Sie hatte ihn an den Felsen gelehnt stehen sehen. Lässig. Elegant in seinem schwarzen Pilgerkleid. Sie sah, wie er die Kröten, die um ihn herum am Boden wimmelten, mit dem Fuß wegstieß, wie er eine von ihnen, die auf seiner Schulter saß, mit einer Zärtlichkeit, die schon ihr galt, abpflückte, während er sie unverwandt anblickte. Sie sah, dass er ein Mann war, der genau wusste, was er wollte. Sie. Sie wollte er. Und sie spürte es. Und sie sah, dass sein Blick wie von lange her auf sie traf. So, als habe er sie schon seit Jahren beobachtet und wisse alles über sie, besser als sie selbst. Und sie sagte: Mach mit mir, was du willst. Und sie sah, dass er die Worte gehört hatte, obwohl sie sie nicht aussprach. Und später, als er ihr befahl, was sie tun sollte, als er zu ihr sagte:

Du. Du sollst es sein, die meinen Willen tut. Dich mache ich zur Königin der Prozesse. Recht und Unrecht, Tod und Leben gebe ich in deine Hand. Alle, auch der Parlamentsrat, sollen nach deiner Pfeife tanzen und es nicht merken –

Da wusste er schon, dass sie ihm ergeben war. Dass er ihr nur zu befehlen brauchte, und sie gehorchte ihm. Sie gehorchte ihm mit dem verdammten Vergnügen, mit dem man sonst nur das Verbotene tut. Und er wusste es.

Und sie hatte ihn gefragt: Auch meine Freundin Lisalda? Soll auch sie dir dienen? Zu zweit könnten wir dir umso mehr nützen. Denn die Verwirrung, die wir anrichteten, wäre doppelt groß.

Und er sagte: Ist sie wie du? Kann sie lügen? Ist sie bereit, sich mir genauso anzuvertrauen wie du?

Ja, hatte sie gesagt.

Gut, sagte er. Dann auch Lisalda.

Und sie fragte: Müssen wir Böses tun?

Ja, hatte er gesagt.

Und lügen?

Ja. Anders geht es nicht.

Und Verrat üben?

Auf jeden Fall.

Müssen wir töten? Hatte sie wissen wollen.

Nicht direkt, sagte er. Aber gestorben wird.

Sie besprach sich mit Lisalda.

Warum sollen wir das tun?, hatte sie gefragt.

Weil wir sonst zu denen gehören, die sterben müssen.

Dann …, sagte Lisalda.

Wie hätte sie damals wissen sollen, dass ihre Freundin zu schwach war? Lisalda hielt nicht durch. Sie bekannte sich zu ihm. Sie redete. Es geschah nicht unter Zwang, sondern aus Eitelkeit. Einen Moment lang genoss sie den Triumph, bewundert und gefürchtet zu sein.

Ja, ich bin eine von ihnen, hatte sie gesagt. Ich kenne ihn. Ich kenne ihn gut. Er weiß mehr über euch, als ihr denkt.

Und selbst in Fesseln noch leuchtend vor Überheblichkeit, rief sie: Er ist klüger als ihr alle. Er lacht über euch!

Weißt du noch, sagte sie und sah den Mann, der neben ihr ging, von der Seite an. Weißt du noch, als Lisalda noch lebte?

Fang nicht wieder damit an, sagte der Mann. Dummes Mädchen. Sie hätte nur die Klappe halten müssen. War das zu viel verlangt?

Sie ist für dich gestorben, sagte sie.

Für mich! Für mich! Bin ich Jesus?, sagte der Mann. Für mich braucht man nicht zu sterben, wenn man alle Tassen im Schrank hat. So wie du.

Trotzdem, sagte sie.

Lass mich in Ruh, sagte er. So eine wie Lisalda finde ich überall wieder.

Sie hat mich vor dir gewarnt. Weißt du das?

Das Mädchen hielt einen Moment inne, als brauche sie Mut, um fortzufahren:

Siehst du nicht, dass er uns ausnutzt?, hat sie gesagt. Wir riskieren alles für ihn, und er macht sich aus dem Staub, wenn es schief geht. Da wette ich drauf.

Der Mann antwortete nicht. Er schien in Gedanken woanders zu sein.

Kommst du wieder?, sagte das Mädchen.

Das weißt du doch, sagte er. Hab ich dich etwa jemals hängen lassen? Für dich bin ich immer da.

Wirklich?, fragte sie. Und holst du mich hier raus? Die Alte ödet mich an. Ich langweile mich.

Der Mann blieb stehen und sah das Mädchen zum ersten Mal richtig an. Seine Lider hingen schwer bis über die halben Pupillen herab. Es war unmöglich, in seinem Blick zu lesen. Frauen fanden das unwiderstehlich. Diese Mischung aus müder Herablassung und Sinnlichkeit. Auch das Mädchen fand es unwiderstehlich.

Denk immer daran, sagte er. Am Ende gehörst du mir. Ich werde niemals von dir lassen, das glaube mir.

Sie wusste nicht, warum sie auf einmal Angst hatte.

Du triebst es aber auch toll, sagte er.

Ein Hauch von Zärtlichkeit lag in seiner Stimme. Ein ganz schwacher Hauch.

Ich tat nur, was du mir geraten hast, sagte das Mädchen.

Und, war das falsch?, sagte er. Du bist davongekommen, die anderen nicht.

Ja, sagte das Mädchen. Es tut mir auch nur um Lisalda Leid.

Vergiss Lisalda.

Jetzt habe ich keine Freundin mehr.

Wozu brauchst du eine Freundin, sagte er. Du hast doch mich.

Ja, sagte sie. Um die Gräfin tut es mir nicht Leid.

Das weiß ich.

Der Mann lächelte amüsiert: Du hast ihr aber auch übel mitgespielt.

Ich konnte sie nicht leiden, sagte das Mädchen. Sie war so hochnäsig.

Sie war eine Gräfin, sagte der Mann.

Ist mir egal, sagte sie. Als ich bei ihr das Teufelsmal feststellte, hat sie genauso gejammert und gefleht wie die anderen. Murgui, tu das nicht! Murgui, du weißt doch, dass es nicht wahr ist! Hilf mir doch, Murgui! Und ich: Der Teufel soll Euch helfen. Ihr kennt ihn doch so gut. Will er Euch jetzt nicht beistehen? Ruft ihn doch! Und sie: Ich schenke dir meine Kleider, Murgui. Das grüne, weißt du, mit den Perlen am Ausschnitt, das dir so gefallen hat. Ich weiß doch, dass es dir gefallen hat. Ich habe gesehen, wie du mich angestarrt hast, als ich es trug. Und ich: Behaltet Eure Kleider. Von einer, die mit dem Teufel gebuhlt hat, will ich nichts. Und sie sagte: Murgui, hast du denn kein Herz im Leib? Willst du es auf dein Gewissen nehmen, wenn ich sterben muss? Und ich sagte: Ja. Das will ich. Und sie: Warum hasst du mich, Murgui? Warum ich Euch hasse? Weil Ihr es seid, sagte ich.

Die glaubte noch immer, dass sie was Besseres sei. Der Hochmut: diese Dirne. Was gibt man dieser Dirne Macht über mich? Ich bin die Herrin von Sansinena. Das ist doch nur eine Zigeunerin. Sie lügt. Sehen Sie sie an. Sie lügt. Ich will, dass der Arzt mich untersucht. Er ist geschickt dazu.

Diese Zigeunerin, wie Ihr sie nennt, sagte der Parlamentsrat, ist durch die Gabe beglaubigt, die sie instand setzt, Euch Hexen sogar ohne die Nadelprobe zu erkennen. Sie besitzt die Gabe. Sie hat dem Gericht bereits wertvolle Dienste geleistet. Wenn wir trotzdem auf der Nadelprobe bestehen, so wollt darin erkennen, Gräfin, dass wir unsere Sorgfaltspflicht ernst nehmen. Dieses Mädchen ist dem Arzt bei weitem überlegen, was das Auffinden von

Teufelsmalen anbelangt. Eure heftige Abwehr zeigt nur zu deutlich, dass auch Ihr um seine Gabe wisst. Im Übrigen verbitten wir uns Bestechungsversuche bei Gericht … Das vergesse ich nie.

Du warst gut, sagte der Mann. Der Parlamentsrat –

Er mochte mich.

Ich weiß, sagte er. Der war richtig scharf auf dich. Damals schon. Hast du das nicht gemerkt?

Klar habe ich das gemerkt, sagte sie. Ich bin doch nicht blöd.

Bist du nicht, sagte der Mann.

Ich habe wirklich die Gabe, sagte das Mädchen. Glaubst du das etwa nicht? Schon meine Mutter hatte sie. Sie konnte Träume deuten und wahrsagen.

Dafür ist sie ja auch verbrannt worden, sagte der Mann.

Ja, sagte das Mädchen. Als sie das letzte Mal Hexen gejagt haben. Ich war noch ein kleines Kind. Aber ich kann mich noch erinnern, wie sie sie geholt haben. Sollen wir die kleine Hexe auch mitnehmen?, sagten sie. Lauf weg!, rief meine Mutter. Lauf, Murgui, so schnell du kannst!

Denk nicht mehr daran, sagte der Mann. Denk lieber an den Spaß, den wir zusammen gehabt haben.

Ja, sagte sie. Ich denke oft daran.

Sie fiel wieder in ihr Rollenspiel. Es war deutlich, dass sie komödiantisches Talent besaß.

Monsieur de Lancre, auch Ihr seid in großer Gefahr! Habt Ihr es nicht bemerkt?

Wie? Ist das wahr? Mir träumte letzte Nacht –

Euch träumte, sie kamen zu Euch, in Euer Schlafgemach, als Ihr im Chateau d'Urtubie genächtigt habt. Der Teufel in einem schwarzen Umhang, im Mantel des Barrabas, begleitet von zwei Frauen, die sich Eurem Lager näherten –

Woher weißt du das, Murgui?

Träume, Monsieur le Conseiller, Träume. Mir sind sie wohl bekannt.

Das erstaunt mich. Ich träumte tatsächlich von Frauen.

Glich nicht die eine meiner Freundin Lisalda, und die andere – mir scheint tatsächlich, sie glich mir selbst.

Es ist unglaublich. Ihr seid es gewesen, Murgui! Lisalda und du! Genauso, wie du sagst.

Wir waren fast nackt.

Das wart ihr!

Wir ließen Euch nur das eine oder andere sehen.

So war es! Genau so!

Der Teufel blieb auf der Schwelle Eurer Tür stehen.

Er wagte sich nicht näher.

Das ist wahr!

Vielleicht fand er Euch zu gut bewacht.

Allerdings hatte ich zur Nacht gebetet. Ich vergesse es nie.

Nun, dann kann Euch der Böse nichts anhaben. Wie auch? Doch scheint mir, in Eurem Traum lasen wir die Messe auf Eurem Nachttisch. Pfui. Eine schändliche Messe, obwohl Ihr gebetet habt!

Es war ein Traum.

Ein böser Traum. Haben wir uns nicht Freiheiten mit Euch erlaubt?

Ach, ich erinnere mich nicht genau. Jetzt, da ich wache, scheint es mir nicht mehr wahr.

Doch. Doch, ich sehe es. Ich sehe böse Dinge in Eurem Schlafgemach vor sich gehen. Wen sehe ich da? Die Herrin von Sansinena?

Sie? Nein. Sie war nicht dabei.

Gewiss. Sie hebt ihre Röcke! Wie schamlos! Seht! Sie ergibt sich dem Teufel auf Eurer Türschwelle. Gut, dass Ihr sie schon unter Anklage gestellt habt. Das ist der Beweis. Eure Träume sind voller Weisheit, Monsieur le Conseiller.

Ich weiß nicht. Mir ist so – es war kein Traum, glaube ich.

Fragt doch Eure Wachen, ob sie in der Nacht etwas gehört haben. Sie müssten wissen, ob jemand bei Euch war …

Wir hatten ihnen genug gegeben, dass sie das Jüngste Gericht verschlafen hätten! Weißt du noch?

Der Mann lehnte mit verschränkten Armen am Stamm einer Weide und hörte ihr mit schief geneigtem Kopf zu. Die Darbietung des Mädchens amüsierte ihn.

Und ob ich das noch weiß, sagte er. Das war tollkühn. Das war wirklich leichtsinnig. Da hast du mir gefallen.

Was?, sagte das Mädchen, beglückt in den Ton ihrer Rolle zurückfallend. Sie haben nichts gemerkt? Ach, einer der Stallknechte hat Eure Besucher gesehen, wie sie über die Mauer sind, anderthalb Stunden nach Mitternacht? Seht Ihr, Herr? Betet! Der Böse schläft nicht. Selbst Euch stellt er nach.

Gewiss, man muss sich hüten. Du auch, Murgui.

Ich weiß. Ich hüte mich vor Cathérine, der Tochter von Marie de la Ralde.

Warum?

Ich habe sie auf dem Sabbat gesehen. Ihr wisst, dass ich nur noch hingehe, damit ich Euch Bericht erstatten kann. Sie saß zur Linken des Teufels. Ihre rechte Hand lag, ich konnte nicht genau sehen, wo …

Du bist eifersüchtig, sagte der Mann, indem er sich vom Weidenstamm löste und weiterging.

Und?, sagte sie, indem sie ihm folgte. Hatte ich keinen Grund?

Du beginnst mich zu langweilen, sagte er. Es ist ein Fehler, wenn man mich langweilt. Das weißt du doch.

Und die Gräfin?

Die Gräfin. Wenn du es genau wissen willst: Sie war die Einzige, die mir widerstanden hat. Ich hatte keine Chancen bei der Gräfin. Wirklich nicht. Tut es dir jetzt Leid?

Nein. Mir tut gar nichts Leid. Habe ich ihr etwa Leid getan, als ich noch betteln ging?

Mach, dass du wegkommst, Murgui! Ich will dich hier nicht mehr sehen. Wasch dich mal, Murgui! Hat dir noch niemand gesagt, dass man sich waschen muss? Du siehst schrecklich aus. Was? Du schläfst in unserer Scheune? Da will ich dich nicht mehr sehen. Hörst du? Wir lassen den Hund frei. Nimm dich in Acht! Wir wollen keine Zigeunerkinder auf unserem Hof.

Dabei war sie meine Schwester.

Wer?

Die Dame von Sansinena, auf die du so scharf warst.

Wirklich?

Klar. Der alte Graf hat's mit meiner Mutter getrieben. Hat sie mir selbst gesagt. Murgui, hat sie gesagt, denk immer daran, du hast Grafenblut. Bin ich etwa weniger wert als das Fräulein Hochmut?

Monsieur de Lancre, Ihr tut mir Unrecht. Mein Blut wird gegen Euch zeugen. So redete die. Da waren die Reisigbündel schon aufgeschichtet.

Monsieur de Lancre, denkt an Euer eigenes Heil. Wollt Ihr mit dieser Schuld auf Eurer Seele dereinst vor den himmlischen Richter treten? Habt Erbarmen! Seid ein Christenmensch! Die hatte immer noch nicht genug.

Und dann zogst du in ihr Schloss ein, sagte der Mann. Ich habe dich nie unterschätzt.

Ins Haus meines Vaters. Das stand mir doch zu. Oder? Schließlich hat mich der Alte im Testament vollständig vergessen. Der hat ja wohl seine Fürsorgepflicht verletzt, oder wie man das nennt.

Dann war der junge Herr von Sansinena also dein Halbbruder.

Was willst du damit sagen? Ist das ein Grund, nicht mit ihm ins Bett zu gehen? Außerdem ist es so sicher auch wieder nicht.

Was?

Dass er mein Bruder ist. Übrigens ist er ein Idiot. Ein Schwächling. Ein echter Versager: Lass das, Murgui, nicht heute Nacht, nicht schon wieder. War ich froh, als das vorbei war.

Du konntest doch jeden haben, sagte der Mann.

Hatte ich auch. Ich hatte jeden, den ich gewollt habe.

Nur wenn ich wollte, sagte der Mann streng.

Natürlich, sagte das Mädchen. Ich mache nur, was du willst. Als du gesagt hast: Jetzt reicht es. Jetzt wird der Boden zu heiß für dich. Jetzt kriegen sie dich selber dran, wenn du nicht machst, dass du hier wegkommst – da bin ich gegangen.

Vergiss nicht, sagte der Mann. Ich war's, der den Bootsmann bestochen hat. Ich habe dir einen Platz auf dem Schiff besorgt. Wurde auch Zeit. Du warst nicht gerade beliebt bei den Leuten dort.

Wir Zigeuner sind nie beliebt, sagte das Mädchen.

Da kannst du dich mit dem Blutsrat zusammentun, sagte der junge Mann. Aber, du weißt ja, das bleibt alles unter uns.

Ich sage nichts. Von mir erfährt niemand etwas, sagte das Mädchen. Die Alte ist so blöd: »Erzähl mir etwas von dir!« Nichts erzähle ich der. Die hätten wir im Labourd in einer Woche durch den Prozess und verbrannt. Mit so was haben wir nicht lange gefackelt. So viel Dreck am Stecken, wie die hat. Prostitution. Mädchenhandel. Kuppelei. Lauter schmutzige Dinge das. Und dabei immer nach außen hin das Getue: Herr Doktor, nehmen Sie Platz. Herr Doktor, darf ich Ihnen einen Likör anbieten? Herr Doktor, darf ich Ihnen ein Mädchen anbieten? Frisch vom Land. Die kotzt mich an, die Alte mit ihrem Getue. Wenn ich hier rauskomme, dann verpasse ich der was. Die soll an mich denken. Dafür sorge ich, dass die mich nicht so schnell vergisst, wenn ich hier weg bin … Wir gehen doch weg? Du holst mich doch bald? Wann holst du mich? Ich warte. Ich weiß, dass du mich hier rausholst. Wir gehen zusammen weg. Weit weg. Nach Paris. Nach Wien. Nach Prag. Wir werden wieder Spaß haben. Ich verspreche es dir. Wo bist du? Bleib da! Bleib doch da!, rief das Mädchen.

Aber der Mann war schon in den über dem Fluss heraufziehenden Nebeln verschwunden.

★

DER BISCHOF VON BAYONNE nahm seine Mahlzeiten niemals allein zu sich. Es war nicht vorgesehen. Allerdings gab es niemanden in seiner Umgebung, dessen Rang es gerechtfertigt hätte, die Tafel mit ihm zu teilen, so dass die im Palais anwesenden Prälaten und

Vikare hinter seinem Stuhl Aufstellung nahmen, wenn er aß. Sie setzten sich erst zu Tisch, nachdem der Bischof gesättigt war und sich erhob, um seine Gemächer aufzusuchen, wo er sich nach Tisch auszuruhen pflegte.

Die Konversation beschränkte sich unter diesen Umständen meist auf ein gelegentliches Räuspern und Hüsteln der Männer in seinem Rücken. Der Bischof war daher stets ein wenig in Eile, fühlte sich gedrängt durch den Appetit der hinter ihm Stehenden. Eine Empfindung, die durchaus nicht mit dem Geist des Protokolls in Einklang war, welches vorsah, dass der Hunger anderer ihm gleichgültig zu sein hatte. Der Hunger seiner Prälaten und um wie viel mehr noch der Hunger anderer Menschen, der Bettler vor seinem Palast und vor dem Portal der Kathedrale Ste-Marie. Das Protokoll wusste nichts davon.

Der Bischof ließ sich vom gebackenen Schwan vorlegen. Er kostete. Ein zäher Vogel. Fad im Geschmack, was der Koch durch die Beigabe von zu viel Estragon zu verbessern gesucht hatte. Der Bischof hasste Schwan.

Man sollte Schwäne lieber auf dem Adour statt in einer solchen Soße schwimmen lassen, sagte der Bischof, indem er den Teller von sich schob.

In seinem Rücken erklang zustimmendes Gemurmel.

Vielleicht ist der Schwan gar nicht von Gott für die Tafel ausersehen, sagte er. Es ist möglicherweise ein Irrtum zu glauben, dass dieser Vogel essbar ist. Man sollte ihn aus den Kochbüchern streichen und kommenden Generationen das Schwäneessen ersparen.

Das Gemurmel wiederholte sich, gleich stark und monoton.

Das Dessert, sagte er.

Man setzte ihm in Weinbrand getränktes Gebäck mit Rosinen vor. Dazu eine helle Schaumsoße, die auffällig stark nach Zimt und Ingwer roch.

Der Bischof spürte, wie sich aus den Gerüchen, ihrer Mischung, schwer und süß, Übelkeit in ihm aufbaute.

Die Lust zur Konversation war ihm vergangen. Er lehnte sich zurück, dachte, ich muss aufstehen, kapitulierte aber vor der erforderlichen Anstrengung.

Wünschen Eminenz etwas?, fragte der erste Diener.

Wasser, sagte er.

Eminenz haben ja fast nichts gegessen, sagte hinter ihm der Generalvikar. Er war der Einzige, der hin und wieder das Wort an den Bischof richtete, wenn er zur Tafel saß. Fühlen Sie sich nicht wohl?

Er hatte schon lange keinen Appetit mehr. Es war kein Geheimnis für die, die ihm bei seinen Mahlzeiten zusahen. Ihre Besorgnis war so gegenstandslos wie das ganze Zeremoniell. Er bekam nichts hinunter. Man sah es. Sie wussten es. Unter seinem Habit hatte er den Bauch verloren, was niemand außer seinem Arzt wusste, dem Einzigen, der ihn ohne Habit sah, dem Einzigen, der ihn noch kannte, seit die Frau, die er geliebt hatte, gestorben war.

Man soll den Arzt rufen, sagte er.

Es gelang ihm mit großer Selbstbeherrschung, allein aufzustehen und einen sicheren Gang vorzutäuschen, als er den Raum verließ, mit einem nach rückwärts gerichteten Winken bedeutend, dass die Tafel freigegeben war.

Als der Arzt kam, lag er mit geschlossenen Augen auf dem Bett.

Eine vorübergehende Schwäche, sagte er. Nichts Ernsthaftes.

Das müssen Eminenz mir überlassen, zu sehen, wie ernst es ist, sagte Lallemand.

Darf ich?, sagte er und nahm auf der Kante des bischöflichen Bettes Platz.

Maître, sagte der Bischof, ich weiß es selbst. Es ist der Magen. Er ist nervös. Er war immer schwach. Ein paar Tage Schleimsuppe statt der zähen Vögel, die mir der Koch hier brät, und es ist wieder gut.

Warum haben Sie mich dann rufen lassen, sagte der Arzt, wenn Sie sich selber behandeln wollen?

Weil Sie keinen Respekt vor mir haben, sagte der Bischof.

Oh, sagte der Arzt, ich habe großen Respekt vor Eurer Eminenz!

Lassen Sie das, sagte der Bischof. Ich brauche jemanden, mit dem ich reden kann.

Sie brauchen Ruhe, sagte der Arzt, der den Bauch des Bischofs abtastete. Mir scheint, Sie haben etwas erhöhte Temperatur. Darf ich mir Ihre Zunge ansehen?

Obwohl der Bischof um den Geruch wusste, war ihm wohl dabei, sich wie ein krankes Kind gehen zu lassen. Er öffnete den Mund und streckte dem Arzt seine weiße, belegte Zunge entgegen. Er hatte fast keine Backenzähne mehr. Nur seine Frontzähne waren noch ziemlich gesund und sorgten dafür, dass er noch wie er selbst aussah.

Ich habe Ruhe, sagte er. Ruhe, so viel ich will. Wissen Sie, dass es mir manchmal unheimlich ist, wie viel Ruhe ein Mann in meiner Position hat? Alles geschieht wie von selber. Die Messen. Die Audienzen. Die Korrespondenzen. Ich muss nur dabei sein. Verstehen Sie, was ich meine? All das geschähe auch ohne mich. Die Kirche ist ein System gegliederter Dienerschaft. Für jeden von uns gibt es Stellvertreter. Und Stellvertreter von Stellvertretern. Was ich sagen will: Es kommt gar nicht auf mich an.

Oh doch, sagte der Arzt. Es kommt auf Sie an. Und Sie wissen es.

Der Bischof schwieg.

Sie haben einen empfindlichen Magen, das ist richtig, sagte der Arzt. Jeder von uns hat ein Organ, das empfindlicher als andere, in gewissem Sinn empfindlicher als er selber ist. Bei manchen ist es der Magen, bei anderen die Blase oder die Lunge. Irgendein Organ, das uns meldet, dass etwas mit uns nicht in Ordnung ist. Bei Ihnen ist es der Magen. Er gibt keine Ruhe, bevor Sie nicht Ruhe haben. Ich meine nicht die Ruhe, die Sie meinen. Das Gleichmaß Ihrer Tage. Den Überdruss, den Sie angesichts dessen empfinden mögen, Eminenz. Ich meine auch nicht die Bettruhe, die ich Ihnen auf jeden Fall verordnen werde. Denn Sie haben möglicherweise sogar ein Geschwür im Magen, das Sie mit Übelkeit und Schmerzen quält und Ihnen den Appetit nimmt. Ich rede von der Ruhe, die unser Gemüt so nötig hat wie der Körper den Schlaf, um gesund zu sein.

Der Magen, Eminenz, ist in der Tat ein empfindliches Organ. Wir schlucken, und er muss zusehen, wie er damit fertig wird. Er mag nicht alles, was wir ihm hinabschicken. Fette Speisen, Gebratenes, Schweres, süßes Gebäck, scharfe Gewürze und alles mit einem Mal. Ihr Magen hat Recht, wenn er rebelliert. Ich bin auf seiner Seite. Ich werde mit Ihrem Koch reden. Als Anwalt Ihres Magens sozusagen. Er braucht leichte Speisen. Milchsuppen. Getreidebrei. Damit die schwarze Galle, die Sie krank macht, durch etwas Helles aufgefrischt wird und zu den anderen Körpersäften, Blut, Schleim und weiße Galle, wieder in ein rechtes Verhältnis gebracht werden kann, ein Verhältnis, das seit Galen als die Grundlage aller Gesundheit betrachtet wird.

Doch die rechte Diät allein wird Sie nicht gesund machen, Eminenz. Zuweilen liegt auch im Magen, was das Gemüt beschwert. Es liegt darin wie eine unbekömmliche Speise und kann nicht verdaut werden. Und erst wenn das Gemüt sich von der Last dessen befreit hat, was es niederdrückt, kann auch der Leib gesunden, der Magen in Ihrem Fall. Haben Sie mich verstanden?

Der Bischof seufzte.

Lallemand, sagte er, Sie sind ein guter Arzt, auch wenn Sie keine Universität von innen gesehen haben. Aber was nützt mir Ihre Theorie von schwarzer Galle und Bedrückung des Gemüts, wenn die Bedrückung nicht aus dem Gemüt selber kommt, sondern aus den Umständen?

Dann, Eminenz, muss man die Umstände ändern, sagte der Arzt, bis sie nicht mehr bedrückend sind.

Sie wissen nicht, wovon Sie reden, Lallemand, sagte der Bischof resigniert.

Aber ich ahne, wovon Sie reden, sagte der Arzt. Ich wurde

übrigens gestern in das bischöfliche Gefängnis gerufen, in dem die drei zum Tode verurteilten Priester einsitzen.

Wie? Der Bischof versuchte sich aufzusetzen. Sie waren dort? Warum?

Bleiben Sie ruhig, Eminenz! Bleiben Sie liegen! Ja, ich war dort, sagte der Arzt.

Sind sie krank? Der Bischof zwang sich zur Ruhe. Ist es ernst? Fehlt ihnen etwas?

Eine niederträchtige Hoffnung, feige und rasch unter seiner wachen Selbsterkenntnis wegtauchend, hatte sich geregt: Vielleicht starben die drei Todgeweihten von selber? Vielleicht würde ihr natürlicher Tod sein Problem lösen?

Nein, sagte Lallemand. Nichts Ernstes. Eine verdorbene Speise aus Eurer Eminenz Küche war der Grund. Sie werden nämlich von dort verpflegt. Wussten Sie das? Allerdings eher mit dem, was übrig bleibt, denke ich. Da kann so etwas passieren. Ich verordnete Kamillenaufgüsse. Ich denke, dass alle drei sich wieder wohl befinden und dem Fortgang ihrer Angelegenheiten entgegensehen.

Dem Fortgang … Der Bischof verstummte.

Eminenz haben sich sicher längst selbst einen Eindruck verschafft, indem Sie sie in ihrem Gefängnis aufgesucht haben: Sie sind voller Hoffnung, dass man sie laufen lässt. Sie verlassen sich ganz auf die Kirche, unter deren Dach sie sich aufgehoben wissen. Sie rechnen für sich nicht mit dem Schlimmsten. Und mit jedem Tag, der vergeht, wähnen sie sich sicherer. Wollte man uns verbrennen, sagen sie, hätte man es längst getan. Nein, sagen sie, der Bischof wird uns bald in ein Kloster bringen lassen, und irgendwann können wir in unsere Gemeinden zurückkehren. So reden sie. Es sind Landpfarrer. Einfache Männer. Nicht viel anders als das Volk, dessen geistliche Hirten sie waren. Das sind keine Kanoniker. Weder gebildet, noch sonderlich ehrgeizig. Und nicht mit viel Phantasie begabt, was die Gefahr ausmacht, in die sie geraten sind.

Die Gefahr!, sagte der Bischof erregt. Es ist aussichtslos!

Er verschwieg, dass er sie in den drei Wochen, seit sie in Bayonne waren, nicht ein einziges Mal aufgesucht hatte, obwohl ihre Zellen sich unterhalb seiner Audienzräume befanden. Er wusste nicht einmal, wie es dort unten aussah. Ob man sie in Ketten hielt. Ob ihr Gewahrsam der Schwere ihres Verbrechens – der Zauberei – angemessen war, eines Verbrechens, das bei Männern geistlichen Standes weit schwerer wiegt als bei anderen. Er hätte auch nicht zu sagen gewusst, welche Art von Gewahrsam dem angemessen wäre. Er hörte zum ersten Mal, dass sie aus seiner Küche verpflegt wurden. In Wahrheit wollte er all das nicht wissen. In Wahrheit genügte es ihm, zu wissen, dass sie dort unten waren, da, unter seinen Füßen wie Tote, die schon begraben waren. Aber sie lebten noch. Diese drei törichten Männer lebten und hofften darauf, von ihm gerettet, womöglich noch aus ihrem Kerker erlöst zu werden. Er schlief schlecht. Er aß nichts. Er träumte furchtbare Dinge, seit er sie in seinem Palais hatte. Er fühlte ihre Anwesenheit zugleich mit der eigenen Übelkeit, dem Druck in seinem Leib, der mal schwächer, mal stärker, aber immer zu fühlen war. Er musste sich durch entschlossenes Handeln davon befreien. Das schien ihm auch mit den Ratschlägen seines Arztes in Einklang zu stehen.

Sie sind in Ihrer Hand, sagte der Arzt. Ihr Gefängnis ist ein kirchliches.

Nur so lange, bis ich sie degradiert habe, sagte der Bischof. Dann wird die weltliche Macht vollstrecken, was bereits beschlossen ist. Die Kirche ist in diesem Fall nicht frei, nach den eigenen Grundsätzen zu verfahren.

Und wenn man sie in ein Kloster brächte? Sie von der Welt und ihren Küsterinnen fern hielte? Ihnen Zeit und Anlass genug gäbe, ihre Verfehlungen zu bereuen und zu büßen, vielleicht ein Leben lang? Man hört, dass die Klosterstrafen durchaus nicht zu milde sind. Abgeschiedenheit. Entbehrungen. Karge Kost. Kalte Zellen. Ein Ende aller weltlichen Hoffnungen. Mir scheint, das reicht.

Vielleicht zieht man den Tod vor?, sagte der Bischof. Was meinen Sie, Lallemand?

Niemand zieht den Tod vor, sagte der Arzt. Täten Sie es?

Wer weiß, sagte der Bischof.

Und doch lassen Sie nach mir rufen, wenn der Magen drückt, sagte der Arzt. Der Schmerz, Eminenz. Der Schmerz ist ein gewaltiges Argument. Vor ihm verstummen alle anderen. Nein, Eminenz. Ich glaube nicht, dass die Priester den Tod wählen würden. Nicht diesen Tod.

In Spanien sind sie barmherziger mit den Hexen und Hexern, sagte der Bischof. Sie verbrennen die Ketzer. Aber die Zauberer lassen sie am Leben, wenn sie bekennen. Man behandelt sie als verirrte Seelen. Legt ihnen Bußen auf, steckt sie in die Klöster, wenn sie sich nicht bessern wollen.

In Spanien, sagte der Arzt, sind die kirchlichen Gerichte für das Verbrechen der Hexerei zuständig. Wir sind in Frankreich. Bei uns wollen die weltlichen Herren die Macht der Kirche brechen. Die Menschen sollen spüren, wer die wahren Herren sind. Sie sollen spüren, wo die Macht zu Hause ist. In Paris. Das Sonderverbrechen, das sie gerichtlich verfolgen, die Hexerei, ist auch das Verbrechen, zu eigenwillig zu sein, zu sehr man selber und zu wenig Untertan. Wenn sie schon die Protestanten nicht bändigen können, so wollen sie das altgläubige Volk auf dem Land doch wenigstens bändigen. Verzeihen Sie, Eminenz, ich bin kein Franzose. Ich sehe die Dinge, wie ein Ausländer sie sieht.

Schon gut, sagte der Bischof. Nur hüten Sie sich, so etwas zu laut zu sagen. Auch für Ausländer sind unsere Sondergerichte durchaus zuständig.

In Deutschland werden die Hexen so wie hier verbrannt, warf der Arzt ein.

Natürlich, sagte der Bischof. Warum sollte ein Land besser als das andere sein? Der Teufel ist ohne Frage international. Trotzdem triebe ich ihn lieber mit Bußübungen und Kirchenstrafen aus.

So tun Sie es!

Wenn man die baskischen Priester ins Kloster brächte, der weltliche Arm würde sie auch dort aufspüren. Es bleibt dabei, dass sie rechtskräftig verurteilt sind.

So liegt also alles bei Ihnen, Eminenz. Gott hat Ihnen das Amt gegeben. Er will, dass Sie tun, was das Amt fordert.

Glauben Sie das, Lallemand?

Sicher, sagte der Arzt.

Tut dies weh?, fragte er, indem er die Hand auf den Magen des Bischofs legte und den Druck plötzlich verstärkte.

Der Bischof stöhnte.

Es kommt darauf an, dass man die empfindlichste Stelle trifft, sagte der Arzt. Dort muss der Kampf ansetzen. Die Krankheit ist wie ein Gegner, den man bezwingen kann, wenn man weiß, wie man strategisch dagegen vorgehen muss.

Verschonen Sie mich jetzt bitte mit Theorien, sagte der Bischof.

Verzeihen Sie, sagte der Arzt. Ich sprach von etwas anderem.

So sagen Sie, was Sie meinen, sagte der Bischof. Ich bin nicht in der Stimmung, Rätsel zu lösen.

Die empfindliche Stelle, sagte der Arzt. Sie wissen, wie die Prozesse in St. Pée geendet sind? Welche Rolle de Lancre dabei gespielt hat? Sie wissen, wie das Gericht verfahren ist? Dieses Gericht, dessen Urteile Ihnen so unumstößlich scheinen? Man muss sie anfechten! Man muss das Gericht im Nachhinein für nicht zuständig erklären lassen! Es sind Dinge geschehen … Dinge … Kurz, man muss eine Eingabe an den Parlamentspräsidenten in Bordeaux richten! De Lancre hat genug Feinde dort. Sein Ruf ist nicht ohne Makel. Es kann gelingen. Verzeihen Sie. Es steht mir nicht zu –

Er erhob sich.

Bleiben Sie, sagte der Bischof.

Er sagte es in dem Ton, in dem er sonst mit den Prälaten zu sprechen pflegte oder mit dem Sekretär.

Setzen Sie sich, sagte er. Was sind das für Dinge, von denen Sie sprechen? Man hört nichts anderes als Gerüchte und Andeutungen. Wenn man sich mit dem Parlament in Bordeaux einlässt, kann man nicht mit Gerüchten und Andeutungen argumentieren. Ich muss es genau wissen. So genau, als ob ich selber dabei gewesen wäre. So wie Sie, Lallemand.

Warum fragen Sie nicht den Generalvikar? Er weiß auch gut Bescheid. Er hat oft mit de Lancre zu Tisch gesessen und bis spät in die Nacht getafelt.

Weil Sie mein Arzt sind und er mein designierter Nachfolger. Soll ich etwa ihm vertrauen, der nur darauf wartet, dass ich einen Fehler mache? So dumm bin ich nicht. Und vielleicht ist es ein Fehler, in dieser Angelegenheit in Bordeaux vorstellig zu werden. Man wird sagen, dass der Bischof von Bayonne sich auf die Seite des Bösen schlägt. Deshalb sollte man mich doch wenigstens gut informiert finden. Meinen Sie nicht, Lallemand? Übrigens befinde ich mich schon sehr viel besser als vor kurzem noch.

Das ist gut, sagte der Arzt.

Er dachte an die Verhandlungen. An das Schreien, das er gehört hatte, an die Verwünschungen, Klagen, Bitten, Verleumdungen und geflüsterten Bekenntnisse. An die Hände, die sich in seine Arme gekrallt hatten, und die Mühe, mit der er sie wieder von sich losgebracht hatte. An den Geruch der Angst, der in seinen Kleidern hing, als wäre es sein eigener.

Er war sich nicht sicher, ob er diese Dinge dem Bischof zumuten konnte. Schließlich war ihm nicht wohl.

Aber er wollte es so.

Nicht alles, was geschah, steht in den Protokollen, sagte der Arzt.

Hexenjagd II

Sie sagt, dass sie bei der geschlechtlichen Vereinigung auf dem Sabbat den Samen des Teufels als kalt empfunden hat, während der anderer Männer natürlich war. Sie gibt zu, mit dem Teufel wie auch an die hundertmal mit anderen Männern verkehrt zu haben, aber nur beim Sabbat, niemals sonst. Das beweist alles!

Pierre de Lancre

Wenn die Tür aufgeht, sieht man zunächst nur das Licht von den Fackeln der Wachleute. Dann erst, als sie an den Tisch tritt, erkennt der Arzt das Gesicht der Gefangenen, die verhört werden soll. Es ist Jeanne Auclaire.

Es ist der vierte Tag ihrer Gefangenschaft. Ihre Schönheit ist bereits angetastet. Unter ihren Augen liegen dunkle Schatten. Das Haar steht ihr wild um den Kopf. Noch besitzt ihre Schönheit die Macht, einen anzurühren. Gerade so. Im Begriff, sich aufzulösen. Hinüberzugehen. Bis von der Schönheit nur noch die Wildheit übrig geblieben sein wird. Ein Fluch. Eine Kraft. Etwas, das jeden, der sie ansieht, ins Herz treffen wird. Ein großer Schrecken. Etwas, das aus ihrer Schönheit ans Licht kommen wird, wie ein Ungeheuer vom Grund eines Sees emporstößt und sich zeigt.

Noch sind die Wasser still. Noch bewahren sie das Geheimnis auf ihrem Grund. Doch sie sind schon getrübt davon.

Ihre Augen sind weit, wie vor Schreck geöffnet. Man sieht, dass sie nichts sehen kann. Der Raum ist schlecht ausgeleuchtet, nur durch ein Licht, das auf dem Tisch in der Mitte steht. Er scheint den Angeklagten zunächst undurchdringlich, schwarz, unüberschaubar, bis ihre Augen sich an die Dunkelheit gewöhnt haben. Sie wähnen sich allein darin. De Lancre weiß um den Effekt. Er zieht sich in eine Ecke zurück, drückt sich nah an die Wand, so dass seine Stimme sie wie aus dem Nichts trifft:

Jeanne Auclaire?

Sie fährt zu ihm herum.

Herr!, sagt sie. Herr, man hält mich noch immer fest. Dabei gibt es keinen Grund dazu. Ich bin als Zeugin hier. Ich habe alles gesagt, was es zu sagen gab. Die Untersuchung an meinem Leib war nicht rechtens, Herr. Sie hat auch nichts ergeben. Das wisst Ihr wohl. Ihr wisst auch –

Sie ist im Zustand einer Person, die sich lange zurechtgelegt hat, was sie sagen will. Drei Tage und vier Nächte hat sie daran gearbeitet, ihre Empörung, ihr Aufbegehren in Worte zu kleiden. Jetzt ist es so weit. Sie glaubt, es komme darauf an, dass sie das Richtige sagt. Sie ist aufgeregt.

Schweig, sagt de Lancre. Du bist nicht hier, um dich zu beschweren. Du bist hier, weil es neue Beweise gegen dich gibt.

Beweise, Herr!, ruft sie, wenn es Beweise gibt, dann zeigt sie mir! Ich will Euch schon beweisen, dass es keine Beweise geben kann. Einen Beweis gibt es nur, wo es ein Verbrechen gibt. Ich habe keines begangen.

Jeanne, sagt Anne-Marie Dibasson, die ebenso wie de Lancre für Jeannes Augen bisher verborgen war. Sie wissen alles hier.

Was …?, sagt Jeanne Auclaire, unsicher geworden. Sie hat die andere noch nicht erkannt. Sie kneift die Augen zusammen.

Anne-Marie, sagt sie, was tust du hier?

Die Gegenüberstellungen. Sie sind wie die Folter ein bewährtes Instrument der Wahrheitsfindung vor Gericht. Wenn zwei Aussagen nicht übereinstimmen, so konfrontiere man ihre Vertreter miteinander und warte ab, was geschieht. Es sind Fallen. Gewissensfallen. Die Vertreter des Gerichts sehen zu, wie die in den Fallen verfangenen Gewissen versuchen, sich zu befreien. Wie sie zappeln. Einen Vorteil zu erspähen versuchen. Wie sie sich abmühen. Wie weit sie gehen. Wie groß der Verrat ist, in den sie einwilligen.

Ich bin eine Zeugin, sagt die Dibasson.

Da musst du dich in Acht nehmen, sagt Jeanne Auclaire. Ich bin auch als Zeugin hier, und sie lassen mich seit Tagen nicht nach Hause gehen. Hast du die Mutter gesehen? Weiß sie, dass ich bald wiederkomme?

Ja, ja, sagt die Dibasson.

Von deiner Mutter sprechen wir später, sagt de Lancre. Madame Dibasson hat uns ein paar interessante Dinge mitgeteilt, die dich betreffen, Jeanne.

Was kann sie Euch sagen, was ich nicht besser weiß? Warum fragt Ihr mich nicht selber, wenn es um meine Angelegenheiten geht? Im Übrigen gibt es nichts, was für Euch von Interesse ist.

Das musst du schon uns überlassen, Jeanne, sagt de Lancre. Wir interessieren uns sehr für dich.

Anne-Marie, sagt sie, zur Dibasson gewandt, du bist meine Taufpatin. Du kennst mich von Kindheit an. Sag ihnen, dass sie mich nach Hause gehen lassen sollen! Sag ihnen, dass ich ein Kind habe. Und Arbeit. Das können sich die Herren Richter hier vielleicht nicht vorstellen, dass es bei uns auf dem Land genug Arbeit gibt. Ich kann es mir nicht leisten, mich tagelang auszuruhen.

Sieh an, sagt de Lancre. Du ruhst dich aus bei uns. Das Gefängnis bekommt dir anscheinend gut.

Wenn Eure Wächter höflicher wären, sagt Jeanne Auclaire, bekäme es mir noch besser. Sie nehmen sich gegen uns Frauen Unverschämtheiten heraus.

Und?, sagt de Lancre. Gefällt dir das nicht, Jeanne?

Er legt seinen Hut neben sich auf den Tisch, an dem er Platz genommen hat, beugt sich vor. Das Licht fällt auf sein Gesicht. Er lächelt begütigend. Es ist nur ein Scherz.

Nein, sagt Jeanne Auclaire, jede Silbe betonend: Es gefällt mir nicht.

Gut. Also, sagt de Lancre, dann werden wir sie ermahnen, sich in Zukunft zu verhalten, wie es sich Damen gegenüber gehört. Bist du dann zufrieden, Jeanne?

Ich bin keine Dame, sagt Jeanne Auclaire. Es genügt, wenn man mich anständig behandelt.

Da wir gerade von Anstand reden, sagt de Lancre. Du hast ein Kind?

Ja, sagt Jeanne Auclaire.

So bist du verheiratet?

Nein, sagt sie.

Du hast ein Kind und bist nicht verheiratet?

Ich sorge für mein Kind, sagt sie.

De Lancre schweigt.

Die Zeugin hier kann bestätigen, dass ich für mein Kind sorge.

Sie dreht sich zur Dibasson um. Die Dibasson schweigt.

Was geht das überhaupt das Gericht an?, sagt Jeanne Auclaire.

Wir wollen nur wissen, was du für ein Mensch bist, Jeanne, sagt de Lancre sanft.

Was ich für ein Mensch bin?, sagt Jeanne Auclaire.

Sie weiß nicht, ob sie versteht, was de Lancre meint.

Ach Jeanne, sagt de Lancre bekümmert, du weißt nicht, wie sehr man sich täuschen kann. Manche Menschen verbergen unter ihrem Äußeren gleich einem Kleid, das die Blöße bedeckt, ein Inneres – du würdest erschrecken, wenn du hineinblicken könntest, Jeanne. Wenn du sehen könntest, was wir schon gesehen haben. Finsternisse. Abgründe …

Ich weiß nicht, wovon Ihr sprecht, Herr.

Wir wollen nur sicher sein, Jeanne, dass es bei dir nicht auch so ist. Wenn ich dich so ansehe … Du bist ein hübsches Kind. Doch, Jeanne. Widersprich mir nicht. Deine Augen. Dein Haar. Dein Haar ist schön, Jeanne. Ein bisschen widerspenstig. Aber durchaus reizvoll. Es gibt manche Frauen in den Städten, die dich darum beneiden würden. Bist du eitel, Jeanne? Antworte nicht. Du bist eitel. Alle schönen Frauen sind eitel. Ist es nicht so? Haben dir schon viele Männer gesagt, wie schön du bist? Nein? Du musst mir nicht antworten. Ich kenne das Leben. Ich weiß, wie die Männer sind. Ich bin selber einer. Aber zu dir, Jeanne: Ein Kind ist rasch gemacht, nicht wahr? Das geht so, ehe man sich's versieht. Und ein Galan ist ebenso rasch verschwunden. Warum hast du ihn entwischen lassen, Jeanne? Wusstest du ihn nicht zu halten? Er hätte leicht nichts Besseres finden können als dich.

Ich wollte nicht heiraten.

Das war nicht weise, Jeanne. Hast du nicht daran gedacht, dass ein Kind einen Vater braucht? Die Ehrbarkeit einen Namen?

Ich wollte nicht.

Warum nicht?

Das geht nur mich etwas an.

Gab es etwas zu verbergen? War er nicht ehrenwert?

Ich möchte darauf nicht antworten.

Aber wir kennen die Antwort schon. Wir wissen mehr über dich, als dir bewusst ist. Die Zeugin Dibasson hat uns gesagt, dass du häufig in schlechter Gesellschaft warst.

Nein, sagt Jeanne Auclaire und sieht Anne-Marie Dibasson an. Das glaube ich nicht. Sie kennt mich, seit ich auf der Welt bin. Sie kennt meine Mutter. Sie sind Freundinnen. Ich bin mit ihren Kindern aufgewachsen. So etwas würde sie nicht sagen. Anne-Marie!

Es ist doch wahr, sagt die Dibasson. Deine Mutter und ich haben es dir oft genug gesagt.

Würdet Ihr Eure Aussage wiederholen, Mutter Dibasson?, sagt de Lancre.

Ich fragte Cathérine Auclaire: Wo ist Jeanne? Und sie sagte: Jeanne? Was weiß ich? Sie ist beim Teufel. Ihr Bett ist des Nachts jedenfalls leer. Und wenn ich am Morgen an ihre Tür klopfe, ist sie auf einmal wieder da. Es ist, als führe sie durch die Luft. Es geht nicht mit rechten Dingen zu. So sagte Cathérine.

Anne-Marie!, ruft Jeanne Auclaire. Warum sagst du das?

Soll ich lügen?, sagt sie. Die wissen doch ohnehin alles über uns.

Jeanne Auclaire sieht sich um. Vor ihr am Tisch sitzt de Lancre. Neben ihm die Beisitzer Morillon und le Maître, Notare aus Bayonne, deren Funktion bei Gericht sich darauf beschränkt zu nicken, wenn der Parlamentsrat etwas sagt. Sie werden bald darauf durch andere Notare der Gegend abgelöst werden, weil sich herausstellt, dass sie von delikater Gesundheit sind. Sie bekommen leicht den Schnupfen bei den Verhören in den feuchten Kellern. Auch ihre Nachfolger werden von delikater Gesundheit sein. Und deren Nachfolger. So dass die Beisitzer sich alle später darauf berufen werden, dass sie nur ganz kurz dabei waren. Viel zu kurz, um zu wissen, was wirklich vor sich ging, oder gar Einfluss auf den Verlauf der Prozesse zu nehmen.

Jeanne Auclaire forscht vergebens in ihren Gesichtern nach einer Reaktion. Sie scheinen zutiefst gelangweilt von dem, was sie hier sehen. Am Kopf des Tisches sitzt der Protokollant, der auf das Blatt vor sich schaut. Hinter ihr an der Wand stehen die beiden Gerichtsdiener, die sie gebracht haben. Nach ihnen braucht sie sich nicht umzusehen. Da entdeckt sie den Arzt. Ihre Augen haben sich an die Dunkelheit des Raums gewöhnt.

Herr, sagt sie, was tut Ihr hier?

Sie zwingt ihn zu antworten.

Ich?, sagt er. Ich habe die Zeugin untersucht.

Und? Habt Ihr etwas gefunden?, fragt Jeanne Auclaire.

Schweig, sagt einer der Beisitzer. Du hast kein Recht, hier Fragen zu stellen.

Die anderen nicken beifällig. Der Arzt fühlt sich erleichtert, als sie nicht mehr ihn, sondern sie ansehen. Nur Jeanne Auclaire will den Blick nicht von ihm wenden.

Sie lügt nämlich, sagt sie. Sagt Ihr ihnen, dass sie lügt. Sie mag mich nicht. Es ist doch wahr, sagt sie zu der Dibasson. Du konntest mich nie leiden.

Die Feder des Protokollanten kratzt über das Papier. Konntest mich nie leiden …

Warum, sagt de Lancre, warum sollte sie dich nicht leiden können, Jeanne? Gab es denn etwas an dir … Etwas moralisch Zweifelhaftes? War es vielleicht das?

Sie hatte immer etwas Herausforderndes, sagt die Dibasson. Zum Beispiel –

Zum Beispiel?, fragt de Lancre.

Als sie fünfzehn war –, beginnt die Dibasson.

Anne-Marie!, ruft Jeanne Auclaire. Du weißt, dass es anders war!

Versuche nicht, die Zeugin zu beeinflussen, sagt einer der beiden Beisitzer streng.

Die Dibasson schweigt. Sie sieht ernst und bekümmert aus, als fiele ihr schwer zu sagen, was sie jetzt zu sagen hat. Dann schildert sie stockend, mehrfach von Schmerz und Scham überwältigt, wen sie eines Abends in ihrer eigenen Scheune, vom Feld heimkehrend, antraf:

Ich hatte etwas gehört, sagt sie. Aber man denkt sich ja nichts dabei. Ich dachte, es wäre die Katze. Wenn sie läufig sind, dann schreien sie so seltsam –

Ich weinte!, ruft Jeanne Auclaire. Ich hoffte, dass sie mir zu Hilfe kommen würde!

Und warum warst du dann auf einmal still, als ich das Scheunentor öffnete?

Er hielt mir den Mund zu, ruft Jeanne Auclaire. Ich bekam keine Luft mehr. Er lag ja über mir!

Hören Sie das?, sagt die Dibasson. Ich musste sehen, wie sie unter meinem Mann lag, die Röcke hoch, die Beine breit. Es war ein schrecklicher Anblick.

Er tat mir Gewalt an, ruft Jeanne Auclaire. Das heißt, er wollte es tun. Warum übertreibst du so?, sagt sie zur Dibasson. Du bist ja noch rechtzeitig dazugekommen. Du hast mich gerettet. So war es doch, Anne-Marie.

Du bist still, sagt de Lancre. Fahren Sie fort, sagt er zur Dibasson.

Ja, sollte ich es denn einfach geschehen lassen? Sollte ich zuschauen? Das hätte ihr so gepasst. Die hätte es am liebsten vor meinen Augen mit ihm gemacht.

Anne-Marie, sagt Jeanne Auclaire. Weißt du denn nicht mehr, wie wir zusammen geweint haben? Wie du gesagt hast, ich sei so jung? Und wie es dir so um mich Leid täte? Und dass wir manchmal Gewalt von Männern leiden müssten? Und dass ich jederzeit zu dir kommen könne, wenn mir das Herz schwer sei, weil mir jemand ein Unrecht angetan habe? Weißt du das nicht mehr?

Sie war nämlich schon immer so, sagt die Dibasson. Sie war eins von den Mädchen, die die Männer verrückt machen. Bei meinen Söhnen hat sie's später auch versucht.

Das ist nicht wahr, sagt Jeanne Auclaire. Deine Söhne, die haben mich einfach nie interessiert.

Das glaube ich, sagt die Dibasson. Seit du bei Nacht zu den Höhlen hinaufgehst, denkst du, du bist etwas Besseres.

Halt, sagt de Lancre. Darüber möchte ich gern ein wenig mehr wissen. Zeugin Dibasson, sagen Sie: Was wissen Sie über die Feste, die man dort feierte? Wer war dort? Warum lachst du, Jeanne?

Ich lache, sagt Jeanne Auclaire, weil Ihr die Falsche fragt, Herr. Sie war bestimmt niemals dort. Glaubt Ihr wirklich, dass sie eingeladen worden wäre? Glaubt Ihr das, Herr? Seht sie doch an! Da müsst Ihr andere fragen, wenn Ihr etwas über die Feste in den Höhlen wissen wollt!

Sie sagt, dass sie dich gesehen hat.

Aber sie lügt. Sie war niemals dort.

Jeder weiß, dass sie dabei ist, sagt die Dibasson. Ich will auch gar nicht wissen, wie es da zugeht.

Wie heißt dein Kind?, fragt de Lancre plötzlich.

Der Arzt sieht, dass Jeanne Auclaire unruhig wird.

Lamia, sagt sie leise.

Wie?, sagt de Lancre.

Lamia.

Er flüstert mit den Beisitzern.

Woher hast du diesen Namen?, fragt er. Ich habe nie gehört, dass ein Kind so heißt.

Ich weiß nicht, sagt sie. Es kam mir so in den Sinn. Es klingt hübsch.

Lauter!

Es kam mir so in den Sinn.

De Lancre flüstert wieder mit den Beisitzern.

Kann es sein, dass das Kind auf dem Sabbat gezeugt wurde?, fragt er sie.

Nein, flüstert sie. Nein, sagt sie laut.

Zeugin Dibasson, sagt de Lancre, wissen Sie, wer der Vater des Kindes der Angeklagten ist? Sie sind eine Nachbarin. Mit der Familie befreundet. Sie müssten es doch wissen.

Nein, sagt die Dibasson.

Niemand, den Sie kennen?

Bestimmt nicht, sagt die Dibasson. Ein anständiger Mann hätte sich nicht mit ihr eingelassen. So viel ist sicher.

Anne-Marie, sagt Jeanne Auclaire, warum tust du das?

Ich sage nur, die Dibasson wendet sich an de Lancre, was jeder denkt. Da können Sie fragen, wen Sie wollen.

In diesem Augenblick begreift Jeanne Auclaire, dass sie verloren ist. Es ist ein furchtbarer Augenblick, gedehnt und lang wie der Augenblick, in dem ein Zweikampf entschieden wird. Sie hat den Schlag empfangen, unter dem sie schwankt und zu Boden geht. Ungläubig. Staunend, wie ihr das geschehen kann. Das Interesse der Männer, die ihr zuschauen, ist das Interesse von Männern, die wissen wollen, wie der Kampf ausgeht. Es ist das Interesse von Männern an Spielen und Wettkämpfen. Sie wollen wissen, welcher Mann in dieser Frau steckt. Steht sie auf? Kämpft sie weiter? Hat sie genug Verstand, um die Taktik zu ändern? Genug Kraft, um es erneut aufzunehmen?

Der Parlamentsrat und die beiden Beisitzer sehen Jeanne Auclaire an. Sogar der Protokollant blickt von seinem Papier auf. Die Feder lässt er sinken. Sie sitzen nach vorn gebeugt. Für einen Moment wünschen sich alle, dass sie es ihnen schwer macht, über sie zu triumphieren.

Es ist still. Die Dibasson weiß nicht mehr, was sie sagen soll. Sie soll nichts sagen. Die Stille dehnt sich aus.

Nun, sagt de Lancre, was meinst du dazu, Jeanne?

(Komm, zeig uns, wer du bist.)

Wird sie in Tränen ausbrechen? Wird sie um Nachsicht bitten? Wird sie die Zeugin ihrerseits verunglimpfen, wie es unter den Frauen vor Gericht üblich ist?

Herr, sagt sie, wollt Ihr wirklich wissen, was geschehen ist? Wollt Ihr, dass ich Euch die Geheimnisse des Teufels verrate? Dinge, von denen die Zeugin hier keine Ahnung hat? Wollt Ihr das?

Ja!, sagt de Lancre.

Ja!, sagen die Beisitzer.

Aber ich rede nur zu Euch, sagt sie. Schickt die anderen fort.

Alle?, fragt de Lancre.

Alle?, fragen die Beisitzer.

Alle, sagt Jeanne Auclaire, bis auf den Arzt. Der Arzt kann bleiben.

So geht, sagt de Lancre. Alle bis auf den Arzt. Und den Protokollanten. Er bleibt auch.

Nein, sagt Jeanne Auclaire. Alle bis auf den Arzt. Kein Protokoll.

So warten Sie draußen. Auch die Gerichtsdiener. Ich rufe Sie, wenn ich Sie brauche. Nun, gehen Sie schon!

Und die Zeugin?

Die Zeugin! Schaffen Sie die Zeugin fort! Sie nützt mir nichts mehr.

De Lancre ist voller Erwartung, voller froher Ungeduld.

So, sagt er, Jeanne. Jetzt sind wir unter uns.

Es ist ein kühnes Spiel, das sie spielt. Und sie weiß, dass sie Mut dazu brauchen wird. Mut und Phantasie und Klugheit und Schnelligkeit. Alles, was eine Füchsin braucht, wenn sie die Hunde vom eigenen Bau ablenken will, in dem ihr Junges liegt, und sich selber als Beute anbietet. Mutig ist sie. Klug ist sie auch. Sie hat in einem Moment begriffen, wer ihr Gegner ist. Nicht die Dibasson. De Lancre. Sie hat ihn eingeschätzt. Sie hat ihn isoliert, und sie hat sich selbst in die günstigste Position gebracht. Ob sie genug Phantasie hat, ob es ihr nicht an Wendigkeit fehlt, um ihrem Verfolger ein Stück weit voraus zu sein, wird sie beweisen müssen. Am Ende wird sie verbrannt werden, nach diesem Spiel. Daran besteht in diesem Augenblick kein Zweifel mehr. Das ist ihr Einsatz. Sie kann damit Zeit gewinnen. Sonst nichts. Der Arzt weiß es. De Lancre sowieso. Es ist die gleiche Begeisterung, die gleiche Faszination, die sie beide ergreift. Die Bewunderung für die Frau, mit der sie am Tisch sitzen, geht so weit, dass sie Herzklopfen davon haben.

Etwas Verschwörerisches ist um die drei, die die anderen hinausgeschickt haben, damit sie ungestört sein können bei ihrem Todesspiel. Es ist ein Spiel, bei dem der Arzt eigentlich nur als Zeuge anwesend ist. Und doch schließt die Verschwörung auch ihn ein. Sie sitzen um die Lampe herum wie Leute, die sich um ein Feuer gesetzt haben, um Geschichten zu erzählen und zuzuhören. Die Männer sind still. Sie lauschen. Die Frau ist es, die spricht. Bei den Prozessen sind die Regeln der Konversation so auf den Kopf gestellt wie alles andere.

Lallemand, Sie behalten das?, fragt de Lancre irgendwann. Sie wissen, dass wir kein Protokoll haben.

Und sie sagt: Man darf nicht aufschreiben, was ich Euch sage, Herr.

Und er fragt: Warum nicht?

Weil es verboten ist, sagt sie. Unser Herr will nichts Geschriebenes.

Der Teufel?, fragt de Lancre.

Wer sonst?, sagt sie. Geschriebenes ist fürs Feuer. Unser Herr will keine Ehekontrakte. Keine Liebesbriefe. Keine Verschreibungen außer mit Blut. Alles, was im Feuer brennt, das ist auch fürs Feuer, sagt unser Herr. Nichts ist wert, dass es besteht. Darum will er auch keine Protokolle.

Ich verstehe, sagt de Lancre.

Die meisten von uns können gar nicht schreiben, sagt sie.

Und du?, fragt de Lancre.

Ich auch nicht, sagt sie. Wo denkt Ihr hin?

Es bleibt alles unter uns, Jeanne, was hier gesprochen wird, sagt er. Du kannst mir vertrauen.

Herr, ich vertraue Euch, sagt sie. Solange er mir nichts anderes befiehlt.

Wie?, ruft de Lancre. Er spricht mit dir? Auch hier in deinem Gefängnis?

Ja, sagt sie. Bei Nacht, da kann ich ihn hören. Da fühle ich, dass er mit mir spricht.

Gib Acht. Was ich dich jetzt frage, ist sehr wichtig, sagt der Parlamentsrat: Spricht er mit dir, oder glaubst du, dass er mit dir spricht?

Sie scheint angestrengt nachzudenken.

Ich glaube, dass er mit mir spricht.

Und ich fühle, dass es so ist, setzt sie hinzu.

Du glaubst! Du fühlst!

De Lancre ist mit großem Ernst bei der Sache. Er ist erregt wie ein Mann, der sich der Antwort auf eine wissenschaftliche Frage nahe fühlt, an deren Lösung er lange gearbeitet hat. Ist die Hexerei letzten Endes Einbildung? Der Kontakt mit dem Teufel nichts als die überhitzte Phantasie ungebildeter Frauen, die man eher als krank denn als straffällig ansehen muss, wie es vor einigen Jahren ein deutscher Autor namens Weyer behauptet hat? Oder ist er real? Nachprüfbar? Ein Verbrechen wie ein Mord, nur unendlich viel schändlicher? Fließt echtes Blut dabei? Geschieht der Transport zum Sabbat in derselben Wirklichkeit, in der die Körper von einem Ort zu einem anderen bewegt werden? Ist es nur ein Traum? Oder ist es am Ende die Täuschung, die real ist? De Lancre ist ein Skeptiker. Er kennt den Forschungsstand. Die kritischen Punkte. Er weiß, was davon für seine Arbeit abhängt. Er ist wie ein Forscher, der sich über seine Arbeit beugt, dem Ausgang eines wichtigen Experiments entgegenfiebernd.

Glaubst du? Fühlst du? Oder siehst du ihn? Hörst du die Stimme, mit der er zu dir spricht?

Sehen, sagt Jeanne Auclaire, kann ich ihn nicht, weil es Nacht ist, wenn er zu mir kommt. Aber hören – sie ist plötzlich unsicher –, hören tu ich ihn schon. Glaube ich.

Geben Sie Acht, Lallemand, sagt de Lancre, selbstvergessen, den Blick nicht von Jeanne Auclaire wendend, das ist der Beweis!

Und was sagt er zu dir?, fragt er.

Jeanne, sagt er, flüstert sie. *Jeanne, du tust mir Leid …*

Herr Parlamentsrat, sagt der Arzt, die Angeklagte ist erschöpft. Man sollte ein anderes Mal fortfahren.

Er hat schon zweimal das Stundenglas umgedreht.

Gut, sagte de Lancre. Nur eins noch, Jeanne. Wirst du ihm davon erzählen, wenn er wieder zu dir kommt?

Wovon?, sagt sie müde.

Von unserer Unterredung hier, sagt de Lancre.

Er war doch dabei, sagt sie.

Sie lag auf dem Stroh. Sie blutete. Nach dem Verhör hatte die Blutung bei ihr eingesetzt. Es war gut. Sie fühlte die Wogen in sich ansteigen und sie fühlte, wie sie sich brachen und aus ihr herausrannen. Sie würde das Stroh, auf dem sie lag, später verbrennen. Die Wärter gaben den Frauen von Zeit zu Zeit neues Stroh, wie man es dem Vieh gibt, wenn man den Stall säubert.

Sie hörte die Reden der anderen Frauen im Raum. Ihr Schluchzen. Ihr Klagen. Das Husten. Das Scharren nervös bewegter Füße auf dem Boden. Kratzgeräusche. Sie formte ein Gehäuse aus Eigengeruch und Stille um sich selber. Es schützte sie. Es gelang. Sie war allein darin. Sie konnte den eigenen Herzschlag in ihrem Kopf als Widerhall hören. Mal lauter, mal leiser, wie Schritte, die sich entfernen und wieder näher kommen.

Jeanne! Jeannette!

Sie schläft, sagte eine der Frauen. Lasst sie schlafen.

Sie soll uns sagen, wie es gewesen ist.

Was interessiert dich das? Es ist immer dasselbe.

Ich habe Angst.

Fang nicht wieder damit an!

Solche Angst.

Halt die Klappe!

Jetzt flennt die schon wieder.

Ist ja gut, Mariette. Ja, ich bin bei dir.

Ich will nach Hause.

Wenn die nicht still ist, schlag ich ihr in die Fresse.

Nach Hause.

Verdammt noch mal, ich will das Wort nicht mehr hören! Verstehst du das? Wir wollen alle nach Hause.

Kommst du zu mir rüber?

Ist schon gut.

Hör auf zu flennen!

Tritt ihr doch einfach in den Arsch!

Kannst du mal still sein?

Ich hab noch Durst.

Trink deine eigene Pisse. Und halt endlich den Mund.

Mir ist schlecht.

Fängt das wieder an?

Du bist schwanger. Ich hab's dir gleich gesagt.

Bei dem Fraß hier ist das kein Wunder, dass der schlecht wird. Mir ist auch nicht gut.

Kann man mal schlafen?

Vielleicht tun die uns was ins Essen, wovon man schwanger wird.

Hahaha.

Du, Gräfin?

Sag nicht du zu ihr!

Wieso? Sie ist eine Hexe.

Hört auf. Hört endlich auf damit!

Ich bin unschuldig.

Ja? Sag das dem Richter.

Jetzt geht das wieder los!

Sie lag in ihrem Gehäuse. Jeanne. Jeannette. Es betraf sie nicht. Hörst du mich? Nein.

Sie konnte die Wellen des Blutes in sich hören. Ein gewaltiges Rauschen. Abebbend, als ein Schwall aus ihr herausfloss. Dunkel. Warm. Blut fühlt sich dunkel an, dachte sie. Schönes Dunkel. Sie hatte gefühlt, wie es während des Verhörs begann. Sie hatte sofort gewusst, dass ihr ein Zeichen gegeben war. Ja. Das Blut hieß: Ja, Jeanne. So ist es gut. Weiter, Jeanne. Mach weiter. Man muss nach Zeichen Ausschau halten, dachte sie. Nach Zeichen. Nicht nach Trost. Sie würde es den anderen weitersagen. Das war die Botschaft, die sie für sie bereit hatte: Wir müssen nach Zeichen Ausschau halten. Nicht nach Trost. Es war ein Fehler, sich nach Trost zu sehnen. Trost macht schwach.

Jeannette?

Ach, lasst mich doch in Ruh.

Die redet nicht mit uns.

Nicht jetzt. Sie spürte die Wellen, auf denen sie dahintrieb. Das Schwanken. Den Sog. Sie schmiegte sich an die Bewegung. Ja. Sie wurde getragen. Sie war das Schiff, und sie war zugleich das Meer, auf dem es trieb. Sie fühlte die Strömung. Den Wind, der in die Segel blies. Sie konnte die Richtung ausmachen, auf die das Schiff Kurs hielt. Kommst du? Dachte sie. Ja, du kommst. Sie spürte die Kraft, mit der das Schiff sich dem Wasser entgegenwarf. Das scharfe Zischen, mit dem sich der Bug durch die Wellen fraß.

Und mit der Kühnheit der Träumenden, die zwischen Schlafen und Wachen für kurze Zeit den Gesetzen beider Zustände gehorchen, dachte sie: Ist es schon so weit? Bin ich schon frei? Gleichzeitig wusste sie von sich, dass sie gefangen im Turm von St. Pée lag. Es gab keinen Traum, der sie das vergessen ließ. Trotzdem fühlte sie ein grenzenloses Staunen angesichts dessen, was sie gesehen hatte. Sie setzte sich auf.

Die Schiffe kehren zurück, sagte sie.

Die Schiffe?

Was sagt sie?

Sie sagt, die Schiffe kehren zurück.

Woher weiß sie das?

Woher weißt du das, Jeanne?

Sag ihnen, dass ich es dir gezeigt habe.

Das spielt keine Rolle. Ich habe davon geträumt.

Ach so.

Jeanne hat nur davon geträumt.

Ach.

Sie sind in der Nähe von Neufundland. Der Wind steht günstig. Sie haben gute Fahrt voraus.

Neufundland? Dann können sie in ein paar Wochen zu Hause sein!

Ja! Wer war an Bord, Jeanne? Wen hast du gesehen? Meinen Mann?

Miguel Chorena?

Léger Rivaffeau?

Hast du meinen Neffen Estéban Detsail gesehen?

Meinen Bruder Gastellore?

Meinen Verlobten? Sag schon, Jeannette!

Ich konnte keinen erkennen.

Das muss nichts heißen.

Nein.

Sie sind unterwegs. Das ist die Hauptsache.

Wenn sie zurück sind, lässt man uns frei.

Die lassen niemals zu, dass uns ein Haar gekrümmt wird.

Niemals.

Die holen uns hier raus.

Und die Wachen –

Die sollen sich in Acht nehmen, die Wachen.

Und der Gerichtsrat.

Jeanne, hast du gesehen, ob Jean Perrin dabei war? Wir sind so gut wie verlobt.

Sie hat doch gesagt, sie konnte keinen erkennen.

Der macht kurzen Prozess mit dem Herrn aus Bordeaux.

Wenn nur der Wind günstig bleibt.

Ja, auf der Höhe von Irland kommen die Passatwinde.

Nur im Herbst.

Wir haben ja bald Herbst.

Ach was. Es ist erst August.

Es kann Oktober werden, bis sie ankommen.

Meiner ist mal vier Wochen bei Island gestanden. Da ging nichts mehr.

Es kommt darauf an –

Die haben die Lebern der Fische gelutscht. Das ist –

Es kommt darauf an –

Erklär es ihnen, Jeanne.

Das ist, als wenn man einen Schwamm aussaugt, sagt er. Das hilft.

Es kommt darauf an, sagte sie, dass wir noch leben, wenn sie zurückkommen.

Gegen den schlimmsten Durst.

Jeanne hat Recht.

Blödsinn.

Hört zu.

Hört zu.

Sag ihnen nicht alles. Und steh auf. Es ist besser, wenn du im Stehen zu ihnen sprichst.

Jeanne, du hast da einen großen Flecken auf deinem Rock.

Ich weiß.

Es ist eine Schande, dass sie uns nicht einmal saubere Lumpen geben, wenn wir bluten.

Ich habe noch welche. Ich kann sie dir geben, wenn du willst. Ich habe es gerade gehabt.

Ich kriege es hier einfach nicht. Komisch. Ich bin nicht schwanger. Aber ich kriege es hier einfach nicht.

Danke.

Hört doch mal zu!

Dieser Gerichtsrat, de Lancre, ich habe mich heute mit ihm unterhalten –

Unterhalten ist gut.

Lass doch mal.

Er ist ein Gelehrter.

Ein Gelehrter? Ein Mörder ist das, sage ich.

Er will uns studieren.

Wen uns?

Uns Hexen. Ich glaube, er will ein Buch schreiben oder so etwas.

Ich bin keine Hexe.

Ich auch nicht.

Da soll er sich andere für sein schmutziges Buch suchen.

Ein Gelehrter. Ein studierter Mann. Und dann so was!

Er braucht uns.

Was hat sie gesagt?

Er braucht uns.

Was heißt das: Er braucht uns?

Er will von uns etwas über die Hexerei erfahren.

Mach es deutlicher!

Heimliche Sachen. Dinge, von denen nur wir etwas wissen.

Ich weiß nichts.

Ich weiß nichts Schmutziges, Heimliches.

Was denn?

So Sachen.

Tränke, die heiß machen.

Salben, du weißt schon, so glitschige.

So was? Ii.

Tu nicht so.

Ich könnte ihm schon was erzählen.

Du bestimmt.

Von dir lasse ich mich nicht beleidigen.

Seid mal still!

Sie konzentrierte sich. Es war schwer. Sie war nicht gewohnt, Reden zu halten.

Wenn ihr bekennt, dass ihr Hexen seid –

Dann verbrennt er uns.

Ich will nicht verbrannt werden. Ich will nach Hause.

Halt die Klappe.

Wenn ihr bekennt, dass ihr Hexen seid, lässt er euch leben –

Die spinnt ja.

Bis er alles von euch erfahren hat, was ihn interessiert.

Und dann?

Ich will nicht verbrannt werden.

Dann sind die Männer zurück. Dann helfen sie uns, hier rauszukommen.

Die spinnt ja.

Moment. Und wenn ich ihm alles gesagt habe, was er wissen will? Dann bin ich die Hexe.

Ja, dann hast du verloren.

Aber wenn du ihm nichts sagst, dann hast du auch verloren.

Dann sagen sie, du hast den »Schweigezauber«. Der Teufel hat dir verboten, den Mund aufzumachen.

Genau. Da kannst du machen, was du willst.

Sie wusste, dass jetzt der schwierige Teil kam. Sie konzentrierte sich.

Ihr dürft ihm eben nie alles sagen. Ihr müsst ihm viel sagen. Ihr müsst lügen. Ihr müsst übertreiben. Ihr müsst euch anstrengen. Aber es muss – sie suchte nach einem Wort – spannend für ihn bleiben. Gebt alles zu! Gebt mehr zu, als er erwartet hat. Und dann sagt, dass ihr ihm beim nächsten Mal noch mehr verraten wollt. Er wird euch glauben. Er ist ganz verrückt danach.

So ein Schwein.

Hat sie gesagt, dass wir lügen sollen? Das kann ich nicht.

Hab dich nicht so.

Du brauchst doch gar nicht zu lügen.

Ich?

Du warst doch bei den Festen in den Höhlen am wildesten. Ist doch wahr.

Das ist doch –

Hört auf damit.

Ich bin unschuldig.

Du kapierst nichts, Gräfin.

Die ist nicht wie wir.

Klar ist sie das.

Habt ihr verstanden? Wir müssen uns absprechen, was wir ihm sagen wollen.

Mir fällt nichts ein, was ich dem erzählen kann.

Was soll ich dem denn erzählen?

Aus deinem Privatleben, Mariette. Von deinen Sünden.

So wie beim Pfarrer?

Ja, aber mehr.

Beim Pfarrer sagst du doch nie die Wahrheit, Mariette.

Der würde ohnmächtig, wenn sie ihm alles beichtete.

Wirklich? Die hat doch schon lange keiner mehr angefasst.

Lass sie.

Wir sagen ihm, wie wir's mit dem Teufel gemacht haben. Das will er hören.

Ja. Von hinten.

Huhu.

Und sein Glied war kalt.

Eiskalt.

Und sein Samen wie flüssiges Eis.

Und wie wurde dir dabei, Jacqueline?

Hat er dich das auch gefragt?

Ich glaube, Jeanne hat Recht.

Wir müssen ihm erzählen, was er hören will.

So lange lässt er uns am Leben.

Ihr seid verrückt.

Du musst ja nicht mitmachen. Erklär ihm doch weiter, dass du unschuldig bist.

Ich habe nichts Böses getan. Ich bin unschuldig. Glaubt mir, Herr!

Aber wir haben ein Mal an dir entdeckt, Jacqueline!

Ach ja? Das hatte ich vergessen. Wenn es so ist, verbrennt mich, Herr.

Glaubst du wirklich, Jeanne, dass die Männer vom Meer uns hier rausholen?

Sie sind unterwegs.

Hat sie doch schon gesagt.

Ich mache es so, wie du sagst. Ich belüg das Schwein.

Ich auch.

Ich mache es auch so.

Und wenn ich ihm das sage?

Was willst du ihm sagen? Die sind gar keine Hexen? Die tun nur so? Prima. Sag ihm das. Vielleicht spricht er uns dann ja frei.

Wenn du es ihm sagst, Mariette, dann spricht er uns sicher frei. Aber dich schickt er dann ins Feuer. Klar?

Schluss jetzt.

Jede macht, was sie will.

Ich bin unschuldig, das wird er sehen.

Halt die Klappe, Gräfin.

Jeanne?

Lasst mich jetzt in Ruh. Ich bin müde.

Hast du auch jemanden auf den Schiffen?

Klar, sagte sie, zu Marie Bonne gewandt.

Marie Bonne war erst sechzehn.

Auf den Schiffen haben wir alle jemanden.

Ich auch?

Aber ja, sagte sie.

Jeanne?

Sie lag wieder auf dem Stroh, schloss die Augen.

Was ist?

Kannst du sie sehen? Liegen sie noch gut in Fahrt?

Ja, sagte sie. Ich sehe sie.

Ich auch. Ich kann sie auch sehen, sagte Marie Bonne. Schlaf jetzt.

Sie sind wie Kinder, dachte sie. Sie brauchen jemanden, der ihnen ein Bild gibt, mit dem sie einschlafen können. Etwas Gutes. Etwas Tröstliches. Etwas, das ihnen ganz allein gehört und das sie doch mit anderen teilen können. Etwas, das in ihrer Zukunft ist. Etwas, dem sie entgegenschlafen können. Etwas, das schon zu ihnen unterwegs ist. Etwas, das nicht der Tod ist … Sie konnte sie atmen hören. Sie konnte hören, wie sie in den Schlaf hinüberwechselten. Die langen Züge wie Wind, der ein Schiff übers Wasser vor sich hertreibt. Acht Frauen. Acht Schiffe mit Kurs auf Bayonne. Weit, weit hinter dem Horizont ihres Traums. Marie Bonne. Cathaline de Hilsou. Die Gräfin von Sansinena. Marie d'Aspilcouette, die sie Mariette nannten. Jacqueline de la Rat, Marie Pipy und die alte Biscarrena. Ihr Atem ging wie eine auffrischende Brise auf dem Meer.

Das hast du gut gemacht. Sie suchte sich eine trockene Stelle im Stroh, wühlte sich darin ein. *Wie eine richtige Hexe.* Sie versuchte, an die Schiffe zu denken. Wenn es bei den anderen wirkte, warum dann nicht bei ihr? *Ich bin keine Hexe.* Sie rührte sich nicht. Ihr Blut war fürs Erste versiegt. Ihr Kopf juckte. Sie konnte die Wege der Läuse in ihrem Haar ausmachen. *Ich bin auch kein Teufel.* Sie wollte nicht an das Kind denken. Nicht jetzt. Nicht zur Stunde der Tränen. Kurz vor dem Einschlafen. *Ich weiß.*

Die Schiffe lagen gut vor dem Wind. Ein fast voller Mond raste mit ihnen durch die Wolken dahin, verschwand und warf plötzlich wieder seine glitzernde Bahn auf das schwarze Meer. In seinem Licht versuchte sie auf der Brücke eines der Schiffe Jacques de Queirac zu erkennen, hoch gewachsen, bärtig, mit grauschwarzem Haar. *Er gehört dir nicht.* Sie konnte sich an sein Gesicht nicht erinnern. Nicht genau genug, um ihren Traum von ihm zum Leben zu erwecken. *Ich weiß.* Sie versuchte es. Sie strengte sich an. Es gelang nicht. *Wie hat er dich genannt?* Jeannine. Er drehte den Kopf zur Seite, blickte durch sie hindurch. Jeannine. Es gelang nicht. *Er erinnert sich nicht einmal mehr an dich. Verheiratete Männer vergessen solche, wie du eine bist, schnell.* Sie versuchte, die Augen auszumachen, die Fältchen in ihren Winkeln, das punktgenaue Funkeln darin. Sie hatte diesen Blick gekannt. Den Blick eines Steuermanns. Wenn man die Augen hat, hat man auch das Gesicht. Es gelang nicht. Sie wusste, dass das kein gutes Zeichen war. *Bin ich von allen verlassen?* Sie öffnete die Augen. *Es scheint so, Jeanne. Außer –*

Sie sah den Mondschatten des Fensterkreuzes an der Wand vor sich.

Außer?

Er lag wie ein Zeichen über den am Boden schlafenden Frauen. Ein großes schwarzes Kreuz.

Ich bin doch bei dir, Jeanne.

Sie schloss wieder die Augen. Aber das Kreuz war weiter da, verzerrte sich im Lauf der Nacht, neigte sich wie der Mast eines Schiffes, das untergeht, und versank.

★

DIESE FRAU, SAGTE DER BISCHOF VON BAYONNE, wie hieß sie noch?

Jeanne Auclaire.

Sie hat also ein Geständnis abgelegt?

Nicht nur sie, auch andere, sagte der Arzt. Sie beschuldigten sich der größten Ausschweifungen. Ich könnte vor Eurer Eminenz Ohren nicht aussprechen, wessen sie sich bezichtigten. Sie sprachen davon mit großer Anschaulichkeit, wenn ich so sagen darf.

Glauben Sie, dass das die Wahrheit war?

Warum sollten sie lügen? Sie bekannten sich ja schuldig damit.

Eben. Gewöhnlich sagt doch ein Mensch nicht die Wahrheit, wenn er Schaden davon hat.

Wenn man wüsste, sagte der Arzt, was ein Mensch wirklich denkt. Ich meine, wenn er allein ist. Im Dunkeln. Nachts. Wenn er mit Gott und sich allein ist. Sie wissen, was ich meine. Oder mit dem Teufel. Manch einer mag auch des Nachts allein mit dem Teufel sein. Aber Eminenz wissen das besser als ich, da Sie die Beichte hören. Niemand kann so tief ins menschliche Herz blicken wie ein Beichtvater, denke ich mir. Eminenz mögen dort vieles gesehen haben, was niemals ans Licht gelangt.

Ich bin nur ein geliehenes Ohr. Ich vernehme, und Gott vernimmt durch mich. Wie er auch durch meinen Mund vergibt. Nicht ich vergebe. Gott vergibt durch mich. Aber das wissen Sie ja.

Und doch sind Sie es, der Dinge weiß.

Dinge. Sicher.

Die manch ein anderer gern wüsste.

Wissen Sie, sagte der Bischof, Sie stellen sich das viel zu grandios vor. Zu – wie soll ich mich ausdrücken – fabelhaft. Die Sünden der meisten Menschen sind merkwürdig durchschnittlich. Sie sind gewöhnlich, wie die meisten Menschen gewöhnlich sind. Ein bisschen Lüge. Ein bisschen Schummelei. Da und dort ein kleiner Diebstahl, meistens als ein Manöver ausgleichender Gerechtigkeit getarnt. Viel Neid. Viel Missgunst. Begehrlichkeiten. Streitsucht. Ein bisschen Verrat. Eine Menge Unzüchtigkeit.

Das muss ich sagen. Die Unzüchtigkeit ist weit verbreitet. Aber das macht sie wiederum zu etwas Gewöhnlichem. Finden Sie nicht auch? Nein, Maître, wenn Sie meinen, dass man im Beichtstuhl Außergewöhnliches erfährt, dann irren Sie. Es ist manchmal recht eintönig, ob Sie es mir glauben oder nicht. Nicht großartiger als das Leben, wenn Sie verstehen, was ich sagen will.

Nie ein Mord?, fragte der Arzt.

Wollen Sie, dass ich das Beichtgeheimnis verletze?

Verzeihung, Eminenz.

Doch. Ja. Es kam schon vor.

Und Hexerei?

Jetzt gehen Sie zu weit, Lallemand. Wollen Sie mich aushorchen?

Und nach einer Pause: Soll ich Ihnen etwas sagen?

Er war jetzt ernst, nachdenklich, wie im Gespräch mit sich selber:

Nein. Das kam niemals vor, sagte er. Nicht ein einziges Mal.

Was bedeutet das?, fragte der Arzt.

Der Bischof schwieg.

Es bedeutet, sagte der Arzt, seine Frage selber beantwortend, dass diejenigen im Recht sind, die sagen, dass der Teufel den seinen den Mund verschließt. Er lässt nicht zu, dass sie ihn verraten.

So sagt man, antwortete der Bischof.

Es muss wohl so sein, sagte der Arzt.

Der Bischof entschied für sich, dass er seine Zweifel für sich behalten würde. So hatte er es sein Leben lang mit dem Zweifel gehalten. Er befürchtete sich gemein zu machen, wenn er ihn nicht bei sich hütete. Es war ein nie ganz zu Ende gedachter Gedanke, der in seiner Arroganz wurzelte. Seinem Bewusstsein von der herausragenden Stellung, die er bekleidete.

Und was ist mit Ihren Sünderinnen?, fragte er. Den Frauen mit ihren wüsten Geständnissen? Ausnahmesünden, von denen kein menschliches Ohr bisher vernommen hat? Galt denn kein Schweigezauber für sie?

Doch. Es gelang de Lancre, den Zauber zu brechen. Das war sein Ziel. Sein ganzer Ehrgeiz zielte darauf hin: schlauer zu sein als der Teufel. Geschickter im Umgang mit den Frauen.

Mir scheint, dass er ein gefährlicher Gegner ist, sagte der Bischof.

Gefährlicher, als Sie denken, Eminenz.

Und doch möchte ich ihn gern zu Fall bringen. Die Priester soll er nicht haben.

Wenn ich Ihnen dabei je nützlich sein kann –

Sie sind mir schon nützlich gewesen, sagte der Bischof. Lassen Sie mich jetzt allein, Lallemand. Ich muss nachdenken.

In der Nacht ließ der Bischof seinen Sekretär rufen.

Was ich Ihnen jetzt diktiere, ist streng geheim, sagte er.

Eminenz können sich auf mich verlassen, sagte der Sekretär.

Und es eilt, sagte der Bischof. Man muss morgen früh einen Boten nach Bordeaux schicken.

De Lancre schrieb den ganzen Morgen an seiner Abhandlung.

Die Welt ist eine Bühne, schrieb er, *auf der der Teufel unendlich viele und verschiedenartige Personen spielt.*

Der Satz gefiel ihm. Zwar hatte er den Verdacht, dass er nicht von ihm war. Doch er gefiel ihm. De Lancre hielt sich nicht damit auf, der Frage auf den Grund zu gehen, wer diesen Satz schon vor ihm geprägt haben könnte. Schließlich hätte er genauso gut von ihm sein können. Nicht wahr? Er sprach ihm aus der Seele. So war er in gewisser Weise also doch von ihm.

Diese blutrünstige Bestie, er meinte den Teufel, *hält die Weltkugel in Bewegung.*

Seine Feder flog über das Papier. Er war gut in Fahrt.

Halt, dachte er.

Wie schnell sich doch die Begeisterung am eigenen Text rächte.

Die Weltkugel? Durfte man das schreiben? War das korrekt im Sinne erlaubter Anschauung? Natürlich war es für einen gebildeten Menschen wie ihn keine Frage, dass Gott die Welt als eine Kugel erschaffen hatte, die sich um sich selbst drehte. Der Horizont, dachte er mit der Herablassung dessen, der begriffen hat, der Horizont war der Beweis. Die Frage war nur, ob man es bei aller Evidenz auch schreiben durfte. Und da war er nicht sicher. So strich er den Satz sorgfältig aus, und setzte noch einmal an.

Diese blutrünstige Bestie, schrieb er, *hält die Weltkugel und den Erdkreis in Bewegung.*

Dies ging schon eher. So konnte man sich im Notfall aussuchen, was gemeint war. Er setzte sich weder dem Vorwurf ungebildeter Einfalt aus, noch dem, dass er die Lehren der heiligen Mutter Kirche nicht berücksichtigte, denen zufolge, soviel er wusste, die Erde weiterhin eine Scheibe war, rund, wie er vermutete, so dass die Sache mit dem Kreis durchaus korrekt sein würde, umso mehr, als auch Kreise sich drehen können.

Sie ist stets voller Gier, fuhr er fort, *ihren Schlund zu füllen, nämlich die Hölle, die niemals sagt »es ist genug«.*

War das nicht herrlich? Sie sagte niemals »es ist genug«!

Wer? Die Hölle? Oder die Bestie?

Ach was, dachte de Lancre, das kommt auf dasselbe raus.

In ihrem Zentrum lädt sie ihre Beute ab. Die Beute, fuhr er fort, *die sie teils durch List, teils gewaltsam errungen hat. Denn sie versteht es wohl, aus dem Fell eines Löwen das eines Fuchses zu schneidern.*

Er traute den Bildern mehr als der Grammatik zu. Der Satzbau durfte ruhig etwas komplizierter sein. Ja, kompliziert bis zur Grenze der Undeutlichkeit, mit der man das Gesagte wieder ein wenig verwischt und in Nebel hüllt, so dass der Leser sich fragt, was man eigentlich sagen will. Das hält die Spannung wach. Und es schläfert die Kritik ein, trägt also zur leichten Lesbarkeit des Buches bei. Er wollte seine Leser durch Bildkräftigkeit und Beredsamkeit entzücken. *Die Listen des Teufels,* schrieb er, *sind geeignet, die Felsen der stärksten und festesten Herzen zu brechen.* So wollte er von seinen Lesern verstanden sein. Mit Bildern, die sie beeindruckten und überwältigten. Es schien ihm seinem Gegenstand gemäß.

Er ließ sich ungern unterbrechen, wenn er so am Zuge war. Doch man rief ihn zu Tisch. Er wischte die Feder ab, legte sie in den Kasten auf seinem Pult, schloss das Tintenfass. Dann brachte die Magd ihm ein Becken, in dem er sich die tintenfleckigen Hände wusch. Zarte Wolken schwarzer Farbe breiteten sich im Wasser aus.

Er streckte sich, stieg die Treppe zum Speiseraum hinunter. Seine Frau stand hinter ihrem Stuhl und wartete auf ihn. Sie setzten sich.

Wo ist meine Tochter?, fragte er.

Sie fastet, antwortete seine Frau.

Aber die Fastenzeit hat noch gar nicht begonnen, sagte de Lancre.

Das habe ich ihr auch gesagt. Aber das Kind ist sehr fromm. Es möchte trotzdem fasten, sagte seine Frau.

Was soll das?, sagte de Lancre. Hat sie nicht die vergangene Woche auch schon gefastet?

Es ist eine Bußübung, sagte seine Frau. Sie geht wöchentlich zur Beichte und tut, was man ihr auferlegt. Sie ist sehr genau in der Frömmigkeit.

Das Mädchen brachte die Suppe herein.

Mir gefällt das nicht, sagte de Lancre. Ich will mit ihr reden. Man rufe sie.

Mademoiselle Elisabeth soll kommen, sagte Madame de Lancre zu dem Mädchen.

Halt, sagte de Lancre. Leg zuerst ein Gedeck für meine Tochter auf!

Die Suppe, die seine Frau ihm reichte, war heiß und fett, eine Brühe, in der in Öl frittierte Brotkrumen schwammen. De Lancre hatte großen Appetit. Das Mädchen verknotete die Serviette in seinem Nacken. Dann verschwand auch das Dekolleté seiner Frau unter einem gewürfelten Leinentuch. Sie begannen stumm zu essen.

Als de Lancre wieder aufsah, stand seine Tochter in der Tür.

Sie trug ein einfaches Hauskleid in Dunkelgrau mit weißem Brusttuch und weißer Halbschürze. Sie sah zerbrechlich aus, ihre Taille so schmal, dass er sie mit beiden Händen hätte umfassen können. Meine Lilie, dachte er. Meine kleine Lilie.

Komm zu uns, mein Kind, sagte er.

Es klang überraschend sanft, fast wie eine Bitte.

Setz dich doch, sagte er. Setz dich zu deinen Eltern.

Gib ihr etwas von der Suppe, sagte er zu seiner Frau.

Sie sah von ihm zu der Tochter und wieder zu ihm. Dann tat sie, was er verlangt hatte.

Iss, mein Kind, sagte er.

Seine Tochter sah auf den Teller vor sich herab und rührte sich nicht.

Was hast du getan?, sagte er. Erzähl deinem Vater, womit du deine Zeit verbringst.

Es war eine ungewöhnliche, eine unangebrachte Frage. Es ging ihn nichts an, was seine junge Tochter den Tag über tat. Es gehörte nicht zu den Aufgaben eines Vaters, sich dafür zu interessieren. Nicht in einem Haus, in dem es eine Mutter gab, Dienstboten, Mägde, die für ihre Einweisung in häusliche Belange zuständig waren. Und was ihren Geist und ihre Seele betraf, hatte man sie in die Obhut der Dominikanerinnen gegeben, die sie an drei Tagen der Woche aufsuchte, um gemeinsam mit anderen Töchtern vermögender Familien von Bordeaux Unterricht zu erhalten. In was? Er wusste es nicht genau. Lesen und Schreiben. Aber das konnte sie doch schon längst. Und was musste ein Mädchen darüber hinaus können? Eine gewisse Erziehung zur Frömmigkeit mochte vonnöten sein, aber ihm schien, sie war fromm genug. Er bemerkte plötzlich, dass er sehr wenig über seine Tochter wusste.

Papa hat dich etwas gefragt, sagte seine Frau zu ihr. Antworte ihm!

Ich habe gebetet, sagte sie leise, ohne aufzusehen.

Er wusste nicht, ob er sie richtig verstanden hatte.

Wie bitte?, sagte er.

Sie hat gebetet, sagte seine Frau.

Das ist schön, sagte er.

Er wusste nicht, warum er auf einmal so etwas wie Angst empfand. Eine Angst, die sogleich in einen mühsam beherrschbaren Zorn umschlug.

Sag mir, Kind, sagte er, sich selbst zur Ordnung rufend, sag mir doch, worum du unseren Herrgott gebeten hast. Vielleicht kann ich es dir erfüllen.

Ein entsetzlicher Blick traf ihn ins Herz.

Sie?, sagte sie.

Überrascht von der Schärfe dieses Blicks ließ er den Löffel fallen. Suppe spritzte auf das Tischtuch.

Ich bin dein Vater, sagte er.

Iss, Kind, sagte seine Frau. Du hast noch gar nichts gegessen.

Ich mag nicht, sagte sie.

Du möchtest fasten?, sagte er, wieder sanft.

Er hatte ganz andere Situationen als diese gemeistert. Frauen. Widerspenstig. Verstockt. Frauen, die irgendein törichtes Geheimnis wie ihren einzigen Schatz hüteten.

Ich mag nicht, wiederholte sie.

Die Suppe auf seinem Teller war schal und lauwarm. Die Brotkrumen in trägen, dickflüssiger werdenden Fettaugen aufgequollen.

Lassen Sie sie, sagte er zu seiner Frau gewandt. Man serviere den nächsten Gang.

Das Mädchen, das bis jetzt im Modus der Unsichtbarkeit im Raum gewesen war, löste sich aus der Nische zwischen Kamin und Wand und räumte die Suppe ab. Kurz darauf kam die Köchin mit dem Hauptgang, den sie wie immer persönlich am Tisch präsentierte. Es war ein Hahn. Auf einer Platte aus Fayence mit blauem Dekor am Rand saß er und sah einfach prächtig aus. Schillernde Federn in glänzendem Braun und Rot mit eingesprengtem Gold, das im Licht der Kerzen, die auf dem Tisch brannten, da und dort aufflammte. Die langen Schwanzfedern wie von einem

Helmbusch herabfallend. Den Kopf etwas schief geneigt, den Schnabel geöffnet, als würde er gerade krähen, die kleinen misstrauischen Augen auf den Betrachter gerichtet. Nur ein zarter weißlicher Film, der sich über die Pupillen gelegt hatte, zeigte an, dass er nicht mehr am Leben war. Und sein Kamm, der schlaff und eher grau als rosa zur Seite hing.

Sehr gut, sagte Madame de Lancre fachmännisch.

Die Köchin knickste und verließ den Raum.

Das Mädchen wartete einen Moment, damit die Bewunderung sich allseits entfalten konnte. Dann begann es vorsichtig damit, den Vogel zu entkleiden. Es nahm die Schwanzfedern ab, was dem Erscheinungsbild des Hahns schon viel von seiner prachtvollen Würde nahm. Dann ergriff das Mädchen geschickt mit beiden Händen sein Federkleid und hob es mit einem unwillkürlich ausgestoßenen Seufzer hoch. Jetzt besaß er nur noch seinen in der Agonie erstarrten Hahnenkopf mit dem geöffneten Schnabel, der wie im Todesschrei geöffnet schien, im Wehklagen über die ungeheure Misshandlung, die ihm widerfahren war. Und ganz langsam, wie in unendlicher Traurigkeit, sank dieser Kopf zur Seite und blieb am Rand der Fayenceplatte liegen, den Betrachter von da aus merkwürdig verrenkt weiterhin anblickend, während sich das Fleisch zum Verzehr darbot – schön weiß, gar, fett und glänzend – und ein Geruch von Majoran und Thymian aufstieg, vermischt mit dem unvergleichlichen Aroma zarten Geflügels.

Das Mädchen legte zuerst dem Hausherrn vor, dann der Hausherrin und schließlich der Tochter, die ihren Blick nicht von dem Hahnenkopf wandte, der jetzt, von Brühe benetzt, aussah, als wäre er längst in Verwesung begriffen.

Iss, mein Kind, sagte de Lancre.

Sie rührte sich nicht.

Vielleicht wollte sie warten, bis die Eltern begannen. Man hatte sie zu allerlei nutzlosen Rücksichten erzogen.

Nun, sagte er und nickte seiner Frau zu, als wolle er ihr bedeuten: Dann machen wir es ihr vor.

Sie schoben sich beide einen Bissen vom Hahn in den Mund.

Plötzlich war viel von der Intimität einer Familie um sie. Ihr Kind. Ihr Kind wollte nicht essen. Etwas lange Vergessenes, etwas im Zeremoniell ihrer Tage, im Erstarren erloschener Gefühle verloren Gegangenes war plötzlich wieder da. Dies zarte Leben. Dies zarte kostbare Kind, das ihr Eigen war. Sie waren die Eltern, die ihrem einzigen Jungen vormachten, wie man isst. Siehst du. So. Und nun du. Das ist gut.

Aber ihr Junges aß nicht. Ihr Junges würde bald selbst gefressen werden, wenn es nicht endlich aß.

De Lancre fühlte wieder die Angst in sich hochsteigen, diese Art von Angst, die so leicht in Zorn umschlägt.

Und es gelang ihm, kurz bevor es zu spät war, den Zorn von seiner Tochter weg auf ihre Mutter zu lenken.

Was ist das für eine Art, den Hahn zu servieren?, fuhr er auf. Diese Mode, die Vögel im Federkleid an der Tafel zu präsentieren – das ist doch längst vorbei! Das macht niemand mehr, der auf sich hält, außer Ihnen, Madame, und der albernen Köchin, die Sie beschäftigen!

Seine Frau sah ihn betroffen an, ihre Gabel auf halbem Weg zum Mund. Auch seine Tochter löste sich von dem Anblick des geschändeten Tiers.

Aber … Monsieur … Ich dachte …

Dann fasste sie sich.

Das haben wir doch immer so gemacht.

Ich sage Ihnen doch, dass es nicht mehr à la mode ist. In den besseren Häusern, in denen ich im Labourd geladen war, bei den Urtubie, den Aguerre, habe ich dergleichen nicht gesehen.

Die Urtubie, die Aguerre, sagte sie verächtlich, zu ihrem alten Dünkel zurückfindend, seit wann wissen die, was sich schickt und was Mode ist?

Es kam nicht darauf an, dass er Recht behielt, sondern dass er seine Tochter für sich einnahm. Im Schaffen von Allianzen war er geübt.

Siehst du denn nicht, sagte er, dass unsere Kleine es nicht mag? Nicht wahr, mein Kind? Es gefällt dir nicht. Das sehe ich dir doch an.

Er hörte sich »unsere Kleine« sagen, und das rührte ihn beinah selber zu Tränen. Meine Kleine, dachte er. Meine Taube. Mein Vögelchen. Sie war dünn. Mein Gott, wie dünn sie war. Ihr spitzes, kleines, bleiches Gesicht –

Es ist mir gleich, sagte sie, indem sie ihre Mutter, nicht ihn ansah. Ich esse sowieso nichts davon.

Aber was ist?, sagte er. Warum fastest du?

Sie schwieg.

Wer hat dir gesagt, dass du fasten sollst? Dein Beichtvater? Wie heißt er? Mit dem will ich reden!

Er wandte sich an seine Frau.

Wir können das nicht zulassen, sagte er. Diese Priester! Das ist nicht gesund für sie!

Und da sah er, wie seine Frau seiner Tochter kaum merklich zunickte. Es war nur der Hauch eines Nickens. Ein Nichts an Verständigung. Doch je sparsamer die Geste, desto größer war das Einvernehmen, das zwischen Mutter und Tochter, ihn ausschließend, herrschte. Ihr sprechender Blick traf auf den sprechenden Blick der anderen. Was sagten diese Blicke? Was teilten sie einander mit? Was war es, wovon er hier ausgeschlossen war?

Er zwang sich zur Ruhe.

Verstehen Sie, Madame, sagte er. Verstehen Sie, was ich gesagt habe? Dieser Beichtvater, Pater –

Pater Clément, sagte seine Frau ganz ruhig.

Pater Clément, er untergräbt die Gesundheit unserer Tochter mit dieser albernen Fasterei!

Scht, scht, sagte seine Frau. Mäßigen Sie sich, Monsieur.

Er war ruhig. Er hatte sich unter Kontrolle. Nur, diese Sanftmut, die ihn umgab, diese gegenstandslose, verschwörerische Sanftmut – was bedeutete die?

Er versuchte es anders.

Elisabeth, sagte er. Sieh deinen Vater an. Weißt du noch, wie ich mit dir, als du kleiner warst, durch die Weinberge geritten bin?

Sie schlug kurz ihre Augen zu ihm auf, dann schlug sie sie wieder nieder. Er hatte darin nichts erkennen können.

Oui, Monsieur mon papa, sagte sie.

War das schön?, sagte er.

Oui, Monsieur mon papa, sagte sie.

Möchtest du reiten?, fragte er. Möchtest du es selber lernen?

Monsieur, warf seine Frau ein, ein junges Mädchen –

Schweigen Sie, Madame, sagte er. Ihre Ansichten über das, was sich schickt, sind wirklich überholt.

Möchtest du?, fragte er leise. Er sprach in dem Tonfall mit seiner Tochter, in dem er sonst zu Frauen sprach.

Oui, Monsieur mon papa, sagte sie.

Dann musst du jetzt etwas essen, sagte er. Man kann nicht reiten, wenn man keine Kräfte hat.

Er erhielt keine Antwort. Wieder schien ihm, dass Blicke hin- und hergingen.

Nun?, sagte er.

Non, Monsieur mon papa, sagte sie.

Was willst du von mir?, rief er plötzlich. Was ist es, was du willst?

Er riss sich die Serviette vom Hals, stand auf, schob seinen Stuhl zurück und verließ den Raum, hinter sich ein Gelächter, das ebenso gut ein Schluchzen sein konnte. Er blieb auf der Treppe nach oben stehen. Horchte. Er hörte etwas, das gleichzeitig Gelächter und kein Gelächter war. Sollte er zurückgehen? Ging es an, dass er in seinem eigenen Haus an der Tür lauschte? Es ging nicht an. Er setzte den Weg zu seinem Arbeitszimmer fort, trat bei sich ein, schloss die Tür, lehnte sich dagegen, sah einen Moment die Sonne hervorkommen und sein Schreibpult, die Bücher auf dem Tisch und sein Tintenfass, schon halb leer, in ihr Licht tauchen, dann verschwand sie wieder hinter dunklen Wolken, die vom Meer her vorbeitrieben. Der Garten noch grau und tot. Die Spaliere nackt. Es war erst Anfang Februar. Ein schlimmer Verdacht, ein entsetzlicher, stieg plötzlich in ihm hoch. Er bekämpfte ihn. Er setzte alles dagegen, was es dagegen zu setzen gab. Mein Kind, dachte er. Meine eigene Frau. Alle beide. Er löschte den Verdacht in sich, wie man ein Wort auf der Tafel löscht. Aber die Schrift erschien wieder. Der Verdacht war da. Und wie es mit einem Verdacht zu sein pflegt, verstärkte er sich sehr bald zu einer Gewissheit.

Oui, Monsieur mon papa, hallte es in ihm nach. Hatte er seit seiner Rückkehr etwas anderes von seiner Tochter gehört? Oui, Monsieur mon papa. Non, Monsieur mon papa. Es mochte schicklich sein, dachte er mit der eingefleischten Verachtung des Parvenüs für Benimmregeln. Aber hieß das die Schicklichkeit nicht übertreiben, wenn ein Kind nicht mehr mit seinem Vater sprach? Vor allem: Was verbarg sich hinter dieser Schicklichkeit? Er war sicher, dass sich dahinter etwas verbarg. Er konnte es beinah mit Händen greifen. Es war da. Ein Geheimnis, das sein Kind vor seinem Vater hütete. Und seine Mutter half ihm dabei. Er spürte es. Das Einvernehmen, das er beobachtet hatte, richtete sich gegen ihn. Es war ein feindseliges Einvernehmen. Es verhöhnte ihn. Es verhöhnte ihn in dem Gelächter, das er durch die Tür bei seinem Abgang gehört hatte. Er war jetzt sicher, dass er es gehört hatte. Sein Feind, der alte Feind, den er zu bekämpfen ins Labourd gezogen war, der Feind, den er dort mit unerbittlicher Strenge und Feuer bekämpft hatte, war in seine Familie eingedrungen. Er verfolgte ihn. Er gab keine Ruhe. Er war unbesiegt. Er würde ihn weiter verfolgen.

De Lancre trat an sein Schreibpult, setzte sich und barg verzweifelt den Kopf in den Händen. Oui, Monsieur mon papa. Non, Monsieur mon papa … Der Schweigezauber.

Es hatte ihn eingeholt.

Und was sollte er tun? Sollte er seine Tochter, seine eigene Frau anzeigen? Das war unmöglich. Das würde am Ende auf ihn zurückfallen. Man würde sagen, dass er den Teufel im eigenen Haus hatte. Und was würde er zu seiner eigenen Verteidigung sagen? Dass er es bisher nicht einmal gemerkt hatte?

Sein Täubchen. Seine Lilie. Sein zartes Kind, das ihm immer so merkwürdig fremd geblieben war. Seine Einzige. Der Liebling ihrer Mutter von Anfang an. Da war schon immer etwas in der Liebe gewesen, mit der sie dieses Kind geliebt hatte, das nicht in Ordnung war. Nur hatte er es niemals so deutlich gesehen wie jetzt, da er den Grund dafür kannte. Sie war es, die Mutter. Durch sie hatte der Böse Macht über sein Kind erhalten, dass es weder sprechen noch essen wollte. Er erinnerte sich an ihre Worte bei seiner Rückkehr im November. »Lassen Sie sie mir noch etwas.« Jetzt verstand er, was damit gemeint war.

Er würde sie ihr wegnehmen. Das war das Erste, was er als Vater zu tun hatte. Ein Kloster. Die Ehe. Ganz gleich. Nur weg musste sie. Zu ihrer eigenen Rettung. Und seine Frau? Nun, wenn der Teufel sie wollte, so konnte er sie haben. Was kümmerte ihn das? Er wollte sie sowieso nicht mehr. Sollte sie mit ihrem Dünkel, ihren Manieren, von denen sie glaubte, dass sie den seinen so weit an Vornehmheit überlegen waren, mit ihrem altmodischen, provinziellen Geschmack zum Teufel gehen! Das war ihr Problem.

Er würde schweigen. Das allerdings würde er. Niemand sollte von ihm erfahren, dass er den Teufel im Haus hatte. Das war das Gebot, das für ihn galt. Ein Schweigegebot der eigenen Art. Kein Schweigezauber, sondern etwas, das er sich selbst auferlegte. Niemand würde ihm je das Bekenntnis entreißen, wie nah ihm das Böse gekommen war. Dass es sich unbemerkt in seinem eigenen Leben eingenistet hatte.

De Lancre richtete sich auf. Er seufzte. Er griff nach der Feder. Er öffnete das Tintenfass, tunkte die Feder hinein, strich sie am Rand des Gefäßes ab und schrieb:

Der Schweigezauber … Man bereitete einen Brei aus schwarzer Hirse, man mischte ihn mit einer Art Puder, den man aus der getrockneten Leber eines toten ungetauften Kindes gewann. So erhielt man ein Elixier für vollkommene Schweigsamkeit. Solche Mittel wurden beim Sabbat verwendet.

Er stützte sich auf die Aussagen einer neunzehnjährigen Hexe, Marie d'Aspilcouette aus Hendaye, die er nach dem Verhör aus dem Gedächtnis protokolliert hatte. *Wer davon isst, wird niemals etwas bekennen,* schrieb er.

Es war ihm schon wieder geschehen, dass Dinge, über die er schrieb, auf wundersame Weise in sein Leben getreten waren. Diesmal ängstigte es ihn. Doch er nahm es als erneutes Zeichen, dass er auf dem richtigen Weg war. Und eins war gewiss: Wenn jemals etwas von dem, was in seinem Haus geschah, diesen schmerzvollen Vorkommnissen, nach außen drang, dann würde sein Buch da sein und für ihn zeugen. Man würde darin lesen, dass er auf der Seite des Guten gewesen war. Alles darin würde für ihn sprechen. Für seine Rechtgläubigkeit. Für seinen Eifer im Kampf gegen das Andere, das das Böse war. Wenn sich jemals ein Verdacht gegen seine Familie richten sollte, dann würde sein Buch da sein und aller Welt beweisen, dass er nicht das Geringste damit zu tun hatte.

Nichts war wichtiger, als dass er sich diesem Werk widmete. Er dachte an Murgui. Er dachte an seine Muse, die ihn beflügelte.

Und sie beflügelte ihn. Er wandte sich jetzt mehr den lustvollen Seiten des Themas zu. Seine Aufzeichnungen über Marie d'Aspilcouette boten genug Material dazu. … *dass man bei diesen Versammlungen ein extremes Vergnügen und große Freude hat. Dass man sich dort in aller Freiheit und in Anwesenheit aller anderen liebt …*

Oh, er sah Marie d'Aspilcouette vor sich. Mariette.

Darf ich Mariette zu dir sagen?

Herr, Ihr tut, was Euch beliebt.

Nein, Mariette.

Nein, Herr?

Ich will nur sagen … Ach, Mariette, das verstehst du nicht.

Nein, Herr.

Wenn ich mit dir täte, was mir beliebt, Mariette. Was glaubst du, was das wäre?

Ich verstehe nicht, Herr.

Wirklich nicht, Mariette?

Seine Gedanken irrten ab. Es klopfte an seiner Tür. Das Mädchen brachte ihm einen Brief, den ein Bote des Parlaments für ihn abgegeben hatte.

Der Parlamentspräsident bestellte ihn noch für denselben Nachmittag ein.

Es gefiel ihm nicht, dass auf diese Art über ihn verfügt wurde. Er fand, dass der Präsident sich zu ihm hätte bemühen können, wenn es etwas Wichtiges gab, das besprochen werden musste. In dem Gefühl, dass etwas nicht war, wie es sein sollte, ließ er den Kutscher anspannen und fuhr los.

Es war ein milder, wechselhafter Tag. Einer dieser Tage, die mehr vom vergehenden Winter künden als von dem nahenden Frühling. Während er am Fluss entlangfuhr, färbte sich der Himmel tief dunkelblau, im Westen von einer schwarzen, sich nähernden Wolkenfront gesäumt. Es war schon später Nachmittag. Als er ausstieg und die Stufen zum Eingang des Parlamentsgebäudes betrat, fielen die ersten schweren Tropfen.

Der Parlamentspräsident d'Espagnet erwartete ihn in seinem Amtszimmer am Tisch sitzend. Er war jünger als de Lancre. Ein schmaler, ernster Mann mit hohen, halbrunden Brauen, die ihm dauerhaft einen fragenden Ausdruck verliehen. Ein Zweifler. Einer, der nichts und alles für wahr hielt, bevor er es nicht selbst überprüft hatte.

De Lancre, sagte er. Endlich.

Er sagte es im Ton einer Feststellung. Er stand nicht auf und kam ihm nicht entgegen.

Darf ich mich setzen.

Aber bitte, sagte d'Espagnet.

Vor ihm auf dem Tisch lagen mehrere Blätter eines Schriftstücks, das er nicht die kollegiale Freundlichkeit hatte, de Lancre zu lesen zu geben.

Man hat sich beklagt über Ihre Prozessführung, sagte er.

Wer?, fragte de Lancre.

Er war ironisch, knapp amüsiert. Er kannte die Antwort auf seine Frage schon.

Der Parlamentspräsident schien weniger amüsiert. In dem Disput, der sich zwischen ihnen entspann, beging de Lancre die Unvorsichtigkeit, den Parlamentspräsidenten daran zu erinnern, dass er zu Anfang der Kampagne im Labourd selber dabei gewesen war und ihm dann unter Hinweis auf wichtigere Aufgaben die ganze Arbeit allein überlassen hatte.

Ich habe es in Ihrem Sinn fortgeführt, sagte er, in enger Absprache mit Ihnen, d'Espagnet.

Der Parlamentspräsident blickte zum Fenster, vor dem ein heftiger, böiger Regenschauer niederging.

Eben, sagte er. Vielleicht war es ein Fehler, Sie mit dieser wichtigen Aufgabe allein zu betrauen.

Das Gespräch nahm eine ungünstige Wendung.

Der Bischof von Bayonne, Bertrand d'Echaux, sagte de Lancre, es ist doch bekannt, dass er der Bürde seines Amtes nicht mehr gewachsen ist.

Ich kenne ihn, sagte d'Espagnet mit einer Geste, die dazu angetan war, de Lancre zum Schweigen zu bringen. Ich brauche Ihre Einschätzung nicht.

Man kann sein Schreiben ignorieren, versuchte de Lancre seine Argumentation zu Ende zu führen.

Der Bischof hat eine Abschrift an das bischöfliche Ordinariat in Dax geschickt, sagte d'Espagnet. Wir können es nicht ignorieren.

Aber, sagte de Lancre und spielte damit den Trumpf aus, mit dem er jedes Spiel gewann, ich habe in königlichem Auftrag gehandelt, mit Vollmachten aus Paris.

Eben, sagte d'Espagnet. Das verpflichtet Sie zu absoluter Korrektheit der Abwicklung.

De Lancre spürte, wie ihm das Blut zu Kopf stieg.

Aber, sagte er, da dürfte ja jede Hexe in Zukunft unsere Urteile anfechten, und ihre Nachkommen könnten Widerspruch einlegen, um den guten Ruf ihrer Mütter wiederherzustellen. Das wäre ja … Das würde ja aussehen, als wenn unschuldige Menschen verbrannt worden wären!

So ist es, sagte d'Espagnet und sah ihn eisig an.

Aber, sagte de Lancre, die Würde dieses Gerichtshofs –

So ist es, sagte d'Espagnet. Sie haben bis morgen Zeit, eine Gegendarstellung zu verfassen. Wir werden sie dem Schreiben des Bischofs beifügen und an die königliche Kanzlei in Paris senden. Nur dort kann eine Entscheidung gefällt werden, die auch die Kirche zufrieden stellt.

Er beugte sich zu de Lancre vor und fixierte ihn.

Der Bischof ist überaus detailliert in Kenntnis gesetzt worden, sagte er. Haben Sie eine Ahnung, wer da im Spiel sein kann?

Lügen, sagte de Lancre. Das müssen Lügen sein.

So sorgen Sie dafür, dass die Wahrheit ans Licht kommt, sagte d'Espagnet.

Er bemerkte, dass sein Gegenüber auf die Blätter starrte, die auf dem Tisch lagen. Er ließ die Hand mit einem Schlag darauf fallen, unter dem de Lancre zusammenzuckte.

Nein, sagte er, Sie müssen nicht wissen, was hier steht. Die Wahrheit muss sich nicht gegen Anwürfe verteidigen. Sie steht für sich. Ohne Eifer. Sie stützt sich nur auf die Würde, die ihr selbst innewohnt. Legen Sie einfach Zeugnis ab. Beschreiben Sie, wie Sie als Leiter der Kommission im Labourd vorgingen und welche Ergebnisse Sie erzielt haben.

De Lancre wollte eben ansetzen, um von dem Buch zu sprechen, an dem er arbeitete.

Und –, fuhr d'Espagnet fort. Er kannte de Lancres Hang zur Weitschweifigkeit. Fassen Sie sich kurz!

Bis wann?, fragte de Lancre resigniert.

Bis morgen Abend, sagte d'Espagnet. Unser Bote wird noch in der Nacht reiten. Die Sache eilt. Die drei Priester in Bayonne müssen endlich verbrannt werden, setzte er hinzu. Es wird Zeit, dass wir das abschließen, damit endlich Gras über die Sache wachsen kann. Ich denke, dass man das in Paris ähnlich sieht. Niemand will Streit mit dem Klerus. Vor allem nicht in Paris, das selbst unserem König eine Messe wert gewesen ist.

Als de Lancre wieder in seinem Wagen saß, versuchte er aus den letzten Sätzen d'Espagnets etwas für sich Günstiges herauszuspüren. Er kannte ihn seit Jahren. D'Espagnet war schlau und ehrgeizig. Ein wenig undurchschaubar wie Leute, die schnell und in noch jungen Jahren an die Spitze einer Hierarchie gelangt sind. Kalt, dachte de Lancre. D'Espagnet war kalt. Keine Frauengeschichten. Nur dieser berechnende Ehrgeiz. Diese Überheblichkeit, die aus dem Fehlen von Leidenschaft resultiert. De Lancre wurde bewusst, dass er ihn schon immer gehasst hatte. Und erst jetzt wurde ihm bewusst, wie groß seine Erleichterung gewesen war, als d'Espagnet ihm die Durchführung der Kampagne im Labourd allein überlassen hatte und wieder nach Bordeaux zurückgekehrt war. Er hatte schon damals geahnt, was der Grund dafür war, und jetzt hatte er die Bestätigung. D'Espagnet blieb gern im Hintergrund, während er, de Lancre, sich exponierte. Natürlich hatte er sich Feinde gemacht. Natürlich war er gefürchtet, ja, er wurde auch von vielen gehasst. Das wusste er. Wenn man tat, was er getan hatte … *Ich verfluche Euch, de Lancre … Ihr sollt in der Hölle schmoren …* Und der Herr Parlamentspräsident war nach Hause gefahren und hatte sich dann und wann Bericht erstatten lassen. Siebenundfünfzig Hinrichtungen. Das machte ihm so leicht niemand nach. Siebenundfünfzig in vier Monaten. Und über fünfhundert Zeugen befragt. Ortstermine. Verhöre. Verhandlungen. Schlaflose Nächte. Und die Drohungen. Er hatte sein Leben riskiert! Er dachte an den letzten Tag in St. Pée. Die Verbrennung von Jeanne Auclaire. Er hätte es beinah verloren. Und jetzt das.

Bei St. Pierre befahl er dem Kutscher, links abzubiegen, zur Porte Cailhau und am Fluss entlang. Er wollte die Stadt hinter sich lassen. Ein bisschen fahren und nachdenken. Nirgendwo konnte ein Mann so ungestört wie in seinem Wagen sein. So bei sich selbst. Es ging ein merkwürdiger Trost vom Fahren im eigenen Wagen aus. Ein Gefühl von Unverletzlichkeit. Sie gewannen bald das freie Land. Irgendwo zu seiner Linken floss die Garonne, vom Regen angeschwollen, schwarz und breit dem Meer zu.

Es ist fast dunkel, sagte der Kutscher. Man sollte umkehren.

Das Licht der Laterne neben ihm flackerte in den Windböen auf und schien gleich darauf zu erlöschen. Dann flackerte es wieder auf. Der Regen hatte aufgehört.

Tun Sie das, sagte de Lancre.

Der Kutscher stieg ab und führte die Pferde, als sie an einen Wendeplatz gekommen waren.

De Lancre fühlte seinen Widerwillen, nach Hause zurückzukehren, jetzt deutlicher. Ein Plan entstand in ihm. Er war noch unfertig. Er brauchte Zeit. Er entstand fast ohne sein Zutun. Er entstand, während de Lancre dem Hufschlag der trabenden Pferde auf dem Weg lauschte. Das Geräusch des Reisens. Das Geräusch der Geschwindigkeit, mit der ein Reiter sich von Ort zu Ort bewegt. Angoulême – Poitiers – Tours – Orléans – Fontainebleau. Ein guter Reiter schaffte es, in fünf Tagen in Paris zu sein. Oder vielleicht sogar in vier Tagen, wenn man ihm genug Geld bezahlte, damit er unterwegs das Pferd tauschen konnte? Jedenfalls konnte er einen Tag früher als der Bote des Parlaments in Paris eintreffen. Am liebsten hätte de Lancre sich selber nach Paris aufgemacht. Es war nicht seine Art, Dingen, die ihn betrafen – seinen Ruf, seine Stellung –, ihren Lauf zu lassen, ohne dass er sich persönlich darum kümmerte. Aber das ging nicht an. Man würde seine Abwesenheit in Bordeaux bemerken und sich einen Reim darauf machen. Außerdem schätzte er seine Fähigkeiten realistisch ein. Es musste ein ausgezeichneter Reiter sein. Jemand, der jünger war als er. Jemand, der sich weder unterwegs aufhalten, noch am Ziel abweisen oder hinhalten ließ. Er musste bis zu einem der maßgeblichen Beamten der königlichen Kanzlei vordringen. De Lancre war befugt, das Amtssiegel des Parlaments von Bordeaux zu verwenden. Das würde seinem Boten Zutritt verschaffen.

Er lehnte sich zurück. Er schloss die Augen. Er hörte der Musik des Hufschlags zu, des gleichmäßigen Mahlens, mit dem die Räder sich durch den leicht aufgeweichten Weg fraßen. Ihm war, als ob die Abwicklung des Plans schon begonnen habe. Sie beginnt im Kopf. Und da entwarf er das Schreiben, das er an die königliche Kanzlei in Paris richten würde.

Er würde es noch in der Nacht niederschreiben. Er würde darin auf den stets wachen Feind verweisen, der auch in seinem Fall nicht müde wurde, ihm, dem Anwalt der guten Sache, die die Sache des Königs war, Schaden zuzufügen. Er würde nicht verschweigen, dass der Teufel sich durchaus eines schwachen Bischofs als Werkzeug bedienen kann. Eines Bischofs, der seinem Amt in keiner Weise mehr gewachsen war. Ihm würden schon noch ein paar Dinge einfallen, mit denen er diese Behauptung untermauern konnte. So, formulierte er, macht es sich dieser Bischof zur Aufgabe, uns nicht nur in der Ausübung unserer Pflicht zu behindern, sondern uns auch zu verleumden. Heißt das nicht, fuhr er in seinen Gedanken fort, die Partei des Feindes zu ergreifen? Des Feindes – musste er an dieser Stelle deutlicher sagen, dass er den Teufel selbst meinte, oder ging es aus dem Kontext zweifelsfrei hervor? –, des Feindes, der der Feind alles Guten ist und insbesondere des guten Königs, den Gott in der Gestalt Heinrichs IV. dem Land geschenkt hat. Dann müsste sich ein gebührender Lobpreis der Majestät anschließen und so weiter und so weiter … Er würde nicht versäumen, für das Vertrauen zu danken, dass man ihm persönlich durch die Verleihung königlicher Vollmachten geschenkt habe, und darauf verweisen, dass er es durch siebenundfünfzig Vollzüge gerechtfertigt zu haben glaubte. Wollte man diese Erfolge nachträglich wieder zunichte machen? Dem Feind ein Terrain zurückgeben, das in mühevollen Kämpfen von ihm gesäubert worden war? Nur um drei abtrünnige Priester nicht verbrennen zu müssen, die es, weiß Gott, verdient hatten? Man vergleiche die in der Anlage beigefügten Prozessakten … Die Priester. Ach was, die Priester. Er würde die Priester ganz weglassen. Hier ging es um Grundsätzlicheres. Hier ging es um ihn. Um seine Karriere. Um seinen guten Ruf.

Die Gegendarstellung, die d'Espagnet von ihm verlangte, würde eine um das Lob der Majestät verkürzte Fassung seines Berichtes sein. Doch konnte er überhaupt sicher sein, dass d'Espagnet sie seinem Schreiben nach Paris beifügen würde? Würde er sie nicht eher durch Kommentare entkräften, die alles andere als entlastend für ihn sein würden? Da war von Anfang an zu viel Rivalität zwischen ihnen gewesen. Zu viel Unausgesprochenes, wie es das Verhältnis von Männern vergiften kann, die, beide ehrgeizig, beide darauf erpicht, sich auszuzeichnen, dieselben Herausforderungen suchen, bis sich einer von ihnen aus dem gemeinsamen Kampf zurückzieht und darauf wartet, dass der andere einen Fehler macht. Nein, de Lancre musste jetzt entschiedener angreifen, direkter vorgehen. Vor allem musste er schneller sein als sein Rivale. Er musste einen Boten finden, der dieser Aufgabe gewachsen war. Das war der vorerst ungelöste Teil des Problems.

Beim Blick aus dem Fenster stellte de Lancre plötzlich fest, dass man sich eben dem Haus seiner Geliebten näherte. Der Kutscher hatte den Weg durch die bewusste Straße wie von ungefähr gewählt. Es war ein erstaunlicher Kutscher. Er fragte nicht: Soll ich? Er nahm den Weg. Es herrschte eine Art stillschweigender Übereinkunft zwischen den beiden Männern. Der Kutscher war mehr als der Ausführende der Wünsche seines Herrn, des heimlichen Teils davon. Er schien sie besser zu kennen, sie eher zu bemerken, als dieser selbst es tat. Ja, wie ein Mensch manchmal seine heimlichen Wünsche vor sich selbst verbirgt, indem er ihnen jede bewusste Aufmerksamkeit vorenthält, so hätte der Kutscher sich nicht einmal mit einem fragenden Blick zu seinem Herrn umgedreht. De Lancre rief einfach: Halt! Und da waren sie.

Er war nicht gemeldet. Aber er verspürte ein großes Bedürfnis, das Haus zu betreten, und sei es nur, um sich ein Glas Wein im Salon anbieten zu lassen. Er trat ein, und man empfing ihn wie einen lange erwarteten Gast. Es tat ihm sonderbar gut. Selbst die Kupplerin anzutreffen tat ihm gut.

Die Kleine ist oben, sagte sie. Möchten Sie sie sehen?

Gern, sagte de Lancre.

Er genoss die Unkompliziertheit, mit der sich die Dinge in diesem Haus anließen.

Die Kupplerin begleitete ihn hinauf. Sie klopfte.

Da ist ein Herr für dich, sagte sie vor der geschlossenen Tür.

Wer?, rief die Stimme von innen.

Lassen Sie, sagte er, schob die Frau beiseite, trat ein und schloss die Tür hinter sich.

Das Mädchen saß am Kamin und klöppelte. In dem hochgeschlossenen blauen Kleid und der weißen Haube, die es trug, sah es wie ein Bürgermädchen aus. Wie seine Tochter, schoss es de Lancre kurz durch den Sinn. Sie hätte seine Tochter sein können. Der Gedanke war fremd und unangenehm. Er verscheuchte ihn.

Monsieur!, sagte sie. Ich habe keine Verabredung mit Euch.

Ich habe nicht viel Zeit, sagte er. Mein Wagen wartet draußen.

So, sagte sie, stand auf, sah zum Bett, das ordentlich gemacht und mit einem hellen Tagesüberwurf bedeckt war.

Ich bin nicht vorbereitet, sagte sie. Hat Madame Euch das nicht gesagt? Ich bin unpässlich.

Murgui, sagte er, trat zu ihr und berührte die Locken, die sich unter ihrer Haube gelöst hatten.

Es hatte ihn nie besonders gestört, wenn die Frauen bluteten. Er nahm sie auch ohne zu zögern so. Er fand, dass es ihnen etwas Hilfloses gab, etwas Rührendes, Hingebungsvolles. Es machte sie zart wie Lämmerbraten, zart wie Fleisch, das ganz innen noch ein wenig blutig und rosa ist und umso unvergleichlicher auf der Zunge zergeht. Es hatte ihn selbst immer weich und zärtlich gestimmt und die andere, die einfühlsame Seite des Liebhabers in ihm hervorgekehrt. Und auch jetzt – Nein, heute nicht.

Ich kam zufällig vorbei. Ich wollte dich nur kurz sehen, sagte er.

Es war die Wahrheit. Er hatte sie sehen wollen. Weiter nichts.

Ihr? Mich?, sagte sie.

Es gab hier etwas, das sie nicht ganz verstand.

Ein paar Sätze mit dir reden, sagte er.

Dieser kleine intime Raum. Dieses kleine intime Mädchen. Das war es, was er jetzt brauchte nach diesem Tag unbegreiflicher Widernisse. Nur ein paar Minuten. Er hatte noch viel zu tun.

Setzt Euch, sagte sie. Wollt Ihr Euch zu mir setzen, Monsieur?

Sie wusste nicht genau, was mit ihm anfangen. Sie konnte ihn weder bei sich behalten, noch ihm die Tür weisen.

Langsam begriff er das Missliche der Situation, suchte nach etwas, wovon er sprechen konnte, etwas, das sein Hiersein zur Not rechtfertigte.

Ach ja, sagte er, wie aus weit abschweifenden Gedanken gerissen, das war es, was ich dich fragen wollte, Murgui: Ich brauche jemanden, der eine Depesche für mich nach Paris bringt. Schnell muss er sein. Ausdauernd. Intelligent. Diskret. Ich würde gut bezahlen. Kennst du so jemanden?

Schnell?, sagte sie. Intelligent? Diskret? So einen kenne ich. Soll ich ihn für Euch fragen?

Schick ihn zu mir! Sagte er. Morgen Vormittag. Es eilt, hörst du? Er muss spätestens in fünf Tagen in Paris sein.

Sie lachte. Wenn andere fünf brauchen, dann schafft er es in drei Tagen. Der tut Wunder für Euch, wenn Ihr bezahlt, was er verlangt.

Das hat keine Not, sagte er. Schick ihn zu mir.

Das werde ich, Herr, sagte sie.

Am Morgen ließ sich bei de Lancre ein junger Mann melden, der seinen Namen nicht hatte nennen wollen, aber darauf bestand, dass er erwartet wurde.

Führen Sie ihn herein, sagte de Lancre.

Er nahm das Frühstück in seinem Arbeitskabinett ein. Er hatte bis spät nachts an seinem Schreiben an die königliche Kanzlei in Paris gearbeitet und es nach dem Aufstehen noch einmal durchgelesen und mit seinem Amtssiegel versehen. Er bediente sich sonst für offizielle Schreiben der Hilfe eines Sekretärs. Dies hatte er selber geschrieben. Es trug die Spuren der Eile, in der es verfasst worden war. Ungleichmäßiger Tintenfluss. Leichte Verwischungen, wie sie auch das Manuskript für sein Buch aufwies. Das gab dem Schreiben etwas Persönliches, Dringliches, das durchaus beabsichtigt sein konnte. Es musste nur in die richtigen Hände gelangen.

Er sah sogleich, dass es sich um den jungen Mann handelte, den er bei seinem ersten Besuch vor dem Haus der Kupplerin gesehen hatte.

Wer sind Sie?, sagte er.

Er hatte wieder das unbestimmte Gefühl, den Menschen zu kennen.

Sind wir uns schon begegnet?

Schon möglich, sagte der junge Mann. Ich komme viel herum.

Haben Sie Referenzen?, fragte de Lancre. Der Auftrag, mit dem ich Sie betrauen will, erfordert eine gewisse Diskretion.

Sehen Sie, sagte der junge Mann. Er schien de Lancre plötzlich weniger jung als noch bei seinem ersten Eindruck. Sehen Sie, die Herrschaften, für die ich arbeite, verlangen genau dieselbe Diskretion von mir. Meine Verschwiegenheit ist meine Referenz. Oder wünschen Sie, dass ich Sie in Zukunft als Referenz nenne?

De Lancre schwieg verblüfft.

Aber ich darf Ihnen sagen, dass es sich bei meinen Klienten – das Wort schien de Lancre merkwürdig mal placé – um angesehene und hoch gestellte Personen handelt, von denen der eine oder andere durchaus kein Unbekannter für Sie wäre. Darf ich mich setzen?

De Lancre wies auf einen Stuhl. Im Verhalten des Fremden mischten sich Unverschämtheit und Devotheit auf eine seltsame, unergründliche Art. Seine Sprache war die der gebildeten Schichten. Aber sie klang, so wie er sie verwendete, merkwürdig falsch, als zitiere er. Sein Französisch war ganz und gar akzentfrei. Trotzdem hörte er sich für de Lancre wie ein Ausländer an, der die fremde Sprache vollkommen und fehlerfrei beherrscht. Ein gewisses Befremden blieb in de Lancre wach, obwohl er sich sagte, dass dies genau der Mann war, nach dem er gesucht hatte. *Der tut Wunder für Euch.* Er erinnerte sich an die Worte, die Murgui gebraucht hatte.

Wir haben eine gemeinsame Freundin.

Die Anzüglichkeit in den Worten des Fremden war nicht zu überhören.

Sie wissen, worum es geht?, fragte de Lancre, nicht gewillt, auf die Bemerkung einzugehen.

Aber ja, sagte der Fremde.

Während de Lancre begann, ihm die Details seines Auftrags auseinander zu setzen, hatte er das Gefühl, dass sein Gegenüber längst Bescheid wusste, ja, dass der andere besser als er selber wusste, was zu tun war, und dass er ihn nur der Höflichkeit halber zu Ende reden ließ.

Bezahlen werde ich Sie erst, wenn Sie zurück sind, sagte er, und mir eine Antwort überbringen können. De Lancre nannte eine Summe, die ihm recht großzügig schien und sowohl die Spesen als auch den Lohn für geleistete Dienste enthielt, wie er hinzufügte.

Den Preis, sagte der Fremde mit einem Lächeln, das de Lancre sich nicht zu deuten wusste, den Preis bekomme ich immer im Nachhinein. Und ich bekomme ihn, setzte er hinzu, de Lancre plötzlich direkt ins Gesicht sehend, der diesem Blick mit einem Erschrecken auswich, von dem er sich nicht Rechenschaft ablegte.

Als der Mann, das Schriftstück unter seinem schwarzen Umhang verbergend, das Haus verlassen hatte, blieb de Lancre nachdenklich und wie aus einer Betäubung aufwachend zurück.

Dennoch, dachte er. Die Sache ist in den richtigen Händen.

Ich habe gesündigt in Gedanken, Worten und Werken.

Der Priester im Beichtstuhl von St. André in Bordeaux war etwas schläfrig an diesem Morgen im März 1610. Der Frühling machte ihm zu schaffen. Der plötzliche Wetterumschwung, die milde Luft. Er hatte Kopfschmerzen. Dies war mindestens schon die zwanzigste Beichte, die er hörte, und wenn er den Vorhang etwas zur Seite schob, sah er, dass in den Bänken noch mehrere Frauen saßen, Rosenkränze in den Händen, die darauf warteten, dass sie an die Reihe kamen. Um diese Zeit kamen fast nur Frauen zu ihm. Die Sünden, die er zu hören bekam, glichen einander, als wäre dem Teufel schon lange nichts Neues mehr eingefallen. Missgunst. Heuchelei. Gier. Herrschsucht. Unzucht. Und die Abwesenheit von Barmherzigkeit. Die zumeist schwachen, entschlusslosen Erscheinungsformen davon.

Hast du mir sonst noch etwas zu sagen?, fragte er mechanisch, ein Gähnen unterdrückend.

Durch das Gitter erkannte er glattes blondes Haar, aus dessen Flechten sich ein paar Strähnen gelöst hatten, eine hohe, leicht eckige Stirn, Schläfen, die sich wie bei einer schwer Kranken nach innen wölbten. Das Mädchen holte tief Luft wie nach großer Anstrengung.

Gebt Ihr mir wieder ein Fasten auf?, fragte es.

Die Verfehlungen, die es gebeichtet hatte, fielen kaum ins Gewicht. Ein vergessenes Gebet, unfreundliche Gedanken, ein wenig Eigensinn.

Wofür?, sagte er. Sprich einen Rosenkranz. Das genügt. Ego te absolvo, fügte er rasch hinzu und schlug das Kreuz im Gedanken an die übrigen Wartenden.

Aber sie senkte den Kopf nicht, sondern suchte durch das Gitter hindurch seinen Blick.

Lasst mich fasten, Pater!, bat sie.

So faste, sagte er. Aber in der Übertreibung liegt kein Segen, lass dir das gesagt sein.

Danke, flüsterte sie, bekreuzigte sich und glitt lautlos auf den Gang hinaus. Es war nicht das erste Mal, dass sie ihn um eine Fastenstrafe bat. Der Pater kannte sie. Er wusste, dass sie die Tochter eines Parlamentsrats war. Er kannte auch die Sünden ihrer Mutter, die ebenfalls bei ihm beichtete. Die Familien von Bordeaux bildeten für ihn ein transparentes Gebilde aus Schuld und Verstrickung, aus Ohnmacht und Macht und nie eingestandenen Verzweiflungen. Er kannte ihre vergangenen und die zukünftigen Nöte.

Das war der Grund, warum sich fast nie ein Mann bei ihm blicken ließ. Die Männer zogen es vor, zur Beichte nach St. Médard vor den Toren der Stadt zu gehen. Sie verlangten ein höheres Maß an Anonymität. Das Gespräch zwischen Männern, die Offenheit vertraulicher Mitteilungen – das kann es allenfalls zwischen einander ganz Fremden geben, am besten im Verlauf einer Wallfahrt, am fremden Ort. Wohingegen die Frauen in der Beichte sich gern offenbaren. Sie sind ganz versessen darauf, vom Priester gekannt zu sein, jedes Mal etwas mehr. Sie möchten, dass er sie besser kennt, als sie sich selbst kennen. In den Bußen, die über sie verhängt werden, lesen sie, suchen nach Zeichen, nach Deutungen ihrer selbst. Der Eifer, mit dem sie sich enthüllen, der Mangel an Selbstüberwindung steht der Scheu der Männer entgegen, der Verstocktheit, mit der diese einen Rest für sich behalten, einen trotz Strafen und ewiger Höllenpein unaufgebbaren Rest.

Mein Sohn? Der Priester war erstaunt, als er am nächsten Tag den Parlamentsrat de Lancre in seinem Beichtstuhl fand. Er verbarg seine Überraschung, indem er sich in das Zeremoniell hüllte.

Trage all deine Sünden vor Gott. Er wird dir dafür Vergebung wissen. Ich höre, sagte er.

Erstens, sagte de Lancre, will ich nicht beichten. Zweitens muss ich mit Ihnen reden. Drittens verbiete ich Ihnen, dass Sie meiner Tochter noch mehr Fasten auferlegen. Sehen Sie nicht, dass das Kind von Tag zu Tag dünner wird?

Es entstand eine Pause, die beiden Männern die Peinlichkeit ihrer Lage zu Bewusstsein brachte. Sie starrten sich durch das Gitter im Beichtstuhl an.

Sehen Sie, sagte der Priester schließlich. Er räusperte sich. Gott verlangt von uns –

Erzählen Sie mir nicht, was Gott verlangt, sagte de Lancre scharf. Ich bin ein Christenmensch. Ich verlange von Ihnen, dass Sie Ihren Einfluss auf mein Kind geltend machen, damit es wieder isst.

Der Priester warf einen seitlichen Blick auf die Bänke vor seinem Beichtstuhl. Er hoffte, dass die Frauen, die dort warteten, nicht bemerkten, dass dies keine Beichte war.

Darf ich Sie bitten, leiser zu sprechen?, wandte er sich an de Lancre. Wir sind nicht allein.

Hören Sie, Pater, von uns beiden bin ich hier der Vater, sagte der Parlamentsrat, ohne die Stimme zu senken. Ich habe eine einzige Tochter, und ich bin in Sorge um sie. Ich höre: Frömmigkeit. Ich höre: Buße. Ich höre: Abkehr von der Welt und innere Reinigung. Aber wo bleibt die Gesundheit bei alledem? Wissen Sie überhaupt, was Sie da anrichten? Ist Ihnen klar, wie dünn das Mädchen inzwischen ist? Ist das Ihre Absicht, dass sie überhaupt nichts isst? Wovon soll sich denn da etwas entwickeln? Etwas ... etwas Weibliches, wenn Sie mich verstehen. Ach, was versteht ihr Priester schon? Sie ist fünfzehn! Eine Brust ist da! Das braucht doch Nahrung!

Psst, machte der Pater. Er sah, dass sich draußen die Köpfe zu ihnen umwandten.

Was soll man da machen?, sagte er ratlos.

Was Sie machen sollen? Sie sollen ihr kein Fasten mehr aufgeben!

Eine Frau stand auf und suchte an einem der Seitenaltäre Rat.

Ich sage ihr immer –

Sagen Sie ihr, dass sie essen soll! Sie hört auf Sie. Meine Frau –

Mir scheint, die Mutter ist wichtig in solchem Fall, sagte der Priester, froh, dass ihm etwas zum Thema eingefallen war.

Meine Frau meint, Sie sind der Einzige, auf den sie hört. Sagen Sie mir, was ich tun soll! De Lancre sprach plötzlich im Tonfall des Ratsuchenden, in den selbst die Mächtigen im Gespräch mit einem Priester manchmal verfallen, dem Tonfall, in dem ein Mensch mit den geistlichen Vätern, wer immer sie sein mögen, sprechen darf.

Sie ist ein eigenwilliges Kind, sagte der Priester. Sehr eigenwillig. Erstaunlich.

Es entstand eine Pause. Der Priester war nah daran, zu offenbaren, dass es sich bei dem Mädchen um selbst verordnetes Fasten handelte, der Vater, dass es ihm nicht gelang, seine Tochter zum Sprechen zu bringen. Doch beide nahmen sogleich Abstand von solcher Offenheit.

Man sollte sie eine Zeit lang zu den Schwestern von Ste. Cathérine geben, sagte der Pater. Die wissen, wie man dem Eigenwillen eines Mädchens beikommt. Und später, wenn sie ein bisschen zugenommen hat … vielleicht verheiraten?

Danke, Pater, sagte de Lancre. Daran habe ich auch gedacht. Vor allem aber braucht sie einen neuen Beichtvater, setzte er schroff hinzu. Haben wir uns verstanden?

Die Frauen in den Bänken steckten die Köpfe zusammen und tuschelten, als er durchs Seitenschiff zur Porte Royale hinausging, im Tympanon über sich das Jüngste Gericht, die Gerechten, die in den Schoß des Vaters streben, und die Verdammten, ihren Höllensturz. Er sah jetzt, was zu tun war. Er sah es klar und ohne Alternative.

De Lancre kam es hart an, dass er in diesen Tagen mit familiären Problemen zu tun hatte. Er wartete auf die Rückkehr des Boten, den er nach Paris geschickt hatte. Die Ungewissheit über den Ausgang seiner Sache setzte ihm zu. Er musste sich in Geduld üben. Doch Geduld gehörte nicht zu seinen Tugenden. Einfühlsamkeit, Phantasie, Tatkraft, doch nicht Geduld. Er wusste es selber. Dabei war erst der zweite Tag seit der Abreise des Boten vergangen. Fünf Tage hin und fünf Tage zurück. Nicht mitgerechnet die Zeit, die er zur Erledigung des Auftrags brauchte. Inzwischen folgte ihm der Bote des Parlaments mit dem Schreiben d'Espagnets, dem die bischöfliche Eingabe gegen ihn beigefügt war. Lügen. Verleumdungen. Wenn es seinem eigenen Boten glückte, vor Ankunft der Depesche d'Espagnets, seinen Brief in die richtigen Hände gelangen zu lassen, war alles gut. In Paris hatte er Freunde. Wichtige Freunde. Einflussreich. Männer, die es ihm dankten, was er für die Krone getan hatte. *Schonen Sie niemanden.* Das war sein Auftrag gewesen. Den hatte er erfüllt. Man sollte ihm danken, ihn – seine Gedanken entwickelten sich ungeahnt ins Grandiose – mit neuen Aufgaben ehren, Aufgaben, die stets damit verbunden waren, dass ein neuer Titel sie ankündigte. »Königlicher Rat«, dachte er versonnen, probierte ganz still für sich, wie ihn das kleidete, bewegte die Lippen, »Königlicher Rat«. Das war es, was ihm gemäß war, nicht kleinliche Rügen und Herabsetzungen. Wie würde er d'Espagnet entgegentreten, wenn es erst so weit war!

Aber das Warten. Das Warten setzte ihm zu. Er versuchte zu schreiben. Es misslang. Worüber er schrieb, erschien ihm plötzlich so ungewiss wie der Ausgang seiner Mission. Die Protokolle, die er auswerten wollte, sein wertvolles Material, die Informationen, die er aus erstrangiger Quelle, von den Hexen selbst hatte, die ganz und gar authentischen Auskünfte, kamen ihm auf einmal seltsam vieldeutig vor. Ja, manchmal war ihm, als verstecke sich zwischen den Zeilen etwas anderes, ein Kichern hier und da, das während der Befragung gewiss nicht zu hören gewesen war.

Jacqueline de la Rat, 46: Sagt aus, dass der Teufel kaum mit Jungfrauen Verkehr hat, weil er mit ihnen nicht Ehebruch begehen kann. Deshalb wartet er ab, bis sie verheiratet sind. Die Sünde, sie zu entjungfern, ist ihm zu geringfügig, weil kein Ehebruch dabei ist.

Sollte der Teufel die reiferen Frauen vorziehen? Oder war es Jacqueline de la Rat, selbst schon in den Jahren, die sich damit ein wenig aufwertete? Wie zuverlässig waren solche Aussagen?

Jeannette d'Abadie, 16: Sagt aus, dass sie den Befehl des Teufels ausführte, zu tun, was höchst widernatürlich und abscheulich ist, als sie sich einem Bruder ihrer Mutter hingab. Der Teufel liebe die Blutschande, sagt sie. Er stifte sie dazu an, seit sie dreizehn sei. Es sei also nicht ihre Schuld.

De Lancre erschienen solche Aussagen jetzt, da der ekstatische Glanz der Hexen, der Furor, der sie so gut kleidete, verblasst war – Jeannette d'Abadie lebte nicht mehr, wie die meisten der Frauen, deren Bekenntnisse ihm vorlagen –, weniger brauchbar als im Verlauf der Prozesse, als er mit Gewissheit sein Urteil auf sie stützte. Die Sittenlosigkeit der Bauern. Arbeitete sie dem Teufel zu oder der Teufel ihr? De Lancre fühlte das Schwanken des Bodens, auf dem er sich bisher so sicher bewegt hatte. Was bewies dies? Was konnte er damit beweisen, das nicht schon bewiesen war?

Die Verderbtheit der Frauen. Ihre Verführbarkeit. Aber darüber wusste er doch zur Genüge selbst Bescheid. Er brauchte Konkreteres. Er brauchte Enthüllungen. Unerhörtes. Delikate Details. Streng gehütete Geheimnisse, die er seinen Lesern verraten wollte und die seinem Buch Ruhm und Erfolg sicherten. Unsägliches, das sich in all dem Gesagten verbarg und das er hervorzerren und ans Licht bringen, einer staunenden Leserschaft wie einen seltenen und von ihm unter Gefahren geborgenen Fund präsentieren würde.

Marie d'Aspilcouette, 19: Beschreibt das Glied des Teufels als groß wie das eines Esels, bedeckt von Schuppen, die sich beim Eindringen übereinander legen, eine glatte Fläche bilden, jedoch, wenn er es herauszieht, aufstellen und die Vagina der Frau fürchterlich verletzen, so dass man die Frauen beim Sabbat am Ende des Aktes schreien hört und sie oft blutüberströmt zu den anderen zurückkehren und über die Schmerzen klagen, die er ihnen zugefügt haben soll.

Es tut also weh?

Marie d'Aspilcouette kann nichts Genaues dazu sagen. Sie gibt nur an, es sei über alle Maßen.

Was? Der Schmerz?

Nennt es, wie Ihr wollt, Herr.

De Lancre wird über seinen Dokumenten so wütend, wie er es manchmal während der Verhöre war. Hier ist er also ganz nah an der Enthüllung teuflischer Geheimnisse. Und nichts Genaueres! Man glaubt es zum Greifen nah, und dann wieder nichts. Es ist zum Verrücktwerden. Wie damals, so auch jetzt.

Marie de Marigrane, 15: Ob er als Ziegenbock oder als Mann erscheint, das Glied des Teufels ist immer wie das eines Maulesels, armlang und auch so dick. Er trägt es so, dass man es immer an ihm sehen kann.

Und gefällt das den Frauen?

Marie de Marigrane bleibt auch hier im Ungefähren. *Doch. Es ist groß. Und durchaus so gestaltet, wie das Werkzeug eines Mannes eben ist.*

Er verglich die Aussagen seiner Hexen mit der Fachliteratur und stellte Differenzen fest. Bei Boguet hieß es, dass das *membrum* des Teufels nicht länger als ein Finger ist.

Die Hexen im Labourd werden also vom Teufel besser bedient als die in der Franche-Comté, schloss er daraus und schrieb es hin. Wie jeder inspirierte Autor zählte er darauf, dass er für Leser schrieb, die die Ironie in seinem Text zu bemerken imstande waren und gleichwohl den Ernst seines großen Anliegens würdigten. Er selber klammerte sich daran. Sagte sich wieder und wieder, dass dieses Werk sein Lebenswerk sein sollte. Dass er darin alles, was ihm an Erkenntnis zuteil geworden war, einer zukünftigen Welt übermachte, die daraus ihren Nutzen ziehen mochte, wenn er schon nicht mehr war. All diese feierlichen Bewusstmachungen halfen ihm jedoch nicht weiter.

Er träumte schlecht. Eines Nachts wachte er auf mit einem Incubus über sich. Er erschrak tödlich. Im Dunkeln tastete er nach seinem Bedränger, hielt einen hart erigierten und zu beängstigender Größe angeschwollenen Penis in seiner Hand, der zu seinem Entsetzen in diesem Moment ejakulierte, und merkte, dass es sein eigener war.

So weit war es gekommen. Der böse Feind nahm sich jede erdenkliche Freiheit in seinem eigenen Haus heraus. Er verhöhnte ihn. Er bedrängte ihn fleischlich, ihn, der niemals mit Männern verkehrt hatte, dem diese Übertretung unter allen fremd und geradezu verhasst geblieben war. Er schämte sich. Nicht wegen der Sünde der Selbstbefleckung, die zu begehen nach seiner Überzeugung für einen Mann unvermeidlich war, sondern weil er gewissermaßen übertölpelt und missbraucht worden war. Wo war er denn noch sicher, wenn nicht in seinem eigenen Bett, seinem Schlaf, der nur ihm und ihm allein gehört hatte, bis jetzt?

War es denn so, wie die Frauen immer gesagt hatten? Konnte man sich nicht dagegen zur Wehr setzen? War es ihnen so schuldlos wie ihm geschehen?

Jaquotte d'Dindarte, 32: Ich bin ihm ganz zu eigen. Er wohnt in mir. Ich muss alles tun, was er sagt. Ich habe keine Wahl. Wenn ich sie hätte, so wollte ich gern fromm und tugendhaft sein. Glaubt mir das, Herr.

Er musste sein Haus von diesem Eindringling reinigen, der darin frech und ungehindert sein Wesen trieb und selbst vor ihm keinen Respekt hatte. Er musste es tun, bevor davon etwas nach außen drang in Form von Gerüchten, die seine Tochter betrafen. Dass Satan doch immer zunächst bei den Schwächsten, den Frauen, Einlass zu finden trachtete, selbst in seinem Haus, dem Haus eines erklärten Feindes der teuflischen Umtriebe!

So brachte er seine Tochter zu den Schwestern von Ste. Cathérine, auf dass sie ihr den Teufel austreiben mochten, der in ihr Wohnung bezogen hatte und ihr das Essen verbot und ihr ein Schweigegebot gegen ihren Vater auferlegte. Zwei Dinge, von denen eins so widernatürlich wie das andere war. Das Wirken Satans zielt stets auf das Widernatürliche, wie man weiß.

Dem Widerstand seiner Frau begegnete er mit einem durch seine Kälte ihr gegenüber begünstigten Gleichmut, auf den Verlass war, wie sich jetzt herausstellte. Selbst als sie weinend vor ihm auf die Knie fiel und versuchte, seine Hand zu küssen, brachte er die Worte: Fassen Sie sich, Madame! Zeigen Sie Haltung!, heraus, ohne dass seine Stimme sich merklich hob. Er erkannte daran, dass er auf dem richtigen Weg war. Er war wieder Herr im Haus. Seine Tochter, bleich wie aus Porzellan, scheinbar kurz vor der Verwandlung in eine Puppe, starr und ausdruckslos, eine Puppe, die sich nur vermöge eines inneren Uhrwerks bewegen kann, den wasserblauen Blick ins Leere gerichtet, von mechanisch dann und wann klimpernden, farblos bewimperten Lidern beschattet, die wie das ganze Kind von einem flatternden Zucken durchbebt wurden – eine Wasserfläche, still, spiegelglatt, tief, die von einem kaum merklichen Windhauch gekräuselt wird –, seine Tochter nahm ihr Urteil entgegen, wie er es schon kannte: stumm und regungslos.

Er bezwang seine Empfindlichkeit, sein Verlangen nach kindlicher Zuwendung, auf der er als Vater hätte bestehen können. Er nahm sich Zeit. Er erklärte ihr, dass dies alles zu ihrem Besten sei. Er hielt ihr die Tragweite väterlicher Verantwortung vor Augen. Ihre Reaktion bestand erwartungsgemäß in nichts anderem als diesem Flattern der Wimpern dann und wann. Und plötzlich seine Angst. Die Angst, dass er keine Tochter mehr hatte. Dass sie ihm schon abhanden gekommen war. Fremd. Wie sein eigenes Zeugungsglied ihm fremd geworden war. Von einer feindlichen Macht gesteuert, die ihn in ihr verhöhnte. Die ihn aus ihren Augen, den Augen seines Kindes, ansah und ohne Erbarmen war, weder mit ihm noch mit ihr, die schon nichts als Beute war, ausgehöhlt, seelisch entbeint, eine Hülle, ein Überrest, wie die Spinnen ihre Opfer zurücklassen, nachdem sie ihr Inneres geschlürft haben, und nur die äußere Form, durchsichtig, zerbrechlich noch in den Netzen hängt. Es schauderte ihn. Er verstummte. Er hätte sie gern in seine Arme gerissen, die Lider geküsst, die so flatterten, seine Wangen an diese porzellanweißbläulich schimmernden Wangen gelegt, ein einziges Mal die Wärme dieses zarten Körpers gespürt. Er hätte ihr in diesem Moment jeden Wunsch erfüllt, jeden Kummer erspart, jedes Geschenk gemacht. Aber er tat es nicht. Er wusste, dass es unmöglich war. In ihrer Zerbrechlichkeit war zu viel Härte. Die Härte von Glas. Von Porzellan. Von klirrenden, feinen, eleganten Teetassen, die bei ungeschickter Berührung an ihrer eigenen Spannung zerbrechen.

Hast du mich verstanden?, fragte er scharf.

Ihre Lider flatterten. Der wasserblaue Blick wie immer undeutbar.

Er wiederholte die Frage, spürte, wie die Angst in Zorn umschlug. Hatte er nicht ein Recht, mit ihr zu tun, was ihm richtig schien? Musste sie ihm nicht gehorchen, auch ohne dass er Erklärungen abgab und um ihr Verständnis warb? Tat er nicht mehr, als ein Vater in seinem Fall zu tun verpflichtet war? Ein Verdacht beschlich ihn. Wollte sie ihn bestrafen? Aber wofür? Was hatte er ihr getan? Wodurch verdiente er dieses Nein, das ihr Körper sprach? Worauf richtete es sich? Er verstand es nicht. Was sühnte sie mit diesem Fasten ohne Maß, das sich, wie er jetzt spüren konnte, gegen ihn richtete, dem sie, wenn man es genau nahm, schließlich ihr In-der-Welt-Sein verdankte? Was gab sie zurück und wem, indem sie sich wie eine Kerze selbst verbrauchte, von nichts als Luft lebend, nichts als Flamme, die still in ihr brannte und sie von innen aufzehrte?

Hast du mich verstanden?, fragte er, bebend vor Zorn und Fassungslosigkeit.

Oui, Monsieur mon papa.

Er brachte sie selbst zu den Schwestern, weil er seiner Frau misstraute. Er hätte ihr eine Flucht auf die Landgüter zugetraut, fürchtete auch heimliche Abmachungen, die dem zuwiderliefen, was vereinbart war: strenge Klosterverwahrung. Keine Besuche außer durch ihn. Keine Briefe, die nicht durch die Äbtissin kontrolliert und ihm zur Kenntnis gebracht wurden. Ansonsten freie Hand für die Klosterfrauen, die, wie man ihm versichert hatte, durchaus den Eigenwillen eines Mädchens zu brechen imstande waren, den bösen Geist auszutreiben vermochten, der sich in ihm eingenistet hatte und nur durch die allerstrengsten Maßnahmen zu besiegen war.

Sie werden Ihr Kind nicht wiedererkennen, wenn es eine Zeit lang bei uns gewesen ist, sagte die Äbtissin zum Abschied zu de Lancre. Die Irritation in sich bekämpfend, die er beim Nachklang dieser Sätze empfand, begab er sich zurück an die Arbeit, schrieb ein nutzloses Kapitel über die Frage, ob eine Frau durch den Verkehr mit dem Teufel schwanger werden kann, kam nach reiflicher Abwägung der Argumente zu dem Schluss, dass dies eher unwahrscheinlich sei, führte das Beispiel des Zauberers Merlin an, von dem man sagte, dass er die Frucht einer Nonne und eines Incubus gewesen sei, betonte jedoch, dass ihm bei all seiner Erfahrung mit Hexen und Zauberern niemals ein solcher Fall untergekommen sei, dass er jedoch jederzeit bereit sei, diese Position zu räumen, wenn man ihm das Gegenteil bewies, und blieb dann hoffnungslos in seinem Text stecken.

Währenddessen musste sein Bote schon auf dem Rückweg sein. De Lancre versuchte sich zu vergegenwärtigen, wo er war, rief die Strecke, die er ritt und die er schon selber des Öfteren geritten war, vor sein inneres Auge, ritt sie im Geist nach, indem er die Etappen und die Relais seinem Gedächtnis zu entreißen versuchte, sagte sie sich wie eine heimliche innere Litanei vor, schalt sich, wenn er etwas dabei vergaß, als sei dies ein schlechtes Omen für seine Angelegenheit, passierte Kreuzungen, Brücken, Dorfplätze, die sich auf früheren Reisen seinem Gedächtnis eingeprägt hatten, und versuchte auf diese Weise zu erspüren, wie weit sein Bote wohl sein mochte, jetzt, in diesem Moment, da de Lancre am Schreibtisch saß, weit entfernt davon, sich auf seine Arbeit zu konzentrieren. In Wahrheit konnte er nicht einmal entscheiden, ob er schon in Paris angekommen war, geschweige denn sich seines Auftrags entledigt hatte. Wohin de Lancre auch blickte: Ungewissheit.

Was er brauchte, war ein Fall von unschlagbarer Beweiskraft für das Wirken des Teufels. Ein Beweis, der mit Händen zu greifen war. Ein Beweis, der sich vor aller Augen selbst erklärte. Ein lebender Beweis. Die Aussagen der Toten sprachen nur durch das Papier zu ihm, das sie bewahrt hatte. Was sollte er mit papierenen Aussagen? Alle verbrannt, die er befragt hatte und als Hexen erkannt. Die noch lebten, waren zweifelhafte Exemplare, verdächtig, angefochten, schwach, doch nicht mit Sicherheit zu überführen. Sonst hätte er sie wie die anderen ohne Zweifel auch verbrannt. Darum ging es doch, dass er Recht gehabt hatte, rechtlich einwandfrei vorgegangen war. Die wunderbarsten Beweisstücke hatte er den Flammen überantwortet und sich damit selbst der Möglichkeit beraubt, sie vorzuführen, ihre Verderbtheit, ihre Verworfenheit, ihre Verschlagenheit, die Unverschämtheit und List ihrer Lügen und Ausflüchte, ihre aufreizende Schönheit, die einen Mann um Sinn und Verstand brachte, den teuflischen Stolz, mit dem sie ihrem Richter begegnet waren, die Todesverachtung, den Hass, der in ihren Augen wie Flammen tanzte, ihr knisterndes wildes Haar, das bei jeder Berührung Funken zu sprühen schien, ihr Lachen, verächtlich und stark, wie Flüche hatte ihr Lachen geklungen, Flüche, die man nie wieder abweisen kann, die einen verfolgen bis dahin, wo die Nacht am schwärzesten und tiefsten ist, da konnte er ihr Gelächter hören … und doch – was hatte er in Händen, um alle Welt in diesen Schauer der Furcht zu versetzen, das Grauen erfahren zu lassen, das ihn beim Anblick dieser Frauen – und einiger Männer, die ihre Gehilfen waren – erfasst hatte und das einen wie von selbst ermächtigt zu töten, wenn man nicht schon ohnehin ermächtigt wäre durch den Auftrag, der von ganz oben kommt? Was hatte er jetzt in Händen? Was? Wo war das lebendige Beweisstück, das er benötigte? Und da fiel ihm der Loup-garou ein, der Wolfsmensch im Kloster der Cordeliers. Ein Junge, der Jahre zuvor auf Grund der Verbrechen, die er in Wolfsgestalt verübt hatte, zu lebenslanger Verwahrung im Kloster verurteilt worden war. Er beschloss, ihn aufzusuchen, genau zu studieren und seinem Buch einen Exkurs über den Wolfsmenschen einzufügen.

Der Loup-garou

Als das Gericht ihn zur Klosterhaft in Bordeaux verurteilte, ergab es sich zufällig, dass er zu den Cordeliers gebracht wurde. Das große Geheimnis göttlicher Vorsehung: Gerade die Brüder dieses Ordens haben von ihrem Patron St. Franziskus gelernt, wie man Wölfe zähmt, mögen sie auch noch so wild und blutrünstig sein.

Pierre de Lancre

Sie hielten ihn in einer Zelle hinter dem Küchentrakt. Es war mehr ein Verschlag als eine Zelle. Statt der Tür hatten sie eine Art Gatter angebracht, durch das man ihn vom Gang aus beobachten konnte. Meistens saß er auf dem Stroh in seiner Ecke und starrte zurück, wenn man ihn ansah. Er erinnerte mehr an einen Affen als an einen Wolf, irritierte den Betrachter dadurch, dass er ihn mit großer Ausdauer und Akribie nachahmte, Kopfhaltung, Gestik. Wer genau hinsah, fand schließlich sogar den leeren törichten Ausdruck des eigenen Glotzens in seinem Gesicht und wandte sich rasch zum Gehen.

1610 war er ungefähr zwanzig Jahre alt. Sein Leben als Wolf lag seit sieben Jahren hinter ihm, eine ferne Erinnerung, mehr und mehr ein Traum von weiten Himmeln, nackten Sohlen auf

Fels, der sich unter ihnen warm anfühlt, feuchten Höhlen, wo er mit trockener, rauer Zunge die Wände ableckt, aus denen Wasser heraussickert, und in denen er sich kurz vor Tagesanbruch zum Schlafen zusammenrollt, zitternd vor Kälte, im Ohr die Stimmen der Nacht, ihr Wispern, ihr Heulen, ihren Flügelschlag. Er erinnert sich, dass er schnell war im Klettern und Laufen, unschlagbar schnell, und im Traum von seinem Wolfsleben findet er wieder die Spalten und Ritzen im Fels, die ihm Halt geben, duckt sich hinter die Vorsprünge, wo er Deckung sucht, hört sich hecheln, fühlt, wie ihm die Zunge aus dem Maul wächst, die Ohren sich zu spitzen, zuckenden Trichtern aufstellen, denen kein Laut entgeht, nicht das leiseste Knacken im Unterholz, nicht das Fauchen weit entfernter Wildkatzen, nicht das Fiepen der Fuchswelpen in einem gut verborgenen Bau. Er empfängt jede Witterung. Aas riecht er meilenweit. Aasgeruch zieht ihn an. Er mag Aas. Er kann riechen, von welchem Tier das Aas ist, lange bevor er heran ist und es sieht. Er riecht auch, wer von den Wölfen schon vor ihm da war, wartet in sicherer Entfernung, bis er an der Reihe ist. Sonst ist er gut Freund mit den anderen Wölfen. Sie wissen, dass er ein besonderer Wolf ist, einer von ihnen, wenn er auch nicht zum Rudel gehören kann. Das ist im Wolfsleben wie im Leben unter Menschen. Zum Rudel gehört einer wie er nicht. Aber er weiß von den Wölfen, dass sie ihm nicht feindlich gesonnen sind. Wenn er sich beim Fressen an die Rangfolge hält, die vorschreibt, dass er der Letzte ist, lassen sie ihn gewähren und beachten ihn nicht weiter.

Sie sind eine große Gemeinschaft der Hungernden. Der Hunger der Wölfe ist ein besonderer. Es ist ein mächtiger Hunger, blindwütig, streng, ein Hunger wie ein Gott, der nichts neben sich duldet. Man muss ihm geben, was er will. Sie dienen dem Hunger, wie Menschen einem Herrn dienen, der sie nach Belieben quälen darf und nicht danach fragt, ob es ihnen recht ist, was sie für ihn tun sollen. Manchmal ist es ein spezieller Hunger, eine Gier, die vor nichts Halt macht. Ein zielgerichteter Appetit.

Sieh dieses Kind, sagt er, dort hinten bei den Schafen.

Das Hütemädchen? Das Mädchen mit den nackten Beinen?

Ich will es. Hol es mir!

Aber das ist verboten. Das geht nicht. Das kann ich nicht.

Doch er muss es tun. Das ist der Hunger der Wölfe. Er duldet keinen Widerspruch gegen sich.

Jetzt brachten sie ihm dreimal am Tag zu essen. Aus der Küche kamen die Gerüche zu ihm herein. Das war schön. Er hatte gelernt, sie zu unterscheiden. Stunden brachte er zu mit dem Unterscheiden der Düfte aus der Küche. Er hatte seine eigenen Namen für sie. Wächst-hinten-im-Garten-Kraut, Ist-mir-zu-sauer-Fleisch, Nie-genug-davon-Suppe. Er wusste nicht mehr, wie Hunger schmeckte. Man vergaß es hier. Manchmal kam einer der Laienbrüder aus der Küche und warf ihm zwischendurch etwas durch das Gatter zu. Einen Fischkopf. Einen Schweinefuß. Am liebsten aß er immer noch rohes Fleisch. Da, für dich! Dann verfiel er in alte Gewohnheiten und aß mit den Händen. Er wusste, dass sie genau das sehen wollten. Er machte es für sie. Es gefiel ihm, wenn er ihnen zu Gefallen war. Er übertrieb sogar etwas, knurrte beim Fressen, wie es die Wölfe tun, wenn ein anderer Wolf ihnen dabei zu nah kommt. Es steckte etwas von einem Schauspieler in ihm, ein winziges komödiantisches Talent, das sich manchmal hervorwagte. Er liebte die Aufmerksamkeit, die ihm dadurch zu Teil wurde.

Sie nannten ihn Lupus. In Wirklichkeit hieß er Jean. Jean Grenier. Lupus gefiel ihm besser als Jean. Er war Lupus. Der Lupus der Cordeliers. Ihr Tier.

Für die Mahlzeiten hatten sie ihm einen Löffel gegeben und eine Schale, die er sorgfältig ausleckte, bis sie ganz sauber war. Ja, man konnte sagen, er hielt auf sich. Das Gewand, das er trug, war auch ziemlich sauber. Sie führten ihn manchmal zum Brunnen, wo er sich und sein Gewand wusch, indem er den Eimer über sich ausleerte und seine Kleider anschließend am Körper trocknen ließ. Das machte ihm gar nichts aus. Glaubten sie, in den

Bergen, da hätte er nicht gefroren? Manchmal wunderte er sich, wie wenig sie wussten vom Leben der Wölfe. Von der Beschwernis, die er gehabt hatte, als er noch in seinem Wolfspelz war.

Sie wollten von ihm wissen, wie man sich darin fühlt.

Wie ein Wolf.

Konnte er das genauer beschreiben?

Haarig. Man fühlt sich haarig an.

Und? Wie ist das?

Ach, sagte er, wir Wölfe, wir sind daran gewöhnt.

Und wo ist er jetzt, dein Pelz?

Das war eine schwierige Frage. Was sollte er darauf antworten? Anfangs hatten sie ihm viele solcher schwierigen Fragen gestellt.

Hatte er ihn versteckt, den Pelz? Er sollte sagen, wo. Sie würden ihn finden und im Gericht vorzeigen. Das sei ein Beweisstück, sagten sie. Also wo? In den Bergen? Der Höhle vielleicht, in der er gelebt hatte? Oder unter einer losen Holzdiele im Haus seines Vaters? Wo?

Der Pelz?

Ja!

Dann hatte er einen Einfall.

Der Pelz! Meint ihr den Pelz, den ich trage? Diesen hier?

Er strich sich über die Arme, betrachtete sie, fuhr mit der Hand über seinen Bauch. Diesen grauen Pelz an mir?

Da hörten sie auf, ihn weiter mit ihren Fragen zu quälen. Und er blieb dabei. Macht mir den Pelz nicht nass! Aber auf die Dauer war es ihm zu dumm. Und er sagte: Dieser Pelz juckt. Ich mag ihn nicht mehr tragen. Wenn mir die Herren beim Gericht einen neuen Anzug schenkten, ein richtiges Gewand, vom Schneider genäht, nur für mich gemacht, dann könnte ich ihn ablegen. Darum bitte ich Euch, Ihr Herren, schenkt mir ein Gewand! Ich kann dieses garstige Fell an mir nicht mehr ausstehen! Und sie schenkten ihm ein Gewand, nagelneu, und eine Weste mit Hirschhornknöpfen. Und er war sehr stolz darauf.

Und der damalige Gerichtspräsident Daffis sah darin ein Zeichen, dass der Wolfsmensch vielleicht zu retten sei. Dass man ihn nicht, wie es die Mehrzahl der Herrn bei Gericht für unumgänglich gehalten hatte, brennen lassen müsse, sondern gleichwie unter dem zotteligen Wolfspelz die weiße Haut eines Menschen verborgen gewesen, so möchte vielleicht in ihm eine menschliche Seele sein, der durch sorgsame Reinigung von ihren teuflischen Befleckungen am Ende sogar ihr Weg zu Gott zu weisen sei, der dieses Wesen zweifelsohne als Mensch geschaffen habe, mithin sein ewiges Heil wünsche, welches womöglich nicht durch eine Verbrennung, sondern durch eine lebenslange Verwahrung im Kloster zu befördern sei, verbunden mit den strengsten Bußübungen, als da wären körperliche Züchtigung, Fasten, Ankettung und der Vorenthalt jeglicher Gesellschaft außer der, die zu seiner Pflege und geistlichen Unterweisung nötig sei. Auf jeden Fall sollte man es mit ihm versuchen und könne ihn, wenn es misslänge, noch immer verbrennen.

Monsieur Daffis war es gelungen, die Herren vom Gericht nach und nach auf seine Seite zu bringen, und man ordnete für den Wolfsmenschen Klosterverwahrung an mit der Auflage, dass er einer Kommission des Parlaments von Bordeaux jährlich vorzuführen sei, die ein schriftliches Gutachten über ihn anzufertigen habe, welches bei Gericht zu hinterlegen sei und die Fortschritte des Jungen in den Disziplinen »Menschsein« und »Religion« sowie »gutes Betragen« dokumentieren solle.

Da war er dreizehn. Er hatte sieben Besuche der Kommission überlebt und so viel von seiner Lage begriffen, dass er den Präsidenten Daffis, inzwischen längst im Ruhestand, als seinen Retter bezeichnete. Er konnte mehrere Gebete aufsagen, wusste sich zu bekreuzigen und ansonsten seine Hände gefaltet zu halten, solange die Herren mit ihm sprachen.

Die Klosterbrüder stellten ihm ein mehr oder weniger günstiges Zeugnis aus. Wohl sei er noch nicht ganz ein Mensch, doch auf dem Weg dahin. Er esse mit dem Löffel, wasche sich freiwillig und benutze, wenn er gehe, überwiegend die von Gott ihm dazu verliehenen Werkzeuge, seine zwei Beine. Nur wenn er, wie es bei Gewitter geschehe, von Furcht ergriffen werde, einer Furcht, die über das vernünftige Maß weit hinausgehe, lasse er sich noch wie ein Tier an, berenne die Wände seiner Zelle, bekratze sie, bis seine Nägel blutig seien, wimmere scheußlich und heule schließlich nicht anders als ein Wolf. Am schlimmsten habe er sich aufgeführt, als in der Klosterküche ein Brand ausgebrochen sei, den man viel schneller und leichter als ihn unter Kontrolle gebracht habe, dergestalt, dass man ihn wie vormals wieder an die Kette habe legen müssen, was ihn jedoch noch wilder zu machen schien. Man habe deshalb seither ganz auf das Anlegen der Kette verzichtet, wie überhaupt christliche Milde den Brüdern geeigneter schien als zu große Härte, um ihn zum Menschen zu bessern. Zur Bewahrung der Welt vor etwaigen Schäden, die er in ihr anrichten mochte, sei es wohl ausreichend, ihn streng und allein in seinem kleinen Verschlag aufzubewahren, wo jeder, der auf dem Gang vorbeikam, einen Blick auf ihn werfen könne und ihn so auch hinderte, vor aller Augen gewisse Unziemlichkeiten zu begehen, denen er sich leider immer noch häufig hingebe, da helfe kein Mahnen und kein Verweis. Die tierische Natur, an der er teilhabe, breche sich Bahn in ihm. Doch habe man beobachtet, dass er sich schäme, wenn man ihm dabei zusehe, er drehe sich zur Wand, allerdings ohne sein Werk zu unterbrechen, worin man allenfalls eine menschliche Regung erkennen mochte, wenngleich das Tierische in ihm die Oberhand behielt.

In Wahrheit waren die Brüder seiner längst überdrüssig. Sie hatten begriffen, dass sie ihn, solange er lebte, nicht loswerden würden. Die Zeit, in der man über ihn außerhalb des Klosters gesprochen hatte, war längst vorbei. Das Interesse der Öffentlichkeit an ihm war erlahmt. Die Gäste, Ärzte, Philosophen, Wissenschaftler, die den Wolfsmenschen studieren und ihn beobachten wollten, blieben schon lange aus. Was die Mönche an ihm hatten, war ein Kostgänger, ein Dauergast von mäßigem Unterhaltungswert. Die Possen, mit denen er sie anfangs noch amüsiert hatte, sein wölfisches Heulen, sein Gang auf allen vieren, sein unmäßiger Appetit, langweilten sie längst. Auch hatten sie sich mit fortschreitender Gesittung verloren und einem merkwürdig geduckten, mehr hündisch als wölfisch anmutendem Wesen Platz gemacht, das niemandem in die Augen zu blicken vermochte und fortwährend errötete, wenn man mit ihm sprach. War das der Mensch, der im Wolf gesteckt hatte? Dieser kleinwüchsige Mann von schlechter Körperhaltung, der mangels Bewegung etwas fett geworden war und seine ehemals gefürchteten Krallen bis auf das Nagelbett abnagte? Es schien, als könne er es selber nicht glauben.

Er schämte sich, wenn er an seine Zeit als Wolf dachte. Er schämte sich, wie man sich mit zwanzig schämt, dass man dreizehn gewesen ist. Er war nur zu gern bereit, sich davon zu distanzieren.

Ja, er war ein Loup-garou. Ja, er hatte getan, was er getan hatte. Aber er sprach nicht mehr gern davon. Manches verschwieg er ganz. Das Schnuppern am Boden. Die Sprache der Exkremente, die er roch. Gute und schlechte Nachrichten, die er so erfuhr. Das Straßennetz aus Urin, der die Wege markierte, über die er als Wolf gezogen war. Fremde und eigene Wege, die er durch ein rasches Spritzharnen bezeichnet hatte, Botschaften, die er mit kühner Selbstüberhebung auszusenden wagte. Glanzvolle Botschaften. Botschaften, die alles sagten, was zu sagen war. Triumphale Botschaften. Fanfaren der Selbstbehauptung. Er spritzte sie auf Steine, an Wegränder, Baumstämme. Keine Erklärungen. Keine Begründungen. Keine Zurücknahmen. Bitten. Beweisführungen. Ich. Ich. Ich. Ich bin in diesem Duft.

Er wälzte sich darin, besprengte sich selbst damit.

Überhaupt das Wälzen. In Kot, in verrottetem Obst, in alten Fleischresten hatte er sich gewälzt. Er hatte nicht widerstehen können. Manchmal, wenn sie die Abfälle hinter der Küche noch nicht vergraben hatten oder an Tagen, die heiß und windstill waren, der Geruch aus dem Abtritt aufstieg und sich wie ein schweres Parfüm der Luft beimischte, die er atmete, so viel Rest von lauter Ichs, so viel Gegenwart, die er mit einem Atemzug tief in sich einsog, dann musste er sich beherrschen, um sich nicht die Kleider vom Leib zu reißen und auf dem Boden seiner Zelle zu wälzen, in dem bisschen Schmutz, das sie ihm ließen, dem Aroma des Schmutzes, das er an sich zu spüren einmal so geliebt hatte. Nur der Schmutz war rein. Reine Freude. Reines Glück. Reines Bei-sich-Sein. Oh, wie er sich schämte, dass er ein Wolf war.

Doch tief in sich verbarg er noch immer den Hunger der Wölfe. Den Hunger nach Fleisch, nach Mädchen. Manchmal hörte er von fern ihre Stimmen. Es gab sie noch. Nicht hier im Kloster, aber irgendwo dort draußen. Er sog tief die Luft ein, forschte in ihr nach Spuren, nur einem Hauch von Mädchenfleisch. Er fand ihn verdeckt von anderen Gerüchen, er legte ihn frei unter Schichten von Kochdünsten, aus der Kapelle ganz dünn herüberziehendem Weihrauch und Kerzenduft, den Ausdünstungen aus den Kutten der Mönche, Blütenduft, der von weit her zu ihm hereinwehte, Pferdemist, Fäulnisgerüchen aus der Abfallgrube im Hof, Gestank aus den Latrinen. All das musste er für sich sorgfältig abtragen, Schicht um Schicht, wie man Schlamm und Geröll nach einer Überschwemmung abträgt, mühevoll, um sich zu etwas Verlorenem vorzuarbeiten, etwas, das einem entrissen worden ist und das man verzweifelt sucht – und dann fand er ihn, den schwachen Duft nach Mädchenfleisch. Er hing in der Wäsche, die man an ihm vorbeitrug, Weißwäsche, die von den Mönchen zum Waschen ausgegeben worden war und am Fluss von den Wäscherinnen gebleicht wurde. Er stieg aus den Federn der Gänse, die in der Klosterküche gerupft wurden und, bevor ihnen die Laienbrüder die Hälse umdrehten, von den Mädchen vom Gänseanger abgeliefert worden waren. Er kam von weit her, wo aus einem geöffneten Fenster Bettzeug ausgeschüttelt wurde.

Er war ein Wolf. Er war gefährlich, wenn er diesen Duft unter anderen erkannt hatte. Er sann auf Flucht aus dem Kloster. Er sann auf die Tötung der Brüder, die sich ihm in den Weg stellen würden. Er malte sich aus, was er mit den Mädchen tun wollte, wenn er sie fand. Die Gänsemägde. Die Wäscherinnen. Das Mädchen, das in der Kammer war, in der ein Bett stand. Oh, dies Mädchen hatte es ihm angetan. Er würde es anfassen. Festhalten. Es würde schreien, wie das Hütemädchen geschrieen hatte. Er würde sein Gesicht in das Bettzeug drücken und warten, bis es ganz still wäre. Dann würde er etwas sehr Böses tun.

Würdest du es wieder tun? Hatten sie ihn gefragt.

Und er hatte ihnen geantwortet, was die Wahrheit war:

Ja, hatte er gesagt. Wenn es nicht verboten wäre, würde ich es gern wieder tun.

Und da waren sie seinetwegen sehr traurig gewesen und hatten versprochen, ihn vor solch schweren Sünden in Zukunft zu bewahren. Er werde keine Gelegenheit mehr haben, sie zu begehen, indem er nie wieder ein Mädchen zu sehen, geschweige denn zu fassen kriegen sollte.

Nie wieder, Jean Grenier, hörst du? Nie wieder, solange du lebst.

Und er hatte leise »Danke« gesagt, weil die Herren so gütig zu ihm waren, so voller Huld. Und der Wolf in ihm hatte unhörbar dazu geknurrt und seine Zähne gefletscht. Er wusste, dass sein Hunger unstillbar sein würde, aber er befahl ihm, Ruhe zu geben, dies eine Mal. Und er hatte den Kopf gesenkt, damit seine Augen nicht den Wolf in ihm verrieten, die Schlitze nicht zu sehen waren, zu denen sie sich verengten, das gelbe Funkeln darin, das er hinter den Lidern spüren konnte, wenn sich sein Blick auf ihre Schlagadern heftete, ihre Hälse, ungeschützt, hochmütig aus ihren weißen Krägen emporgereckt. Hier, knurrte der Wolf in ihm. Hier. Du weißt es. Es könnte so einfach sein.

Doch er behielt seine demütige Haltung. Der Schauspieler in ihm probierte sie und gefiel sich darin nicht übel wie in seinem neuen Kleid.

Danke, Messieurs. Danke. Ihr seid so gut zu mir.

Er vermied es fortan, den Menschen einen Blick in seine Augen zu gestatten. Er gewöhnte sich an, den Kopf gesenkt zu halten, und warf nur seitwärts gerichtete rasche Blicke auf sein Gegenüber, wenn man mit ihm sprach, was selten genug vorkam. Er saß in seiner Zelle, in die das Licht nur durch das Gatter fiel, das sie zum Gang hin abschloss, einem Gang, der sich am Ende schon seinen Blicken entzogen, zum Küchenhof öffnete, und durch ein Fenster, sehr klein und vergittert, vor dem, nur durch eine schmale Gasse getrennt, einen Spalt, in dem es von Ratten wimmelte, die Rückwand des Refektoriums lag. Es war eher eine Ahnung von Licht, besonders im Winter, nichts als ein graues Dämmern, das spät aufzog und sich wieder früh verlor.

Er nahm die Welt in Gerüchen, nicht mit den Augen wahr. Und wenn er diese Witterung erspürt hatte, diesen zarten sehnsüchtigen Duft nach Mädchenfleisch, der ihn mehr als alles andere erregte, einen Duft, in dem eine Botschaft für ihn mitschwang, ein Rufen, das ihn und nur ihn meinte, eine leise Bitte, die er darin zu vernehmen glaubte, ein Versprechen, vage und ahnungsvoll, das ihn wie eine Berührung streifte, dann konnte er sich nicht länger beherrschen. Er legte den Kopf in den Nacken, zog seine Lippen nach vorn, öffnete leicht den Mund, spürte, wie der erste Laut in ihm anschwoll, wie er, zunächst noch unhörbar, seine Brust weitete, in ihm anstieg, bis er aus seiner Kehle drang, uuuh – der Gesang der Wölfe. Die Stimme seiner Gefangenschaft. Weithin hörbar. Durchdringend. Melodiös. Die Botschaft, die er zurücksendete. Hier bin ich – uuuh. Seine Klage. Sein Werben. Das Lied von der Kraft, die in ihm war. Von seiner Knechtschaft. Von seiner Erniedrigung.

Und manchmal antworteten ihm einzelne Hunde. Sie heulten zurück. Sie verstanden ihn. Er erfuhr vieles von ihnen. Die Welt draußen war nicht anders als vor seiner Gefangenschaft. Einsamkeit. Mangel an Nahrung. Prügel und Angst voreinander. Er erfuhr von gut genährten Hofhunden, die auf Grund ihrer Bestallung ein Leben in Würde und Sorglosigkeit führten, und von den räudigen, misstrauischen Kreaturen, die sich auf den Straßen herumtrieben und sich von Abfällen und Unrat ernähren mussten. Der Gesang, mit dem sie ihm antworteten, verriet alles über sie.

Das war die Welt, die er kannte. Das war die Welt, die er einst verlassen hatte, um lieber Wolf zu sein. Es lohnte sich nicht, dahin zurückzukehren.

Manchmal in früheren Jahren hatte er im Kloster Besuch bekommen. Männer, die ihn betasteten, die ihm dieselben Fragen stellten wie die Herren vom Gericht. Wer war es, der ihm den Wolfspelz gegeben hatte? Wer war es, der ihn zum Bösen anstiftete? Hatte er von dem Fleisch des Mädchens gekostet? Wie schmeckte es? Wohnte er lieber den Frauen bei oder den Wölfinnen?

Die letzte Frage verstand er nicht richtig.

Wohnen?

Ob er schon mal mit einer Wölfin kopuliert habe.

Was?

Ob er es treibe. Wie ein Wolf. Und ob ihm das gefallen habe mit den Wölfinnen.

Jetzt verstand er.

Nein, sagte er, die Mädchen gefallen mir besser.

Sie schrieben seine Antworten aufs Papier.

Und nun zum Teufel, sagten sie. Wo hast du ihn zuerst getroffen?

Er antwortete dies und das. Dann blieb er schließlich dabei:

Im Wald, sagte er. Im Wald von Saint Antoine.

Sie ließen nicht nach und wollten wissen, wie er aussah.

Das war nicht schwer.

Er war groß, schwarz gekleidet und saß auf einem großen schwarzen Pferd. Ein großer schwarzer Mann im Wald.

Seine Phantasie war eher unterdurchschnittlich. Sie ging in nichts über die jedem Dorfkind bekannten Details hinaus. Aber sie schienen zufrieden mit ihm zu sein.

Und was weiter?

Nun, diesem Mann diente er.

Es war nicht leicht für ihn, solche Fragen zu beantworten. Er wusste viel über Wölfe – er hätte über sie die erstaunlichsten Dinge sagen können – und wenig über den schwarzen Mann. Doch sie kamen immer wieder auf ihn zurück.

Schließlich gestand er ihnen, dass der schwarze Mann – Satan –, dass Satan ihm den Pelz gegeben habe, in dem er seine Untaten verübt hatte, betonte jedoch, dass er sich zunächst an Hunde gehalten habe, die er überfiel –

und deren Blut er trank, ergänzten sie.

Nein, nein, sagte er. Er schüttelte sich. Das Blut von Hunden mochte er nicht.

Doch das von Kindern.

Nun ja, das von Kindern …

Er sollte ihnen sein erstes Mal schildern.

Er wusste von keinem Kind außer von den Mädchen.

Die Mädchen?

Die Hütemädchen, die ihn ausgelacht hatten. Und darüber sei er so wütend geworden, so –, er wusste nicht wie.

Was wollte er von den Mädchen?

Er wollte sie heiraten.

Die Herren lachten.

Alle?

Nein, sagte er. Nein. Die Schönste wollte er heiraten.

Und was hat sie dazu gesagt?

Sie wollte nicht.

Nicht?

Sie nannte ihn einen Zwerg. Einen ungewaschenen Zwerg.

So ist das nun einmal, sagten sie, mit den Mädchen.

Ich hab ihnen Angst gemacht, sagte er.

Wie denn, wollten sie wissen.

Die Wölfe, sagte er. Die Mädchen fürchten die Wölfe. Wenn man ein Wolf ist, rennen sie vor einem weg. Sie schreien. Sie fallen. Der Wolf hält sie an ihren Kleidern fest.

Und dann?

Er hat ihr das Kleid nicht zerrissen, wie es die richtigen Wölfe tun. Er hat es nur immer höher und höher geschoben, bis er sehen konnte, was darunter war. Und weil er sich deswegen schämte, hat er ihren Rock ganz hochgezogen, bis ihr Gesicht bedeckt war, und er hat die Hand darauf gelegt, damit ihr Schreien aufhörte. Denn er wollte nicht, dass die anderen zurückkamen und ihn dabei sehen konnten, wie er ihr etwas tat. Und er stellte sich vor, kein Wolf zu sein, sondern ein junger Mann, der ihr angenehm war. Das stellte er sich vor. Und er sagte: Nicht böse. Nicht böse sein. So war sein erstes Mal.

Als de Lancre ihn im Frühjahr 1610 im Kloster aufsuchte, hatte er es sich nicht nehmen lassen, zuvor die Akten des Prozesses aus dem Jahr 1603 zu studieren, die er sich im Archiv des Parlaments hatte aushändigen lassen. Er war bestens informiert und neigte nach eingehender juristischer Würdigung des Falles zu der Ansicht, dass eine Verbrennung des Jungen die bessere, ja, die saubere Lösung gewesen wäre. Doch es oblag ihm nicht, dies zu kritisieren, sondern er profitierte von diesem Fehler vorangegangener Rechtsprechung, der ihm einen erstrangigen Informanten bescherte, einen lebendigen Besessenen, einen Teufelsjünger, der, möglicherweise gebessert, doch gerade deshalb Auskunft geben konnte über das Teufelswerk, die allfällige Frage, wie sich die Durchdringung mit dem Bösen vollzieht, die Transformation des Menschen zum reißenden Wolf, der Frau zur Hexe, des Mannes zum Zauberer.

Dies war der entscheidende Punkt für de Lancre. Denn war die Verwandlung nur eine eingebildete, was immerhin von einem kritischen Geist, einem denkenden Menschen wie ihm bedacht werden musste, dann hätte man all die Hexen und Hexer für einen Frevel verbrannt, den sie nur in ihren Köpfen, in der Phantasie begangen hatten. Man verbrannte sie im Fleische für etwas, das sie nur im Geiste begangen hatten. Das wäre fürchterlich. Diese Ansicht musste von Grund auf widerlegt werden.

Als ihm einer der Patres den Verschlag aufschloss und ihm bedeutete einzutreten, durchfuhr ihn, noch bevor er die dunkle Gestalt in der Ecke kauern sah, ein unverhoffter Schreck: Der Pater wollte ihn mit dem Wolfsmenschen doch nicht allein lassen? Er trat einen Schritt zurück, blieb auf der Schwelle stehen.

Der tut nichts, sagte der Pater. Gehen Sie ruhig näher ran. Sie können ihn anfassen.

De Lancre wollte nichts weniger als das, tat aber ein paar Schritte in den Raum hinein und hörte entsetzt, wie das Gatter in seinem Rücken geschlossen wurde und sich ein Schlüssel im Schloss drehte.

Pater, rief er. Sie bleiben doch?

Rufen Sie mich, wenn Sie mich brauchen, sagte der Pater, entfernte sich jedoch rasch. Ich höre Sie.

De Lancre, obwohl vorbereitet auf diesen Fall, fühlte sich überfordert von der Situation, in der er sich befand. Was tat ein vernünftiger, gebildeter Mann wie er mit einem Debilen in einem Raum? Ihm war, als ließe man ihn am Bett eines Kranken allein oder bei einer Wöchnerin. Was erwartete man von ihm?

Bonjour, Monsieur, sagte der Wolfsmensch.

Er richtete sich auf, stellte sich auf die Füße und kam auf de Lancre zu, der überrascht die ausgestreckte Wolfsmenschenhand ergriff. Es war ein schlaffer Händedruck. Nichts deutete auf ungewöhnliche Kräfte oder die Absicht hin, Gewalt anzuwenden.

Bonjour, sagte de Lancre.

De Lancre war überrascht, wie kleinwüchsig der Wolfsmensch war. Er erinnerte sich: Auch Wölfe waren stets kleiner, als man befürchtet hatte, wenn man sie sah. Hierin war der Loup-garou ganz Wolf. Er bemerkte die Zähne, überdurchschnittlich lang, nach außen stehend, verdorben, teilweise fast schwarz von Fäulnis. Man sah ihnen an, was er damit getan hatte. Weiß Gott, dachte de Lancre, diese Zähne sind gebraucht worden. Er selbst putzte seine mit Kleie allmorgendlich. Er konnte immer noch stolz auf sie sein.

Er sagte: Setzen wir uns.

Dann merkte er, dass es gar keinen Stuhl in der Zelle gab.

Er rief: Pater? Pater?

Der kommt nicht, sagte der Wolfsmensch. Der hat zu tun.

Es muss doch jemand da sein, sagte de Lancre.

Niemand da, sagte der Wolfsmensch.

Er setze sich wieder in seine Ecke.

Was willst du hier?, sagte er.

De Lancre besann sich auf sein wissenschaftliches Anliegen. Er trat beiseite, weg von dem Gatter, wo er sich selber das Licht nahm, lehnte sich an die Wand und schickte sich an, sein Verhör zu beginnen.

Hast du mir was mitgebracht?, sagte der Wolfsmensch.

Nein, sagte de Lancre. Was willst du denn?

Weiß nicht, sagte der Wolfsmensch. Die bringen mir Essen hier.

Na, siehst du, sagte de Lancre.

Er dachte nach.

Du bist ein Loup-garou?, sagte er. Ist das wahr?

Ist wahr, sagte der Wolfsmensch. Aber ich tu das bestimmt nicht mehr.

Und wenn Monsieur de la Foret zu dir kommt?, sagte de Lancre. Der schwarze Mann?

Der Wolfsmensch schien nachzudenken.

Meinst du hierher? Ins Kloster?

Ja, sagte de Lancre.

Der kommt nicht mehr.

Und wenn?

Dann mach ich so, sagte der Wolfsmensch und schlug ein Kreuz.

Und geht er dann?

Dann geht der.

War er denn schon einmal hier? Hat er dich schon mal im Kloster besucht?

Der Wolfsmensch wurde unruhig. Er rutschte auf seinem Strohlager hin und her. Dann sprang er plötzlich auf und lief auf allen vieren zur Wand und wieder zurück. De Lancre dachte: Der Wolf! Der Wolf ist los! Hier war er, der Gegenstand seiner Forschungen. Eine Welle von Begeisterung ergriff ihn und riss ihn mit sich fort. Das Geheimnis. Das Wunder. Hier. Vor seinen Augen begab es sich.

Am Anfang, sagte der Wolfsmensch. Am Anfang, da war er da. Und da hab ich Angst gehabt.

Und?, sagte de Lancre.

Und da hab ich ganz viel so gemacht.

Der Wolfsmensch bekreuzigte sich mehrmals und heftig. Es sah aus, als würde er gar nicht mehr aufhören.

Dann war er plötzlich ganz ruhig. De Lancre hielt den Atem an.

Der wollte, dass ich wieder Böses tu, sagte er schließlich.

Und was hat er dir dafür versprochen, sagte de Lancre.

Versprochen?

Was wollte er dir dafür geben?

Der hat mir auch nix mitgebracht, sagte der Wolfsmensch.

De Lancre gab nicht auf.

Hat er nicht gesagt, er will dir etwas Gutes tun, wenn du ihm wieder dienst?

Der Wolfsmensch dachte nach.

Gold?, sagte er. Mich reich machen?

Ja, sagte de Lancre.

Dem hab ich aber gesagt, ich will das nicht.

Der Wolfsmensch fing erneut an, sich zu bekreuzigen. De Lancre versuchte, ihn auf andere Gedanken zu bringen.

Was machst du hier immer so?, sagte er.

Ich krieg Besuch, sagte der Wolfsmensch.

Man sah ihm an, dass er log.

Und wer besucht dich?

Och, sagte der Wolfsmensch, so Männer. So Männer wie du,

Monsieur, die kommen oft zu mir. Denen zeig ich dann, wie ich laufen und springen kann. Willst du auch mal sehen?

Hier drin?, fragte de Lancre.

Nee, sagte der Wolfsmensch. Die lassen mich dann raus.

De Lancre überging das. Wollte der Idiot ihn etwa zur Fluchthilfe anstiften? Doch als später der Pater zurückgekommen war und ihm die Zelle aufgeschlossen hatte, als er schon hinaus war und den Wolfsmenschen nur noch durch das Gatter von außen sah, ihm zusah, wie er aufstand, zur Tür kam und seine Hand hinausstreckte, die de Lancre ergriff und deren Schlaffheit ihn noch einmal merkwürdig berührte, auf Wiedersehen, Monsieur, da sagte der Pater:

Na, Jean, willst du Monsieur nicht deine Kunststücke vorführen?

Und der Wolfsmensch sagte: O bitte. O bitte, das möcht ich gern!

Haben Sie noch ein bisschen Zeit, Monsieur?, fragte der Pater.

De Lancre schüttelte den Kopf, sagte aber: Wenn's sein muss.

An und für sich hatte er genug. Aber schon öffnete der Pater das Gatter und führte den Wolfsmenschen am Arm heraus.

Na, dann komm, Jean. Dann komm. Zeig Monsieur, was du kannst!

Der Umgang mit dem Idioten hatte de Lancre merkwürdig hilflos gemacht, unfähig, an der richtigen Stelle »Nein« zu sagen. Widerwillig kam er mit, als der Pater den Jungen zum Garten des Klosters führte.

Kommst du mit? Kommst du mit?, sagte er zu den anderen Fratres, die sie auf ihrem Weg trafen.

Springt er?, fragten die Fratres und schlossen sich ihnen an. Offenbar handelte es sich um ein Ereignis, das im Kloster Tradition hatte.

Der Garten der Cordeliers war von einem breiten Bachlauf durchzogen, dessen Wasser zur Garonne floss. In dieser Jahreszeit waren seine Ufer weißblau von blühenden Scillas und Anemonen im frischen Gras. Es war ein herrlicher Frühlingstag, einer von diesen Tagen, an denen Wölfe und Menschen tief die Luft in ihre Lungen ziehen und darin das Nahen des kommenden Sommers spüren, eine leichtere Zeit, eine größere Freude, ein schnelleres Beuteglück. Der Garten der Cordeliers lag in gleißender Sonne, der Himmel weißblau wie die Wiesen darunter. Es gab keinen größeren Kontrast zu der Zelle des Wolfsmenschen.

De Lancre hörte ihn hecheln. Er sah zu ihm hin. Kein Zweifel, das war das Hecheln eines Wolfes. Sein Mund stand auf, seine Zunge war zwischen den Zahnreihen sichtbar. Es war das Hecheln der Caniden, bevor die Jagd beginnt, voller Gier, voller Eifer, voller Ungeduld auf das, was kommen wird. Es war ein Glückshecheln. Denn Eifer und Gier machen das Glück der Wölfe aus, bei Hunden gepaart mit der Lust, den menschlichen Herren zu Willen zu sein, das eigene Glück im Dienst für sie zu erfahren. Ein kindischer Eifer. Eine hündische Lust. Davon war Jean Grenier erfüllt. Er war wie ein Jagdhund, der an seiner Leine zerrt und es nicht erwarten kann, dass die Hatz losgeht.

Zwei Patres hielten ihn noch fest.

Na los, Lupus, sagte der Pater, der sie hinausgeführt hatte. Jetzt zeig uns mal, was du kannst!

Er war wie ein Windhund, schrieb de Lancre später in seinen Aufzeichnungen. Man konnte ihm kaum mit den Augen folgen. Er bewies eine phantastische Geschicklichkeit im Laufen auf allen vieren und überwand mühelos einen Graben. Er schien ein besonderes Vergnügen darin zu finden, dass wir ihm zuschauten bei seinen Kunststücken …

In Wahrheit war der Wolfsmensch nach all der Zeit in seiner Zelle etwas schwerfällig geworden. Zwar bewegte er sich noch geschickt auf vier Beinen, doch geriet sein Sprung über den Graben ein wenig zu kurz, und er blieb an der Böschung im Schlamm stecken und musste einen Fuß mit Mühe herausziehen. Er war auch bald und nun wegen der ungewohnten Anstrengung hechelnd zurückgekommen, schien jedoch stolz auf sich, ein alter Hund, der das Apportieren noch nicht verlernt hat und von seinem Herrn das alte Lob erwartet.

Brav, sagte der Pater, der die Idee zu dieser Vorstellung gehabt hatte. Gut gemacht, Lupus.

Die anderen Mönche machten keinen Hehl aus ihrer Meinung, dass man den Wolfsmenschen im Kloster zu gut füttere.

Früher, sagten sie zu de Lancre, da hätten Sie ihn sehen sollen.

Dennoch, hatte de Lancre gesagt – er suchte nur noch nach einem passenden Abgang –, dennoch bemerkenswert.

Das war auch die Ansicht, die er später in seiner Schrift vertrat. Bemerkenswert.

Und was weiter? Was hatte er beweisen wollen?

Richtig. Die Schuldfähigkeit der Besessenen. Die Notwendigkeit, sie zu verbrennen. Darum ging es hier. Sie musste unwiderruflich sein. Zweifelsfrei. Absolut.

De Lancre stützte den Kopf in die Hände. Er bezwang sich, nicht an den reitenden Boten zu denken, der bald, schon bald zurück sein musste. Er zählte die Tage ein ums andere Mal, maß in seinem Innern die Strecken … Er hatte doch wieder an ihn gedacht. Es hing zu viel davon ab. Ja, alles hing von der Antwort ab, die er mitbrachte. Wenn alles gut ging, konnte ihm niemand mehr seine Prozessführung vorhalten. Der Bischof, wer immer ihn informiert hatte, wäre als Verleumder entlarvt. Die Kampagne im Labourd würde als das gelten, was sie war: erfolgreich. Ihr krönender Abschluss wäre die unverweilte Verbrennung der drei Priester in Bayonne.

Dabei fiel ihm wieder der Gegenstand seiner Abhandlung ein. Es war besser, die Zeit des Wartens mit dem Abfassen philosophischer Gedanken zu verbringen. Er wusste sich darin mit den größten Geistern einig. Das Schreiben zähmt die Ungeduld, die ein denkender Mensch, ein Philosoph, in sich bezwingen muss.

Und er schrieb die Überschrift: »*Von der Lycanthropie, das heißt der Verwandlung des Menschen in den Wolf* ...«

Voici un enfant de treize à quatorze ans, begann er. Da gibt es ein Kind von etwa dreizehn Jahren, welches die Natur Lügen straft, das bekennt, sich in einen Wolf verwandelt zu haben, auf allen vieren die Felder durchstreift zu haben, Grausamkeiten aller Art begangen, Hunde erwürgt, Kindern die Gurgel durchgebissen zu haben ... Nun mögen einige sagen, das sei nur ein Trugbild. Doch die Tatsachen sprechen eine andere Sprache. Sie bezeugen das Gegenteil ... Hier begann der philosophische Teil seiner Abhandlung. Beim späteren Wiederlesen würde er nicht wenig stolz darauf sein: Vier Arten, verwandelt zu werden: Durch Gott. Auf natürlichem Wege. Imaginativ, das heißt durch die Kräfte der Phantasie, des Begreifens und des Gedächtnisses. Und schließlich durch die Ränke und Listen des Teufels! Dies sei, schrieb er, *unser eigentlicher Gegenstand*.

Wieder fiel ihn die Unsicherheit wie ein Husten an, lästig und unverhofft. Er versuchte sich an den Moment der Begeisterung zu erinnern, den er während seines Besuches im Kloster erlebt hatte. Den Augenblick, als Jean Grenier plötzlich auf allen vieren zur Wand gelaufen war und er gedacht hatte: ein Tier. Ja, da ist ein Tier in ihm! Dieses Wunder beschwor er noch und noch in seiner Erinnerung. Die Ahnung eines Mysteriums. Das Wirken des Teufels so augenfällig und zweifelsfrei. Damit bekämpfte er die Unsicherheit, die ihn beim Schreiben befiel. Ja, er hatte mit einem Besessenen gesprochen. Er hatte ihm die schlaffe Hand gedrückt. Er war dem Bösen begegnet. Es hatte gehechelt und war auf vier Füßen gelaufen. Er hatte die Zähne der Bestie betrachtet. Die Krallen, die sie sich zur Tarnung abkaute. All das war echt und wirklich. Er hatte kein Trugbild gesehen, sondern – was? Einen Wolf? Einen Menschen? Er verirrte sich wieder in philosophischen Betrachtungen. Nicht sein Spezialgebiet. Es ging ihm besser von der Hand, wenn er konkret blieb. Die Szene mit den Hirtenmädchen gelang ihm gut. Ein Schriftsteller spürt das.

Draußen stieg ein fast voller Mond über die Dächer. Sein Reiter würde die Nacht nutzen können, dachte er. Er beugte sich über die Blätter, als könne er ihn herbeischreiben. Drei Arten, wie der Teufel die Verwandlung eines Menschen bewerkstelligen kann. Er verzettelte sich wieder. Fühlte die nächste Attacke seiner Unsicherheit herannahen. Ist die Verwandlung nun wirklich oder gedacht? Was folgte aus dem bereits von ihm Dargelegten? Er las es durch. Er verzweifelte. Er begann wieder von neuem. Der Mond verschwamm im Wolkendunst und glitt aus seinem Blickfeld.

Mit dem Mut seiner spätnächtlichen Verzweiflung vertraute er schließlich ganz der Teufelsmacht. Ja, schrieb er, sie kann verwandeln. Nein, nicht wirklich. Sie tut es *par illusion*. Er entschloss sich zum Sarkasmus. Ein Mann der Vernunft wie er. Ein Skeptiker. *Alles Märchen*, schrieb er. *Die Wahrheit ist, dass die Wolfsmenschen niemals wirklich in Tiere verwandelt worden sind … Das ist nichts als Einbildung. Vom Wolf haben sie nur das Fell, den Hunger und die Grausamkeit.*

Das Fell?

Nun, das gibt der Teufel ihnen, um sich damit zu bekleiden, wie es die Geschichte von Jean Grenier beweist.

Und seine Schuldfähigkeit?

Es ging schon gegen Morgen, als ihm bewusst wurde, dass das Problem längst vor ihm durch die Kirchenväter gelöst worden war. Augustinus. Man konnte sich im Notfall auf Augustinus berufen. Der freie Wille des Menschen! Seine Möglichkeit, Nein zu sagen, wenn ihm ein Wolfsfell angeboten wird! Wer sich mit dem Teufel einließ, durfte also bestraft werden, wie das Gesetz es vorsah, mit dem Feuertod.

Er war so erleichtert, als ihm das einfiel. Es war so einfach. Es war, was ohnehin niemals in Zweifel stand. Er schrieb es hin. Er nahm die Büchse und streute Sand über den letzten Satz. Dann hörte er den Hufschlag auf der Gasse. Er wusste sofort: Sein Bote war zurückgekehrt.

★

IN SEINEM TRAUM KAM ER IN EINE STADT, wie er sie auf seinen Wanderungen als junger Arztgehilfe gesehen hatte. Eine der Städte, wie es sie im Süden Frankreichs und im Norden Spaniens gibt, karg, ausgedörrt von Sonne und scharfem Wind, weithin sichtbar, wie Visionen auf Anhöhen gelegen, sich darbietend, verschmäht von Göttern und Reisenden. Etwas Uraltes, Vergessenes ist um diese Städte, die schattenlos und hell in ihrer eigenen Zeitrechnung existieren. Städte, in denen uralte Fehden und Ränke und Racheschwüre noch wirksam sind. Dem Fremden, der sich hierher verirrt, entziehen sich solche Städte. Sie lassen ihn nur scheinbar ein. Er fühlt die Unwirklichkeit des Ortes, an dem er ist. Kaum merkliche Signale künden von der Nähe einer anderen Wirklichkeit. Das Zirpen einer Grille im Mauerwerk, der Hall eines Hammers, der auf Eisen schlägt und die Gewölbe zum Singen bringt.

So ist die Stadt, in die er im Traum einzieht. Er weiß sofort, dass ihre Leere und Stille eine Täuschung ist. In Wahrheit findet ein Fest statt. Er nähert sich ihrem Zentrum, dem Ort der Ereignisse. Im Traum ist er hellwach. Luzide. Begierig auf etwas, von dem er fühlt, dass er es entdecken wird.

Dann hört er die Musik. Sie kommt aus den Gassen. Es ist ein Gesang von Menschen, die man nicht sehen kann. Man hört sie nur singen. Die ganze Stadt singt. Die Stadt ist ein unsichtbarer, vielstimmiger Männerchor. Samtene Harmonien. Zu Herzen gehend schön. Jetzt hat er auch eine Begleiterin. Ihre Identität entfaltet sich nach und nach wie die Melodie, die aus den Gassen tönt. Vorerst ist sie reine Anwesenheit. Sie wenden sich zur Linken. Dort entdeckt er hinter einem Vorgarten den Eingang zu einer Buchhandlung. Wieder spürt er die Begierde nach Unbekanntem. Nach fremden Räumen, in die er eindringen will. Die Tür scheint zuerst versperrt, weil jemand von innen dagegen lehnt. Aber er verschafft sich mit Gewalt Eintritt. Er kommt in einen schmalen Gang, der in eine unappetitliche, unaufgeräumte Küche mündet. In dem Gang steht ein einzelner kleiner Tisch mit drei Stühlen. Es ist gar keine Buchhandlung. Es ist ein winziges, schmutziges Restaurant, eins von denen, die man am besten sofort wieder verlässt, bevor einen die Wirtin gesehen hat und auf einen Platz nötigt.

An dem Tisch sitzt ein älterer rothaariger Mann im Unterhemd mit muskulösen nackten Armen. Seine Begleiterin setzt sich auf den Stuhl neben dem Mann, und dieser beginnt sofort, sie zu sich heranzuziehen und ihr die Zunge ins Ohr zu stecken. Es geschieht, Tun und Gewähren, ohne einen Rest an Zögern oder Zurückhaltung. Ein Vorspiel ohne Vorspiel, überraschend obszön wie das Begattungsritual einer fremden Spezies. Er fragt sich, ob sie den Mann kennt, spürt aber sofort, dass die Frage falsch gestellt ist. Er sieht, dass er in diesem Teil seines Traums selbst überflüssig ist und geht hinaus. Er wundert sich im Weitergehen, wie schnell er aus der Stadt hinaus und auf freiem Feld ist. Dann sieht er sie: Es sind zwei Männer, die in nicht allzu großer Höhe über ihn hinwegfliegen. Ihr Fliegen geschieht still, ohne eine Bewegung der Luft. Sie gleiten nur so dahin. Es geschieht mit großer Selbstverständlichkeit. Sie fliegen in Richtung der Stadt hinter ihm. Er versteht, dass sie Heimkehrende sind. Dieses Verstehen schließt das Wissen ein, dass sie von einer Versammlung heimkehren. Es ist ein Verstehen, das ihn traurig macht. Er weiß im Traum, dass es nicht möglich ist, dass Menschen durch die Luft fliegen. Er sieht ihnen lange nach, staunend und mit dem Gefühl eines Neuangekommenen, für den in der Fremde alles, was er sieht, ein Rätsel ist.

Im Aufwachen bleibt ihm von seinem Morgentraum das Gefühl der Enttäuschung und des Ausgeschlossenseins. Es ist ihm vertraut. Eine alte Traurigkeit. Fremd kommt er an, und fremd zieht er wieder aus. Ein Fahrender. Ein Arzt, der von Ort zu Ort zieht, Kranke behandelt und schon wieder auf der Weiterreise sein muss, wenn der Erfolg seiner Behandlung sich einstellt oder auch nicht. Vor allem in diesem Fall. So hatte er es von seinem Lehrmeister Grandier gelernt, der ihn nach dem Tod seiner Mutter aufgenommen hatte. Jahre, in denen er kein anderes Zuhause als den Wagen des Arztes gekannt hatte, das Rhonetal hinauf, durch die Auvergne, die Cevennen und im Winter nach Toulouse, wo die Familie Grandier wohnte. Auch dort war er ein Fremder gewesen, der falsche Sohn unter den jüngeren, echten, eher ein Knecht als ein Sohn, der Gehilfe, den man braucht und, wenn man ihn nicht braucht, nicht brauchen kann. Ein Esser. Ein Unnützer. Er hatte die Winter genutzt, um zu lernen. Lesen. Schreiben. Rechnen. Heilkunde. Er nahm an dem Unterricht teil, den Grandier den jüngeren Söhnen gab. Wenn er allein war, sprach er manchmal Deutsch mit sich. Mutter. Brotlaib. Zuhause. Milchsuppe. Frühling. Die Wörter verloren sich. Bevor sie selbst verschwanden, verschwand die Bedeutung, die sie gehabt hatten. Die Dinge verblassten, verließen ihn und kehrten neu zurück. Le pain. La maison. Le printemps. Dann kam der älteste Sohn von Grandier in das Alter des Gehilfen. Einen Sommer lang fuhren sie zu dritt von Ort zu Ort. Er konnte jetzt schon Brüche richten und Wundränder vernähen. Er ließ zur Ader und kannte die Wirksamkeit der meisten Heilkräuter. Er hätte gern studiert, in Paris, in Coimbra oder in Montpellier. Aber er war ein Fahrender. Er hatte keine Lateinschule besucht.

Du kommst schon allein zurecht. Als Grandier das sagte, waren sie gerade in Bordeaux. Er ging zum Hafen, sah die Schiffe am Kai, und da er frei war, heuerte er auf einem Schoner nach Neufrankreich an. Schiffsärzte wurden immer gebraucht.

Er war drei Jahre zur See gefahren, auf wechselnden Schiffen zwischen der alten und neuen Welt. Er war den St.-Lorenz-Strom hinaufgefahren bis zum Ontariosee. Er hatte die Männer gesehen, die nie wieder zurückkehren würden. Er hatte ihre Knochen geschient, ihre Wunden gesäubert, ihre brandigen Glieder amputiert. Er hatte gesehen, wie viel Branntwein er brauchte, um sie ein wenig zu betäuben. Er hatte sie brüllen hören. Er wollte nicht enden wie sie. Er war jetzt über zwanzig. Er wusste es nicht genau, dachte auch nicht viel über solche Dinge nach. Alter.

Name. Er nannte sich Martin. Doktor Martin. Auf den Schiffen, in den Camps am Flussufer kam es nicht darauf an, ob einer Doktor war, wenn er die Knochensäge benutzen konnte. Den Namen Lallemand nahm er erst bei seiner Rückkehr an. Dunkle Wälder. Wälder, die nirgendwo endeten. Eines Tages sah er sich unverhofft im Spiegel eines Tümpels, der schwarz und still zwischen Bäumen lag. Ein wilder bärtiger Mann mit langem, am Oberkopf zusammengebundenem verfilztem Haar. Er fürchtete sich vor dem Mann, der er geworden war. Ein Bewohner der Wälder, Teil ihrer finsteren Unendlichkeit. Er begriff, dass die Wildnis schon wie eine Krankheit in ihm war. Er entdeckte ihre Zeichen an sich, wie er sie an anderen entdeckt hatte. Schmutz und Vergesslichkeit. Er begann zu vergessen, dass er einmal ein anderer gewesen war. Es ging schnell. Er wusste es. Und es war unumkehrbar. Wenn er zurückwollte, wurde es Zeit. Und er nahm eins der Schiffe in Montreal, die nach Frankreich segelten, und fragte nicht einmal, ob sie einen Schiffsarzt an Bord brauchten. Erst als südlich von Avalon der zweite Offizier von einem Zahnabszess gequält wurde und derart blasphemische Verwünschungen ausstieß, dass er eine Flaute heraufbeschwor, in der sie wie vom Zorn Gottes gebannt lagen, da holte er seine Instrumententasche, nahm die Zange heraus, wies zwei Matrosen an, den Patienten festzuhalten, und zog den Zahn. So sanft, so schmerzlos, wie der Offizier behauptete, dass sich in dem gleich darauf einsetzenden Passatwind mehrere Männer bei ihm einfanden, um sich von ihm behandeln zu lassen. Einerseits um vom Zahnschmerz befreit zu sein, andererseits um dem Schiff freie Fahrt zu sichern. Und der Wind blies in die Segel, während er Zähne zog, mit jedem faulen Zahn, den er über Bord warf, näherte er sich der alten Welt.

So war er nach Frankreich zurückgekehrt, zum ersten Mal mit der Empfindung, nach Hause zu kommen. Zu sein, wo er sein wollte. Keine Wanderschaft mehr. Kein Unterwegssein. Er erkundigte sich nach Ärzten, die einen Gehilfen brauchten, und fand

Docteur Rostan in Bayonne, dem die Arbeit in seiner Praxis zu viel wurde. Rostan war alt, über fünfzig. Er hatte genug vom Knochenrichten und Bandagieren und Säubern eiternder Wunden. Das überließ er Lallemand. Und mit der Zeit überließ er ihm fast alles, was anfiel. Er behielt für sich nur die vornehmen Patienten, vorzugsweise die Patientinnen, deren Krankheiten ebenso vornehm waren wie sie und sich mit duftenden Essenzen behandeln ließen, mit Riechsalz und dann und wann einem maßvollen Aderlass.

Frauen, sagte er, Frauen wollen reden, wenn der Arzt zu ihnen kommt. Der Rest ist schmückendes Beiwerk. Ich rede mit ihnen. Sie, Lallemand, sind ein Praktiker.

Lallemand ließ ihn in dem Glauben, sagte ihm nichts von den Gesprächen, die der Bischof mit ihm führte, dieser Patient, den Rostan ihm ungern und nur auf dessen ausdrücklichen Wunsch hin überlassen hatte.

Was tun Sie so lange beim Bischof?, fragte Rostan, wenn Lallemand aus dem Palais zurückkam.

Ich behandle ihn, sagte er.

Jetzt, noch im Bann seines Morgentraums, der in sein waches Bewusstsein eingedrungen war, wie es geschieht, wenn er nicht zu Ende geträumt werden kann, weil der Schläfer durch äußere Einwirkung geweckt wird, jetzt schien es ihm, als müsse er noch einmal zurück an den Ort seines Traums, um die Rätsel zu lösen, die sich dort gestellt hatten. Waren das Engel, die so gleichgültig und still über ihn hinweggeflogen waren? Und wer war seine Begleiterin?

Er versuchte, sich wieder in den Schlaf zurückfallen zu lassen, um den Traum zu Ende zu träumen. Aber da war wieder dasselbe dumpfe Geräusch, das ihn zurückholte.

Er öffnete die Augen und sah die Frau neben sich. Wie weit er von ihr weg gewesen war. Wie entfernt man im Schlaf voneinander ist, während man in einem Bett beieinander liegt. Immer wieder gab es morgens einen Moment, in dem er überrascht war, sie neben sich zu finden. In dem er sich daran erinnern musste, wer sie war. Sieh, das ist deine Frau. Es war, als hielte ein Engel ihn an der Hand, um ihm aus der Ewigkeit einen Blick in sein irdisches Leben zu gewähren. Dieser Augenblick. Im irdischen Leben gibt es immer nur diesen Augenblick. Sieh, das bist du. Sieh, das ist deine Frau. Sieh ihr Gesicht im Mondlicht unter der Nachthaube. Sieh ihre blassen Wimpern. Sieh, wie sie im Schlaf zittern. Hör, wie ihr Atem geht. Sieh genau hin. Nimm die Spuren ihrer Versehrtheit wahr. Erkenne, dass sie hässlich ist. Betrachte das Mal, das ihr Gesicht entstellt. Sieh, wie es sie verunstaltet. Begreife, dass du ihr nicht helfen kannst. Weder die Kräuterkompressen, die du ihr verordnest, noch deine Liebe helfen dem ab. Frag dich, warum gerade sie es ist. Frag dich zum hundersten Mal. Fühl die Rührung, die dich beim Anblick ihrer Hässlichkeit überkommt. Erinnere dich daran, wie du sie zum ersten Mal gesehen hast, Rostans hässliche Tochter, die ihr entstelltes Gesicht wie eine Warnung vor sich selber trug. Wie du sogleich vermutetest, dass ihre Schönheit dahinter versteckt war wie die einer schönen Frau, die mit einer Maske zum Ball geht. Wie es dir schien, dass sie gleich einer Prinzessin von hoher Abkunft an den Mann, der sie besitzen will, eine schwer erfüllbare Bedingung stellt. Hättest du nicht den Drachen getötet? Hättest du nicht die drei Fragen beantwortet? Du akzeptiertest die Hässlichkeit als Bedingung der Schönheit, die du damit gewannst. Und jetzt schließ deine Augen. Rück näher zu ihr, dass du sie spüren kannst, ohne sie im Schlaf zu stören. Atme den Geruch, der aus ihrer Haut aufsteigt und der sich, seit sie schwanger ist, ein wenig verändert hat. Denk an das Kind in ihr. Fühl die kleine Angst, die dich bei dem Gedanken ergreift, dass du Vater werden sollst. Hör nicht auf die Geräusche, die von der Straße hereindringen.

Jetzt? Es ist noch Nacht.

Es ist früher Morgen.

Ein dumpfes Schlagen von Holz auf Holz.

Da wird etwas errichtet.

Was wird errichtet?

Ein Gerüst.

Er fuhr auf. Er hörte das Schlagen jetzt deutlicher. Es kam aus der Richtung von Ste. Marie. Und mit einem Mal wusste er, was es war. Sie stellten das Gerüst für die Hinrichtung der Priester auf.

Es würde zwei Podien geben. Eines innerhalb der Kathedrale, auf dem die Priester, sichtbar für das Kirchenvolk, das zu der Zeremonie in Massen strömen würde, Aufstellung nahmen, um ihre Degradierung, ihren Ausschluss aus dem Priesteramt, entgegenzunehmen, bereits ihrer Stola und des Habits entledigt, in Strümpfen, Culottes und Hemd dastehend, aller Zeichen kirchlicher Würden beraubt, dem Spott, der Wut, der Enttäuschung der Gläubigen preisgegeben, die jetzt begriffen, welcher Verrat an ihren unsterblichen Seelen begangen worden war. Dies waren die Männer, aus deren Händen sie die Hostie empfangen hatten. Dies waren die Männer, die ihnen die Lossprechung von ihren Sünden zugesagt hatten. Gewöhnliche Männer, die sie mutwillig getäuscht hatten. Lügner. Betrüger. Man möge sie je eher desto besser von ihnen befreien.

Das andere Podest würde auf dem Platz vor der Kathedrale stehen. Hier, ebenso den Blicken einer noch weitaus größeren Menge von Menschen preisgegeben, die teils aus der Kathedrale, teils aus der Stadt zusammenströmten, würde man die Delinquenten sich ein zweites Mal aufstellen lassen, in ihrem Blick die Scheiterhaufen, die errichtet worden waren. Der Pfahl. Die Stufen. Das Trittbrett für die Verurteilten. Die Beschläge. Die eisernen Ringe am Pfahl für die Ankettung. Die Reisigbündel. Locker aufgeschichtet. Der Karren mit trockenem Reserveholz. Es durfte nicht regnen bei den Verbrennungen. Auch nicht kurz davor. Bei Regen musste man verschieben, was jedes Mal zu unerwünschten und schwer beherrschbaren Stimmungsumschwüngen beim Volk führte. Ausbrüchen von Mitleid und Milde, Zerstörungswut oder Empörung gegen die Obrigkeit.

Auf dem Podest vor dem Platz stehend, würden sie die Predigt anhören, die der Bischof selbst oder ein Stellvertreter, den er bestimmte, hielt, eine längere Predigt, die der Erbauung des Volkes diente wie auch der Ermahnung der Verurteilten. Ein letzter Appell an ihre christlichen Gewissen, ein letztes Beschwören der Gnade des himmlischen Vaters, die auch dem reuigen Sünder zuteil werden kann, wenn er denn seine schändliche Abirrung widerruft.

Dann folgten die Gebete für das Seelenheil der Hinzurichtenden. Das Zeremoniell war den spanischen Autodafés nachempfunden, wenngleich etwas abgekürzt. Man übergab bald an die weltlichen Vollstrecker, die zur Verbrennung der Schuldigen schritten. Schreie. Stöhnen. Gebete. Anrufungen. Rauchbildung. Unglaubliches geschah. Die Menschen auf dem Platz, jeder Einzelne für sich und alle zusammen, gerieten außer sich. Ein Gegenwunder begab sich vor ihren Augen. Es entließ sie nicht eher, bis sie seine Zeugen geworden waren.

Der Arzt war jetzt hellwach. Er kannte dieses Geräusch. *Hörst du das, Jeanne?* Ein hohler, rhythmischer Hall. Dann eine Pause. Und wieder. *Hörst du das? Wir lassen euch tanzen.* Der Arzt erinnerte sich. Er zählte die Schläge. Dann trat wieder Stille ein. Er hielt den Atem an, dachte, dass er sich getäuscht habe. Dann fing es wieder an. *Im Feuer lassen wir euch tanzen, Jeanne.*

Die Stimme, die das gesagt hatte, war belegt, heiser vor Ergriffenheit. Es war die Stimme von einem, der Unsagbares sagt und von der eigenen Kühnheit zittert. *Hörst du? Sie bauen schon das Gerüst.* Und, noch leiser, geflüstert, *Sieh mir in die Augen …* Er wollte die nackte Angst darin sehen.

Niemand erinnerte sich so gut daran wie der Arzt.

Hexenjagd III

… und es war ihr Verfahren eines der bemerkenswertesten und schrecklichsten, die durchgeführt wurden. Denn sie war eine Meisterin in der Hexenkunst und hatte viele andere dazu verführt, Männer, Frauen und Kinder. Und auf Grund ihrer Bekenntnisse wurde sie zum Feuertod verurteilt, eine berühmte Lehrmeisterin der Hexerei. Eine Multiplikatorin …

Pierre de Lancre

Sie führen die Verhöre jetzt im neueren Flügel des Schlosses durch.

Das ist intimer, sagt de Lancre.

Er hat Verhöre in Bayonne, in St. Jean de Luz, in Hendaye durchgeführt. Die Hexen, die er im Turm von St. Pée gefangen hält, gefallen ihm. Sie sind interessant. Nirgendwo hat er so viel über die Mysterien der Hexerei erfahren wie hier. Er glaubt sich der Lösung letzter Geheimnisse nah. Bald wird er so weit sein, dass er dem Teufel in die Karten blickt. Das wünscht sich de Lancre.

Der Raum, in dem er die Verhöre durchführt, ist der Salon, in den die Damen sich bei Gesellschaften zurückziehen. Er grenzt an den Festsaal, wo Bälle und Soireen stattfinden. Der Raum ist mit gepolsterten Sesseln ausgestattet, die mit blau gestreifter Seide bezogen sind. An den Wänden goldgerahmte Spiegel, mehrarmige Kandelaber aus Messing, an denen das Wachs graue bizarre Skulpturen gebildet hat. Die Angeklagten, die meisten einfache Bauern und Bäuerinnen, bleiben auf der Schwelle stehen, wenn sie hereingeführt werden. Sie können nicht glauben, dass sie hier eintreten sollen. Sie erhalten einen kleinen Stoß von den Wachen, damit sie weitergehen. Der Effekt ist beabsichtigt. Sofern sie nicht in den Schlössern gedient haben, waren solche Räume für sie bisher versiegelt, fern wie das himmlische Jerusalem. Wenn sie in die Spiegel sehen, geht es ihnen wie den Tieren. Sie erkennen sich nicht darin.

De Lancre sitzt mit übereinander geschlagenen, weiß bestrumpften Beinen in einem Sessel. Es ist, als empfinge er bei sich. Er wirkt entspannt und zugetan. Ein Herr, contenant und jovial. Seine Hände in breiten weißen Manschetten ruhen auf den Stuhllehnen. Sie sind sehr gepflegt, die Nägel oval gefeilt und poliert. Manchmal regen sie sich mit einem kleinen, lässigen Abwinken, flüchtigen Zeichen seiner Ungeduld, vorübergehend, leicht, wie ein vorbeitaumelnder Schmetterling.

Er wirkt elegant. So wie seine Hände, so ist auch sein ganzes Erscheinungsbild perfekt gepflegt. Er ist nach der neuesten Mode gekleidet. Er trägt schon nicht mehr die gefältelten Rundkrägen Heinrichs IV., dessen Regentschaft bald ein gewaltsames Ende finden wird, sondern bereits den riesigen spitzenbesetzten Schulterkragen, der sich erst unter Ludwig XIII. bei den gehobenen Ständen durchsetzen wird, dann von jedermann und auch von denen getragen, die weniger reinlich als de Lancre sind. Bei ihm ist er stets blütenweiß, als lege er täglich einen frischen um. Auch seine Barttracht lässt er sich alle Tage sorgfältig ausrasieren. Ein schmales, messerscharf konturiertes Band, das von der auffallend vollen Unterlippe zum Kinn verläuft. Ein Oberlippenbärtchen, dessen dünn ausrasierte Spitzen nach oben weisend in der Mitte der Wangen enden wie ein unvollendetes Lächeln, das ihm ins

Gesicht gezeichnet ist und dort haften bleibt, auch wenn er wütend ist.

Zu den Verhören kommt er stets parfümiert, umgeben von einer Aura von Wohlgeruch, die mit dem Raum korrespondiert, in dem er empfängt, nicht jedoch mit den Ausdünstungen der Angst und Armut, die von den Eintretenden ausgehen und die sie schamvoll empfinden, wenn sie sich ihm nähern.

Komm her, mein Kind, sagt er.

Manchmal zieht er ein Fläschchen aus der Tasche, gibt daraus etwas auf sein Taschentuch und betupft sich die Schläfen, während er die Augen schließt, andeutend, dass auch ihn dies alles über Gebühr mitnimmt.

Die Angeklagten sehen sich scheu im Raum um. Die Messingleuchter. Die Holzpaneele an den Wänden. Nur für die Tortur werden sie noch in den Keller des Turms gebracht. Die Spanischen Stiefel, über die das Gericht durchaus verfügt, passen nicht in dieses Interieur.

Aber de Lancre foltert gewöhnlich nicht. Allenfalls lässt er die Wachen die Instrumente holen und vorführen. Das genügt zumeist.

Später wird er schreiben, dass er nur in drei von über fünfhundert Fällen ein Geständnis durch die Anwendung der Folter erhalten hat. Er ist stolz darauf. Es beweist sein großes Geschick als verhörender Richter. Er hat es nicht nötig zu foltern. Das mögen andere tun. Er setzt seinen Ehrgeiz darein, es vermeiden zu können. Es geschieht nicht aus Mitleid oder aus Abscheu vor der Grausamkeit. Es hat eher seinen Grund in der Selbstüberhebung, zu der er neigt. Er hat keinen geringeren Gegner als den Teufel. Er möchte nicht hinter ihm zurückbleiben an Raffinesse, an Einfallsreichtum, an Verführungskunst. Die Folter ist so direkt. Sie ist so vulgär. Er möchte die Geständnisse auf dem Weg der subtilen Beeinflussung erreichen. Er möchte den Widerstand der Verhörten brechen sehen, den Augenblick ihrer Ergebung erleben, kurz bevor sie gestehen. Er möchte wissen, dass er es ist, dem sie sich ergeben. Nicht der Schmerz. Seine Überredungskunst. Seine Beharrlichkeit. Die Verlockung, sich ihm zu überantworten. Mit Haut und Haar. Vollkommen.

Ja.

Er wartet auf dieses Ja. Er ahnt es voraus. Er schmeckt es.

Ja. Ich war dabei. Ja. Ich bin eine von ihnen. Macht mit mir, was Ihr wollt.

Er kann seinen Sieg nur auskosten, wenn er ihn so erringt. Auge in Auge mit seinem Gegner. Ein Kräftemessen von Gleich zu Gleich.

Er mag lieber die leiseren Töne. Die Folter ist laut. Sie ist schrill wie das Schreien der Opfer. Er hasst es. Es ist etwas darin, das ihm unerträglich ist. Es lässt ihn nicht kalt. So ist es nun einmal. Er möchte den Knechten, kaum dass sie begonnen haben, schon wieder den Befehl zum Aufhören geben. Und hinsehen kann er erst recht nicht. Er ist nicht dafür gemacht. Was ist das? Eine Empfindlichkeit, die im Gemüt sitzt. Etwas in ihm, das die Schwäche hat, den fremden Schmerz, der ihn nichts angeht, zu fühlen, als wenn er ihm selbst angetan würde. Das eigene Schienbein erinnert sich an den Schmerz, den es nur zu gut kennt, wenn er sieht, wie sie die Schrauben anziehen und darauf klopfen. Er möchte »Aufhören! Aufhören!« schreien. Es gründet in einer Schwäche seiner animalischen Natur und hat nichts mit der Würde seines Auftrags im Kampf gegen die Mächte der Finsternis zu tun. Diese Würde, seine Bündnistreue in der Allianz von Staat und Kirche, steht außer Frage. Da ist nur diese kleine, lästige Empfindlichkeit.

Dabei ist es nur der erste Grad. Weiter gehen sie niemals.

Bei den Verbrennungen macht er von dem Privileg Gebrauch, sich zu entfernen, sobald das Urteil verlesen ist. Er gibt das Zeichen zum Vollstrecken. Gebete setzen ein. Die Verurteilten werden von dem Podest, auf dem sie die Urteilsverkündung entgegengenommen haben, herabgeführt. Ein Stöhnen geht durch die Menge wie ein Windstoß durch Baumkronen. Denken, Bewusstsein, Absichten, alles ist jetzt außer Kraft gesetzt. Alle Aufmerksamkeit ist bei den Verurteilten, die man die paar Stufen bis zu dem Trittbrett am Pfahl hinaufführt, wo der Henker sie ankettet, während die Priester, die sie bis hierher begleitet haben, am Fuß der Scheiterhaufen stehen bleiben und mit den Gebeten fortfahren, die Stimmen erhoben, auf eine seltsame Art, die diesen Augenblicken vorbehalten ist, tremolierend, fast ein Gesang, als gelte es, den zu Verbrennenden etwas in die Ewigkeit nachzurufen, in die hinüberzugehen sie im Begriff stehen. Und während die ersten Flammen auflodern und der Lärm beginnt, mit dem die Menge das Schreien der Sterbenden zu übertönen unternimmt, ein Johlen, ein Rufen, ein Aufheulen wie von einem Sturm, der sich erhebt und immer mächtiger anschwillt, währenddessen versucht er, sich mit weiten Schritten vom Schauplatz zu entfernen, und er muss alle Kraft aufbieten, damit er nicht rennt.

Er hofft, es verbergen zu können. Er hofft, niemand bemerkt, dass er den Anblick von fremden Schmerzen nicht erträgt. Er weiß, dass er ein Problem hat. Ein Mann in seiner Position.

Er gleicht es durch seine Verhörkunst aus. Er versucht unwiderstehlich zu sein, so dass sie ihm ihre Geheimnisse verraten, ohne dass er foltern lassen muss. Wenn er es doch getan hat, die drei Male, geschah es, damit man ihm nicht nachsagt, dass er zu milde sei. Er vermeidet es für sich, daran zu denken.

Es ist ein blauer Oktobernachmittag in St. Pée. Der Raum ist in goldenes Licht getaucht.

Komm näher, Jeanne, sagt er. Sieh mich an.

Wo sind die anderen Herren?, fragt sie.

Ach Jeanne, dies ist keine Befragung, sagt er. Dies ist ein Gespräch zwischen dir und mir. Ich möchte mich ein wenig mit dir unterhalten. Ist das nicht erlaubt?

Herr, sagt sie. Ihr seid mein Richter.

Das ist wahr, sagt er. Darum interessiere ich mich ja so für dich, Jeanne.

Sie weiß nicht, dass der Schreiber hinter einem Vorhang sitzt und auf ein Zeichen de Lancres ihre Aussagen protokolliert. Sie merkt auch nicht, dass der Arzt nach ihr hereingekommen ist und in einer Ecke neben dem kalten Kamin Platz genommen hat. Später wird er sich räuspern, um ihr anzuzeigen, dass er in der Nähe ist. Ein Zeuge, nutzlos, stumm. Sie verlässt sich nur noch auf sich selbst.

Sie sieht zur Tür, hinter der die Wachleute zurückgeblieben sind, die sie hergebracht haben. Sie ist ihnen, ihren Zoten, der Zudringlichkeit ihrer Berührungen vorläufig entkommen. In ihrem Gefängnis schützen die Frauen sich gegenseitig. Sie sind zu acht. Die Wachen haben offenbar einen Rest von Respekt vor dieser weiblichen Übermacht. Am schlimmsten sind die Wege zu den Verhören und zurück, wenn sie ihnen allein ausgeliefert sind. Die Frauen sind froh, wenn das Verhör beginnt. Wider alle Vernunft versprechen sie sich etwas davon. Schutz. Protektion. Wohlwollende Behandlung ihres Falls. Der Parlamentsrat erscheint ihnen als ein Garant dafür. Die Galanterie de Lancres, seine Höflichkeit verfehlen ihre Wirkung auf die Frauen niemals.

Je länger ihre Gefangenschaft dauert, desto größer ist die Erleichterung, die sie empfinden, wenn sie zu de Lancre geführt werden. Er ist so persönlich, so aufgeschlossen, so interessiert. Wer interessiert sich denn noch für sie außer ihm? Für wen waren sie überhaupt jemals so interessant? Wer hat denn jemals von ihnen wissen wollen, was sie fühlen? Wovon sie träumen? Welche Geheimnisse sie für sich bewahren? Sie beginnen über sich zu sprechen, zögernd zuerst, dann immer begeisterter. Frauen lieben es, über sich zu sprechen. Anders als Männer sind sie ein Thema für sich selbst. Und sie lieben die Männer, die das Geheimnis mit ihnen teilen wollen, das sie sich selber sind. Sie suchen nach ihnen. Es gibt nicht viele davon.

De Lancre ist ein solcher Mann. Die Frauen, die er verhört, glauben das bald zu spüren. Sie wollen ihn nicht enttäuschen. Vor allem wollen sie ihn nicht langweilen. Dann ist sein Interesse rasch erloschen. Dann ist das Verhör vorbei. Dann ist ihre Chance vertan. Jeanne Auclaire war die Erste, die es begriffen hat. Inzwischen wissen auch die anderen, was sie gemeint hat.

Sie täuschen sich nicht über die Gefahr, in der sie sich befinden. Sie wissen, dass sie tödlich ist. Sie haben gesehen, dass man die Gräfin geholt hat. Sie, die bis zuletzt auf ihrer Unschuld bestanden hat. Sie wissen nicht, was mit ihr geschehen ist. Ob man sie freigelassen oder verbrannt hat. Niemand sagt ihnen hier die Wahrheit. Auf jeden Fall hat man die adlige Dame anders behandelt als sie. Das mindert ihr Mitgefühl, ihre Bereitschaft, das, was der Gräfin geschehen ist, als etwas in Betracht zu ziehen, das auch ihnen geschehen kann. In gewisser Weise würden sie sogar die Hinrichtung der Gräfin als etwas begreifen, das sie selbst herabsetzt, die man bisher am Leben gelassen hat.

De Lancres Verhöre haben etwas für die Frauen, das sie für alle Herabsetzungen ihres Lebens entschädigt. Sie vermitteln ihnen die trügerische Empfindung einer Gleichrangigkeit, wie sie sonst nur in einem bestimmten Stadium des Liebesakts zwischen Herr und Dienerin auftritt. Es ist von Anfang an viel davon im Spiel. Er nimmt sie als Frauen wahr, nicht als Angehörige der unteren Schicht. Sie können der Verlockung, die darin liegt, nicht widerstehen.

Jeanne Auclaire sieht an sich herab. Sie trägt den weißblau gestreiften Überrock, den die Frauen sich gegenseitig zu den Verhören ausleihen. Er stammt aus dem Fundus der Gräfin, von der ein paar Kleidungsstücke im Gefängnis zurückgeblieben sind, als man sie abholte. Auch die weiße Bluse, die Jeanne unter ihrer schwarzen Weste trägt, ist von ihr. Sie hat ein weißes Kopftuch angelegt, um ihre verfilzten Haare zu verbergen. Die Frauen machen sich zu den Verhören schön.

De Lancre hat Anweisung gegeben, ihnen genug Wasser zur Verfügung zu stellen, damit sie sich und ihre Kleider waschen können. Er hat es um seiner selbst willen getan. Er will nicht von Abscheu und Ekel gestört werden, wie es gewöhnlich bei solchen Prozessen der Fall ist. Die fortschreitende Verwahrlosung der Angeklagten bewirkt in der Regel eine kürzere Prozessdauer, nachdem eine gewisse Grenze der Zumutbarkeit für die beteiligten Personen überschritten ist. Das Erscheinungsbild eines wochenlang körperlich vernachlässigten Menschen, sein Geruch, legen eine alsbaldige Vollstreckung nah. De Lancre weiß um diesen Effekt. Er möchte ihn verhindern, indem er die Wächter anweist, das Nötigste für die Körperpflege der Frauen bereitzustellen. Er tut es nur in St. Pée. Er liebt diesen Ort. Er liebt die Befragungen, die er dort durchführt. Sie entsprechen dem, was er sich vorstellt unter der Prozessführung eines Sondergerichts, dem er vorsteht, ja, das er selbst verkörpert. Denn er spricht allein Recht. Die beiden Beisitzer haben nur eine beratende Funktion.

Dies ist der Ort, an den er von den Verhandlungen in Bayonne, in Hendaye und Ascain gern zurückkehrt, wie ein Grundbesitzer, der seine entlegenen Latifundien zum Zwecke der Inspektion besucht hat, sich auf sein Lieblingsschloss zurückzieht. Hier fühlt er sich wohl. Hier schöpft er die Kraft, um anderswo seine Pflicht zu tun. Hier lässt er sich seine Hexen vorführen wie andere Herren ihre Jagdfalken. Ein schönes Tier. Ein seltenes Exemplar.

Jeanne, sagt er, setz dich zu mir.

Er weist auf den Sessel, der ihm gegenübersteht. Dazwischen steht ein Tischchen mit einem Glas und einer Karaffe Wein.

Willst du nicht?, fragt er.

Sie bleibt stehen.

Nun gut, sagt er. Ich verstehe. Du tust, was du willst.

Sie knickst und lässt sich auf der Kante des Sessels nieder. Sie hat nie auf etwas anderem als einem Holzstuhl gesessen, einem Holzstuhl, wie ihn die Bauern selbst zimmern. Sie fühlt sich sichtlich unwohl in dem Sessel. Man merkt ihr an, wie unbequem er ihr ist. Die trügerische Weichheit, in die sie einsinkt.

Sie weiß um die Gefährlichkeit des Mannes, der ihr gegenübersitzt. Sie ist auf der Hut. Sie ist konzentriert und nervös wie vor einem großen Spiel. Ihre Hände klammern sich in ihrem Schoß aneinander fest.

Du siehst gut aus, Jeanne.

Sie hat in der Haft abgenommen. Ihr Gesicht ist schmaler geworden. Die Augen liegen tief. Schwarz. Von dunklen Schatten gerahmt. Alles an ihr, was stark und lebendig ist, hat sich in ihrem Blick konzentriert. Er ist scharf und sprechend. Er trifft ins Herz. Ihre Sonnenbräune hat sich verflüchtigt. Sie ist bleich. Ein schmales weißes Gesicht mit glühenden Augen: Sie sieht wie eine Hexe aus.

De Lancre ist fasziniert von ihr. Dieses Exemplar hat er gefangen. Es gehört ihm. Er betrachtet sie. Er will sie so genau studieren, wie es möglich ist. Das Rätsel des Hexenwesens, eins der großen Rätsel, die die Menschheit umtreiben. Hier sitzt es vor ihm. Hier will es sich ihm darbieten, um von niemand anderem als ihm gelöst zu werden. Nun, zumindest wird er seinen Teil dazu beitragen. Im Grunde reift schon in diesem Augenblick der Plan zu seinem Buch in ihm. In diesem Augenblick, in dem ihn der Zauber Jeanne Auclaires ergreift. Sein Blick umfängt sie mit Zärtlichkeit. Anders kann man den Ausdruck in seinen Augen nicht deuten.

Hast du Angst vor mir, Jeanne?, fragt er, als er sieht, wie sie seinem Blick ausweicht.

Es ist eine schwierige Frage. Sie weiß, dass es darauf ankommt, wie sie jetzt antwortet.

Nein, Herr, sagt sie. Ich habe keine Angst.

Sie hat Angst. Sie hat große Angst. Sie weiß, dass in Ascain und an anderen Orten gebrannt worden ist. Es gibt Dinge, die auch bis zu den Gefangenen durchdringen. Sie weiß, dass er es ist, der brennen lässt. Trotzdem ist sie überzeugt, dass sie nicht dabei sein wird. Als wäre von einer Krankheit die Rede, und sie sei sicher, dass sie verschont bleiben wird.

Sie scheint sich selbst unverletzlich. Es ist ein Bewusstsein, das ihr wie ihr Herz, ihre Lungen einwohnt. Es ist da. In seinem Schutz kann sie der Gefahr standhalten. Es schützt sie, wie Gott einen schützt. Ja, es ist der Schutz Gottes, den sie genießt. Milde, gutwillige Heilige schauen von ihren Sockeln auf sie herab. Treffen mit ihren Blicken auf schnurgeraden leuchtenden Bahnen bis in ihr Herz. Wir erretten dich. Fühl es. Du bist gemacht, um dies zu überleben. Das fühlt man doch.

Sie fühlt es.

Ich habe keine Angst, sagt sie.

Warum nicht?, fragt de Lancre. Du weißt doch, wessen wir dich anklagen.

Er spielt etwas mit ihr. Jetzt muss sie mitspielen.

Ich weiß es, sagt sie. Aber wisst Ihr es auch?

Ich? De Lancre lacht. Ich bin dein Richter!

Das ist die Art von Spiel, die ihn amüsiert. Ein bisschen Koketterie. Ein bisschen Heimlichtun.

Aber Ihr habt keine Ahnung, was Hexerei ist.

So verrat es mir, Jeanne. Verrat mir die Geheimnisse des Sabbats.

Der Schreiber hinter dem Vorhang tunkt auf ein Zeichen von de Lancre die Feder ein.

Die Geheimnisse des Sabbats, schreibt er.

Ich habe Euch doch alles erklärt, sagt Jeanne Auclaire. Ihr seid schon eingeweiht. Fast als habe Satan Euch persönlich die Hexenkunst gelehrt.

Nimm dich in Acht, sagt de Lancre. Du gehst zu weit.

Aber man sieht ihm an, dass er nur scherzt.

Was ist jetzt, sagt er, da ihr, du und die anderen, in meiner Gewalt seid? Mit wem vergnügt sich Satan jetzt?

Herr, sagt Jeanne Auclaire. Das wisst Ihr nicht? Wir sind jede Nacht bei ihm.

Jede Nacht, schreibt der Schreiber.

Ist das wahr?, fragt de Lancre verblüfft.

Ja, Herr. Er lässt uns zu sich kommen.

Wie?, fragt de Lancre. Wie macht er das? Schenkt er euch Flügel? Lässt er euch durch Wände gehen? Wie reist ihr durch die

Nacht? Oder ist es am Ende nur ein Traum? Lässt euch der Teufel solches Zeug träumen? Vernebelt er euren Sinn, dass ihr es für wahr haltet?

O Herr, wenn es ein Traum ist, dann ist es ein schöner Traum, sagt Jeanne Auclaire. Schöner als alles, was man erleben kann. Aber es ist kein Traum.

Kein Traum, schreibt der Schreiber.

Lüg nicht, wir haben dich beobachten lassen, seit du im Gefängnis bist. Du bist die ganze Nacht im Turm gewesen, die anderen auch.

Ist das wahr?, sagt sie. Sind wir so gut bewahrt? Es muss wohl eine Täuschung für Eure Augen gewesen sein. Er kann viel.

Und warum befreit er euch nicht aus dem Gefängnis, wenn er so viel kann?

Aber das tut er ja jede Nacht.

Im Augenblick ist sie es, die das Spiel beherrscht, die Tempo und Richtung vorgibt.

Und weiß er auch, sagt de Lancre, dass wir euch verurteilen können und dass ihr brennen werdet, wenn wir das tun?

Er weiß alles. Wir haben keine Geheimnisse vor ihm.

Keine Geheimnisse, schreibt der Schreiber.

Bekennt, dass sie es für ihn mit Freuden erleiden mag. Bekennt, dass das Glück, das Satan ihr schenkt, unermesslich sei. Dass es alle Leiden, die sie durch das Gericht erlitte, aufwöge. Vertraut darauf, dass Satan sie zur rechten Zeit retten und mit sich führen wird.

In die Hölle?

Wo denkt Ihr hin, Herr! Zum Sabbat.

Wo?

In den Bergen. Bei den Höhlen von Sare. Ihr könnt selbst hingehen, wenn Ihr wollt.

De Lancre ist ein kühner Verhörer.

Gesetzt den Fall, ich käme, sagt er, würde mich der Teufel nicht fortjagen? Würde er mich nicht verfolgen, wie ich ihn verfolge? Er weiß doch, wer ich bin.

Herr, da irrt Ihr euch sehr, sagt sie. Unser großer Meister ist nicht nachtragend. Im Gegenteil. Er ist die Großzügigkeit selbst. Jeder ist zu seinen Festen willkommen. Er würde Euch wahrscheinlich sogar einen Ehrenplatz anbieten, einem hohen Herrn, wie Ihr es seid. Hohe Herren sind mit ihren Damen immer willkommen. Ihr würdet Euch wundern, wen Ihr dort antreffen könnt.

Nenne mir Namen, Jeanne!

Ach, sagt sie, die Namen ...

Nun?

Ariel ... Behemoth ... Ich nannte mich Delilah oder Astarte. Manchmal auch Rosalind.

Mach mich nicht ärgerlich!

Verzeiht mir, Herr! Niemand trägt seinen richtigen Namen, wenn er zum Sabbat kommt. Wir suchen uns Namen aus, wie man ein Kleid aussucht, das man zum Ball anzieht. Wir tragen auch Masken. Ihr könnt dort Bären sehen. Affen, Esel ... Ich denke doch, dass sich meistens eine menschliche Person darunter verbirgt. Aber sicher ist man niemals. Nichts ist sicher auf dem Sabbat.

Jeanne, sagt de Lancre, du weißt, was ich mit dir tun kann. Weißt du es?

Ja, Herr.

Dann nimm dich in Acht, Jeanne, und sag mir die Namen. Die richtigen Namen. Kein Ariel, kein Behemoth. Wer war dort? War es der Pfarrer von St. Eustache? War es der Priester, bei dem du vor Pfingsten gebeichtet hast? War es der junge Herr von Sansinena?

Ich konnte sie nicht erkennen, Herr.

Wie kann das sein?, fragt de Lancre. Du sagst, dass es sich um ein Tanzvergnügen handelt. Das ist doch wahr?

Sicher.

Dem Arzt fällt auf, wie blass sie ist. Es ist die makellose matte Blässe, die man vornehm nennt, und die die adligen Fräulein durch weißen Puder vorzutäuschen lieben. Sie entsteht auf einer vormals sonnengebräunten Haut. Sie ist nicht bläulich und transparent wie die Blässe der Comtessen. Sie ist wie weiße Pfirsiche, deren Fleisch sich beim Biss zartrosa zeigt.

Und du weißt nicht, wer dein Partner beim Tanzen ist?

Nein, Herr.

Wie soll ich das glauben?

Wir sehen uns nicht an, wenn wir tanzen. Wir tanzen Rücken an Rücken, die Gesichter nach außen.

Warum das?

Ach, hoher Herr, ich weiß nicht. Es muss wohl so Vorschrift sein. Jeder Tanz hat doch seine eigenen Gesetze, wie mir scheint. Dies ist der Tanz, der beim Sabbat getanzt wird, mehr weiß ich nicht.

Ein verkehrter Tanz.

Verkehrt? Das sagt Ihr, Herr. Wir nennen es richtig.

Wenn ich zum Tanz gehe, Jeanne, dann sehe ich den Frauen gern in die Augen. Verstehst du, was ich meine?

Wie es Euch beliebt, Herr.

Sie hält den Kopf gesenkt.

Jeanne?

Ja.

Sieh mich an.

Sie blickt in ihren Schoß.

Ich will wissen, wie es dort zuging. Ich will es genau wissen.

Es entsteht eine Pause. Er lässt sie entstehen und wachsen. Er wartet, bis sie reif ist wie eine Frucht, prall und süß. Er versteht sich auf solche Pausen. Wie jeder erfahrene Liebhaber hat er Geduld.

Jeanne?

Herr, es ist nicht einfach, Euch zu erklären, wie es dort zugeht.

Ich weiß, Jeanne. Aber du kannst mir alles sagen. Vertrau mir.

Jetzt räuspert sich der Arzt. Ihm ist, als müsse er auf sich aufmerksam machen. Warum, weiß er selber nicht. Später wird er nicht verstehen, warum er stumm geblieben ist. Aber noch hält er sich an das Protokoll der Befragung, die hier stattfindet. Das Richtige unterbleibt, wie häufig, aus Höflichkeit. Aus angstvollem Bemühen um die Erfüllung der Spielregeln.

Ich möchte wissen, sagt de Lancre, was du gefühlt hast, Jeanne. Siehst du, ich weiß gut Bescheid über euch Teufelsvolk. Der Ritt zum Sabbat. Das Tanzen Rücken an Rücken und dass ihr Kröten esst – all das ist mir bekannt. Es steht auch in Büchern, die ich studiert habe. Alles, was ihr so treibt, kommt schon in gelehrten Büchern vor. Hast du das gewusst? Man weiß längst Bescheid über euch! Man weiß es genauer, als ihr es selber wisst, nehme ich an. Was mich interessiert, ist, wie es sich anfühlt, dabei zu sein. Ganz persönlich. Du verstehst mich doch? Unsereiner, der nie Kontakt mit dem Teufel gehabt hat, weiß doch nicht, wie es ist.

Er streckt die Hand aus.

Keine Angst. Hab keine Angst vor mir, Jeanne. Gib mir deine Hand.

Jetzt dreht sie sich zu dem Arzt um. Auge in Auge mit ihm überlässt sie de Lancre ihre Hand, den Arzt zum Zeugen dessen machend, was ihr geschieht.

Kalt, sagt de Lancre, der den Arzt nicht beachtet. Deine Hand ist kalt. War sie auch so kalt, Jeanne, als du sie dem Teufel gereicht hast?

Ja, flüstert sie, auch so kalt.

Siehst du, sagt er, die Hand plötzlich loslassend, die wie ein Gegenstand in ihren Schoß zurückfällt. Das ist es, was ich wissen will.

Er macht ein Zeichen für den Protokollanten.

Kalt wie Eis, formuliert der Schreiber frei, der auf einmal so etwas wie Inspiration fühlt.

Ich bin sicher, sagt de Lancre, dass du mir noch viel mitzuteilen hast, Jeanne. Die letzten Geheimnisse der Hexerei sind noch unerforscht. Die Wissenschaft ist auf deine Hilfe angewiesen, Jeanne.

Ich kann weder lesen noch schreiben, sagt sie. Wie soll ich Euch helfen, Herr?

Lass das meine Sorge sein, Jeanne, und rede nur frei heraus. Hat er dich berührt?

Es gibt einen Moment im Verlauf der Verhöre, da de Lancre seinen Hut abnimmt, den er immer trägt, und neben sich auf den Tisch legt. Es ist einer von den breitkrempigen Hüten, die seit einiger Zeit in Mode gekommen sind. Sie geben ihren Trägern etwas Stolzes, Verwegenes. Es sind Hüte für Herren, die über Land reiten und wissen, dass der Boden unter den Hufen des Pferdes ihr eigener ist. Hüte für Machthaber. Der Hut von de Lancre trägt einen seitlichen Federbusch. Lange, biegsame Federn, die bis auf seinen Rücken hinabwallen. Wenn er ihn abgelegt hat, berauscht er sich am Anblick des schimmernden Runds, das die Federn von Reiher, Pfau und Fasan bilden, dem seidigen Glanz ihrer Farben, die Eitelkeit törichter Vögel bezeugend, die damit herumstolziert sind, und muss sich zur Ordnung rufen, damit er nicht mit zärtlicher Hand darüber streicht, der Richtung der Fasern folgend, wie man das Gesicht der Geliebten mit den Fingern nachzeichnet, es wiedererkennend und neu für sich erfindend.

Wie meint Ihr das, Herr?

Hat Satan sich dir im Fleisch genähert? Erzähl mir, wie das war!

Seine Stimme ist leise. Sie ist angenehm. Wenn er sich erregt, so dämpft er sie, bis es schwer wird, ihn zu verstehen, und man sich unwillkürlich nähern muss. Er kann sie bis zu einem Flüstern herabsenken, dem Flüstern, in dem die tiefsten Geheimnisse ausgetauscht werden. Sie klingt dann eher flehend als gebieterisch.

Im Fleisch?

Du weißt, was ich meine.

Wenn Ihr das meint: Ich will nicht prahlen. Ein- oder zweimal bin ich zur Königin der Nacht gewählt worden.

Königin der Nacht?

Ich saß beim Mahl an seiner Seite.

Satans Tischgefährtin, schreibt der Mann hinter dem Vorhang. Er nimmt sich jetzt mehr und mehr Freiheiten im Formulieren heraus. Er ist in einem Zustand, in dem auch der Protokollant ein Dichter ist, inspiriert, mitgerissen vom Strom der Wörter, der aus seiner Feder fließt. Ihm scheint, ihm diktiert ein höherer Geist, der sich der Aussagen des Mädchens nur bedient, um seine eigene Wahrheit hervorzubringen.

Was aßet ihr?

Zartes Fleisch, Herr. Das zarteste, das es gibt.

Man sagt, dass ihr dort das Fleisch ungetaufter Kinder esst.

Das Fleisch ungetaufter Kinder.

Was weiß ich, Herr? Wir essen daheim kein Fleisch, es sei denn, dass wir ein Huhn geschlachtet haben. Hühnerfleisch war es nicht. Sonst kann ich dazu nichts sagen, außer dass es über jeden Begriff köstlich war.

Über jeden Begriff köstlich, schreibt der Schreiber.

Und dann?, fragt de Lancre.

Danach begann das Tanzen. Satan mischte sich jedoch nie unter die Tanzenden.

Was tat er?

Er fand sein Vergnügen daran, zuzusehen.

Tat er das? Ich würde auch gern zusehen, wie du tanzt.

Jeanne Auclaire erschrickt. Sie versucht, darüber hinwegzugehen.

Ein- oder zweimal hat er den Reigen selbst angeführt …

De Lancre lächelt versonnen wie einer, der einen Einfall hat.

… aber selten, sagt sie.

Es entsteht eine Pause. Zum ersten Mal weiß sie nicht weiter.

Jeanne, sagt de Lancre mit der falschen Geduld eines Lehrers, der eine unaufmerksame Schülerin mahnt. Hast du nicht gehört? Ich möchte dir beim Tanzen zusehen.

Der Arzt und der Schreiber halten den Atem an.

Hier?, fragt sie.

Wo sonst?, sagt de Lancre.

Das geht nicht, sagt Jeanne Auclaire.

Warum nicht?

Es fehlt die Musik. Wir haben Musik dabei.

Ach, sagt de Lancre. Natürlich. Du brauchst Musik, wenn du tanzen sollst. Welche Musik? Sag mir doch, wie die Musik war, die euch zum Tanz aufgespielt hat!

Jeanne Auclaire glaubt, dass ihr das Reden hilft. Solange sie redet, glaubt sie, wird sie sicher sein.

Eine schöne Musik, sagt sie. Es war etwas daran – man kann es nicht beschreiben, Herr.

Was?

Sie überlegt. Sie sucht nach einem Ausdruck. Das Französisch, das sie spricht, ist nicht ihre Muttersprache. Sie übersetzt für sich aus der ältesten Sprache Europas in ein viel jüngeres Idiom. Manchmal verfängt sich die Baskin in seinen Fallstricken, gewirkt aus römischer Eleganz, fränkischer Derbheit und keltischer Beschwörungskraft.

Ein Charme, sagt sie, jeden Laut vorsichtig kostend. Das Wort entfaltet in ihrem Mund alles, was es heißt.

Es ist ein gefährliches Wort im Mund einer Hexe. Es bedeutet nicht nur Zauber, sondern auch Zauberei.

Man musste darauf tanzen. Man konnte nicht still sitzen, wenn man es hörte, setzt sie hinzu. Und kühner: Es ginge Euch ebenso, wenn Ihr dabei wäret.

Und wer spielt euch auf?

Das kann ich nicht sagen. Die Musikanten saßen stets ein wenig abseits vom Feuer. Ich sah ihre Gesichter nicht.

Männer oder Frauen?

Ich denke Frauen, Herr. Doch kann man das bei uns nicht mit Gewissheit angeben.

Warum?

Weil wir uns verkleiden. Wir wollen nicht als wir selber erkannt werden. Männer ziehen Röcke an. Frauen Hosen. Gewiss, es ist nicht christlich, das weiß ich auch. Es geschieht auch nur bei Nacht, Herr. Und betrifft nicht die, die nackend gehen.

Und waren die Musikantinnen nackend?

Nein, Herr.

Woher willst du dann wissen, dass es Frauen waren?

Ihre Musik war so wunderbar.

Was hat das damit zu tun?

Herr, wie Ihr wisst, ist es den Frauen verboten, zum Tanz aufzuspielen. Es schickt sich nicht.

Ja, und?

Und wer etwas Verbotenes tut, tut es mit Inbrunst.

Was soll das heißen?

Versteht doch, Herr. Das ist das große Vergnügen, das der Sabbat uns gewährt: Dass wir das Verbotene tun. Nichts kommt der Liebe, dem Tanz, der Musik mehr zugute als das.

Sie sieht ihn an wie eine Lehrerin, die darauf wartet, dass endlich begriffen wird.

Darum denke ich, dass es Frauen waren, die die Musik machten, setzt sie hinzu, jeden möglichen Zweifel außer Kraft setzend, selbst völlig überzeugt von der Stringenz ihrer Beweisführung. Weil die Musik so schön war, die sie machten, so – sie erprobt noch einmal das Wort, das sie dafür gefunden hat –, so charmant, so zauberhaft.

Der Parlamentsrat scheint in Gedanken versunken. Es ist nicht einmal sicher, dass er ihr zugehört hat.

Welche Instrumente spielen sie?, fragt er schließlich, immer noch wie in Gedanken abwesend.

Die Laute. Die Flöte. Schalmeien. Und die Harfe, Herr.

Er schweigt.

Was wollt Ihr noch wissen, Herr?

Wieder lässt er eine Pause anwachsen und mit ihr die Verwirrung des Mädchens, seine Unsicherheit. Er möchte etwas Verzweiflung spüren, die Auflösung des Willens, der sie beherrscht, der angestrengten Haltung, in Ratlosigkeit und Scham. Er wartet auf den Moment, in dem sie nach jedem Strohhalm greift, den er ihr zuwirft. Der Moment ist nah. Er kommt. Ein Mann wie de Lancre weiß, wann es so weit ist. Er steht auf, geht zum Fenster und blickt hinaus. Es sieht aus, als würde auch sie gerne aufstehen. Aber das kann sie nicht. Das Gesetz des Handelns ist seins und nur seines.

Jetzt dreht er sich um. Er geht zur Tür. Es ist, als ob sie gar nicht da wäre. Er ruft nach den Wachen.

Man bringe mir meine Laute, sagt er.

Der Parlamentsrat ist ein in den Künsten, auch der Musik, bewanderter Mann. Die Laute zu spielen gehört zu seinem Erscheinungsbild eines kultivierten Menschen wie sein Italienisch und seine gepflegte Garderobe, die Art, wie er an den Manschetten zupft und sie über seine Handgelenke zieht, der Degen, den er an der Seite trägt, eben der Seite, die er beim Gehen und Stehen immer etwas nach vorne schiebt. Musik ist eine Art höherer Konversation für ihn. Das Parlando der Lautentöne, ihr zauberischer Klang, ihre dem Lachen der Frauen verwandte Silbrigkeit, all das entzückt ihn und findet in ihm einen Mann, der es zu gebrauchen weiß. Es ist die Konversation der Liebe, die er mit der Laute pflegt. Nichts vermag so wie sie zu schmeicheln, zu necken, zu huldigen. Nicht die Schalmei, nicht die Flöte ist sein Instrument. Sie scheinen ihm vulgär. Wer sie spielt, bläst die Backen auf, japst nach Luft. Sie sind bäurisch. Zwar wird auch die Laute auf dem Land gespielt, doch bleibt sie das Instrument der Edlen, der Könige. David ist ihr Meister, der Patron der Lautenspieler. Ein königlicher Musikant. Das Lautenspiel adelt. Es führt in die höhere Welt der Gefühle, zu der nur der Vornehme Zugang hat. Es begleitet die Seele auf ihrem Weg dorthin. Es begleitet sie mit gezupften Tönen, während die Seele singt.

De Lancre ist von seinem Schöpfer mit einer Singstimme bedacht worden. Er weiß das. Er ist stolz darauf, und mit Recht. Es ist die Stimme des Liebhabers, mit der de Lancres Seele singt, ein Tenor. De Lancre weiß um die Wirkung, die seine Stimme auf Frauen hat. Er hat sie oft erprobt. Während seines Studiums in Italien hat er sich in der Kunst des Lautespielens vervollkommnet wie auch in der des Gesangs. Er hat den Frauen Ständchen gesungen, mondbeschienen, vom Wein befeuert, ein Kavalier, der nichts zu verlieren und viel zu gewinnen hat, ein Fremdling, jung und bedürftig wie ein Straßenkater. Er gewann und verlor, wie es gerade kam. Und er wusste, dass die Frauen, die er nicht bekam, etwas von ihm behielten, das länger als die Spuren der Liebe, die rasch abgewaschen waren, an ihnen haftete, die Erinnerung an die Stimme, mit der er sang, und dass er sie damit berührte, unkeusch und körperlich, wie er es sich so dringlich gewünscht hatte, und dass sie diese Berührung nicht abwuschen, sondern in sich herumtrugen wie einen Wechselbalg, den sie von ihm hatten, einen winzigen Teufel unbesiegbarer Begehrlichkeit. Er fühlte, dass sie ihm gehörten, auch wenn nicht er sie bekam, sondern ein anderer, in dessen Armen sie doch ihm gehören würden, einem Unbekannten, fremd und trotzdem überraschend nah, näher, als ihnen ihre Liebhaber und Ehemänner je gekommen waren. Und er schwor sich, dass er die Frauen eines Tages dafür büßen lassen würde, dass sie so viel an ihm gehabt hatten, ohne sich bei ihm erkenntlich zu zeigen. Eines Tages, wenn er unabweisbar geworden sein würde. *Mia bella. Mia bellissima.*

Das ist für ihn die Musik, die Sprache der Unkeuschheit. Hier liegt die Wurzel der Musikalität, mit der er begabt ist.

Er stimmt seine Laute. Er spielt ein paar Takte, leichthin, zusammenhanglos, als übe er noch.

Nun, Jeanne?, sagt er.

Der Arzt auf seinem Stuhl fühlt sich wie ein Gast auf der falschen Gesellschaft. Wie in quälenden Träumen weiß er, dass alles falsch sein wird, was jetzt geschieht. Gäbe es ein Aufwachen, wäre es jetzt an der Zeit. Doch mit der schleppenden Logik abscheulicher Träume vollzieht sich, wovon er Zeuge ist.

Es wird nicht das einzige Mal sein, dass de Lancre die Hexen für sich tanzen lässt. Die baskischen Frauen sind für den Tanz geboren. Sie tanzen den ganzen Tag. Sie tanzen im Gehen, im Stehen, sie tanzen, wenn sie die Kinder auf ihre Hüften heben, sie tanzen, wenn sie hinter dem Pflug hergehen, sie tanzen, wenn sie die Wäsche vom Fluss heraufbringen und sie zum Trocknen aufhängen. Es ist ein inneres Tanzen, kaum wahrnehmbar, ein Vibrieren der Seelen, ein Aufbegehren gegen ihre Gefangenschaft in Körpern, die arbeiten müssen, die in der täglichen Fron ermüden sollen statt im Genuss des Lebens, der seinen reinsten Ausdruck im Tanz findet. Wer genau hinsieht, spürt dieses innere Tanzen in jeder ihrer Bewegungen. Es strafft ihre Körperhaltung. Es verleiht ihren Bewegungen Anmut und Spannkraft. Dann und wann verleitet es sie zu plötzlichen Drehungen oder Hüftschwüngen, ein paar Schritten, mit denen sie den Boden stampfen in rhythmischer Ungeduld. Wenn sie jedoch Musik hören, geraten sie außer sich. Es ist ihnen unmöglich, nicht darauf zu tanzen. Es übersteigt ihre Kraft. Sie erstarren. Sie verhalten wie ein Pferd, unmittelbar bevor es durchgeht, die Nüstern gebläht, die Augen starr, dann ergeben sie sich ihrer Lust zum Tanz. Es ist ein ergreifender Augenblick, wenn sie sich für die Freiheit, die unabdingbare Freiheit entscheiden, die im Tanzen liegt, wenn sie sich ihr stürmisch und mit dem Ausdruck von Verzweiflung entgegenwerfen, wie sie jeder Leidenschaft beigemengt ist. Sie tanzen, wenn man sie nicht hindert, bis zur Ermattung, einem Zustand, der dem befriedigter sexueller Lust nicht unähnlich ist.

De Lancre weiß längst um diese Leidenschaft der Frauen, die er befragt. Mit dem Interesse des Forschers an seinem Gegenstand, einem brennenden Interesse, das über jegliche kühle Objektivität weit erhaben ist, widmet er sich seinen Beobachtungen. Sie brauchen Musik, um sich ihm zu offenbaren? Da ist er der Richtige. *Man bringe mir meine Laute.* Er selbst ist ein Teil der Versuchsanordnung, die er trifft. Er findet nichts dabei. Seine Lust an den Frauen und an den Erkenntnissen, die sie ihm gewähren, ist so wild und elementar wie ihre Lust am Tanz. In gewisser Weise sind sie, der Richter und die Frauen, die er zum Feuertod verurteilen wird, füreinander gemacht. In gewisser Weise sind diese vier Monate im Labourd die Monate der Vollendung in seinem Leben. Seinem Leben als Mann. Obwohl er die Nächte mit sich selbst verbringt, gelangt er hier zu seiner höchsten und ganz persönlichen Reife als Liebhaber der Frauen. Einen Sommer lang bis in den Herbst hinein erlebt er alles, was verheißen ist: Unerlaubte Einblicke, bestürzende Erkenntnis, Momente schmelzenden Widerstands, einen Taumel von Empfindungen, Musik, zuckende Leiber und höchste Lust, die sich fast von selbst entlädt.

Vor allem erfährt er den Genuss seiner Macht. Es ist wie immer eine höchst angefochtene Macht. Das Parlament von Bordeaux hat sie ihm geliehen und wird Rechenschaft verlangen. Zudem spürt er den Widerstand der Leute, mit denen er es zu tun hat, auf Schritt und Tritt. Unzuverlässige Beisitzer, verlogene Beamte, undurchschaubares Volk. Nein, seine Macht ist nichts weniger als gefestigt und gewiss nicht unbegrenzt. Manchmal fühlt er sich sogar bedroht und ist voller Sorge um den Ausgang seiner Mission. Umso mehr verlangt es ihn nach Momenten wie diesem, in denen er ganz und gar der ist, dem man willfährt.

Jeanne?, sagt er.

Sie scheint merkwürdig abwesend, als konzentriere sie sich auf die Musik, die er spielt, eine sehnsüchtige Weise, deren Motiv er in einen raschen Rhythmus zu überführen beabsichtigt.

Gefällt dir das?

Nein, sagt sie.

Und dies?

Er wechselt die Tonart. Ein anderes Motiv.

Nein, sagt sie. Ich tanze nicht.

Und warum nicht?, fragt er. Belustigt. Im Stil der Farce, die er inszeniert.

Ich bin nicht in der Stimmung, sagt sie.

Und warum nicht, Jeanne?

Er ist ein Mann, für den die Stimmung der Frauen durchaus ein Faktor ist. Er ist bereit, auf sie einzugehen.

Ich tanze nur für ihn, sagt sie.

Für wen?, fragt de Lancre. Den Teufel? Bin ich dir nicht gut genug? Ein Hauch von gekränkter männlicher Eitelkeit ist dabei.

Da macht sie einen Fehler.

Ihr sollt mich befragen, und ich will Euch antworten, sagt sie. Zu etwas anderem habt Ihr kein Recht.

Er legt die Laute weg.

Ich bin dein Richter, sagt er. Ich habe zu allem Recht. Ich kann tun, was ich will.

Ihr seid mein Richter. Darum müsst Ihr mich befragen, und ich muss Euch antworten, sagt sie. Also fragt.

Willst du mir vorschreiben, was ich zu tun habe?

Nicht ich, das Gesetz schreibt Euch vor, was Ihr zu tun habt. So scheint es mir, setzt sie hinzu.

Sieh an, sagt de Lancre, du glaubst, dass du besser als ich über das Gesetz Bescheid weißt? Du, eine Zauberin? Du, ein Mädchen vom Land, das nicht einmal lesen und schreiben kann. Weißt du nicht, was ich mit dir tun kann? Weißt du nicht, dass ich dich brennen lassen werde?

Noch dämpft er seine Stimme, doch nur, um das Gebrüll, das folgt, umso wirkungsvoller zu kontrastieren. Er sieht sich nach dem Arzt und nach der Stelle um, wo der Schreiber sitzt, als wolle er sich versichern, dass sie mitbekommen, was ihm eben widerfährt.

Du willst nicht tanzen?, brüllt er. Du wirst tanzen! Verlass dich drauf!

Und plötzlich wieder leiser: Hörst du?

Es kommt aus der Ferne, ein Schlagen von Holz auf Holz, gleichmäßig, mit Intervallen wie ein gemessener Gang, dumpf klingende Schritte, die sich langsam zu nähern scheinen, nachdem man sie einmal vernommen hat. Sie bauen schon das Gerüst in St. Pée.

Hörst du das? Sieh mich an, Jeanne! Antworte! Weißt du, was das ist?

Ja, sagt sie leise.

Und er: Wir lassen dich tanzen! Im Feuer lassen wir dich tanzen, Jeanne!

Die Angeklagte ist müde, wirft der Arzt ein. Es ist genug.

Später wird der Parlamentsrat zu seiner Rechtfertigung anführen, dass fast immer ein Arzt bei den Verhören anwesend war, um die Gesundheit der Angeklagten zu gewährleisten. Damit sie nicht über Gebühr strapaziert würden. Er wird sich auf das Zeugnis von Martin Lallemand berufen. Und Martin Lallemand wird sich daran erinnern, dass Jeanne Auclaire an diesem Tag von den Wachleuten hinausgetragen werden musste. Sie weigerte sich, den Raum zu verlassen.

Das Verhör ist zu Ende! Schafft sie fort!

Ich habe Euch noch etwas zu sagen! Ihr müsst mich anhören!

Ich habe genug von dieser Hexe!, brüllt de Lancre.

Und plötzlich mit schneidender Kälte und Verachtung: Sie langweilt mich.

Da weiß Jeanne Auclaire, dass ihr Todesurteil gesprochen ist. Ihr bleibt nicht mehr viel Zeit. Und als später der Arzt zu ihr in den Raum kommt, wo man die Frauen gefangen hält, die ihn sogleich umringen und mit Fragen bestürmen:

Sie will nicht reden! Sie spricht kein Wort mit uns! Was ist los?

Sagt er: Alles in Ordnung. Es war genauso, wie es immer ist.

Und er gibt ihnen Ratschläge und Senfpflaster und Baldrian für den Schlaf und Melisse für die Krämpfe im Unterleib, und dann sagt er:

Jetzt will ich sehen, ob ich noch etwas für Jeanne tun kann.

Sie ziehen sich zurück, und er beugt sich nieder, wo sie mit geschlossenen Augen liegt.

Ich war am Hafen, sagt er leise. Es heißt, die Schiffe kommen bald.

Sie öffnet die Augen.

Ist schon November?, fragt sie.

Er nickt.

Jacques de Queirac, sagt sie. Steuermann. Sie müssen ihm sagen, wo er das Kind findet. Versprechen Sie mir das?

Ja, sagt er. Aber Sie werden es ihm selbst sagen. Das hier ist bald vorbei.

Versprechen Sie es mir, beharrt sie.

Ich verspreche es, sagt der Arzt.

Er sagt es, um sie zu beruhigen. Er kann sich selbst nicht vorstellen, dass es so weit kommen wird und dass er eines Tages mit Jacques de Queirac über seine Tochter sprechen wird. Es wird so weit kommen.

Ich höre gar keinen Wind, sagt Jeanne Auclaire. Im November müsste doch viel mehr Wind gehen.

Auf dem Meer, sagt er, bläst immer Wind.

Wenn der Teufel es will ...

Jeanne!, sagt er. Was reden Sie denn da?

Ich wollte, ich wäre eine Hexe. Was gäbe ich darum, hexen zu können!

Jeanne!

Der Parlamentsrat ist so dumm!, sagt sie. Ist Ihnen das schon aufgefallen? Der Teufel ist doch da, aber er sieht ihn nicht.

Wo ist er?, fragt der Arzt.

Er spürt eine kalte, fremde, beklemmende Gegenwart. Er möchte sich umdrehen. Aber er wagt es nicht. Die anderen Frauen sitzen wispernd um die Feuerstelle an der Stirnseite des Raums herum. Aus den Augenwinkeln sieht er ihre kauernden unruhigen Silhouetten. Sie sehen wie Hexen aus. Das bleiche Gesicht der Frau vor ihm gibt nichts von ihr preis.

Wo?

Er ist überall, flüstert sie. Überall. Aber er lässt sich von einem, wie es der Parlamentsrat ist, nicht einfangen. Wer den Teufel fangen will, muss schon ein anderer sein als dieser – sie gebraucht ein baskisches Wort, das der Arzt nicht versteht. Haben Sie das nicht gesehen? Heute, bei den Verhören, stand der Teufel hinter ihm. Ich versuchte, Ihnen ein Zeichen zu machen, aber Sie sahen es nicht. Er schnitt Grimassen bei seinem Lautenspiel. Diese Katzenmusik! Haben Sie das gehört? Darauf sollte ich tanzen! Ach, wenn Sie unsere Musik kennten! Wenn Sie jemals beim Sabbat gewesen wären! Dann wüssten Sie, was ich meine. Dieser – sie gebraucht wieder das Wort aus dem Baskischen, das in den Ohren des Arztes wie »Axt« klingt. Dummkopf. Idiot, denkt der Arzt. Vielleicht heißt es das.

Aber …, sagt er. Ich dachte …

Was dachten Sie?

Der Teufel … Der Sabbat … Sie …

Die Kälte, die er spürt, streift ihn im Nacken wie eine Hand. Das Gesicht vor ihm ist weiß und ohne Bewegung wie eine Maske im Fastnachtsspiel.

Sie zweifeln?, sagt sie. Das ist nicht schön.

Aber …, sagt der Arzt.

Nun, sagt sie, übertrieben …, übertrieben habe ich schon.

Seine Erleichterung lässt ihn tief durchatmen.

Aber das meiste ist doch wahr, sagt sie. Wenn auch … nun … es erscheint … so dumm, dass man dafür sterben soll. Diese Nächte … Es war Sommer … Wir achteten nicht … wir tranken … wir rauchten auch … Kennen Sie dieses Kraut, das einen glücklich macht?

Ja, sagt er. Hanf?

Was auch immer, sagt sie. Es schenkt schöne Gedanken. Es macht so leicht. Und zuweilen hat man den Teufel im Leib. Das können Sie mir glauben.

Vom Feuer her klingt das Gelächter der anderen Frauen.

Was schwätzt du da mit dem Arzt?, ruft Marie Pipy.

Lass mich in Ruh, sagt Jeanne Auclaire. Das geht dich nichts an.

Nehmen Sie sich vor der in Acht, ruft Cathaline de Hilsou. Die hat's faustdick hinter den Ohren.

Schon gut, sagt der Arzt.

In diesem Raum ist kein Teufel, da sind acht Frauen, die keine Engel sind, denkt der Arzt. Dann sieht er, dass sie weint.

Nicht, sagt er. Ich habe etwas, das Sie ruhig schlafen lässt.

Ich habe Angst, sagt sie.

Die Schiffe, sagt er. Die Schiffe sind bald da.

Er gibt ihr das Pulver, das er für sie mitgebracht hat.

Als er den Raum durchquert und zur Tür geht, hört er eine der Frauen sagen: Na? Hat's gewirkt? Hast du ihn behext?

Die behext doch alle, sagt eine andere. Die schafft es sogar, den Parlamentsrat zu behexen, das weiß man doch.

Er schlägt an die Tür, dass der Wachmann mit den Schlüsseln kommt und ihm von außen aufschließt. Für einen Moment hat er Angst, dass er sich entfernt hat und ihn nicht hört. Dass er die Nacht mit acht Hexen verbringen muss. Da hört er die Schritte, den Klang der schweren Schlüssel am Ring.

Der Rat ist selber der Teufel, sagt eine der Frauen.

Dann ist er draußen auf dem Gang.

Teufelsweiber, sagt der Wachmann. Dass Sie sich da alleine hineinwagen. Wir gehen nur zu zweit. Man weiß nie.

Ihr seid doch Männer, sagt der Arzt.

Klar, sagt der Mann. Darum zeigen wir's denen manchmal auch.

Es ist Anfang November. Ein früh verblassender Nachmittag in mattem Blau und Gold, in den der Arzt hinaustritt. Kein Windhauch regt sich. Die Blätter hängen noch müde und ausgebleicht an den Ästen. In der Ferne das Meer grau und glatt bis zum Horizont.

★

Der Bischof von Bayonne spürte den Frühling wie jedes Jahr in Form von Kopfschmerzen. Diese blaue Luft. Diese Gerüche, die aus dem Wasser des Adour zu seinen Fenstern aufstiegen. An warmen Januartagen, wenn die erste Ahnung ihn streift, dass ein nächster Frühling heraufziehen wird, irgendwann, noch nicht gegenwärtig, aber unzweifelhaft, glaubt er manchmal, ihm werde das Herz vor Seligkeit brechen, wenn er die ersten Schwalben erleben wird, die Weichheit der Luft, den Grünschleier über den Feldern vor der Stadt. Dieses Glück, denkt er, wird mehr sein, als ich ertragen kann. Doch dann, wenn es so weit ist, hat der Bischof Kopfweh, und ihm fällt ein, dass es in jedem Jahr so ist.

In diesem Jahr empfand der Bischof die Bedrängnis der Tage des Frühlings besonders stark. Ach, die Dinge, dachte er, sind nur in ihrer Abwesenheit ein Genuss. Die zarte Ahnung von ihnen ist es, die uns glücklich macht, nicht ihre Gegenwart. Er ging zum Fenster, er öffnete die beiden Flügel und sog tief die Luft ein. Aber das ersehnte Gefühl der Weitung seiner Brust wollte sich nicht einstellen.

Seit Wochen hörte er manchmal den eigenen Puls im Kopf, ein dumpfes Pochen. Ihm schien, als müsse es auch außerhalb seiner selbst hörbar sein. Er griff sich mit beiden Händen an die Schläfen. Das Pochen blieb. Ihm wurde bewusst, dass er nichts von den Vorgängen unter seiner Haut wusste. Dass diese ihm so unbekannt waren wie die Tiefen des Meeres oder die Dinge, die sich im Innern der Berge begaben, in den lichtlosen Welten der Zwerge und Erdgeister, die das Volk dort vermutete. Der Bischof, selber kein Freund volkstümlicher Mythologien – in seiner Freizeit las er Plutarch und Seneca und schöpfte aus ihnen die Anschauungen, mittels derer er sich gedanklich orientierte –, der Bischof erschrak zutiefst über diese Signale aus dem Körperinneren, das er bisher ignoriert hatte, außer wenn es ihn gelegentlich durch Schmerzen auf sich aufmerksam machte. Doch was ihm jetzt zu schaffen machte, war von anderer Art. Es war ein Hall aus den tiefen, verborgenen Bezirken seines eigenen Selbst.

Es ängstigte ihn. Die Angst war es, die seine Brust einengte, die ihm das Atmen zur Qual machte.

Im Laufe des Tages verstärkte sich dieses Gefühl, es verdichtete sich zu einem punktgenauen Schmerz in seiner linken Brust. Es strahlte bis zur Schulter, bis in seinen Arm aus, den er am Nachmittag nicht mehr zu heben vermochte. Er befahl, nach seinem Arzt auszuschicken.

Zu seiner Überraschung betrat dieser schon kurz darauf den Raum.

Eminenz, begann Lallemand, verzeihen Sie. Man ließ mich durch.

Der Bischof saß kerzengerade in seinem Sessel, weil er so mehr Luft bekam.

Ich habe Sie zu mir gerufen, weil –

Sie haben mich gerufen?

Warum sollten Sie sonst hier sein, sagte der Bischof unter dem Eindruck großer Dringlichkeit, nicht gewillt, etwaige Missverständnisse zu klären. Hören Sie das?, sagte er. Kann man das hören, Lallemand? Mir ist manchmal, als könne das jeder hören.

Er fasste sich mit der rechten Hand an den Kopf.

Gewiss, Eminenz, sagte der Arzt. Das kann jeder hören.

Der Bischof schien fassungslos.

Ich habe es schon heute früh gehört. Ich kam, um Sie, Eminenz, zu fragen, was das zu bedeuten hat.

Was?, sagte der Bischof. Was meinen Sie, Lallemand?

Aus seinem Blick sprach das Entsetzen von jemandem, der um seinen eigenen Verstand fürchtet.

Dieses Schlagen. Der Hall. Man hört es in der ganzen Stadt.

Der Bischof schloss die Augen. Unentrinnbar. Hohl klingend. Dumpf. Wie schwere Hämmer von Holz auf Holz.

Lallemand, sagte er. Helfen Sie mir! Was bedeutet es?

Der Arzt sah ihn erschrocken an.

Eminenz, sagte er. Wie ist Ihnen?

Es hämmert den ganzen Tag. Hier drinnen, sagte der Bischof

und zeigte auf seine Stirn. Ich will es nicht mehr hören, sagte er. Ich kann es nicht mehr hören.

Eminenz, sagte der Arzt vorsichtig. Er begriff, dass mit dem Bischof etwas nicht in Ordnung war. Eminenz müssen es nicht mehr hören, wenn Eminenz den Befehl geben, es abzustellen.

Was abstellen?, fragte der Bischof verständnislos.

Die Arbeiten an dem Gerüst, sagte der Arzt. An dem Gerüst zur Degradierung der Priester, das Eminenz in Auftrag gegeben haben. Man schichtet sogar schon das Holz für die Verbrennung auf.

Der Arzt geriet jetzt in die vorbereitete Rede, die der Anlass für sein Kommen war. Der Sekretär hatte ihn mehrmals abgewiesen und schließlich in einem der Vorzimmer warten lassen. Der Arzt hatte kein Recht, außerhalb der Konsultationen einen Termin beim Bischof zu verlangen. »In einer dringlichen Sache« – mehr hatte er nicht anzugeben gewusst. Der Sekretär, dem ohnehin das Verhältnis des Bischofs zu seinem Leibarzt zu distanzlos war und der es mit einem gewissen Misstrauen beobachtete, nahm die Gelegenheit wahr, zu demonstrieren, dass der Weg zum Bischof nur über ihn führte. Er ließ den Arzt zum besseren Begreifen dieses Sachverhalts ausgiebig warten, um sodann sein rasches Erscheinen beim Bischof anzuordnen, nachdem dieser seinen Arzt verlangt hatte. Der Sekretär kam sich ein wenig wie Gott vor an diesem Tag. Die Dinge fügten sich überraschend seiner Regie.

Der Arzt hatte Zeit gehabt, seine Ansprache zu memorieren. Sie war voller Vorwürfe, Fragen, inständiger Bitten, die er an den Bischof richten wollte: Warum ließ er das Schafott bauen? Wollte er die Priester tatsächlich hinrichten lassen? Wusste er nicht, dass man de Lancre zu Fall bringen konnte? Hatte er, Lallemand, ihm nicht genügend Informationen gegeben? Wollte er nicht wenigstens warten, bis alles getan war, was man zur Rettung der drei Priester tun konnte? Hatten sie nicht während der letzten Behandlungsstunde darüber gesprochen? War nicht ein Brief unterwegs, wenn Lallemand richtig unterrichtet war? Lallemand wusste, wie wenig dies alles den Leibarzt des Bischofs anging. Wie weit er seine Kompetenzen durch Einmischung überschritt. Doch berief er sich für diesmal auf die Intimität des Umgangs von Arzt und Patient, pochte auf Rechte, von denen er wusste, dass sie keine waren, reklamierte für sich ein Vertrauen, das nur ein geliehenes war, ihm huldvoll entgegengebracht, der ohne geistliche Würden und sonstige Standesvorteile war, ein Wundarzt, ein Niemand, ein Narr, dass er geglaubt hatte, den Bischof umstimmen zu können, geglaubt, dass dieser ihn ins Vertrauen zog.

Jetzt begriff er langsam, dass noch etwas anderes im Spiel war.

Das Gerüst?, sagte der Bischof. Richtig. Das Gerüst.

Woraufhin er auf die eigene Brust wies. Es ist hier drin, sagte er. Hier, wo das Herz schlägt. Ich höre es in meinem Kopf. Es hallt so grässlich in meinem Kopf. Lallemand, sagte er und griff mit seiner rechten Hand nach der des Arztes. Ich fürchte mich so sehr. Ich fürchte, dass es mit mir plötzlich vorbei sein könnte.

Der Arzt entzog ihm seine Hand. Er beherrschte sich, zwang sich zur Ruhe.

Eminenz, sagte er. Es geht nicht um Ihren Tod. Eine gewisse Verengung der Blutgefäße im Brustraum. Da verordne ich eine Einreibung mit Kampfer. Das gibt sich bald. Es geht um das Leben der baskischen Priester, die noch in Ihrem Gewahrsam sind. Machen Sie sich bitte frei. Ich erlaube mir, Ihr Herz zu massieren, das tut Ihnen gut.

Er schob das Habit des Bischofs zur Seite, streifte die Bauchbinde weg und legte die weiße, von bläulichen Adern durchzogene Brust des Bischofs frei.

Ah, sagte der Bischof.

Entspannen Sie sich, sagte Lallemand.

Er sagte es mehr zu sich selber. Er selbst war in höchstem Maße angespannt.

Ja, das Gerüst, sagte der Bischof. Man drängt mich, wissen Sie.

Die kreisende Bewegung der Finger des Arztes setzte aus.

Aber ich lasse mich nicht drängen, fuhr der Bischof fort. Das Gerüst, das Sie so beunruhigt, ist nichts anderes als eine Botschaft an meine Widersacher. Sie sollen mich in Ruhe lassen. Verstehen Sie?

Wenn Eminenz mir das nicht näher erklären: nein, sagte Lallemand.

Der Bischof war viel zu erschöpft für lange Erklärungen, die die Geheimnisse kirchlicher Diplomatie berührt hätten, Dinge, die einen ahnungslosen Vertreter des Laienstandes nichts angingen: Sein Generalvikar, derselbe, der im Sommer bereits während seiner Badekur zwei Geistliche degradiert und zur Verbrennung freigegeben hatte, ließ ihm seit Monaten keine Ruhe. Er drängte ihn. Er schrieb Berichte nach Rom. Der Bischof wusste es. Der Generalvikar empfahl sich bereits als seinen Nachfolger. Er warf ihm vor, die Autorität der Kirche zu untergraben, indem er die Verbrennung der Hexenpriester verhindere.

Der Generalvikar wollte nicht verstehen, dass es dem Bischof gerade um diese ging: um die kirchliche Autorität. Es ging um die Frage der Zuständigkeit weltlicher Gerichte für die Verbrechen der Zauberei und Teufelsbuhlschaften. Der Bischof gehörte zu denen, die diese Zuständigkeit grundsätzlich bezweifelten und, wo sie sie nicht bekämpften, gern unterliefen und, so weit es möglich war, behinderten. Das Sonderverbrechen der Hexerei gehörte seiner Überzeugung nach in den Bereich der kirchlichen Gerichtsbarkeit. Es ging um die Seelen der Menschen. Es ging um die Macht des Teufels über sie. Dafür war schon immer die Kirche zuständig gewesen. Als Vollstrecker weltlicher Entscheidungen sah sich der Bischof in seinen Befugnissen eingeschränkt. Kurz gesagt: Es ärgerte ihn. Er konnte sich nicht damit abfinden, dass ein Mann wie de Lancre, königliche Vollmachten hin oder her, ihm vorschrieb, was er zu tun habe. Der Bischof saß in der Falle. Wie er auch entschied, er schadete sich selbst.

Und dann war da noch das Volk von Bayonne, das in seiner Mehrheit ebenso wie er von Scheiterhaufen verschont bleiben wollte. Die Leute von Bayonne liebten ein gewisses Maß an Freizügigkeit vonseiten der Obrigkeit, sei sie staatlich oder kirchlich. Die meisten von ihnen waren Basken. Beide, sowohl Staat als auch Kirche, waren für sie nur von begrenzter Autorität. Letztlich unterwarfen sie sich etwas anderem, viel älterem, das allen, auch ihnen selber, ein für immer verschlossenes Geheimnis blieb. Letztlich begriffen sie zu gut, warum eine Frau Hexe wurde oder warum sich ein Priester der Zauberei ergab. Das düstere Schauspiel der Hinrichtungen faszinierte sie, verfehlte aber die Wirkung, sie zu disziplinieren und zu entschiedenen Parteigängern der Obrigkeit zu machen. Ihre bevorzugten Tätigkeiten und Erwerbszweige, der Handel, die Piraterie ließen sich besser in einem weitgehend rechtsfreien Raum ausüben, und das Geschäft der Schokoladenkocherei, auf Grund des Kakaoimports von den Antillen in letzter Zeit in der Stadt zur Blüte gekommen, war nicht dazu angetan, der Verbreitung von Hass und Fanatismus Vorschub zu leisten. Durch die Arkadengänge in der Rue Port-Neuf zogen die Düfte aus den Schokoladenküchen. Sie machten sanft und gelüstig, ein wenig müde und träumerisch. Das war nicht die Stimmung, in der man Scheiterhaufen brennen sehen wollte.

Der Bischof musste bei seiner Entscheidung auch das Volk von Bayonne berücksichtigen. Der Arzt begriff nicht, dass er an verschiedenen Fronten kämpfte, verschiedene Interessen in eins zu bringen hatte. Die Errichtung der Gerüste diente der Hinhaltung. Vor allem war es ein Signal an seine Feinde. Er tat, was man von ihm verlangte – und würde es doch nicht tun, vorausgesetzt, dass sein Brief nach Bordeaux seine Wirkung tat.

Man muss warten, sagte er ausweichend

Warten, sagte der Arzt.

Er beendete seine Massage in dem Gefühl, dass alles, was er tat, nutzlos war, nichts als – wie sagte der Bischof? – Hinhaltung. Auch der Zustand des Bischofs war Hinhaltung. Der Arzt kannte die Symptome. Schmerzen in der Brust. Atemnot. Beklemmung. Er hatte den unruhigen Herzschlag des Bischofs getastet. Mal rasend schnell, dann wieder langsam mit Aussetzern. Er wusste genug. »Das Herz gibt seinen Geist durch den ganzen Leib«, sagte Paracelsus. Dieses Herz war krank. Es raste. Es stockte. Es sprach von allem, was der Bischof verschwieg. Seiner Angst. Seiner Mutlosigkeit. Es sprach von der Nähe des Todes. Der Kampf hatte schon begonnen. Der Tod hatte dieses Herz bereits angerührt. Es versuchte davonzulaufen. Dann hielt er es wieder fest, und es riss sich los. Der Tod trieb sein Spiel mit ihm. Ein mutwilliger Tod. Ein Tod wie eine Katze, die mit einer Maus spielt.

Der Arzt brachte wieder die Kleider des Bischofs in Ordnung.

Sie müssen ruhig bleiben, Eminenz. Strikte Ruhe und keine Aufregung, sagte er.

Der Bischof versuchte tief einzuatmen. Es misslang. Er hustete.

Es klopfte an der Tür. Der Sekretär trat ein. Er neigte sich zum Ohr des Bischofs und flüsterte.

Bringen Sie mir das Schreiben, sagte der Bischof laut.

Der Sekretär entfernte sich.

Bleiben Sie, sagte der Bischof, als der Arzt Anstalten machte, sich zu verabschieden. Ich fühle mich besser, wenn Sie in der Nähe sind. Bleiben Sie.

Der Sekretär kam zurück und händigte ein Schriftstück aus, das der Bischof, es zum Licht haltend, überflog, dann sinken ließ und noch einmal las. Wortlos gab er es dem Sekretär zurück, der es auf den Tisch legte.

Lallemand bemerkte das Unschickliche seiner Anwesenheit. Er erhob sich und sagte: Verzeihen Sie, ich glaube – Dann sah er, dass der Bischof leichenblass geworden war.

Erlauben Sie, sagte er, griff nach der Hand des Bischofs und fühlte seinen Puls.

Der Puls setzte aus, schlug heftig und setzte wieder aus. Der Bischof griff nach seinem Herzen. Er murmelte Unverständliches.

Eminenz?, sagte der Arzt.

Die große Ruhe des Helfens setzte bei ihm ein. Ein Zustand außerhalb von Raum und Zeit. Er griff in seine Arzttasche, holte das Fläschchen mit Riechtinktur heraus, hielt es dem Bischof hin, der die Augen geschlossen hatte, legte seine Brust frei und begann wieder, sein Herz zu massieren, diesmal mit entschiedenem Druck und großer Konzentration. Langsam fühlte er das Blut wieder zirkulieren. Der Herzschlag wurde gleichmäßiger.

Der Sekretär hatte ihm unbewegt zugesehen.

Holen Sie Hilfe, sagte Lallemand zu ihm. Man muss Seine Eminenz zu Bett bringen.

Der Sekretär entfernte sich. Einen Moment lang zögerte Lallemand, dann beugte er sich entschlossen über das Schreiben und las, dass der Antrag des Bischofs auf Ungültigmachung der Urteile zurückgewiesen wurde und zwar von höchster Stelle, der Königlichen Kanzlei in Paris, mitgeteilt durch den Parlamentspräsidenten d'Espagnet in Bordeaux. Die drei Priester, der Zauberei angeklagt und für schuldig befunden, seien umgehend zu degradieren, ihrer kirchlichen Würden zu entkleiden und danach unverweilt zu verbrennen. Alle Vorwürfe, die Prozessführung des Parlamentsrats de Lancre betreffend, hätten sich als unhaltbar erwiesen …

Lallemand fuhr auf. Der Sekretär war zurück.

Zwei Diener führten den Bischof, der sich mehr tragen ließ, als dass er selber ging, in sein Schlafgemach. Der Arzt folgte. Er trug Sorge dafür, dass man die Bauchbinde lockerte, als man den Bischof aufs Bett gelegt hatte. Dann schickte er die anderen hinaus.

Er beugte sich über den Bischof, nahm sein Rohr und horchte Atmung und Herztätigkeit ab. Der Bischof stöhnte. Er versuchte zu sprechen.

Gefängnis …, verstand der Arzt. Rettung …

Er wusste um diesen Zustand Herzkranker, die in ihrer Brust, deren Enge, gefangen waren, ihre Erstickungsangst.

Frei …, sagte der Bischof.

Der Arzt glaubt ihn zu verstehen.

Ich tue, was ich kann, Eminenz, sagte er.

Er wusste, dass seine Heilkunst hier an ihre Grenzen stieß. Der Bischof mochte die Nacht überstehen. Aller Voraussicht nach hatte er aber nicht mehr viel Zeit. Es sei denn, dachte der Arzt, man könnte die Last der Nachricht von ihm nehmen, die er soeben empfangen hatte und die sein Herz fast stillstehen ließ. Die Last der Entscheidung, der er nicht gewachsen war. Er erinnerte sich an ein Gespräch, das er vor einiger Zeit mit dem Bischof geführt hatte. *Und wenn die Bedrückung nicht aus dem Gemüt kommt, sondern aus den Umständen?*

Dann, hatte er gesagt, *muss man die Umstände ändern, bis sie nicht mehr bedrückend sind.*

Der Arzt deckte den Bischof behutsam zu.

Freilassen, sagte der Bischof.

So?, sagte der Arzt und zog die Decke von der Brust des Bischofs zurück. Er wusste, dass in diesem Zustand oft das kleinste Gewicht als beengend empfunden wird.

Gehen Sie, sagte der Bischof, plötzlich klar und mit Nachdruck, indem er ihn mit festem Blick ansah. Tun Sie es!

Eminenz?, sagte Lallemand.

Tun Sie es, wiederholte der Bischof. Tun Sie, was ich Ihnen gesagt habe! Gehen Sie!

Vom nahen Turm von Ste. Marie kam das Angelus-Läuten. Es war Mittag. Die Zeit des Innehaltens, des flüchtigen Aufblickens, des kurzen Bemerkens der Gegenwart Gottes in der Zeit. Seltsame Gedanken gingen dem Arzt durch den Kopf. Müßige Phantasien. Tagträume, in denen sich Unmögliches mit Leichtigkeit begab. Die Nähe eines Sterbenden bewirkt manchmal solche Zustände. Begrenzungen weichen. Räume einer anderen Wirklichkeit öffnen sich … Der Arzt rief sich zur Ordnung.

Er entschied, sich zurückzuziehen. Es war ohnehin nicht ratsam, mit einem Todkranken zu disputieren. Sie hatten grundsätzlich Recht.

Eminenz, sagte er. Ich tue, was Sie mir befehlen. Ich lasse Sie jetzt ruhen. Sie brauchen die Ruhe.

Der Bischof fuhr mit der Hand über seine Bettdecke, suchend. Dann hatte er die Hand des Arztes gefunden. Er drückte sie, fest, mit der erstaunlichen Kraft, die manche Todkranke entwickeln.

Lallemand, flüsterte er, Sie sind ein guter Mensch. Wussten Sie das? Gott segne Sie.

Die Verwirrung des Arztes legte sich erst, als er im Freien war. Der Bischof hatte noch nie so mit ihm gesprochen. Er begab sich nach Hause.

Wie ist dir?, fragte seine Frau.

Ach, sagte er. Manche sterben so schwer. Das nimmt einen mit.

Dich nimmt es mit, sagte sie. Papa nahm es nie so mit.

Dein Vater ist eben ein besserer Arzt als ich, sagte er.

Es sollte ein Scherz sein. Aber es klang gereizt und abweisend. Er spürte es.

Mach dir keine Sorgen, sagte er. Morgen ist wieder ein besserer Tag.

Manchmal, sagte sie nach einer Pause, während er rasch in der Küche eine Suppe aß und mehrere Patienten schon vor seinem Ordinationszimmer warteten, manchmal fürchte ich, wenn du aus dem Haus gehst, dass ich dich nie wiedersehe.

Ihre Stimme klang dünn, die Worte wie in den Wind gesprochen.

Unsinn, sagte er.

Er dachte: Weibergerede. Sie haben nicht genug Sorgen. Das ist ihr Fehler. Sie soll mich in Ruh lassen.

Kümmere dich nicht um mich, sagte er.

Er schob den Teller von sich und stand auf.

Gehst du schon?, fragte sie.

Eine seltsame Laune ergriff ihn. Er musste ihr wehtun. Er wollte es.

Warum versuchst du mich immer festzuhalten?, sagte er. Ihr Frauen nehmt euch zu wichtig. Ihr klammert euch an. Wenn ein Mann zu tun hat, dann hat er eben zu tun.

Er horchte erschocken dem Klang seiner eigenen Worte nach. Was hatte er zu tun? Wieder überkamen ihn die Gedanken, die er am Lager des Bischofs gedacht hatte. *Tun Sie es, Lallemand*.

Ich weiß, sagte seine Frau.

Was weißt du?, sagte er gereizt.

Du tust, was du tun musst.

Was wollte sie von ihm? Auch sie?

Ach, lass mich, sagte er.

Er fertigte seine Patienten ab, rascher und wortkarger, als es sonst seine Art war, und machte sich auf den Weg zurück zum Bischofspalais. Seine Gedanken waren bei den Priestern in ihrem Verlies, die nichts davon wussten, dass über ihnen der Bischof im Sterben lag, der Mann, auf den sie ihre Hoffnungen gründeten. Lallemand erschien auf einmal das ganze Gebäude wie ein Organismus, in dem eine Krankheit saß. Ihr Herd, die kritische Stelle, das waren die Gefangenen im Keller. Sie musste man entfernen, wenn es für den Bischof noch Heilung geben sollte. Das schien ihm plötzlich seine, des Arztes, Aufgabe, und er glaubte zu verstehen, worum ihn der Bischof gebeten hatte. Eine heikle, eine höchst gefährliche Operation. Er hatte keine Ahnung, mit welchen Mitteln er sie durchführen wollte, spürte aber den Reiz einer großen Herausforderung, wie er ihn manchmal vor heiklen Operationen gespürt hatte, verbunden mit einem unerklärlichen Wachsen seines Selbstvertrauens, von dem er wusste, dass es ihm von Gott wie auch vom Teufel eingegeben sein konnte. Erst der Erfolg seines Handelns würde offenbaren, von wem es kam.

Er kannte die Gefangenen. Er hatte sie mehrmals besucht, wenn sie einen Arzt verlangt hatten. Die Priester wussten Bescheid, was ihre Rechte in kirchlicher Haft anbelangte. Ein Arzt stand ihnen zu.

Sie hatten ihn sogar mehrmals gebeten, Kassiber für sie aus

dem Gefängnis zu bringen, Nachrichten für die Kontaktleute in den Gemeinden, die sie betreut hatten, oder für ihren Rechtsbeistand, der sie häufig lange warten ließ, bis er kam. Lallemand hatte immer mit dem Hinweis auf die Huld seiner bischöflichen Gnaden solche Ansinnen abgelehnt, wusste aber nicht, ob seine Bitten an den Bischof erhört worden waren, man möge doch um der Barmherzigkeit willen die Briefe der Gefangenen befördern. Dabei wusste jedermann, dass sie kontrolliert wurden. Auch Lallemand wusste es. Er hatte solche Gedanken rasch aus seinem Kopf verbannt. Es war besser, nicht zu genau Bescheid zu wissen, wenn es um Menschen ging, deren Leben verwirkt war.

Wenn er zu den drei Männern in den Kellern des bischöflichen Palais kam, wenn er sie im spärlichen Licht der weit oben liegenden Schächte sah, das sich mischte mit der düster strahlenden Glut des sparsamen Feuers, das man ihnen während der Tagesstunden zugestand, wenn er sie nah bei ihm sitzend in den Holzscheiten stochern sah, ihre zerfledderten Breviere auf den Knien, die man ihnen als einzige Lektüre, als einzige Zerstreuung ließ, wenn er ihre Augen, weit aufgerissen, sah, denen nichts entging und alles vorenthalten blieb, gierig nach Neuigkeiten, unruhig, verrückt nach der kleinsten Abwechslung, wenn er zu ihnen trat, dann nahm er nicht nur ihre Angst und ihr Elend wahr, die schlechte physische Verfassung, in der sie sich nach Monaten der erzwungenen Bewegungslosigkeit, des Herumsitzens im Halbdunkel befanden, die mühsam geübte Beherrschung, die ihnen auferlegt war und die dann und wann den einen oder anderen von ihnen verließ, während ihn die beiden anderen zu Boden drückten, ihm den Mund zuhielten und versuchten, ihm gut zuzureden, bis er sich beruhigte, worauf dann irgendwann der Nächste von ihnen zusammenbrach – wenn Lallemand, den Raum betretend, das alles erfasste, erfasste er vor allem dies mit großer Genauigkeit: ihre törichte Hoffnung auf eine Errettung vor dem Verbranntwerden.

Haben Sie Neuigkeiten für uns?, fragten sie. Wie steht unsere

Sache? Wie lange dauert es noch? Spricht man über uns? Gibt es neue Termine? Wann können wir in unsere Gemeinden zurückkehren?

Ich bin nur der Arzt, sagte Lallemand dann. Wer von Ihnen hat mich rufen lassen?

Sie litten meist unter Durchfall und Schlaflosigkeit und, je länger ihre Gefangenschaft dauerte, unter Husten, Brustschmerzen und Auswürfen. Die Nächte im Keller des Bischofspalais waren kalt. Das Feuer ging zeitig aus, so sehr sie auch versuchten, es zu strecken. Man gab ihnen erst am nächsten Morgen wieder ein wenig Holz.

Sie glaubten ihm nicht, dass er nichts mit ihren Fällen zu tun hatte. Einer von ihnen, La Masse, erinnerte sich daran, dass Lallemand für de Lancre gearbeitet hatte.

Sie sind doch der Hexenarzt, sagte er.

Lallemand zuckte zusammen.

Kommen Sie zu uns, um bei uns nach Malen zu suchen? Wir sind schon gestochen worden. Steht alles im Protokoll.

Ich steche nicht mehr, sagte Lallemand.

Wer weiß? Warum schicken die uns den Hexenarzt? Hat das etwas zu bedeuten?

Die drei Gefangenen sahen sich an.

Schließlich sagte Haritourena, der Älteste: Regt euch nicht auf. Wir sind schon verurteilt. Wir warten nur auf unsere Begnadigung durch den Bischof. Die Beweisaufnahme ist vorbei.

Mit der Beflissenheit, die man in jedem Gefängnis beobachten kann, benutzten sie die juristische Fachsprache, betrachteten sich selber als die mittlerweile kundigsten Sachverständigen ihres Falls. Einspruchsfrist ..., Strafkammer ..., Haftrichter ..., die Worte kamen ihnen glatt und mit einer Spur von Diensteifer über die Lippen. Als die verschworenen Eingeweihten, die sie waren, zweifelten sie nicht an der Unausweichlichkeit einer Begnadigung, wenn nicht einer Revision, die nur mit Freispruch enden konnte. Sie wurden belehrend, sogar ein wenig herablassend, wenn es um ihre Aussichten auf baldige Entlassung und Heimkehr in ihre Gemeinden ging. Der Arzt schwieg gewöhnlich dazu, antwortete nur auf Fragen, betonte seine Unkenntnis und schien sie dadurch eher zu befriedigen, als zu enttäuschen. Er verließ sie jedes Mal mit großer Erleichterung.

Er mochte sie nicht sonderlich. Haritourena war ein Bauer, der Priester geworden war. Im Grunde galt das für alle drei. In den ländlichen Familien des Labourd gab es das durchaus, die Bestimmung von Söhnen, nachgeborenen zumal, für den Kirchendienst. Niemand fragte nach ihrer Neigung. Der Beruf galt als hinreichend angenehm. In den meisten Gemeinden waren die Pfründen ausreichend, die Unterbringung in kleinen Steinhäusern behaglich. Der Tag, an dem der amtierende Pfarrer in eines der kinderreichen Häuser des Dorfes kam, der Frau am Herd tief in die Augen sah, auf den Lümmel draußen im Hof wies und sagte: Ich habe im Traum deinen Sohn am Altar gesehen, galt als großer Glückstag in den betroffenen Familien. Die Mütter traten hinaus, riefen ihren Sohn zu sich, wischten sich eine Träne aus den Augen, strichen ihm durch sein verfilztes, schmutziges Haar und sagten: Putz dir die Hand ab und sag dem Herrn Pfarrer Guten Tag.

So begannen die Karrieren der Landpfarrer im Labourd. Haritourena war wortkarg und mürrisch. Seine Predigten in St. Pée waren für ihre Kürze berühmt. Er verlängerte sie durch Wettervorhersagen und Ernteratschläge, die nicht immer ohne Heimtücke waren. Denn er liebte das Risiko. Er riet den Bauern gern, bei Anzug von Gewittern aufs Feld zu fahren, um die Ernte einzuholen, und beschwor nachträglich die Strafe des Himmels, die auf sie herabgefahren war. Er liebte auch das Würfelspiel, ließ sich ohne Angst um seinen Leumund als Priester gern darauf ein. Jede Möglichkeit, einen anderen matt zu setzen, begeisterte ihn. Im Gefängnis hatte er aus Brotkrumen Würfel geknetet, aber die anderen beiden wollten nicht mitspielen. Manchmal lud er die Wachen zu einem Spielchen ein. Aber da er stets gewann, war keiner mehr bereit, sich mit ihm einzulassen.

La Masse war ein Schönling gewesen, bevor die Haft in den Kellern ihn zeichnete. Er besaß schwarzes, lockiges Haar und die Gesichtszüge eines Asketen, die Frauen an Männern so lieben, schmale Wangen, ein eckiges Kinn und die senkrechten Einkerbungen rechts und links des Mundes, die eher auf Sinnlichkeit hindeuten als auf ihr Gegenteil. La Masse war ein Heuchler. Er schien von der Natur zum Heuchler geschaffen. Aus seinen Zügen sprach eine Spiritualität, die als sein wahres Wesen auszugeben ihm mühelos gelang. Er spielte sie meisterhaft. Doch dann und wann geschah es, dass er die Maskerade jäh beendete. Dann entschlüpften ihm die vulgären Ausdrücke der Viehhirten. Er schnäuzte sich in seine Soutane und zeigte eine Schwäche für schlüpfrige Witze, die er auch im Gefängnis zum Besten gab, bis seine beiden Mitgefangenen ihm bedeuteten, dass er sie nun oft genug erzählt habe. Aber das half nichts. Er sagte gern: Spaß muss sein. Solcher Art waren seine tieferen Einsichten. Die Frauen waren, wenn man es ihm glauben konnte, verrückt nach ihm. Sie bezichtigten sich in der Beichte der ausschweifendsten Phantasien von seiner Männlichkeit und beschworen ihn, sie zu verdammen oder persönlich zu erlösen. In Wahrheit waren die hitzigen Affären, die er mit ihnen begann, stets schnell beendet. Er enttäuschte sie. Doch das vermochte nicht seine Attraktivität für die, die ihn noch nicht gehabt hatten, zu schmälern. Von den dreien war La Masse derjenige, der den Vorwürfen der Anklage am ehesten entsprach. Aber wenn er ein Hexer war, dann war auch dies nichts als Heuchelei. Hinter seiner Fassade war er einfach jemand, der nicht hielt, was er versprach.

Lasson war der Jüngste von ihnen. Es war noch nicht lange her, dass er seine erste Messe in der Pfarrkirche von Siboro gehalten hatte. Das war ein großer Tag für seine Mutter gewesen. Lasson war ihr einziges Kind. Die Frau war sehr arm, die Berufung des Sohnes für ein Kirchenamt mehr Glück, als sie sich je für ihn und sich selber erträumt hatte, zumal sie mit seinem Vater niemals verheiratet gewesen war und dieser Umstand nicht für Lasson sprach. Er wusste das. Umso mehr fiel ins Gewicht, dass er schüchtern war, schüchterner, als ein Priester von Berufs wegen sein darf. Schüchtern bis zur Blödigkeit. Der Gedanke, dass er in der Kirche vor Menschen treten und zu ihnen sprechen sollte, machte ihn krank vor Lampenfieber. Im Confiteor blieb er an immer derselben Stelle stecken, selbst wenn er allein durch die Felder ging, um es zu memorieren. Kleine schwarze geistige Ohnmachten umschwirrten ihn wie Vögel, während er murmelnd die Bergpfade emporstieg. Manchmal streiften sie ihn im Flug, ließen sich mitten im Text auf seiner Schulter nieder. Dann war sein Kopf für Sekunden so leer wie das Grab, das auf ihn wartete. Er stellte sich neben die Felsen. Er sprach laut und vernehmlich seinen Predigttext in das Tal, untermalte ihn mit segnenden Gesten, wie er sie bei anderen Predigern gesehen hatte. Er probte. Die Kinder, die ihm gefolgt waren und ihn feixend beobachteten, entgingen ihm nicht. Er nahm sie als Teil seiner Proben. Sie hatten den Part der Gemeinde. Es war echter so. Später, als sie ihre Aussagen gegen ihn zu Protokoll gaben, widersprach er nicht. Ja, er hatte auf dem Berg die Messe gelesen. Unter freiem Himmel. Ein Felsblock war sein Altar. Ein krummer Ast sein Kreuz. Ein leerer Schädel vom Kaninchen der Kelch, den er hob und an den Mund führte. Die Kinder hatten alles genau gesehen und bezeugten, dass Satan sich in der Gestalt, die er am liebsten annahm, der des Ziegenbocks, einfand und sich schließlich sogar an Lasson geschmiegt habe, meckernd, worauf eine Herde von Teufeln herbeigekommen sei.

Lasson galt als am sichersten überführt, hatte er doch am helllichten Tage Teufelsmessen gelesen. Auch hatte er sich bald schuldig bekannt. Es gab nichts zu leugnen. Er blieb, wenn er am Altar stand, in seinem Text stecken, errötete bei den Worten des Ave Maria, als wenn sie etwas ganz anderes bedeuteten, etwas Heimliches, Obszönes, das ihm vom Teufel eingegeben war, stotterte bei der Lesung aus der Heiligen Schrift, fuhr mit der Hand zum Mund, hielt sie davor, als erschrecke er selbst über das, was aus ihm herauswollte, Teufelszeug zweifellos. Er behielt es für sich, um sich nicht zu verraten. Doch war es zu deutlich, dass er vom Teufel besessen war. Alle sahen es. Alle, die in der Gemeinde von Siboro gern einen anderen Pfarrer gehabt hätten statt dieses linkischen Jungen aus ärmsten Verhältnissen und von ungeklärter Abstammung, der nicht einmal einen klaren Satz hervorbrachte und die Augen niederschlug, wenn er den Frauen auf der Straße begegnete.

Lasson hatte sich auch in der Gefangenschaft nicht gewandelt. Er weinte viel. Sein Brevier war wellig vom Rotz, der darauf getropft war. Die anderen mieden ihn. Der kindliche Geruch nach Tränen und Mutlosigkeit, den er verströmte, stieß sie ab. Im Grunde wären sie bereit gewesen, ihn zu opfern, wenn es ihrer Rettung gedient hätte. Das war kein Hass. Es war der Instinkt, mit dem schwächere Tiere aus dem Rudel gedrängt werden, wenn es ums Überleben geht.

Das waren die drei Männer, für die vor den Mauern von Bayonne die Scheiterhaufen errichtet würden.

Als Lallemand sich dem Bischofspalais näherte, war es kurz vor fünf Uhr am Nachmittag. Plötzlich überkam ihn der Wunsch, die Kathedrale zu betreten. Er erhoffte sich nicht weniger als ein Zeichen, einen göttlichen Fingerzeig. Die heikle Operation, die Entfernung der Priester aus ihrem Verlies – das war doch unmöglich! Gott mochte es wissen.

Er betrat Notre Dame durch das Nordportal, berührte den Asylring in Form eines bronzenen Türklopfers, der jedem Verbrecher, dem es gelingt, ihn zu berühren, bevor ihn seine Verfolger erreicht haben, den Schutz der Kirche gewährt.

Gerettet, dachte er reflexartig, als er in das rechte Seitenschiff trat. Er war bereit, sich zu beruhigen, einzusehen, dass er sich in seiner Phantasie zu weit vorgewagt hatte. Die große Unruhe in ihm, die Bereitschaft zum Wagnis, die da war, ohne dass er genau wusste, was er zu tun hatte: Woher kamen sie? Wer gab ihm das ein?

Das Licht, das die Fenster in den Kapellen zur Linken ins Mittelschiff filterten, war gedämpft, jetzt, da die Sonne schon tiefer im Westen stand. Vor dem Chor erhob sich düster und bizarr das Gerüst, das man für die Zeremonie der Degradierung der drei Hexenpriester errichtet hatte, ein Zwilling zu dem Gerüst, das draußen auf dem Platz stand und für ihre Übergabe an den weltlichen Arm und die Verlesung der Todesurteile bestimmt war.

Als Lallemand sich in der letzten Bankreihe auf die Knie niederließ, widerfuhr ihm die machtvolle Verwandlung, die jeden ergreift, der eine Kirche betritt. Er selbst wurde klein. Der Raum um ihn herum dehnte sich, wuchs in die Höhe, erschreckte ihn mit seiner Tiefe, den Schatten, in denen sich jede Begrenzung aufhob, als ginge es von hier immer weiter in ein Inneres. Gleichzeitig schärften sich seine Sinne. Er nahm das Gemurmel aus dem Beichtstuhl wahr, das Gleiten der Perlen eines Rosenkranzes durch eine Hand, ihr Klicken dann und wann, Schritte, das Rauschen eines Frauenrocks, das ebenso von einer priesterlichen Soutane erzeugt werden kann, die beim Gehen die Beine streift. Die Tür des Beichtstuhls zur Linken öffnete sich mit leichtem Knarren. Ein junges Mädchen trat heraus, knickste vor dem Hauptaltar und wandte sich nach links zum Nordportal. Kurz darauf verließ auch der Priester den Beichtstuhl und ging zu der kleinen Pforte im südlichen Seitenschiff, die auf den angrenzenden Kreuzgang hinausführte. Vom Turm schlug es fünf.

Lallemand erhob sich. Für einen Moment fühlte er sich allein mit Gott. Eine Erwartung, er wusste nicht worauf, erfüllte ihn. Gleich darauf merkte er, dass er im Irrtum war. Er hörte ein Geräusch wie das Dengeln von Sicheln, den hellen Klang von Metall auf Metall, fremd, überraschend an diesem Ort. Hinter dem Altar trat ein junger Vikar hervor, der offenbar aus der Sakristei gekommen war. Er trug mehrere große Schlüssel an einem Ring und bewegte sich durch den Mittelgang auf das Hauptportal zu. Er nickte Lallemand zu, als er an ihm vorüberging.

Wir schließen, sagte er.

Lallemand hörte, wie er das Hauptportal abschloss. Er fühlte einen unkontrollierbaren Ärger in sich aufsteigen. Er besprach sich in einer dringenden Angelegenheit mit Gott. Er war kurz davor, eine Antwort von ihm zu empfangen. Da kam dieser Pfaffe und warf ihn aus der Kirche hinaus. »Wir schließen«. Wer gab ihm das Recht dazu?

Warum schließen Sie?, fragte er, als der Vikar wieder an ihm vorbeikam.

Es ist fünf Uhr, sagte der Vikar, als verkünde er ein göttliches Gesetz. Ab fünf hat nur die Geistlichkeit Zutritt. Die kommt aus dem Kreuzgang durchs Südportal. Das bleibt geöffnet. Erst um halb sieben zur Vesper machen wir wieder fürs Volk von der Straße auf.

Ich bin der Leibarzt des Bischofs, sagte Lallemand. Ich bete um seine Gesundheit. Lassen Sie mich noch ein wenig hier sitzen. Danach nehme ich das Südportal.

Vom Kreuzgang aus gab es einen Zugang zum angrenzenden Bischofspalais, den der Klerus zu benutzen pflegte.

Der Vikar schien ihn zu kennen.

Wie Sie wünschen, sagte er.

Lallemand sah ihm nach, wie er das Nordportal abschloss, die Kerzen vor den Seitenaltären löschte, einen Opferstock leerte und wieder in der Sakristei verschwand. Kurz darauf verließ der Vikar die Kathedrale durch die Südpforte. Jetzt war Lallemand mit Gott allein.

Zuerst begriff er nichts. Dann, aus einer merkwürdigen Benommenheit auffahrend, wurde ihm bewusst, dass Gott schon alles gesagt hatte. Ja, es war einfach. Es musste nur einer tun. Und, wie es aussah, war er es. Er blickte sich unter den Heiligen an den Altären um. Sie sahen bestätigend und teils streng, teils ironisch und milde amüsiert zu ihm herab. Nun, worauf wartest du?, schienen sie zu sagen.

Er erhob sich und ging zur Sakristei. Er fand sie verschlossen, wie er erwartet hatte. Ein kleiner Eingriff war nötig. Die Instrumente dazu trug er in seiner Arzttasche. Was er brauchte, war spitz, metallisch, biegsam. Er nahm die Lanzette für den Aderlass, bog sie mit Hilfe einer Zange zurecht, die er zum Ziehen von Backenzähnen brauchte, und führte sie in das Schloss ein, versuchte die Stelle zu finden, an der die größtmögliche Hebelwirkung eintrat. Als die Lanzette abbrach, versuchte er es mit dem Skalpell, das er zum Säubern von Wundrändern benutzte. Langsam drückte er den Riegel zur Seite, und die Tür sprang auf. Der Schlüsselbund hing an einem Haken links von der Tür.

Eminenz?

Eminenz? Wie fühlen Sie sich?

Der Bischof schlief. Das Mittel, das er ihm gegeben hatte, zeigte Wirkung. Die Farbe seines Gesichts, seine Temperatur, seine Atmung verrieten nichts Neues.

Lallemand berührte ihn sanft am Arm. Der Bischof schlug die Augen auf, erschrocken, alarmiert, wie aus einer anderen Welt.

Eminenz, sagte er. Alles in Ordnung?

Der Bischof entspannte sich. Maître, sagte er. Sein Gesicht blieb kummervoll.

Hören Sie mich, Eminenz, sagte der Arzt. Ich muss mit Ihnen reden.

Aber er sah, dass der Bischof nicht zurechnungsfähig war. Das erschwerte die Dinge unvorhergesehenermaßen.

Eminenz, versuchte der Arzt. Die Gefangenen haben den Wunsch, ein letztes Mal in der Kathedrale ihre Andacht zu verrichten.

Ja, sagte der Bischof unbestimmt, nicht erkennen lassend, ob er verstand.

Die beiden Ordensschwestern, die man zur Betreuung des Kranken verpflichtet hatte, saßen stumm am Feuer und schienen nicht zuzuhören. Trotzdem nahm Lallemand Rücksicht auf ihre Gegenwart.

Hören Sie?, sagte er. In Anbetracht ihrer baldigen Verstoßung aus dem Dienst der heiligen Kirche scheint es mir geraten, ihnen diesen letzten priesterlichen Wunsch zu erfüllen. Sind Eminenz nicht mit mir einer Meinung, was das anbelangt?

Ja, sagte der Bischof, gedehnt und ebenso indifferent wie beim ersten Mal.

Dann sollten Sie eine diesbezügliche Anweisung geben, sagte der Arzt.

Die Augen des Bischofs fielen wieder zu. Sein Atem ging mühevoll. Sein Puls war viel zu hoch, sein Fieber seit dem Vormittag vielleicht ein wenig gefallen, doch immer noch viel zu hoch.

Hören Sie, Eminenz, die gefangenen Priester müssen noch heute in die Kathedrale gebracht werden, sagte Lallemand.

Keine Reaktion.

Er schlug den Bischof rechts und links leicht auf die Wangen. Die Schwestern blickten auf.

Der Bischof öffnete die Augen und richtete sie groß und fragend auf den Arzt.

Hören Sie, sagte Lallemand, Sie müssen nur sagen: Die Gefangenen sollen in die Kathedrale geführt werden.

Der Bischof antwortete nicht. Er sah Lallemand an, wie ein Schüler seinen Lehrer ansieht, wenn er nichts versteht.

Die Gefangenen sollen in die Kathedrale geführt werden, sagte Lallemand, jede Silbe betonend wie bei einem Vers, der auswendig gelernt werden muss.

Ich werde jetzt den Sekretär hereinkommen lassen. Sie müssen nur sagen – Lallemand wiederholte den Satz ein weiteres Mal.

Ja, sagte der Bischof.

Lallemand ließ den Sekretär rufen.

Eminenz hat einen Auftrag für Sie, sagte Lallemand, als der Sekretär eintrat. Eminenz liegt offenbar sehr viel an seiner Erledigung. Vom ärztlichen Standpunkt aus gesehen sollte man ihm willfahren. Es schadet der Gesundheit, wenn ein Mann in dieser Verfassung nicht seinen Willen bekommt, wenn Sie verstehen, was ich meine, sagte er.

Er kam sich selber ziemlich einfältig vor. Doch schienen die Worte ihre Wirkung zu tun.

Ich höre, sagte der Sekretär.

Eminenz, sagte Lallemand. Die Gefangenen. Ihr Wunsch, dass man sie in die Kathedrale lassen soll.

Der Bischof setzte mehrmals an. Er lallte.

Eminenz, sagte der Sekretär, ich verstehe Sie nicht richtig

Lallemand stützte dem Bischof den Kopf und flößte ihm etwas Wasser ein. Dabei versuchte er seinen Blick festzuhalten, der schon wieder zu entgleiten schien. Sein Mund formte die Worte, die gesagt werden mussten.

Die Gefangenen sollen in die Kathedrale geführt werden, sagte der Bischof laut und deutlich.

Lallemand bettete ihn zurück in die Kissen.

Wie Eminenz befehlen, sagte der Sekretär. Er verbeugte sich vor dem Bett und zog sich zurück.

Lallemand verlor keine Zeit mehr.

Er verließ ihn, ging durch den Vorraum, wo der Sekretär dabei war, die schriftliche Order auszustellen und ihn, aufblickend, fragte:

Sollen wir die Ölung veranlassen?

Warten wir ab, sagte Lallemand. Die Nacht wird es erweisen. Man sollte auf jeden Fall alles bereithalten.

Der Sekretär reichte ihm die Order. Lallemand stieg die Stufen zum bischöflichen Verlies hinab, ließ sich von einem der Wachtmeister begleiten, die die Stadt aus den Reihen der Torwächter bei Bedarf für das bischöfliche Gefängnis bereitstellte, und die Tür zur Zelle der Gefangenen aufschließen.

Wie immer stießen ihn die Gerüche ab, die auf ihn eindrangen. Schweiß, Exkremente und ein spezifischer Kellergestank, der in den Wänden hing, an denen bis zur oberen Hälfte Salpeter ausschlug, die organischen Rückstände menschlichen Urins, der jahrhundertelang gegen sie abgeschlagen worden war.

Seit Lallemand das erste Mal hier gewesen war, verstand er,

dass Menschen an solchen Orten manchmal einfach vergessen wurden. Irgendwann wollte niemand mehr zu ihnen hinab. Es wurde unzumutbar. Selbst der Gedanke wurde unzumutbar, dass da unten noch Menschen existierten. Man schob das Essen zu ihnen hinein, stellte Krüge mit Wasser daneben. Doch das geschah nur, um sie noch vollkommener vergessen zu können, bis sie eines Tages vermodert waren, eins geworden mit dem Gestank, dem Verfall, der Dunkelheit, in die sie verbannt worden waren, und so das Vergessen nachträglich ins Recht setzten.

Lallemand verstand, dass die tiefste Angst der Gefangenen die war, in ihren Verliesen vergessen zu werden. Die große Empörung, von der sie wie von einer sie zeichnenden Krankheit befallen waren, die sie zu Schatten auszehrte, die sie würgte, sie niederwarf, wieder aufstehen ließ und wieder niederwarf, speiste sich aus dem Verdacht, dass man sich dort oben nicht mehr an sie erinnerte. Selbst eine Hinrichtung, öffentlich und am Tage, schien besser als das. Ja, sie entkräftete den Verdacht nur allzu deutlich. Was könnte mehr Aufmerksamkeit als eine Hinrichtung beanspruchen? In gewisser Hinsicht war die Vollstreckung etwas wie eine Genugtuung, die man den Gefangenen nicht länger vorenthielt.

Der Arzt, sagte Haritourena.

Der Arzt. Ach, der Arzt, sagten die anderen.

Alle drei richteten sich mit den Decken auf, unter denen sie vor der feuchten Kälte des Raums Schutz gesucht hatten. Von dem milden Frühling drang nichts zu ihnen hinab. Trotzdem bewilligte man ihnen kein Holz mehr.

Gibt es was Neues?

Es war immer dieselbe Frage, die sie stellten, wenn er zu ihnen kam.

Lallemands Augen gewöhnten sich langsam an die Dunkelheit. La Masse und Haritourena erhoben sich von den Strohhaufen, auf denen sie geruht hatten, und kamen auf ihn zu. Lasson legte sich zurück und drehte sich wieder der Wand zu.

Lallemand dachte: Wenn der Plan nicht gelingt, muss man Lasson töten, bevor die Prozedur beginnt. Die Einsicht trat klar und mit großer Bestimmtheit in sein Bewusstsein. Barmherzigkeit und Verachtung mischten sich darin auf seltsame, auch für Lallemand unbekannte Art. Lasson würde in seinem Jammer so unmäßig sein und sich so tief erniedrigen, dass es ihm und allen anderen erspart werden musste.

Was gibt's, Doktor? Wir hören gar nichts hier unten. Haben Sie Nachrichten?

Meine Herren, sagte der Arzt und hob abwehrend die Hände, damit sie ihm nicht zu nah kamen. Gute Nachrichten. Ihr Wunsch, ein letztes Mal im Gebet vor den Altar zu treten, soll erfüllt werden. Und zwar jetzt gleich.

Wo sind die Soutanen? Wandte er sich an den Wachtmeister, der in der Tür stehen geblieben war. Sie sollen ihre Soutanen dazu anlegen.

Was heißt: ein letztes Mal?, rief La Masse.

Was heißt: unser Wunsch?, rief Haritourena. Ich habe keinen letzten Wunsch! Damit wollen sie einen doch nur weich kriegen!

Ich will vor keinen Altar!, rief Lasson mit tränenerstickter Stimme.

Auch er war jetzt aufgesprungen und stand vor Lallemand.

Lallemand sah in diesem Moment, dass die Dummheit der Priester der schwierigste Faktor war, mit dem er rechnen musste. Er hatte ihn in diesem Maße nicht einkalkuliert.

Ihr inniger Wunsch …, sagte er.

Sind Sie noch ganz bei Trost?, sagte La Masse.

Lass ihn doch mal ausreden, sagte Haritourena.

Ist es schon so weit?, jammerte Lasson und wich zur Wand zurück. Müssen wir schon hinaus?

Lallemand spürte, wie ihn die Geduld verließ. Er dachte an den Beginn des Vespergottesdienstes in einer Stunde. Möglicherweise hatte es schon halb sechs geschlagen. Im Keller hörte man die Glocken nicht.

Was hast du eben gesagt?, fragte Haritourena, bei dem die Verwilderung der Haft zu einer Verwilderung der Sprache geführt hatte und der nur noch das bäuerliche Du zu kennen schien. Lass mal, wehrte er La Masse ab. Der will etwas sagen.

Offenbar witterte er eine Falle, einen riskanten Trick.

Ihr sollt euer Gebet in der Kathedrale verrichten, sagte Lallemand.

Warum?, unterbrach ihn Haritourena.

Ja, warum eigentlich?, sagte La Masse.

Warum! Warum!, sagte Lallemand. Weil der Bischof es so angeordnet hat.

Was hat das zu bedeuten? La Masse sah Haritourena an.

Das bedeutet was, sagte Haritourena scharfsinnig.

Es bedeutet – nichts, sagte Lallemand. Es bedeutet – ach, holen Sie doch endlich die Soutanen!, sagte er und drehte sich zum Wachtmeister um. Machen Sie schnell!

In diesem Moment kam der zweite Wachtmeister mit drei Soutanen über dem Arm.

Befehl vom Bischof, sagte er. Die Gefangenen sollen sich zum Gebet in die Kathedrale begeben.

Ich hab's schriftlich, sagte er, zu seinem Kollegen gewandt, der nichts begriff, aber durch die eindeutige Direktive gestärkt sogleich in den Ton fiel, der allen Wachleuten der Welt im Umgang mit ihren Gefangenen eigen ist:

Los!, sagte er. Beeilt euch! Ein bisschen schnell! Zieht eure Kleider an, Männer! Macht euch für den Kirchgang fein!

Man warf jedem von ihnen eine Soutane zu, die sie sich gehorsam überstreiften, wodurch sie unvermittelt viel von der priesterlichen Würde zurückgewannen, die ihnen während der Haft vollständig abhanden gekommen war. Sie schienen sogleich verwandelt. Haritourena, der eben noch »Gott! O Gott!« gestöhnt hatte und offenbar glaubte, dass es sich um nichts anderes als die Vorbereitungen zu ihrer Degradierung handelte, die mit einer feierlichen Entkleidung vom priesterlichen Ornat einherging,

Haritourena schien um Fassung bemüht, trat nah an Lallemand heran und fragte leise: Doktor, was geschieht mit uns?

Tun Sie, was Ihnen gesagt wird, sagte der Arzt streng, während die beiden Männer vom Wachpersonal zu ihm herübersahen. Ich begleite Sie.

Nichts da, sagte der Wachtmeister, der die Soutanen gebracht hatte. Davon steht nichts in der Anordnung. Gehen wir!

Ich will nicht, jammerte Lasson und setzte sich auf den Boden. Ich will nicht. Ich gehe nicht.

Kommen Sie, sagte Lallemand. Machen Sie keine Dummheiten.

Er versuchte ihn hochzuziehen.

Lasson machte sich schwer wie ein nasser Sack.

Nein, nein, nein, schrie er. Ich will nicht. Ich will hier bleiben!

Ein Wachtmeister kam und versetzte ihm Tritte.

Ich kann nicht, rief Lasson. Ich bin krank. Ich muss ins Bett. Lassen Sie mich!

La Masse setzte sich auch nieder. Ihm schien es offenbar das Beste, alles zu tun, um den Ablauf des Geschehens zu verlangsamen.

Doktor, sagte Lasson und klammerte sich an Lallemands Beine. Helfen Sie mir doch! Sagen Sie den Herren, dass ich krank bin und nicht laufen kann!

Es war sein letzter Versuch.

La Masse rief sicherheitshalber: Mir geht's auch nicht gut!

Was tun wir jetzt?, sagte einer der Wachtmeister.

Ich denke, Ihr wollt beten, sagte der andere.

Wenn ich einen Vorschlag machen darf, sagte Lallemand. Lassen Sie mich die Gefangenen begleiten. Dann kann ich ihren Gesundheitszustand überwachen und gegebenenfalls Hilfe leisten.

Klingt vernünftig, sagte einer der Wachtmeister.

Gehen wir, sagte der andere.

La Masse und Lasson erhoben sich unter dem Griff der Wachleute.

Ich muss mit Haritourena reden, dachte Lallemand, während sie die Treppe emporstiegen und in den Kreuzgang hinaustraten, La Masse voraus, Lasson den Schluss bildend, jeder mit einem der Wachleute zur Seite. In der Mitte ging Lallemand und Haritourena einen Schritt vor ihm.

Der Spieler. Diesmal verstand er nicht, welches Spiel mit ihm gespielt wurde. Zu vieles war ihm unbekannt. Zu lange hatte man ihn nicht über den Spielverlauf informiert. War dies schon das Finale? Oder eine Falle? Ein Täuschungsmanöver? Wie alle Spieler hasste es Haritourena, wenn andere und nicht er den Spielverlauf bestimmten. Lieber setzte er hoch, riskierte zu verlieren, als in einem Spiel nur Figur zu sein. Und wessen Figur? Worum ging es? Wie hoch war der Einsatz? Welche Regeln waren in Kraft, und wie konnte man sie außer Kraft setzen? Mit dem Instinkt des Spielers spürte Haritourena, dass soeben die Würfel neu gemischt wurden. Man schüttelte sie. Sie würden fallen. Bald.

Er dachte an den Fehler, den er gemacht hatte. Monatelang hatte er Zeit gehabt, an seinen Fehler zu denken. Er hatte wieder und wieder darüber nachgedacht, warum er diesen Fehler gemacht hatte. Zu früh zurückzukommen. Er war sicher gewesen in Santesteban. Es gab eine Klause in den Bergen, wo sie den Herbst über gelebt hatten. Die spanischen Gemeinden aus der Umgebung verpflegten sie. Die Geistlichkeit half einander diesseits und jenseits der Grenze. Es gab keinen Grund, nach St. Pée zurückzukehren, bevor es dort nicht ganz sicher war. Die Botschaften, die sie erreichten, klangen beruhigend. Der ganze Spuk sei vorbei. Der Hexenrichter nach Bordeaux geflohen. Seit die Männer vom Meer zurückgekehrt waren, habe es keinen einzigen Prozess mehr gegeben. Sie hätten ihre Frauen gerächt. Keiner wage es mehr, im Labourd von Hexerei zu sprechen. Es schien keinen Grund mehr für sie zu geben, den Winter in einer Klause bei Santesteban in den Bergen zu verbringen. War es möglich, dass er aus Langeweile sein Leben riskiert hatte? So war es. Aus Langeweile und dem unbestimmten Verlangen nach Risiko, der diebischen Freude daran, mit hohem Einsatz und kleiner List Sieger zu werden. Das machte Haritourena Spaß. So ging er im Dezember nach St. Pée zurück, schlich im Dunkeln um das Pfarrhaus, fand es unbewohnt und verschaffte sich kurzerhand wieder den Zutritt, fand seinen Herd, seine Kammer, sein Bett, alles unberührt, machte ein Feuer, schlief lange am nächsten Morgen aus und gedachte sich Schritt für Schritt der Normalität seines Lebens anzunähern, seine Unschuld gerade dadurch bekräftigend, dass er zurückgekommen war, wie es ein der Hexerei Schuldiger niemals gewagt hätte. Er machte sich eben sein Frühstück, sah sehr zufrieden ins Tal hinab und hielt die beiden, die zu ihm heraufkamen, zunächst für eine Vorhut der Gemeinde, die ihn wieder in ihrer Mitte begrüßen wollte. Er erkannte die Häscher erst, als es zu spät war. Sie standen schon vor der Tür. Woher sollte er wissen, dass die Männer, die für de Lancre als Gerichtsdiener und Henker gearbeitet hatten, ihren Lohn noch ausstehen hatten und ihrer Forderung an das Parlament in Bordeaux Nachdruck verleihen wollten, indem sie die entlaufenen Priester einfingen, um sie als lebenden Beweis für ihre erfolgreiche Arbeit zu benutzen? Er war ihr Einsatz und Gewinn zugleich. Sie lieferten ihn in Bayonne ab, und erst dort erfuhr er, dass er nicht der Einzige war, den sie erwischt hatten. La Masse war bei dem Versuch erkannt worden, sich einer Frau aus seiner ehemaligen Gemeinde in der Gestalt eines Viehhirten zu nähern. Und Lasson hatte sich bei seiner Mutter versteckt, bei der sie natürlich zuallererst vorsprachen, mit keiner anderen Absicht, als die Frau zu bedrängen und ihr mit Lügen die Wahrheit zu entlocken, Lügen von der Art: Deinen Sohn siehst du gewiss nicht mehr, außer du sagst uns, wo er sich befindet. Wir beschützen ihn. Da war Lasson in einem Anfall sinnloser Tapferkeit aus der Bettkiste gekrochen, wo seine Mutter ihn versteckt hatte.

Alle drei Priester verdankten es ihrem Leichtsinn, dass man sie eingefangen hatte. Doch nur Haritourena litt nächst der Todesangst am meisten unter dem Selbstvorwurf. Ein Spieler verzeiht sich Leichtsinn und Dummheit am wenigsten. Er weiß: Ein falscher Zug kann alles kosten. Tag und Nacht spielt er im Kopf die Partie nach. Er schmeckt den Gewinn voraus. Der Gewinn schmeckt nach Leben. Jeder Gewinn in jedem Spiel schmeckt nach Leben. Der Spieler lotet seine Chance aus. Hat er sie verpasst, verpasst er sie tausendmal wieder in selbstquälerischer Pein. Es sei denn, es böte sich eine zweite. Darauf wartet er.

Haritourena witterte die Chance, als sie das Geviert des Kreuzgangs durchschritten. Er begriff nichts. Doch er spürte es. Sein durch Selbstvorwürfe erhärteter Entschluss, die Chance zu ergreifen, wenn sie sich bot, war unumstößlich. Er war mit Todesverachtung gepaart. Von den drei Gefangenen, die sich dem Südportal der Kathedrale näherten, war Haritourena derjenige, der lieber sterben würde, als eine Chance zur Flucht zu verpassen. Für ihn ging es auch darum, zu zeigen, wer er war, den Wachleuten, die ihn monatelang verhöhnt hatten, seinem Richter de Lancre, den Häschern, die ihn in St. Pée überwältigt hatten, der ganzen Welt. Ein Spieler spielt immer gegen den Rest der Welt. Haritourena, nicht La Masse, nicht Lasson, würde vielleicht sogar töten für seine Chance.

Die Tür ist offen, sagte Lallemand laut.

Sie standen vor dem Eingang.

Die ist immer offen, sagte einer der Wachtmeister.

Ich gehe mit rein, sagte der andere. Du bleibst hier stehen.

Innen war es still und kühl. Durch die Fenster im Chor fiel fast waagerecht die Sonne ein. In breiten Bändern aus Licht tanzten Partikel wie die Seelen der Erlösten, wenn sie beim Jüngsten Gericht zu Gott hinansteigen, leicht und frei auf der geraden Bahn der Seligen. Außerhalb der Lichtbahnen lag der Kirchenraum in desto tieferem Dunkel.

Sind wir allein?, fragte Haritourena.

Natürlich, sagte Lallemand.

Keine Zeremonie?, fragte La Masse. Er schien die Degradierung zu meinen.

Nein, sagte Lallemand. Heute nicht.

Und was –, begann La Masse.

Die Andacht, sagte Lallemand streng. Ihr Wunsch –

Ich verstehe, sagte Haritourena.

Er verstand noch immer nicht. Doch er war hellwach, bereit, alle Zeichen auszuwerten, bereit für die Botschaft, die er daraus entnehmen würde, wenn es sie gab.

Ich will jetzt beten, sagte Lasson weinerlich.

Der Wachtmeister nahm in der ersten Bank Platz. Er lehnte sich zurück.

Alles in Ordnung?, fragte Lallemand. Wie fühlen Sie sich, Lasson?

Ich will beten, wiederholte er.

La Masse kniete vor dem Hauptaltar. Lasson sah sich unsicher nach dem Wachtmeister um und kniete neben La Masse nieder.

Haritourena machte ein paar Schritte in Richtung des nördlichen Seitenschiffs. Niemand rief ihn zurück. Er ließ sich vor einem der Seitenaltäre nieder.

Hier war es dunkel. Die Gestalt des Priesters, kauernd, in die Soutane gehüllt, verschmolz mit der Dunkelheit. Sein Gebet bestand aus der Anrufung des Augenblicks. Jetzt. Jetzt. Jetzt. Er hörte die Schritte näher kommen, Schritte, die bemüht waren, nicht auf sich aufmerksam zu machen, jedoch in dem leeren Kirchenschiff gerade dies durch ihren gebremsten Widerhall kundtaten.

Dann erfuhr Haritourena, was er erfahren musste.

Der Wachtmeister blickte kurz auf. Da war nichts als das Wispern und Murmeln der Betenden. Und Schritte. Der Arzt vertrat sich die Füße. Wie lange sollte diese Andacht gehen? Der Wachtmeister hätte sich gern mit seinem Kollegen über diese Frage beraten. Er langweilte sich. Sein Beruf bestand größtenteils aus Langeweile. Deshalb liebte er wie jedes Wachpersonal die kleinen Abwechslungen. Die gestohlenen Momente zwischen Beginn und Ende des Dienstes, auf dem langen Wüstenspaziergang durch die Ereignislosigkeit. Ein kleines Gespräch. Ein paar Schritte vor einer geschlossenen Tür.

Warum nicht?, dachte er.

In diesem Moment sprach ihn unverhofft Haritourena an, plötzlich dicht neben ihm.

Wir brauchen Feuer, sagte er. Ich möchte vor dem Altar meines Schutzpatrons eine Kerze anzünden.

Und das Ewige Licht?, sagte der Wachtmeister.

Das Ewige Licht ist aus, sagte Haritourena.

Der Wachtmeister blickte angestrengt in die Richtung des Tabernakels. Er konnte in der Tat nichts entdecken. Das war ein böses Zeichen. Doch es kam vor, dass das Licht ausging. Dass es im Talg erstickte, oder ein Luftzug es auslöschte.

Tatsächlich, sagte er. Man muss einen Span holen.

Der Kreuzgang lag jetzt im Schatten. Es mochte bald sechs sein. Die Wärme des Frühlingstags lag noch zwischen den Mauern, seine Düfte kurz vor der abendlichen Abkühlung schwer und komprimiert. Er konnte seinen Kollegen nicht gleich entdecken. Dann sah er ihn auf der gegenüberliegenden Seite, eine Katze streichelnd, die vor ihm auf der Mauer stand und sich mit erhobenem Schwanz und gespanntem Rückgrat in seine Hand schmiegte.

Ich brauche Feuer, rief er.

Der andere kam zu ihm herüber.

Feuer? Wofür?, fragte er. Ist es schon so weit? Können Sie's nicht erwarten?

Sie lachten.

Sie wollen Kerzen anzünden. Sind schließlich Pfaffen. Auch wenn sie Hexer sind.

Arme Teufel, wenn du mich fragst.

Stimmt. Tun wir ihnen den Gefallen. Holen wir einen Span.

Geh du. Ich hab hier eine Freundin. Die kann mich nicht entbehren.

Die Katze strich um seine Beine.

Der andere ging ins Palais zurück. Es schlug sechs.

Jetzt wird's aber Zeit, sagte er, als er mit einem Kienspan in den Kreuzgang zurückkam. Bald treffen die Prälaten zur Vesper ein. Bis dahin müssen unsere Vögel im Nest sein. Genug ausgeflogen.

Die Pforte zur Kirche war zu. Er probierte es noch einmal.

He, sagte er, lass die Katze! Die Tür geht nicht mehr auf.

Der andere probierte es.

Abgeschlossen, sagte er.

Und die anderen Türen?

Die anderen Türen sind zu.

Hast du sie kontrolliert?

Nein.

Wo sind die Schlüssel dazu?

In der Sakristei.

Sie mussten über den Kreuzgang durch das Palais bis zu seinem Hauptportal, um von dort auf den Platz vor der Kathedrale zu gelangen. Sie rannten wie im Kriegseinsatz, brüllten einander sinnlose Kommandos zu, fanden das Nordportal unverschlossen, den Kirchenraum leer und ohne Licht. Sie stürmten ihn, suchten hinter den Altären, zwischen dem Gestühl, in den Nischen hinter den Statuen, im Beichtstuhl, vergeudeten Zeit, indem sie zur Hälfte in den Turm stiegen, bevor sie sich wieder zurückwandten, drangen sinnloserweise in die Sakristei ein, die sie aufgebrochen fanden, öffneten die Schränke, stachen auf die darin hängenden Messgewänder ein. Dann hielten sie kurz inne, sahen einander an und sprachen aus, was nur allzu deutlich war.

Als kurz darauf die ersten Prälaten in den Kreuzgang traten, um sich zur Vesper in die Kathedrale zu begeben, fanden sie einen noch immer glühenden Kienspan auf dem Boden vor der Pforte liegen.

Die Tür ist verschlossen, sagte einer von ihnen.

Während sie ratlos herumstanden, strich eine Katze um ihre Beine. In der Luft lag jetzt das Aroma, das am Abend aus den

Kanälen der Nive aufstieg, die die Stadt durchzogen und die man eben trockenzulegen begann, ein bisschen Unrat, ein bisschen Blütenstaub, viel Verheißung von jenseits der Mauern, die die Priester umschlossen. Machtvoll spürten sie den Angriff von Freiheit und Unordnung, dem sie an diesem Abend ausgesetzt waren.

Die Tür ist immer offen um diese Zeit, sagte ein anderer vorwurfsvoll.

In diesem Moment kam ein Bote aus dem Palais und bat sie zur Letzten Ölung des Bischofs.

Schnell, sagte er.

Sie wussten noch nicht, was geschehen war, doch sie erkannten die Zeichen höherer Unordnung in ihrer Welt, die ihnen als Vorboten des Todes erschienen. Es war, als ob Gott noch einmal kräftig in die Flamme des Lebens blies, bevor sie ganz erlosch.

Die Prälaten wandten sich zum Palais zurück. Die Vesper fand nicht statt, eine Ungeheuerlichkeit in der Geschichte der Geistlichkeit in Bayonne. Das Ewige Licht am Tabernakel war noch immer aus.

Unterdessen war der Bischof auf seinem Weg. Das Schaukeln der Sänfte war angenehm. Er hatte sich oft in der Sänfte tragen lassen. Es war schöner als Kutsche fahren. Es war natürlicher. Das Reisetempo des Gehens war das dem Menschen zuträglichste, wie der Bischof fand. Pferde waren zu schnell. Die Landschaft draußen flog zu rasch an einem vorbei. Allein im Rhythmus der Sänfte schweifte das Auge nach Maßgabe der ihm innewohnenden Sehkräfte übers Land, fand auch die Seele die nötige Muße, um sich die Bilder vor dem Fenster anzuverwandeln, bis es ihre eigenen waren, ihr unverwechselbarer Besitz, ihr Schatz.

Wie gut kannte der Bischof den Weg nach Cambo-les-Bains hinauf, die Straße zwischen den Pappeln, die Schafställe, das Gehöft hinter der Wegbiegung, die Kapelle links am Weg. Er hatte den Trägern den Befehl gegeben, still zu sein. Auch das gehörte zu den Annehmlichkeiten des Reisens in der Sänfte. Es gab nur das Geräusch der Schritte, kein Hufgetrappel, keine Rufe des Kutschers vom Bock hinab, kein Knirschen der Räder, kein Quietschen der Radnaben. Nur die Vögel über ihm, der Wind und das Schnaufen der Träger, wenn es bergauf ging. Er passte das eigene Atmen dem Atmen der Träger an. Ihre Schritte, das Wiegen der Sänfte, das keinen Vergleich mit dem Stoßen und Rütteln einer Kutsche zuließ, mochte sie auch noch so gut gefedert sein, dieses Wiegen, das sanft und doch nicht einschläfernd war, all das versetzte den Bischof in einen Zustand, der weder Schlafen noch Wachen war, auch kein Zwischending, sondern etwas Drittes, ein Träumen, das über Schlaf und Wachen gleichsam erhaben war, das ihn hellwach beließ und doch den Zugang zum Reich der Träume weit öffnete. Glich nicht dieses Schweben, ganz nah über dem Erdboden und dennoch ohne Berührung mit ihm, dieses sanfte Gleiten, der Fortbewegung in manchem Traum? Es war kein Fliegen, und doch schien es, als ob die Seele Flügel ausbreitete. Es ging hinan … Nur manchmal geschah es, dass einer der Träger aus dem Rhythmus des Gleichschritts kam, der ihnen verordnet war. Er strauchelte. Die Sänfte schwankte, senkte sich jäh. Der Bischof glaubte zu fallen wie Ikarus, aus großer Höhe, wie man sie nur in kühnen Flügen im Traum gewinnt, wenn einem jäh bewusst wird, dass man sich zu weit vom Erdboden entfernt hat und im nächsten Augenblick in die Tiefe stürzen wird, ein Absturz, vor dem einen nur das unverweilte Erwachen, der Abbruch des Traumes, schützt. Der Bischof fühlte den Schrecken bis in seinen Unterleib. Er streckte eine Hand zum Fenster heraus, mahnte mit einem leichten Senken der Handfläche mehr Vorsicht an.

Sachte, sachte, sagte der Bischof.

Doch passten auch diese Momente des inneren Aufruhrs zu seiner Befindlichkeit. Er war voller Erwartung auf ein Wiedersehen. Würde sie da sein? Würde sie schon auf ihn warten? Würde er sie antreffen wie jedes Mal, etwas streng und leicht abwesend, wie im Zorn über sein langes Fernbleiben, ungehalten mit ihm, zerstreut, ihm kaum einen Blick gönnend, nur flüchtig die Wange zum Kuss darbietend, die Dienstboten, die Erfrischungen brachten, zurechtweisend, so dass sie sich erschrocken zurückzogen, Madame, verzeihen Sie, sehr wohl, Madame, bis sie sich, schließlich allein, zu ihm umwandte: Bertrand – er konnte den Namen nicht oft genug von ihr hören. Aus seinem Leben verschwunden war er wie das Kind, das einst so gerufen worden war: Bertrand. Es würde ihn niemand im Leben mehr so nennen außer ihr.

Sind Sie bereit, Hochwürden?

Ich bin bereit.

Wenn er die ersten Häuser von Bas-Cambo sah, wo der Weg zur Sommervilla der Familie Marsacq zur Linken bergan führte, um vieles steiler als die Straße von Ustaritz herauf, gebot er den Trägern zu halten und ihn aussteigen zu lassen. Er konnte nicht länger still sitzen. Die Ungeduld trieb ihn, das letzte Stück Weges zu Fuß zu gehen. Gleichzeitig hemmte ihn seine Ungeduld. Ungewissheiten quälten ihn. Vielleicht war sie krank? Vielleicht hatte sie auf Grund einer der zahlreichen Rücksichten, die ihre Familie ihr auferlegte, in diesem Sommer nicht kommen können? Er wog die mögliche Enttäuschung in sich ab, versuchte zu ermessen, was es ihn kosten würde, sie zu bewältigen. Er blieb etwas zurück und folgte der Sänfte den Berg hinauf, seinem Begleitpersonal bedeutend, dass er allein zu sein wünschte. Sein Herz schlug schwer von Erwartung und der ungewohnten Anstrengung des Steigens, die ihn zwang, von Zeit zu Zeit innezuhalten. Er lehnte sich mit dem Rücken gegen den Stamm einer Eiche und sah zur Villa hinauf, die nicht viel mehr als ein ehemaliger Pachthof der Familie Marsacq war, ein zweistöckiges baskisches Fachwerkhaus, durch das Hinzufügen von zwei flankierenden Türmen architektonisch geadelt, und die ihm jetzt seltsam fern und in unwirklicher Höhe zu liegen schien. Ihm wurde klar, dass ein mühevoller Aufstieg bevorstand. Er versuchte die Träger zurückzurufen. Doch sah er sie schon ein gutes Stück oberhalb.

Die Sänfte schwankte. Eine Hand erschien an ihrem Fenster und machte die Geste, die »sachte, sachte« bedeutete. Das beunruhigte ihn. Er musste den Sachverhalt klären. Er setzte sich erneut in Bewegung und versuchte die Sänfte einzuholen. Doch kam er nicht recht voran. Die Soutane wickelte sich um seine Beine und hemmte die Schritte, die ihn auf diese Weise zu viel Kraft kosteten. Das Herz schmerzte und stach in seiner Brust.

Er wird unruhig.

Das macht nichts. Wir fahren fort.

Er verfluchte sich, dass er die Sänfte hatte gehen lassen. Ein unheiliger Zorn auf die Träger erfüllte ihn. Mit wem waren sie im Bund? Wessen Befehle befolgten sie? Ein schlimmer Verdacht stieg in ihm auf. Die Angst, dass er sich bestätigte, nahm ihm den Atem, schnürte ihm die Kehle zu. Sie! Sie war es, die den Mann in der Sänfte erwartete und nicht ihn. Aller Jammer seines Lebens floss in diesen Gedanken ein. Jeglicher Verrat konzentrierte sich in ihm. Wenn er nur schneller den Berg hinaufkäme. Wenn da nicht dieses Stechen und Wüten in seiner Brust wäre. Wenn er nur genug Luft in seine Lungen bekäme. Dann wäre er rechtzeitig zur Stelle, um den Irrtum aufzuklären. Er war es, den sie erwartete. Davon musste er sie überzeugen. Alles kam darauf an, dass er die Steigung bewältigte. Der Weg war länger, als er ihn von früheren Besuchen her in Erinnerung hatte. Die Atemnot zwang ihn zu einer weiteren Pause.

Atmet er nicht mehr?

Er atmet noch.

Er sah genau hin. Er wusste, dass sie dort oben hinter einem Fenster stand und Ausschau hielt. Es war das Fenster oberhalb der Eingangstür. Ein zweiflügeliges Fenster mit schweren Portieren, die jetzt – das Auge des Hauses, sein Lidschlag – in Bewegung waren. Er war noch zu weit weg, um sie selbst zu sehen. Ihre Silhouette, die sich mit den Jahren verändert hatte. Sie war noch immer schmal in der Taille. Doch hatte sich ihr Busen vergrößert. Es war ein mächtiger Busen geworden, den sie mit einer erstaunlichen Anmut trug, der Anmut einer Matrone, die um den Reiz dieses Attributes weiß, das ihr verliehen ist, einen vergänglichen Reiz, eine Attraktion, die unabhängig von ihrem übrigen Körper für sich besteht, alterslos, werbend für ein Begehren, das zunächst diesem Busen gilt, nicht seiner Trägerin, der nichts anderes übrig bleibt, als ihn mit gebrochenem Einverständnis zu tragen, einem Einverständnis, das sich in einem leichten Seitwärtsneigen des Kopfes ausdrückt, einem sanft ironischen Blick, der sagt: Ich weiß, du willst ihn berühren, weil du ein Mann bist. Ihr alle wollt ihn berühren, die Jungen genauso wie die Alten. Aber vergiss nicht, dass ich es bin, dem er gehört. Du willst dich bewähren? Hier ist deine Herausforderung! Du willst dich einfach nur gehen lassen? Gibt es dafür auf der Welt etwas Besseres als das hier?

Es machte ihn scheu und verlegen, wenn er vor ihr stand. Er wusste, dass jeder Blick, mit dem er woanders hinsah, geheuchelt war. Selbst ein Blick in ihre Augen war Heuchelei. Er wollte nichts als diese Brust berühren, in seiner Hand dieses Gewicht fühlen, die zarte, geäderte Haut ertasten, ihre Weichheit auskosten, ihre Verhärtung zur Mitte hin zwischen den Lippen spüren. Er wollte seinen Kopf in den Spalt dazwischen pressen, die Augen schließen, den Duft einatmen, der hier am meisten ihr Duft war, die Essenz ihres Körpers, eine Mischung aus Schweiß, Parfüm und Geschlechtlichkeit mit einem leichten Aroma, das aus der Küche kam, wo sie die Herstellung seiner Willkommensmahlzeit überwacht hatte, indem sie sich über die Töpfe beugte.

Bertrand, sagte sie, die Kühnheit einfordernd, die ein Mann bei großbusigen Frauen braucht, und drängte sich nah zu ihm. Er fühlte, wie ihm ihre Brust entgegenschwoll, sich an ihn presste, ihn umhüllte. Er war am Ziel.

Doch noch lagen die Mühen des Aufstiegs vor ihm. Seine Kräfte ließen bedrohlich nach. Die Sänftenträger und Diener waren seinen Blicken vollkommen entschwunden. Er atmete stoßweise, zog mit lautem Geräusch, einem Stöhnen nicht unähnlich, die

Luft ein, die er brauchte. Es war nie genug. Ein Glöckchen klingelte, fein und silbrig. Eine Stimme sagte laut: Du bist gesalbt mit dem heiligen Öl.

Das gefiel ihm. Es machte ihm Mut für die weitere Anstrengung. Er dachte daran zu beten. Irgendwo war der Nachhall einer Litanei. Doch gelang es ihm nicht, die Worte festzuhalten, ihren Sinn zu ergreifen. Sie zogen wie ein Schwarm von Herbstvögeln über ihn hinweg. Eine Wolke. Ein Flügelschlagen. Ein Sirren. Und dann nichts mehr. Er versuchte, ihnen etwas nachzurufen. Lucile. Es war ihr Name, den er rief. Lucile. Doch es kam keine Antwort.

Was hat er gesagt?

Nichts. Nichts von Bedeutung.

Er legte eine ganz kurze Pause ein, merkte jedoch, dass sie sich viel zu lange ausdehnte.

Eminenz?

Er kann Sie nicht mehr hören.

Dann setzte er sich mit letzter Kraft in Bewegung. Solch lange Reise. So kurz vor seinem Ziel. Er war jetzt nah genug, um zu sehen, dass die Tür der Villa sich öffnete, dass sie heraustrat, die Augen mit der Hand beschirmte, ins Tal hinabblickte. Er wollte sich aufrichten, winken, sie auf sich aufmerksam machen, doch gelang es ihm nicht wegen des Tumults, der plötzlich entstanden war. Schritte von allen Seiten. Stimmen, die sich überschlugen.

Was ist los?

Die Gefangenen sind geflohen.

Türen flogen auf und wieder zu. Vorhänge bauschten sich in Luftzügen. Flammen flackerten.

Wie war das möglich?

Die Wachleute sagen, der Arzt habe ihnen geholfen.

Der Arzt?

Der Leibarzt des Bischofs?

Wie kann das sein?

Er ist verschwunden.

Niemand sah die Frau, die hereingekommen war. Sie trat ans Bett, wo der Bischof lag, sah hinab zu ihm, lächelte, legte den Finger auf ihre Lippen, dann beugte sie sich über ihn und begrub sein Gesicht unter ihren Brüsten.

Man müsste es dem Bischof melden, sagte der Sekretär, Fassungslosigkeit in der Stimme.

Der Bischof lebt nicht mehr, sagte der Generalvikar zurechtweisend. Ich werde alles Notwendige veranlassen.

Kurz darauf setzten die Sterbegebete ein.

Die junge Frau wischte die Hände an ihrer Schürze ab. Sie hatte Teig geknetet, als die Männer von der Stadtwache kamen. Sie wich zum Herd zurück, hielt sich mit den Händen im Rücken an der Stange fest, die zum Trocknen der Tücher angebracht war.

Sie dachte: Sie sind gekommen. Seit Jahren war sie vorbereitet auf diesen Tag. Sie machte sich nicht einmal mehr die Mühe, die dunkle Seite ihres Gesichts zu verbergen. Sie hielt es den Männern entgegen, wie es war: schreckensblass, das schwarze Mal auf der linken Wange, ohne dass sie es ahnte, mit erblasst, so dass es in der dämmrigen Küche kaum zu erkennen war.

Einen Augenblick hielten die Männer bei ihrem Anblick inne. Was sie sahen, war eine zarte, sichtbar schwangere Frau, die sie wie eine Rotte von Mördern anstarrte.

Madame, sagte einer der Männer, wollen Sie sich nicht erst einmal hinsetzen?

Er schob ihr einen der Küchenstühle hin. Sie überlegte, entschied, dass es ganz gleich war, was sie jetzt tat, und setzte sich. Sie hatte immer gewusst, dass dies geschehen würde. Sie hatte das Glück erlebt, aber nicht an das Glück geglaubt. Er, aber sie nicht. Er hatte sie schützen wollen. Das kann man nicht. Wenn es so weit ist, dass das Schreckliche geschehen soll, dann geschieht es. Und wo war er jetzt? Warum war er nicht da, wenn man sie abholte? Er hätte längst zu Hause sein müssen. Der Bischof, fiel ihr ein. Der Bischof war erkrankt. Aber war sie nicht wichtiger für ihn als der Bischof, zumal an dem Tag, da man sie ihm fortnahm? War es wichtiger, dass er dem Bischof beistand als ihr, die jetzt als Hexe angeklagt werden würde? Er hatte gesagt, dass es vorbei sei. Er sei sicher, hatte er gesagt, dass es keine Prozesse mehr geben würde. Ihre Angst sei fortan unbegründet. Und dass sie ihn von nun an als ihren Beschützter zur Seite habe. Nichts könne ihr mehr passieren. Und was das Mal auf ihrer Wange anbelange, so gebe es niemanden, der besser als er wisse, dass es kein Hexenmal sei, sondern eine zufällige Laune der Natur, wie sie sich eine solche oft erlaube, davon könne er als Arzt ein Lied singen, das sei nichts Besonderes, auch wenn es leider ins Auge falle, obgleich es niemanden störe außer sie selber, am wenigsten ihn, der sie liebe, von der linken Seite so sehr wie von der rechten, das schwöre er, und nur um sie zufrieden zu stellen, gebe er ihrer rechten Seite ein wenig den Vorzug, wenn es darum gehe, ihre Schönheit zu preisen. Denn er sei ein Experte, sowohl was ihre Schönheit beträfe als auch, leider, die Male, von denen man sage, dass sie auf die Berührung durch den Teufel zurückgingen. Er habe aber nur wenige, wenn überhaupt je welche darunter gefunden, die von dieser Art waren.

Wo ist Ihr Mann?, fragte einer der Männer streng.

Die Frage schien ihr angebracht.

Ich weiß es nicht, sagte sie.

Sie erinnerte sich an die Missstimmung, in der er sie am Mittag verlassen hatte. Den Aufruhr in sich, den sie durch heftiges Kneten des Brotteigs zu besiegen versucht hatte. Es war der erste Streit, den sie gehabt hatten. Kein Streit, etwas eigentlich noch Unbegreiflicheres, weit Traurigeres als ein Streit, eine Verwandlung, die sich vor ihrer beider Augen vollzogen hatte, ohne dass sie etwas dazugetan hatten. Es war, als wenn sie plötzlich beide in einen Zerrspiegel geblickt, den bösen Anhauch einer anderen Wirklichkeit gesehen hätten, die die Macht hatte, sie zu entzweien und immer schon, während sie noch miteinander glücklich gewesen waren, auch da war, hässlich, lauernd im Hinterhalt. Sie spürte, dass diese Missstimmung etwas mit dem zu tun gehabt hatte, was jetzt geschah. Aber sie konnte sich nicht erklären, was.

Mechanisch beantwortete sie die Fragen der Männer. Wann hatte er das Haus verlassen? War er allein gewesen? Hatte er ihr gesagt, was er vorhatte?

Nein, das tat er nie.

Jetzt kamen sie ihr auf unangenehme Weise nah. Einer fasste sie am Oberarm, bog ihn ihr nach hinten gegen das Holz der Stuhllehne. Der Schmerz, den sie fühlte, war zwar unerheblich, trotzdem trug er dazu bei, sie in einen Zustand der Nüchternheit und Klarheit zu versetzen, in dem es ihr zu erkennen möglich war, dass die Männer nicht ihretwegen gekommen waren.

Lass sie, sagte derjenige, der ihr zu Anfang den Stuhl hingeschoben hatte. Du siehst doch, dass sie nicht mehr weiß.

Sie ahnte nicht, was geschehen war. Aber sie ahnte, dass dies eine Bewährungsprobe war. Sie ahnte, dass sie lange dauern konnte. Sie ahnte, dass sie sie allein zu bestehen haben würde. Und sie entschloss sich, sie zu bestehen.

Wenn Sie meinen Mann sprechen wollen, sagte sie, warten Sie doch im Wartezimmer auf ihn. Um diese Zeit macht er manchmal noch Krankenbesuche. Es könnte auch sein, dass er beim Bischof ist.

Der Bischof lebt nicht mehr, sagte einer der Männer barsch.

Sie wusste nicht, was diese Nachricht für sie bedeutete. Sie hatte den Bischof nur dann und wann aus der Ferne, in seinen Ornat und Wolken aus Weihrauch gehüllt, gesehen. Ein anderer würde jetzt Bischof sein. Gewöhnlich betraf sie so etwas nicht. Trotzdem spürte sie, dass da noch etwas war, ein Gespinst aus unsichtbaren Fäden, die Ereignisse und Personen miteinander verbanden, unauflösbar für sie, und doch war auch sie mit eingewoben. Selbst das Kind in ihr war ein Bestandteil von Zusammenhängen, die sie sich nicht erklären konnte. Selbst die dunkle Höhle in ihrem Innern, an der es sich vorläufig noch befand, war kein ganz sicherer Ort.

Madame? Ist Ihnen nicht wohl, Madame?

Mir wäre wohler, wenn Sie mich jetzt allein ließen, das ist wahr, sagte sie.

Sie dachte: Wenn er nur nicht nach Hause zurückkommt. Sie dachte: Aber er muss doch nach Hause zurückkommen.

Später, als sie ihren Vater befragt hatten, später, als sie endlich das Haus verlassen hatten, später, als man sie, die widerstrebte, zu Bett brachte, ihr mit dem Hinweis auf ihren Zustand befahl, sich ruhig zu halten, später verschaffte sie sich durch energisches Nachfragen endlich Kenntnis von dem Sachverhalt, den man vor ihr, wiederum mit Rücksicht auf ihren Zustand, zu verbergen versucht hatte.

Fluchthilfe?, dachte sie. Komplizenschaft mit den Dienern des Teufels? Das Einzige, was ihr an Bitterkeit blieb, war der Gedanke, dass er sie nicht in seinen Plan eingeweiht hatte. Doch nachträglich wusste sie, dass er es versucht hatte. *Warum versuchst du mich festzuhalten? Wenn ein Mann zu tun hat, dann hat er eben zu tun.*

Er irrte sich. Sie hätte ihn nicht festgehalten.

Irgendwann in der Nacht schnaubte und scharrte ein Pferd im Stall. Sie stand auf, öffnete leise die Hintertür und schlich im Dunkeln über den Hof. Die Nacht war mondlos. Jemand atmete nah bei ihr, griff nach ihr. Madame? Wen suchen Sie?

Sie schrie auf, rannte zum Haus zurück.

Sie hatten zwei der Männer als Wachen im Hof postiert. Hatte sie gehofft, dass er bei Nacht zurückkäme? Sie durfte das nicht hoffen.

Trotzdem fehlte am nächsten Tag eines der zwei Pferde, die sie sich hielten. Sie suchte im Stall jeden Zentimeter ab, wühlte im Heu herum, schnitt die Hafersäcke auf, schaufelte den Inhalt von einem Berg auf einen anderen, inspizierte das Sattelzeug. Aber sie fand keine Nachricht. Zum Schluss legte sie sich ins Heu, atmete seinen leicht betäubenden Duft ein, vermischt mit dem Geruch von Leder und Männerschweiß und dem Urin der Stute, die ihnen geblieben war und die sie mit dem wissenden, mitleidigen Blick der Pferde ansah, und wartete auf die Signale des Kindes in sich, ein leichtes Blubbern zunächst, als wenn Luftblasen in ihr aufstiegen und zerplatzten, dann immer entschiedener, zum Schluss unbändig und rücksichtslos, als wenn ihr jemand hartnäckig eine Botschaft sandte, die lautete: Ich bin da.

In den nächsten Monaten war dies der Platz, an den sie sich zurückzog. Sie saß bei der Stute im Stall, nähte an kleinen Mützchen und Hemdchen, die sie, wenn sie fertig gestellt waren, auf den Strohballen drapierte wie kleine Geschenke, ein Mützchen hier, ein Hemdchen dort, weiße Zeichen der Erwartung, Willkommensgrüße, die unmerklich etwas von Abschiedsgrüßen bekamen wie Blumen, die man niederlegt, Kreuze, die man an Orten errichtet, wo jemand verunglückt ist, der, wäre man nur zur Stelle gewesen, noch zu retten gewesen wäre.

★

AM 14. MAI WURDE HEINRICH IV. ERMORDET. Die Nachricht erreichte de Lancre ein paar Tage später, als er eben von einem Besuch bei seiner Tochter im Kloster kam. Der Kutscher erwartete ihn mit seinem Wagen am Straßenrand. Noch fühlte er die Verwirrung, die jeden auf der Schwelle zwischen zwei Welten befällt, der lauten Straße mit ihren Wagen, den Kindern, die im Rinnstein spielten, den Frauen, die vom Marché des Capucins mit ihren Einkäufen zurückkehrten, den Händlern, die vor den Auslagen ihrer Geschäfte auf der Straße standen und sich die Nachricht zuriefen, die kürzlich erst in der Stadt angekommen war, dem Lärmen der Welt und der Stille, die ihn eben noch umfangen hatte, der unbegreiflichen Stille, die die heiligen Frauen um sich verbreiteten, einer Stille, in der seine Schritte, ein Räuspern von ihm, ein Wort, unbedachtsam dahingesagt, immer zu laut dröhnten, so dass er sich für alles entschuldigen wollte, die Worte, den Ton, der in seiner Kehle feststeckte, die eiligen

Schritte, die sie ihm durch ihr maßvolles Schreiten verwiesen, begleitet vom Rauschen ihrer Gewänder, dem gedämpften Wispern, das ihren Gebeten glich. De Lancre befand sich noch im Bann dieser Stille, als er auf die Straße hinaustrat und von seinem Kutscher die Nachricht empfing, die er ihm entgegenrief, wie sie sie alle einander zuriefen, eine Nachricht, die nicht warten konnte und die niemand für sich behielt, nachdem er sie empfangen hatte: Der König, le bon roi, ist tot. Man hat ihn ermordet.

Wer?

Ein Mönch. Ravaillac. Ein Laienbruder aus dem Orden der Feuillants. Möge er seine gerechte Strafe finden. Möge er unter Qualen sterben. Möge man ihm seine Glieder einzeln ausreißen. Möge seine Qual lange dauern.

Das Volk ist immer schnell mit seinen Verwünschungen bei der Hand. Das unterschied de Lancre von ihm. Er stieg in seinen Wagen, setzte sich still und sagte: Fahren Sie!

Später würde man einander fragen: Weißt du noch, wie du die Nachricht von der Ermordung des guten Königs erhalten hast? Was tatest du gerade? Wo warst du? Niemand würde es vergessen. Ein Leben lang würde man von diesem Moment sprechen, der die Welt veränderte, weil viele glaubten, dass er sie veränderte. Alle würden sie sich im Augenblick dieser Verwandlung sehen, erstarrt in der Pose, die sie gerade einnahmen, einen Moment getroffen von einer stärkeren Macht, der sich niemand widersetzen konnte, bevor sie wieder in die Bewegung des je eigenen Lebens einfielen, getragen vom Fluss der Zeit, zurückgefallen in ihn.

So würde sich de Lancre daran erinnern, wie er von seiner Tochter kam. Die Erinnerung an sie würde für ihn unauflöslich mit der Verwirrung verknüpft sein, in die die Nachricht vom Tod Heinrichs IV. ihn versetzt hatte, und die Erinnerung an die Wende, die dadurch auch sein Leben nahm, nicht gleich, aber doch im Gefolge der Ereignisse, mit der Verwirrung, in die dieses blasse Kind ihn bei jedem seiner Besuche gestürzt hatte.

Ein Engel. Ein Engel war in sein Leben getreten. Doch warum nahm er die Gestalt seines einzigen Kindes an?

Seit seine Tochter im Kloster war, sprach sie wieder mit ihm.

Sie sagte: Mein Vater, es ist sehr gütig, dass Sie sich herbemühen.

Er sagte: Mein Kind. Mein Kind, wie befindest du dich?

Sie sagte: Ich habe keinen Grund, mich zu beklagen. Die Schwestern sind sehr gütig.

Er sagte: Und schmeckt es dir? Isst du auch?

Es wollte ihm scheinen, dass sie ein wenig zugenommen hatte. Doch trug sie das lange gürtellose Gewand der Stiftstöchter, unter dem ihre Konturen nicht auszumachen waren. Irrte er sich vielleicht? Konnte es sein, dass sie darunter noch dünner war als beim letzten Mal? Dass das Gewand nur ihr Hinschwinden vor seinen Augen verbergen sollte? Das Gefühl, dass er Opfer eines Betruges war, der an ihm als Vater verübt wurde, verließ ihn nicht. Es verstärkte sich eher noch, seit sie im Kloster war. Der Verdacht einer Art Komplizenschaft stellte sich bei ihm ein. Die Welt der Nonnen war ihm im Grunde zutiefst suspekt. Unheimlich. Rätselhaft. Zu allerhand Vermutungen Anlass gebend. Diese Frauen, die sich hinter Mauern versteckten. Er sog jedes Gerücht ein, das sie betraf. Und es gab viele Gerüchte. Von den Ursulinerinnen in Marseille ging die Kunde, dass sie außer Rand und Band seien. Ein attraktiver Beichtvater, Gauffridi. Nonnen, die von einem Teufel, der seine Gestalt anzunehmen pflegte, besessen seien. Intrigen. Anklagen. Eifersüchteleien unter den Nonnen. De Lancre amüsierte das. Er kannte die Frauen. Ihre Verführbarkeit. Im Grunde wunderte er sich nicht über solche Skandale, sondern ihr Ausbleiben. Die Stille im Kloster, die strenge Würde der Frauen, die auch ihn einschüchterte, die Atmosphäre gelassener Freundlichkeit, mit der die Schwestern ihn empfingen, all das schien ihm verdächtiger als jedes Gerücht, das manchmal aus den Klöstern nach außen drang und ihn hinsichtlich dessen, was er von den Frauen glaubte, eher bestätigte als verunsicherte. Er betrachtete es längst als Fehler, seine Tochter hierher gebracht zu haben, sah sich aber nicht in der Lage, etwas daran zu ändern, ohne sein Gesicht zu verlieren, besonders seiner Frau gegenüber, die ihn um seiner Entscheidung willen mit jedem Wort, das sie noch an ihn richtete, verfluchte und anklagte, als habe er das Verderben des Kindes beschlossen, statt um sein Wohl bemüht zu sein, das ihm mehr als alles andere am Herzen lag.

Seine Tochter sah ihn an und lächelte nachsichtig. Oder spöttisch? Er konnte ihr Lächeln nicht deuten.

Papa, sagte sie. Sie sprechen zu viel vom Essen. Es gibt Wichtigeres. Meinen Sie nicht auch?

Das ist richtig, sagte er. Dennoch.

Er litt die Pein von Eltern, die wissen, dass man mit seinen Kindern über alles reden darf außer über die Ängste, die man ihretwegen hat.

Er sagte: Wenn du keinen Hunger hast, kannst du es doch für mich tun. Ich könnte dir befehlen. Ja, ich könnte dich zwingen zu essen. Ich könnte dafür sorgen, dass man dir Gewalt antut. Aber ich tue es nicht. Ich bitte dich um den Gefallen, es aus freien Stücken für mich zu tun. Ist das zu viel verlangt?

Papa!, sagte sie.

Sie drehte den Kopf zur Seite, blickte dorthin, wo die Schwester saß, die bei all seinen Besuchen zugegen war, mit unbeweglichem Gesicht und geschlossenen Lippen einen Rosenkranz durch ihre Finger gleiten ließ. Es war nicht mit der Äbtissin abgemacht, dass er mit seiner Tochter nicht allein sein durfte. Es störte ihn. Es störte ihn, dass die Regie, die auch sein Verhalten bestimmte, an diese Frauen übergegangen war. War man ihnen denn ausgeliefert? So hatte er sich das nicht vorgestellt.

Ich meine nur, sagte er. Er zwang sich dazu, ein paar Belanglosigkeiten zur Sprache zu bringen.

Dann schwiegen sie.

Was macht meine Mutter?, fragte sie schließlich. Ich möchte ihr einen Brief schreiben. Können Sie nicht dafür sorgen, dass man mir hier Papier und Tinte bringt? Man will mir nicht erlauben zu schreiben. Ich bat so sehr darum.

Die Schwester blieb unbewegt.

Würdest du mir dann auch schreiben?, fragte er einschmeichelnd, in dem weichen Tonfall, in dem er sonst nur mit Frauen sprach.

Vielleicht ..., sagte sie.

Das Wort schwebte wie eine zarte Flaumfeder durch den Raum. Sie sprach mit der Stimme des Kindes, das sie gewesen war und das jetzt in diesem zarten Frauenkörper eingeschlossen war, aus dem es sich nie wieder befreien würde. Die Stimme rührte ihn, wie sie ihn immer gerührt hatte. Gleichzeitig machte sie ihm Angst.

Dann bekommst du es, sagte er. Versprochen. Ich sorge dafür. Aber vergiss nicht, dass du mir versprochen hast –

Papa!, sagte sie. So lassen Sie mich doch! Verstehen Sie nicht? Lassen Sie mich einfach!

Sie wirkte plötzlich erschöpft und überdrüssig, als versuche sie schon lange, ihm etwas zu erklären, das er nicht verstand.

Die Schwester in ihrer Ecke rührte sich jetzt.

Das Kind ist müde, sagte sie vorwurfsvoll.

Sie ist fünfzehn, sagte de Lancre. Sie weiß selbst, wann sie müde ist.

War das der Ton, den sie von ihm erwartete?

Doch sie enttäuschte ihn.

Ich bin wirklich müde, sagte sie. Sie hat Recht. Ich schlafe des Nachts so schlecht. Und sie wecken einen schon um halb fünf in der Frühe.

De Lancre fuhr auf.

Muss das sein?, herrschte er die Schwester an. Warum lassen Sie sie nicht schlafen? Ein junger Mensch braucht den Schlaf.

Monsieur, sagte die Nonne ruhig, wir haben unsere Regeln.

Aber meine Tochter ist nur als Gast hier, sagte er. Man kann eine Ausnahme machen. Ich habe bezahlt.

Das Letzte sprach er mit Nachdruck.

Monsieur, sagte sie. Es gibt keine Ausnahmen bei uns. Im Übrigen haben die Väter von uns hier alle bezahlt. Wussten Sie das nicht?

Papa, sagte seine Tochter. Das ist schon in Ordnung. Es macht mir nichts aus, so früh aufzustehen.

Mein Kind, sagte er in einer plötzlichen Aufwallung und indem er einen Schritt auf sie zutat, um sie, wenn möglich, in die Arme zu schließen. Willst du mit mir nach Hause gehen? Komm einfach mit mir! Ich hole dich wieder nach Hause. Willst du? Sag!

Er wollte sein Kind berühren. Er wollte es auf seinen Armen hinaustragen. Es retten. Wovor? Er wusste es nicht genau. Er merkte, dass die Schwester zwischen sie getreten war. Einen Moment lang stand er Auge in Auge mit ihr und rang um die Beherrschung, sie nicht einfach zur Seite zu stoßen. Was hatte sie zwischen ihm und seinem Kind verloren?

Papa, sagte seine Tochter. Ich will nicht mit Ihnen gehen.

Und das war der Moment, an den er sich später erinnern sollte. Ihre arme blecherne kleine Kinderstimme. Die Augen der Frau, die auf ihn gerichtet waren, schwarz vor Hass. Das Brennen auf seinen Wangen wie von einer Ohrfeige.

Ich will nicht mit Ihnen gehen, Papa.

Er dachte: Eine Verschwörung. Er dachte: Das ist sie nicht. Er dachte: Man hat sie mir schon weggenommen. Sie ausgetauscht. Die da sitzt, ist nicht meine Tochter, dachte er. Plötzlich sah er, dass er sich getäuscht hatte. Durch ihr Gewand hindurch erkannte er, wie dünn sie war. Seit er das letzte Mal bei ihr gewesen war, hatte sie weiter abgenommen. Unter dem weißen Kragen, der viel zu dem Engel beitrug, in den sie sich langsam verwandelte, ahnte er die Schlüsselbeine, die tiefen Salzfässer, die sich dahinter bildeten, ihre knochigen Schultern, er sah die Falten, die sich rechts und links ihres Mundes eingruben wie bei einer alten Frau. Er sah jegliche Zeitalter eines Menschenlebens in ihr vereint. Er sah das Kind und die Frau und die Greisin, die sie alle auf einmal war, indem sie dieses Nein sprach, das ihn meinte.

Sein Zorn flammte gegen die Nonne auf.

Sie!, sagte er. Sie sind mir verantwortlich! Ich werde Sie zur Rechenschaft ziehen, wenn ihr etwas zustößt. Verlassen Sie sich darauf!

Papa!, sagte das Wesen im Engelskleid und rang die Hände gegen ihn. Papa! Können Sie nicht aufhören? Warum können Sie nicht aufhören damit? Ich bitte Sie!

Ein Satz hallte in ihm nach, als er schon draußen auf dem Gang war: Warum müssen Sie immer alles kaputtmachen? Es war ein Satz aus dem Repertoire des Kindes, das seine Tochter gewesen war. Ein zutiefst kindlicher Satz. Ein Satz aus der Welt zerbrochener Spielsachen, törichter Tränen, trotziger Verzweiflungen. Der Trotz, dachte er. Da ist so viel Trotz in ihr. Mehr Trotz, als man einem Mädchen zugestehen darf. Man muss ihn ihr austreiben. Um jeden Preis muss man ihr den Trotz austreiben. Plötzlich kam ihm die Erinnerung an die Zeit, als sie ein Säugling war. Ihr durchdringendes Schreien, das ihm merkwürdig krankhaft erschienen war. Er hatte von den Frauen verlangt, dass man sie zum Schweigen bringe, augenblicklich. Das konnte man von den Frauen erwarten. Und eine Zeit lang hatte man sie, wenn er sich richtig erinnerte, ganz aus dem Haus entfernt, in der Obhut einer Amme gelassen, die sie um vieles ruhiger zurückbrachte, still, wie sie es seitdem gewesen war, ein blasses, folgsames, ernstes Kind, das der Aufgabe, seines Vaters häusliches Leben mit etwas kindlichem Frohsinn, mit Lachen und Späßen zu bereichern, nie nachgekommen war, sondern im Gegenteil eher etwas unangenehm Bedrückendes an sich gehabt hatte, an seinem Tisch wie ein stummer Vorwurf saß, eine Anklage, die ihn ins Herz traf, ohne dass er wusste, worum es sich handelte.

Noch ballte er die Fäuste, noch kämpfte er die Wut in sich nieder, noch rang er mit dem Ärger darüber, abgewiesen worden zu sein, da überbrachte ihm sein Kutscher die Kunde vom Tod Heinrichs IV.

De Lancre überdachte die Nachricht, ordnete für sich rasch die neuen Tatsachen, tauchte mit einer gewissen Erleichterung in dieses andere Gedankenmilieu ein, in dem er sich so viel sicherer und vertrauter bewegte, die Politik.

Der neue König war erst neun Jahre alt. Seine Mutter würde für ihn die Regentschaft führen. Das waren katholische Zeiten, die da heraufzogen. Maria von Medici hatte ihren Sohn von Jesuiten erziehen lassen, die seit 1603 in Frankreich wieder zugelassen waren. De Lancre fühlte einen Wind aufkommen, der für ihn aus der richtigen Richtung blies. Er hatte Heinrich IV. hinsichtlich der Religion nie getraut. Ein König, der sechsmal konvertiert war. Ein hugenottischer Heerführer. Sohn einer hugenottischen Mutter, der hugenottischsten von allen, Jeanne d'Albret. Überlebender der Batholomäusnacht im Hochzeitsbett. Feind der Guises, der Beschützer der Katholischen in schwerer Zeit. Homme à femmes. Taktierer zwischen den Fronten. Ein Pyrenäenfürst, mit einer Krone bedacht, die ihm auf Grund der Verwandtschaft im zweiundzwanzigsten Glied zukam. Erwählt von seinem Vorgänger und Schwager Heinrich III., als der schon nicht mehr bei Sinnen und mehr tot als lebendig war. Gekrönt in Chartres und nicht in Reims, der alten Krönungsstadt. Belagerer der Städte Frankreichs, die eigentlich ohnehin seine waren und die er doch im Kampf erobern musste. Aufkäufer der eigenen Provinzen mit geliehenem Geld. Schließlich König in Paris, das seine Tore für ihn öffnete, nachdem er wieder katholisch geworden war. Beförderer protestantischer Karrieren. Condé. Sully. Erlasser des Edikts von Nantes. Wie sollte ein Mann, der im Reich Heinrichs IV. Karriere zu machen beabsichtigte, genau wissen, ob er gut beraten war, Katholik zu sein, zumal wenn er ein alter Jesuitenzögling war? De Lancre verschwieg das gern. Es sei denn, er war sich ganz sicher, dass es opportun war, sich dazu zu bekennen. Die Unsicherheit hatte sich oft hemmend für ihn ausgewirkt. Nicht dass sie ihm wirklich schadete, doch nahm sie seinen Auftritten manchmal den Glanz, der im Hinblick auf wahren Erfolg unabdingbar ist.

Nur Sicherheit verleiht Glanz. Nur die Abwesenheit von Bedenken und Rücksichten, die einen Mann in seinen Entscheidungen einengen. De Lancre legte seine Karriere wie einen Garten an, der irgendwann Frucht tragen und Blüten treiben wird. Ein langfristiges Werk. Man betrachtet von Jahr zu Jahr die Ergebnisse, schneidet hier etwas Wildwuchs fort, begradigt dort, pflegt die Setzlinge, senkt Samen in den Boden ein, wartet ab, ob er keimt, vernichtet das Unkraut und trägt bei alledem ein Bild im Herzen von dem, was werden soll.

De Lancre war an diesem Tag wie ein Mann, der in seinem Garten sitzt, sein Werk betrachtet, die Auswirkungen einer lang anhaltenden Dürre beklagt und eine Wolkenfront heraufziehen sieht, die reichlichen Regen bringt. Ja, sagte er sich. Der Mönch hat Recht. Diesen König musste man töten. Er war allzu beliebt, besonders bei den kleinen Leuten, die nichts von Politik verstehen und schon zufrieden sind, wenn man ihnen verspricht, dass sie sonntags ein Huhn im Topf haben sollen. Ich will eine Karriere. Das Huhn ist mir ohnehin sicher. Zwar habe ich schon viel erreicht. Ich bin Parlamentsrat, königlicher Kommissar für besondere Aufgaben, deren ich mich durch Verbrennung von siebenundfünfzig Hexen und Zauberern gewachsen gezeigt habe. Doch ich kann noch mehr werden.

Er hob den Blick zum Horizont, über den tatsächlich gerade eine Junigewitterfront heraufzog, und dachte: Paris. Paris könnte jetzt meine Stadt sein. Er stellte sich die Königinmutter vor, von der es hieß, dass sie keine besondere Schönheit, aber ein richtiges Weibsbild sei, fest im Fleisch trotz ihrer vielen Geburten, und was man gut beieinander nennt. Majestät, formte er in seinem Kopf, neigte sich unmerklich und legte sich einen italienischen Satz zurecht. Er würde ihr gefallen. Er war sicher. Er fühlte es. Wenn sie auch schon eine Matrone war, Ende dreißig, so war es doch ein bezaubernder Gedanke, es mit einer Königin zu tun zu bekommen, sich vor ihr so tief zu neigen, dass man ihrem zierlichen Fuß nahe kam.

Wäre es möglich, ihr sein Werk, gesetzt, dass es vollendet war, persönlich zu dedizieren? Er würde sich frisch und gestärkt an die Arbeit machen nach diesem Tag, der unverhofft ein guter geworden war. Alles war gut, bis auf seinen persönlichen Ärger. Der musste vergessen werden. Verschlossen hinter den Mauern des Klosters Ste. Cathérine. Musste er da so oft hingehen? Wer zwang ihn denn dazu? Hatte er nicht alles getan, um die Dinge zu regeln? Konnte ihm irgendwer einen Vorwurf daraus machen? Und hatte seine Tochter nicht selber gesagt, sie fühle sich wohl und bleibe aus freien Stücken dort, wo sie war? Gab es einen Vater, der mehr für seine Tochter getan hatte als er? Und dankte man ihm das? Er verbot sich, weiter darüber nachzudenken. Er musste sich jetzt den Dingen zuwenden, die wichtiger waren als das. Die neue Sachlage verlangte seine ganze Aufmerksamkeit. Sie verlangte viel Diplomatie von ihm. Sie verlangte, dass er in die kollektive Trauer mit einstimmte. In die Empörung über den feigen Meuchelmord, von der er durchaus etwas in sich entstehen fühlte. Ein fanatisierter Mönch. Ein zu kurz Gekommener. Ein ohne Zweifel durch und durch ungesunder Mensch, der so etwas tat. De Lancre hatte nichts dagegen einzuwenden, dass man ihn den ausgesuchtesten Strafen überantwortete.

Er trat ins Haus, wandte sich zur Treppe. Er wollte sich gleich in sein Arbeitskabinett begeben. Da kam seine Frau aus ihren Zimmern und bat ihn kurz zu sich. Er ahnte, dass die Prüfungen dieses Tages noch nicht vorüber waren.

Es geht ihr gut, sagte er. Ja, ich habe sie gesehen. Ja, sie sieht wohl aus.

Erlauben Sie mir, sie zu sehen! Seien Sie nicht noch grausamer! Es genügt, sagte sie.

Der Ton missfiel ihm. Die Anklage, die darin mitschwang. Die Überheblichkeit.

Ich habe erwogen, sagte er, ihr zu gestatten, dass Sie Ihnen schreibt, Madame.

Und meine Briefe?, rief sie. Haben Sie ihr meine Briefe nicht aushändigen lassen, worum ich Sie angefleht habe?

Es schien mir bis jetzt nicht ratsam, sagte er. Sie ist zuweilen noch recht exaltiert und anfällig. Die Schwestern raten, jede Aufregung zu meiden.

Aber die Freude?, rief sie. Die Freude, ein paar Zeilen von ihrer Mutter zu lesen, das kann ihr doch nicht schädlich sein! Ich schreibe gewiss nichts, was sie aufregt. Lesen Sie doch, was ich ihr schreibe! Kontrollieren Sie! Sie werden nichts darin finden, was der Gemütsruhe des Kindes abträglich sein könnte!

De Lancre wandte sich ab.

Genug davon, Madame, sagte er. Jedes Mal dieser Auftritt, wenn ich von dort komme. Ich bitte Sie!

Dieser Auftritt?, sagte sie tonlos.

Ach, die Gefühle, sagte er. Die Tränen. Die Kniefälle. Leiste ich es mir etwa, Gefühle zu zeigen?

Sie haben keine Gefühle, sagte sie. Sie haben ein Herz aus Stein.

Das Pathos. Die Übertreibungen. De Lancre hasste es.

Lassen wir das. Es führt zu nichts, sagte er. Ihr Frauen habt einen Hang zu Gesprächen, die zu nichts führen.

Ich spreche seit Wochen schon nicht mehr mit Ihnen, sagte sie fassungslos. Merken Sie das gar nicht?

Richtig, sagte er. So soll es sein. Man möge mir das Essen in mein Kabinett hinaufbringen. Ich habe zu arbeiten.

Er wusste, dass es sie rasend machte, wenn er sich einem Disput entzog. In letzter Zeit verlor sie zunehmend ihre Beherrschung. Zu denken, dass er sie einmal wegen ihrer kühlen, ironischen Arroganz geliebt hatte. Er argwöhnte, dass von den Reizen der Frauen in keiner Ehe viel übrig bleibt. Sie zertrümmerte Vasen. Sie spie vor Wut auf den Fußboden. Sie zerraufte sich das Haar und stieß schreckliche Flüche aus. Er erfuhr das alles vom Kutscher, der sein Spion im Haushalt war und die Informationen den Mädchen entlockte. Manchmal drang auch der Lärm ihrer Raserei bis zu ihm hinauf. War das schon Besessenheit? War hier ein Teufel im Spiel, der sie außer sich geraten ließ? De Lancre wollte es nicht so genau wissen. Umso leichter würde es sein, sich von ihr zu distanzieren, wenn es nötig war. In all dem spürte er jedoch einen Rest ihrer alten Überheblichkeit. Elend und auf den Hund gekommen, jedoch noch immer mit dem Anspruch, dass sie etwas Besseres sei. Noch in ihren Tränen – oh wie er es hasste, wenn Frauen Tränen vergossen – spürte er sie. Eine gleichsam demütige Überheblichkeit. Die Behauptung, dass sie im Recht sei, wenn sie seinetwegen Tränen vergoss. Eine Überheblichkeit, die moralischer Natur war. Mit der sie ihn, ganz gleich, was er auch tat, ins Unrecht setzte, ihm das tiefere Wissen absprach, über das sie mit jeder Geste, jedem Heben ihrer hochmütigen Augenbrauen zu verfügen schien, jedem tief gekränkten Blick in eine Ferne, in die er ihr niemals zu folgen vermochte. Du verstehst nichts, gab sie ihm mit diesen Blicken zu verstehen. Am wenigsten vermagst du die Tiefe meiner Schmerzen auszuloten, jener Schmerzen, die du mir zufügst und kein anderer.

De Lancre hasste es. Er hasste es vor allem, weil sie seine Tochter damit infiziert hatte. Brachte sie ihm nicht dieselbe demütige Überheblichkeit entgegen? Dieselbe in Tränen gebadete Arroganz? Unbeugsamer noch. Stählerner. Von der Kraft einer Furie, die in ihrem zarten hinschwindenden Körper zu wohnen schien. Sein Engel war kein Engel. Er war –

De Lancre erschrak zutiefst über diesen Gedanken. Er rettete sich davor in die Arbeit. Dies blieb sein Vorrecht als Mann: dass er in seinen Plänen, seinen Strategien und ihrer Verfolgung Zuflucht fand. Er fand echten Trost darin, fühlte sich darin geborgen und unangreifbar für den bösen Geist, der in seinem Haus, er zweifelte nicht mehr daran, Wohnung bezogen und sich der Frauen bemächtigt hatte. De Lancre dachte an einen Ortswechsel für sich. Er dachte, wenn er ganz ehrlich war, an Paris. Aber zuvor musste er dafür den Boden im Garten seiner Karriere beackern. Er musste sein Buch schreiben.

War es nicht ein wahrer Segen, Schriftsteller zu sein? Gewährte es einem nicht Trost und Hilfe selbst unter schwierigen Umständen? (Und einen Vorwand dafür, jederzeit zu sagen: Ich darf nicht gestört werden. Sehen Sie nicht, Madame, dass ich arbeite? Können Sie überhaupt ermessen, welcher Konzentration das bedarf? Sie wollen mir doch etwa nicht an die Nerven? Verschonen Sie mich, Madame, wenn ich bitten darf!) Er kam recht gut voran in diesen Tagen, zumal es galt, die aktuellen Ereignisse zu berücksichtigen und in den Zusammenhang einzubauen.

Die Priester geflohen? Das ging gewiss nicht auf seine Rechnung. Im Gegenteil: Es bewies, wie leichtsinnig es war, sie den geistlichen Herren zu überantworten. Kirchliche Haft für Hexenpriester? Begnadigung, damit man sie in Klostergewahrsam nehmen konnte? Man hatte jetzt nur zu deutlich gesehen, was dabei herauskam. Hätte man sie beizeiten verbrannt, wie er es gefordert hatte, wäre das nicht geschehen. Die Überlegenheit der weltlichen Gerichtsbarkeit über die geistliche konnte nicht deutlicher zum Ausdruck gebracht werden.

Dies war einmal eine leichte Beweisführung.

Der Bischof von Bayonne. Konnte er ihm ein besseres Argument an die Hand geben, als zu sterben? De Lancre lächelte. Er tauchte die Feder ein, die wie von selbst über das Papier glitt und hübsche kleine Passagen voller Ironie und versteckter Bosheit schrieb, die ihm verteufelt gut glückten, weil sein Gegner nicht mehr zurückschlagen konnte. Das verlieh ihm die Leichtigkeit des Formulierens. Er konnte nach Belieben mit seinem Gegenstand verfahren. Der Bischof von Bayonne, schrieb er, der sich immer so eifrig gezeigt hat, wenn es darum ging, diese Pest zu bekämpfen, die Hexerei ... Seine Glaubensstärke, seine Urteilskraft … Dann, ein paar Seiten später, ließ er ihn umso tiefer fallen und enthüllte die Ironie, die ihm die Feder geführt hatte: Die Geistlichkeit von Bayonne, schrieb er mit aller Deutlichkeit, ist durch und durch verdächtig und verantwortlich für das, was geschehen ist … Und schließlich: Am helllichten Tag und unter den Augen aller, vor allem des Bischofs, entkamen sie.

Und er enthüllte die Umstände der Flucht, so weit sie ihm zu Ohren gekommen waren:

Die Priester gaben vor, schrieb er, zwischen fünf und sechs in der Kirche Notre Dame beten zu wollen. Und obgleich die Kirche offenbar von allen Seiten zu dieser Stunde geschlossen war oder zumindest geschlossen sein sollte, fand es sich, dass an einer der Türen nur ein Riegel vorgeschoben und dass sie nicht mit dem Schlüssel verschlossen war, so dass sie, angeblich ohne bemerkt zu werden, zum Stadttor gelangten und rasch das Weite suchten …

Man merkte doch, worauf er hinauswollte? In Bayonne hatte es Fluchthelfer gegeben. Personen, die in dem Kampf zwischen Gut und Böse die Partei des Bösen ergriffen. Er wollte nicht zu deutlich werden. Schließlich handelte es sich um einen Repräsentanten der allein selig machenden Kirche. Aber man verstand doch, wen er verdächtigte? Lag nicht zudem auch im Ableben des Bischofs eine Art Eingeständnis seiner Schuld? Jedenfalls befreite es de Lancres Feder von allzu viel Rücksichten. Beflügelte ihn und verlieh ihm den Schwung ungebremster Boshaftigkeit.

So schloss er das Kapitel über die Hexenpriester ab. Er verglich darin die Kirche mit einem gehörnten Ehemann, der, obgleich er seine Hörner mit den Fingern berühren kann, seine Schande zu leugnen versucht, erlaubte sich eine feine bildreiche Anspielung auf die Hörner des Teufels in Gestalt des Ziegenbocks, in der er seine Hexen zum Sabbat führt, kam auf die Kirche zurück, beschwor die Gefahr, die ihr durch die Teufelsbünde von Priestern drohte, nicht nur ihr, sondern dem ganzen Land, machte alle, die solchen Priestern Schutz und Hilfe gewährten, verantwortlich für den verderblichen Einfluss, der von ihnen ausging, beschuldigte sie, selbst den Samen des Atheismus und der Häresie in sich zu tragen, fügte noch hinzu: auch des jüdischen Geistes, und schloss damit, dass er sie der Beihilfe zur Errichtung des Reiches Satans auf Erden bezichtigte.

Er lehnte sich zurück, nahm die Streubüchse zur Hand und gab etwas Sand auf das zuletzt Geschriebene, blies ihn fort und las seinen Text mit wachsender Zustimmung durch. Ihm war so wohl, wenn er eine Passage vollendet hatte. Am liebsten hätte er sie gleich vor irgendjemandem zum Besten gegeben. Und gerade diese schien ihm so außerordentlich geglückt.

Er rief seinen Diener, einen des Lesens und Schreibens kundigen jüngeren Mann, dem er manchmal die Anfertigung einer Reinschrift auftrug, verwickelte ihn in ein Gespräch über den Zustand des Klerus in Bordeaux, die bedenklichen Sitten der Priester, ihre Geldgier, ihre Eitelkeit, näherte sich seiner Thematik, nahm jedoch von einer Verlesung seines Textes Abstand, weil ihm bewusst wurde, dass die Zustimmung, nach der er lechzte, nicht die eines Dieners war, die ihm ohnehin gewiss sein würde. Nein, er brauchte ein wirkliches Publikum, ein großes, eines, das sich von der Macht seiner Sätze bezaubern ließ, das er für sich und seinen Gegenstand gewinnen wollte und das ihn dafür lieben und bewundern sollte. Ja, lieben.

Er rief sich zur Ordnung. Er schloss die Papiere in einem Schubfach des Schrankes ein, in dem er auch die anderen aufbewahrte.

Gibt es etwas Neues?, fragte er den Diener.

Es gehörte zu dessen Aufgaben, ihn mit den Neuigkeiten der Straße zu versorgen. Wie sollte ein Mann von Stand erfahren, was man sich auf der Straße erzählte, wenn nicht durch die Domestiken, die Besorgungen machten, sich mit ihresgleichen abgaben und nah genug herantreten konnten, wenn man sich das große Geheimnis des Tages erzählte, es hinter vorgehaltener

Hand weitergab, als pfiffen es nicht längst alle Spatzen von den Dächern:

Man sagt, dass es ein Arzt gewesen ist, der den Priestern in Bayonne zur Flucht verholfen hat. Es soll der Leibarzt des Bischofs gewesen sein.

So?, sagte de Lancre. Und weiß man auch, wie er heißt?

Lallemand, sagte der Diener. Es soll ein Deutscher sein.

Ach ja?, sagte de Lancre, der eine seltsame, tiefe Befriedigung erfuhr, wie sie daraus resultiert, dass man mehr als andere weiß und dass dieses Wissen sich zu etwas fügt, das der Lösung einer Gleichung mit mehreren Unbekannten ähnlich ist.

Sieh an, sagte er und schickte ein kurzes, inbrünstiges Gebet zu Gott, in dem er ihn um die Gnade bat, eines Tages Lallemands Richter sein zu dürfen. Gib ihn in meine Hand, betete er. Er brauchte keine Worte dazu. Das ganze Gebet bestand in einer inneren Aufwallung, einer Konzentration von Wärme in seiner Herzgegend. Er soll brennen. Zu deinem Ruhm soll er lebendig verbrannt werden, so ging sein Gebet.

Und?, sagte er, von dem, was ihn bewegte, nichts verlauten lassend. Was gibt es noch?

Man sagt, dass die Jesuiten das Herz haben, sagte der Diener.

Du meinst das Herz des Königs?, fragte de Lancre, dessen eigenes Herz bei dieser Nachricht einen Sprung tat.

Ja, sagte der Diener, das Herz der verblichenen Majestät. Er sprach die gewundene Sprache des Kammerpersonals.

Weißt du Genaueres?, fragte de Lancre. Wer hat es ihnen gegeben? Wo haben sie's hingebracht?

Der Prinz von Conti, sagte der Diener, hat es dem Père Jacquinot, dem Abt von St. Louis, auf einem golddurchwirkten Kissen überreicht. Sie haben es in der Kutsche, in der der König gestorben ist, nach La Flèche gebracht. Andere sagen, auf einem mit schwarzem Samt bespanntem Karren –

Genug, sagte de Lancre, der wusste, dass das Volk es liebt, solche Dinge auszuschmücken, und der die Nachricht auf ihren politischen Kern reduzierte: Die Regentin hatte dem Orden die allerhöchste Huld erwiesen, indem sie ihm den vorzüglichsten und kostbarsten Teil des königlichen Leichnams überließ, das Gefäß der Liebe des Königs zu seinem Volk, seiner Frömmigkeit, den Teil, der der königlichste an ihm war, den Sitz seiner Huld, seiner Majestät. Es gab keine größere Gabe als die, die sie den Jesuiten gemacht hatte. Der König selbst hatte den Orden aus herrscherlichem Raisonnement geduldet. Geliebt hatte er die Jesuiten nie. Doch die Regentin bedachte sie mit einem Zeichen, mit dem sie sie zurückholte ans Herz der Majestät.

De Lancre empfand die Nachricht wie eine königliche Umarmung seiner selbst. Man erlaubte ihm zu seinen Wurzeln zurückzukehren, sie nicht nur nicht zu verleugnen, sondern sich zu ihnen zu bekennen und stolz auf sie zu sein. Ehemalige Jesuitenschüler, die sich ausgezeichnet hatten – und de Lancre durfte behaupten, dass er sich ausgezeichnet hatte, nicht zuletzt sein Buch würde das beweisen –, solche wie er würden unter der neuen Regentin bevorzugt aufsteigen. Dies war das erste Zeichen, dass er sich mit seinen Hoffnungen nicht getäuscht hatte. Die Zeit, die heraufkam, war seine Zeit. D'Espagnet sollte sich hüten mit verleumderischen Eingaben gegen ihn. Jetzt, da der Bischof von Bayonne nicht mehr am Leben und erwiesen war, dass er die Hexerei in seiner Diözese begünstigt hatte, statt sie zu bekämpfen, ja, dass er recht eigentlich als ein Instrument Satans gesehen werden musste, jetzt, da Frankreich nach so vielen Jahren des Schwankens in Sachen der Religion eine wahrhaft katholische Regentin hatte, jetzt konnte es einem Mann wie d'Espagnet zum eigenen Nachteil gereichen, wenn er de Lancre verleumdete. Man würde noch sehen, wer von ihnen beiden der Stärkere war.

De Lancre atmete tief.

Öffne das Fenster, befahl er dem Diener.

Junigerüche erfüllten den Raum. Die Rosen, die er im letzten Dezember hatte setzen lassen, standen in Blüte. Unter seinem Fenster blühte ein schwer duftender Jasmin. Es war, obwohl Anfang Juni, schon Nacht. Es musste nach elf Uhr sein.

Ich will meinen Wagen, sagte er.

Er hatte zu viel gearbeitet in letzter Zeit. Zu viele Sorgen und Widrigkeiten hatten ihn beschwert. Da draußen war das Leben. Es lockte und rief nach ihm. Er musste ausfahren. Was hielt ihn in seinem Haus?

Der Kutscher kannte den Weg. Er kannte auch Alternativen. Adressen, die man ansteuerte, wenn man nicht eingelassen worden war wegen fehlender Absprache. Doch de Lancre hoffte in dieser Nacht sehr, dass Murgui ihn empfangen konnte. Er hätte gern mit ihr über den Arzt gelacht. Sie hatte immer schon behauptet, dass er ein Dummkopf war. Ein sentimentaler Idiot, der im Übrigen nichts vom Handwerk des Stechens verstanden hatte, zu dem etwas mehr gehört, als dass man eine Nadel führen kann.

Was mehr?

Es ist ein Gefühl, hatte sie gesagt. Du weißt es einfach, wer schuldig ist und wer nicht. Man spürt es da.

Und sie hatte die Hand auf ihr Herz gelegt. Dort, wohin auch er gern seine Hand legte.

Hier, mein Herz?

Hier.

Oh, wie er sie heute Abend brauchte. Er wollte mit ihr ein kleines Fest feiern. Ganz auf ihre Art. Seine und ihre. Ihr spezielles kleines Fest. Er war sogar bereit zu warten, bis ein anderer Mann sie verließ. Konnte man der Kupplerin einen Vorwurf daraus machen? Er wusste, er war lange Zeit nicht mehr da gewesen. Er würde mit ihr im Salon warten. Er würde ihren Likör trinken. Er würde ihre Konversation ertragen. Ja, er verspürte regelrecht Lust auf ihren Likör.

Die junge Dame wohnt nicht mehr bei uns, sagte der alte Hausdiener, der ihm die Tür öffnete.

De Lancre war noch nicht bereit, die Nachricht in sich aufzunehmen. Er schob den Diener beiseite und begab sich zur Tür des Salons, aus der ihm die Kupplerin entgegentrat.

O Monsieur, sagte sie, unsere Kleine hat uns verlassen.

Er merkte beim Eintreten, dass sie getrunken hatte. Die Likörflasche stand auf dem Tisch und ein halb volles Glas daneben.

Wo ist sie?, sagte er.

Sie machte sich an einer Vitrine zu schaffen und stellte ein zweites Glas für ihn auf den Tisch, goss es voll.

Ist das zu glauben?, sagte sie weinerlich. Man tut alles für sie. Man ist wie eine Mutter. Ich kann sagen, dass ich dem Kind eine wirkliche Mutter war. Fehlte ihr irgendwas? Nichts fehlte ihr. Konfekt zum Frühstück. Hübsche Kleider. Alles, was so ein Dämchen braucht. Sie hatte doch niemanden auf der Welt. Die jungen Dinger sind so hilflos, wenn sich niemand um sie kümmert. Das ist eine böse Welt für ein allein stehendes Mädchen –

Wo ist sie?, unterbrach de Lancre.

Ach setzen Sie sich, Monsieur. Trinken Sie einen Schluck mit mir. Sie hat uns beide verlassen. Ist es nicht so? Undankbar. So ist das junge Blut. Wir Alten –

De Lancre griff nach dem Glas und schüttete den Inhalt im Stehen hinunter. Er brauchte das jetzt einfach.

Möchten Sie ein Glas Wein?, fragte die Kupplerin. Charles kann Ihnen auch ein Glas Wein bringen. Setzen Sie sich, Monsieur.

Ich möchte nur wissen, sagte de Lancre, wo sie jetzt ist.

Er blieb stehen.

Ja, sagte sie, leerte ihr Glas und goss beide Gläser wieder voll. Wenn man das wüsste. So verlassen in der Welt, so allein.

Ist sie allein weggegangen?, fragte de Lancre.

Allein? Das wäre besser für sie, sagte die Kupplerin.

Sie trug einen seidenen Morgenrock von blasser Fleischfarbe, der über der Brust weit offen stand und ihr mürbes, gerötetes

Dekolleté preisgab. De Lancre setzte sich, um sich den Anblick zu ersparen, der ihm aus der Perspektive des Stehenden zuteil wurde.

Wer? Mit wem ..., fragte er.

Da war dieser Cousin, sagte die Kupplerin wie zu sich selbst. Ich wette, dass sie mit ihm gegangen ist.

Ein Cousin?, sagte de Lancre.

Monsieur, sagte die Kupplerin, Sie und ich, wir kennen das Leben. Machen wir uns nichts vor.

Der Satz war klebrig und süß wie der Likör, den de Lancre mit einem gewissen wohligen Widerwillen austrank.

Wir wissen doch, sagte sie, dass ein Cousin kein Verwandter ist. Ein Cousin!, sagte sie mit einem verächtlichen Schnauben.

Sie näherte sich de Lancre vertraulich.

Ein widerlicher Kerl, wenn Sie mich fragen.

Sie benutzte ein Wort, das ihre Herkunft aus den niederen Schichten des Volkes offenbarte.

De Lancre lehnte sich zurück. Er hatte ihr Parfüm schon immer verabscheut.

Ein Hallodri, sagte sie, jede Silbe betonend. Wenn nicht etwas Schlimmeres, setzte sie hinzu.

Wissen Sie, wohin sie gegangen sind?, fragte de Lancre.

Was weiß ich, sagte die Kupplerin. Und, plötzlich die Maske gekränkter Mütterlichkeit fallen lassend: Die kommt mir nicht mehr ins Haus, das kann ich Ihnen sagen. So nicht. Die kann auf den Knien angerutscht kommen. Die lasse ich nicht mehr rein. Erst die feine Prinzessin spielen und dann, hui, auf und davon. Von mir aus kann die in der Gosse krepieren. Da gehört sie auch hin. Zusammen mit ihrem feinen Cousin. So was rieche ich von weitem, was das für einer ist.

De Lancre erhob sich.

Ich danke Ihnen, sagte er so förmlich wie möglich.

Sie gehen schon?, sagte sie. Es ist so trostreich, mit Ihnen zu plaudern. Sie sind so verständnisvoll. Sie sind ein wahrer Gentleman.

Sie benutzte das Wort, das in Bordeaux einst durch den lebhaften Handel mit England in Mode gekommen, jetzt aber derartig abgenutzt war, dass es nur noch von den ahnungslosesten Kleinbürgern gebraucht wurde. Außerdem sprach sie es vollständig französisch aus.

De Lancre dachte: Nur weg hier. Er sagte, sich leicht verbeugend: Madame. Und wandte sich zur Tür.

Warten Sie, sagte die Kupplerin. Sie haben noch nicht mein neues Töchterchen kennen gelernt. Eine Knospe. Noch kaum erblüht. Sie kommt frisch vom Land. Ein so liebes Ding. Sie werden Ihre Freude an ihr haben. Das verspreche ich. Charles! Charles, ruf Mademoiselle Elodie. Elodie, was für ein Name! Wie ein kleines Frühlingslied. Finden Sie nicht, Monsieur? Ach, sie wird Ihnen gefallen. Wo bleibt sie, Charles? Schon zu Bett? Aber das ist Monsieur, ein guter Freund des Hauses. Ich bestehe darauf, dass sie ihn begrüßt. Vite. Vite.

Man hörte Schritte auf der Treppe, die Kupplerin erhob sich.

De Lancre sagte: Madame! Bitte bemühen Sie sich nicht, Madame.

Er drängte an ihr vorbei, nicht ohne sie zu berühren und in eine Wolke ihres verhassten Parfüms einzutauchen, vermischt mit den Ausdünstungen des Schweißes, der sich in dem engen Spalt zwischen ihren Brüsten gesammelt hatte, und dem Alkoholdunst, den sie ausatmete. Von oben hörte man die Stimme einer Frau, die heiser und gedehnt: »Der kann mich mal, der Besuch.« sagte. Gleich darauf schlug eine Tür. Aber da war de Lancre schon auf der Straße und hielt nach seinem Wagen Ausschau. Von fern schlug es Mitternacht. Ihm fiel ein, dass er mit seinem Kutscher diesmal keine feste Absprache getroffen hatte. Möglicherweise kam er erst in eineinhalb Stunden, um ihn zu holen. De Lancre blieb nichts anderes übrig, als zu Fuß zu gehen. Das war nicht ungefährlich in einer Hafenstadt, zumal in der Nähe des Flussufers, wo bei Nacht alle möglichen Barken vertäut lagen, deren Besitzer die Entrichtung der Hafengebühren umgehen wollten.

De Lancre war lange nicht mehr unbegleitet durch die Außenbezirke der Stadt gegangen, schon gar nicht bei Nacht. Er griff nach dem Degen, den er wie bei jedem Ausgang an seiner Seite trug und seit den Fechtübungen seiner Jugend nie mehr benutzt hatte. Er war nichts weiter als ein Mannesschmuck. Trotzdem gab er ihm das Gefühl einer gewissen Sicherheit. Sein Hausdiener putzte die Klinge und schliff sie von Zeit zu Zeit. Hätte er ihn benutzt? Selbstverständlich hätte er ihn im Verteidigungsfall benutzt. Doch es war mehr das Empfinden seines Vorhandenseins, das ihn so unentbehrlich für de Lancre und seinesgleichen machte. Das Gefühl seiner Schwere und seiner Härte, des fordernden Drucks, vertraut und angenehm, den er auf die Hüften und Schenkel des Mannes ausübte. Die blanke Schärfe des geschliffenen Stahls in seiner Umhüllung aus geprägtem Leder. Das Wissen darum, dass er todbringend sein konnte. Die Vorahnung des köstlichen Augenblicks, da der Mann seinen Degen im Beisein einer Frau ablegt, sich selbst ganz und gar ihr ausliefernd, nur noch die Waffen der Liebe an sich tragend und den Kampf von jetzt an ganz allein mit ihnen bestehend.

All das blitzte von Zeit zu Zeit in de Lancre auf, nicht in Form von Gedanken, sondern von kleinen, kaum wahrgenommenen Impulsen, die aus einem Zentrum sozialen Hoch- und Wohlgefühls kommen. Selbst in dieser Nacht der misslungenen Verabredungen, die damit endete, dass er zu Fuß und ohne Licht durch unbeleuchtete Vorstadtstraßen ging – ein schmaler Mond trat dann und wann durch die Wolken und erlaubte ihm, seinen Weg auszumachen –, selbst jetzt noch sandte dieses Zentrum in de Lancre Impulse ab, vornehmlich, wenn er beim Gehen an seinen Degen stieß. Er war ein Mann. Er war reich. Er besaß Ämter und Titel. Er besaß glänzende Aussichten. Seine Brust weitete sich beim Gehen. In der kühlen Luft der Juninacht, der würzigen Brise, die vom Meer her kam, gelang es ihm trotz der Nachwirkungen des Likörs, Klarheit in seine Gedanken zu bringen.

Dieses Verhältnis war nichts für mich, dachte er. Ich hätte es über kurz oder lang doch endigen müssen. Es war zu viel Vergangenes darin, das vergessen werden muss. Ich werde etwas Neues anknüpfen, dachte er. Das findet sich.

Ein Nachtwächter kam auf ihn zu, hielt ihm die Laterne ins Gesicht.

Herr Rat, sagte er. Ganz allein und ohne Wagen? Möchten Sie, dass ich Sie heimbegleite? Es ist schon spät.

Das ist nicht nötig, sagte er und bedankte sich.

Das gefiel ihm. Er erfuhr, dass er geachtet war. Er wusste es. Trotzdem braucht ein Mann von Zeit zu Zeit Bestätigung. Die kleinen Leute sind ihm unentbehrlich dafür. Man nehme nur seinen Kutscher. Hier kam er. Er hatte ihn voller Sorge und Angst um sein Wohlergehen gesucht. Er stieg in den Wagen ein, nahm mit Behagen die Vorhaltungen des Kutschers entgegen. Wie konnte er nur bei Nacht allein durch die Straßen gehen? Wusste er nicht, wie gefährlich das in Bordeaux war bei all dem schlimmen Gesindel, das sich nachts am Flussufer herumtrieb?

Der Wagen machte viel zu viel Lärm auf den Straßen. Die Hufe. Die Beschläge der Räder auf dem Pflaster. Um diese Zeit waren nur noch Sünder unterwegs. Jeder, der jetzt in seinem Bett lag und aufwachte, wusste es. De Lancre war sich seiner eigenen Reinheit zutiefst bewusst. Ihm war, als kehre er nicht von einer Kupplerin nach Hause zurück, sondern komme von einer wichtigen klärenden Aussprache, einer entscheidenden Konferenz. Er war mit Unschuld gewappnet gegen die Vorwürfe, die ihm, wenn auch stumm, am nächsten Morgen gemacht werden würden. Zwar war er daran gewöhnt, sie zu ignorieren, doch störten sie ihn wegen der verhassten Überheblichkeit, die darin zum Ausdruck kam. Die Atmosphäre des Hauses, dem er sich näherte und das sein eigenes war, legte sich schwer auf sein Gemüt. Es kam ihm wie eine Falle vor, der er nie entrinnen können würde. Eine Falle, in der er für immer festsaß und mit ihm etwas anderes, Schreckliches, das dort auf ihn wartete. Mit dem Schwanken des

Wagens hatte sich die von Likör klebrige Übelkeit wieder in ihm geregt. Ihm war schwindelig, als er aus der Kutsche stieg, und er wusste gleichzeitig, dass etwas Furchtbares geschehen war. Er sah das Licht im Haus, hörte das Schreien, das er kannte, das Schreien einer Frau, der alles genommen worden ist, ein Schreien, scharf und entsetzlich wie eine Klinge, die ins Fleisch schneidet, tödlich und zerstörerisch, ein Schreien, das Glas zum Zerspringen bringt, ein mörderisches Schreien. Ein Schreien, das man nie vergessen kann, das Schreien der Frauen, die er verurteilt hatte, ihr Fluch, der ihn traf. Er hörte es wieder und wieder, er würde es immer hören, und jetzt war es in seinem Haus.

Er lief nach oben. Der Bote stand noch im Vestibül. Zwei Mägde knieten vor der Schreienden, die ihr Nachtgewand trug und sich die Haube vom Kopf gerissen hatte, ihr Haar wirr, als stünde es ihr vor Entsetzen hoch, und vielleicht war es so. Niemand sprach mit ihm. Er dachte: Ist dies mein Empfang? Steht es so mit uns? Habe ich das verdient? Er rief sich das noch nicht lange abgeklungene Gefühl seiner Unschuld ins Bewusstsein. Er fühlte eine tiefe Enttäuschung, ein ultimatives Abgewiesensein, etwas, das ihn bis in Schichten traf, wo sich in ihm das Kind versteckt hatte, das er gewesen war, ein fürchterliches, mit letzter Endgültigkeit ihm entgegenschallendes: Nein! Dann wurde ihm bewusst, dass seine Tochter gestorben war.

Die Äbtissin des Klosters Ste. Cathérine war eine schöne Frau. Das Klosterleben bewahrt die Schönheit der Frauen. Es konserviert sie. Der Schleier rahmt die Gesichter, als seien sie schon jetzt unvergängliche Bildnisse, Oberfläche, die mit der Zeit feine Haarrisse aufweisen wird, aber dennoch sich immer gleich bleibt. Die Zeitalter des weiblichen Körpers, Werden und Vergehen, berühren sie nicht. Selbst Krankheiten tasten sie selten an. Sie altern unbemerkt, und noch die ältesten Nonnen haben etwas von dem Mädchen, das man einmal als Novizin eingekleidet hat. Die Zeit friert in ihnen ein.

Das Alter der Äbtissin war schwer zu bestimmen. War sie fünfzig? Vielleicht sogar älter? Das Alter war kein Bestandteil ihrer Persönlichkeit, wie es das bei weltlichen Frauen ist. Ihre scharf geschnittene Nase, ihr schmaler Mund verrieten Geist, Witz und Verstand. Sie erlaubte den Händen, ihre Konversation zu akzentuieren. Sie tat dies mit Anmut und Ausdruckskraft. Sie verriet dadurch viel von sich, von der Frau, die sie außerhalb des Klosters hätte sein können. Sie versteckte darum ihre Hände, die schlank und gelenkig waren, immer wieder rasch unter ihrem Skapulier. Es war ein wenig wie Zauberei. Hast du nicht gesehen? Und schon saß sie wieder als Bildnis einer Äbtissin da. Es hatte de Lancre bei seinem ersten Gespräch mit ihr verblüfft.

Jetzt blieben ihre Hände bedeckt. Ihre Miene verriet nichts außer tiefer Bekümmernis, gepaart mit der Würde der Institution, die sie vertrat.

Es war Gottes Wille, sagte sie. Gegen ihn vermögen wir nichts.

Sie wiederholte sich.

Und warum haben Sie mich nicht früher von der Entwicklung in Kenntnis gesetzt?, fragte er.

Sie sprechen von Entwicklung, sagte die Äbtissin. Wir sprechen von Heiligung.

Was wollen Sie damit sagen?, fragte de Lancre scharf.

Sehen Sie, sagte sie, das Kind war sehr fromm.

De Lancre hatte die Worte schon einmal gehört. Sie riefen in ihm ein unangenehmes Echo wach.

Seit wann stirbt man daran?, unterbrach er sie.

Die Äbtissin fuhr unbeirrt fort.

Sie war auf ihrem Weg zu Gott. Sie ist angekommen. Versuchen Sie es so zu sehen.

Und die medizinische Ursache?, fragte er. Haben Sie einen Arzt hinzugezogen?

Ärzte vermögen nichts über die Seele der Menschen, sagte sie. Und es ist die Seele, die zu Gott geht. Den Leib lässt sie bei uns zurück. Sie braucht ihn zum Schluss nicht mehr. Das Verweigern der Nahrung ist nur ein letzter Schritt auf diesem Weg. Warum können Sie das nicht annehmen?

Ihre Mutter, sagte de Lancre, kann es nicht annehmen. Sie isst selbst nichts mehr.

Gott wird ihr beistehen, sagte die Äbtissin. Wir beten für sie.

De Lancre schob einen Geldbetrag über den Tisch.

Und für Sie, sagte die Äbtissin. Und für die Seele der Verewigten. Sie haben ab jetzt bei Gott eine besondere Fürsprecherin. Vergessen Sie das nicht.

So hatte de Lancre die Dinge noch nicht gesehen. Bei Gott. Seine Tochter. Gehörte ihr Tod zu dem Plan, ihn groß zu machen in der Welt?

Glauben Sie?, sagte er.

Gewiss, sagte die Äbtissin.

Sie merkte, dass sie im Begriff war, ihn zu gewinnen. Sie hatte sich sehr vor der Unterredung gefürchtet. Ein Parlamentsrat. Wenn er Klage erhob, würde eine Reihe von lästigen Untersuchungen im Kloster die Folge sein. Eine Rufschädigung war unvermeidlich, wie die Sache auch ausgehen mochte. Sie würde im Kreuzfeuer der Fragen stehen.

Sind Sie bereit?, fragte sie.

De Lancre erschrak. Was meinte sie?

Wir haben sie in der Kapelle aufgebahrt, sagte sie.

Ich bin bereit, sagte er.

Sie werden einen Engel im Zustand seiner Vollendung sehen.

Die Äbtissin erhob sich und ging ihm voran. Das Rauschen der Gewänder. Die lautlosen Schritte. Ihre Gemessenheit. Eine weitere Schwester schloss sich ihnen vor der Tür des Besprechungsraumes an.

Die Äbtissin war jetzt fast sicher, dass die Gefahr abgewendet war. Der Anblick. Der Anblick tut immer ein Übriges.

Sie schloss die Kapelle auf. De Lancre erschrak vor der Fülle des Kerzenlichts. Nicht nur auf dem Altar, auch rings um den Katafalk brannten unzählige Kerzen, von deren Rückständen die

Luft in der Kapelle dunstig und schwer war. Er hustete. Vor dem Altar knieten drei Schwestern, tief in das Murmeln von Sterbegebeten versenkt, die sich durch die Eintretenden nicht ablenken ließen.

Die Äbtissin fand den Eindruck rundum befriedigend. Welcher Vater durfte ihr Vernachlässigung vorwerfen, nachdem er dieses sah? Sie griff nach der Hand de Lancres. Mit ihrer kühlen, eleganten Äbtissinnenhand griff sie nach seiner. Der Einfall kam ihr spontan. Er war kühn, aber situationsgemäß. Sie vertraute der Intelligenz ihrer Hände. In der Geste lag alles, was sie jetzt ausdrücken wollte: ihr Mitgefühl, ihre durch ihren Stand bedingte Überlegenheit, ein wenig mütterliche Leitung, die ein Mann in solcher Lage durchaus gebrauchen kann, und ihr Anspruch auf Ebenbürtigkeit, denn auch sie entstammte einer Familie, die zur Noblesse de Robe im Bordelais gehörte. Sie tat es ihm in dieser Geste kund.

Sie zog ihn. Er ließ sich ziehen. Er sah das Gesicht der Toten im Kerzenlicht. Es war nicht seine Tochter.

Er sagte: Das ist sie nicht.

Monsieur, sagte die Äbtissin, die seine Hand losgelassen hatte. Im Tode werden wir verwandelt. Sehen Sie sie an. Verabschieden Sie sich von ihr. Wir werden Sie jetzt mit der Verewigten allein lassen, damit Sie bei ihren Gebeten ganz ungestört sein können.

Bleiben Sie!, sagte de Lancre.

Doch sie hatte sich schon mit den anderen Schwestern zum Ausgang gewendet.

Kaum dass er mit ihr allein war, begann die Tote, mit ihm zu reden.

Sie sagte: Versuchen Sie nicht, sich herauszureden, Herr Vater. Hier sind wir. Sie wissen es. Ich habe immer so ausgesehen. Ist Ihnen das nicht aufgefallen? Man sagt, ich habe Ähnlichkeit mit Ihnen. Das muss wohl so sein.

Er zwang sich, das kleine, runzlige Äffinnengesicht anzusehen, das auf dem Kissen lag. Sie hatten die Leiche mit der Novizinnentracht bekleidet und mit den Bändern der Haube ihr Kinn hochgebunden, wie es Brauch ist. Das Gesicht, derartig gerahmt, wirkte dadurch noch kleiner, als es ohnehin schon war.

Und selbst wenn Sie mich nicht erkennen wollen, fuhr sie fort. Ich erkenne Sie. Wie gut ich Sie kenne, mein Papa. Wollten Sie nicht beten? Nun, so beginnen Sie. Was? Ich höre nichts. Beten Sie. Beten Sie für meine Mutter. Mein Tod hat ihr das Herz gebrochen. Das wissen Sie doch, Papa? Haben Sie nicht den Ton gehört, mit dem ihr Herz brach? Diesen ganz speziellen Ton? Wie gut Sie den kennen, nicht wahr? Er geht Ihnen durch Mark und Bein, ich weiß es. Auch wenn Sie ihn noch so oft gehört haben. Der Schrei einer Frau, der alles genommen wird. Auch das Leben. Sie wissen doch, wie eine Frau schreit, wenn man sie ums Leben bringt? Wie gut Sie das wissen, Papa. Mich haben Sie nicht ums Leben gebracht. Aber all die anderen. Ich habe es selbst getan. Oh, es gehört nicht viel dazu. Man hört auf zu essen. Das ist es schon. Es tut nicht weh. Nicht wie das Feuer, das Sie gebraucht haben. Das tut weh, Papa. Wussten Sie, dass ich versucht habe zu spüren, wie weh das tut? Ich hielt die Füße ins Kaminfeuer. Hat man Ihnen das nicht gesagt? Nein? Verbarg man es vor Ihnen? Man verbirgt manches vor Ihnen, Papa. Das ist nicht gut. Das spricht nicht für Sie. Verstehen Sie das? Es war, als man Ihnen sagte: Sie muss das Bett hüten. Sie hat sich den Fuß verletzt. Erinnern Sie sich, Papa? Der Schmerz ist unendlich. Er ist ohne jedes Maß. Ich ertrug ihn nicht. Niemand kann ihn ertragen. Man sagt wohl, dass Gott nicht mehr auferlegt, als ein Mensch erträgt. Aber Sie, mein Vater, Sie haben mehr auferlegt. Das menschliche Fleisch erlebt, was ihm zugefügt wird, solange es am Leben ist. Ich zog meine Füße sehr bald zurück. Kein menschlicher Wille vermag etwas gegen das Feuer. Sie sagen, der Teufel hilft? Er wappnet die Seinen mit Empfindungslosigkeit, wenn man sie verbrennt? Mein Vater! Sie haben sie schreien hören. Man sagt, sie schreien unmenschlich. Dabei gibt es nichts Menschlicheres als dieses Schreien. Hören Sie genau hin, mein Vater. Das ist eine menschliche Stimme, die Sie in sich vernehmen. So klingt sie. Das ist der Gesang des lebendigen Fleisches im Feuer. Hören Sie ihn? Der Teufel ist ganz und gar ohne Barmherzigkeit. Dafür ist er der Teufel. Die Flamme ist doch sein Element. Warum sollte er die seinen in ihr bewahren? Und – seien wir ehrlich, Papa – waren Sie sich immer ganz sicher, dass es die seinen waren, die Sie verbrannt haben? Und sind wir nicht alle die seinen, bevor wir erlöst werden? Gab es nicht einen Moment, kurz bevor sie verstummten, da Gott in den Flammen war und ihr saht, dass er sie zu sich holte, sie endlich barg? Wie konntet ihr ein weiteres Mal brennen, da ihr das saht? Siebenundfünfzigmal? Was bedeutet da schon die Achtundfünfzigste? Denn das bin ich, mein Vater. Täuschen Sie sich nicht. Ich bin die Achtundfünfzigste. Sehen Sie mich an. Ich weiß, dass ich Ihnen nicht gefalle. Ich habe Ihnen nie gefallen. Widersprechen Sie mir nicht! Eine Tochter spürt das. Sie haben mir sehr wehgetan, indem ich Ihnen nicht gefiel, mon papa. Das ist jetzt vorbei. Ich fürchte mich nicht mehr vor Ihnen. Wie habe ich Sie gefürchtet! Und wie habe ich Sie geliebt! Erinnern Sie sich denn gar nicht mehr? Als ich klein war, nahmen Sie mich zu sich aufs Pferd. Sie ritten mit mir durch unsere Weinberge. Sie sagten: Mein kleines Mädchen. Dies alles wird einmal dir gehören. Und ich fragte: Warum? Und Sie sagten: Weil du meine Tochter bist. Ich saß vor Ihnen im Sattel. Sie hielten mich. Ich wusste, dass mir nie etwas Böses geschehen konnte, weil Sie es waren, der mich hielt. Und Sie sagten: Wenn du groß und stark bist, dann kriegst du ein eigenes Pferd und lernst reiten. Und ich sagte: Dann werde ich hinunterfallen. Und Sie sagten: Dein Papa wird da sein und dich auffangen. Hab keine Angst. Und ich hatte keine Angst. Aber ich wurde nicht groß und stark, wie Sie es von mir erwarteten. Ich war eine Enttäuschung für Sie. Und wissen Sie was, Papa? Ich wollte es sein. Unter allem, was ich sein wollte, wählte ich, eine Enttäuschung für Sie zu werden. Hören Sie mich? Sie hören mich. Ich hielt meine Füße ins Feuer. Ich wollte den Schmerz erfahren, den Sie zufügten. Erkennen Sie darin die Liebe, mit der ich sie geliebt habe? Sie glauben mir nicht? Heben Sie das Tuch, mit dem sie meinen Leichnam bedeckt haben! Sehen Sie sich meine Füße an! Sehen Sie die Narben? Erkennen Sie mich? Sehen Sie Ihr Kind, das für Sie durchs Feuer gegangen ist? Ich konnte es nicht durchstehen. Verzeihen Sie mir. Niemand kann es durchstehen, es sei denn, man kettet ihn an einen Pfahl. Das Fleisch will sich retten. Man muss es überlisten, wenn man sich töten will. Man muss sanft zu ihm sein. Man muss ihm Zeit lassen, bis es sich ergibt. Sie glauben, der Hunger sei quälend? Aber Papa! Sie und ich wissen, dass es größere Qualen gibt. Zumal ich Ihnen versichern kann, dass der Hunger durchaus seine freundlichen Seiten hat. Je länger man sich mit ihm einlässt, desto freundlicher wird er. Zum Schluss wird er ein Gefährte, den man nicht mehr missen kann. Man ist seine Verbündete. Der Hunger wird nicht geringer mit der Zeit. Er wird nur wählerischer. Er mag dies nicht und das nicht. Es empört ihn zu sehen, was man ihm anbietet. Es verursacht ihm Ekel, nur daran zu denken. Am Ende gibt es nichts mehr, das ihn befriedigen könnte. Nichts außer einem selbst. Er ist so wählerisch, dass er nur noch sein eigenes Fleisch verzehrt. Alles andere ekelt ihn maßlos. Er gleicht der Flamme, die mit dem, was ihr als Nahrung dient, sich selbst verzehrt. Nur viel milder. Viel sanfter und zärtlicher. Ganz zum Schluss fühlt es sich wie ein gemeinsamer Ausritt an. Man wird in den Sattel gehoben. Man ist ganz leicht, wie ein kleines Kind. Es geht über die Hügel. Rebstöcke bis zum Horizont. Sonne. Goldenes Licht. Dies alles wird einmal dir gehören …

Als die Schwestern zurückkamen, fanden sie de Lancre mit dem Gesicht auf dem Boden, die Arme ausgestreckt. Er bebte. Er war außer sich. Er war unfähig zu reden. Sie brachten ihn in das Besuchszimmer der Äbtissin zurück.

Hier ist noch etwas, das ich Ihnen geben will, sagte sie.

Sie hielt ein paar eng beschriebene Seiten in der Hand.

Sie hatten darum gebeten, dass man Ihrer Tochter Schreibmaterial geben solle. Dies ist, was sie geschrieben hat. Offenbar ein Brief an Sie, Monsieur. Etwas wirr und seltsam. Sie war wohl schon nicht mehr bei Sinnen, als sie das schrieb.

De Lancre nahm die Blätter entgegen. Er brauchte nicht mehr zu lesen, was da stand. Er wusste es bereits.

★

Am Dienstag, den 29. Juni 1610, wurden die sterblichen Überreste Heinrichs IV. vom Louvre, wo sie seit dem 14. Mai aufgebahrt waren, nach Notre Dame gebracht, um von dort aus am nächsten Tag nach St. Denis überführt und dort beigesetzt zu werden. Wohlgemerkt ohne sein Herz, das sich längst in den Händen der Jesuiten in La Flèche befand.

Seit einer Woche schon wurden in allen Kirchen von Paris Seelenmessen für den allerchristlichsten, allererhabensten und über alle Maßen siegreichen König gelesen. Die Stadt war erfüllt vom Klang der Kirchenglocken, die von irgendeinem Turm immer läuteten, mal näher, mal ferner, von St. Étienne des Grecs, St. Bénoit, St. Honoré, St. Nicolas des Champs, St. Germain de l'Auxerrois ... Es war wie ein Wetter, ein Sturm, mal lauter, dann wieder abflauend. Es versetzte die Menschen in einen seltsamen Taumel, eine exaltierte Hochstimmung, in der ihr Glaube an die Monarchie und an Gott nicht mehr zu unterscheiden waren. In diesen Tagen hätte man alles von ihnen verlangen dürfen. Jedes Opfer. Jede Wahnsinnstat. Zum Glück war niemand da, der so etwas einforderte. Sie hätten ihre Erstgeburt dargebracht. Dabei ging es nur darum, die königliche Leiche zu bestatten. Sie war schon sechs Wochen alt. Es war hohe Zeit.

Ein Wettstreit unter den Pfarrkirchen setzte ein. Sie wurden eine nach der anderen mit schwarzem Samt ausgekleidet und mit Fahnen geschmückt, die die Wappen von Frankreich und Navarra trugen. Die Druckereien kamen nicht nach, die vielen Trauerpredigten zu drucken, in denen das Volk von Paris erfuhr, was zu fühlen war: Treue dem neuen König, dem Neunjährigen, und seiner Mutter, der Regentin, Empörung über die Bluttat und ihren Täter, der längst hingerichtet war, und die nötige Gottesfurcht. Sie wurden an den Straßen für ein paar Sous verkauft. Das konnten sich nur wenige leisten. Die anderen wussten ohnehin, was sie fühlten. Es war bis auf ein paar Ausnahmen das Verordnete. Ein Mann in der Rue Saint-Honoré blieb stehen, als er den kleinen König mit seinem Gefolge vorbeigehen sah. Ist das der König?, fragte er. Man antwortete ihm, er sei es.

Das soll unser König sein?, fragte der Mann.

Man nahm ihn sicherheitshalber fest.

Auch suchte man noch immer nach Mitwissern einer Verschwörung, für die Ravaillac nur das Messer geführt haben sollte. Obwohl er über alle Grade seiner Folter daran festgehalten hatte, dass er die Tat allein geplant und durchgeführt habe, und selbst die Drohung, dass man ihm vor seiner Hinrichtung die Absolution verweigern würde, wenn er keine Namen nenne, ohne Erfolg geblieben war, gab es immer wieder Verhaftungen wie die des Soldaten Saint-Martin, eines entlaufenen Priesters, der offenbar zu viel gewusst und den Tod des guten Königs vorausgesagt hatte. Es war nicht ungefährlich, in diesen Tagen in Paris ein Fremder zu sein. Fremde sind immer leicht ein bisschen schuldiger als Einheimische. Andererseits war diese Stadt, die sich in rasender Trauer um ihren König befand, ein guter Zufluchtsort für jemanden, der sich in ihr verbergen wollte. Die Menge macht gleich. Die Bewegung, das große Gefühl, die Erhebung der Herzen, all das macht blind. Vollends blind macht der Anblick wichtiger Personen des öffentlichen Lebens, die sich in einer großen Inszenierung präsentieren.

Der Zug bewegte sich vom Louvre über den Pont Neuf zur Île de la Cité an der Place Dauphine vorbei in Richtung Notre Dame. Er sollte um zwei Uhr mittags beginnen, begann aber tatsächlich mit einiger Verspätung, die auf den Capitaine Marchand, den Generaloberst der städtischen Bogenschützen, zurückging, der an der Spitze reiten und ihn mit seinen Leuten anführen sollte. Er wartete auf ein Kommando, sich in Marsch zu setzen, geriet in große Aufregung, weil niemand ihm sagen konnte, ob alle Gruppen, die ihm folgen sollten, aufgestellt waren, die Vertreter der Orden, die Almosenempfänger, die Kriegskrüppel, die Notare, die Abordnungen der Pfarrbezirke, die Stiftsdamen, die Chorherren, die Mitglieder des Lehrkörpers der Universität, die Doktoren des Rechts und der Medizin, die Vertreter der Post, die Capitaine und Lieutenants der städtischen Garden, die Abordnung der Torwachen und alle anderen, die der königlichen Leiche vorausziehen sollten – der Capitaine Marchand wartete auf das Kommando zum Aufbruch und wusste nicht, dass er selbst dies Kommando war. Schließlich, mit dem Mut der Verzweiflung, als ritte er in eine Schlacht, die nicht mehr zu gewinnen war, setzte er sich in Bewegung.

Es war ein wolkenloser, heißer Sommertag. Auf der Straße herrschte ein dichtes Gedränge. Die Leute, die schon zumeist seit dem Vormittag warteten, mussten immer wieder von den berittenen Wachen zurückgedrängt werden. Vor allem am Seineufer entlang waren sie der Sonne preisgegeben. Die Wasserverkäufer zogen sich vor dem dichten Gedränge in die angrenzenden Straßenfluchten zurück. Dann verschwanden sie ganz. Es gab keine Getränke mehr. Die Unruhe wuchs. Man herrschte die Frauen an, die ihre Kinder nicht ruhig halten konnten. Man ärgerte sich über die jungen Leute, die in dichten Trauben in den Bäumen am Quai hingen und von denen dann und wann einer herabspuckte. Äste brachen ab. Ein Kind fiel ins Wasser. Ein junger Mann stürzte auf das Pflaster, zuckte, hatte Schaum vorm Mund. Es fehlte nicht viel, dass die Wachen über ihn hinwegritten. Die Menschen waren erbost. Sie waren voller Vorwurf. Sie entrüsteten sich und wussten nicht, über wen oder was. Es lag ein großes Klagen und Missfallen in der Luft. Das Warten wurde als Schikane empfunden. Immer wieder hieß es: Da kommen sie, es geht los. Dann geschah wieder nichts. Eine junge Frau, eingekeilt in der Menge, schrie laut um Hilfe. Es entstand ein noch dichteres Gedränge um sie, ein Knäuel, ein Wogen. In dem Zustand, sagte jemand gereizt, warum bleibt sie nicht zu Hause? Von der gegenüberliegenden Straßenseite durchbrach ein Mann den Kordon der Ordnungskräfte, drängte sich durch zu der Stelle, wo die Frau am Boden lag und die Menschen jetzt einen dichten Kreis der Hilflosigkeit um sie bildeten. Er kniete nieder, fasste ihre Hände, die sie auf ihren Leib presste, beugte sich über sie:

Madame, sagte er, haben Sie Vertrauen. Bleiben Sie ruhig. Ich bin Arzt. Ich kümmere mich um Sie.

Sie sah ihn mit hervorquellenden Augen an.

Schnell, sagte sie. Es muss schnell gehen.

Sie bäumte sich auf. Er hielt ihre Beine fest, kniete sich zwischen sie, bildete, so gut es ging, ein Dach aus den Röcken über ihren Knien. Er blickte auf.

Ist keine Frau da?, fragte er. Keine, die helfen kann?

In diesem Moment ging ein Ruck durch die Menge, ein Raunen, ein Köpferecken. Es geht los, hörte man überall.

Er zupfte die Umstehenden an ihren Rockschößen. Er sagte: Helfen Sie mir! Man muss sie wegtragen.

Niemand beachtete ihn und die Frau, die am Boden lag. Sie hechelte.

Er sagte: Warten Sie, Madame, so warten Sie!

Er sah auf sie nieder, dann führte er die Hände unter ihre Röcke. Als er sie herauszog, lag ein Kind darin. Es war, als die Spitze des Zuges eben auf gleicher Höhe war. Das Volk schwieg. Nur die Hufe der Pferde auf dem Pflaster, dumpf, weil man sie umwickelt hatte für den Trauerzug, waren zu hören – und das Schreien des Neugeborenen.

Jetzt sah man zu ihm nieder, lächelte. Es schien, dass der ernste Moment durch ein Wunder geheiligt sei. Alle Nervosität, alle Aufgebrachtheit der Menschen schien wie hinweggefegt. Man war gesammelt, ernst, plötzlich hilfsbereit. Ein Mann und eine junge Frau stützten die Mutter zwischen sich. Der Arzt trug das

Kind, das noch an der Nabelschnur hing, und die Nachgeburt, in ein Tuch gewickelt, das ihm aus der Menge gereicht worden war. Sie mussten die Frau in eines der Häuser am Marché Neuf bringen. Eine Zeit lang gingen sie am Rande des Trauerzugs Heinrichs IV. mit. Anders war kein Durchkommen. Die Ordnungskräfte ließen sie passieren. Wo sie vorbeikamen, erhob sich ein Murmeln am Straßenrand. Man war bereit, sich rühren zu lassen. Jetzt, da der Abschied des Volkes von seinem Monarchen sich zu vollziehen im Begriff war, jetzt, da die Herzen der Menschen von Paris so weit geöffnet waren, dass dies möglich war, jetzt ließen sie auch dies Bild in sich hinein und ließen es gelten: ein Kind, aus der Trauer geboren. Möge es in besseren Zeiten heranwachsen. Sie stießen sich an, sie zeigten auf die Gruppe, sie lächelten.

Jedermann konnte sie sehen. Wer war der Mann, der das Kind trug? War er der Vater? Ein Fremder? Es kamen sogleich Gerüchte auf, die in der Stille und langsam verrinnenden Zeit des Trauerzugs keimten, um später aufzublühen. Der Mann, der dem Sarg des verblichenen Königs ein frisch geborenes Kind vorantrug. Ein Zeichen, von Gott geschickt, für die Erneuerung Frankreichs. Auch die, die weiter oben, in der Nähe des Louvre, gestanden hatten, behaupteten später, dass sie ihn wohl gesehen hätten. Ein neuer Christopherus. Jemand, den man jederzeit wiedererkennen zu können behauptete. Doch die Boten des Herrn sind merkwürdig flüchtig und anonym. Sie entziehen sich dem Dank, der ihnen geschuldet wird, und ziehen es vor, unerkannt zu bleiben.

Als Martin Lallemand in der Küche eines Hauses auf dem Marché Neuf, wo man ihn mit der Mutter, die heftig blutete, einließ, endlich die Nabelschnur durchtrennt hatte, ließ er nach einer Hebamme schicken, damit sie das Kind versorgte und sich um die Mutter kümmerte, wusch sich die Hände und machte sich, bevor die Frau eintraf und ihm weitere Fragen gestellt werden konnten, rasch aus dem Staub. Er zog seinen Hut ins Gesicht und tauchte in der Menge unter, die soeben auf die Knie fiel, denn es näherte sich auf seinem Pferd, das von violettem lilienübersätem Samt bedeckt war, der Zeremoniengroßmeister Monsieur de Rhodes, der dem Wagen mit dem königlichen Sarg voranritt. Hier war sie, die Majestät in ihrem Behältnis aus Blei und überaus kunstvoll gestalteten Hölzern, gezogen von sechs schwarz behangenen Pferden im Harnisch, umgeben von einem Wald von Standarten, von Hoheitszeichen ihrer zwei Königtümer, hier war sie, nah, gegenwärtig und doch sich für immer entfernend, ihr Volk zurücklassend am Straßenrand, außer sich vor Verehrung, außer sich vor Trauer, die letztlich ihm selber galt, dem eigenen Verfallensein an das Geschick der Monarchen, ihr Glück, ihren Aufstieg und Niedergang.

Für einen Augenblick stand Martin Lallemand als Einziger aufrecht, als alles um ihn herum auf die Knie fiel und die Häupter entblößte, als Einziger stand er mit dem Hut auf dem Kopf. Dann, rasch, riss auch er ihn herunter und beugte sich. Wie die anderen verharrte er unbeweglich, spähte durch die Reihen der vor ihm Knieenden, erlangte hier und da einen Blick auf die Vorüberziehenden, die höfische Geistlichkeit, die Beichtväter des Königs, still ihr Brevier lesend, gefolgt von den Bischöfen und Erzbischöfen, so weit zu Fuß, dann, auf Maultieren reitend, den Botschaftern von Savoyen, Venedig und Spanien, dem päpstlichen Nuntius, den Kardinälen, sie alle auf den Maultieren ihrer Demut und frommen Ergebenheit, dann den Mitgliedern des Parlaments, wiederum zu Fuß, in ihren roten Roben, in ihrer Mitte das Bild des Königs tragend, welche Ehre ihnen zugefallen war, das Bild, das seine Majestät noch einmal allen vor Augen rief. Doch dies war schon nicht mehr die Majestät. Es war nur noch Erinnerung. Es war Geschichte.

Schon folgten die Repräsentanten der neuen Zeit, der Regierung Ludwigs XIII. Ihnen voran trug man das Banner von Frankreich. Der Prince de Conti ließ, obwohl zu Pferd, die sechs Enden seines Gewands von sechs Edelleuten hinter sich hertragen. Der Comte de Soissons, der Duc de Guise sowie die Herren von Joinville und Elboeuf konnten unmöglich dahinter zurückbleiben und hielten es ebenso, während die Herzöge von Espernon und Mont-bazon wie alle Übrigen ihre Ritter und Pagen einfach im Gefolge hinter sich gehen ließen. Die Menschen am Straßenrand hatten sich längst wieder erhoben und starrten die Herren an. Sie flüsterten sich die Namen zu. Aus dem Flüstern wurde bald ein Zurufen, ein Schreien von Ohr zu Ohr. Die Glocken von Notre Dame hatten eingesetzt. Man verstand bald das eigene Wort nicht mehr. Die Leute drängten zur Mitte der Straße, als könne man sich dem Zug jetzt anschließen, indem man sich unter das Gefolge der Edelleute mischte, die den Schluss des Zugs bildeten. Aber die Garden riegelten den Marché Neuf ab. Hier war die Grenze der erwünschten und geduldeten Trauer des Volks von Paris um seinen König. Hier endete seine Beteiligung an dem Staatsakt. Plötzlich fühlte das Volk sich seltsam ernüchtert. Wohin jetzt? Wohin mit der Erhebung der Herzen, die man eben noch in sich fühlte? Wohin mit der Ungeduld, der großen Erwartung von etwas, das sich jetzt ohne sie begab? Tatsächlich handelte es sich um nichts als Gebete und Predigten, die sich über Stunden hinzogen und selbst die Geduld der Würdenträger und Edelleute, die gezwungen waren, ihnen beizuwohnen, aufs Äußerste strapazierten. Trotzdem fühlte das Volk sich um etwas betrogen. Es trug ein Verlangen nach – oh nicht nach Gebeten und Predigten, nur danach, den Tag, der mit einer Verheißung begonnen hatte, mit einer Erfüllung zu enden. Es würde der Tag der Schankwirte in Paris werden.

Martin Lallemand ließ sich mit der Menge treiben. Das war es. Es gab zwei Arten, unsichtbar zu sein. Allein in seinem Zimmer an der Place Maubart zu bleiben oder sich unter Menschen zu begeben, wenn es nur genug waren. An einem Tag wie diesem konnte ein Mann, der sich verbergen muss, ausgehen. Da war er ein Teil der Menge, kein Einzelner. Ohnehin kannte ihn niemand in Paris. Deshalb war er hier. Um unerkannt zu sein. Aber man durfte nicht auffallen. Man musste sich wie alle benehmen. Wie alle musste man aussehen. Man musste dasselbe tun wie sie, dasselbe fühlen, um im richtigen Moment das Richtige zu tun. Man musste knien, wenn sie knieten. Man musste den Hut abnehmen, wenn sie ihre Hüte abnahmen. Man durfte nicht sein, was sie nicht waren, zum Beispiel ein Mann, der zu Hilfe kommt. Plötzlich ist man sichtbar. Plötzlich ist man der, der unter den Augen der Garden über die Straße läuft. Plötzlich ist man ein Mann, der das tut, was sonst nur Frauen tun, einer Gebärenden helfen. Man ist eine Abweichung. Plötzlich fragen sich alle, wer das ist, der so etwas tut. Alle denken: ein Fremder. Kennt jemand den? Niemand kennt ihn. Wo kommt er her? Ging das mit rechten Dingen zu? Hat man das schon gesehen? Der Mann trägt ein Kind, das soeben geboren ist. Das mag rührend sein. Aber gehört sich das? Schickt sich das bei den Obsequien für einen König? Sollte man sich nicht den Mann genauer ansehen, der so etwas tut? Wofür haben wir eine Geheimpolizei in Paris? Sollte man nicht Meldung erstatten? Hieß es nicht, man solle wachsam sein in Paris, besonders in diesen Zeiten nach einem Königsmord? Sollte man nicht besonders die Fremden im Auge behalten?

Lallemand hatte an diesem Tag schon zweimal einen Fehler gemacht. Er wusste es. Ein drittes Mal durfte es ihm nicht passieren. Doch hatte auch ihn diese Mischung aus Durst und Erwartung erfasst, die Männer zum Trinken treibt. Die Menge drückte über den Pont Notre Dame ans rechte Seine-Ufer zurück. Es war jetzt Abend. Die Sonne verschwand hinter den Dächern von Paris. Die Straßen lagen im Schatten, der Himmel darüber blassblau, nach Westen goldfarben. Das Pflaster strahlte noch immer die Hitze des Tages ab. Es roch nach Sommer, nach Linden, die blühen, nach Pferdedung, nach Urin und menschlichen Abfällen. Es roch, wie der Sommer in Paris riecht. Lallemand sog den Geruch tief in seine Lungen ein. Er machte ihn traurig. Er machte ihn weich. Er machte ihn sehnsüchtig. Er machte ihn verzweifelt. Doch das war er sowieso.

Er fand sich auf der Place de Grève wieder vor dem Hotel de Ville. In den angrenzenden Straßen, der Rue de la Tisséranderie, der Rue de l`Épine, waren die Gasthäuser brechend voll. Schließlich gelangte er tiefer ins Marais, wo die Straßen sich langsam leerten und nur noch einzelne Gruppen von Menschen, vermutlich Bewohner des neuen Viertels, zu finden waren. Hier kannte Lallemand sich nicht mehr aus. Er folgte einfach ein paar Männern, von denen er annahm, dass sie wie er auf der Suche nach einer Möglichkeit zu trinken waren, und gelangte schließlich in ihrem Gefolge in einen Weinkeller.

Auch hier war es überfüllt. Doch Lallemand fand einen Platz, wo er mit dem Rücken zur Wand sitzen konnte. Er hatte es sich zur Gewohnheit gemacht, sich am Rand aufzuhalten, im Hintergrund. Da, von wo aus man die Menschen im Auge behalten kann. Da, wo man selbst nicht beobachtet wird, oder es, falls doch, merkte. Da, von wo man sich rasch und unbemerkt entfernen kann.

Er bestellte sich einen Becher Wein und bezwang seinen Hunger aus Sparsamkeit. Wie jeder, der mit einer begrenzten Barschaft haushalten muss, merkte er mit Entsetzen, dass sie viel zu schnell dahinschmolz. Es war der Erlös vom Verkauf seines Pferdes, mit dem er das Nötigste bestritt. Ein gutes Pferd. Ein guter Preis. Dennoch musste er sparsam sein.

Langsam löste sich seine Spannung. Er trank einen zweiten Becher aus. Die Stimme der Vernunft in ihm erhob sich. Hüte deine Zunge, sagte sie. Rede mit niemandem, wenn du getrunken hast.

Die Menschen an den Tischen waren angeregt und entspannt wie immer nach traurigen Anlässen. Die großen Gefühle, die sie, sie wussten nicht wie, erhoben hatten, ließen sie jetzt seltsam ermattet und gut aufgelegt zurück. Das Leben war kurz, es war ihres, es fand heute statt. Plötzlich erkannten sie mit seltener Klarheit, wie komisch das alles war, was sie sonst bedrückte und ärgerte. Die meisten fanden in sich, völlig überraschend, die Fähigkeit, witzig zu sein. Sie merkten mit Erstaunen und Bezauberung, dass sie soeben geistreich gewesen waren. Man lachte. Man warf sich die Bälle zu. Es war kein hämisches Gelächter, es geschah auf Kosten von niemandem. Es war warm und verbindend und voller Einsicht in das gemeinsame Menschenlos. Es war wie nach jeder Beerdigung.

Martin Lallemand stimmte es traurig, besonders nach seinem dritten Becher Wein. Er fühlte sich ausgeschlossen. Es war die alte Traurigkeit seines Lebens: nicht dazuzugehören und fremd zu sein. Er sah in die Runde, verweilte auf diesem Gesicht oder jenem, bis ihn ein Blick aus fragenden Augen traf, nicht böse, doch etwas befremdet, so dass er sich ertappt fühlte und in seinen Becher niederblickte, der schon wieder leer war. Er bestellte neu. Er wünschte sich, dass jemand ihn ansprach, ihn einbezog. Bin ich schon so weit, dachte er, dass ich nicht mehr weiß, wie man ein Gespräch anknüpft? Er dachte nach, doch es fiel ihm keine Bemerkung ein, die ähnlich leicht und heiter wäre wie diejenigen, die sich die anderen am Tisch zuwarfen, Männer und Frauen, die in seinem Alter waren und ihm desto mehr das Gefühl gaben, ausgeschlossen zu sein, ja unsichtbar. Er erinnerte sich, dass es genau dies war, was er sein wollte: unsichtbar. Alles war in Ordnung. So musste es sein. Darum war er hier. Weil niemand in Paris ihn kannte. Es würde nur für einige Zeit sein. Nur bis –

Ich habe Sie heute beim Trauerzug gesehen. Waren Sie das nicht, der das Kind getragen hat?

Eine Frau beugte sich vom Nebentisch zu ihm herüber.

Ich?, sagte Lallemand. Welches Kind?

Ich könnte schwören, dass Sie das waren, sagte sie. Was ist denn da passiert?

Ich weiß nicht, wovon Sie reden, sagte Lallemand. Tut mir Leid.

Die Gespräche an beiden Tischen verstummten. Alle sahen ihn an.

Marguerite!, sagte der Mann, der neben der Frau saß. Entschuldigen Sie, sagte er zu Lallemand. Meine Frau sieht nicht gut.

Ich sehe bestens, sagte sie. Warum sagst du das?

Das könnte dir so passen, sagte ein anderer, dass Marguerite nicht mehr richtig sieht. Dann sieht sie auch nicht, wenn du anderen Frauen schöne Augen machst.

Die Gespräche an den Tischen, das Gelächter pendelten sich wieder ein. Lallemand fühlte, dass die Augen der Frau ihn nicht losließen, und stand auf. Er stieg in den Hof hinauf, um sich eine Stelle zu suchen, wo er sich erleichtern konnte. Auf der Treppe spürte er eine leichte Übelkeit. Es flimmerte vor seinen Augen. Er wusste, dass er zu viel auf nüchternen Magen getrunken hatte. Als er zurückkam, blieb er bei der Theke stehen, um seine Zeche zu bezahlen. Er wollte nicht mehr zu seinem Platz zurück.

Natürlich waren Sie das, sagte eine Stimme neben ihm. Die guten Taten vollbringen wir wohl gerne unerkannt, damit der Himmel uns umso mehr belohnt.

Lallemand sah in das amüsierte Gesicht des Mannes, der an der Theke stand und ihm seinen Becher entgegenhob. Er erinnerte sich, dass er ihn vorher am Nebentisch gesehen hatte.

Auf die Hilfsbereitschaft, sagte der Mann. Auf die gute Tat.

Er war einen Kopf größer als Lallemand. Schwarzes, leicht gelocktes, etwas ölig glänzendes Haar. Schwarze, feucht schimmernde Augen unter diagonal herabhängenden Oberlidern, die sich wie überwältigt von dem Vergnügen, dem tiefen Genuss der eigenen Bosheit, schlossen und sogleich wieder den wachsten und unbestechlichsten Blick freigaben. Er trug einen schwarzen Umhang, eine Pelerine, die für den milden Abend viel zu warm war und ihn als Durchreisenden auswies.

Auch unterwegs?, sagte er zu Lallemand.

Zurzeit, antwortete er abweisend, lebe ich in Paris. Und Sie?, fragte er. Sind Sie Pilger?

Er konnte nicht zu schroff sein, wenn er keinen Verdacht erregen wollte.

So kann man es nennen, sagte der andere.

Lallemand bezahlte. Trotzdem stellte der Wirt einen weiteren Becher vor ihn hin.

Habe ich das bestellt?, fragte Lallemand.

Der Wirt wies auf den Fremden.

Geht auf ihn, sagte er.

Das haben Sie sich doch verdient, sagte der Fremde. Ich wette, Sie haben sich nicht bezahlen lassen für die gute Tat.

Nein, sagte Lallemand schroff.

Sehen Sie, sagte der Fremde. So etwas erkenne ich auf einen Blick.

Die Bemerkung missfiel Lallemand.

Was meinen Sie damit?, fragte er.

Einen guten Menschen, sagte der Fremde. Den erkenne ich sofort. Sie sind ein guter Mensch.

Er sagte es merkwürdig kalt, geradezu gehässig. Es klang wie eine Verunglimpfung. Lallemand erinnerte sich, dass der Bischof denselben Satz zu ihm gesagt hatte. Damals hatte es anders geklungen. Aber auch merkwürdig. Irritierend. Lallemand wollte den Satz nicht hören. Irgendwie schien ihm ein Fluch darin zu stecken.

Was wissen Sie!, sagte er abweisend.

Ich weiß viel, sagte der Fremde anzüglich.

Lallemand verbarg sein Erschrecken nicht glaubwürdig genug. Er merkte es. Ich bin betrunken, durchfuhr es ihn. Ich muss vorsichtiger sein.

Er hatte wieder einen Becher geleert. Der Wirt füllte ihn.

Ich will nichts mehr, sagte Lallemand.

Der Wirt blickte fragend den Fremden an, der ihm zunickte.

Ein junger Mann trat zu ihnen.

Jetzt nicht, sagte der Fremde und wandte sich nachdrücklich Lallemand zu.

Bitte, sagte der junge Mann. Ich kann bar zahlen.

Der Fremde drehte sich um und einen Moment lang sah er gefährlich aus, reizbar. Er sah aus wie ein Mann, der zuschlagen konnte. Der Jüngere duckte sich. Dann flüsterten sie miteinander. Der Fremde griff unter seinen Umhang, der Jüngere nahm etwas entgegen, das er rasch unter seiner Jacke verschwinden ließ. Der Wirt lächelte Lallemand zu, wissend und verständnisvoll. Die jungen Leute, sagte er.

Lallemand lächelte mit demselben Ausdruck zurück. Er signalisierte Vertrautheit mit der Situation. Er signalisierte, dass er das Zeug dazu hatte, dazuzugehören. Nur: Wozu? Worum ging es hier? Er fühlte sich beschämt und gedemütigt, dass er nicht besser Bescheid wusste. Nach so vielen einsamen Wochen war er so weit, sich anzubiedern. Er hätte sich dafür hassen müssen. Doch dazu war er zu betrunken. In seinem benebelten Kopf memorierte er unablässig die Legende, die er sich zurechtgelegt hatte: Er war ein Medicus aus dem Béarn, und er war in Paris, um sich in der Sorbonne einzuschreiben und endlich Medizin zu studieren …

Dann sind wir ja ein Landsmann des verstorbenen Königs, sagte der Fremde. Da war unsere Trauer sicher besonders groß. Da waren wir ja ganz untröstlich.

Warum klang nur alles so anzüglich, was er sagte?

Nein, sagte Lallemand. (Ja, hätte er sagen müssen.) Nein, sagte er. Ich bin nicht gebürtig aus dem Béarn. Ich bin von Geburt her ein Deutscher. (Gehörte das zu seiner Legende? Er war nicht mehr sicher. Ab jetzt würde es dazugehören. Er durfte das nicht vergessen.)

Je länger er sprach, desto deutlicher nahm der Verdacht in ihm Gestalt an, dass der andere ein Spitzel war, ein Agent der Geheimpolizei, der verdächtige Fremde aushorchte und dem er ins Netz gegangen war. In diesen Tagen kam einer leicht in die Bastille. Und wie sollte er je wieder hinauskommen, wenn er, um sich vom Verdacht der Konspiration gegen die Monarchie zu entlasten, eine andere Straftat bekennen musste? Verzweifelt rekapitulierte er, was er gesagt hatte. Seine Herkunft aus dem Béarn, einem hugenottischen Kernland …

Ich bin katholisch, sagte er.

Sieh an, sagte der Fremde in unbestimmbarem Tonfall. Wir sind katholisch. Das sind wir doch alle hier. Aber Deutschland. Ist das nicht ein Ketzerland?

Nicht wo ich herkomme, sagte Lallemand. Köln am Rhein –

Sprechen wir von etwas anderem, sagte der Fremde. Ich kenne Sie.

Lallemand griff nach seinem Becher, der noch ungeleert auf der Theke stand. Er stieß ihn um. Der Wein bildete eine Lache auf dem Tresen. Er tropfte in seine Schuhe.

Wir sind nervös, sagte der Fremde. Wir sind misstrauisch geworden. Das ist nicht schön.

Wer sind Sie?, fragte Lallemand.

Was tut das zur Sache?, sagte der Fremde. Ich weiß, wer Sie sind. Und ich weiß, wo ich Sie gesehen habe. Erinnern Sie sich denn gar nicht? Voriges Jahr im Labourd.

Er senkte die Stimme. Vertraulich.

Sie waren der Hexenarzt.

Lallemand sah einer Fliege zu, die ihren Rüssel in die Weinlache tauchte. Er konnte den Blick nicht davon abwenden.

Ja, sagte der Fremde, die Welt ist klein. Ist das nicht amüsant?

Der Wirt sah zu ihnen herüber. Der Fremde hob abwehrend seine Hand. Lallemand fühlte eine neue Attacke von Übelkeit. Sie hatte etwas mit der Fliege zu tun. Mit ihrer exzessiven Aufnahme von Alkohol. Mit dem See, der sich vor ihr ausbreitete und der sie verschlingen würde, bevor sie ihn verschlang.

Sie sehen nicht gut aus, sagte der Fremde. Alles in Ordnung?

Ja, sagte Lallemand.

Die Anwandlung ging vorbei.

Bringen Sie dem Herrn etwas Wasser!, sagte der Fremde zum Wirt.

Geht schon, sagte Lallemand.

Sie sollten nicht so viel trinken, sagte der Fremde. Aber Sie sind ja der Spezialist fürs Befinden.

Und Sie?, sagte Lallemand. Was sind Sie? Was ist Ihr Spezialgebiet?

Er machte den Versuch, dem Fremden ins Gesicht zu sehen, geradeaus in die Augen, konnte es aber nicht. Als er den Versuch wiederholte, blitzte der Blick des anderen vor Vergnügen an seiner Unfähigkeit, ihm standzuhalten. Vor Triumph. Vor Freude an der eigenen Überlegenheit. Wieder senkte Lallemand schnell die Augen.

Sie meinen, was ich tue? Oh, sagte der Fremde, ich bin viel unterwegs. Ich bin mal hier, mal da. Ich liebe das Reisen.

Was arbeiten Sie?, unterbrach ihn Lallemand, der zeigen wollte, dass auch er nicht mit sich spaßen ließ.

Arbeiten, sagte der Fremde. Das ist das falsche Wort. Im Vertrauen: Man überschätzt die Arbeit als Mittel zum Broterwerb. Ein intelligenter Mensch muss doch nicht arbeiten. Arbeiten Sie etwa? Nun gut, Lallemand, Sie heilen. Aber da ist doch, wie wir wissen, auch eine Menge Hokuspokus dabei. Eine Menge Seelen- und Glaubensfirlefanz. Habe ich Recht? Sie müssen mir nicht antworten.

Lallemand machte sich mit Widerwillen bewusst, dass der Fremde seinen Namen kannte. Er stellte mit einem Blick sicher, dass der Wirt ihnen nicht zuhörte. In seinem Gedächtnis tauchte plötzlich das Bild eines Reisenden in einer Kutsche auf. Schwarzer Umhang. Schwarzer Hut. Ein Jakobspilger. Eine Herde Schweine. Was hatten die Schweine damit zu tun? Wenn er sich nur besser erinnern könnte.

Sie haben mir immer noch nicht gesagt –

Ich mache mich nützlich, sagte der Fremde. Genügt das nicht? Ich könnte Ihnen die Namen einiger Leute nennen, für die ich unentbehrlich bin. Sie würden sich wundern, wer alles dazugehört.

Sein Gesicht war plötzlich ernst geworden, entschlossen, hart. Verschwunden die Amüsiertheit, die Ironie.

Darf ich Sie bitten, sagte Lallemand leise in einem Anfall von Nüchternheit, dass Sie meinen Namen vertraulich behandeln? Ich lebe zurzeit inkognito.

Er hasste es, diesen Mann um etwas bitten zu müssen, sah aber nicht, wie es vermieden werden konnte.

Sie sind in Schwierigkeiten, sagte der Fremde im Ton einer Feststellung.

Ja, sagte Lallemand. Sind wir das nicht alle irgendwann?

Ich nicht, sagte der Fremde leise.

Lallemand überhörte das.

Ich möchte nicht darüber sprechen, sagte er.

Sie sind auf der Flucht, sagte der Fremde. Sie verstecken sich. Sie sind in etwas verwickelt, das Sie ruinieren kann.

Es klang weder drohend noch teilnahmsvoll. Es klang wie die Aufzählung geschäftlicher Fakten, die dem Abschluss eines Handels vorausgeht.

Da ist diese kleine Frau in Bayonne, fuhr der Fremde fort. Sie wartet auf Nachricht. Sie härmt sich ab. Sie vergeht vor Sorge.

Woher wissen Sie?, sagte Lallemand, außer sich vor Verblüffung.

Menschenkenntnis, sagte der Fremde. Ich rate. Aber wer die Menschen so gut kennt wie ich, rät fast niemals falsch. Die kleine Frau muss einen Brief erhalten. Darin will man ihr erklären, was geschehen ist und wo sie einen finden kann. Man sucht einen Boten, der den Brief überbringt. Man weiß nicht, wem man trauen kann, ohne sich selbst in Gefahr zu bringen und auch die kleine Frau.

So ist es, sagte Lallemand im Ton der Ergebung in etwas, das stärker war als er und seine Bedenken.

So schreiben Sie Ihren Brief, sagte der Fremde. Ich reise demnächst nach Bayonne. Ich überbringe Ihren Brief. Sie dürfen mir zutrauen, dass es mit äußerster Diskretion geschieht. Ich sehe Sie in Bedenken? Ich sehe, dass Sie noch zaudern? Trauen Sie mir etwa nicht?

Niemand darf etwas merken, sagte Lallemand. Niemand außer ihr selbst.

Und ist sie klug?, sagte der Fremde. Wird sie mitspielen? Und liebt Sie wahnsinnig?

Lallemand mochte den Tonfall nicht, in dem der Fremde das aussprach. Er wollte überhaupt so etwas nicht aus dessen Mund hören.

Ja, sagte er widerwillig.

Dann hat es keine Not, sagte der Fremde. Auf mich können Sie sich verlassen. Ich werde lügen, betrügen, ich werde mich unsichtbar machen, durch Schlüssellöcher gehen und Schlimmeres, wenn Sie es von mir verlangen. Sie müssen nur Ihren Brief schreiben.

Er hatte wieder den alten Ausdruck teuflischen Vergnügens im Gesicht.

Und der Preis?, fragte Lallemand. Ich habe zurzeit nicht viel.

Gibt es Kinder?, fragte der Fremde.

Er schien die Frage Lallemands nicht gehört zu haben.

Sie bekommt bald eins, sagte er. Was verlangen Sie?

Nicht mehr, als Sie zahlen können, sagte der Fremde. Ich verlange niemals mehr.

Wie viel?, fragte Lallemand.

Ein andermal, sagte der Fremde. Sie finden mich hier. Der Wirt weiß, wann. Kommen Sie wieder, wenn Sie den Brief haben.

Eine Gruppe von Gästen strebte dem Ausgang zu. Der Fremde musste sich unter sie gemischt haben. Plötzlich war er fort.

Zwei Tage später machte sich Lallemand wieder auf den Weg zu dem Weinkeller. Er trug einen Brief in der Tasche. Der Brief war kurz. Er enthielt eine Bitte. Es war die Bitte, dass Sylvie ihren Vater verlassen und zu ihm nach Paris kommen möge, sobald das Kind geboren wäre und beide, das Kind und die Mutter, den Strapazen der Reise gewachsen sein würden. Nach Lallemands Berechnungen musste das im August sein. Jetzt war Anfang Juli. Solange würde er in Paris auf sie warten. Er plante, nach Deutschland zu gehen und dort ein neues Leben mit ihr und seinem Kind zu beginnen. Er schrieb ihr nichts davon, um sie nicht zu erschrecken. Er schrieb: Alles wird gut sein. Hab keine Angst. Vertrau mir.

Er wusste, es war zu viel verlangt. Er wusste, dass er sie tiefer enttäuscht hatte, als er jemals wieder gutmachen konnte. Er wollte es trotzdem versuchen. Er musste es ihr erklären. Er dachte, wenn sie nur wieder beisammen wären, würde sie ihn verstehen. Dann würde es ihm gelingen, selber zu verstehen, was geschehen war.

Er wusste noch, dass es ihm richtig erschienen war, als er es ausführte. Er erinnerte sich an eine große Klarheit, die ihn erfüllt hatte. An die Abwesenheit von Bedenken und Zaudern. An die Folgerichtigkeit der Ereignisse, wie sie sich fast ohne sein Zutun vollzogen hatten, sich langsam zu einem Ganzen fügend, das er entstehen sah, ungläubig, entzückt wie jemand, der einen Schatz entdeckt und beschließt, dass er ihn sich aneignen wird. Er hatte mit Staunen gesehen, wie es möglich war. Und da hatte er es vollendet. Es gehörte nicht viel dazu.

Es schien ihm, als er es tat, keineswegs außerordentlich. Außerordentlich waren die Stürme, die er auf See erlebt hatte. Außerordentlich waren die Winter in Kanada gewesen. Martin Lallemand hatte außerordentliche Dinge gesehen. Er hatte sie getan. Er hatte brandige Beine mit der Axt amputiert. Er hatte Mann gegen Mann gekämpft, Weißer gegen Indianer, er hatte getötet, um nicht getötet zu werden. Er hatte sein Messer in die Kehle eines Wolfes gestoßen, der in seinen Schenkel verbissen war. Er trug die Narben davon. Wie jedem, der von einer Reise ins Außerordentliche zurückgekehrt ist, jedem Abenteurer, jedem Heimkehrer aus Krieg und Gefangenschaft, fiel es ihm schwer, die Maßstäbe der alten und zivilen Welt wiederzugewinnen. Eine gewisse traurige Fremdheit blieb ihm davon zurück, Verständnislosigkeit in Dingen, die anderen selbstverständlich waren. Gewisse Rücksichten, gewisse Verpflichtungen zur Diskretion oder Parteinahme leuchteten ihm nicht ein. Er fühlte noch einen Nachhall der unbändigen Freiheit in sich, die er gekannt hatte. Der Freiheit, mit der ein Mann das tut, für das er ganz allein einsteht.

Er kannte keine Entrüstung. Das meiste, was er beobachten

konnte, erschien ihm zutiefst verständlich, wenn man die Beschränktheit der Menschen und die Gebrechlichkeit ihrer Natur in Rechnung stellte. Die einzige Moral, die er besaß, bestand in dem Wunsch, ein guter Arzt zu sein. Zu helfen erschien ihm sinnvoll und, wenn es denn sein musste, gut. Andere Überzeugungen, sofern er sie besessen hatte, waren ihm in den kanadischen Wäldern abhanden gekommen. Er war der Meinung, dass man in der alten Welt um manche Dinge zu viel Aufhebens machte. Er zählte auch das Hexenwesen dazu, bei allem Respekt, den er vor dem Phänomen an sich hatte. Dennoch, die Prozesse, die Scheiterhaufen – bekam die Sache nicht erst dadurch eine Wichtigkeit, eine Bedeutung, die man ihr besser vorenthielt, wollte man sie wirkungsvoll bekämpfen? Eine Ausweitung ins Außerordentliche?

Er hasste Übertreibungen. Exaltationen. Maßlosigkeiten. Entstanden nicht daraus auch letztlich die Krankheiten? Gingen sie nicht stets auf ein Zuviel zurück? Zu viel Körpergewicht. Zu viel Hitze. Zu viel Blutandrang, bei dem nur ein Aderlass helfen kann. Zu viel schwarze Galle. Zu viel weiße Galle. Zu viel Schleim. Abweichungen vom bekömmlichen Mittelmaß, das ein guter Arzt wiederherzustellen versucht. Ähnlich sah er auch die Hexerei. Wie Johannes Weyer glaubte er, dass man den Frauen, die davon befallen waren, eine Therapie verordnen müsse. Man schicke sie auf eine Wallfahrt. Man lasse sie eine Badekur durchführen, falls es nicht zu teuer ist. Man verabreiche ihnen mäßige und abwechslungsreiche Kost. Dann wird man dem Übel über kurz oder lang besser als mit dem Feuer beikommen. Das Brennen war ihm zuwider. Wozu alle ärztliche Kunst, wenn man die Menschen ins Feuer schickt? Wenn es seine Art gewesen wäre, sich zu empören, hätte es ihn empört. Doch das war nicht seine Art. Seine Art war dies kleine Achselzucken und Kopfschütteln, mit dem ein Mensch sein Befremden kundtut. Ein Befremden, das weniger ist als Nicht-einverstanden-Sein. Nichts weiter als ein geringes Abstandnehmen vom Konsens, der Zeitgenossenschaft bedingt. Er war nicht ganz sicher ... Nicht so sicher, um mit dem Herzen dabei zu sein ... Und man muss mit dem Herzen dabei sein, wenn die schrecklichen Dinge geschehen, für die später eine Epoche berühmt sein wird. Sonst hält man es nicht gut aus. Sonst spürt man eine Fremdheit, die schlimmer zu ertragen ist als das Schreckliche, das geschieht.

Es war diese Fremdheit, die Lallemand empfand, seit er die Priester in Bayonne befreit hatte. Sie war noch neu für ihn. Wer war er? War er ein Verbrecher? Ein Hexer vielleicht er selbst, ein Werkzeug des Teufels? Er wusste, wie leicht es war, ja geradezu geboten, ihn so zu betrachten. Und wie groß die damit verbundene Gefahr war.

Er war wieder heimatlos. Wieder allein. War er einer von denen, die niemals sesshaft werden können? Ein Fahrender? Unehrlich in des Wortes eigentlicher Bedeutung, also ohne Ehre? Einer, auf den man nicht vertrauen kann? Alte Ängste beherrschten ihn wieder. Er erkannte den verirrten Knaben wieder, der er gewesen war. Das am Wegesrand vergessene Kind, das nie mehr heimfindet. Sein Glück, kurz und unverdient, durch eigenes Verschulden verraten und verspielt. Warum hatte er es getan?

Schließlich kannte er die Männer kaum, denen er zur Flucht verholfen hatte. Er hielt nicht viel von ihnen. Keinen der drei hätte er zum Freund haben wollen. Er wusste nicht einmal genau, ob sie sich wirklich gerettet hatten. War ihnen die Flucht zur Stadt hinaus geglückt? Hatten sie sich diesmal vorsichtiger verhalten, oder hatte man sie längst wieder eingefangen und verbrannt? In seinem Exil in Paris konnte Lallemand nichts darüber erfahren. Er hütete sich auch, Nachforschungen anzustellen. Es interessierte ihn nicht einmal so sehr. Es war nicht um die Männer gegangen. Aber um was dann? Um was? Um diesen Moment, da er sie zum Nordportal laufen sah? Voran Haritourena, gefolgt von La Masse, der seine Soutane wie eine Frau ihre Röcke hielt, um nicht darüber zu stolpern, während Lasson noch am Altar kniete, die Hände erhoben, als ginge es darum, einen Schlag abzuwehren, flehend, ich nicht, nein, ich nicht, ich kann das nicht. Er hatte ihn am Arm gepackt und ihn, als er sich wehrte, geschlagen und in den Rücken getreten, verdammter Priester, willst du wohl mitkommen, und ihn zum Nordportal gezerrt, wo die anderen beiden schon verschwunden waren, und ihm einen Stoß gegeben, ihn auf das Pflaster vor dem Portal geschleudert, um ihn los zu sein, Lasson, den Jammerer, endlich los zu sein, er hasste ihn.

Er hatte seitdem Albträume von Lasson. Träume, in denen er fliehen muss, aber nicht von der Stelle kommt, weil sich jemand an seine Beine klammert und wie eine Kugel aus Eisen an ihm hängt, eine Kugel, wie sie die Gefangenen schleppen müssen. Das war Lasson für ihn.

Dennoch, wenn er sich vorstellte, dass vielleicht Haritourena oder La Masse und seinetwegen auch Lasson jetzt wieder in den Bergen waren, ihre Kerkerhaft in Bayonne langsam vergaßen und sich hüteten, sich jemals wieder blicken zu lassen, dann fühlte er etwas wie Diebesglück. Eine kleine blitzhelle Genugtuung, die de Lancre galt. Er hatte dem Parlamentsrat keine der Frauen im Labourd wegnehmen können. Wäre es möglich gewesen? Er dachte jetzt oft darüber nach. Es fiel ihm die eine oder andere Gelegenheit ein. Hätte er vielleicht einen Schlüssel an sich bringen können? Einen Wachmann überlisten, indem er ihn unter Alkohol setzte? Jetzt im Nachhinein erschienen ihm solche Versuche gleich möglich und unmöglich, ihr Gelingen wahrscheinlich und unwahrscheinlich zugleich. Er sah ein, dass die Überlegungen müßig waren. Dass sie ihn wie Träumereien von Zukünftigem nur verwirrten, wenn er sich ihnen auslieferte. Die Wahrheit war: Er hatte es nicht versucht. Ja, er war nicht einmal auf den Gedanken gekommen, es zu versuchen. Es war ihm erschienen, als sei das Schicksal der Frauen unabänderlich vorausbestimmt und letztlich doch eine Frage von Schuld und Schuldlosigkeit, die nicht ihm, sondern de Lancre zu entscheiden zukam. Und bei all seinen Bemühungen, ihr Los zu lindern und ihre Haft erträglich zu machen, war er doch nie so weit gegangen, in Frage zu stellen, dass ihr Leiden das Leiden war, das sie als Hexen erwartete, und er hatte gesehen, dass ihre Tapferkeit ihrer eigenen Überzeugung entsprang, dass es so war. Es war die Tapferkeit von Hexen gewesen. So schien es Lallemand noch jetzt, wenn er daran zurückdachte. Die Tapferkeit von stolzen, unbändigen Frauen, gepaart mit der Verachtung all dessen, was ihnen nicht ebenbürtig war. Und welcher Mann wäre ihnen ebenbürtig gewesen? De Lancre nicht. Lallemand nicht. Keiner von den anderen. Wer gab ihnen diesen Stolz ein, wenn nicht der Teufel? Die Überzeugung war zu stark, ihre Argumente zu überwältigend, als dass einer wie Lallemand sich dagegen zur Wehr setzen konnte. Er konnte nur leicht, wie es ihm gegeben war, den Kopf schütteln, mit den Schultern zucken. Nun, wenn es so war, dann war es eben so … Nein, er hatte keine der Frauen bewahren können, nicht einmal Jeanne Auclaire. Sie, die niemand mehr retten konnte, nicht einmal eine Armee von wütenden Seeleuten, die zur Stelle war …

Aber de Lancre war doch nicht Sieger geblieben. Er hatte ihm die Priester genommen. Es war wie bei einem Brettspiel. Diese drei Figuren hatte Lallemand für sich. Er trug sie in seiner Faust. Seine Finger waren fest darum geschlossen. Dies war sein Sieg.

Nicht seiner. Es war der Sieg des Bischofs. Zwar hatte er ihn nicht heilen können, dennoch hatte er diesen Sieg für ihn erkämpft. Er hatte den letzten Zug für einen sterbenden Mann gespielt. Und er hatte gewonnen. Dies war die Partie, die an den Bischof ging. *Gehen Sie, Lallemand. Tun Sie es.* Er hatte es getan.

Er konnte die Stimme des Bischofs noch in sich hören. Sanft. Eine sanfte Stimme für einen herrischen alten Mann, gedämpft und etwas müde. So spricht kein Verkündiger. Kein Verfechter weder alter noch neuer Lehrmeinungen. So, leise, arrogant, ein wenig spöttisch und amüsiert, spricht ein Verfechter der Skepsis und Nachdenklichkeit.

Sie haben doch sicher Schlüsse gezogen, Lallemand. Wir können gar nicht anders, solange wir Menschen sind.

Das kleine Kopfschütteln. Das Nichtübereinstimmen. Er hatte es mit ihm eingeübt, ohne dass es Lallemand bewusst geworden war. Das Verweigern von Einverständnis. Und die Fremdheit, die damit einhergeht und der man nicht entrinnen kann. Der Bischof war selber ein solcher Fremder gewesen. Lallemand hatte es gespürt. Die Einsamkeit seines Sterbens. Der Abstand, der ihn von denen trennte, die um ihn waren. Von den Prälaten. Dem Sekretär. Auch von Lallemand. Die Fremdheit macht keinen Unterschied. Sie ist der Preis. Wofür? Für nichts. Für nichts als ein bisschen Unsicherheit und Abstand hinsichtlich des Schrecklichen, das geschieht. Die Bereitschaft zu fragen, ob es wirklich nötig ist. Weiter nichts. Der Preis für die Freiheit, die außerhalb der großen Wälder und der Neuen Welt eine Freiheit im Denken ist.

Auch Lallemand hatte den Preis bezahlt. Er wusste noch nicht, wie hoch er in Wahrheit war. Dass er ihn für den Rest seines Lebens entrichten würde. Noch glaubte er, es könne alles wieder gut werden, wenn es ihm gelänge, Sylvie zu erklären, was geschehen war. Aber das war nicht einfach. Hatte er gar nicht an sie gedacht?

Er durchlebte Verhöre vor einem unnachsichtigen inneren Tribunal, vor dem er schließlich zusammenbrach, beteuerte, dass er im Gegenteil die ganze Zeit an sie gedacht habe, zuerst in der Kathedrale, dann am Bett des Bischofs, dann später, als er die Männer durch den Kreuzgang führte. Er habe immer an sie gedacht. Ihr unglückliches Gesicht, als sie ihn fortgehen sah. Ihre Worte *Du tust, was du tun musst* … An dieser Stelle riss er gewöhnlich seine Jacke vom Haken, setzte den Hut auf den Kopf und stürmte hinaus auf die Straße, um mit ungestümen Schritten die Seine entlangzulaufen. Das Tribunal in seinem Kopf nahm seinen Fortgang. Er hatte an sie gedacht. Doch war es ein Denken wider die Vernunft gewesen. Wie sollte er ihr das erklären? Erinnerte sie sich nicht? Sie hatten Streit gehabt. Mittags. Es war ihr erster Streit. Wusste sie das noch? Und kannte sie den Wunsch, etwas ungeschehen zu machen?

Nein, er sah ein, dass er es ihr so nicht erklären konnte. Er musste es anders versuchen.

Er hatte an sie gedacht. Aber es war ein Denken ohne Gedanken, die man in Worte fassen kann. Es war, als wenn sie bei ihm gewesen wäre, als er es tat. Unsichtbar an seiner Seite. Als wenn sie ihm zugeflüstert hätte: Tu es. Denk nicht an mich. Tu's einfach. Ich will, dass du es tust.

Aber das war ja unmöglich. So würde er sich ihr nie verständlich machen können.

Hör mir zu, versuchte er, ich will ehrlich sein. Ich glaubte, dass ich mich herausreden könne. Ich hätte behaupten können, dass sie mich überwältigten. Dass sie selbst in die Sakristei einbrachen, um sich die Schlüssel zu besorgen.

Aber im Schloss steckt ein Stück von deinem Skalpell. Das hast du doch gewusst.

Ja, sagte er, das ist wahr. Darum ging es nicht.

Und wann hast du gewusst, dass du nicht mehr nach Hause kannst?

Ich habe nicht darüber nachgedacht, sagte er.

So endeten seine Versuche, sich zu rechtfertigen.

Während er sich dem Marais näherte, die neu angelegten Straßen mit ihren Hotels, Konventen und zweistöckigen Wohnhäusern entlanglief, war ihm zutiefst die Unzulänglichkeit des Briefes bewusst, den er bei sich trug. Konnte ein Mann erwarten, dass eine Frau ihm blind vertraute? Hatte er ein Recht, sie um Geld zu bitten, nachdem er die Zukunft, die sie sich erträumte, zerstört hatte? Er verlangte viel von ihr.

Es muss heimlich geschehen, hatte er ihr geschrieben. Sag niemandem, wohin du gehst. Lass es aussehen wie einen Ausflug zu den Verwandten auf dem Land. Sag das auch deinem Vater. Wenn wir in Sicherheit sind, schickt man ihm eine Nachricht. Trage das Geld an sicherer Stelle an deinem Leib. Vertrau dem Boten, den ich dir schicke. Ich habe keinen besseren. Ich erwarte dich. Wenn wir erst wieder beisammen sind … Wenn wir erst wieder beisammen sind – Er hatte geweint, als er das niederschrieb.

Er fühlte in seiner Rocktasche nach dem Brief. Das Papier war weich von der Wärme und Feuchtigkeit in seinen Kleidern. Ein weiterer heißer Sommertag in Paris neigte sich dem Abend zu. Als Lallemand die Stufen zum Weinkeller hinabstieg, kamen ihm Kühle und Dämmerung entgegen. Der Schankraum schien leer. Er stellte sich an die Theke und rief nach dem Wirt. Nichts geschah. Dann fühlte er, aufschreckend, eine Hand auf seiner Schulter. Es war eine Hand, die zupackte. Die nach ihm griff wie nach ihrem Eigentum. Es ärgerte ihn. Er entwandt sich ihr.

Haben wir uns erschrocken?, sagte der Bote. Man ist doch verabredet.

Ich bin da, sagte er.

Er fühlte, dass es albern und ungeschickt klang.

Und unsere kleine Abmachung?, sagte der Mann. Haben Sie Ihren Brief?

Er war nicht allein. Lallemand warf einen Blick auf seine Begleiterin. Sie war klein und zierlich. Auf den ersten Blick wirkte sie wie ein Kind.

Ihre Tochter?, sagte Lallemand.

Das Mädchen kicherte.

Um Gottes willen, sagte der Mann. Ich habe keine Kinder. Wofür halten Sie mich? Das ist eine Freundin. Margot, sag dem Herrn Guten Tag.

Sie kicherte weiter.

Margot, sagte Lallemand.

Wegen Margot brauchen Sie keine Bedenken zu haben, sagte der Mann. Wir können ganz frei reden. Margot hat keine Geheimnisse vor mir.

Es fiel Lallemand auf, dass an der Formulierung etwas nicht stimmte. Aber ihm blieb keine Zeit darüber nachzudenken, was.

Und Ihr Name?

Es war ihm im Nachhinein erst eingefallen, dass er den Namen des Fremden nicht wusste. Er erkannte daran, wie betrunken er gewesen war.

Mein Name tut nichts zur Sache, sagte der Mann. Es ist besser, wenn Sie ihn nicht kennen. Stimmt's, Margot?

Stimmt, sagte das Mädchen.

Wo ist Ihr Brief?, fragte der Mann.

Lallemand zog ihn aus der Tasche. Er hatte vor, auf dem Namen zu bestehen, bevor er ihn übergab, aber der Mann griff so plötzlich zu, als handle es sich um eine Beute, nach der er schnappte. Der Brief verschwand unter dem Umhang. Lallemand konnte nicht sehen, wo er ihn verwahrte.

Das war's, sagte er.

Lallemand fragte: Und wann …? Wie lange …? Wo …?

Kommen Sie alle paar Tage hierher. Sie werden mich treffen, wenn ich zurück bin. Die Kleine weiß auch Bescheid.

Gehst du wieder?, sagte das Mädchen, plötzlich weinerlich. Verlässt du mich?

Kind, du weißt doch …, sagte der Mann.

Nein, nein, sagte sie, lass mich nicht allein. Was mache ich ohne dich? Ohne dich kann ich nicht leben, das weißt du doch.

Sie versuchte, sich an die Seite des Mannes zu drängen. Doch ein Blick von ihm hielt sie auf Distanz.

Mach kein Theater, sagte er. Du weißt, das hat keinen Zweck.

Lallemand war es sehr peinlich, Zeuge dieser Szene zu sein. Er war hin und her gerissen zwischen dem Wunsch, einfach zu gehen, und dem, mehr über die beiden zu erfahren.

Du quälst mich, sagte das Mädchen. Seit wir in Paris sind, quälst du mich. Nimm mich mit nach Bayonne!

Der Mann lachte. Es war ein Lachen ohne Wärme, verächtlich und abschätzig. Das Mädchen begann Lallemand Leid zu tun.

Nach Bayonne? Du willst nach Bayonne? In Bayonne würden sie dich im Feuer grillen. Vergiss das nicht!

Lallemand erschrak. Das Wort »grillen« klang obszön und bösartig.

Das Mädchen schluchzte jetzt wie ein Kind. Er konnte immer noch nicht sagen, wie alt sie eigentlich war.

Ich habe keine Angst, sagte sie. Wenn ich bei dir bin, habe ich keine Angst. Du beschützt mich doch. Du hast immer gesagt, mir kann nichts passieren, wenn du bei mir bist.

Schluss jetzt, sagte der Mann. Du langweilst mich wieder.

Lässt du mir wenigstens etwas da?, fragte das Mädchen, tonlos vor Erniedrigung. Bitte, bitte, lass mir etwas von dem Zeug da. Ich ertrag's sonst nicht.

Der Mann brachte sein Gesicht jetzt nah an das des Mädchens. Lallemand konnte den Ausdruck darin nicht sehen.

Mädchen wie du, verstand er, bekommen doch immer, was sie brauchen, nicht wahr, mein Schatz? Sie bekommen, was sie verdient haben.

Ich bin krank, schluchzte sie. Du weißt doch, dass es mir nicht gut geht.

Eben, sagte der Mann. Hast du noch nicht genug?

In diesem Moment kam der Wirt mit einem Licht in der Hand herein.

Er stellte das Licht auf die Theke, so dass es dem Mädchen ins Gesicht fiel. Lallemand erkannte sie.

Warum starren Sie mich so an?, sagte es. Sehen Sie Geister? Ich bin kein Geist.

Das Gesicht war im Kerzenlicht fahlweiß. Die Augen, tief liegend, von fiebrigem Glanz, die Lider gerötet, der Blick unstet, von einer flackernden, auf kein eindeutiges Ziel gerichteten Feindseligkeit. Ihre Lippen waren rau und aufgesprungen, die Mundwinkel von Schorf verklebt. Das schwarze üppige Haar war stumpf und filzig. Lallemand diagnostizierte mit einem Blick: Unsauberkeit, Vernachlässigung, Parasiten, Abhängigkeit – von was, vermochte er nicht genau zu sagen –, Unterernährung und wahrscheinlich eine kranke Lunge, fiebrige Schübe, Blutauswurf. Er gab ihr nicht mehr viel Zeit.

Erkennen Sie alte Freunde nicht?

In ihrem Tonfall war noch immer etwas von der alten Frechheit, die er gekannt hatte.

Wir waren keine Freunde, sagte er.

Fangen Sie doch nicht damit an. Das ist vorbei, sagte sie. Seien Sie nicht nachtragend. Wo kämen wir hin, wenn ich alte Geschichten aufwärmen würde? Wir sitzen doch im selben Boot. Wir sind Kollegen, sagte sie, wissen Sie das nicht mehr?

Hör auf damit, Murgui, sagte ihr Begleiter. Du gehst uns auf die Nerven.

Was tut sie hier?, fragte Lallemand.

Achten Sie gar nicht auf sie, sagte der Mann. Das ist eine von den Frauen, die man nicht loswird. Wissen Sie, was ich meine? Sie ist eine Klette. Lästig. Aber loyal. Sie ist mir vollkommen ergeben. Stimmt's, Murgui?

Das weißt du doch, antwortete sie.

Ich hatte mit ihr im Labourd zu tun, sagte Lallemand. Ich war Gutachter bei den Prozessen –

Das weiß ich, unterbrach der Fremde ihn. Sie arbeitet schon lange für mich.

Das wusste ich nicht, sagte Lallemand.

Er fühlte, wie ein Netz sich um ihn zusammenzog. Der Fremde, das Mädchen, der Wirt, alle drei zogen die Fäden und sahen ihm dabei zu, wie er sich verstrickte, wie er darin zappelte.

Wenn ich das gewusst hätte …, sagte er.

Ach was, sagte der Fremde. Machen Sie sich keine Sorgen. Dieses Mädchen gehorcht mir aufs Wort. Stimmt's, Murgui?

Wenn du es sagst.

Ihre Stimme klang dünn wie die eines Kindes, das weiß, dass ihm Strafe droht.

Wenn du es sagst. Wenn du es sagst. Der Mann äffte ihren Tonfall nach. Sehen Sie, sagte er zu Lallemand. Das ist es, was mich so langweilt. Es kotzt mich an.

Ich muss gehen, sagte Lallemand.

Er hatte jetzt nur noch den Wunsch zu entkommen.

Wenn ich noch um etwas Vorschuss bitten darf, sagte der Fremde. Man hat doch Unkosten. Sie verstehen.

Natürlich, sagte Lallemand, verzeihen Sie. Wie viel?

Sie einigten sich. Lallemand zählte die Münzen auf den Tisch. Sie verschwanden rasch wie durch Zauberei. Er hatte kaum die Hand gesehen, die danach griff. Unmittelbar darauf schlug die Tür. Sein Bote war fort.

Er bezahlte den Wein, den der Wirt ohne ausdrückliche Bestellung gebracht hatte.

Gibst du mir noch einen aus?, fragte Murgui. Einen auf die alten Zeiten?

Bringen Sie ihr etwas, sagte Lallemand und warf ein paar Sous auf die Theke. Bringen Sie ihr, so viel man dafür bekommt.

Da spendiert dir jemand was, sagte der Wirt zu ihr. Kommt nicht mehr oft vor, wie?

Er soll sich zu mir setzen, sagte sie weinerlich. Ich will mich mit ihm unterhalten.

Mädchen, sagte der Wirt, du verstehst das falsch. Wenn dir jemand was ausgibt, das ist wie bei den Musikanten, denen man Geld gibt, damit sie ruhig sind und weiterziehen. Los, sagte er. Mach schnell. Trink aus und geh. Du vertreibst mir die Kundschaft, wenn du hier rumsitzt.

Währenddessen war Lallemand schon auf der Straße. Er hielt nach dem Boten Ausschau. Er konnte noch nicht weit sein. Lallemand wäre gern gerannt, sagte sich aber, dass das zu auffällig sein würde. Wer verdächtig ist, soll langsam gehen. Er zügelte seine Schritte, blickte in alle Nebenstraßen. Doch er sah seinen Boten nicht. Er hätte gern den Brief wieder von ihm zurückgefordert. Er legte sich eine Begründung dafür zurecht. Er würde ihm die Anzahlung lassen. Wenn er nur seinen Brief bekam. Es war mehr ein Impuls als ein klarer Gedanke. Er wusste nicht genau, was ihn dazu trieb. Er fühlte die Panik eines Menschen, der einen Brief abgesandt hat und zweifelt, was er damit anrichtet. Der Brief ist kostbar. Er ist aus dem delikaten Stoff der Intimität. Er geht nur den Sender und die Empfängerin etwas an. Doch sein Transport bezieht Dritte ein. Der Brief hat ein Schicksal. Der Bote, der ihn ausliefert, hat alles in seiner Hand.

Lallemand spürte, dass dies der falsche Bote war. Es war auch der falsche Brief. Erst jetzt fiel ihm ein, dass der wichtigste Satz darin fehlte. Er erschrak. Er hatte Sylvie zwar geschrieben, dass er Geld brauchte. Aber wie sehr er sie selber brauchte, stand nicht darin.

Wie konnte das geschehen? Wo waren seine Gedanken gewesen? Wer beherrschte sie, wenn er sie selber nicht beherrschte? Wie war es möglich, dass er den einen Satz vergessen hatte, der lautete: Ich kann nicht leben ohne dich?

Ein Satz, ganz und gar besudelt, unwahr und verdorben, wenn Murgui ihn aussprach. Aber in seinem Brief wäre er richtig gewesen. Wie konnte es sein, dass ein Satz sich ins Falsche verirrte? Dass er da, wo er hingehörte, fehlte, und da vorkam, wo er falsch und entsetzlich war? In seinem Kopf herrschte eine große Verwirrung, seit er den Fremden getroffen hatte. Er konnte es sich nicht erklären.

Lallemand rannte. Es kümmerte ihn nicht mehr, ob er verdächtig war. Er musste den Boten einholen. Er musste ihn aufhalten. Er musste den Brief zurückhaben. Er wollte nicht, dass er Sylvie ausgehändigt würde. Nicht durch diesen Boten. Nicht ohne den wichtigsten Satz darin.

Er wurde unvorsichtig. Er fragte Passanten, ob sie einen Mann gesehen hätten, der eine schwarze Pelerine und einen Pilgerhut trug. Niemand hatte ihn gesehen. Dafür sah man ihm selber voller Misstrauen ins Gesicht.

Danke, sagte er. Es ist nicht so wichtig.

Er mäßigte seinen Schritt. Langsam kehrte seine Besinnung zurück. Er musste den Dingen ihren Lauf lassen. Er sah es ein. Die Endgültigkeit des Geschehenen enthielt zugleich etwas Tröstliches. Die Vernunft kehrte zurück. Er brauchte sie. Ein Bote. Was war schon ein Bote? Es hatte nichts zu bedeuten, wer der Bote war. Er entledigte sich seiner Aufgabe. Man entlohnte ihn. Das war alles, sofern es den Boten betraf. Was zählte, war allein die Botschaft. Die Hoffnung, dass er Sylvie wiedersehen würde.

Vor dem Hotel de Ville paradierten die Wachen. Auf der Place de Grève stauten die Wagen sich. Ein scharfer Geruch von Dung und Pferdeschweiß lag in der Luft. Ein Schnauben und Hufescharren. Mit jeder Anfahrt kam man nur ein paar Schritte weiter. Die Kutscher hatten Mühe, ihre Pferde vor sich ruhig zu halten und die Fahrgäste hinter sich. Es war ein gewöhnlicher Sommerabend in Paris.

Als er zur Seine kam, tauchte er in die kühle Luft am Wasser ein. Paris flanierte. Es war vollkommen windstill. Die letzten Boote, segellos, holten die Ruder ein und machten am Quai fest. Lallemand fiel die Dichte an Liebespaaren unter den Menschen auf. Blicke in Blicke versenkt. Hände, die sich in Hände legten. Hüften an Hüften gepresst. Er nahm es mit wie entsiegelten Augen wahr. Wie lange war er blind dafür gewesen? Er nahm all das Drängen des Blutes, das Neigen der Herzen um sich herum wahr, das begehrliche Fleisch. Er sah, dass um ihn herum ein Meer von Begehrlichkeiten wogte. Er sah, dass er ein Teil davon war. Er sah andere, ebenso Einsame. Er sah, wie es sie zu unbestimmten Zielen trieb, wie die heraufziehende Nacht sie mit ihrer Dunkelheit lockte, wie sie sie in sich einsog. Er sah ihre Verzweiflung. Und erst da bemerkte er seine eigene. Sie überwältigte ihn. Er lehnte sich mit der Stirn gegen eine Hauswand. Die Wand war warm von der untergegangenen Sonne. Eine Frau sprach ihn an. Ihre Worte waren obszön und trostreich gleichzeitig. Er sagte: Ein anderes Mal. Dann, als sie sich schon von ihm abgewandt hatte, gereute es ihn. Er versuchte, sie zurückzurufen. Sie verschwand in der Menge, und er folgte ihr. Aber es gelang ihm nicht, sie wiederzufinden. Auch wusste er nicht mehr genau, wie sie eigentlich aussah. Er drängte sich zwischen den Menschen durch, sah den Frauen ins Gesicht, stieß Fremde an. Er benahm sich, als ob sein Leben davon abhinge, dass er sie wiederfand. Plötzlich merkte er, dass er weinte. Er besann sich und kehrte in sein Zimmer an der Place Maubart zurück. Was jetzt begann, war das Warten.

Madame.

…

Madame.

…

Madame Sylvie.

Jetzt nicht. Sie musste das Kind tränken.

Ihre Brust schmerzte.

Sie schloss die Augen.

So. So. So ist es gut.

Madame?

Sie wollte nicht gestört werden. Nur sie und das Kind. Und …

Madame Sylvie. Da ist jemand, der mit Ihnen sprechen will.

Sie öffnete die Augen.

Später, sagte sie. Das kann warten, bis wir fertig sind.

Sie lächelte.

Er hat keine Zeit, sagte die Magd. Er kommt aus Paris. Ich glaube, er kommt von ihm, flüsterte sie.

Von ihm. Von ihm. Von wem? Sie würde ein anderes Mal fragen. Jetzt gab es Wichtigeres als das.

Soll ich ihm sagen, dass er hereinkommen kann, Madame?

Jetzt doch nicht. Wir sind nicht fertig.

Sie zog die Decke glatt. Es war unglaublich, wie wenig sorgfältig man die Kinder heutzutage bettete.

So. So.

Aber sie fand es nicht. Sie hatten es ihr schon wieder weggenommen Es war noch gar nicht satt.

Sie rief nach der Magd. Eine von den Frauen im Haus war immer in ihrer Nähe.

Sie war ungehalten. Warum behandelte man ihr Kind nicht besser? Sie war noch schwach. Sie konnte nicht selber danach sehen. Windeln, so weiß. Sie lagen unten im Schrank. Ob sie es auch wussten? Und die Mützchen, die sie genäht hatte. Wo waren die?

Madame?

Jetzt nicht.

Dies ist der Bote, der Sie sprechen will.

Würden Sie mich mit der Dame allein lassen?

Aber ja.

Madame?

…

Madame, ich habe Post für Sie.

Post?

Einen Brief. Von Ihrem Mann.

…

Madame? Er wartet auf Antwort. Er ist in Paris.

…

Madame? Hören Sie mich?

…

Sie schläft.

Ach, was, sie schläft nicht.

Sie sollten doch draußen warten.

Ich geh ja schon. Madame? Machen Sie die Augen auf!

Ich bin müde.

Hier ist jemand.

Müde.

Reißen Sie sich zusammen!

Der? Der? Was will der hier?

Sie müssen entschuldigen. Sie ist nicht ganz bei sich.

Gehen Sie jetzt bitte. Ich muss mit ihr allein reden.

Bleib. Bleib. Lass mich nicht mit dem allein.

Ich gehe schon.

Sie musste vor allem das Kind in Sicherheit bringen. Sie versuchte aufzustehen.

Madame, bleiben Sie liegen. Sie sind noch sehr krank.

Fassen Sie mich nicht an!

Man musste das Kind verstecken. Vielleicht unter dem Stroh im Stall? Vielleicht im Garten? In einem Vogelnest. Da wird er es nicht finden. Nein! Nein! Da kann es herunterfallen.

Sie sollen mich nicht anfassen!

Ihr Mann ist in Paris. Er möchte, dass Sie nachkommen.

Sie lügen. Ich sehe, dass Sie ein Lügner sind.

Lassen wir das. Lesen Sie. Nein. Nicht zerknüllen. Lesen. Geben Sie her. Geben Sie ihn wieder her. Sie machen ihn unlesbar. Nein. Lassen Sie doch los!

Sie haben ihn zerrissen!

Sie schloss fest ihre Hand. Das Papier, das ihr geblieben war, fühlte sich weich an unter ihrem harten Griff. Sie wollte es behalten.

Geben Sie her!

Was wollte dieser Mann von ihr? Hatte sie nicht alles hergeben müssen? Es war ihr entglitten. Sie hatte es nicht halten können. Sie hatte es nicht … Und etwas entglitt ihr immer noch. Sie spürte dieses Entgleiten unaufhörlich, unaufhaltsam …

Geben Sie!

Was wollte er?

Ihr Mann braucht Geld. Sehen Sie? Hier steht es. Hier. Sehen Sie das?

Sie ballte fest ihre Faust um das Papier. Mit aller Kraft, die ihr blieb, hielt sie es fest, während das Entgleiten sich beschleunigte. Es gewann die Macht eines Stroms, der sie mit sich forttrug.

So geht es nicht.

Sie hörte von fern das Baby schreien.

Still. Still. Du verrätst dich. Er kann dich hören.

Haben Sie verstanden? Ihr Mann will, dass Sie mir das Geld für ihn geben. Das kriegen Sie doch wohl noch fertig.

Das Baby schrie.

Sei still. Er darf dich nicht finden. Ich will nicht, dass dieser Mann dich findet. Hörst du? Vor dem müssen wir uns hüten.

Sie fühlte, dass ihr Nachthemd an der Brust nass war.

Das ist für dich. Für die Reise. Wir gehen nach Paris. Hast du gehört? Nach Paris gehen wir. Still. Du musst still sein. Ganz still. So.

Madame?

...

Madame?

...

Sagen Sie mir nur, wo das Geld liegt. Dann hole ich's mir.

...

Madame? Antworten Sie wenigstens!

...

Eben war er noch da.

Du willst doch nicht sagen, dass er durchs Fenster gegangen ist.

Auf der Treppe habe ich ihn jedenfalls nicht gesehen.

Hast halt nicht Acht gegeben. Es wird dem Herrn nicht passen, dass wir Madame Sylvie mit dem Fremden allein gelassen haben.

Wir müssen es ihm ja nicht sagen.

Wie geht es ihr?

Sie schläft. Heute war das Fieber so hoch wie nie.

Hat sie wieder phantasiert?

Die ganze Zeit nach dem Kind gerufen.

Die Arme.

Sieh nur. Ihr Mal. Man sieht es fast gar nicht mehr. Mir schien schon seit Tagen, als ob es verblasst wäre.

Sie hat auch viel Blut verloren.

Sieh nur, wie weiß sie ist.

Sie sieht richtig schön aus.

Psst, lass sie.

Weiß wie frisch gefallener Schnee.

So weiß ...?

So weiß ... Mein Gott, sie ist so weiß!!

Lallemand wusste, dass er einen Fehler gemacht hatte. Er erkannte es an seiner Unruhe, an einem Nagen in der Gegend des Zwerchfells, das er bei Tag und Nacht spürte. Aber sollte ein Mann sich davon beirren lassen? Er zog seinen Verstand zu Rate. Sein Verstand sagte ihm, dass alles so weit auf den Weg gebracht sei und dass er nur warten müsse. Er sagte ihm, es sei ein Glücksfall, dass er einen Boten getroffen habe, der ohnehin nach Bayonne reiste und der diskret und in Heimlichkeiten bewandert schien. Hatte der Himmel ihn nicht geschickt? Alles war so weit in Ordnung. Er musste geduldig sein.

Seit kurzem hatte er Arbeit bei einem Hufschmied und Viehdoktor, der die Pferde des königlichen Marstalls behandelte, was in der Regel hieß, dass er bei schwereren Fällen zu Notschlachtungen riet. Es war unter seiner Würde, doch wagte er nicht, sich als Arzt zu betätigen, aus Angst, dass dadurch seine wahre Identität entdeckt werden könnte. Außerdem half es ihm durch seine leeren Tage. Es war besser als Nichtstun. Es lenkte ab. Er nahm es als eine Art Buße, die er Sylvies wegen auf sich nahm. Er lebte nur für ein Wiedersehen mit ihr. Er wusste, dass sie ihn verstehen würde. Er nahm es voraus. Es beglückte ihn, sich zu erträumen, wie sie ihn verstehen würde. Es war sein einziges Glück in Paris.

Mit der Zeit wuchs seine Unruhe, seine Angst. Mit der Zeit kam eine Ahnung in ihm auf, dass sein Traum vom vollkommenen Verstehen ein Wunschtraum war. Eine Verheißung wie die vom ewigen Frieden, vom unvergänglichen Glück. Irgendwie nicht ganz von dieser Welt. Ein großer Schrecken schlich sich in seine Träume ein. Etwas veränderte sich. Etwas war nicht so, wie es sein sollte. Etwas war geschehen, ohne sich ihm zu erkennen zu geben, als es geschah. Sein Bote war schon lange fort. Lallemand ging jeden Abend zum Weinkeller. Der Wirt wusste nichts.

Der kommt häufig lange nicht, sagte er. Das kann Monate dauern.

Und das Mädchen?, fragte Lallemand.

Wissen Sie das nicht?, sagte der Wirt. Das Mädchen ist gestorben.

So, sagte Lallemand.

Haben Sie sie gekannt?

Flüchtig, sagte Lallemand.

Sie war ein Luder, sagte der Wirt.

Kein Luder, sagte Lallemand. Sie war eine Hexe.

Schon möglich, sagte der Wirt. Man kann nicht alle verbrennen, was?

In dieser Nacht lag er lange wach. Er hörte die Kutschen unter seinem Fenster zur Place St.Victor fahren. Das Singen und Lachen heimkehrender Zecher klang zu ihm herauf. Es wurde schon Herbst. Vor einem Jahr war er Hexenarzt im Labourd gewesen. Jetzt war er Viehdoktor in Paris. Ihm schien, als wenn beides nicht wirklich Teil seines Lebens sei. Als wenn der Teufel sein Spiel mit ihm spiele, ihn hier- und dorthin treibe, um sich einen Spaß mit ihm zu machen. Er hörte ihn lachen. Es war das Lachen des Fremden im Weinkeller.

Er fuhr auf. Zwischen Schlaf und Wachen überfiel ihn wieder die Angst, dass etwas unwiderruflich Falsches, etwas Entsetzliches geschehen war. Er war wieder zu spät. Er war wieder nicht achtsam und mutig genug gewesen, es zu verhindern. Wie damals in St. Pée. Wie an dem Tag im November, als Jeanne Auclaire brannte. Die Erinnerung daran überfiel ihn wie ein schwerer Traum.

Hexenjagd IV

Der Teufel gibt den Hexen eine solche Leidenschaftlichkeit, einen so unglaublich starken Eigensinn, dass hundert Dolche an ihrer Kehle und sämtliche Foltern in einer einzigen Folter vereinigt sie nicht davon abbringen könnten, ihm zu dienen.

Pierre de Lancre

Der November 1609 ist von einer erstaunlichen Bläue. Es ist eine Bläue, die kurz über dem Horizont ins Grünliche spielt, eine erschreckende Bläue. Der Himmel zeigt sich leer gefegt wie ein verlassenes Haus. Dann kommen die Vögel. Sie kommen zu Tausenden. Sie bilden riesige Wolken, die über den Himmel ziehen. Sie verdichten sich in der Mitte. An den Rändern zerflattern sie. Sie steigen in Schwärmen. In Schwärmen lassen sie sich vom Wind emportragen. Sie kommen über das Meer und fallen in das Land ein. Sie fallen herab wie Saatgut, das ein großer Sämann ausstreut, der mit riesigen Schritten über Land ausschreitet. Eine Hand voll hier, eine Hand voll da. Für Augenblicke verdüstern sie den Himmel wie drohende Unwetter. Dann lassen sie sich in den Kronen der Bäume nieder als dunkles, unzeitiges Blattwerk. Ihr Lärmen, ihr Schwirren und Sirren, von dem die Luft vibriert, kündet auf fremdartige, unübersetzbare Weise von Aufbruch, großer Fahrt, Verwandlung, dem Ende aller Dinge. Ein wenig Wahnsinn ist darin. Dann kommt wie Wind ein gewaltiges Rauschen und Brausen auf, in dem sie aufsteigen und dem Horizont zustreben, rasch in die Unsichtbarkeit eingehend, mit dem Blau verschmelzend, aus dem sie gekommen sind.

Die Frauen, die im Turm von St. Pée gefangen sind, hören die Zugvögel. Sehen können sie nur den immer gleichen Ausschnitt des Himmels mit einem Teil der Bergkette im Süden. Manchmal fliegt ein Schwarm durch diesen Teil des Himmels. Er durchzieht ihn rasch und kaum wahrnehmbar wie eine Hand, die heimlich am Fenster winkt. Kurz darauf hören die Frauen den Lärm aus den Kronen der alten Kastanien im Osten des Turms. Sie hören die Botschaft, und sie verstehen alles, den Wahnsinn, die große Verwandlung, den Beginn einer Veränderung. Es ist eine Botschaft speziell für die Ohren der Frauen, die sie hören. Sie erschrecken. Sie wissen nicht, was sie davon halten sollen. Heil oder Unheil? Die Zeichen, die sie empfangen, sind immer vieldeutig. Sie kennen das. Ihre Erfahrung im Umgang mit Zauberei hat sie das gelehrt. Ein Zeichen zu empfangen ist nicht schwer. Glieder schmerzen. Haar fällt aus. Raupen fressen den Kohl im Garten. Ein tot geglaubter Baumstumpf im Hof schlägt aus. Aber man muss die Zeichen auch zu deuten wissen. Die Frauen sind untereinander uneins. Sie vermögen nicht genau zu sagen, wie sie die Botschaft der Zugvögel deuten sollen. Werden sie bald frei sein? Oder bedeutet die große Reise – Sie verbieten einander, es auszusprechen.

Sie machen sich gegenseitig auf die Winde aufmerksam, die nachts um den Turm streichen. Sie glauben Stimmen darin zu hören. Die Stimmen der Männer, die vom Meer zurück sind. Die Frauen warten auf sie, wie die Belagerten einer Festung auf das Heer warten, das die Belagerer besiegen und sie befreien wird. Es muss bald geschehen. Die Frauen warten jetzt jeden Tag darauf, dass es geschehen wird. Sie sind sicher, dass die Männer sie befreien werden. Es sind Männer, die sie selber fürchten. Männer, die sie nicht ertrügen, wenn sie nicht zur See führen und immer zu Hause wären. Es sind Männer, die sie geschlagen haben. Männer, vor denen sie sich zu hüten wissen, vor allem, wenn sie betrunken sind. Männer, vor denen sie manchmal die eigenen Kinder in Sicherheit bringen mussten. Es sind keine Männer, die man ungestraft betrügt. Und doch betrügt man sie. Die Frauen sind alle darin bewandert, diese Männer hinters Licht zu führen, indem sie das Leben, das während der Abwesenheit der Männer von ihnen gelebt wird, den Sommer lang, bis in den Herbst hinein, konsequent ableugnen. Die Zeit, in der sie bei Nacht zu den Höhlen hinaufgehen. Die Zeit, in der sie unter sich und mit ein paar Fremden sind, Fahrenden und Pilgern, von denen manche Jahr für Jahr wiederkommen und auf die sie den Winter über voller Sehnsucht und verbotener Träume warten, bis es im Frühjahr fast unerträglich wird und die Männer im Mai endlich wieder auf Fahrt gehen, so dass sie das alte wundervolle Leben des Sommers wieder aufnehmen können. Sie lassen sich halb tot schlagen, ohne etwas davon preiszugeben.

Die Winter sind eine harte Zeit für die Frauen im Labourd. Die Männer sind hungrig, wenn sie vom Meer kommen. Sie sind hungrig auf Eigenes. Auf etwas, das ihnen gehört. Diese Männer sind ganz Eifersucht. Ganz Gewalt und Inbesitznahme. Mit jedem Akt drücken sie den Frauen ein Siegel auf. Du gehörst mir. Du bist nichts, außer was mir gehört. Darum sind die Frauen so sicher, dass sie sie retten werden. Nicht um sie vor dem Feuer zu bewahren. Nicht um ihr Leid zu mindern. Sie sind überzeugt davon, dass sie dies und noch mehr verdient haben. Ja, auch die Frauen sind überzeugt davon. Sie wissen genau, wessen man sie bezichtigt. Keine von ihnen glaubt an die eigene Unschuld. Sie wissen jedoch, dass die Männer sie aus der Gewalt fremder Männer befreien werden, aus der Gewalt de Lancres und seiner Helfershelfer. Ihnen werden sie sie niemals überlassen. Das ist den Preis des Lebens für sie wert.

Diesmal hat der Feind einen Namen. Diesmal wissen sie genau, wer sich an ihren Frauen vergriffen hat. Diesmal können sie sich am Richtigen rächen. Diesmal wird ihr Zorn nicht ins Leere zielen. Diesmal ist es kein bloßer Verdacht, der sie erregt. Diesmal werden sie Gewissheit haben. Man wird es ihnen schon am Hafen sagen, sofort, wenn sie an Land gehen. Eure Frauen sind in der Gewalt von Fremden. Ihr Anführer heißt de Lancre. Er will sie für sich haben. Er will sie töten. Er hat schon getötet. In Hendaye, in Urrugne, in Ascain sind eure Frauen verbrannt worden. Er wird auch die in St. Pée verbrennen. Er sagt, dass sie Hexen sind.

Hexen. Unsere Frauen. Die Männer werden heulen vor Schmach, vor Erniedrigung. Sie werden wie wilde Tiere in einem brennenden Wald sein. Besinnungslos.

Die Männer wissen, dass ihre Frauen Hexen sind. Sie fürchten sie nicht weniger, als die Frauen sie fürchten. Ein ums andere Mal haben sie ihren Zauber am eigenen Leib gespürt. Ihre Heimlichkeiten. Ihr undurchschaubares Wesen. Die seltsame Kraft, mit der sie ertragen, was man ihnen zufügt. Das Feuer in ihren Leibern, von dem man nie weiß, wer es entzündet hat. Aber es ist an ihnen, sie dafür zu strafen. An ihnen ist es, sie Hexen zu nennen. Sie haben es oft getan. Hier kommt ein Fremder und maßt sich an, was kein Fremder sich anmaßen darf, ohne mit dem Leben dafür zu büßen.

Man wird ihnen sagen, was man sich an den Schanktischen im Hafen von St. Jean de Luz und Hendaye erzählt: Dass der Richter sich bei den Verhören gewisse Freiheiten herausgenommen hat. Dass er die Frauen tanzen ließ. Dass er sie nackt vorführen ließ. Dass er ihr Geheimstes aus ihnen herausfragte. Dass man nicht genau wisse, wozu es dabei gekommen sei.

Den Männern wird es nicht mehr genügen, den Richter zu töten, um ihre Frauen zu rächen, sie werden sich vornehmen, es langsam zu tun, wenn sie seiner habhaft geworden sind, langsam und so grausam, wie es ihnen möglich ist. Die Männer, die vom

Walfang kommen, können sehr grausam sein. Ihre Frauen wissen das. Das Wissen um die Grausamkeiten, die die Männer für sie begehen würden, kommt der Liebe gleich, die sie als Frauen den Ehemännern schulden. Es nimmt ihre Stelle ein. Sie mögen den Männern nicht lieb sein, doch sie sind ihnen teuer über jedes Maß hinaus. Das bedingt den Wert, den die Frauen den Männern beimessen. Die Hoffnung, die sie auf sie setzen. Ein Vertrauen, das in allem anderen als Liebe gründet und darum so sicher ist. In diesem Vertrauen verpfänden die Frauen das Heil ihrer Seelen, sich selbst, ihr Leben.

Es sind die Frauen, die übrig geblieben sind. Jeanne Auclaire. Marie Bonne. Cathaline de Hilsou. Mariette Détsail und Jacqueline de la Rat. Marie Pipy und die alte Biscarrena sind mit der Gräfin von Sansinena verbrannt worden. Diese fünf hat man bisher verschont.

Es sind die kühnsten unter den Frauen, die de Lancre gefangen hält. Sie fesseln sein Interesse mit den Details der Teufelsmessen, die sie besucht haben. Von ihnen erfährt de Lancre, wie das Fleisch der Kröten schmeckt, das sie dort verzehren. Er erfährt, welche Stellungen der Teufel beim Koitus mit einer Frau bevorzugt. Welche Gestalten er annimmt. In welcher er sie am besten befriedigt. Er lässt sich die Lieder vorsingen, die man beim Sabbat singt. Teuflische Litaneien mit merkwürdig verkehrten Texten, deren Sinn er gründlich nachzuspüren versucht. Er stellt entschieden hohe Anforderungen an die Sprachkunst der Frauen. Er ist nicht länger damit zufrieden, wenn sie Choraltexte entstellen, indem sie obszöne Wörter einfügen. Er ist unersättlich. Er will etwas Neues hören. Sing, sagt er, sing. Er schließt seine Augen, wenn er in die Saiten der Laute greift und ein paar Akkorde vorgibt. Er weist den Protokollführer an, genau mitzuschreiben. Er ist enttäuscht, wenn er später liest, was auf dem Papier steht. Er sagt: Es war schöner. Es war – er schließt wieder die Augen – poetischer …

Cathaline de Hilsou wird darüber zur Dichterin. Nur trifft sie die Worte beim zweiten Mal nicht genau wieder. Das erzürnt de

Lancre. Er besteht darauf, dass sie singt wie beim ersten Mal. Er besteht darauf, wie ein Kind auf einer Geschichte besteht, so wie sie ihm einmal erzählt worden ist, und keine Abweichung duldet. Es kann geschehen, dass die Frauen ihn in Verzweiflung sehen und begreifen, dass es diesem Mann ernst um die Sache ist, der er sich gewidmet hat.

Er bevorzugt entschieden Marie Bonne. Marie Bonne ist süß, wie Mädchen es manchmal mit sechzehn sind, braun gelockt, mit Grübchen in ihren Wangen. Alles an ihr ist gerundet und fest, aber nicht auf die dralle, sondern auf die zarte Art. Sie ist wie ein Kaninchen, das man gerne streichelt. De Lancre nimmt erst ihr Kinn, ihr Gesicht, ihre Schultern und später auch ihre Brüste in seine Hand. Ihre Haut ist von weichem sonnenfarbenem Flaum bedeckt. Sie ist trotz der Haft noch wie reifes Getreide, seidig und von einem tiefen Goldton, der nicht ausbleicht wie bei den anderen. Marie Bonne übt mit Jeanne Auclaire, was sie sagen und wie sie singen und tanzen soll. Sie versteht manches von dem nicht, was Jeanne Auclaire ihr sagt. Sie fragt: Was heißt – ?

Frag nicht, sagt Jeanne Auclaire. Das musst du nicht wissen. Sprich es mir nach. Lern es auswendig.

Marie Bonne sagt: Wenn du es meinst, Jeanne.

Die beiden schlafen eng zusammen auf derselben Strohschütte. Sie sind Freundinnen. Marie Bonne fragt mehrmals am Tag: Bist du meine Freundin, Jeanne?

Ich bin deine Freundin, sagt Jeanne Auclaire. Und sie denkt: Noch zehn Jahre, dann ist Lamia so alt.

Das Denken an ihre Tochter macht sie schwach und mutlos. Es sollte anders sein. Aber sie kann es nicht ändern. Wenn sie an ihre Tochter denkt, kommen ihr die Tränen. Sie weiß, dass es nicht gut für sie ist zu weinen. Sie schmiegt sich an Marie Bonne. Marie Bonne darf nicht merken, dass Jeanne Auclaire weint. Sie sagt sich, dass Marie Bonne zurzeit ihre Tochter ist, niemand sonst. Marie Bonne ist es, die sie braucht. Alle Kraft ist die Kraft, sich aufs Nächstliegende zu konzentrieren. Jeanne Auclaire spürt, dass ihre

Kraft schwindet, je länger sie im Turm von St. Pée ist. Es dauert zu lange. Sie fürchtet, dass ihre Kraft am Ende ist, bevor die Rettung kommt. Was geschieht dann? Wird sie vor de Lancre zusammenbrechen? Wird sie beteuern, dass sie keine Hexe ist wie die Gräfin von Sansinena, die bald darauf verurteilt und verbrannt worden ist? Sie weiß genau, was geschehen wird, sobald sie so schwach ist, die Wahrheit zu sagen. Man holt die Zigeunerin.

Die Zigeunerin sieht einen an. Sie sagt: Ich spüre es.

Was spürst du?, fragt de Lancre. Sage es dem Gericht, Murgui. Hab keine Angst. Sag es frei heraus.

Ich spüre –, sagt die Zigeunerin. Nein, man gebe mir die Nadeln. Ich will doch sichergehen.

Die Zigeunerin wird inzwischen im Labourd nicht weniger als de Lancre gefürchtet. Jedes Kind kennt ihren Namen und weiß, dass man sich vor ihr hüten muss. Selbst zu den Frauen im Turm dringen die Geschichten, die man sich von ihr erzählt.

Sie lässt sich für ihre Künste teuer bezahlen. Sie bekommt mehr für die Hexen, die sie findet, als für die unschuldigen Frauen. Bei den Männern ebenso. Auch die Männer lässt man von Murgui stechen.

Sie sagt: Sehen wir uns so wieder? Und war mir nicht damals schon, als wir uns kannten, als sei etwas nicht ganz recht an dir? Du erinnerst dich doch, dass wir uns kannten. Erinnerst du dich? Ich erinnere mich gut. Du hast da ein Mal. Zeig es den Herren vom Gericht. So wie du es mir damals gezeigt hast. Weißt du noch? Du hast es mir gern gezeigt. Und dann hast du mich nicht mehr kennen wollen. Sieh an. Aber ich kenne dich. Dich werde ich mir jetzt vornehmen.

Manche der Männer versuchen es: Ich war dir doch gut, Murgui, sagen sie. Hast du das nicht gemerkt?

Andere begreifen schneller. Ich verfluche den Tag, an dem ich dich angerührt habe, sagen sie.

Und jetzt bin ich es, die dich anrührt, antwortet sie und sticht ihnen die Nadeln ins Fleisch.

Ihre Geschicklichkeit resultiert aus dem ausgewogenen Verhältnis von Behutsamkeit und Grausamkeit. Es ist eine behutsame Grausamkeit, eine grausame Behutsamkeit, mit der sie zu Werke geht. Der Ruhm davon hat sich im Land verbreitet. Man sagt, dass de Lancre ihr blind vertraut. Manche sagen, dass sie ihn durch Hexenkünste beherrscht, so dass er nicht merken kann, dass sie selbst eine Hexe ist. Einige sagen sogar, dass sie die einzige echte Hexe im Labourd ist, und wollen bezeugen, dass sie mit dem Teufel gebuhlt hat. Aber wer das sagt, war selbst auf dem Sabbat und sollte lieber still sein. So bleibt ihre Herrschaft unangefochten. Sie gründet auf Gerüchten, feigem Wegducken und uneingestandener Angst. Es ist die Herrschaft der Lüge und Anmaßung. Das Gerücht will wissen, dass sie ihren Sitz auf der Burg des Herrn von Sansinena hat, des Bruders der Gräfin, die verbrannt worden ist, verbrannt werden musste, damit die Zigeunerin dort Einzug halten konnte. Man sagt, dass man bei Nacht die Burg hell erleuchtet sieht, Funken aus den Schornsteinen sprühen, Zigeunermusik bis ins Tal hinabschallt. Sie feiern Feste dort Nacht um Nacht. Man sagt, dass auch de Lancre häufig zu Gast ist. Man sagt, dass der junge Graf, ohnehin nie der Hellste, von Tag zu Tag blöder wird, als habe der Teufel sein letztes bisschen Verstand geholt. Selbst zu den Frauen im Turm dringen solche Gerüchte.

Der Gedanke an die Zigeunerin gibt den Frauen Kraft. Es ist die Kraft, die aus dem Hass und der Empörung kommt. Mitunter ist sie stärker als alles andere. Sie muss nur so lange reichen, bis im Hafen von St. Jean de Luz die Schiffe einlaufen.

Es hat noch nie so lange gedauert wie in diesem Herbst. Die Frauen liegen wach und lauschen auf den Wind, der um den Turm streicht. Der Wind ist ihr Helfer. Der Wind weht um diese Zeit des Jahres landeinwärts. Er treibt die Schiffe vor sich her. Manchmal schwillt er zum Sturm an. Dann denken die Frauen an die Windsbraut, die furchtbare Frau, die den Männern über das Meer nachbraust, die sie verderben und in die Tiefe hinabziehen will. Sie haben die Männer im Schlaf von ihr flüstern hören. Sie haben sie blass werden sehen, wenn ihr Name fiel. Die Windsbraut kann freundlich sein, sanft und verführerisch säuselnd, und sie kann zur alles verschlingenden Furie werden. Sie ist launisch und unberechenbar. Wenn der Wind um den Turm streicht, hören die Frauen sie. Sie hören ihr Lachen, sie hören den Hohn darin. Mir gehören sie, mir. Und wenn ich will, dann behalt ich sie … Dann wieder süße Versprechungen. Vertraut mir. Ich bring sie euch … Es macht die Frauen verrückt, auf den Wind zu hören. Die Vögel ziehen schon weiter. Nur einzelne Schwärme, Nachzügler, kommen noch vorbei.

De Lancre hat sie schon seit vielen Tagen nicht mehr verhört. Er ist abwesend. Er hat in Urrugne und in Ascain gebrannt. Die Frauen wissen nichts davon. Trotzdem spüren sie etwas wie das Dünnerwerden der Luft um sich. Eine lauernde Leere, in die sie vergebens hineinlauschen, ohne dass etwas daraus zu ihnen dringt.

Sie warten auf ihr nächstes Verhör. Sie wünschen es sich herbei. Es scheint ihnen besser als dieser Stillstand, der ihnen unheimlich ist. Die Frauen warten auf de Lancre. Seine Abwesenheit beunruhigt sie. Sie fühlen sich preisgegeben. Schutzlos. Es ist de Lancre, von dem sie sich immer noch Rettung und Protektion erhoffen, obwohl er Jacqueline de la Rat bei ihrem letzten Verhör die Spanischen Stiefel anlegen ließ. Ihr fiel einfach nichts mehr ein, sagt Jacqueline de la Rat, nicht das Geringste. Als sie sah, was die Männer ihr antaten, als sie den Schmerz spürte und begriff, dass es ihr wirklich geschah, verstand sie nicht einmal mehr die Fragen, die ihr gestellt wurden. Sie rief abwechselnd: Herr Parlamentsrat! Herr Jesus! Schließlich war es de Lancre, bei Beginn der Prozedur hinausgegangen, der zurückkam und den Knechten befahl, dass man sie losmachen solle. Es sei genug.

Ihre Schienbeine sind offen und eitern. Sie verlangt den Arzt. Aber der Arzt wird anderswo gebraucht, sagen die Wachen. Die Frauen haben nichts Sauberes mehr, um die Wunden von Jacqueline de la Rat zu verbinden. Sie nehmen ihre Unterröcke dafür, die auch nicht mehr sauber sind.

Seit de Lancre fort ist, bringen ihnen die Wachen nicht mehr genug frisches Wasser. Sie lassen sich um alles bitten. Sie kommen zu oft herein. Bleiben. Sehen den Frauen beim Verrichten ihrer Notdurft zu. Sie sind immer noch zu fünft. Drei von ihnen stellen sich vor diejenige, die auf dem Kübel hockt. Sie warten, bis sie ihre Röcke ganz um sich gebreitet hat. Jacqueline de la Rat fällt für die Verteidigung der Frauen gegen die Wachen aus. So sind sie nur noch vier. Das ist eine kritische Zahl. Vier Frauen gegen zwei Männer. Eine weitere sollte nicht ausfallen. Die Männer werden von Tag zu Tag anzüglicher, dreister. Sie werden gefährlich. Die Frauen spüren das. Solange de Lancre im Schloss von St. Pée anwesend war, standen die Wachleute in der Furcht des Herrn. Inmitten des Stillstands, des Wartens, der Abwesenheit des zuständigen Richters entsteht die Anarchie. Sie entsteht aus kleinen, kaum merklichen Anfängen. Der Kübel wird nicht geleert. Das Feuer geht aus, und man sagt den Frauen, dass es kein Holz mehr gibt, obwohl es sich, wie sie genau wissen, draußen auf dem Gang vor ihrer Tür stapelt. Die Anarchie wächst. Sie blüht. Sie gedeiht umso besser, als sonst nichts geschieht außer dem Wachsen der Anarchie.

Die Wachen halten sich jetzt vorzugsweise bei den Gefangenen auf. Sie werden vertraulich. Sie sagen: Wenn ihr nett zu uns seid, dann sind wir nett zu euch.

Sie bringen Wein für die Frauen. Die Frauen wollen keinen Wein. Sie wollen nicht betrunken sein. Die Frauen sind nicht dumm. Sie wissen, dass der Wein sie schwach und redselig macht und dass sie beides nicht sein dürfen, so wie es steht.

Die Wachleute sagen: Na, kommt. Sagt uns, wie es wirklich war. Uns könnt ihr es doch sagen. Wir sind doch einfache Leute so wie ihr. Wir verraten nichts.

Es sind Männer, die in den Häfen als Schauerleute gearbeitet haben. Die Kommission zahlt ihnen mehr als die Händler und Schiffseigner. Außerdem ist die Arbeit des Hexenbewachens verteufelt leicht. Die Männer beglückwünschen sich zu ihrem Posten. Zu ihren Aufgaben gehört neben der Bewachung der Frauen und ihrer Versorgung mit dem Notwendigsten, der Zuteilung von Mahlzeiten, die in der Küche des Schlosses zubereitet werden und von denen sie stets das Beste für sich zurückbehalten, der Leerung der Kübel, der Unterhaltung der Feuerstelle, der Bereitstellung von Wasser, neben all dem gehört die Vorbereitung der Hinrichtungen dazu. Die Beschaffung von Holz, Strohbündeln und Reisig. Die Aufschichtung zu Scheiterhaufen, die ein gewisses Maß an Sachkunde verlangt – die Reiser zum Anfeuern, das Stroh und die Scheite abwechselnd, das Ganze nicht zu fest, damit es durchbrennen kann, und auch nicht zu locker, damit es nicht zu schnell durchbrennt. Die Beschaffung von Pech und Öl wie von Fackeln, die man zum Anzünden braucht. Die Justierung der Pfähle, an die man die Verurteilten ankettet. Die Anbringung der Eisenringe am Pfahl, durch die die Ketten gezogen werden, die die Verurteilten schon am Leib tragen, wenn man sie zum Richtplatz führt. Die Wachleute sind auf enge Zusammenarbeit mit den Schmieden und Holzhändlern am Ort angewiesen. Sie verwalten einen Etat, den die Kommission vorgibt. Sie sind sowohl, was die Verpflegung, als auch, was die Verbrennung der Gefangenen anbelangt, zu sparsamem Wirtschaften und zu strenger Erfüllung der Vorgaben der Kommission angehalten. Es ist keine anspruchslose Tätigkeit.

Man denke nur an die Vollstreckungen. Alles hängt von den Wachleuten ab. Der Transport der Gefangenen. Die Einhaltung des Zeitplans. Die Beschaffenheit des Holzes. Es darf nicht zu jung sein, auf keinen Fall mehr grün. Sie müssen den Wind veranschlagen, seine Stärke, die Richtung, aus der er weht. Sie müssen die Ketten überprüfen, die Pfähle. Es darf nichts misslingen an einem solchen Tag. Die Wachleute sind schließlich keine gelernten Scharfrichter. Sie sind Laien, was das Hinrichten anbelangt.

Sie sind entsprechend aufgeregt, wenn der Tag einer Verbrennung naht. Sie fühlen eine Verantwortung für die Korrektheit der

Abläufe, die sie hart an die Grenze der persönlichen Überforderung bringt. Sie schlafen die Nacht vorher schlecht. Sie träumen, dass etwas schief geht. Sie sehen Flammen im Traum. Sie werden selbst davon erfasst. Sie wachen in Schweiß gebadet aus solchen Träumen auf …

Es ist wie eine Prüfung, die man zu bestehen hat. Eine mit äußerster Konzentration zu erbringende Leistung, auf die man sich gut vorbereiten muss, damit sie den kritischen Blicken von vielen standhalten kann, die nur darauf warten, dass man einen Fehler macht. Schließlich geschieht es unter erschwerten Bedingungen. Man denke nur an das Schreien der Verurteilten. Ihr Sträuben. Ihre Todesangst. Ihr Flehen um Verschonung. All das will bewältigt sein.

Es ist vielleicht der Kontrast zwischen extremer Beanspruchung und dem müßigen Gleichmaß der Tage im Turm, der den Wachleuten nicht bekommt. Sie sind zu viert. Zwei von ihnen haben immer Dienst. Der Tag ist lang, wenn es nichts zu tun gibt. (Die Pfähle sind eingeschlagen. Die Ringe angebracht. Die Ketten überprüft. Das Holz und Stroh trocken gelagert … So weit ist alles präpariert.) Die Wachleute erwarten die Rückkehr des Parlamentsrats ebenso ungeduldig wie die Gefangenen. Auch sie spüren den Stillstand. Die Leere, in der etwas heranwächst, das sie nicht ängstigt wie die Frauen, sondern von Tag zu Tag mehr berauscht: die Anarchie. Sie erwächst aus dem Mangel an Befehlen, aus der Dehnung der Zeit, der Langeweile, der Fragwürdigkeit der Situation, die den Männern langsam zu Bewusstsein kommt, mit jedem Tag mehr, den de Lancre ausbleibt.

In seiner Abwesenheit verliert sich ihr Wissen darum, dass die Frauen Hexen sind. Würde man sie fragen, sie würden es heftig bejahen. Sie sind überzeugt davon. Doch in der Abwesenheit de Lancres fragt niemand mehr danach, und sie hören unmerklich auf, selbst danach zu fragen. Sie bemerken, dass es Frauen sind, die sich in ihrer Gewalt befinden.

In ihrer? Es scheint zurzeit so. Die Männer gewöhnen sich neue

Sprechweisen an. Sie sagen »unsere Weiber«, wenn sie die Gefangenen meinen. Zuerst benutzen sie den Ausdruck nur, wenn sie untereinander sind. Es ist ein Code, mit dem sie einander mitteilen, dass ihre Angst abnimmt, dass sie die Macht der Hexen, Böses zu tun, nicht mehr so fürchten wie ehedem. Sie bezweifeln nicht, dass die Frauen sie besitzen, aber sie merken, dass man darüber lachen kann, ohne dass sich die Hölle auftut. Sie testen es.

Sie sagen: Was macht unsere Kleine heute? Und meinen Marie Bonne.

Und sie sehen ihre erschreckten runden Augen. Sie sehen das Flattern ihrer Lider, die dicht und seidig bewimpert sind. Sie sehen, wie sie sich an Jeanne Auclaire schmiegt. Wie Jeanne Auclaire ihren Arm um die Kleine legt. Sie sagen: Ach, ihr zwei Hübschen.

Sie warten, ob sich die Hölle auftut. Sie tut sich keinen Spaltbreit auf.

Na? Wisst ihr das Neuste?, sagen sie.

Sie merken, die Frauen wüssten gern, was die Wachleute wissen. Sie sind ganz erpicht darauf. Man sieht es ihnen an.

Was gebt ihr uns?, fragen die Männer, wenn wir es euch sagen?

Es ist ein altes, ein dummes Spiel. Aber für die Wachleute ist es aufregend und neu, wenn sie es mit den Hexen spielen und sehen, dass die Hexen wie andere Frauen auch reagieren. Sie wenden sich hochmütig ab. Sie spielen die Gleichgültigen.

Jetzt werden die Männer ein wenig ärgerlich. Auch das gehört zu dem Spiel, wenn auch ihr Ärger keineswegs ein gespielter ist. Muss man den Frauen erst beibringen, wer ihre Herren sind? Haben sie nicht begriffen, in wessen Gewalt sie sich befinden?

Der Ärger macht sie bereit, mit etwas fortzufahren, von dem sie in diesem Moment noch nicht wissen, was es ist. Sie brauchen den Ärger, um ihre Bedenken zu zerstreuen. Bedenken, die um die Frage kreisen, ob der Teufel den Frauen hilft. Ob ihre zaubrischen Kräfte noch wirksam sind. Ob sie überhaupt welche besitzen? Man könnte es ausprobieren. Der Ärger hilft ihnen, die

Angst zu besiegen. Deshalb will keiner von beiden an Ärger hinter dem anderen zurückstehen. Sie machen ihm nicht Luft. Sie komprimieren ihn.

Sieh dir das an.

Unsere Weiber.

Was die sich einbilden.

Die brauchen.

Und was die brauchen.

Können sie kriegen.

Die kriegen doch alles von uns.

Und was kriegen wir?

Ja, genau. Was kriegen wir eigentlich von denen?

Man verlangt ja nicht viel.

Nur …

Nur ein bisschen.

Ein bisschen mehr Freundlichkeit.

Das kann man doch erwarten.

He. He du.

Die Frauen vermeiden jeden Blickkontakt mit den Männern. Das ist sehr wichtig jetzt. Es ist eine Art Flucht, wo kein Fluchtweg bleibt. Ihr Blick ist leer. Sie haben sich daraus zurückgezogen. Sie sind weit weg. Sie sind woanders. Man trifft sie nicht bei sich an, wenn man sich an sie wendet.

He du. Dich meine ich.

Nein, dich nicht. Die Kleine.

Verdammte Weiber. Der Ärger ist inzwischen so weit, dass er ein Ventil, eine Entladung braucht. Er kann nicht mehr einfach zurückgedämmt werden, auch aus Gründen, die das Verhältnis der Männer untereinander betreffen. Der Ärger, die Angst vor dem Teufel, die Anarchie, die lockt und ruft, etwas Banges, das sie beklommen macht und das trotzdem die Macht einer großen Versuchung über die Männer hat, alles das ist für sie ununterscheidbar geworden. Es geht eine Mischung ein, in der sie vergebens nach etwas suchen, das ihnen sagt, wie es weitergeht. Nach einer Befreiung aus dem Zustand, in den sie geraten sind. Einer Art von Erlösung. Sie fühlen, dass sie nah ist. Sie müssen nur danach greifen. Sie müssen es nur tun …

Sieh dir das an. Die Kleine weint. Ist das nicht rührend?

Sollen wir sie trösten?

Jeanne!

O ja, wir trösten sie.

Hilf mir, Jeanne!

Soll der Teufel ihr helfen. Meinst du nicht?

Wir tun nichts Schlimmes. Wir tun nur, was der Teufel mit dir getan hat.

Jeanne!

Lasst sie los!

Halt mir die Weiber vom Leib.

He, nicht so stürmisch, ihr Hexen!

Wir gehen mit ihr raus.

Jeanne! Lass mich nicht allein!

Nehmen Sie mich auch mit.

Die?

Warum nicht? Die will was von uns. Merkst du das nicht?

Und die Kleine?

Vergiss die Kleine. Die flennt zu viel. Das ist die richtige Hexe hier.

Komm.

Lasst sie los!

Ist das grässlich, wie die Weiber sich aufführen.

Nein!!

Der Widerstand berauscht sie. Ein Gefecht der ganz besonderen Art. Sie geraten in Hitze. Sie lachen. Sie sind wie Kinder, denen ein besonders glücklicher Einfall gekommen ist und die darangehen, ihn in die Tat umzusetzen. Es scheint ihnen einleuchtend, was sie tun. Die Wiederherstellung der Ordnung auf überraschend einfache und überzeugende Weise. Verdammte Weiber, die nichts begreifen. Denen zeigen wir's.

Halt sie fest!

Es geht vorüber, denkt Jeanne Auclaire. Es wird vorübergehen wie alles andere. Sie versucht, sich auf die Schiffe zu konzentrieren. Sie zählt die Masten, die Segel. Sie kann schon einzelne Möwen sehen, die sie begleiten. Die Schiffe sind nicht mehr weit.

Der Parlamentsrat schiebt den Teller von sich. Er hat keinen Appetit. Er befiehlt dem Wirt, die Rechnung zu stellen. Der Wirt kommt mit seiner Schiefertafel zurück.

Da ist noch etwas, sagt er wichtig. Wenn der Herr Rat noch Zeit hat.

Keine Zeit, sagt de Lancre.

Die Leute warten in der Vorstube. Wenn Sie so gütig wären –

Wenn Sie so gütig wären. De Lancre hasst diesen Satz, der immer mit einer Forderung einhergeht, einem Ansinnen an ihn, dem er Folge leisten soll, mindestens mit einer Bitte. Er weiß, was die Leute in der Vorstube wollen. Sie sind gekommen, um Anzeige zu erstatten. Sobald das Gerücht sich verbreitet, dass er in einem Wirtshaus abgestiegen ist, kommen sie. Sie kommen in Scharen. Sie nennen ihm Namen. Sie wollen am liebsten, dass er bleibt und mit den Untersuchungen gleich beginnt. Sie verdächtigen ihre Nachbarn, ihr Personal, die Verwandten. Ja, manche verdächtigen sogar sich selber. Sie zeigen sich selber an.

Hört mich, Herr Rat. Ich komme freiwillig. Werdet ihr mir, dessen eingedenk, gnädig sein?

De Lancre ist diese Selbstbezichtigungswut und Bereitschaft zum Verrat an den eigenen Leuten zuwider. Er nimmt sie als Zeichen für die moralische Minderwertigkeit des Menschenschlags, mit dem er es hier zu tun hat. Er verachtet sie. Er versteht nicht die tiefere Absicht dahinter, nämlich ihn durch die Vielzahl der Anzeigen und Verdächtigungen zu verwirren, um ihm die Arbeit zu erschweren, ihn daran zu hindern, allzu genau zu sein. So nehmen sie ihm den Wind aus den Segeln, die alten Seefahrer, ihre Frauen und Töchter. Sie kennen Strategien des Widerstands, die woanders unbekannt sind. Sie sind Basken. Sie sind gefährlich, wenn man sie zum Gegner hat. Sie vermögen, den Gegner zu überraschen. Ihn kaltzustellen, ohne dass er es merkt. Vor allem sind sie ausdauernd. Sie sind nicht auf schnellen Sieg aus, sondern auf ein langfristiges Überleben in möglichst großer Zahl. Wer sie unterschätzt, wird es schwer haben. De Lancre hat sie von Anfang an unterschätzt, und er hat nichts dazugelernt.

Zwar sind unter den vielen Anzeigen auch einige, die im Verhalten der Verdächtigen begründet sind. Aber wie soll de Lancre die unter all den vielen herausfinden? Das Konzept der Massenbezichtigungen ist, je länger es angewandt wird, desto erfolgreicher. Es gewinnt immer mehr Anhänger. Es breitet sich von Dorf zu Dorf aus. Er kommt nicht mehr nach. Er verzweifelt. Er sendet Eingabe um Eingabe nach Bordeaux, um von dort Verstärkung zu erbitten. Man hält ihn hin. Man weicht aus. Man stellt ihn mit unverbindlich anerkennenden Floskeln ruhig. Man schätze seine Arbeit. Man wisse, dass er sich über die Maßen große Verdienste erwerbe. Man sei beeindruckt von seiner Effizienz.

De Lancre ist am Ende. Er hat über fünfhundert Personen, oft mehrere Male, verhört und sechsundfünfzig Todesurteile erlassen und vollstreckt. Er hat in Hendaye, in Ascain, in St. Jean de Luz, in Urrugne und in Sare gebrannt. Er ist überarbeitet. Kopfschmerzen quälen ihn. Er kann nicht mehr schlafen. Die angenehmen Seiten seiner Mission, die Verehrung der Leute, ihr Respekt vor ihm, ihre Devotheit, die Dominanz seiner Stellung, die ihn zu Anfang noch beflügelt hat, die Menschen am Straßenrand, die ihre Mützen vom Kopf rissen und sich tief verbeugten, wenn sein Wagen vorüberfuhr, aus dem er huldvoll winkend grüßte wie ein Grundherr, ja wie ein Fürst – all das bedeutet ihm nichts mehr. Es geschieht ihm zum Überdruss. Manchmal findet er etwas Schlaf auf den Fahrten von Ort zu Ort, Ruhe vor seinen Gedanken, die nur um eins kreisen: Wie er die anstehende Arbeit bewältigen soll, die ständig wachsende Zahl von neuen Prozessen gegen

Hexen und Zauberer, die aus dem Boden zu wachsen scheinen, wohin er kommt. Immer wenn er ein paar verbrannt hat, stehen hundert neue auf und wollen verbrannt werden.

De Lancre fühlt, dass er nicht mehr der Alte ist. Er wird unaufmerksam. Fehler unterlaufen ihm. Häufig lässt ihn sein Gedächtnis im Stich. Die Protokollanten helfen ihm auf.

Das haben Sie die Angeklagte schon beim letzten Verhör gefragt.

Er sagt dann barsch: Ich weiß es. Ich will hören, ob sie es noch weiß.

Ein Mann in seiner Position darf keine Schwäche zeigen. Und wenn er sie hat, so braucht er all seine Kraft, um sie zu verbergen. Das gelingt nicht immer. In Sare sind drei rechtskräftig verurteilte Priester über die Grenze nach Spanien geflohen. Es war nicht seine Schuld, doch mindern solche Vorfälle die Angst, die man vor ihm hat. Das ist nicht gut für ihn.

Nach wie vor hasst er das Brennen. Es greift seine Nerven an. Dennoch ist es die einzige Art, wie er seine Arbeit zum Abschluss bringt. Und das ist es, wonach er strebt, sie abzuschließen, endgültig, ein für alle Mal. Er möchte Ruhe haben.

Eigentlich ist er ein Mann, der die Muße liebt. Die Entfaltung seiner Gedanken beim Schreiben. Die Schönheit von Gärten. Das Lautenspiel. Er hasst es, ständig in Anspruch genommen zu sein. Er empfindet es wie eine anhaltende Störung. Er hasst die Unüberschaubarkeit seiner Pflichten. Die Anmaßung ihres Anspruchs an ihn. Die Unmöglichkeit, sich ihnen jemals zu entziehen, wie er es jetzt seit fast fünf Monaten schon erlebt. Er ist ein Sisyphos. Schlimmer. Wenn er einen Stein auf den Berg wälzt, rollen zwei hinab. Er weiß nicht, wie er jemals mit dieser Arbeit an ein Ende kommen soll. Sie besteht in nichts Geringerem, als das Böse in diesem Land zu vernichten. Aber das Böse ist übermächtig im Labourd. Es wird ihn vernichten, bevor er es vernichtet. De Lancre hasst das Land.

Wenn der Herr Rat so gütig wäre …

De Lancre steht auf, drückt den Hut mit der großen Krempe auf den Kopf, zieht ihn nach vorne, weit in die Stirn, und geht, nickt seinen vier Begleitern am Nebentisch zu, den Soldaten aus Bordeaux, die immer in seiner Nähe sind, und begibt sich, von ihnen gefolgt, zum Ausgang, vorbei an der Vorstube, aus der die Menschen bei seinem Anblick zu ihm drängen,

Gnädiger Herr.

Herr Rat.

Hören Sie mich.

Großer … Mächtiger … Gerechter …

Er lässt sich von seinen Leibwächtern umringen, schlägt die Hände weg, die ihn trotzdem berühren wollen, entzieht seine behandschuhte Hand dem vielfachen Verlangen, sie zu küssen, bahnt sich den Weg durch Schluchzende, Kniende … Eine ganz schwache Ahnung streift ihn davon, dass diese ganze Verehrung und Demut eine Farce ist, streift ihn leicht wie eine Frauenhand, die im Augenblick unbeachtet bleibt und an die man sich erst später, viel zu spät, erinnern wird.

Gehen wir, sagt de Lancre. Ich bin nicht in der Stimmung für neue Anklagen. Zuerst muss die angefangene Arbeit zu Ende geführt werden.

Wohin?, fragen die Leibwächter auf der Straße, als er in den Wagen steigt.

Nach St. Pée, sagt de Lancre, bevor der Kutscher die Tür zuschlägt.

Nach St. Pée, sagen die Leibwächter, während sie aufsitzen. Zwei reiten vor und zwei hinter dem Wagen her. Wir brennen wieder.

Es klingt wie eine Parole. Die kleine Armee ist aufgesessen und bereit loszuschlagen. Man merkt den Männern an, dass sie mit dem Herzen dabei sind. Auf. Wir brennen wieder.

Sie reiten los.

Die Nacht ist klar. Gegen Morgen kommt über das Meer eine Nebelwand. Sie kommt gemeinsam mit der Morgendämmerung und löscht sie wieder aus. Der Tag beginnt mit Schwärze und Verfinsterung. Die Bucht von St. Jean de Luz, die Silhouetten der Hügel im Hintergrund, die Dächer zu ihren Füßen, der Turm von St. Jean-Baptiste, das Fort Socoa, das die Hafeneinfahrt bewacht, und die gegenüberliegende Pointe de Ste.-Barbe – alles ausgelöscht, auf den Grund eines Meeres versenkt, in das langsam das Licht eines sehr fernen Tages dringt, ein schwaches Grau, das die Schwaden sichtbar macht, die vom Meer übers Land ziehen, so rasch wie lautlos, ein Geisterheer, jagende Schatten, Fetzen, ein wilder Spuk, der langsam vom Grau ins Weiße spielt und dadurch noch geisterhafter wird.

Der Wächter im Turm von Socoa tritt dicht ans Fenster. Er fröstelt. Das Kohlebecken, mit dem er sich über Nacht die Füße gewärmt hat, ist längst schon kalt. Bald wird er abgelöst. Der Nebel macht ihn als Wächter überflüssig. Er ist die feindliche Invasion, vor der er warnen soll. Vor ihm gibt es keine Rettung. Der Wächter sieht die weißen Schleier landeinwärts vorüberziehen. Er meint ein Rieseln zu hören, das aus dem Nebel kommt. Doch es ist das Geräusch der Stille, das er hört. Er weiß, dass es beinah windstill ist. Das ist das große Rätsel des Nebels vom Meer, die Bewegung, die aus dem Nebel selber zu kommen scheint. Er zweifelt nicht, dass es Geister sind, die so vorüberziehen, die vielen Toten, die das Meer verschlungen hat und nicht mehr zurückgibt. Sie finden keine Ruhe. Ein wildes Heer. Der Wächter kann viele darin begrüßen. Er selbst ist zur See gefahren, als er jünger war. Wenn er die Nächte im Turm verbringt, fühlt er sich den Ertrunkenen manchmal näher als den Lebenden. Er spricht mit ihnen. Er erzählt ihnen, wie es weitergegangen ist ohne sie. Er weiht sie in die Sorgen der Küstenbewohner ein. Diesen Herbst warten sie so lange wie nie auf die Flotte der Kabeljaufänger, die zu den Grand Banks gefahren sind. Sie müssten längst zurück sein, die Schiffsbäuche gefüllt mit Kabeljau, den sie im Spätsommer an den verlassenen Küsten Neufundlands auf langen Leinen getrocknet und dann in Fässern eingesalzen und gelagert haben, in guten Jahren eine so schwere Ladung, dass die Schiffe zu tief liegen und das Deck manchmal fast unter Wasser gerät, wodurch sich die Heimfahrt nicht nur verlangsamt, sondern auch, wenn sich das Wetter verschlechtert, weit über das Maß gefährlich wird. Das Meer gibt und nimmt. Es birgt Schätze, und je mehr du dir davon nehmen kannst, umso eher wird es den Preis dafür fordern. Der Preis ist hoch. Die alten Seeleute im Hafen von St. Jean de Luz, die Netzeflicker und Fischverkäufer und die, die einfach müßig aufs Wasser hinausschauen, haben alle den gleichen Ausdruck in den Augen, einen listigen Triumph über die Tücken der Seefahrt. Er sagt: Es mag Zufall sein, aber ich bin noch da ...

Es ist das, was der Wächter im Turm von Socoa von sich selber denkt. Außerdem hofft er, dass die Kabeljaufischer endlich heimkehren. Ein paar Walfänger sind schon da, haben Fässer voll Tran und große Kisten voller Fischbein entladen, Waren, die nicht mehr dieselben Preise wie früher erzielen, seit die holländische Konkurrenz zugenommen hat, die ihren Tran auch in den Süden exportiert. Der Kabeljau ist es, den die baskischen Fischer begehren. Stockfisch ist nicht nur in Frankreich beliebt, auch in Spanien und Portugal. Stockfisch ist Gold. Er bedeutet ein paar Monate Sorglosigkeit an Land. Es geht nicht nur um die Männer an Bord der Schiffe, es geht also auch um den Fang, der zusammen mit ihnen am Grunde des Meeres liegt, wenn Gott will, dass sie nicht zurückkommen. Niemand in St. Jean de Luz, der nicht an diesem Morgen mit Schaudern die Jagd der toten Seelen vom Meer vor den Fenstern sieht. Eine Botschaft? Ein Zeichen? Eine Heimsuchung? Bedeutet es, dass das Hoffen vergebens ist? Sind die Männer dabei, die sie erwarten? Rasch und lautlos durch die Luft reitend, weißgrau, von der Substanz des Nebels, der in die Berge zieht und mittlerweile auch den Turm in St. Pée einhüllt?

Der Alte im Turm von Socoa blickt angestrengt in das Weiße hinaus. Er blinzelt. Er meint etwas zu erkennen. Es ist Täuschung. Trug. Gaukelspiel. Er schließt die Augen und öffnet sie wieder. Die Helligkeit draußen nimmt zu. Im Nebel ist ein Leuchten, das ihn heller und heller, aber darum nicht weniger undurchdringlich macht. Irgendwo muss eine Sonne sein, die inzwischen aufgegangen ist. Der Nebel gleißt. Sein Weiß ist so weiß, dass ein menschliches Auge es nicht lange erträgt, hineinzuschauen. Der Alte auf dem Turm kneift die Lider zusammen. Jetzt glaubt er wieder etwas zu erkennen. Er schließt die Augen. Die Helligkeit blendet ihn. Als er sie wieder öffnet, erkennt er für einen Moment ein Schiff unter Segeln, das auf die Bucht zuhält. In diesem Moment tritt seine Ablösung ein, ein alter Nordlandfahrer wie er, auch ein Überlebender, der nachts nicht schlafen kann und Dienst auf dem Turm tut, den Hafen vor Schmugglern und Dieben zu schützen. Die Soldaten im Fort sind eine schnelle Eingreiftruppe, wenn es nötig ist.

Verdammter Nebel, sagt der andere.

Hast du das gesehen?, fragt der Alte.

Da draußen siehst du nichts.

Da, sagt der Alte.

Du träumst.

Dem Alten ist es selber so. Die toten Seelen halten ihn zum Narren. Sie foppen das menschliche Auge. Sie zeigen ihm Dinge, die nicht von dieser Welt sind. Sie betören die Lebenden. Sie wollen sie aufs Wasser hinauslocken und sie in ihren Reigen einreihen. Wer ihnen folgt, den sieht man nie wieder unter den Lebenden.

Nimm dich in Acht.

Der Alte antwortet nicht. Er öffnet das Fenster. Er lehnt sich hinaus. Er lehnt sich weit hinaus.

Was tust du?

Der Alte ruft. Er ruft: »Schiffe in Sicht« in den Hof hinab.

Stimmen antworten ihm. Schritte. Unruhe entsteht. Fragen

erheben sich da und dort. Welche? Wo? Wie viele? Männer drängen zum Turm hinauf, füllen die Stube der beiden Alten. Jetzt kann es jeder sehen. Zwischen Fetzen von fliegendem Nebel, im gleißenden Licht der Morgensonne: Die Schiffe. Sie sind schon nah der Hafeneinfahrt. Etwas klingt auf wie die Stimmen der Vögel am Morgen, ein sich verstärkender Jubel, ein chorisches Glück, dessen Echo sich fortpflanzt. Die Straßen rund um den Hafen beleben sich mit Menschen, die zum Strand eilen. Den beiden Alten im Turm ist es, als wenn sie selber von langer Fahrt heimkehrten. Sie wissen, wie es ist, wenn man jetzt auf der Brücke oder an der Reling steht und sich das Land unaufhaltsam heranschiebt. Sie kennen die Bangigkeit des Wiedersehens. Den kurzen Wunsch, flüchtig und danach rasch vergessen, für immer an Bord bleiben zu können. Den Hunger der Ankunft und, was viel stärker ist, den Durst, den die Männer löschen müssen. Den sie in den Kneipen am Hafen löschen werden, bevor sie sich auf den Weg in ihre Dörfer in den Bergen machen.

Am Kai legen die Schaluppen ab, die die Männer an Land holen.

Die Nachricht von der Ankunft der Schiffe verbreitet sich rasch. Sie kommt mit den Fischhändlern, die den frischen Fang vom Morgen bringen, in den Dörfern an. Sie erreicht Xantako, Ascain, Ibarron und wenig später gegen Mittag auch St. Pée. Sie macht keine Umstände, kennt keine Rücksichten, nimmt jede Schwelle. Sie erreicht de Lancre, als er eine Konferenz mit den Beisitzern des Gerichts abhält. Die Tür wird aufgerissen. Der Gerichtsdiener ruft: Eine Neuigkeit.

De Lancre verbittet sich die Störung. Er hat so schnell nicht verstanden, worum es ging. Er besteht im Interesse der Aufrechterhaltung der Autorität des Gerichts und seiner Wichtigkeit darauf, dass es nicht von Belang sei. Er sagt: Schließen Sie die Tür. Die Sitzung ist geheim.

Fahren wir fort, sagt er zu den Beisitzern.

Im Fortgang bemerkt er den Mangel an Konzentration auf den Gegenstand der Unterredung bei den beiden Männern. Es ist ein wichtiger Gegenstand. Es geht um die Ausfertigung der Urteile gegen die fünf Frauen im Turm von St. Pée. Die Beweisführung ist längst abgeschlossen, die Zeugen vernommen, Verhöre durchgeführt. Es liegen Geständnisse vor. Die Verfahren sind spruchreif, und zwar schon lange, wie de Lancre einräumen muss. Er verweist auf seine erdrückende Arbeitsbelastung an diesem wie an anderen Orten, die Vielzahl der Fälle, die trotzdem bestehende Verpflichtung des Gerichts zu gründlicher Würdigung aller Umstände, auf denen die Urteilsbegründung ruht, auch der entlastenden, aber, fährt de Lancre fort, davon könne hier keine Rede sein, die Schuld sei bei allen fünf Frauen zweifelsfrei festgestellt, die Tatbestände eindeutig: wiederholte Teilnahme am Sabbat, Begehung all der Schändlichkeiten, die dort begangen würden, wie es vorzüglich die Aussagen dieser fünf Frauen an den Tag gebracht hätten, Schändlichkeiten, von denen kein menschliches Ohr zuvor gehört habe, Unsägliches, das ihm, er könne sagen, im Vertrauen offenbart worden sei, er habe an keinem Ort so gründlich wie in St. Pée Untersuchungen durchgeführt, das könne er von sich behaupten, und was er dabei zu Tage gefördert habe, sei teilweise nicht einmal in der Fachliteratur erwähnt, weder bei Delrio, noch bei Bodin oder Boguet, die er alle sorgfältig studiert habe, ja er gedenke vielleicht selbst ein wissenschaftliches Werk über die Zauberei und das Hexenunwesen zu verfassen und darin alles dessen Erwähnung zu tun, was ihm die Hexen von St. Pée verraten hätten, vorausgesetzt allerdings, dass er diese Arbeit, die Gott, das Parlament in Bordeaux und der König in Paris ihm zur Pflicht gemacht hätten, erledigt und die Hexerei im Labourd niedergekämpft habe, wozu Gott ihm die Kraft verleihen möge … was er sagen wolle, sei …

Er spürt, dass ihm die Aufmerksamkeit der Männer zunehmend entgleitet. Sie werden unruhig. Sie setzen zu eigenen Redebeiträgen an, die ihnen jedoch erst zustehen, wenn er geendet hat. De Lancre versucht sich zu konzentrieren. Er fährt fort. Er ist von nichts als dem Wunsch geleitet, dies alles zu Ende zu bringen. Es soll rasch gehen, führt er aus. Die Hinrichtungen können schon morgen früh stattfinden.

Man hat mir berichtet, sagt er, dass alles bereit ist. Das Wetter scheint auch günstig.

Nachdem sich der Nebel gehoben hat, ist der Himmel makellos blau. Ein strahlender Spätherbsttag. Es ist, wie es häufig um diese Jahreszeit ist: Eine unzeitige Ahnung des zukünftigen Frühlings liegt in der Luft. Als könne der Winter diesmal überschlagen werden. Als sei es möglich, die dunklen, entsetzlichen Dinge ein für alle Mal abzutun. Ein Wetter wie geschaffen für Scheiterhaufen. Zudem ist ein leichter Wind aufgekommen. Da geht es schnell.

Und nun zu den Urteilen, fährt de Lancre fort.

Er ist auf die Zustimmung der Beisitzer nicht angewiesen. Sie haben nur beratende Funktion. Sein Urteil gilt. Trotzdem will er den Konsens. Er will ihre Unterschrift unter die Urteile, ein Stück weit unterhalb seiner eigenen. Er könnte sich auf sie berufen, sollte jemals etwas strittig sein. Doch kann das eigentlich nicht vorkommen. Dies ist ein Sondergericht für Sonderverbrechen. Es gibt keine Appellationsinstanz dafür. Das Urteil de Lancres ist ein letztgültiges. Über ihm steht nur Gott. Und da es letzten Endes der Teufel ist, den de Lancre strafrechtlich verfolgt, weiß er sich durchaus mit Gott einig.

Er liest die Begründung der Todesurteile vor. Er liest schnell. Er liest im Ton von jemandem, der einer Formsache Genüge tut. Monoton. Ohne Hervorhebungen. Er signalisiert damit seinen Zuhörern, dass sie so gut wie er mit der Materie vertraut sind. Die unzüchtigen Geheimnisse, die die Frauen ihm anvertraut haben, kommen in seinem Text zu den Weihen juristischer Fachsprache. Sein Latein hält jeder kritischen Beurteilung stand. Er ist stolz darauf. Es gibt immer wieder Momente während seiner Mission, in denen er zufrieden mit sich ist, stolz auf sich, seine Bedeutung und das, was er gerade tut. Dies ist ein solcher

Moment. Die Verlesung eines wohl formulierten Urteils nebst Urteilsbegründung vor Fachkollegen, die ihren Beifall nicht verhehlen können und denen keine Feinheit entgeht, das ist von einem Reiz, dem sich ein Jurist nicht verschließen kann.

De Lancre spürt gleichwohl, dass etwas nicht so ist, wie es sein soll. Kaum hat er geendet, sagt einer der Beisitzer laut: Es ist ein Fehler.

De Lancre fragt gereizt: Wo ist der Fehler?

Er fühlt sich ungerecht kritisiert. Gleichzeitig kommen ihm Versäumnisse zu Bewusstsein, deren es nur zu viele gibt. Es ist die Haltung, in der ein Mensch nichts versteht und alles abstreitet. Eine Mischung aus Enttäuschung und Ertapptsein.

Verzeihen Sie, Herr Parlamentsrat, aber Sie sollten das jetzt nicht tun.

Es ist zu gefährlich.

Meine Herren, was wir hier tun, sagt de Lancre, ist immer gefährlich. Wissen Sie das nicht?

Die Antwort scheint ihm rhetorisch überaus gelungen. Trotzdem verstärkt sich sein Gefühl, nicht zu wissen, was vor sich geht. Aber er möchte sich nicht die Blöße geben, rundheraus zu fragen.

Wir werden vollstrecken, sagt er. Morgen. Das ist gewiss.

Er legt den Männern das Urteil zur Unterschrift vor. Er ruft nach dem Gerichtsdiener, befiehlt, dass man Feder und Tinte für die Herren bringt. Er versteht ihre Aufregung nicht.

Er sagt: Unterschreiben Sie. Alles andere findet sich. Meine Herren, wir sind doch keine Anfänger.

Diese Männer, sagen die Beisitzer.

Aber sie unterschreiben.

Diese Männer sind unberechenbar.

Welche Männer?, fragt de Lancre.

Er erfährt, dass die Schiffe gekommen sind.

Er sieht nicht, was das mit ihm und der Vollstreckung der Urteile zu tun hat.

Die Beisitzer erklären es ihm. Sie reden vom Walfang. Vom Kabeljau. Von den Sturmtiefs bei den Grand Banks.

Wo?

Östlich von Neufundland.

De Lancre versteht noch immer nicht.

Sie sind wild, sagen die Beisitzer. Das Meer und die Seefahrt machen sie so. Sie sind gefürchtet. Selbst die Ungeheuer des Meeres fürchten sie. Durch den Kampf mit ihnen sind sie selbst zu Ungeheuern geworden.

Sie übertreiben, sagt de Lancre. Und was hätte übrigens ich von ihnen zu fürchten? Sie werden sich nicht mit der Krone anlegen wollen.

Die Beisitzer erklären ihm, dass die Männer vom Meer keinen König, ja nicht einmal ganz sicher einen Gott über sich kennen.

Dann wären sie ja Ketzer, sagt de Lancre, dessen Mut in diesem Augenblick tiefer als je zuvor sinkt. Da kommt noch mehr und immer noch mehr Arbeit auf ihn zu. Jetzt kommt sie schon über den Ozean.

Schluss, sagt de Lancre. Wir brennen. Dann werden sie sehen, dass mit uns nicht zu spaßen ist. Oder sollen wir uns vor ein paar zerlumpten Matrosen zum Narren machen?

Die Beisitzer sehen sich an. Sie denken in diesem Moment dasselbe. Sie denken, dass sie in keinem Fall über Nacht in St. Pée bleiben werden. Sie denken an ihre Pferde und dass man sie vor einem nächtlichen Ausritt gut füttern muss. Sie denken, dass de Lancre selbst wissen muss, was er tut. Sie haben ihn gewarnt. Ein gewisser Mangel an Teilnahme liegt in der Art, in der sie über de Lancre befinden. Sie gestehen sich ein, dass sie ihn nie besonders gemocht haben. Ein arroganter Kerl. Insgeheim wünschten sie, sie hätten nicht unterschrieben. Aber es ist zu spät.

Du bist so schön, Murgui.

Der Graf von Sansinena trägt noch seinen Morgenrock, obwohl es Nachmittag ist. Er verzehrt sein Frühstück, eine Weinsuppe. Sie läuft in einem weißen Rinnsal in seinen schwarzen Bart, hinterlässt dort ihre Rückstände und tropft als klare Flüssigkeit an seinem Kinn hinab auf den Teller zurück.

Gehst du weg, Murgui?

Ja.

Wohin gehst du?

Was habe ich dir gesagt?

Es geht mich nichts an.

Also?

Es geht mich nichts an.

Na siehst du.

Du hast da ein Kleid von meiner Schwester an, Murgui.

Nichts da, von deiner Schwester. Die Sachen gehören jetzt mir.

Nicht dass es dir nicht stehen würde, Murgui.

Steht es mir?

Steht dir gut.

Sonst noch was?

Die ist doch tot, meine Schwester.

Na und?

Ich meine nur.

Deine Schwester war eine Hexe. Das weißt du doch.

Glaubst du wirklich?

Ob ich das glaube? Ich hab's doch rausgekriegt.

Vielleicht hast du dich geirrt.

Vielleicht hab ich mich bei dir geirrt.

Wie meinst du das?

Ach, vergiss es.

Gehst du schon? Wann kommst du wieder, Murgui?

Wann kommst du wieder, Murgui. Wenn ich dazu Lust habe.

Ich will nicht, dass du in diesem Kleid gehst.

Das Kleid ist grün und tief ausgeschnitten. Sie hat es enger und kürzer gemacht. Ihre Taille ist von unglaublicher Zartheit in diesem Kleid, ihre Brüste sind zwei feste kleine Halbäpfel in seinem Dekolleté.

Nimm dich in Acht, sagt sie. Ich kann dich jederzeit vor das Gericht bringen. Das weißt du doch.

Aber das tust du nicht.

Und warum sollte ich das nicht tun?

Weil ich dein Beschützer bin, sagt der Graf von Sansinena.

Glaubst du?

Die Zigeunerin lacht.

Willst du meinen Beschützer sehen?

Ein Mann tritt aus der dunklen Ecke des Raums ins Licht. Wenn er nicht durch Wände geht, ist er die ganze Zeit über schon da gewesen. Sein Haar ist schwarz und liegt in ölig glänzenden Locken auf seinem Kragen. Sein Alter ist unbestimmt. Er trägt die Tracht der Jakobspilger, den Hut mit der Muschel, den Umhang, alles in tiefem Schwarz. Sein Lächeln ist von so blitzender, triumphaler Frechheit, der Spott darin so unerhört, dass dem Grafen der Löffel in seine Weinsuppe fällt.

Wir kennen uns, sagt der Fremde. Nicht nötig, uns vorzustellen. Komm, mein Kind, sag diesem Herrn, dass du jetzt gehen musst. Sag ihm, dass du seine Anzahlung auf die Summe bist, die er mir schuldet. Monsieur, sagt er im Hinausgehen, indem er das Mädchen an der Hand mit sich zieht und kurz den Hut lüftet, den Rest ein andermal.

Der Graf bleibt zusammengesunken am Tisch sitzen und starrt in seine Suppe. Dann nimmt er den Teller und wirft ihn an die Wand.

Verdammt, schreit er.

Wo gehen wir hin?, fragt das Mädchen, als sie draußen sind.

Wir?, sagt der Mann. Du gehst. Für dich wird der Boden zu heiß hier. Die Männer vom Meer sind zurück. Jetzt geht es de Lancre an den Kragen. Und dir auch. Jetzt verschwindest du. Man muss wissen, wann das Spiel aus ist.

Und wohin gehe ich?

Es gibt einen Schiffsplatz für dich. Du gehst nach Bordeaux. Hier ist eine Adresse. Da bist du vorerst gut aufgehoben. Ich will keine Klagen hören. Wer es so bunt wie du getrieben hat, der muss eine Zeit lang auch mal die Verbannung ertragen. Verstehst du mich?

Werde ich dich dort auch sehen können?

Das wird sich zeigen.

Versprich es mir.

Hab ich mich schon mal nicht um dich gekümmert? Na siehst du. Und jetzt geh. Zum Hafen. Es wird Zeit. Und rede mit niemandem. Der Schiffer ist ein Freund von mir. Der weiß Bescheid.

Warum tust du das für mich?

Weil du mir gehörst. Für die meinen tue ich viel. Wenn auch nicht alles. Das sind Narren, die dir versprechen, dass sie für dich alles tun.

Ich tue alles für dich.

Dann geh jetzt mal. Verschwinde. Hast du gehört? Verschwinde endlich!

Ich geh ja schon.

Die Heimkehr der Männer vom Meer geschieht in Etappen. Zuerst kehren sie in den *Anker*, in den *Delphin* und zu *Josette* heim. Häufig verbringen sie auch ihre erste Nacht noch im Hafen. Sie verbringen sie mit den Mädchen, die sich auf die Nachricht hin, dass sie angekommen sind, immer als Erste einfinden. Wenn sie in der zweiten Nacht bei ihren eigenen Frauen liegen, sind sie nicht mehr ganz so betrunken und ganz so versessen auf ihr Fleisch.

Diesmal wird es anders sein. Sie werden die Mädchen fortschicken. Sie werden alles erfahren, was geschehen ist. Diejenigen unter ihnen, die Witwer geworden sind, werden laut aufheulen vor Schmerz und Erniedrigung. Ihr Heulen wird auf der Straße vor den Kneipen zu hören sein, vermischt mit Flüchen und Racheschwüren, in die auch die anderen einstimmen. Sie werden fürchterlich trinken. Danach werden sie eine verschworene Gemeinschaft von Rächern sein, der sich auch viele der zu

Hause gebliebenen Männer anschließen werden, als hätten sie darauf gewartet, dass es endlich losgeht. Politische Parolen, seit längerem verstummte, werden zu hören sein. Parolen gegen die französischen Usurpatoren. Beschwörungen der baskischen Autonomie. Anrufungen der Helden aus der großen baskischen Vergangenheit. All das vermischt mit den Klagen der Witwer und Söhne, dem Wutgeheul von Brüdern, die bei der Nennung jedes Namens aufs Neue anschwellen.

Am Nachmittag schickt man die Schaluppen zurück zu den Schiffen, die immer noch vor der Bucht ankern, um die Waffen zu holen, die noch an Bord sind. Musketen. Harpunen. Beile. Die Männer tragen ohnehin ihre Messer und Säbel am Gürtel. Kein baskischer Mann geht unbewaffnet. Doch es ist eine Armee, die hier Aufstellung nimmt. Ihr Kommandeur ist der Steuermann Jacques de Queirac.

Manche wundern sich, ihn an der Spitze des Zugs zu sehen. Seine Frau ist nicht bei den verurteilten Hexen. Niemand aus seiner Familie ist dabei. Jacques de Queirac ist ein großer und schöner Mann. Sein braunes Haar, verfilzt und salzstarrend, ist lang wie das der anderen Männer, die vom Meer kommen. Er trägt es zu einem Zopf geflochten wie sie. Seine Augen sind meerfarben, graublaugrün. An diese Küsten ist vieles gespült worden, was in ihren Bewohnern weiterlebt. Jacques de Queirac gleicht den Helden aus der Vergangenheit, die die Basken in ihren Liedern besingen. Als er sich an die Spitze des Zuges setzt, erstehen in ihren Herzen die alten Zeiten, die glorreichen Kämpfe. Der alte Trotz kommt in ihnen hoch. Sie rufen: Jacques! Jacques! Zeig's ihnen! Wir folgen dir!

Es heißt, dass der Richter de Lancre mit seinen Leuten in Urrugne sei. So zieht der Zug der Männer vom Meer am Abend nach Urrugne hinauf. Dort erfahren sie, dass de Lancre am Morgen aufgebrochen ist. Niemand weiß genau, wohin. Die Männer sind müde vom Marsch und vom Alkohol. Die Straße kommt ihnen noch wie ein störrisches Ding unter den Füßen vor. Sie will nicht nachgeben unter ihren Schritten, die monatelang an das Schwanken der Schiffsplanken gewöhnt waren. In Urrugne machen sie Halt. Die Nacht fällt ein. Die Männer sind wieder durstig. Jemand bringt ein Fass Wein. Es wird weitergetrunken. Sie lagern in den Scheunen am Dorfrand. Die letzte Nacht im Leben von Jeanne Auclaire, die Nacht vom zehnten auf den elften November 1609, wird kühl. Der Himmel bleibt klar. Kalt und bläulich funkeln die Sterne, weiter weg, als sie auf See gewesen sind, fremder und undeutlicher. Die Männer sehen es nicht. Sie graben sich tief ins Stroh ein. Sie sind zu Hause. Aber bevor sie ganz ankommen, müssen sie noch eine Arbeit tun. Sie träumen von Walfischen, lebenden Inseln, die sich aus dem Wasser erheben, mit Muscheln gekrönt und mit Tang bekränzt, der sich aus der Nähe als dichte Vegetation enthüllt. Weiße Strände ... Die Männer betreten sie. Sie wissen, dass die Insel ein Ungeheuer beherbergt, ein gefräßiges Tier, das sich in ihrem Inneren verborgen hält. Doch je tiefer die Männer hineingelangen, desto mehr wird ihnen bewusst, dass sie wieder zu Hause sind. Dies ist ihr Land. Die grünen Matten. Die Felsengärten. Sie hören Stimmen in ihrem Traum.

Auf! Wir gehen nach Ascain!

Es ist eine Mutmaßung, von irgendwem am Abend aufgebracht, die sich im Verlauf von ein paar Stunden erst zum Gerücht, dann zur Überzeugung verdichtet hat: Dass sich de Lancre mit seinen Männern in Ascain aufhält.

Die Männer gleiten aus ihrem Traum in die Wirklichkeit. Sie handeln nach der Logik, die noch aus dem Traum stammt. Sie sind zu dem Kampf mit dem Drachen bereit, dem ihr Land in Schrecken und Ehrfurcht dient, dem es seine Frauen und Töchter, seine Hirten und Priester gibt und der sie mit seinem Feueratem verschlingt. Sie werden ihm seine Herrschaft entreißen. Sie werden ihn töten. Sie wollen ihn sterben sehen. Dies Land soll wieder frei, es soll wieder ihr eigenes sein.

Die Männer vermissen das Schwanken der Schiffe unter sich.

Dafür schwanken sie selber noch, als sie sich erheben und das Stroh von ihren Kleidern streifen. Die zurückkehrende Wut macht sie wach und gibt ihnen die Standfestigkeit, die sie brauchen. Es ist vier Uhr am Morgen. Die Männer machen sich auf den Weg. Jacques de Queirac marschiert voraus. Als Standarte trägt er das Wappen des Chateau d'Urtubie, das ein paar Betrunkene am Abend zuvor bei einem kleinen Scharmützel erbeutet und in Fetzen gerissen haben. Die Fetzen wehen im Nachtwind. Es ist auch ein Aufstand der Bauern und Fischer gegen die Grundherren, die den fremden Richter ins Land geholt haben, der ihnen die Frauen nimmt. Dem nächtlichen Zug schließen sich immer mehr Männer an. Bauern und Hirten aus den Dörfern an ihrem Weg. Alle tragen sie Messer am Gürtel. Messer, die sie jeden Tag zur Hand nehmen, polieren, schärfen. Keine Schmuckstücke. Sie schneiden damit den Schafen und Ziegen die Kehlen durch. Sie wissen sie zu werfen, kraftvoll und zielsicher, bis sie zitternd in einem Stamm stecken. Manchmal schneiden sie damit auch nur das Brot und den Käse ab, bevor sie ihn mit der Klinge zum Mund führen. Es sieht gefährlich aus. Das soll es auch. Viele dieser Messer sind schon im Zweikampf geführt worden und haben menschliches Fleisch verwundet, mehr oder weniger tief, hin und wieder auch tödlich. Alle werden manchmal quer zwischen den Zähnen getragen, wie es die Zigeuner und die Piraten tun. Dieses spielerische Gefährlichtun. Das gleichzeitige Aufblitzen der Klingen und Augen. Das Blecken der Zähne dazu. Solcher Art ist die Bewaffnung des Heeres, das unter funkelndem Gestirn nach St. Pée hinaufzieht. Einhundert, zweihundert Männer, vielleicht auch mehr.

Um diese Zeit liegt de Lancre im Bett in seiner Wohnsuite im obersten Stock des Schlosses von St. Pée. Er kann nicht schlafen wie häufig in letzter Zeit. Am Morgen soll gebrannt werden, nachdem die Urteile am vergangenen Tag ausgefertigt und unterschrieben worden sind. Es wird immer gleich am nächsten Tag vollstreckt. Das ist guter Hexengerichtsbrauch. Was geschehen muss, soll schnell geschehen. Bevor der Teufel Zeit zum Eingreifen bekommt. Man hört dergleichen. Man hört sogar, dass er die Frauen noch aus den Flammen holt. Was man häufig hören kann: Dass er sie fühllos gegen die Schmerzen des Brennens macht.

Möge er. Es greift de Lancre immer noch über Gebühr an, bei den Verbrennungen zuzusehen, wie es seines Amtes ist. Er hat nun einmal diese kleine Schwäche, die er vergebens an sich bekämpft. Manchmal behilft er sich, indem er das Strafmaß dahingehend abmildert, dass die Hexen vor ihrer Verbrennung am Pfahl stranguliert werden. Allerdings muss dies je nach Aktenlage und wohl abgewogener Schwere des einzelnen Falles geschehen. Doch hier gibt es dafür keine juristische Handhabe. Die Hexen von St. Pée sind von allen die schlimmsten, die er je verhört hat. Sollte er je die Muße haben, ein Buch über die Hexerei zu schreiben, wie er es heimlich plant, so werden die Protokolle mit ihren Geständnissen seine wichtigste Quelle sein. Soll er dann zugeben müssen, dass er ein zu mildes Urteil über sie gefällt hat? De Lancre denkt an seine Zukunft. Um ihretwillen muss er glaubwürdig sein. Die Verbrennung am Morgen, das ist eine Prüfung unter vielen anderen, die er durchstehen muss. Wie auch die Nacht davor.

Die Frauen wissen noch nichts davon, dass sie am Morgen zum Sterben geführt werden. Man erspart ihnen die Schrecken der letzten Nacht und den Wachen die Scherereien, die zu befürchten sind. Die Männer sind am Tag zuvor instruiert worden und haben die letzten Vorkehrungen getroffen. Die Reisigbündel. Das Pech. Die Bereitstellung des Wagens, auf dem man die Frauen zum Richtplatz fährt, der sich auf einem Hügel oberhalb des Dorfes befindet, von wo man die fünf Pfähle schon seit ein paar Wochen aufragen sieht. Die Leute im Dorf haben sich an den Anblick gewöhnt. So wie man sich an fremde Soldaten gewöhnen kann, die dann und wann durch das Dorf ziehen. An Einquartierungen. An die Gefahr von Seuchen. Man hofft, dass es vorübergeht, ohne dass es einen selber trifft. Das Vorhandensein der Pfähle bezeugt, dass man mit ihnen leben kann.

Natürlich sind auch zwei Priester, einer aus St. Pée und einer aus Sare, informiert und für fünf Uhr einbestellt. Sie bringen den Frauen die Nachricht und nehmen ihnen die letzte Beichte ab. Erfahrungsgemäß widerrufen die Frauen all ihre Aussagen und Geständnisse, wenn es so weit ist. Die beiden Priester, zuverlässige und bewährte Männer, die nicht zum ersten Mal Hexen zum Sterben geleiten, ermahnen sie mit äußerster Strenge und unter Hinweis auf die ewigen Strafen, von denen der Scheiterhaufen nur ein kleiner Vorgeschmack ist, bei der Wahrheit zu bleiben und ihre abscheulichen Sünden vor Gott zu bekennen, solange es ihnen noch möglich ist, die Vergebung dafür zu erlangen, die Gott auch ihnen durch die Gnadenmittel der Kirche zuteil werden lässt, sofern sie bereit sind, sie anzunehmen.

Und? Bereuen sie? Nehmen sie ihre Buße, den Tod in den Flammen, geduldig und in Demut an? Sind sie bereit, zu begreifen, dass es zu ihrem Heil geschieht? In den Flammen muss der Leib, der gesündigt hat, zu Asche werden, damit die Seele dennoch zu Gott gelangen kann. Sehen sie das am Ende ein?

Es bleibt für de Lancre unfassbar: Sie fluchen, statt zu bereuen. Sie lästern Gott. Sie rufen: Wenn er barmherzig ist, warum lässt er es zu, was Ihr mir antut? Vor allem verfluchen sie ihn. Fahrt zur Hölle, de Lancre! Der Teufel, das seid Ihr selbst!

Wenn er jemals an seiner Mission gezweifelt hat, hier ist der Beweis für ihre Richtigkeit. Diese Treue zum Bösen bis in den Tod.

De Lancre versucht an die Zeit zu denken, wenn alles vorbei sein wird. Nach dem Frühstück, das er sich später erst servieren lässt – vorher kann er nichts essen –, wird er sich nach Ainhoa fahren lassen, wo er einige Verhöre durchzuführen hat. Es gibt ein vorzügliches Gasthaus dort. Er wird den Wirt bitten, ihm von dem Lamm zu bringen, das er unlängst bei ihm aß. Er wird einen guten Rotwein dazu trinken. Vielleicht wird er auch den Wagen nachkommen lassen und sich in St. Pée ein Pferd nehmen, um nach Ainhoa hinaufzureiten. Der Tag verspricht sonnig und trocken zu werden. Ein paar Stunden auf dem Pferd werden ihm gut tun. Dann wird er die nächste Nacht auch besser schlafen können. Vielleicht kann er sich sogar ein paar Tage Erholung gönnen und auf die Jagd gehen. Das Leben muss doch mehr als nur Arbeit sein. Es geht so rasch vorbei. Es gibt immer ein paar Dinge, die man noch erleben will, möchte man meinen. Es kommt darauf an, das Schöne nicht zu vergessen. Die Kunst. Einen guten Wein. Ein paar Stunden auf dem Rücken eines Pferdes, die klare Luft, den Blick über die grünen abfallenden Hügel zum Meer hin, die Raubvögel, die hoch oben in der Luft kreisen, die Herden im Tal mit den kleinen Schäferinnen. Er könnte sich unterwegs ein wenig mit den Schäferinnen besprechen. Von ihnen bekommt er manchen Hinweis auf manchen verdächtigen Namen ... Ach, jetzt nichts Berufliches ...

Am Vortag hat er die kleine Zigeunerin nach Ainhoa bestellt. Ohne Zweifel wird man dort stechen müssen. Und niemand macht es so gut wie sie. Doch man hat ihm ausgerichtet, dass sie nicht zu finden sei. Der Bote, den er zum Schloss von Sansinena geschickt hat, war unverrichteter Dinge zurückgekehrt. Der junge Herr sei sehr besorgt. Die Dame, wenn man sie so nennen könne, ohne Erklärung fort. Man hoffe, dass ihr kein Unglück zugestoßen sei. Kurz, sie sei nicht zur Hand.

De Lancre bedauert das. Ihm blieb nichts anderes übrig, als nach dem Arzt schicken zu lassen. Der Arzt ist ein Langweiler und Nichtskönner, findet er. Vielleicht kann er Fieber kurieren und Brüche einrenken. Aber mit den Nadeln ist das Mädchen unendlich viel geschickter und erfolgreicher obendrein. Außerdem gefällt sie ihm. Sie amüsiert ihn. Vielleicht ... De Lancre fühlt, wie er in einen leichten Schlaf gleitet, einen Schlaf von der Art, dass man gleichzeitig wach bleibt und weiß, dass man schlafend ist. Das Leben könnte so schön sein ...

Um fünf Uhr schließen die Wachen die Tür zum Gefängnis der Frauen auf und befehlen ihnen aufzustehen.

Es ist noch so früh, sagt Mariette Détsail.

Trotzdem, sagen die Männer, Befehl vom Gericht.

Sie zünden eine Kerze für die Frauen an.

Was bedeutet das, Jeanne?, fragt Marie Bonne verschlafen.

Nichts, meine Kleine, sagt Jeanne Auclaire. Wir müssen gehorchen. Das ist alles.

Gehst du zuerst, oder geh ich zuerst?, fragt Marie Bonne.

Sie meint den Kübel.

Geh du, sagt Jeanne Auclaire.

Aber Jacqueline de la Rat ist schon auf dem Kübel.

Mir gefällt das nicht, Jeanne. Was meinst du?, sagt sie.

Ich weiß nicht, sagt Jeanne Auclaire.

Sie hört ein Klopfen, gleichmäßig, schnell und stark. Es ist in ihrem eigenen Kopf. Dann ein Rauschen, das anschwillt. Ein furchtbares Rauschen. Es ist ihr Blut. Sie bekommt nicht genug Luft, obwohl ihr Atem laut und stoßweise geht.

Was ist dir? Ist dir nicht gut, Jeanne?, sagt Marie Bonne.

Jeanne Auclaire hört eine Stimme antworten, gepresst und hoch, wie von einem fremden Vogel, der im Zimmer ist. Es ist ihre eigene.

Steh auf, bringt sie heraus.

Plötzlich ist der Raum voller solcher fremder Stimmen. Ein Käfig gefangener Vögel, aufgescheucht, schreiend, ein Schwarm, der auffliegt und gegen die Decke stößt.

Was bedeutet das!!! Jeanne!! Was glaubst du, was bedeutet das? Antworte! Jeanne!! Warum sagst du nichts?!!

Um diese Zeit sind die Männer vom Meer beim Dorf Olhette zwischen Urrugne und Ascain. Sie klopfen an die Türen. Es wäre gar nicht nötig. Die Männer, Bauern und Knechte, die dort wohnen, kommen schon. Sie binden sich die Gürtel mit ihren Messern um. Sie nehmen Sensen zur Hand und Beile. Sie reihen sich in den Zug ein.

Nach Ascain! Nach Ascain!, ruft man.

In den vorderen Reihen klingen hier und da die alten baskischen Lieder auf. Jacques de Queirac bleibt stehen und dreht sich um.

Ruhe!, sagt er.

Sofort sind alle still. Sie verstehen, dass dies ein Kriegszug ohne Gesang ist. Noch ist Nacht. Der Zug der Männer, von denen nur wenige Fackeln tragen, die die fahlen Gesichter beleuchten, zieht wie ein Geisterzug durch das Land, eine dunkle Armee, deren ungleiche Schritte den Boden weithin vibrieren lassen, ein dumpfer, im Herannahen sich verstärkender Hall, der wie eine wachsende Drohung klingt. Diese Armee muss unbesiegbar sein. Sie scheint aus finster entschlossenen Abgesandten der Dunkelheit zu bestehen, die kommen, um einen Auftrag der Hölle auszuführen. Sie kommen, die Bräute des Teufels zu befreien. Sie sind schauerlich.

Als sie gegen sechs nach Ascain kommen, stehen die Männer, die sich ihnen anschließen wollen, schon in Waffen. Der Zug füllt die weichen morastigen Straßen des Dorfes ganz. Auf den Treppenstufen am Eingang des Gasthauses stellt Jacques de Queirac sich auf. Jetzt hält er seine Feldherrenrede. Sie ist kurz. Ein Steuermann ist kein Freund von großen Worten. Trotzdem bricht Jubel aus, als er geendet hat. Es ist der finstere Jubel von Männern, die wissen, wo sich der Feind aufhält, und es nicht erwarten können, bis sie ihn gestellt haben.

Er ist nicht in Ascain, sagt Jacques de Queirac. Er ist weitergezogen nach St. Pée. Er kann uns nicht entkommen. Wir jagen ihn. Wir jagen ihn zum Land hinaus. Wir schicken ihn dem König zurück, der ihn uns gesendet hat. Wir brauchen keinen König, von dem solche Richter zu uns kommen. Richter, die uns unsere Frauen wegnehmen. Brauchen wir die?

Weg mit ihm!, rufen die Männer. Schickt ihn zurück, von wo er gekommen ist! Aber gut verschnürt! Macht ein kleines, handliches Paket aus ihm! Macht ein Paket aus ihm! Schickt ihn fort!

Ihre Rufe münden in einen einzigen mächtigen Ruf ein: Weg mit dem Richter!, der in den spätnächtlichen Himmel über Ascain aufsteigt und in den sich das Kommando: Nach St. Pée! Nach St. Pée! mischt.

Plötzlich ist auch wieder Wein da, zwei Fässer, die man auf dem Platz aufstellt. Die Männer stehen für eine Kelle Wein als morgendliche Wegzehrung an. Es dauert, bis jeder sein Teil erhält. Als sich der Zug endlich wieder in Marsch gesetzt hat, beginnen die Sterne schon zu verblassen. Als sie die Straße erreicht haben, die an der Nivelle entlangführt, stehen die Weiden am Fluss schwarz vor dunkelgrau. Die Straße folgt eine Zeit lang den vielen Flussbiegungen. Die Fackeln kann man jetzt auslöschen. Grau bewegt sich der Zug durch eine graue Welt. Der Morgenwind spielt mit den Fetzen des Banners der d'Urtubie. Sie sehen wie schmutzige Lumpen aus.

Jacques de Queirac möchte schneller sein. Manchmal bekämpft er den Wunsch, voranzulaufen. Dann besinnt er sich und passt sein Tempo den anderen an, denen der Wein die Füße schwer macht. Ist es die Ungewohntheit seiner Rolle? Ist es die Angst vor dem Ausgang der Unternehmung, die ihn unruhig macht? Woher kommt diese Ungeduld? Jacques de Queirac kann sie kaum beherrschen. Keine Eile!, Keine Eile!, sagt er sich. Wir kriegen ihn. Trotzdem ist ihm wie in Träumen, in denen man nicht von der Stelle kommt.

Unter denen, die wissen, was an diesem Tag in St. Pée geschehen soll, ist außer den Mitgliedern des Gerichts, den Priestern, den zu Henkern bestellten Gerichtsdienern sowie den vier Leibwächtern de Lancres auch der Arzt Lallemand. Er ist noch immer im Sold des Hexengerichts, auch wenn er bei den Nadelproben nicht mehr hinzugezogen wird. Er weiß, dass er dem Gericht als Legitimation dient. De Lancre lässt der Zigeunerin freie Hand, und in den Protokollen steht, dass der Arzt Lallemand bei den Untersuchungen zugegen war. So denken Juristen. Sie denken jeden möglichen Einwand im Voraus mit und entkräften ihn.

Lallemand denkt wie ein Arzt. Bei den Leuten heißt er längst der Hexenarzt. Er besucht die Hexen in ihren Gefängnissen. Er behandelt die entzündeten Einstiche, die ihnen zurückbleiben. Er macht ihnen Kompressen, von denen die Schwellungen nachlassen. Er legt Verbände an, behandelt die offenen Beine der alten Frauen und der jungen, die man gefoltert hat. Er bringt ihnen Salbei für Aufgüsse gegen den Husten und fiebersenkende Tränke, wo es nötig ist. Er weist die Wachen an, ihre Räume zu lüften. Zuerst erkrankt die Luft, dann der Mensch, der sie atmet. Davon ist er überzeugt. Im Schmutz wohnt die Krankheit. Er verlangt, dass man das Stroh in den Zellen wechselt, den Gefangenen genug sauberes Wasser gibt. Er wendet sich an de Lancre, wenn die Wachen ihm nicht Folge leisten. De Lancre hat ein offenes Ohr für seine Anliegen. Er will die Frauen gesund und die Männer auch. Er will kein Ungeziefer von ihnen an seinem eigenen Leib. Er erstattet sogar dem Arzt seine Ausgaben. Manche der Gefangenen, vor allem die Hirten, haben sich noch nie in ihrem Leben so sauber gehalten wie in der Gefangenschaft. So sauber wie in den letzten Wochen vor ihrem Tod.

Wenn er kommt, ist der Arzt nicht mehr zugegen. Er meidet die Verbrennungen. Dies ist ein Tod, der keinen Arzt nötig hat. Er kann ihn nicht hindern, nicht sanfter machen, nicht verzögern. Er überlässt die Patienten einer übermächtigen Konkurrenz. Die Krankheit, die er nicht behandeln kann, heißt Hexerei, und sie endet tödlich. Es gibt keinen Arzt, der daran etwas ändert. Er behandelt die Hexen insoweit, als sie Patienten sind, Menschen aus Fleisch und Blut, an denen er seine Kunst erprobt. Und er findet sie als Patienten, wenn er zu ihnen kommt. Wie bei allen, die er je behandelt hat, findet er diese Mischung aus Hoffen und Sorgen, mit der ihre Gedanken um sich selbst und ihr eigenes Befinden kreisen. Das kindliche Vertrauen, das man auf ihn richtet, als sei er der Bringer gebesserter Zustände, als träten sie schon ein, nur indem er zu ihnen kommt. Wie bei allen Patienten spürt er, dass es um mehr geht als um ihren Körper. Dass die Erlösung von der Pein eines Hustens, einer Kolik, nur der Anfang einer größeren Erlösung ist, die er für sie nicht bewerkstelligen kann. Er spürt, dass sie zu viel von ihm erwarten, fühlt die Notwendigkeit, sich zurückzuziehen, bevor sie ihn zum Kronzeugen von Nöten gemacht haben, deren Behandlung weit über jede ärztliche Kunst hinausgeht.

Der Hexenarzt. Das Gericht hat ihn dazu bestellt. Er wünscht, er wäre in Bayonne geblieben. Er sehnt sich zurück. Er möchte endlich das Leben führen, für das schon alles bereit ist. Als Arzt in der Stadt arbeiten. Eine Familie haben. Er denkt an die Frau mit dem Mal auf der Wange. Er denkt immerzu an sie. Er möchte sie heiraten. Er hat de Lancre um Urlaub gebeten, nur ein paar Tage. Er muss sie wiedersehen.

Gibt es eine, die auf Sie wartet, Lallemand?, hat de Lancre gesagt. Wie entzückend. Schreiben Sie ihr einen Brief. Sie glauben nicht, was Briefe bei verliebten Frauen bewirken können. Sie bleiben, Lallemand. Wir brauchen Sie.

Der Hexenarzt. In Wahrheit ist er es geworden durch eigenes Verschulden. Es ist nicht der Parlamentsrat, für den Lallemand unersetzlich ist. Es sind die Hexen. Seit er damit begonnen hat, ihr Bote zu sein, kann er nicht mehr fort. Wer sollte ihnen sonst Nachricht von ihren Familien bringen? Von wem wüssten sie, dass die Kinder in Sicherheit bei Verwandten jenseits der Grenze sind?

Die Frauen fürchten am meisten für ihre Kinder. Hexenkinder werden oft zum Sabbat mitgenommen, und sei es nur, weil man sie nicht unbeaufsichtigt zu Hause lassen kann. Sie spielen dort miteinander am Rande des Festgeschehens, in den zwielichtigen Zonen, in die der Abglanz der Feuer hinüberreicht. Niemand vermag genau zu sagen, was sie spielen. Über allem liegt der Schleier einer großen Heimlichkeit, der auch das, was die Erwachsenen am Sabbat tun, bedeckt. Die Kinder versichern, dass sie gern mitgekommen sind. Ihre Augen leuchten, wenn sie davon sprechen. Sie greifen in ihre Taschen und ziehen mumifizierte Glieder von Kröten daraus hervor. Das abgezogene Fell einer Feldmaus. Die Augen eines Marders, die sie wie gläserne Murmeln in ihren kleinen schmutzigen Handflächen rollen lassen. Sie flüstern dazu seltsame kleine gereimte Unsinnigkeiten. Man fragt sie vergebens, wer sie solche Sprüche gelehrt hat.

Deine Mutter?

Nein.

Die Magd?

Nein.

Wer? Du musst es sagen!

Ein fremder Mann.

Es ist gut, wenn die Kinder jetzt eine Zeit lang bei den Verwandten sind. Die Mütter sind dankbar, wenn sie es von Lallemand hören. Sie geben ihm kleine Geschenke mit. Ein Armband aus ihrem Haar geflochten. Ein winziges Püppchen aus Brotteig geknetet. Sie sind für die ganz Kleinen, die selbst für das Gericht noch im Stande der Unschuld sind. Die Frauen weinen, weil sie nichts anderes für sie haben. Ach, nur einen Apfel. Ein paar Nüsse. Wenn man die hätte. Lallemand sagt ihnen: Das wird sich finden. Auf dem Rückweg stopft er sich die Taschen voll.

Da, sagt er den Kindern. Wenn deine Mutter nach Hause kommt, bringt sie dir noch viel mehr davon mit.

Wann kommt meine Mutter?

Deine Mutter kommt bald, sagt er. Warte nur. Und später: Sie ist bei den Engeln. Und er lässt Äpfel und Nüsse regnen. Das schickt sie dir.

Wer soll den Kindern die Grüße ihrer toten Mütter ausrichten, wenn der Hexenarzt nicht mehr da ist? Wer soll den Müttern im Gefängnis den Zahn bringen, der dem Sechsjährigen ausgefallen ist, dies kleine weiße Ding, an dessen unterer Seite sein geronnenes Blut haftet und das noch einen Hauch von süßlichem herbem, mittlerweile schal gewordenem Kindermundgeruch verströmt. Dies kleine Ding, das eine Frau am Ende unter dem Stroh vergessen wird, auf dem sie gelegen hat und mit dem es bald hinausgekehrt werden wird, während sie auf dem Weg zu ihrer Verbrennung unter allen Verzweiflungen und Schmerzen auch diesen spürt, dass sie den Zahn vergessen hat, dass sie ihn nie wieder zwischen den eigenen Zähnen spüren kann, und glaubt, es würde ihr helfen, ihn bei sich zu haben, jetzt noch, gerade jetzt, etwas Eigenes, etwas, das ganz und gar ihr gehört wie das Leben, das man ihr nehmen will.

Martin Lallemand hat die letzte Nacht in Ascain verbracht. Er bewohnt dort auf Kosten des Gerichts eines der Zimmer im Gasthof, deren Fenster auf die Straße hinausgehen. Am Abend hat ihn der Bote des Parlamentsrats aufgesucht, einer der vier Leibwächter de Lancres, und ihn für den nächsten Tag nach Ainhoa befohlen, wo man am Nachmittag mit den Verhören neuer Verdächtiger beginnen wolle und sich seiner Hilfe versichern müsse, da die Zigeunerin nicht zur Stelle sei.

Nicht zur Stelle?

Sie sei fort. Mehr wisse er auch nicht, sagte der Leibwächter.

Lallemand wusste sofort, dass dies eine Nachricht war, wert, dass er über sie nachdachte. Doch er verschob das auf später.

Erst am Nachmittag?, fragte er.

Von St. Pée nach Ainhoa dauert der Weg nicht mehr als zwei Stunden. Ein Wagen ist in einer Stunde da.

Zuerst wird gebrannt, sagte der Leibwächter. Wir brennen morgen früh in St. Pée.

Er fragte: Alle?

Alle fünf, sagte der Leibwächter.

Lallemand wandte sich ab. Ich werde da sein, sagte er.

In St. Pée?, fragte der Leibwächter.

In Ainhoa, sagte Lallemand.

In der Nacht lag er wach. Er versuchte, mit Gott zu sprechen.

Diese fünf Frauen sind unschuldig, sagte er.

Woher willst du das wissen?, fragte Gott zurück.

Ich kenne sie, sagte er.

Du? Ich kenne sie besser, sagte Gott.

Zumindest eine, versuchte es Lallemand. Sie hat es nicht verdient.

Du meinst Jeanne Auclaire?, sagte Gott, der in sein Herz schaute.

Ja, sagte er kleinlaut.

Sie hat dich verzaubert.

Nein. Es ist nicht, wie du meinst.

Gott hat keine Meinung.

Verzeihung. Das weiß ich. Du kennst mich, Gott. Du kennst mich besser, als ich mich selber kenne.

Das ist wahr.

Lallemand spürte, dass Gott im Begriff war, sich wieder zu entfernen. Es war nicht leicht, ihn festzuhalten. Er schien desinteressiert, ein wenig gelangweilt. Er war wie ein Landesherr, dem ein Untertan am Wegrand eine Bittschrift überreichen will, während er es eilig hat.

Sag er nur rasch, was er von mir will.

Kann man nichts für die Frauen tun?

Was denn?

Sie retten. Ein Wunder.

Ein Wunder, sagte Gott. Immer verlangt ihr Wunder.

Wie soll es sonst gehen?

Was weiß ich, sagte Gott. Wozu habe ich euch Vernunft gegeben? Witz. Einfallsreichtum. Courage.

Es gibt also einen Weg?

Denke nach.

Lallemand versuchte gehorsam, alles noch einmal zu durchdenken. Sollte es möglich sein, mit de Lancre ein offenes Wort zu reden? Konnte man ihn auf die Ungereimtheiten in den Aussagen der Frauen aufmerksam machen? War es möglich, ihn zur Neuaufnahme der Prozesse zu bewegen? Den Samen des Zweifels bei ihm zu säen? Lallemand wusste, dass sein Wort nicht viel bei de Lancre galt. Mehr noch: Er wusste, dass er sich gefährden würde. Dass er, ohnehin nur geduldet, dadurch leicht zu einem Verdächtigen werden konnte, den auszuschalten für de Lancre nicht schwierig wäre. Vom Hexenarzt zum Hexer, das war ein kleiner Schritt. Lallemand würde die Nadeln der Zigeunerin am eigenen Leib spüren.

Wie gefiele dir das?, sagte Gott.

Lallemand sparte sich die Antwort.

Er gab sich stattdessen Phantasien hin, die ihn nicht zum ersten Mal heimsuchten. Es waren Phantasien, die ihn ausnahmslos als mutigen Helden zum Gegenstand hatten. Wie er Fesseln durchschnitt. Wie er die Wächter niederrang. Wie er sie mit Schlaf bringenden Essenzen betäubte. Wie er ihnen sein Messer in die Kehle stieß. Es waren müßige Phantasien. Sie stießen sich an der Grenze des Möglichen. Er war kein Held auf schnaubenden Rössern. Kein mutiger Rächer. Gott wusste das. Warum befahl er ihm, solchen Unsinn in Betracht zu ziehen? Hatte er außerdem nicht von Witz und Einfallsreichtum gesprochen? Er malte sich Listen aus. Aber von ihnen führte nicht eine einzige zum Ziel.

Was sollte er also tun? Lallemand bot sich als Werkzeug an. Er stellte es Gott anheim, sich seiner zu bedienen. Wie auch immer. Er war bereit.

Aber Gott antwortete nicht einmal mehr. Er war weitergezogen. Ein Landesherr, der nur ein begrenztes Interesse für die Nöte seiner Untertanen aufbringt.

Was hat Lallemand denn erwartet? Dass Gott mit einer Armee himmlischer Soldaten kommt, um ein paar Frauen zu retten, die keine Engel sind? Sterbliche Frauen, hochfahrend, unverschämt, frech und stolz, Frauen, denen jegliche Demut fehlt, wie sie Gott wohl gefällt. Steht nicht geschrieben, dass Gottes Zorn die Hoffährtigen trifft? Und trifft er etwa die Falschen, wenn er sich gegen die Frauen im Turm von St. Pée wendet? Martin Lallemand versucht es mit den alten Gebeten, um den Aufruhr in sich zu bekämpfen. Ave, regina coelorum, ave, domina angelorum … Das freie Gespräch mit Gott hat ihn erschöpft. Er fällt in einen leichten Schlaf.

Gegen sechs bebt die Erde in Ascain. Ein sich verstärkendes Brausen erfüllt die Luft wie von Hunderten von Stimmen, die näher kommen. Martin Lallemand stürzt zum Fenster. Er sieht auf die Straße. Noch ist das Dorf menschenleer. Nur hier und da sieht man Lichter angehen. Aber der Lärm schwillt an. Kurz darauf sieht man die ersten Männer heraufziehen, dicht gefolgt von weiteren Männern, die in der engen Straße zusammengedrängt werden. Messer blitzen im Licht der wenigen Fackeln auf. Fahlweiße Gesichter, aus denen Ernst und Entschlossenheit sprechen. Gottes Armee ist da.

Lallemand rennt auf die Straße. Sein erster Gedanke ist, sich einzureihen in den Zug, der nach St. Pée zieht.

Denke nach. Wozu habe ich euch Vernunft gegeben?

Er hört die Rede, die Jacques de Queirac den Männern hält.

Wir jagen ihn zum Land hinaus …

Er begreift, dass niemand unter den Männern weiß, dass heute in St. Pée gebrannt wird und dass es bei Tagesanbruch geschehen wird, im ersten Licht. Er sieht, dass die Männer Wein trinken. Er sieht, wie sie bei den Fässern anstehen. Sie verlieren Zeit. Er rechnet, dass sie mindestens eineinhalb Stunden bis St. Pée brauchen. Er rechnet, dass es nicht reicht, um die Frauen zu retten, wenn sie nicht augenblicks losmarschieren. Sie werden zu spät kommen. Die Feuer werden noch nicht niedergebrannt sein. Sie werden noch mit ihren Augen sehen, was in ihnen brennt. Sie werden niemanden retten können. Dafür werden sie sich rächen. Niemand von denen, die an der Hinrichtung beteiligt sind, wird ihnen entgehen. Der Richter nicht, seine Leibwächter, die Gerichtsdiener, die Schreiber, auch niemand von dem Volk, das sich immer zu den Verbrennungen einfindet, eilig herbeirennend, wenn sie morgens die Glocke hören, diesen speziellen Ton, ein dünnes verzweifeltes Bimmeln, rasch und monoton schlagend wie ein Herz in Todesangst, und bald darauf die Trommeln einsetzen, die die Verurteilten den ganzen Weg zur Richtstatt begleiten. Auch die Trommler werden ihnen nicht entkommen. Es wird ein großes Morden geben, das durch nichts aufzuhalten sein wird. Und es wird weitergehen. Der Richter der Krone wird von der Krone gerächt werden. Französische Soldaten werden ins Land kommen. Es wird Krieg im Labourd geben …

Es sei denn, dass man die Verbrennungen verhindert. Jemand muss de Lancre rechtzeitig warnen. Vernunft. Einfallsreichtum. Courage.

Lallemand wirft seinem Pferd den Sattel über. Er meidet die Straße und führt es ins dunkle Feld. Da ist eine Armee. Da ist er, ein Einzelner. Ein Schatten, der über den Hügel jagt.

Als man de Lancre wecken will, ist er schon auf. Er hat Kopfschmerzen. Er will dies alles schnell hinter sich bringen. Es ist halb sieben. Noch herrscht Dunkelheit. Als der Richter vor die Tür seines Zimmers tritt, wo einer seiner Leibwächter auf ihn wartet, hört er, dass man soeben die Frauen aus ihrem Gefängnis im Stockwerk unter ihm herausführt. Er hört sich gerufen. Sein Name klingt fremd, schrill, grauenhaft. Er klingt wie beides, Verwünschung und Hilferuf. Unwillkürlich fahren seine Hände zu seinen Ohren. Er zieht sich zurück, wirft die Tür zu. Er fühlt, wie sein Puls jagt. Er denkt: Das ist ungesund für mich, diese Aufregung am Morgen. Gleichzeitig denkt er: Das ist wie ein Schrei aus der Hölle. Das ist unerträglich. Das muss aufhören. Das hört bald auf.

Sein Leibwächter klopft.

Alles in Ordnung, Herr?

Einen Augenblick.

Er will, dass die Frauen aus dem Turm sind, bevor er geht. Er meidet jede Begegnung mit den Verurteilten, wenn es so weit ist. Kein Vis-à-vis. Keinen Blickkontakt. So etwas darf nicht geschehen. Er wartet ein paar Minuten. Dann öffnet er die Tür wieder. Stille im Turm. Er folgt dem Leibwächter die Treppen hinunter. Im Tagungssaal des Gerichts im ersten Stock soll er mit den Beisitzern zusammentreffen, die der Verbrennung beizuwohnen verpflichtet sind, und dem Protokollanten, der eine Abschrift des Urteils bereithält, das später an der Richtstatt verlesen wird.

Der Protokollant ist da. Die beiden Beisitzer werden noch erwartet. Niemand hat sie bisher gesehen. Niemand weiß, wo sie bleiben. Es ist bereits ein paar Minuten über die Zeit. Der Parlamentsrat lässt sich das Schriftstück aushändigen. Er liest es noch einmal durch. Er betastet das Siegel, das sich glatt und auf elegante Art angenehm anfühlt, das Siegel des Parlaments von Bordeaux. Es klopft an der Tür. Der Leibwächter öffnet. Einer der Wachleute bittet eintreten zu dürfen.

Alles bereit?

Alles bereit, sagt der Mann.

Er wirkt aufgeregt, verspricht sich mehrmals, als er Bericht erstattet. Der Wagen bereit. Die fünf Frauen aufgeladen. Die Priester mit ihnen, um für ihre Seelen zu beten. Die Leibwächter und ein Gerichtsdiener zur Bewachung. Dazu der Dorfbüttel. Die anderen zwei Gerichtsdiener warten an der Richtstätte. Dort ist auch alles bereit. Ob man die Glocke läuten lassen solle?

Die Beisitzer. Wo sind die Beisitzer?

Niemand hat sie gesehen.

Man soll in ihrem Quartier im Pförtnerhaus des Schlosses nachsehen und sie unverweilt zur Stelle schaffen.

Als der Gerichtsdiener fort ist, meldet man den Arzt.

Der Arzt? Was will der Arzt jetzt hier?

Er sagt, es ist dringend.

Jetzt nicht. Ein andermal.

Er lässt sich nicht abweisen. Hier ist er.

Lallemand. Sie stören.

Einen Augenblick.

Der Arzt ist außer Atem. Er ist mit seinem Pferd in den Hof gesprengt, abgesessen, hat dem ersten Besten die Zügel zugeworfen. Hier ist er. Es macht mehr Probleme, ihn abzuweisen, als ihn kurz anzuhören.

Kommen Sie.

Ich muss Sie allein sprechen.

Dies hier ist ein vereidigter Protokollant.

Trotzdem.

Nun, so gehen Sie. Man wird Sie wieder hereinrufen.

Dieser auch.

Der bleibt. Er hat keine Ohren. Er ist mein Leibwächter.

Der Arzt beugt sich zu de Lancre und flüstert in sein Ohr.

Wie viele?, sagt de Lancre. Zweihundert?

Vielleicht mehr.

Wann? Wo? Eine halbe Stunde?

Höchstens.

Es klopft an der Tür.

Die Beisitzer sind nicht da. Auch ihre Pferde fehlen. Es sieht aus, als ob sie nicht mehr in St. Pée sind.

Plötzlich fühlt de Lancre die große Ruhe dessen, der von Natur aus zum Entscheiden und Befehlen befähigt ist. Je turbulenter die Situation, je größer die Krise, desto ruhiger wird er selbst.

Man läute die Glocke, sagt er. Man beginne. Der Wagen soll sich in Bewegung setzen. Wir kommen nach.

Nein!, ruft Lallemand. Das ist falsch! Jetzt nicht brennen!

Das wird sie ablenken, sagt de Lancre wie zu sich selbst. Das wird sie täuschen.

Aber –

Wir brennen nicht, Lallemand. Sehen Sie dieses Urteil? Wenn ich es nicht verlese, kann gar nicht gebrannt werden.

Und Sie?, sagt Lallemand. Was tun Sie jetzt?

Aber de Lancre ist schon zur Tür hinaus und mit ihm sein Leibwächter. Er ist ganz ruhig, als er im Aufruhr des Aufbruchs zur Richtstätte, unter den Schreien der Frauen auf dem Wagen, dem Singsang der Gebete, dem harschen Ton der Befehle der Wachleute, dem Klang der Trommeln und des Armesünderglöckchens im Schutz der Morgendämmerung zum Stall schleicht, dicht gefolgt von seinem Leibwächter. Mögen die drei anderen sehen, wie sie davonkommen. Sie sind ja nicht dumm, und beritten sind sie auch. Er ist es sich einfach schuldig, diesen überlegenen Mann zu retten, der er selber ist, den souveränen

Bewältiger von Situationen, wie er sie gerade jetzt erlebt. Einen Mann, der noch so viele anspruchsvolle Aufgaben vor sich hat. Einen Mann, der noch ein Buch schreiben will, in dem er seine Erfahrungen mitzuteilen gedenkt. Zum Glück ist er ein guter Reiter. Schon sprengt er in den grauen Morgen und ins Feld hinaus, setzt über den Graben hinter dem Schloss und verschwindet hinter der Kuppe in östlicher Richtung, von wo er später einen Bogen nach Norden schlägt. Er ist noch immer ein Mann, den es drei Tage im Sattel hält. Dann kann er in Bordeaux sein. Leider muss er seine Papiere und Akten in St. Pée zurücklassen. Man wird sie ihm später nachschicken. Außerdem hat er alles im Kopf. Unschätzbare Erfahrungen. Kapital, das ihm Zinsen tragen wird.

Beim Klang der Glocke horchen die Menschen in ihren Häusern auf. Es ist nicht der Klang, der sie sonst in die Kirche ruft. Es ist ein anderer, ein hoher, hämmernder Ton, die Toten- oder Armesünderglocke. Wenn sie so früh am Morgen geläutet wird, kann das nur bedeuten, dass die Hexen verbrannt werden.

Die Leute von St. Pée erschrecken zutiefst, als sie das Glöckchen hören. Sie werden von einem heiligen Entsetzen ergriffen. Die Botschaft, die sie erreicht, ist verwirrend, widerspruchsvoll und setzt alles andere, was sie beschäftigt, augenblicks außer Kraft. Es ist eine Botschaft von Tod, Gewalt und gnadenloser Macht. Sie ist von äußerster Priorität. Die erste Wirkung, die sie bei den Menschen in St. Pée auslöst, ist, dass sie sie alle voreinander gleich macht. Es gibt keine Armen und Reichen mehr, keine Freunde, keine Feinde, keine Nachbarn, keine Ausgestoßenen, keine guten, keine schlechten Menschen, nicht einmal mehr junge und alte. Sie sind alle gleich, wandernde Schatten auf ihrem Weg in die Ewigkeit, wenn sie zur Richtstatt gehen. Denn das tun sie. Bald darauf öffnen sich die Türen. Die Menschen treten hinaus, hören am Klang der Trommeln, wo der Wagen ist, strömen von allen Seiten zusammen und schließen sich ihm an. Niemand spricht ein Wort. Auf dem Weg den Hügel hinauf, wo die Pfähle stehen, sind Unterwelt und Himmel gleich weit für sie geöffnet. Sie wandern auf dem ganz schmalen Grat, der diese trennt. Es ist ein kleiner Jüngster Tag, der sich in St. Pée begibt.

Der Himmel ist noch grau, die Erde farblos. Der Novembertag dämmert schwer herauf. Die Bläue, die er später am Vormittag haben wird, sollen die zu Verbrennenden nicht mehr sehen. Ihr Weg auf den Hügel ist ein Weg, den sie alle schon oft gegangen sind. Er liegt im Osten des Dorfes, ein bevorzugter Weg für Spaziergänge in der Nachmittagssonne. Vor allem die Alten gehen ihn gern. Und die Mütter mit einem der Kinder an ihrer Hand. Man trifft sich, bleibt beieinander stehen ... Auch die fünf Frauen, deren letzter Weg es ist, sind ihn oft gegangen.

Wie weit ein Ort sich von sich selber entfernen kann. Welche Reisen. Jetzt liegt er am Ende der Welt, wo es wüst und leer ist und öde und fürchterlich. Unversehens sind sie dort hingelangt, die Verurteilten und ihr Begleitzug. Die Menschen, die ihn bilden, sind selbst Akteure in dem Schauspiel, das ihnen geboten wird. Sie gehören dazu. Sie geben das Geleit. Sie tun es, wie bei einer Grablegung. Sie sind dabei, wenn gestorben und bestattet wird. So ist es auch dieses Mal. Es geht um eine Passage vom Leben zum Tod. Sie begleiten so weit, wie es möglich ist. Ohne sie geht es nicht. Sie sind nicht nur Zuschauer, sondern Bestandteil der Handlung, die vollzogen wird. Sie sind aktiv Handelnde. Ihr Handeln besteht darin, dass sie das Geschehen mit jedem Schritt, den sie tun, weiter vorantreiben. Sie tragen es. Sie tragen es an sein Ende. Indem sie sich in den Zug einreihen, ist es ein von ihnen gewolltes Ende. Sie wollen keinen Aufschub. Wenn es so weit ist, wie es jetzt ist, soll es rasch geschehen. Es ist kein Wollen, dem ein Wünschen zu Grunde liegt. Es ist ein Übereinstimmen. Sie stimmen auch mit dem Ungewünschten, ja sogar mit dem Gefürchteten überein. Jedes Sterben erfährt diese Zustimmung der Lebenden. Jede Hilfe, jedes Geleit ist Sterbehilfe, wenn es so weit ist. Sie weisen den Weg, nicht zurück ins Leben, sondern voran in den Tod. Der Weg aus dem Leben ist von Lebenden gesäumt, die zurückbleiben.

Die Frauen auf dem Wagen sehen sie. Niemand weiß, was sie wirklich sehen. Sehen sie ihre Verwandten? Die Nachbarn? Die Freundinnen? Sind sie schon zu weit weg, um sie noch zu erkennen? Wissen sie noch, was das bedeutet: Freundschaft? Verwandtsein? Ein Winken über den Gartenzaun? Von all diesem entfernen sie sich jetzt mit großer Geschwindigkeit. Jede Umdrehung der Räder unter ihnen reißt sie weiter fort. Aber spüren sie noch die Übereinstimmung der Lebenden? Ihre Bereitschaft, dem Tod zuzustimmen, den sie sterben sollen? Eine letzte, tödliche Unbegreiflichkeit?

Als der Zug am Richtplatz ist, erheben sich Stimmen: Die Richter. Wo sind die Richter? Die Richter sind noch nicht da.

Eine unwillkommene Verzögerung. Niemand weiß genau, was zu geschehen hat. Die Trommler stellen das Trommeln ein. Man blickt den Weg zurück, der bis zum Dorfrand hinab überschaubar ist, und sieht ein paar Gruppen von Nachzüglern heraufkommen. Doch ein Wagen ist nicht zu sehen.

Das Volk erwacht aus seiner Trance und beginnt, die falschen Fragen zu stellen.

Stimmt etwas nicht? Was ist denn los?

Die Richter haben ein Rad am Wagen verloren, sagt jemand.

Die Nachricht verbreitet sich rasch bis in die letzten Reihen.

Die Richter kommen zu Fuß, heißt es. Sind sie das? Kann man sie sehen? Es geht gleich weiter.

Wie schrecklich für die Frauen.

Was?

Dieses Warten.

Seltsame Arten von Mitleid gedeihen im Klima der Ungeduld. Schuldige werden gefunden. Der Kutscher ist es. Der Kutscher trinkt.

Unterdessen ist es Tag geworden. Hinter den Höhen im Osten zieht eine weiße, dunstige Helligkeit herauf. Ein einzelner Reiter sprengt auf dem Weg ins Tal hinab. Es ist einer der Leibwächter des Parlamentsrats. Er will nachsehen, wo de Lancre bleibt. Die anderen reiten die Gasse zwischen dem Wagen und den Zuschauern ab. Zurück, zurück, hört man sie immer wieder rufen. Die Leute drängen nach vorn. Jetzt kann man die besten Plätze belegen.

Es sind die Wachleute, die die Vorboten der Anarchie spüren. Sie kennen sie. Sie schätzen sie als bedrohlich ein. Jetzt doch nicht. Dies ist ihr Tag. Sie lassen sich ihn nicht kaputtmachen. Alles ging gut bis jetzt. Ein reibungsloser Ablauf, das ist es, wofür sie sich verantwortlich fühlen. Jetzt übernehmen sie die Regie. Wenn die Richter eintreffen, sollen sie alles wohl vorbereitet und in bester Ordnung antreffen.

Kurz darauf fangen die Trommler wieder zu trommeln und die Priester wieder zu beten an. Als Erste wird Marie Détsail zu ihrem Pfahl geführt, dann Cathaline de Hilscu, dann Marie Bonne, dann Jacqueline de la Rat, dann Jeanne Auclaire. Die Wachleute arbeiten jeweils zu zweit. Man merkt ihnen an, dass sie geübt haben. Die Griffe sind routiniert, als hätten sie nie im Leben etwas anderes getan. Die Frauen wehren sich. Ihr anfängliches Schreien geht, als sie die paar Stufen auf das Podest über den Holzstößen gezerrt werden, in Stöhnen über, das die lauten Gebete der Priester übertönt. Sie übergeben, sie besudeln sich.

Die Zuschauer sehen nicht genau, was mit den Frauen geschieht. Sie sehen hin, aber sie sehen nichts, was von der Erwartung abweicht, mit der sie gekommen sind. Was sie sehen, gleicht einer Kreuzigung. Und sie betrachten es wie eine Kreuzigung. Aus der sicheren Distanz von Gläubigen, die wissen, dass all dies auch zu ihrem Heil geschieht. Auf dass sie selber gerettet werden. Sie betrachten es zu Recht so. Sie werden gerettet sein. Sie sind es, die nach Hause gehen werden, unverletzt an ihrem Leib. Nicht, dass sie die Schmerzen und Leiden gering achten. Sie sind hier, um sie zu bezeugen. Die Leiden und Schmerzen des Heilands, den man gekreuzigt hat, haben sie oft besungen. Sie tun es von Herzen und inbrünstig. Keine Stimme sagt ihnen, dass das Martyrium der Frauen, die sie vor sich sehen, schlimmer ist als das des Heilands. Dass jede Einzelne von ihnen in diesem Moment um ihr Kreuz bitten würde, wenn man es ihr zur Wahl stellte. Sie sehen ihr Leiden, aber sie sehen es nicht. Was sie sehen, ist eine Zeremonie, deren Ablauf bis jetzt zufrieden stellt. Sie ist fürchterlich. Sie ist barbarisch. Aber hat sie nicht beides zu sein?

Die Zuschauer haben den unscharfen Blick von Gläubigen, die ein Sakrament in Augenschein nehmen. Dies ist mein Blut. Nehmet hin ... Die Zuschauer nehmen hin. Aber was sehen sie? Sie sehen ein Tableau von großer Einprägsamkeit. Sie sehen fünf Frauen an Pfähle gekettet auf Holzstößen stehen. Sie sehen dahinter den Himmel, der über den Bergen im Osten aufhellt. Sie sehen eine weiße Sonne heraufziehen. Sie riechen den Geruch des Pechs, mit dem die Holzstöße bestrichen worden sind. Sie hören das Stöhnen der Frauen, zu denen dieser Geruch aufsteigt und die dem Vorgeschmack des Feuers, das er bedeutet, nicht ausweichen können. Sie sehen die Fackeln, die bereits entzündet werden und in die dafür vorgesehenen Halterungen gesteckt. Sie sehen immer noch keine Richter den Berg hinaufkommen.

Und was sehen die Frauen in ihrer erhobenen Position? Sehen sie überhaupt etwas? Sehen sie schon in die offenen Tore der Ewigkeit? Was erkennen sie? Sehen sie in der Ferne das Meer? Sehen sie ihr Dorf am Fuß des Hügels? Das Dorf ihrer Geburt, das Dorf ihres Lebens, das Dorf ihres Sterbens? Sehen sie den Weg, der sich zu ihnen hinaufschlängelt? Sehen sie das Sonnenlicht, das einen Teil der Welt dort unten schon erreicht hat, einen Teil, der sich immer mehr und mit großer Schnelligkeit zu ihnen hin ausdehnt, seit die Sonne über die Berge in ihrem Rücken gestiegen ist? Sehen sie –

Jeanne! Ruft Marie Bonne. Siehst du das?

Vom Rande des Dorfes her bewegt sich ein Zug von Männern auf sie zu. Er ist noch weit weg. Aber hier und da sieht man im Sonnenlicht helle Reflexe aufblitzen wie von blanken Waffen, die gezogen sind.

Ja!, ruft Jeanne Auclaire. Das sind sie, Marie Bonne!

In diesem Augenblick kommt ein Reiter von der Seite. Es ist der Leibwächter, der ins Dorf geritten war, um nach de Lancre zu suchen.

Der Parlamentsrat ist geflohen, ruft er den beiden anderen zu. Macht, dass ihr auch wegkommt! Das sind zu viele. Kommt!

Nach Norden sieht man drei Reiter über das Feld sprengen.

Die Zuschauer begreifen schnell. Sie verteilen sich rechts und links des Weges. Nur weg von hier. Wer kann denn wissen, dass es so ausgeht. Es ist ein bisschen wie Kreuzigung und Auferstehung an einem Tag. Jedenfalls sollte man nicht dabei angetroffen werden. Alles andere findet sich später.

Sie entfernen sich rasch, tauchen ab in die Mulden des Wiesenhangs, in die Schatten der Bäume, verschwinden überraschend schnell aus dem Blick.

Den Priestern gelingt es, sich unter sie zu mischen. Im Grunde sind sie erleichtert, dass es so ausgeht. In den Beichten der Frauen fand sich nicht das Geringste von Hexerei. Nichts als die üblichen Sünden, von denen man täglich absolvieren muss. Ach, diese Verzweiflung, in die sie geblickt haben. Und nichts zur Hand, um sie zu lindern. Es ist ein schwerer Beruf. Die Priester hoffen, dass bei der kommenden Vergeltung die Geistlichkeit ausgespart wird. Trotzdem halten sie es für richtiger, nicht mehr da zu sein, wenn der Zug der Rächer sich nähert.

Binnen kurzem sind nur noch die Gerichtsdiener zur Stelle. Was sollen sie tun?

Der Parlamentspräsident ist geflohen.

Dann gehen wir auch, sagt einer von ihnen.

Dann wird es aber Zeit, sagt ein anderer.

Kurz darauf sind die fünf Frauen auf ihren Podesten schon allein. Der Zug hat jetzt die Deckung des Dorfes verlassen und bewegt sich bergan. Es ist ein schwerfälliger Zug. Er kommt nur langsam von der Stelle. Diese Männer sind nicht geübt im Marschieren. Es sind zu viele. Sie behindern sich.

Die fünf Frauen sehen ihnen mit weit aufgerissenen Augen entgegen. Sie sind halb betäubt von Todesangst und den Dünsten des Brennbaren unter sich. Die Zeit scheint für sie stillzustehen. Dies ist ihr Geschmack der Ewigkeit: die Langsamkeit, mit der die Männer sich nähern. Sie sind da. Aber sie sind noch viel zu weit weg.

Jetzt kommt plötzlich einer der vier Wachleute zurück. Er kommt aus dem Hintergrund. Er schleicht sich an wie ein Dieb, der noch etwas vergessen hat. Keine der Frauen kann ihn sehen. Nur Jeanne Auclaire spürt, dass da noch jemand ist, und versucht, ihren Kopf zu drehen. Jetzt ist er hinter ihr.

Verrätst du mich?, sagt er.

Was denn?, sagt sie.

Du weißt schon.

Nein.

Die kennen mich alle, sagt er. Die wissen, wer ich bin. Verrätst du, was ich dir getan habe?

Nein, sagt sie. Das ist doch vorbei. Verschwinde endlich!

Du verrätst mich, sagt er, nimmt die Fackel, die immer noch brennend in ihrem Halter steckt, und wirft sie auf den Holzstoß. Dann rennt er weg.

Sofort lodert das Feuer auf.

Die Männer, die den Weg den Hügel hinaufgingen, waren geblendet vom Sonnenlicht, vor dem die Konturen der Berge sich schwarz und schroff abzeichneten. Wenn sie die Augen erhoben, sahen sie die fünf Pfähle im Schatten wie ein düsteres Golgatha. Die Frauen daran, kaum zu erkennen, Gestalten aus einer anderen Welt, fern und erhaben wie Kunstwerke. Die Männer verhielten die Schritte, statt sie zu beschleunigen. Plötzlich erschien die Mission, an der sie teilhatten, ihnen eher wie eine Wallfahrt als ein Rachefeldzug. Sie beschirmten die Augen. Sie sahen genauer hin. Am Rand der Gruppe nahmen sie eine Bewegung wahr. Sie sahen ein Licht aufblitzen. Sie starrten. Kurz darauf schlugen die Flammen hoch. Rauchbildung setzte ein.

Einen Augenblick lang stand der ganze Zug still. Ein Schrei brach los. Zweihundert, dreihundert Männer schrieen auf einmal. Dann rannten sie los. Sie glaubten nichts anderes, als dass die Hinrichtung dort oben ihren Lauf nähme. Sie stürmten den Hügel wie eine Armee, die Waffen blank, in den Kehlen ihr Kriegsgeschrei. Es waren nicht nur die Seeleute. Inzwischen hatten sich so viele Menschen dem Zug angeschlossen, dass zwischen den Bewaffneten und den bloß Neugierigen, den Gaffern und Sympathisanten nicht mehr zu unterscheiden war. Selbst Frauen hatten sich unter den Zug gemischt, Jugendliche und Alte.

Auch der Arzt Lallemand befand sich darunter. Irgendetwas befahl ihm, sich nicht aus dem Staub zu machen wie die anderen Mitglieder des Gerichts, und so hatte er sich in St. Pée in den Zug eingereiht. Es war riskant. Aber niemand beachtete ihn. Die ganze Wut des Volkes richtete sich gegen de Lancre und die, die an der Hinrichtung beteiligt waren. Unter allen war er der Einzige, der wusste, dass dieser Kriegszug seinen Gegner schon verfehlt hatte. Er rechnete mit seiner Auflösung, mit dem Triumph der Rettung der fünf Frauen, der Lösung von Spannung und Wut in einer Befreiungstat, dem Abschluss in Form eines Fests der Heimkehr und des Wiedersehens.

Als er das Feuer lodern sah, ergriff ihn nicht nur derselbe Schrecken wie die anderen. Er erkannte den Verrat, der verübt worden war. Er hörte de Lancre: Sehen Sie dieses Dokument? Wenn ich es nicht verlese, kann gar nicht gebrannt werden. Er begriff nicht: Hatte de Lancre ihn zum Narren gehalten? War er dort oben? Konnte ihn nichts auf der Welt aufhalten? Welche Macht, Himmel oder Hölle, schützte ihn? Wessen Abgesandter war er wirklich?

Lallemand war einer der Ersten, die sich dem Richtplatz näherten. Er sah, dass nur ein Holzstoß brannte. Er sah, dass die Stätte verlassen war, bis auf die Frauen. Er sah, dass sie preisgegeben waren. Ihrem über jedes Maß hinausgehenden Entsetzen. Ihrer Todesangst. Er sah, wie der Holzstoß von Jacqueline de la Rat von der Glut des Feuers daneben sich zu entzünden drohte. Er sah die Männer, die sie als Erste befreiten, während schon die Reiser knisterten und eine Flamme hochschoss. Er sah mit einem geübten Blick, wo zu helfen und nicht mehr zu helfen war. Er sah, dass Jacques de Queirac es nicht sah und mit bloßen Händen und seinem Säbel den Brand zu löschen versuchte, indem er die Scheite auseinander trieb. Er sah die Frau im Feuer. Er erkannte noch, wer es war. Er sah, wie ihre Kleider von ihr abfielen, weiß wie Staub. Nur die Flammen hüllten sie jetzt noch ein, ein strahlendes Behältnis, in dem sie noch einmal sichtbar wurde, ihr nackter Leib schon verwandelt. Er sah, wie sie sich noch einmal bewegte. Wie sie noch einmal den Mund öffnete. Die Flammen schossen erneut auf, als habe Jacques de Queirac sie nicht bekämpft, sondern neu entfacht. Sie schien einen Laut auszustoßen, ein Stöhnen, vielleicht das Entweichen der Seele aus ihrem Leib, vielleicht auch schon nichts anderes als das Singen des Feuers in ihrem Fleisch. *Etwas geschah mit ihr …*

1627

AN EINEM MAITAG NÄHERT SICH EIN EINZELNER Reiter dem Rheinufer. Vor ihm auf der anderen Seite des Flusses liegt die Stadt Köln wie eine Erscheinung im Morgenlicht, ihre Dächer, ihre Türme im Näherkommen langsam Gestalt annehmend und trotzdem unwirklich, wie schwebend über dem Strom, aus dem ein bläulicher Dunst aufsteigt, einen Tag verheißend, der gegen Mittag schon sommerlich warm sein wird, einen dieser blauen Tage, mit denen der Mai sich selber feiert. In den Feldern steigen Lerchen auf. Das Herz des Reiters steigt mit ihnen. Er nähert sich dem Ende einer sehr langen Reise. Er kommt spät. Niemand erwartet ihn. Niemand, der ihn noch kennt. Dennoch ist er selber voller Erwartung. Unruhig wie ein Kind von acht Jahren, dem man eine weite Reise versprochen hat. So alt war er, als er aufgebrochen ist. Er ist vierundvierzig jetzt. Ein Alter, in dem man nichts mehr verschieben soll. Wer jetzt nicht nach Hause zurückfindet, tut es niemals mehr.

Er kommt als Fremder. Nach sechsunddreißig Jahren sind alle Spuren verwischt. Übrig bleibt nur ein Name. Pfeifer. Nur ein Wort, von dem er nicht einmal genau weiß, wie es geschrieben wird. Er nennt sich weiterhin Lallemand, obwohl er schon lange nicht mehr in Frankreich ist. Martin Lallemand, ein Arzt, der von einem Heertross zum anderen zieht. Ein Truppenarzt auf der

Suche nach einer neuen Anstellung. Diesmal führt sein Weg ihn durchs Rheinland. So nahe der Stadt Köln. Nur der Fluss trennt ihn noch von ihr. Er entscheidet sich, die Fähre zu nehmen und einen Tag in seiner Geburtsstadt zu verweilen, bevor er weiterzieht.

Stadt der Heiligen Drei Könige. Alte, lange vergessene Geschichten steigen ihm in den Sinn. Stadt der heiligen Gebeine, drei Kronen in ihrem Schild. Wie kamen sie hierher? Den ganzen langen Weg vom Heiligen Land bis an den Rhein? Er möchte Fragen stellen, wie ein Kind fragt: Warum? Woher? Wieso? Die Zeit ist lange vorbei, solche Fragen zu stellen. Nur Echos in seinem Kopf, fern und ungenau. Längst vergessene Sprüche: Cöllen eyn Kroin, boven allen Steden schoin. Sprüche, als wenn er sie gestern noch gehört hätte.

Als er auf der Fähre steht, die langsam vom rechten Ufer ablegt, scheint es einen Moment, als habe die große Stadt am anderen Ufer die Anker gelichtet und glitte auf ihn zu, ein schwimmendes Jerusalem. Lallemand schwankt. Er hält sich am Halfter des Pferdes fest, das er führt. Ein leichter Schwindel. Steh still, befiehlt er der Stadt, und sie steht still. Die Fähre hält auf sie zu. Lallemand versucht, die Türme der Kirchen zu zählen. Es sind so viele, dass er sich verwirrt und von vorn beginnt. Er versucht, sich die Namen ins Gedächtnis zu rufen. St. Gereon. St. Pantaleon. St. Aposteln. Und rechts das Gebirge des unvollendeten Doms.

St. Martin, sagt er laut.

Der Fährmann dreht sich zu ihm um.

Gibt es in Köln St. Martin?

Groß St. Martin, sagt der Fährmann und weist ins Unbestimmte vor sich.

Meine Taufkirche, denkt Lallemand.

Dann verschwinden die Türme hinter der Mauer am Rheinufer. Sie sind da.

Wieder fühlt er ein leichtes Unwohlsein, als er von Bord geht. Die Sonne steht jetzt schon hoch. Es wird heiß in Köln, denkt er. Er öffnet den Mantel und lockert sein Tuch am Hals. Das Pferd an seiner Seite gibt ihm Schatten und Sicherheit. Er sitzt nicht auf, führt es zu einem Gasthof in der Nähe der Anlegestellen. Ich bin tatsächlich zu alt, die Nacht durchzureiten, denkt er, als er sich ein Zimmer genommen hat. Ich sollte mich zuerst ein wenig ausruhen. Niemand erwartet mich. Schwer fällt er auf das Bett, schläft ein, ohne zu schlafen, wacht, ohne wach zu sein.

Es schlägt von einem der Türme in seinen Halbschlaf. Die Glocke mahnt. Er versäumt etwas, was ihm aufgetragen ist. Das Gefühl ist alt und quälend und tief, zu tief, vertraut. Schon ist er auf der Treppe nach unten, eilt an dem Wirt vorbei, der ihn merkwürdig an einen alten Bekannten erinnert. Der Wirt sieht ihn an.

Das wird aber Zeit, sagt er.

Unangenehmer Mensch. Unangenehme Empfindung, die er auf seinen Weg mitnimmt. Er weiß doch selber, wozu er nach Köln gekommen ist. Niemand muss ihn mahnen. Niemand soll ihm sagen, dass es zu spät ist. Wofür zu spät? Die Straßen sind menschenleer. Trotzdem fühlt er sich beobachtet. Er blickt sich um, scheu, sichernd wie ein Tier. Da ist niemand, der ihm folgt. Noch ist helllichter Tag, und die Stadt Köln liegt still wie ein Friedhof. Lauernd und feierlich. Die Häuser in den Gassen wie steinerne Grabmäler. Das Gefühl, dass er zu spät ist, regt sich wieder. Ein alter, sehr alter Vorwurf. Er müsste längst zu Hause sein. Wenn er nur wüsste, wo das ist. Er kommt an den Brunnen mit der steinernen heiligen Ursula. Ihr Pfeil zielt genau auf ihn. Er hört seine Mutter. Beeil dich, Martin. Nimm dich in Acht.

Er hält sich beim Laufen nah an den Hauswänden. Aber es ist ein zweideutiger Schutz, den sie ihm gewähren. Sie beschützen und sie bedrohen ihn. Trotzdem meidet er die Mitte der Gassen. Es ist wie ein Zwang. Er streift mit den Ärmeln an den Wänden entlang, obwohl da genug Platz ist. Die Häuser in Köln sind schmal und hochgieblig. Sie blicken streng und voller abweisender Würde auf ihn hinab. Sie sehen geschlossen aus.

Was er sucht, ist das Haus mit der zweiflügeligen Treppe vor dem Hauseingang. Da war es, wo er als Kind gesessen und Erbsen geputzt hat. Er hat den Geruch der Schoten in der Nase, sommerfrisch, und er fühlt noch das glatte Rollen der Erbsen unter seinen Daumen, hört das Geräusch, mit dem sie in die Schüssel fallen. Plötzlich bleibt er stehen. Alle Hauseingänge haben zweiflügelige Treppen, so weit er blicken kann. Auf allen sitzen Kinder, die Erbsen putzen, und sehen ihn an. Er beginnt zu rennen. Er hört das Aufschlagen der Erbsen in den Schüsseln. Es klingt dumpf und hohl. Es klingt wie Pochen an eine Zimmertür.

Der Wirt.

Alles in Ordnung, Herr? Sie sahen nicht wohl aus.

Der Wirt bringt ihm frisches Wasser.

Müde von der Reise?

So ist es wohl. Sein Geist ist ihm, träumend, vorausgeeilt, während sein Körper, schwer von Müdigkeit, zurückgeblieben ist.

Als der Wirt das Zimmer verlassen hat, steht er auf. Das Brunnenwasser ist eiskalt, kälter, als er vermutet hat, als er sein Gesicht hineintaucht. Der Schauer davon fließt durch seinen ganzen Leib. Er friert. Draußen vor dem Fenster Sonnenlicht, Stimmengewirr, das Leben einer großen Stadt am Fluss. Kaufleute. Händler. Bettler und Bürger, das ganze Volk. Hundegebell und Kinderstimmen. Es ist früher Nachmittag. Als er vor die Tür der Herberge tritt, trifft ihn das Sonnenlicht wie ein eigens auf ihn abgeschossener Pfeil. Der Pfeil der heiligen Ursula. Er bedeckt seine Augen. Sie schmerzen. Das Bild vor ihm flimmert wie von tausend kleinen Kobolden, die durch die Luft schwirren, die Bringer von Unglück und Krankheiten. Die Luft in Köln ist voll von ihnen. Er kann sie sehen. Die Schönheit des Maitags täuscht. Da ist etwas anderes in der Luft in Köln. Etwas Unheimliches, Böses. Etwas, das auf ihn hier gewartet hat.

Die alte Nonne in St. Ursula sah den Mann auf einen der Sarkophage wie auf ein steinernes Bett gestreckt.

Hier dürfen Sie nicht liegen, sagte sie.

Der Mann erhob sich. Er sah wie ein Fremder in Reisekleidung aus. Blass, mit fiebrigen Augen.

Entschuldigung, sagte er. Es ist so angenehm kühl hier drin. Draußen ist es so heiß.

Möchten Sie die Kapelle mit den Reliquien sehen?, fragte sie.

Es kam vor, dass Reisende darum baten, dass sie sie führte. Es war ihre Aufgabe.

Gern, sagte der Mann.

Sie schloss die Kapelle auf. Drinnen, in einem ausgehöhlten Tabernakel an der Wand, stand St. Ursula aus Silber. Sie sah streng und ganz und gar unberührbar aus. Um sie herum standen, ebenfalls aus Silber, auf schwarzem Tuch, ihre Edelfräulein und Ritter, der Sohn des Königs von Brabant, dem sie verlobt war, ihr am nächsten und ihr zugewandt.

Sie starb als Jungfrau, sagte die alte Nonne. Und mit ihr all die anderen, hingemetzelt von Hunnen, die zu der Zeit Köln belagerten. Sie wollten lieber tot als geschändet sein. Damals gab es noch Tugend in Köln. Der heidnische Tyrann und seine Mannen konnten ihnen nichts anhaben. Tugend schützt sich selbst.

Wann?, fragte der Mann. Wann war das?

Damals, sagte sie. Als die Märtyrer auf Erden wandelten. Tausend Jahre ist es her. Vielleicht auch mehr. Was weiß ich.

Sie zog einen Vorhang aus Samt beiseite und zeigte dem Mann, in Schrankkästen aufgereiht, unzählige Schädel und Knochen, ordentlich wie Bücher in einem Studierzimmer.

So viele?, sagte er.

Es waren elftausend, sagte die Nonne.

Wer hat sie gezählt?, sagte er.

Gezählt?, sagte die Nonne. Sie sind aber streng. Elftausend oder ein paar weniger. Die Heiligkeit bemisst sich doch nicht nach der Zahl.

Das ist wahr, sagte er.

Sie bemerkte, dass er sich gegen eine Säule lehnte.

Sind Sie krank?, fragte sie.

Nichts von Bedeutung, sagte er.

Er nahm einen der Köpfe und wiegte ihn in der hohlen Hand.

Sie dürfen hier nichts anfassen, sagte sie. Legen Sie's hin. Sofort.

Er gehorchte.

Wie klein das ist, sagte er. Ist es nicht seltsam, wie wenig von einem Menschen übrig bleibt?

Ach, das sind Kinder, sagte die Nonne. Wir haben sogar ein paar Schädel von Neugeborenen dabei und noch kleinere, die, wie man sagt, aus dem Mutterleibe geschnitten sind. Sehen Sie hier.

Also waren sie gar nicht alle Jungfrauen, sagte er.

Nun, sagte die Nonne und lächelte dabei, wohl nicht alle.

Der Mann sah sie an und lächelte ebenfalls. Um ihren Mund war etwas, das ihm gefiel. Eine Anordnung von Linien, die von Klugheit und Witz und Schickung ins Unvollkommene sprach. Ein ganz klein wenig Hochmut war dabei. Etwas Spöttisches.

Und sind doch hier? Und sind Reliquien?, sagte er.

Wenn Gott es zulässt, sagte sie. Warum sollten wir etwas dagegen haben?

Eine Welle von Zuneigung erfasste ihn.

All diese Heiligen, fuhr sie fort, wurden von Gott in den Stand der Heiligkeit erhoben. Ohne ihn wären sie Sünder, wie jeder von uns es ist. Glauben Sie nicht?

Doch, sagte er. Das glaube ich.

Und die großen Bösen, die Hexen und Ketzer und Zauberer – gewöhnliche Sünder, wenn Sie mich fragen. Nichts Besonderes, wenn man von ein paar ausgesuchteren Scheußlichkeiten absieht, die sie unter der Folter gestehen. Ich frage Sie: Sie und ich, wenn man uns folterte, würden wir nicht auch gestehen, damit man von uns abließe? Oder irre ich mich, wenn ich sage, dass das Fleisch schwach ist und feige und selbstsüchtig?

Und doch ist es uns von Gott verliehen. Wissen das nicht die Richter, die quälen und am Schluss verbrennen lassen? Manchmal denke ich, dass sie die vom Teufel Besessenen sind. Zu glauben, dass man die Welt vom Bösen reinigen kann. Da müsste man Sie und mich ja gleich mit verbrennen. Ist es nicht so?

Er erschrak. Es war ein glückliches Erschrecken. Es fühlte sich an, wie das Glück des Zweifels sich immer angefühlt hatte, seit er es vor Zeiten zum ersten Mal empfand. Es machte ihn frei. Es machte ihn leicht und froh bis zum Übermut. Immer hatte er darin das Wirken des Teufels an sich erkannt. Kein guter Mensch empfand so viel Freude am Zweifel. So wenig Sicherheit hinsichtlich seiner eigenen Überzeugungen, so wenig Entrüstung angesichts des Bösen in der Welt. So wenig Eifer, es ein für alle Mal bekämpft und ausgerottet zu sehen. Es war kein grundsätzlicher Zweifel. Er führte ihn nicht zu neuen Gewissheiten. Er betraf nicht das Böse an sich, natürlich gab es das. Nur seine Außerordentlichkeit, die außerordentliche Maßnahmen forderte und kein Verzeihen, kein Hinnehmen duldete. *Gewöhnliche Sünder* – das waren die Hexen und Zauberer, die er gekannt und denen er seine Nadeln ins Fleisch gestoßen hatte. Gewöhnlich auch, was das Empfinden von Schmerzen betrifft, wie wir es alle sind, nämlich höchst empfindlich, schmerzempfänglich bis zur Grenze des Erträglichen und darüber hinaus. Wie kam es, dass die Überzeugtheit, der Eifer, die Entrüstung so unempfindlich machten? Unempfindlich für die Schmerzen, nicht die man erlitt, sondern die man zufügte? Das Böse im Maßstab des Außerordentlichen. Warum machte es diejenigen, die es bekämpften, so außerordentlich böse, dass es schien, als sei es erst durch sie in der Welt?

Sie sagen nichts, sagte die Nonne. Habe ich Sie erschreckt? Verzeihen Sie. Ich rede manchmal so daher, was mir durch den Kopf geht. Geben Sie nichts darauf.

Nein, sagte er. Sie haben Recht.

Eine Erinnerung, flüchtig, streifte ihn, an jemanden, den er vor langer Zeit gekannt hatte. Den Bischof von Bayonne. *Sie stellen sich das viel zu grandios vor, Lallemand. Die Sünden der meisten Menschen sind merkwürdig durchschnittlich.* Dem Bischof hätte diese Frau gefallen. Ihr leiser Hochmut. Die stille Kühnheit, mit der sie das Undenkbare äußerte. Der Teufel eine Erfindung des Teufels. Ihm gefiel sie auch.

Wie heißen Sie, Schwester?, fragte er.

Sie neigte den Kopf.

Wir heißen alle Ursula, sagte sie.

Ursula. Meine Mutter hieß Ursula, sagte er.

In diesem Moment begann das Angelus-Läuten vom Turm. Es war sechs Uhr. Die Schläge, mächtig und nah, dröhnten in seinem Kopf. Er hielt sich vor Schmerzen die Schläfen.

Wie ist Ihnen?, sagte sie. Geht es Ihnen nicht gut? Verzeihen Sie das Thema. Es liegt in der Luft in Köln. Wir verbrennen zu Melaten morgen eine Hexe hier. Die Postmeisterin Henot, Schwester eines Dompropstes.

Er wankte hinaus und sank wieder auf einem der Sarkophage nieder.

Sie sind krank, sagte die Nonne, ihm folgend, im Ton einer Feststellung.

Er krümmte sich, um sich nicht übergeben zu müssen.

Sie streckte die Hände aus.

Gehen Sie! Gehen Sie!, sagte sie.

Er erhob sich unter Stöhnen und wankte zum Ausgang. Die Nonne stand und sah ihm nach.

Meine Mutter hieß Ursula Pfeifer, sagte er, sich noch einmal umdrehend, an einem Pfeiler Halt suchend. Haben Sie sie gekannt?

Gehen Sie!, rief sie. Verlassen Sie diese Kirche! Verlassen Sie diese Stadt!

In der Nacht, in dem Gasthof, in den er sich zurückgeschleppt hat, sieht er sie an seinem Bett stehen.

Jetzt?, sagt er. Muss ich schon fort? Ich glaube, ich kann gar nicht aufstehen.

Sie sieht zu ihm herab, den feinen Spott und das Wissen in den Linien um ihren Mund.

Man kann, wenn man will, sagt sie.

Ja, sagt er wie ein braves Kind.

Phasen tiefster Verwirrung wechseln mit solchen von äußerster Klarheit ab. Seit er den Ausschlag in seinen Leisten entdeckt hat, weiß er, was es ist. Hat er denn geglaubt, dass er unverletzlich ist? So viele Kranke behandelt. Und so oft dem Tod das Feld überlassen. Gewusst, wann er verloren hat. Wann es, wie bei einer Feldschlacht, Zeit für den Rückzug war. Wenn er bei Kranken die Rötung sah, die sich zuerst fleckförmig ausbreitete und sich dann rasch in erbsengroße Knoten umwandelte, Vorform der Pusteln, in denen, von tiefrotem Hof umgeben, der Eiter gärt, hat er sie nicht mehr angefasst. Er hat immer gewusst, dass man sie nicht berühren darf, auch wenn sie noch so flehen: Helfen Sie mir. Lassen Sie mich nicht so sterben. Er hat sie zurückgelassen, wie ein Truppenführer die Verwundeten auf dem Feld zurücklässt. Eine Entscheidung, so grausam wie notwendig. Will er den Rest der Truppe retten, muss er diese dem Feind überlassen. Dem Fieber. Der Kälte der Nacht. Den Raben des nächsten Tages und den Marodeuren, die mit ihnen einfallen. Den Totengräbern des Feindes, die mit den Gefallenen auch die Verwundeten in die Gruben am Rande der Schlachtfelder werfen, nachdem sie sie kurzerhand und ohne Gegenwehr erdolcht haben.

In den Träumen dieser Nacht, während sein Fieber steigt, ist Lallemand häufig auf den Schlachtfeldern. Er hört das Schreien der Verwundeten. Ihre Hilferufe. Ihr Stöhnen, das qualvoller als alles andere ist. Dann wieder, zwischendurch, weiß er, dass es sein eigenes ist, und er zwingt sich dazu, ruhig zu sein. In klaren Momenten fühlt er seinen Puls. Er ist flach und schnell. Schnell wie die Männer mit den Tragbahren, die er losschickt, manchmal schon, während der Kampf noch andauert, und von denen er einer ist. Jetzt. Jetzt muss es sein, noch bevor die eigenen das Schlachtfeld ganz geräumt haben. Jetzt kann man den einen oder anderen noch herausholen. Jetzt, bevor der Feind die Geschütze wieder in Stellung bringt. Unter den gefallenen Pferden ziehen sie sie hervor. Aus einem Knäuel von Leibern, das sich bewegt, weil einer darin noch lebendig ist und nicht aufhören will zu schreien, hierher, kommt hierher! Sie rennen geduckt, als sei es möglich, den Kugeln auszuweichen, indem man sich klein macht, jeweils zu zweit eine Bahre zwischen sich tragend. Zwei Leben, um eines zu retten. Und oft zeigt sich erst am Verbandsplatz, dass es ein Toter ist, den sie herausgeholt haben, gestorben auf ihrem Fluchtweg, und sie legen ihn in die Grube hinter dem Zelt der Feldärzte, in die sie auch die anderen Toten hineinlegen, diejenigen, die auf dem Tisch der Ärzte gestorben sind, wo Lallemand und ein Kollege ihnen die Kugeln aus dem Fleisch schneiden, zerfetzte Knochen, so gut es geht, richten und fixieren, klaffende Wunden säubern und zunähen, Organe, die aus dem Leib getreten sind, wieder zurückstopfen samt dem Schmutz, mit dem sie in Berührung gekommen sind, und mit Branntwein, innerlich und äußerlich angewendet, nicht geizen, solange der Vorrat reicht. Sie werfen auch die Hände und Füße, die Arme und Beine in die Grube, die sie den Männern amputiert haben. Ein ehrenvolles Grab für ein Soldatenbein. Sie laden die also Versorgten auf die Leiterwagen, die sie ins Feldlager bringen sollen, wo sie erneut nach Toten und noch Lebenden sortiert werden, und die Gruben, auch hier, sich weiter füllen.

In dieser Nacht ist er manchmal Feldarzt und manchmal Verwundeter. Aber anders als in dem Leben, das er jahrelang geführt hat, geht es diesmal böse aus. Er weiß es. Der Arzt in ihm stellt sich in seinen klaren Momenten die Diagnose. Der leidende Patient, der er diesmal selber ist, will sie nicht annehmen. Ein

Fieber, sagt er. Das geht vorbei. Wir haben uns doch immer zu helfen gewusst. Haben wir nicht inmitten aller Gefahren die eigene Haut bewahrt?

Nein, sagt der Arzt, unbestechlich. Einmal ist es auch für uns so weit. Und das ist jetzt.

Die Sicherheit, mit der er zeit seines Lebens Diagnosen gestellt hat, wendet sich jetzt gegen ihn selbst. Er liegt auf der Bahre. Es schüttelt ihn. Seine Zähne klappern. Er möchte Halt! Halt! rufen. Aber die Träger müssen mit ihm weiterlaufen – das weiß er wohl –, wollen sie ihn aus der Schusslinie bringen. Der Träger, der vorne geht, blickt über die Schulter zu ihm her. Er trägt als Kopf einen der Schädel aus der Kapelle der heiligen Ursula.

Doch wo haben sie ihn denn hingebracht? Soll dies der Verbandsplatz sein? Ist das nicht ein Zimmer in einem Gasthof? Er ist alleine hier. Wer soll ihm helfen?

Hier sind wir, sagt der Tod. Hilf dir selbst, wenn du kannst.

Er war lange genug Feldarzt. Er hat gelernt zu sehen, wann keine Hilfe mehr möglich ist. Aber er kennt auch das Gegenteil. Den großen Triumph der Heilkunst über den menschlichen Kleinmut. Die Stunde des Arztes. Sein Anteil am Kriegsruhm.

Es ist fünf Jahre her. Lallemand zieht im Tross des Grafen Mansfeld durch Lothringen. Seit er Paris verlassen hat, ein Mann ohne Bindung, so frei, wie es nur jemand sein kann, der niemanden hat, den er liebt, führt er dieses Leben. Die Zeiten sind günstig für Feldärzte. Es ist ein Leben wie geschaffen für einen Mann, der sein Glück verwirkt hat durch eine unüberlegte Tat, die ihn doch nicht gereuen will. Ein Krieg wie geschaffen für jemanden, der an kein Kriegsziel auf keiner Seite glaubt. Nur an sein eigenes, die Minimierung des Leidens, wenn es denn möglich ist. Ein bescheidenes Ziel. Eine ruhmlose Aufgabe in einer Welt, in der der Ruhm so begehrt wird, dass die Männer ihm ihr Leben und, wie Lallemand es sieht, bedeutend schlimmer, die Unversehrtheit ihrer Körper zum Opfer bringen. Eine, gemessen an der Größe der militärischen Kraftakte, die vollbracht werden, kleine Sache, das Verarzten der Wunden, die die Soldaten davontragen. Groß ist nur das Leiden, dem es sich entgegenstemmt. Ein Arzt ist kein Held, auch wenn er durchaus ein Kämpfer ist. Keine Chronik verzeichnet die Siege, die er erkämpft, wenn ein Mann nicht verblutet, eine Wunde ihn nicht umbringt, weil der Arzt sie sorgfältig gesäubert und verbunden hat. Seine Aufgabe besteht darin, dem Kriegsherrn möglichst viele seiner wehrfähigen Männer zu erhalten, damit sie später, bei anderer Gelegenheit, fallen mögen. Sie sind sein Kapital. Feldärzte sollen die Verluste möglichst gering halten. Dafür bezahlt man sie. Die Bezahlung ist gut. Beim Grafen Mansfeld ist sie besonders gut. Er ist nicht nur ein draufgängerisch kühner Heerführer, seit der Einnahme von Pilsen von allen Parteien gefürchtet, er ist auch ein kühner Geschäftsmann. Sein Geschäft ist der Krieg. Er investiert in seine Truppen. Und die Krieg führenden Mächte, die sich seiner bedienen, Friedrich von der Pfalz und später der König von England, investieren in ihn. Ein erfolgreicher Feldherr darf nicht kleinlich sein. Seine Investitionen zahlen sich in der Bereitschaft seiner Leute zum Sterben aus. Dafür bietet er den Soldaten Trossbuben, Frauen, ausreichend Alkohol und, wo die Verpflegung zu wünschen übrig lässt, die Lizenz zum Plündern. Er bietet ihnen sogar ärztliche Betreuung für ihre Verwundungen und die Krankheiten, die man sich beim Leben im Lager leicht holen kann, darunter Typhus, Skorbut, Blattern und Syphilis. Die Ärzte gehören zum Tross wie die Köche und die Fourragiere, die Marketenderinnen und Pferdeknechte. Sie gehören zu dem Teil des Heeres, der ruhmlos bleibt.

Und dann ein einziges Mal das Grandiose. Fanfaren, die einen Sieg Lallemands verkündigen. Wenn er auch nicht der Held ist, so ist er doch der Vollbringer der Heldentat. Der Held ist Christian von Braunschweig, mit dessen Truppen sich die von Mansfeld im August 1622 auf ihrem Marsch in die Niederlande vereinigten, um die von den Spaniern besetzte Festung Bergen op

Zoom zu befreien. Als sich ihnen bei Fleurus spanische Truppen entgegenstellten, wurde Christian bei dem Durchbruch, der ihnen nach schweren Gefechten gelang, am rechten Arm verwundet. Ein paar Tage später kam ein Adjutant von Mansfeld zu Lallemand und befahl ihm, sich Christians Arm anzusehen. Seinen eigenen Ärzten traue der Herzog nicht.

Herr, sagte Lallemand, als er den Arm sah, der Arm muss ab.

Christian von Braunschweig erhob sein berühmtes Gebrüll gegen die anwesenden eigenen Feldärzte. Er warf ihnen vor, zu feige und zu charakterlos zu sein, um ihrem Feldherren die Wahrheit zu sagen. Sie hatten ihm aus Furcht vor ebendiesem Zorn und der Notwendigkeit zu handeln, wie gehandelt werden musste, verschwiegen, wie ernst es war. Wenn der Herzog an den Folgen der Operation starb, konnten die Ärzte durchaus haftbar gemacht werden und sich dem Vorwurf aussetzen, dass sie vom Feind gekauft seien. Sie zogen es offenbar vor, als machtlos zu gelten angesichts seines bevorstehenden Heldentods.

Dieser wird die Operation durchführen, brüllte der Herzog. Ihr Feiglinge! Nur wer Mut hat, kann auch das Messer führen.

Die Säge, sagte Lallemand.

Wie?, sagte der Herzog.

Die Säge führen, sagte Lallemand.

Der Herzog erblasste.

Wann?, fragte er.

Es wird Zeit, sagte Lallemand. Heute noch.

Der Herzog schickte die Ärzte hinaus.

Werde ich schreien?, fragte er Lallemand.

Ja, sagte Lallemand, das wird wohl nicht anders gehen.

Man darf mich nicht hören, sagte der Herzog wie bei einer Verschwörung.

Er war dreiundzwanzig Jahre alt und bei all seinem Gebrüll und den stolzen Sprüchen nicht sicher, ob er wirklich ein bis ans Ende der Welt berühmter Feldherr war.

So lassen Sie doch Fanfaren blasen, während wir operieren,

sagte Lallemand. Sie sollen von Ihrer Tapferkeit und Unerschrockenheit künden.

Das ist gut, sagte der Herzog. Das ist wirklich gut. An Ihnen ist ein Feldherr verloren gegangen. Oder ein Politiker.

O gewiss nicht, sagte Lallemand.

Und werde ich noch wie ein Mann aussehen, der befehlen kann?, fragte der Herzog. Mit einem Arm?

Er war ein schöner Mann und stolz auf seine Schönheit, von der man ihm seit seiner Kindheit erzählt hatte.

Die Fähigkeit zu befehlen liegt nicht in den Armen. Sie liegt im Charakter, sagte Lallemand.

Das ist wahr, sagte der Herzog, bereit wie ein Kind, sich trösten zu lassen.

Außerdem bleibt Ihnen ja noch der andere, sagte Lallemand.

O ja, sagte der Herzog, der andere bleibt.

Als die Operation unter dem Klang von Fanfaren, deren Bläser das Zelt des Herzogs umstellt hatten, durchgeführt war – ein Umstand, der Lallemand mehr irritierte, als er geglaubt hatte, es war wie beim Jüngsten Gericht, die Fanfaren, die Schreie, das Blut, der Herzog, der aus seiner Ohnmacht immer wieder durch den Lärm zurückgeholt wurde, die Schwierigkeit, sich mit dem Kollegen, der ihm assistierte, zu verständigen, das Wissen, dass sein, Lallemands Leben, zusammen mit dem des Herzogs von Braunschweig auf dem Spiel stand –, als es vollbracht war, als der Herzog sich schneller, als Lallemand es erwartet hatte, erholte und die Wunde am Armstumpf sich nach und nach schloss, so dass schon im Oktober die Festung Bergen op Zoom entsetzt werden konnte, ließ Christian von Braunschweig zum ewigen Gedenken seiner Tapferkeit, nicht vor dem Feind, sondern diesmal vor dem Arzt, Münzen prägen mit der Aufschrift »Altera restat«, der andere bleibt. Lallemands Honorar bestand in einer dieser Münzen, die er seitdem bei sich trug. Ansonsten stand er bei Ernst von Mansfeld im Sold. Er war eine Leihgabe unter Freunden und Verbündeten gewesen. Einer aus dem ruhmlosen

Teil der Truppen. Einer vom Tross. Die Fanfaren hatten den Ruhm des Herzogs, der seinen Arm ließ, verkündet, nicht den des Arztes, der ihn ihm unter Höllenlärm absägte.

Altera restat. Er hat den Herzog schon überlebt. Der ist im vorigen Jahr ganz ohne Fanfaren und Kriegsruhm im Bett gestorben. Und der Graf von Mansfeld irgendwo auf seinem Weg zur dalmatinischen Küste verschollen, wo er für sein Geschäft, den Krieg, neue Investoren zu suchen beabsichtigte, bei den Venezianern oder den Türken. Ein großer Spieler wie er nimmt es nicht so genau. Da führte er längst keine Ärzte mehr, nur ein paar letzte Haudegen mit sich. Der Arzt muss sich neue Arbeit suchen. Das hat keine Not. Es gibt genug davon, und es wird noch genug geben für mehr als zwanzig weitere Jahre Krieg. Aber der Arzt ist selber krank.

Am nächsten Morgen fühlt er sich besser. Er weiß um dieses Stadium am zweiten Tag, die trügerische Erleichterung, das Sinken des Fiebers, die Mattigkeit wie nach einem langen Schlaf, der nicht aus den Gliedern will. Das Aufflackern von Hoffnung, dass es so schlimm nicht stehen kann. Die Diagnose, die der Arzt sich selbst stellt, bestätigt sich nur dadurch.

Er hört die alte Nonne in St. Ursula: Verlassen Sie diese Stadt! Gehen Sie!

Es ist zu spät. Wohin soll er gehen? Wo ist der Ort zu sterben für ihn, wenn nicht hier?

Hier? In diesem Zimmer? Soll sich seine Krankheit von hier aus in Köln ausbreiten, wie es oft geschieht? Häufig sind es die Gasthöfe, wo eine Epidemie in den Städten ihren Ausgang nimmt. Er selbst wird sich in einem Gasthof infiziert haben. Wo? In Osnabrück? In Münster? Es kann überall gewesen sein. Niemand weiß, wie es geschieht. Nur, dass die Krankheit die Krankheit zeugt. Ein seltsames Brüten von Unheil an einem Ort. Es muss in der Luft sein. Ist es das Flimmern, das er vor Augen hat? Gibt sich die Krankheit dem von ihr Befallenen zu erkennen? Sind es die kleinen tanzenden Schatten und Lichtpunkte, die er sieht, wenn er trotz der Schmerzen darin die Augen aufzuhalten versucht? Etwas geht von einem Menschen, der krank ist, in die Luft, die ihn umgibt, und etwas geht aus der Luft in andere Körper ein, das sich die Krankheit zu Opfern macht. Wer dieses Rätsel lösen könnte.

Das wird jetzt nicht mehr seine Aufgabe sein. Seine Aufgabe ist eine andere. Er muss einen Ort zum Sterben finden. Er kann nicht bleiben, wo er ist. Soll er so enden? Als Todesbote für seine Stadt Köln und ihre Bewohner? War ihm das von Anfang an bestimmt? Hat seine Mutter ihn deshalb so weit von hier fortgebracht? Seine Gedanken verwirren sich wieder. Er muss sich auf das Nächstliegende konzentrieren. Er muss die Zeit nutzen, die ihm noch gegeben ist, die Besserung seines Befindens am zweiten Tag nach Ausbruch der Krankheit, bevor sie in ihr Hauptstadium tritt, das – er weiß es genau – mit großer Wahrscheinlichkeit tödlich enden wird. Aber er kann auch nicht mehr die Stadt verlassen. Er ist schon zu schwach dazu. Und wo soll er hin? Seine Krankheit wird jeden Ort, an den er kommt, zur Wohnung nehmen, um sich dort auszubreiten. Jetzt, da er selber krank ist, sieht der Arzt die Zahl der Menschen, die er retten muss, ins Unermessliche wachsen. Es ist die Verzweiflung darüber, die ihm noch einmal Kraft gibt.

Im Laufe des Vormittags stand er auf. Es war der 19. Mai. Keine Wolke am Himmel, die Sonne schon hoch über den Dächern, als er vor die Tür des Gasthofs trat. Erst nach einigen Schritten fiel ihm die Stille auf, die rings um ihn herrschte. Niemand war auf der Straße. Nur ein paar Katzen lagen vor den Türen. Ein Hund stöberte in den Abfällen im Rinnstein. War dies wieder ein geträumter Gang, den er tat? Irrte er, ein Geist, durch eine Geisterstadt?

Als er in die Nähe des Domhofes kam, verstärkte sich ein Geräusch, wie es von den gedämpften Stimmen einer großen Menschenmenge kommt. Dann setzten Trommeln ein. Die Menge verstummte. Kurz darauf begann die kleine Glocke am Dom zu läuten. Ein Gebimmel, rasch, hoch und monoton, die Armesündergglocke. Auf dem Domhof setzte die Menge sich eben in Bewegung, als Lallemand zu ihr stieß, und es fand sich, dass er in die vordersten Reihen geriet, die dem Wagen mit der verurteilten Hexe folgten, nur durch ein Kommando von Stadtsoldaten von ihm getrennt, so dass er die Frau, begleitet von zwei Patres, auf dem zweirädrigen Wagen, der von zwei Pferden gezogen wurde, genau sehen konnte. Trotzdem erkannte er nichts. Nicht, ob sie jung oder alt oder schön oder hässlich war, ob eine Frau aus dem Volk oder den höheren Ständen. Er wunderte sich, wie ein Mensch so unkenntlich sein konnte. Sie schien ihm nicht lebendiger als die Statuen, die man bei Prozessionen durch die Straßen trägt. Und in der Tat war dies eine Art Prozession. Man führte sie durch die Straßen der Stadt, die von ihr gereinigt werden sollte und deren Bewohner ihr zum Tod das Geleit gaben und auch die Fenster besetzt hielten, unter denen sie vorbeifuhr. Was haben sie mit ihr gemacht, dachte Lallemand. All dies erschien ihm wie die Fortsetzung eines Traums, den er seit langem zu träumen begonnen hatte und in dem er selbst ein unverletzlicher Beobachter schrecklicher Dinge war, einer, der sich jederzeit durch Aufwachen retten kann.

Was haben sie mit ihr gemacht?, hörte er sich laut fragen.

Er dachte an die Hexen, die er vor langer Zeit im Labourd gekannt hatte, wilde und schöne Frauen, die kurz, bevor man sie tötete, umso wilder und schöner schienen. Was tat man in Deutschland mit ihnen, dass die Hexen sich in graugesichtige Statuen verwandelten, die sich auf ihrem letzten Weg kaum aufrecht halten konnten?

Sie ist viermal gefoltert worden, sagte ein Mann neben ihm. Trotzdem hat sie nichts bekannt. Das ist nur mit Hilfe des Teufels möglich. Das hält sonst niemand aus.

Lallemand versuchte, sich an den Rand des Zuges zu kämpfen und auszuscheren. Er wollte hiermit nichts zu tun haben Es war vorbei. Er war jung gewesen. Er hatte es lange genug gebüßt.

Aber die nachdrängende Menge, begierig, einen Blick auf den Wagen zu erhaschen und sich über die Flanken voranschiebend, so dass die Soldaten sie mit ihren Piken zurückhalten mussten, zwang ihn weiterzugehen, zumal er versuchte, niemandem zu nahe zu kommen.

Es schien ihm, als wenn ein uraltes Verhängnis seines Lebens ihn jetzt eingeholt habe. Es wollte von ihm, dass er diesem Wagen folgte. Er fühlte, wie die Kräfte ihn wieder verließen. Er fürchtete, auf der Straße ohnmächtig zu werden. Er dachte: Was geschieht mit mir, wenn das geschieht?

Plötzlich hielt der Zug. Es geschah in der Höhe des Johannis-Hospitals vor dem großen Kreuz auf der Breiten Straße. Ein Kapuzinermönch trat an den Wagen und sprach mit lauter Stimme zu der Verurteilten. Lallemand begriff nichts von dem, was er sagte, schloss aber aus den Gesten des Mönches und seinem Tonfall, dass es sich um eine Bußpredigt handelte. Er sah, dass die Frau auf dem Wagen genauso wenig davon begriff wie er. Warum hält uns der Mönch auf?, dachte er. Sieht er nicht, dass sie ihm gar nicht zuhört? Respektiert er nicht ihre Todesangst? Hat der Kerl keine Ahnung, wie man sich fühlt, wenn man gleich sterben soll? Der Schwätzer. Kann er nicht mal aufhören?

Er merkte, dass er vor sich hin sprach. Sein Zorn ging mit seiner Schwäche eine Verbindung ein, die ihn selbst ängstigte. Es war der Zorn eines Betrunkenen. Er war nicht beherrschbar. Er fühlte sein Anwachsen. Er konnte weder seinen Atem noch seine Bewegungen kontrollieren. Es war ihm unmöglich, still zu stehen. Er trat von einem Bein auf das andere, immer in der Angst umzufallen.

Können Sie mal still sein, sagte jemand neben ihm. Man versteht ja sonst die Predigt nicht!

Dann geschah etwas, das seine Aufmerksamkeit bannte. Ein junger Mann schob den Mönch zur Seite, der vor Schreck Amen sagte und verstummte, zog sich am Wagen empor und hielt der

Frau ein Schriftstück hin. Lallemand bekam nicht genau mit, was dann geschah, denn sofort erhob sich ein vielstimmiges Palaver in der Menge:

Wer ist das?

Ein Verwandter der Henot, ein kaiserlicher Notar vom Reichskammergericht in Speyer.

Die hat Beziehungen.

Die haben Geld, die Henots. Die Posthalterei hat denen was eingebracht.

Aber jetzt ist es vorbei mit ihnen. Jetzt gehen ihre Strecken an die Taxis-Post.

Die können sich freuen, die Taxis, wenn die Hexe verbrannt ist.

Das tun sie auch. Was Besseres kann denen gar nicht passieren.

Was will der Mann da noch? Ihr ist doch nicht mehr zu helfen.

Bestimmt nicht mehr.

Soll er doch gehen.

Sie soll was unterschreiben.

Unsinn.

Sieh doch, sie schreibt.

Mit links.

Wer links schreibt, dem führt der Teufel die Hand.

Lallemand sah, wie sie plötzlich ihre Rechte hochhielt und den Verband davon abwickelte. Er war etwas zu weit weg, um eine exakte Diagnose zu stellen. Doch hätte er wie beim Herzog von Braunschweig zur Amputation geraten. Mit dieser Hand würde sie niemals mehr schreiben, selbst wenn man sie am Leben ließe.

Sie und ich, wenn man uns so folterte, würden wir nicht auch gestehen? Er fühlte wieder den Zorn in sich aufsteigen, stärker und unbeherrschbarer als zuvor. Er hörte die beiden Patres auf dem Wagen: Weiter! Fahren wir weiter! Er sah, wie der junge Mann von der Radnabe stieg, als sich der Wagen wieder in Bewegung setzte. Er hörte die beiden Patres einen Choral anstimmen, in den allerdings niemand einfallen wollte, so dass sie bald wieder verstummten.

Die Hexe wird trotzdem verbrannt, hörte er neben sich.

Natürlich.

Sie hat die heiligen Sakramente verunehrt.

Sie hat mit dem Teufel … du weißt schon.

Sie hat mit ihm bei Nacht auf dem Neumarkt getanzt.

Sie ist eine Hexe. Sonst dürfte man sie ja nicht verbrennen.

Lallemands Zorn gelangte jetzt in ein Stadium, in dem er sich als überwältigende Offenbarung dartat. Es war ein Zorn, der sich gegen niemanden im Besonderen richtete, sondern wie die göttliche Liebe alles mit einschloss, ob es ihn verdient hatte oder nicht. Er schloss die Krankheit ein, die ihn befallen hatte. Die Menschen, die ihn zwischen sich einkeilten und zwangen, mit ihnen weiterzugehen. Ihre falschen Überzeugungen. Die Sicherheit, mit der sie sie vertraten und in der sie vor Mitgefühl sicher waren. Die Trommler. Die Schergen. Die Patres auf dem Wagen. Die Stadtsoldaten. Die Schöffen. Die Dominikaner- und Kapuzinermönche, die ihm vorausgingen. Die Tauben, die in einem Schwarm vor ihnen aufflogen und sich auf den Dächern niederließen. Es war ein heiliger Zorn. Ein Zorn wie ein Licht, das vor ihm aufflammte. Es war ein Zorn, der ihn sehend und nicht blind machte. Er sah die Gegenwart, den Ausweg, der sich für ihn öffnete, und gleichzeitig sah er etwas, das aus einer fernen Vergangenheit vor seine Augen stieg. Die Frau in den Flammen. Ihr zuckender Leib. Ihr Mund, der sich noch einmal öffnete …

Sie ist keine Hexe!, rief Lallemand. Es gibt keine Hexen!

Der Lauf der Welt verlangsamte sich – die nachfolgenden Menschen drängten noch, die Soldaten, auf Zuruf, wandten sich um, Kommandos ertönten –, bevor sie stockend zum Stehen kam. Sogar der Wagen wurde für einen Moment angehalten, und die Frau darin hob den Kopf. Sie verstand nicht, worum es ging. Sie hatte aufgehört zu verstehen.

Lallemand wandte sich an den Kommandanten der Stadtwache, der sich ihm wie einem schwer zu bändigenden Tier näherte. Es gibt keine Hexen, sagte er. Wissen Sie das noch nicht?

Er war ruhig. Er lächelte. Er hatte die Welt zum Stillstand gebracht. Und jetzt, außerhalb von Raum und Zeit, wohin zu gelangen ihm vergönnt gewesen war, überblickte er den letzten, schwindenden Rest des Weges, den er zu gehen hatte.

Sie wollen mich verhaften, sagte er im Ton einer Feststellung.

Da hatten ihn schon zwei der Soldaten gepackt und stießen ihn mit den Piken in seinem Rücken vor sich her. Der Zug hatte sich wieder in Bewegung gesetzt.

Ein Verrückter, hieß es. Ein Fremder. Ein Teufelsbote. Man sollte ihn gleich mitverbrennen.

Man vergaß es über dem Fortgang der Ereignisse, die ihrem Höhepunkt, der Verbrennung der Hexe auf dem Galgenberg zu Melaten, zustrebten.

So kam Lallemand an den Ort, an dem es ihm, ohne dass es sein ärztliches Gewissen belastete, zu sterben möglich war, ins Stadtgefängnis zu Köln.

Ich habe die Blattern, sagte er zu den Wachen, die ihn einlieferten. Sie müssen mir eine Zelle geben, in der ich allein bin.

Die Wachen wichen zurück. Sie verständigten sich. An ihren Blicken sah er, dass sich die Pocken schon in seinem Gesicht bildeten. Er warf ihnen ein Goldstück hin, eine Münze mit der Aufschrift »Altera restat«. Gehen Sie zum Wirt – er nannte ihnen den Namen des Gasthofs – und sagen Sie ihm, dass man mein Bettzeug verbrennen und das Zimmer ausräuchern soll.

Es war seine letzte ärztliche Maßnahme.

Sie gaben ihm die Zelle Katharina Henots, der Posthalterin, die eben verbrannt wurde. Er zog wie ein nach langen Reisen und Irrfahrten Heimgekommener in sie ein.

Es darf von ihm angenommen werden, dass er in Frieden starb. Im Frieden eines Menschen, der für einen Moment die Welt durch sein Wort zum Stillstand gebracht hatte, bevor sie sich weiterdrehte. Der seiner Zeit und den Schranken, die sie errichtete, entkommen war und eine Wahrheit erkannt hatte.

Als die alte Nonne aus dem Ursulinerinnenkloster ins Gefängnis kam, um ihm zu sagen, wer seine Eltern gewesen waren, ein Angehöriger des Kölner Klerus und seine Hausmagd, bedeutete das schon nichts mehr für ihn. Zu ihrem Glück ließ man sie auch gar nicht zu ihm vor. Auch versuchte sie vergebens, eine Messe für ihn lesen zu lassen. Kein Geistlicher fand sich dazu bereit.

EPILOG

SOMMER 2002. DAS LAND AN DER französisch-spanischen Grenze riecht nach frisch gemähtem Heu. Dunstige Bläue liegt über dem Horizont, verschmilzt mit dem Meer in der Ferne zu etwas, das wie der Saum der Ewigkeit ist, ausgebreitet an den Rändern der bewohnten Welt. Von hier oben, nahe beim Eingang der Grottes des Sorcières, sehen alle Wege, die sich durch die Landschaft ziehen, die Straßen, die die Dörfer verbinden, so aus, als führten sie nirgendwohin als hierher, zu den Hexenhöhlen. Und richtig. Das gleißende Band der Autos, das sich aus den Tälern heraufwindet, bewegt sich auf sie zu. Schon sind Sare, Etchalar und Zugarramurdi zugeparkt, und die Menschen bewegen sich zu Fuß zu den Höhlen fort. Dies ist der längste Tag des Jahres.

Es gibt keine Plakate. Keine Einladungen. Keine Annoncen in den Zeitungen. Nichts im Radio. Wer kommt, hat es von irgendwem gehört. Und wer es gehört hat, gehört zu denen, die kommen sollen. Es gibt noch immer diese Verbreitung von Information unter denen, die sie betrifft. Es geschieht nicht anders als vor vierhundert Jahren. Wer um die Feste in den Höhlen wusste, war eingeladen. So ist es heute auch. Das Prinzip ist von bestechender Einfachheit. Es funktioniert mittels Weitersagen und Verschweigen. Ein sanftes, ein subversives System zum Ermitteln der

Richtigen. Trotzdem scheint es zu viele davon zu geben. Bei Beginn der Nacht werden es bis zu zehntausend sein.

Die Hexen sind wieder da. Sie sind in die Höhlen zurückgekehrt. Sie sind jung und versessen aufs Feiern wie ehedem. Sie wissen, dass sie sich nichts verbieten lassen. Sie wollen wie schon damals das Äußerste. Das Äußerste an Vergnügen. An Rausch. An Außer-sich-Sein. An sexueller Lust, wenn es geht. Sie sind aus Südfrankreich und Nordspanien angereist. Der Berg bebt von den Rhythmen, die nichts außer sich zulassen, kein Gespräch, kein Für-sich-Sein, keinen Gedanken, nichts außer der Verschmelzung jedes Einzelnen mit dem, was alle teilen, ein radikales Dabeisein, das niemanden ausschließt, selbst wenn er es wünschte.

Ist dies der Ort, an dem das Verbotene geschieht?

Die Gesichter der Tanzenden sind entspannt. So sieht niemand aus, der Verbotenes plant. Sie planen gar nichts. Sie haben keine Absicht außer der, hier zu sein.

Ist es erlaubt?

Niemand fragt danach. Wer hierher kommt, hat die Welt der Erlaubnisse und Verbote hinter sich gelassen. Anderswo mögen die Drogen, die sie nehmen, verboten sein. Hier gehören sie dazu wie *kalimotxo*, die Mischung aus Wein und Coca-Cola, die man trinkt. Schöne junge Männer verkaufen sie. Männer mit dem Blick, der die Frauen unruhig macht. Schwere, diagonal fallende Lider. Dieser Blick, der sagt: Ich weiß, was du brauchst. Sie reisen im Sommer von einem Event in der Region zum anderen. Aber dies ist das größte. Das wildeste. Das schillerndste.

Kurz vor Mitternacht brechen die Techno-Rhythmen plötzlich ab. Die Stroboskoplichter, die die hohen Wände der Höhle in bunte Farben getaucht haben, gehen aus. Nur ein einzelner Scheinwerfer beleuchtet das, was sich jetzt begibt, das Mysterium des Hexensabbats. Sie kommen. Sie kommen aus dem Hintergrund der Höhle, als habe der Berg sich dort aufgetan, um sie aus sich zu entlassen. Die Tanzenden stehen starr. Jahrhunderte schmelzen zu einem einzigen Augenblick zusammen. Er reicht weiter zurück, bis in die magischen Zeiten der frühesten Bewohner dieser Höhlen, die, wenn man sie nach allen Regeln der Kunst beschwört, noch einmal emporkommen. Sie sind in Felle gekleidet. Jeder von ihnen trägt das Fell eines Schafbocks auf seinem Rücken. Das Kostüm, das einst der Teufel trug. In der Hand tragen sie Fackeln, und jetzt geht auch der letzte Scheinwerfer aus. Sie kommen näher. Sie stampfen den Boden mit nackten Füßen in einem langsamen Schreittanz, einer Art Sarabande, die die Schellen, die in Höhe ihres Gesäßes an den Fellen befestigt sind, zum Klingen bringt. Der Discosound der Jungsteinzeit. Gespeichert im Gedächtnis der Höhlen. In der Erinnerung eines Volks, das so alt wie die Basken ist. Für einen Moment ist es still wie in der Ewigkeit. Dann, zugleich mit dem Schrei von Tausenden, setzt die Technomusik wieder ein. Lichtspiele jagen über die Wände. Das Fest nimmt seinen Fortgang, frenetischer als vormals.

Dies ist das Fest de Lancres. Der Hexensabbat, den er sich so inbrünstig ausmalte.

Treten Sie ein, Monsieur. Feiern Sie mit uns.

Was? Sie wollen nicht?

Es ist wahr, Sie sind zu alt.

Sie sind im falschen Jahrhundert? So ist es, Monsieur. Die Hexenrichter sind arbeitslos.

Warum? Es gibt keine Hexen mehr.

Ihr Verdienst? Die späte Krönung Ihres Lebenswerks? O nein, Monsieur. Da irren Sie sich gewaltig. Dazu brauchte es Menschen, die mehr Mut hatten als Sie.

Wieso Respekt? Mehr Ehrerbietung? Ihre Titel interessieren nicht mehr. Königlicher Rat und Mitglied des Staatsrats. Man hat Sie also befördert? Sie haben Karriere gemacht? Auf Grund von was, de Lancre? Auf Grund von siebenundfünfzig Justizmorden, die Sie zu verantworten haben?

Was sagen Sie? Ihr Buch, de Lancre? Ihre Verdienste im Tempel der Wissenschaft? Ich habe Ihr Buch gelesen. 1612 ist es in Paris bei Buon erschienen. Der Arzt hat darin nur wenige Sätze.

»Ein ausländischer Arzt«, »Un médicin étranger«, der mit der körperlichen Examinierung der Angeklagten beauftragt war und sich darin nicht annähernd so hervortat wie die Zigeunerin Murgui. Mehr nicht, um ihn zum Träger einer schmalen Hoffnung zu machen, der Sie jede Grundlage vorenthalten, de Lancre. Ihr Buch ist hoffnungslos. Wenn ich Ihnen einen Rat geben darf, Herr Rat: Sie sollten die Autorschaft dieses Buches verleugnen. Sie sind ein schlechter Stilist. Geschwätzig und aufdringlich. Und Ihre Irrtümer …

Halt! Warten Sie, bevor Sie sich beleidigt in Ihr Jahrhundert zurückziehen! Eines möchte ich noch gern von Ihnen wissen. Gibt es für Leute wie Sie eine Hölle? Sitzt ihr da beisammen? Und heizt man euch ein, und schwitzt und leidet ihr?

Er antwortet nicht mehr.

Er starb hochbetagt 1631 in seinem Bett in Bordeaux. Und sollte Jehanne de Mons, möglicherweise gehindert durch früheres Ableben oder einen sehr persönlich begründeten Hass auf ihren Mann, nicht mehr bei ihm gewesen sein, um ihn hingebungsvoll zu pflegen, wie es die Pflicht einer Gattin ist, so sei die Vermutung gewagt, dass er Ersatz für sie fand. Männer wie Pierre de Lancre sterben nicht unbetreut. Männer mit seinem Charme, seiner einnehmenden Aura eines alten Verführers, senden ihre Signale bis ganz zuletzt. Da ist immer eine, der sie »adieu« zuflüstern, ein kleines, ungläubiges Lächeln in den Augen, mit dem sie um Verzeihung dafür bitten, dass es auch sie ereilt. Das Einzige, was ihnen je wirklich Leid tut, ist, dass sie gehen müssen. Diese Welt voller Frauen sich selbst überlassen. Ein Garten, unvollendet kultiviert, wie Gärten es immer sind.

Ganz zum Schluss kommt es ihm in den Sinn, dass er ohne Kinder stirbt, und er sieht voller Verwunderung an seinem Bett das unerbittlich strenge Mädchen stehen. Er fühlt mit kaltem Entsetzen, dass sie es ist, die ihn erwartet hat.

Elisabeth?, fragt er.

Oui, Monsieur mon papa, sagt sie.

Und kein Lächeln. Kein Willkommen für ihn …

Sommer 2002. Der Morgen zieht herauf. In seinem kalten Licht erscheinen überdeutlich: zerbrochene Flaschen, Papier, Plastikabfälle, gebrauchte Kondome, zerbeulte Dosen, zerbeulte Autos am Straßenrand, billige Zelte an den Hängen und Unrat davor, der die ersten Fliegen anzuziehen beginnt. Eine bessere Zeit ist angebrochen.

Sie behält ihr Geheimnis, wie es jede Gegenwart für die ihren tut. So lange, bis sie selber Vergangenheit geworden ist und man sie ungeniert fragen kann.

Das Böse in ihr ist das tiefste Geheimnis der Gegenwart.